Das Buch
Schweren Herzens beugt sich Richard de Montfort dem Wunsch seiner zukünftigen Gemahlin und gibt seine fünfjährige Schwester Eleanore in die Obhut von Nonnen. Das Leben im Kloster erfüllt das Mädchen, und als Heranwachsende entschließt sie sich, ihr Gelübde abzulegen. Da erreicht sie die Nachricht, dass ihr Bruder sterbenskrank ist. Auch ihre aufopfernde Pflege vermag den Lauf des Schicksals nicht zu verändern. Richard stirbt und Eleanore wird die Alleinerbin von Ashlin. Doch ihr Entschluss steht fest: Sie will den bedeutenden Besitz dem Kloster vermachen und die Weihen empfangen. König Stephan hat jedoch andere Pläne mit der jungen Erbin – sie soll einen seiner getreuen Ritter ehelichen und so den Fortbestand Ashlins sichern. Eleanore ist entsetzt, denn einem königlichen Befehl vermag sich keiner zu widersetzen ...

Die Autorin
Betrice Small hat zahlreiche Romane verfasst und etliche Auszeichnungen für ihr Werk erhalten. Sie lebt mit ihrem Mann, ihrem Sohn und zwei Katzen auf Long Island. Im Wilhelm Heyne Verlag sind erschienen: *Geliebte Jasmine* (01/13228), *Geliebte Sklavin* (01/13102), *In den Wirren des Herzens* (01/13356) und *Paradies der Sehnsucht* (01/13472).

Bertrice Small

Geliebte Unschuld

Roman

Aus dem Amerikanischen
von Antoinette Gittinger

WILHELM HEYNE VERLAG
MÜNCHEN

HEYNE ALLGEMEINE REIHE
Band-Nr. 01/13605

Die Originalausgabe
THE INNOCENT
erschien bei The Ballantine Publishing Group

Umwelthinweis:
Dieses Buch wurde auf
chlor- und säurefreiem Papier gedruckt.

Taschenbucherstausgabe 07/2002
Copyright © 1999 by Bertrice Small
Copyright © der deutschsprachigen Ausgabe 1999
by Wilhelm Heyne Verlag GmbH & Co. KG, München
This translation pulished by arrangement with Ballantine Books
a division of Random House Inc., New York
Printed in Denmark 2002
Umschlagillustration: Donald Case/Agentur Schlück
Umschlaggestaltung: Nele Schütz Design, München
Satz: Buch-Werkstatt GmbH, Bad Aibling
Druck und Bindung: Nørhaven, Viborg

ISBN: 3-453-21128-6

http://www.heyne.de

Für meine Nachbarn,
Emily und Jim Gundersen.

Prolog

Das Kind

England 1143

»Ich will zu meiner Mama!« Das kleine Mädchen versuchte, sich dem festen Griff der jungen Nonne zu entwinden. »Mama! Ich will zu meiner Mama!«
»Pst, Elf«, sagte ihr älterer Bruder beschwichtigend, dem bereits Zweifel kamen, ob er richtig handelte. Aber ja, die de Warennes hatten recht. Er konnte seine fünfjährige Schwester unmöglich allein aufziehen. Und es wäre Isleen gegenüber unfair gewesen, sie mit Eleanore zu belasten, obwohl andere Bräute bei Gott noch weitaus größere Verantwortung übernahmen.
»Dickon«, schluchte das Kind herzzerreißend, »ich will heim! Ich will zu Mama und Ida!« Ihr kleines herzförmiges Gesicht war schmerzverzerrt, und ihre schönen graublauen Augen standen voller Tränen, die ihr über die rosigen Wangen liefen.
Richard de Montfort wurde erneut schwer ums Herz. Aber er unterdrückte seine Gefühle und sagte in strengem Ton zu seiner jüngeren Schwester: »Elf, du weißt, Mama ist tot. Wir befinden uns im Krieg, und ich kann dich nicht allein aufziehen. Wir haben das doch alles schon besprochen. Hier in St. Frideswide's bist du in Sicherheit. Das Kloster ist von nun an dein neues Heim.«
»Eleanore, verabschiede dich von deinem Bruder.«
Eunice, die ehrwürdige Mutter, tätschelte das Kind. Dann wandte sie sich an eine junge Nonne und befahl ihr:

»Schwester Cuthbert, bringt sie zu ihren neuen Gefährtinnen. Schnell! Je länger Ihr verweilt, desto schwerer wird es für die Kleine.«

»Leb wohl, kleine Schwester«, sagte Richard de Montfort und küßte sie zum Abschied auf ihr helles rotgoldenes Haar.

Elf blickte ihn kurz an, brachte aber vor Kummer kein Wort heraus. Dann brach sie erneut in Schluchzen aus. Als Schwester Cuthbert sich eilends mit dem weinenden Kind auf dem Arm entfernte, rief Elf voller Wehmut: »Dickon!«

Richard de Montfort sah aus, als würde er im nächsten Augenblick ebenfalls in Tränen ausbrechen. Die Äbtissin legte ihm tröstend die Hand auf den Arm. »Beim ersten ist es immer sehr schwer für die Kleinen«, sagte sie. »Wir werden Demoiselle Eleanore wie unseren Augapfel hüten, Mylord.«

»Elf«, korrigierte er sie. »Wir nennen sie Elf. Wenn Ihr sie eine Weile so nennen könntet, würde ihr das helfen, sich schneller einzugewöhnen. Nach Mutters Tod ist es mir unmöglich, mich um sie zu kümmern, ehrwürdige Frau. Ich kann es einfach nicht!«

»Natürlich nicht, Mylord. Macht Euch keine Vorwürfe. Wir haben zur Zeit mehrere junge Mädchen in unserer Obhut. Eines davon ist im Alter Eurer Schwester. Sie kam bereits mit drei Jahren zu uns. Ein anderes Mädchen ist ein Jahr älter als Elean... *Elf*.« Sie lächelte ihn an. »Ich glaube, ich darf Euch gratulieren, Mylord, denn wie ich hörte, wollt Ihr Euch demnächst vermählen.« Geschickt hatte sie das Thema gewechselt.

»Demoiselle Isleen ist noch nicht ganz reif für die Rolle der Ehefrau, aber ihre Mutter hat mir versichert, daß sie es spätestens in einem Jahr sein wird«, erwiderte er. Wie jemand glauben konnte, daß ein so sinnliches Mädchen wie Isleen noch nicht reif für die Ehe war, verwunderte ihn, aber er konnte ja wohl Lady de Warennes Meinung schlecht in Frage stellen.

Die Nonne war genauso verblüfft, aber ihr Gesicht verriet keine Regung. Isleen de Warenne hatte ein Jahr in St. Frideswide's verbracht, und die Äbtissin hatte noch nie ein sinnlicheres Mädchen erlebt. Das Kloster war höchst erleichtert darüber, daß ihr Aufenthalt nur von kurzer Dauer war. Immerhin hatte das Ganze auch seinen Vorteil, denn die de Warennes hatten sich großzügig gezeigt. Dank ihrer Empfehlung wurde auch die kleine Eleanore de Montfort samt ihrer Mitgift dem Kloster anvertraut. »Ich bin davon überzeugt, daß Lady de Warenne weiß, was das Beste für ihre Tochter ist, Mylord. Nun muß ich mich aber von Euch verabschieden. Ich schlage vor, Ihr wartet ein paar Monate ab, bevor Ihr Eure Schwester besucht. So hat sie genug Zeit, sich an ihr neues Leben zu gewöhnen. Kommt zu Martini, wenn es Euch möglich ist. Ihr werdet höchst willkommen sein.« Schwester Eunice nickte ihm kurz zu, machte dann kehrt und schritt ruhig und gelassen durch die Klosterpforten, die sich langsam hinter ihr schlossen.

Richard de Montfort stieg auf seinen Apfelschimmel und schlug den Weg zu seinem Landgut in Ashlin ein. Er hatte einen Ritt von acht Meilen vor sich. Heute reiste er ohne Begleitung, was in diesen unruhigen Zeiten sehr gefährlich war. Doch in der Umgebung von Ashlin war es in letzter Zeit so friedlich gewesen, daß er die Gelegenheit genutzt hatte und allein geritten war. Er wollte, daß Elf und er die letzten Minuten vor dem Abschied allein miteinander verbrachten. Wie sehr er seine kleine Schwester doch liebte! Als ihr Vater vor vier Jahren im Kampf zwischen König Stephan und der Tochter des verstorbenen Königs Heinrich, Kaiserin Mathilde, gefallen war, war er elf Jahre alt gewesen. Unter Anleitung seiner Mutter hatte er die Verwaltung ihres Familienbesitzes übernommen. Elf war damals noch ein Säugling gewesen; nie würde es ihr vergönnt sein, ihren stattlichen, edlen Vater kennenzulernen.

Zum Glück war Ashlin kein großes, bedeutendes Landgut, sonst hätte die Gefahr bestanden, daß sich ein stärkerer Baron seiner bemächtigt hätte. Ihr bescheidener Reichtum bestand aus Schafen. Zudem besaßen sie genügend Leibeigene sowie ein paar Freigelassene, die die erforderlichen Arbeiten erledigten. In Ashlin bestand die Hauptbeschäftigung im Überleben. Ihr Steinhaus lag auf einem Hügel und war von einem kleinen Burggraben umgeben, inmitten von Ställen, Nebengebäuden und den Hütten der Leibeigenen. In der Nähe der Ställe befand sich eine Mühle an einem reißenden Fluß. Die kleine Steinkirche war leider bereits halb verfallen. Zum Glück war das ganze Anwesen durch einen Wall geschützt, der vor allem die plündernden Waliser abschreckte. Schafe grasten auf den umliegenden Hügeln, an deren Fuß sich Felder ausbreiteten, auf denen sie abwechselnd Heu, Hafer, Kürbis, Gerste und Weizen anbauten.

Richards Mutter hatte sehr unter dem Verlust ihres Gatten gelitten, denn ihre Ehe war aus Liebe geschlossen worden, und ohne ihn fühlte sie sich verloren. Da Ashlin sehr abgelegen war und in England Krieg herrschte, trafen sie nur gelegentlich auf einen Ordensmann, der sich wagemutig auf die Straße traute, in der Hoffnung, seine Kutte würde ihn vor Überfällen schützen. Adeliza de Montfort hatte sich so lange wie möglich am Leben festgeklammert und ihrem Sohn alles beigebracht, was er zur Verwaltung seines Landguts wissen mußte. Fulk, ein alter Waffenbruder seines Vaters, hatte ihn in der Kunst der Kriegführung unterwiesen. Und dann war da noch Elf. Seine kleine Schwester war von jeher sein Sonnenschein gewesen. Sie besaß ein sanftes Wesen und war sehr gefühlsbetont. Am Ende des Tages, wenn er sich erschöpft vor den Kamin in der Halle setzte, krabbelte sie auf seinen Schoß, streichelte ihn mit ihren Patschhändchen und brabbelte vergnügt auf ihn ein. Wie sehr er sie liebte!

Aber im letzten Herbst war ihre Mutter erkrankt. Richard war jetzt zum Mann herangewachsen und hatte Ashlin unter seiner Kontrolle. Adeliza de Montfort war sich dessen auch bewußt. Obwohl sie sich über die Zukunft ihrer Tochter Sorgen machte, schaffte sie es nicht mehr, am Leben, das für sie nach dem Tode ihres Gatten so leer geworden war, festzuhalten. Eines Morgens fanden sie sie tot im Bett, ein Lächeln um die Mundwinkel. Zufällig hatte am Abend vorher ein Klosterbruder um Obdach gebeten. Er sprach Gebete für Adeliza de Montforts Seele und kümmerte sich um ihre Bestattung. Dann zog er wieder seines Weges. Zwei Tage später sprach er im Haus von Hugh de Warenne vor. Dort erfuhr Baron Hugh, daß Richard de Montfort und seine Schwester jetzt mutterseelenallein waren.

Umgehend suchte er Richard de Montfort auf und schlug eine Heirat zwischen ihren beiden Familien vor. Der junge Herr von Ashlin wollte über Baron Hughs Vorschlag nachdenken. Nachdem er auf das Landgut der de Warennes eingeladen worden war, überließ er Elf der Obhut ihrer alten Amme Ida und machte sich auf den Weg. Als er Isleen das erste Mal erblickte, war er hoffnungslos verloren. Sie war das schönste Mädchen, das er je gesehen hatte. Sie hatte langes, seidiges Haar, das an gesponnenes Gold erinnerte, und strahlend blaue Augen. Aber nicht nur ihre Schönheit faszinierte ihn – Isleen besaß ein gewisses Etwas, das wildes Verlangen in ihm erweckte. Ihre Art, sich zu bewegen und zu sprechen, ließ sie so begehrenswert erscheinen, daß er nicht einmal vor der Hölle zurückgeschreckt wäre, um sie zu besitzen.

Richard war sich mit dem Baron über die Heirat einig geworden. Er würde Isleen de Warenne heiraten, wenn sie zur Frau erblüht war. In der Zwischenzeit mußten noch einige Dinge geklärt werden. Isleens Familie führte an, ihre Tochter könne unmöglich in ein Haus kommen, in dem bereits eine andere und jüngere Frau lebte. Man dürfe ihr nicht zumuten, ein kleines Mädchen aufzuziehen, das nicht ihr eigenes Kind war, obwohl so etwas nicht unbedingt unüblich war. Richard de Montfort erklärte, daß seine Schwester wenig Umstände mache, da sie von ihrer Amme Ida versorgt werde. Aber die de Warennes waren unerbittlich und bestanden darauf, daß eine andere Bleibe für Elf gefunden wurde. Dabei erwogen sie keinen Augenblick die Möglichkeit, sie selbst bei sich aufzunehmen, um ihrer Tochter gefällig zu sein. Richard schlug eine Heirat zwischen seiner kleinen Schwester und einem der Söhne der de Warennes vor. Doch nach den Worten von Baron Hugh waren leider alle schon versprochen.

Schließlich schlug Maude de Warenne vor, Elf im Kloster von St. Frideswide's unterzubringen. »Ihr allein könnt sie nicht aufziehen«, erklärte sie ihrem zukünftigen Schwiegersohn in mildem Ton. »Und wenn Ihr Isleen heiratet, kann Eure Schwester nicht bleiben. St. Frideswide's gehört dem Orden der Jungfrau Maria. Das Kloster nimmt junge Mädchen auf, die unterrichtet und auf die Ehe vorbereitet werden. Aus diesem Grunde ist auch Isleen dort gewesen. Andere Mädchen werden dort fürs Klosterleben vorbereitet. Glaubt Ihr nicht, daß das ein guter Ort für Eure Schwester wäre, Richard? Wenn Ihr sie nach St. Frideswide's bringt, ist ihre Zukunft gesichert. Ich bin sicher, sie wird dort glücklich und zufrieden sein.«

»Und«, fuhr Baron Hugh fort, »man verlangt dort nur die Hälfte der Mitgift, die Ihr einem Ehemann zahlen müßtet. Das ist eine praktische und auch gute Lösung. Was meint Ihr dazu?«

»Mir hat es in St. Frideswide's gefallen«, warf Isleen ein und lachte fröhlich. »Wir Mädchen hatten viel Spaß, und die Nonnen dort sind wirklich sehr nett, Richard ... *m'amour*« schnurrte sie verführerisch und legte ihm ihre feingliedrige Hand auf den Arm. »Deine Schwester wird dort so glücklich sein, wie ich es als deine Frau sein werde. Natürlich nur dann, wenn alle Bedingungen zwischen dir und Papa zufriedenstellend geregelt werden können.« Als sie ihn anlächelte, schimmerten ihre kleinen Perlenzähne, und ihre seidigen Wimpern streiften ihre bleichen Wangen. Dabei verstärkte sie kurz ihren Griff an seinem Arm und flüsterte: »Bitte, Richard.«

Er hatte sich einverstanden erklärt, weil er sie um alles in der Welt besitzen wollte. Nachdem er Isleen das erste Mal erblickt hatte, war er für die übrigen Frauen verloren. Trotzdem hatte er nicht, wie sein zukünftiger Schwiegervater nahegelegt hatte, nur die Hälfte von Elfs Mitgift an das Kloster gezahlt. Bei Elfs Geburt hatte sein Vater einen bestimmten Betrag für sie auf die Seite gelegt. Und Richard de Montfort war sicher, daß seine Eltern es mißbilligt hätten, wenn er das Erbe seiner Schwester geschmälert hätte. Da weder Isleen noch ihre Familie wußten, um welchen Betrag es sich handelte, würde es darüber keinen Streit geben.

Am ersten Mai war Elf fünf Jahre alt geworden. Jetzt, einen Monat später, als Richard de Montfort allein nach Hause ritt, empfand er tiefe Betrübnis, weil er sie in St. Frideswide's zurückgelassen hatte. Die alte Ida hatte geweint, als er ihr seinen Entschluß mitgeteilt hatte. Sie war vor ihm in die Knie gegangen und hatte ihn angefleht, Elf nicht wegzuschicken. Sie wollte wissen, was für eine Frau der Herr zu heiraten gedenke, die ein kleines Kind aus dem Haus treibe. Zuerst versuchte er, die alte Frau, die nicht nur seine und Elfs Amme gewesen war, sondern bereits die seines Vaters, zu beruhigen. Aber Ida ließ sich nicht besänftigen. Schließlich erinnerte er sie wütend an ihren Status als Leibeigene. Ida rappelte sich mühsam auf und ignorierte dabei seine hilfreich ausgestreckte Hand. Sie warf ihm einen vernichtenden Blick zu und schlurfte davon.

Seither hatte sie kein Wort mehr mit ihm gewechselt. Obwohl ihm das leid tat, gestattete er doch niemandem, seine vergötterte Isleen zu kritisieren. Wenn ihm seine zukünftige Frau einen Sohn gebärte, wäre die alte Ida wieder versöhnt und würde sich freuen, für sein Kind sorgen zu dürfen. Dann würde sie bald ihren Kummer wegen Elf vergessen. Weder sie noch irgend jemand sonst hatte die Wahl. Isleen sollte sich auf Ashlin wohl fühlen, und Richard de Montfort würde alles tun, um seine zukünftige Frau glücklich zu machen.

Teil I

Die Novizin
England 1152

1. Kapitel

Das Kloster von St. Frideswide's lag auf einem kleinen Hügel, von dem aus man eine schöne Aussicht auf die Landschaft von Hereford hatte und über die Hügel bis nach Wales blicken konnte. Die hohen Klostermauern umgaben einen viereckigen Innenhof, an dessen Südseite sich eine Kirche befand. Von dieser Kirche aus verliefen überdachte Wege um den Innenhof. Sie führten zum Refektorium, wo die Nonnen und ihre weiblichen Gäste speisten, zum Kapitelsaal, wo sie Gäste empfingen oder Geschäfte abwickelten, und zu den Schlafsälen. Es gab spezielle Studierräume für die Schüler und die Nonnen, außerdem eine Küche, eine Bäckerei und eine Brauerei. Obwohl das Kloster eher klein war, besaß es ein Lagerhaus, einen Stall für die Tiere, einen Hühnerstall und einen Taubenschlag. Außerdem gab es eine Krankenstation, mehrere Werkstätten für Metallarbeiten und das Kolorieren von Manuskripten sowie ein Herbarium.
Im Kloster war jeder Tag genau eingeteilt. Um Mitternacht besuchten die Nonnen die Matutin, die erste Andacht des Tages. Kurz danach folgte das Morgenoffizium. Dann zogen sich die Schwestern in ihre Schlafräume zurück. In den Sommermonaten fand die erste Gebetsstunde um sechs Uhr morgens, in den düsteren Wintermonaten um sieben Uhr statt. An dieser ersten Andacht des Tages nahmen auch die jungen Mädchen teil, die sich in der Obhut des Klosters befanden. Dann folgte ein Frühstück aus Hafergrütze, einem Stück Brot mit Butter und einem kleinen Becher Apfelsaft oder Bier für die Nonnen. Anschließend kehrten die Kinder zu ihrem Schlafsaal zurück, um ihre Betten zu machen und die Räume auszukehren. Sie leerten

gemeinsam den Nachttopf und öffneten die Fenster, um zu lüften.
Während dieser Zeit kamen die Nonnen im Kapitelsaal zusammen. Dort wurde über die Geschäfte des Klosters gesprochen, es wurden Ankündigungen gemacht, Briefe vorgelesen und schließlich jene bestraft, die es an Disziplin hatten fehlen lassen. Um neun Uhr morgens fand das Offizium der dritten kanonischen Stunde statt. Dabei wurde ein Pontifikalamt gesungen. Danach widmeten sich die Nonnen ihren jeweiligen Aufgaben. Dazu gehörten Einzelstudien, Unterricht, die Erledigung von häuslichen Aufgaben und die Arbeit in den Werkstätten, wo kunstvolle Kolorationen und einfache schöne Metallarbeiten entstanden. Einige Nonnen verrichteten schwere bäuerliche Arbeit – sie kümmerten sich um die Schafherde, um das Vieh, die Milchkühe, Schweine oder das Geflügel. Um die Mittagszeit versammelte man sich zur sechsten der kanonischen Stunden, um drei Uhr zum Mittagsoffizium und um vier Uhr zur Vesper, sofern man nicht durch andere Pflichten davon abgehalten wurde.
Ab der Mitte des Vormittags bis fünf Uhr nachmittags erhielten die jungen Mädchen Unterricht. Sie lernten Lesen und Schreiben und einfache Buchführung. Außerdem wurden sie in Latein, Französisch und Englisch unterwiesen; die beiden letzteren Sprachen wurden in England gesprochen, aber nicht alle Mädchen beherrschten sie, als sie dem Kloster übergeben wurden. Die Mädchen, die Nonnen werden wollten, lernten Nähen und Gobelinstickerei. Wer Talent dafür besaß, wurde auch in der Kunst des Kolorierens und Kopierens unterwiesen. Wenn ein Mädchen eine Begabung für die Verwaltung zeigte, lernte es, wie man das Kloster und seine Ländereien leitete, damit im Falle der Abwesenheit der Äbtissin oder deren Erkrankung jemand ihre Aufgaben übernehmen konnte. Mädchen, die eine Braut Christi werden wollten, lernten auch die Heilkunst.
Die jungen Mädchen, die heiraten wollten, erhielten eine eigene Unterweisung. Sie lernten ein Instrument, die An-

fertigung hübscher Stickereien und die Aufsicht über die Küche, mußten kochen, Vorräte anlegen und Lebensmittel pökeln, damit diese gelagert werden konnten. Außerdem mußten sie wissen, wie man Seife zum Baden und zum Reinigen herstellte, und bekamen beigebracht, wie man einen Landsitz verwaltete, für den Fall, daß ihr Gatte abwesend sein sollte. Dann lernten sie, den Haushalt zu organisieren, Kranke zu versorgen und Verwundete zu pflegen.
Obwohl Elf schwer ums Herz war und sie sich einsam fühlte, gewöhnte sie sich in St. Frideswide's schnell ein. Schwester Cuthbert, die Nonne, die sie bei ihrer Aufnahme im Kloster von ihrem Bruder weggeführt hatte, war sehr freundlich. Sie betreute die sechs jungen Mädchen, die sich zur Zeit in der Obhut des Klosters befanden. Schwester Cuthbert war recht korpulent, hatte ein rundes Gesicht mit rosigen Wangen und braunen Augen, die gerne vergnügt zwinkerten. Sie hatte damals Mitleid mit ihrem jüngsten Zögling empfunden, würde es aber nicht zulassen, daß das kleine Mädchen in Trübsinn versank. Die Nonne hatte Elf auf den Arm genommen, in den Schlafsaal getragen und dort abgesetzt.
»Hier wirst du von nun an mit deinen neuen Gefährtinnen wohnen«, sagte sie fröhlich. »Kommt, Mädchen, und begrüßt Eleanore de Montfort, genannt Elf. Sie ist fünf Jahre alt.«
»Sie sieht nicht aus wie fünf«, erwiderte das älteste der Mädchen. »Sie ist sehr *petite*. Mathilde Fitz William ist auch fünf, und sie ist viel größer.«
»Ich bin größer als Isabeaux St. Simon, und sie ist schon sechs Jahre alt«, sagte Mathilde und starrte das ältere Mädchen an, das bereits zehn und die Tochter eines Earl war.
»Die Natur hat jeden von uns anders geschaffen.« Sie streckte Elf die Hand hin. »Du kannst mich Matti nennen, denn wir werden Freundinnen sein, kleine Elf.« Sie hatte runde blaue Augen und blonde Zöpfe.
Elf hatte sich hinter Schwester Cuthberts Gewand versteckt und warf dem anderen Mädchen einen scheuen Blick zu. »Ich bin am Mary's Day fünf Jahre alt gewor-

den«, sagte sie, als ob sie diese Tatsache unterstreichen wollte. »Ich werde Elf genannt, weil ich so klein bin. Mein Bruder hat mich so getauft.«
»Ich habe sechs Brüder«, erwiderte Matti, »deswegen bin ich hierhergebracht worden, um Nonne zu werden. Meine Familie hatte nicht genug Geld, um mir eine Mitgift für einen Ehemann mitzugeben. Ich bin mit drei Jahren hergekommen. Meine Mutter starb nach der Geburt meines jüngsten Bruders. Es wird dir hier gefallen. Willst du auch Nonne werden?«
»Ich weiß nicht«, erwiderte Elf.
»Ja, das will sie«, mischte sich Schwester Cuthbert ein. »Nun, Matti, jetzt hast du bei deinen Spezialstudien eine Gefährtin.«
»Sie wird nachhängen«, maulte die Tochter des Earl.
»Natürlich«, meinte Schwester Cuthbert mit einem fröhlichen Lächeln. »Elf ist die jüngste unter euch und gerade erst angekommen, aber ich glaube, sie wird den Lernstoff mögen und schnell aufholen. Du kannst nicht von ihr erwarten, daß sie soviel weiß wie du, Irmagarde. Immerhin bist du jetzt schon vier Jahre hier. Ich erinnere mich, daß du mit sechs Jahren noch keinerlei Kenntnisse hattest, und Elf ist erst fünf.«
Dabei verkniff sich die Schwester die Bemerkung, daß Elf ihrer Meinung nach Irmagarde in Kürze überflügeln würde.

Irmagarde Bouvier verließ St. Frideswide's drei Jahre nach Elfs Aufnahme, um sich auf ihre Hochzeit mit einem Ritter vorzubereiten, der einige Jahre älter war als sie. Sie würde seine dritte Frau werden. Er hatte Kinder, die sogar älter waren als sie.
Inzwischen hatte Elf Irmagarde tatsächlich an Wissen überflügelt. »Sie war nicht gerade die Hellste«, bemerkte Schwester Cuthbert knapp, nachdem das Mädchen voller jungmädchenhaften Triumphs das Kloster verlassen hatte, um sich zu vermählen.
Außerhalb der Klostermauern wütete der Krieg weiter.

1139 war Kaiserin Mathilde in England gelandet. 1141 wurde König Stephan von ihren Streitkräften gefangengenommen, und die Tochter Heinrichs I. und Enkelin Wilhelms des Eroberers zog in London ein. Aber die Kaiserin war überheblich und forderte sofort übermäßig hohe Steuern. Stephans Gattin, die ebenfalls Mathilde hieß, vertrieb die Kaiserin aus London, und 1147 verließ Heinrichs Tochter England für immer. Ihre Interessen wurden von ihrem Sohn Heinrich Plantagenet, nach seinem Geburtsrecht Herr von Anjou und Poitou und aufgrund seiner Heirat mit Eleonore, der Erbin, auch Herr von Aquitanien, wahrgenommen.
1152 war Elf vierzehn Jahre alt und inzwischen Novizin. Sie sollte am 22. Juni dieses Jahres ihr ewiges Gelübde ablegen. Es war der Namenstag von Englands erstem Märtyrer, und Elf hatte beschlossen, seinen Namen anzunehmen – sie würde Schwester Alban heißen. Auch ihre beste Freundin Matti würde an diesem Tag ihr Gelübde ablegen und sich fortan Schwester Columba nennen. Isabeaux St. Simon, ihre gemeinsame Freundin, würde St. Frideswide's im Spätsommer verlassen, um nach Worcester zu heiraten.
An einem späten Frühlingsnachmittag saßen die drei Mädchen auf einem Hügel und hüteten die Schafe des Klosters. Zwei trugen die graue Klostertracht der Novizinnen, während sich Isa mit ihrem dunkelblauen Rock mit rotem Überkleid von ihnen abhob.
»Ich kann mir gar nicht vorstellen, daß dein Haar abgeschnitten werden soll, Elf«, sagte sie. »Bei allen Heiligen, wie habe ich dich immer darum beneidet.« Sie strich über Elfs langes rotgoldenes Haar. »Was für eine Sünde!«
»Eitelkeit paßt nicht zu einer Braut Christi«, erwiderte Elf sanft.
»Aber du bist nicht eitel!« protestierte Isa. »Es ist jammerschade, daß du nicht verehelicht werden kannst, Elf. Ich würde wetten, daß dich trotz deiner kleinen Mitgift sogar Männer von Rang nehmen würden. Du bist viel schöner als Matti und ich.« Sie seufzte. »Der Gedanke gefällt mir gar nicht, daß wir in ein paar Monaten getrennt werden.

Ich weiß, ich meckere viel am Kloster herum, aber wir hatten hier viel Spaß miteinander, nicht wahr?«
Matti kicherte ausgelassen. »Ja, wir haben auch einige kleine Abenteuer erlebt.«
»›Mißgeschicke‹ wäre wohl passender«, korrigierte Elf mit einem Lächeln. »Euch beide vor Schwierigkeiten zu bewahren war eine Vollzeitbeschäftigung. Matti, du mußt dir unbedingt deine Unarten abgewöhnen.«
»Die ehrwürdige Mutter weiß, daß ich das nicht kann«, erwiderte Matti. »Deshalb bleibe ich bei Schwester Cuthbert und kümmere mich um die kleinen Mädchen. Schwester Eunice meint, da kann ich meine ganze Energie einsetzen, bis ich alt bin und keine mehr habe. Sie sagt, wir alle dienen Gott auf unsere Weise. Schwester Agnes meint, wenn sich meine Stimme weiterhin so gut entwickelt, werde ich eines Tages Vorsängerin werden. Das wäre wunderbar, denn ihr wißt ja, wie sehr ich Musik liebe.«
»Aber wenn Mathilde Fitz William Schwester Columba sein wird,« bemerkte Isa boshaft, »gibt es keine Besuche mehr in der Meierei, wo Vater Anselm das Milchmädchen auf seinen langen Stab aufspießt.«
Matti kicherte. »Es ist zu schade, daß du nicht mit uns kommst, Elf. Du weißt ja gar nicht, was dir entgeht. Ich glaube, ich bringe ein großes Opfer, nachdem ich einen Mann und eine Frau in den Fängen der Leidenschaft erlebt habe. Ich bedauere sehr, daß meine Familie nicht die Mittel besitzt, mich mit einem großen, gesunden Kerl zu verheiraten. Doch ich habe mich in mein Schicksal gefügt, um so mehr, da ich weiß, daß alles zum Heil unseres guten Herrn geschieht.«
»Ich kann es kaum noch abwarten, bis ich mit Sir Martin im Ehebett vereint bin«, sagte Isa. »Es heißt, der Verlust der Jungfräulichkeit ist mit Schmerzen verbunden, aber später tut es nicht mehr weh. Wenn Vater Anselm seine pralle Männlichkeit in das Milchmädchen Hilda steckt, quietscht sie immer vor Vergnügen.«
»Und dann legt sie die Beine wie einen Schraubstock um unseren guten Priester«, bemerkte Matti voller Vergnügen.

»Dann bewegen sie sich hin und her, bis sie den Höhepunkt erreichen. Ich mag es, wenn er sich auf ihre hübschen großen Brüste bettet, ja, und manchmal saugt er daran wie ein Baby an der Mutterbrust. Das ist sehr aufregend.«
Elf hielt sich die Ohren zu. »Matti! Matti! Du weißt, ich will so etwas nicht hören. Du bist wirklich hinterhältig, daß du so vulgär daherredest. Wenn du nicht aufhörst, muß ich es der ehrwürdigen Mutter melden, aber das will ich nicht. Ich fürchte um dein Seelenheil, Matti.«
Matti tätschelte ihre Freundin mit ihrer dicken Hand. »Mach dir keine Sorgen um mich, Elf. Wenn ich mein Gelübde abgelegt habe, werde ich die Meierei meiden. Man kann nicht zwei Herren dienen, und meiner ist unser gütiger Gott und nicht der Herr der Lust und der Dunkelheit.«
»Ich bin froh, daß du das sagst, Matti«, erwiderte Elf besänftigt. Sie liebte die beiden Mädchen, mit denen sie aufgewachsen war. Es spielte keine Rolle, daß Isabeaux St. Simon weltlich gesinnt war, denn bald würde sie heiraten. Aber Mathilde Fitz William war ein Fall für sich, vor allem, da sie Schwester Cuthbert bei der Betreuung der kleinen Mädchen unterstützen sollte. Elf hatte versucht, mit Schwester Cuthbert darüber zu reden, aber diese schien das Ganze auf die leichte Schulter zu nehmen. »Ein paar Mädchen verstecken sich in der Meierei und beobachten Hilda, wenn sie sich mit einem Liebhaber vergnügt«, hatte Elf der Nonne berichtet und eine besorgte Miene aufgesetzt. »Sogar Mädchen, die das ewige Gelübde ablegen wollen«, bemerkte sie zum Schluß mit deutlicher Mißbilligung.
Schwester Cuthbert benutzte fast die gleichen Worte wie Matti. »Aber sie sind ja noch keine Nonnen, kleine Elf. Sie sind neugierig, was ihnen entgehen wird. Wenn sie diesen Akt der Fleischeslust sehen, finden sie ihn entweder abstoßend und sind froh, daß sie von solchen Dingen frei sind, oder sie begreifen, was ihnen entgeht, wenn sie Gott für immer dienen wollen. Der Anblick schadet ihnen nicht, solange sie selber keusch bleiben. Die meisten Mädchen,

die in unserer Obhut sind, gehen früher oder später zur Meierei. Auch ich war dort, als ich noch sehr jung war«, erklärte sie der überraschten Elf. »Mach dir keine Sorgen, mein Kind. Mathilde Fitz William wird eine gute Ordensschwester werden.«
»Aber ich habe nicht gesagt ...«, begann Elf.
»Nein«, sagte Schwester Cuthbert, »hast du nicht.« Dann lächelte sie. »Vielleicht solltest du, bevor du das ewige Gelübde ablegst, auch mal dort vorbeigehen, Elf.«
Aber Elf schüttelte energisch den Kopf. »Niemals!« erklärte sie. »Ich will mich so rein wie nur möglich darbringen, ich will eine völlig unschuldige Braut Christi sein. Das ist der einzige Weg für mich.«
»Jede von uns weiß selbst, was am besten für sie ist«, sagte Schwester Cuthbert besänftigend. Dann wechselte sie das Thema. »Schwester Winifred hat gesagt, du seist die beste Schülerin, die sie je unterrichtet hat, und sie hat die ehrwürdige Mutter gefragt, ob du ihre Helferin im Herbarium werden könntest. Sie ist nicht mehr die Jüngste, und vielleicht nimmst du eines Tages ihren Platz ein. Aber verrate nicht, daß ich es dir gesagt habe. Warte, bis die ehrwürdige Mutter es dir mitteilt.«
Ein paar Tage später erfuhr Elf von der Äbtissin höchstpersönlich, daß sie künftig im Herbarium arbeiten würde. Sie freute sich sehr, denn sie mochte die alte Nonne, die sie in allen möglichen Heilpraktiken, Heilmitteln und Wundversorgung unterrichtet hatte. Außerdem liebte sie das Herbarium, weil es dort ruhig und friedlich war. Im Sommer war das kleine Gebäude, in dem es untergebracht war, von einem blühenden Garten umgeben. Elf war glücklich, daß sie ihren Platz innerhalb des klösterlichen Ablaufs gefunden hatte.
»Schau!« unterbrach Isa ihre Gedanken und zeigte in eine bestimmte Richtung. »Ein Reiter nähert sich dem Kloster. Möchte gern wissen, was für Neuigkeiten er überbringt. Du lieber Himmel, schaut nur, welch glänzendes goldblondes Haar er hat.«
»*Ich* habe goldblondes Haar«, wandte Matti ein.

»Dein Haar ist gelb wie Stroh, und wenn es abgeschnitten ist, sieht es genauso aus.« Isa kicherte. »Es ist gut, daß dein Kopf vom Schleier verhüllt sein wird, Matti. Du hast zwar ein sehr hübsches Gesicht, aber dein Haar wird niemand vermissen.«

»Ich hoffe, in ein paar Jahren bringst du mir deine erste Tochter ins Kloster nach St. Frideswide's, damit ich ihr erzählen kann, was für eine abscheuliche Hexe ihre Mutter früher gewesen ist«, sagte Matti honigsüß.

»Ihr beiden seid gräßlich«, schalt Elf die Freundinnen, ließ sich aber von ihrem Lachen anstecken. »Oh, Isa! Ich werde deine Ehrlichkeit und deine scharfe Zunge vermissen. Ich bete zu Gott, daß Sir Martin zu schätzen weiß, was für eine wunderbare Frau er bekommt, auch wenn sie manchmal ein recht ungezogener Fratz ist.«

»Männer mögen freche Frauen«, erwiderte Isa.

»Aber keine frechen *Ehe*frauen«, bemerkte Matti weise. »Sogar ich weiß das. Als mein Vater eine Frau für meinen ältesten Bruder suchte, war Simon in die Tochter eines Nachbarn verliebt. Als mein Vater erfuhr, daß sie etwas wild war, suchte er nach einem demütigeren Mädchen. Die Tochter des Nachbarn war schon zwanzig, als sie endlich einen Ehemann fand. Der stellte dann erstaunt fest, daß sie noch Jungfrau war, was er nie vermutet hätte. Der Ruf muß genauso sorgsam gehütet werden wie die Jungfräulichkeit, pflegte mein Vater zu sagen.«

»Als ich fünf Jahre alt war, wurde ich mit Martin von Langley verlobt und dann sofort hierhergebracht«, erklärte Isa. »Irgendwann nach Petri Kettenfeier gehe ich nach Hause und werde dann sofort heiraten. Ich habe überhaupt keinen Ruf«, beklagte sie sich bitterlich.

»Wie sieht er denn aus?« erkundigte sich Matti neugierig.

»Soweit ich mich erinnere, denn ich habe ihn seit unserer Verlobung nicht mehr gesehen«, erwiderte Isa, »hatte er braune Haare und braune Augen. Er war damals fünfzehn Jahre alt und soeben zum Ritter geschlagen worden. Ich glaube, er hatte keine Pockennarben im Gesicht. Ich weiß nur noch, daß er ein hübsches Gesicht hatte, kann mich

aber nicht mehr an Einzelheiten erinnern. Es wird eine Überraschung für mich sein, aber ich hoffe, eine angenehme. Auch er hat mich nur als kleine Rotznase in Erinnerung. Ich hatte damals eine Erkältung und wäre gern in meinem warmen Bett geblieben. Aber man scheuchte mich hoch, und ich mußte mein schönstes Kleid anziehen. Dann brachte man mich in die Kirche, wo die Verlobungszeremonie vollzogen wurde. Ich glaube nicht, daß er mich mehr als einmal eines Blickes würdigte, und ich habe ihn überhaupt nicht angeschaut«, schloß Isa.
Die drei Mädchen kicherten, wandten aber dann die Köpfe, da man nach ihnen rief. Es war Schwester Perpetua, die für die Klosterpforte zuständig war. Sie winkte ihnen mit der Schürze.
»Eleanore de Montfort, komm sofort herunter«, rief sie den Hügel hoch. »Die ehrwürdige Mutter will dich sprechen.«
Elf erhob sich und winkte. »Ich komme schon, Schwester«, rief sie. Sie verstaute ihre langen Zöpfe unter ihrer Haube, strich ihren taubengrauen Rock glatt und warf einen Blick auf ihre Freundinnen. »Sehe ich ordentlich aus?« Sie nickten, und Elf eilte den Hügel hinunter.
»Du sollst gleich in den Kapitelsaal gehen, mein Kind«, unterrichtete sie Schwester Perpetua. »Die ehrwürdige Mutter erwartet dich in der Halle mit einem Gast.«
»Wer ist es?« fragte Elf neugierig. »Ist es der Reiter, den wir vor ein paar Minuten durchs Tor reiten sahen, Schwester?«
»Ja«, erwiderte die Nonne, »aber ich weiß nicht, wer er ist. Beeil dich, Kind! Laß Schwester Eunice nicht warten.«
Elf eilte über den Klosterhof zum Kapitelsaal. Sie betrat das Steingebäude und begab sich ohne Umschweife zur großen Halle. Am einen Ende des Raums befand sich der Amtsstuhl der Äbtissin, links und rechts eingerahmt von einer Reihe von Stühlen, auf denen die Nonnen jeden Morgen Platz nahmen. Die Äbtissin hatte sich bereits gesetzt. Neben ihr stand ein Edelmann in Stiefeln. Elf ging auf die Äbtissin zu und beugte vor ihr die Knie.
»Erhebe dich, meine Tochter«, forderte Schwester Eunice

sie auf. Als Elf vor der Oberin stand, den Kopf und die blaugrauen Augen ehrerbietig gesenkt, sagte die Äbtissin in gemessenem Ton: »Das ist Sir Saer de Bude, Eleanore. Er ist hier, um dich nach Ashlin heimzuführen.«
Elf hob den Blick und starrte die Äbtissin verwundert an.
»Dein Bruder Richard ist krank, meine Tochter, und wünscht dich zu sehen«, antwortete sie auf Elfs unausgesprochene Frage. »Sir Saer ist der Vetter deiner Schwägerin, Lady Isleen. Es ist kein sehr langer Ritt. Wenn du gleich aufbrichst, bist du noch vor Einbruch der Dämmerung zu Hause. Schwester Cuthbert wird dir helfen, das Nötigste einzupacken. Du wirst so lange dortbleiben, wie du gebraucht wirst. Wenn dein Bruder sich besser fühlt, kehrst du zu uns zurück.« Als die Nonne bemerkte, daß Elf unbedingt etwas sagen wollte, fragte sie sie: »Was ist los, meine Tochter?«
»Mein ewiges Gelübde, ehrwürdige Mutter. Mathilde Fitz William und ich sollen am 22. Juni unser ewiges Gelübde ablegen. Das sind nur noch knapp drei Wochen. Was geschieht, wenn ich bis dahin nicht zurück bin?« Elf spürte, wie sich ihre Augen mit Tränen füllten.
»Dann, mein Kind, wirst du eben zu einem späteren Zeitpunkt dein Gelübde ablegen. Vergiß nicht, es ist alles Gottes Wille, nicht unserer. Du mußt gehorsam den Weg gehen, den unser gütiger Herr Jesus Christus für dich vorgesehen hat.«
»Ja, ehrwürdige Mutter«, erwiderte Elf entmutigt. Wenn Richard nach ihr gesandt hatte, dann war die Lage ernst. In den neun Jahren, seit sie im Kloster in St. Fridewide's war, hatte sie ihn nur einmal gesehen. Sechs Monate nach ihrer Aufnahme im Kloster hatte er sie mit seiner frischgebackenen jungen Frau Isleen, dem schönsten Mädchen, das Elf je gesehen hatte, besucht. Aber Isleen schien wenig Interesse an dem kleinen Kind zu haben, das jetzt ihre Schwägerin war. Richard hatte sich verändert. Er war zerstreut und hatte nur Augen für seine Frau. Sie blieben nur kurz, und Elf hatte seither keinen Kontakt mehr mit ihnen gehabt, mit Ausnahme des Briefes, den sie jedes Jahr zum Geburts-

tag von ihrem Bruder erhielt. Doch dieses Jahr war der Brief ausgeblieben.
Die Stimme der Äbtissin unterbrach ihre Gedanken. »Geh jetzt, meine Tochter, und triff deine Reisevorbereitungen. Sir Saer wird vor den Klosterpforten auf dich warten. Wenn du fertig bist, begib dich zu Schwester Joseph, die dir ein gutes Pferd geben wird. Geh mit Gott, meine Tochter.«
Elf verneigte sich vor der Äbtissin, machte auf dem Absatz kehrt und eilte hinaus.
»Demoiselle Eleanore stammt aus guter Familie«, sagte die Äbtissin zu ihrem Gast, »und hat ein sanftes Wesen. Sie kam mit fünf Jahren zu uns und ist seither nicht über die Klostermauern hinausgekommen. Bitte, behandelt sie freundlich und achtungsvoll. Sprecht vor allem nicht barsch mit ihr. Wie Ihr Euch denken könnt, ist sie den Umgang mit Männern nicht gewöhnt. Vater Anselm ist hier der einzige Mann, den sie zu Gesicht bekommt.«
»Selbstverständlich, ehrwürdige Mutter«, erwiderte Saer de Bude. »Mein Vetter würde es mir übelnehmen, wenn ich der Demoiselle gegenüber gedankenlos wäre.« Er verneigte sich vor der Nonne. »Ich verabschiede mich von Euch, ehrwürdige Mutter, und warte außerhalb des Klosters auf die Demoiselle.« Dann schickte er sich an, den Raum schnell zu verlassen.
»Einen Moment noch, Sir«, hielt ihn die Äbtissin im Befehlston zurück. »Wie geht es Richard de Montfort wirklich? Ich werde es Eleanore nicht verraten.«
»Er liegt im Sterben,« erwiderte Saer de Bude.
Die Äbtissin nickte nur. Dann, nach einer langen Pause, sagte sie: »Ihr könnt jetzt gehen.« Sie war sich sicher gewesen, daß dies der einzige Grund sein konnte, weshalb Eleanore de Montfort zu ihrem Bruder gerufen wurde. Sie konnte sich noch gut an Isleen de Warenne erinnern. Ein arrogantes, egoistisches Mädchen, bei dem sich alles nur um die eigene Person drehte. Nach neunjähriger Ehe war Isleen immer noch kinderlos. Die Gerüchte darüber waren sogar bis ins Kloster gesickert. Wenn Richard de Montfort starb, würde das Landgut von Ashlin auf Elea-

nore de Montfort übergehen. Dabei würde das reizende Kind in Kürze sein Gelübde der Armut, Keuschheit und des Gehorsams ablegen. Als Nonne durfte sie nichts besitzen, nicht einmal ihre unsterbliche Seele, die Gott gehörte. Deshalb würde Ashlin in den Besitz des Klosters übergehen.
Die Äbtissin dachte darüber nach. Es gab da ein Stück Land, das an den Besitz des Klosters grenzte und auf das sie seit einiger Zeit ein Auge geworfen hatte. Wenn Ashlin verkauft wurde, konnte man mit dem Geld dieses ausgezeichnete Weideland erwerben. Schwester Eunice lächelte. Gott erhörte ihre Gebete immer, auch wenn er sich manchmal etwas mehr Zeit ließ, als ihrer Meinung nach nötig gewesen wäre.
Während sich die Äbtissin ihren süßen Träumen über das üppige Weideland, das bald dem Kloster gehören würde, hingab, stand Elf mit Schwester Cuthbert im Schlafsaal und war völlig durcheinander. »Ich weiß nicht, was ich einpacken soll«, jammerte sie. »Wißt Ihr, was ich brauchen werde?«
»Nimm deinen zweiten Rock mit, zwei Überkleider, drei Unterhemden, Strümpfe, deine Haarbürste und deinen Kamm. Du brauchst unbedingt auch noch ein Paar Handschuhe zum Reiten. Ich gebe dir meine, wir haben ja fast die gleiche Größe. Und natürlich ziehst du deinen Umhang über.« Schwester Cuthbert packte Elfs Sachen ordentlich in ein Stück dunklen Stoffs. Als sie fertig war, sagte sie: »Geh zum Urinieren, Kind. Du hast acht Meilen Ritt vor dir. Dann wasch dir das Gesicht und die Hände. Du brauchst natürlich auch noch eine saubere Haube, diese hier sieht aus, als ob du darauf auf dem Gras gesessen hättest, was wohl auch der Fall war. Ich hole dir eine frische.«
Elf setzte die Haube ab und tat, wie ihr die Schwester befohlen hatte. Als sie zurückkehrte, lag eine frische Haube auf dem Bett. Sie setzte sie auf und legte sich den Umhang um, den sie mit einem Verschluß in Kreuzform befestigte. Er war aus dunklerem Grau als ihr Rock. »Bitte, Schwe-

ster Cuthbert, werdet Ihr Matti und Isa sagen, wohin ich geritten bin? Und daß ich so schnell wie möglich zurückkomme?«

Schwester Cuthbert nickte. Behutsam ordnete sie Elfs Schleier und sagte: »Es wird ein großes Abenteuer werden, meine Kleine, und du solltest wenigstens ein kleines Abenteuer erleben, bevor du dein Leben unserem Herrn weihst. Wir werden für deinen Bruder beten, Elf. Mach dir keine Sorgen um ihn, denn er ist in Gottes Hand. Komm, ich bring dich zu Schwester Joseph, damit ich mich vergewissern kann, daß sie dir ein ordentliches Pferd gibt. Sie will uns immer dieses störrische Muli andrehen, das nur dorthin geht, wohin es will, und nicht dorthin, wo man es haben möchte. Du bist zu jung und zu unerfahren, um Schwester Joseph die Stirn zu bieten – ich nicht.«

Gemeinsam begaben sie sich zum Pferdestall, einem kleinen Gebäude an der Westseite des Klosters. Und tatsächlich wollte Schwester Joseph Elf ihr Lieblingsmuli geben, aber Schwester Cuthbert protestierte lautstark.

»Sie braucht die weiße Stute«, sagte die ältere Nonne.

»Die ist der ehrwürdigen Mutter vorbehalten«, erwiderte Schwester Joseph.

»Die ehrwürdige Mutter hat nicht vor, einen Ritt zu unternehmen, Eleanore de Montfort schon. Das Muli folgt nur Euch, sonst niemand, und das wißt Ihr genau.«

»Aber wir wissen ja nicht, wie lange die Stute weg sein wird, und wenn die ehrwürdige Mutter sie benötigt, was sage ich dann?« beharrte Schwester Joseph.

Schwester Cuthbert wandte sich an Elf. »Kannst du dafür sorgen, daß die Leibeigenen deines Bruders die Stute in ein bis zwei Tagen zurückbringen? Ich bin sicher, er wird dir ein anständiges Pferd geben, wenn du zum Kloster zurückkehrst. Wenn Schwester Eunice dann die Stute benötigt, wird sie hier im Stall stehen.«

Elf nickte.

»Also gut«, gab Schwester Joseph nach, »aber die Stute muß spätestens in zwei Tagen zurück sein, Eleanore de Montfort.«

»Das wird sie, Schwester, ich verspreche es«, erwiderte Elf sanft. »Und vielleicht komme ich sogar höchstpersönlich mit ihr zurück.« Sie strich der Stute über die samtene Nase.
Das Pferd wurde gesattelt und das Bündel mit Elfs Sachen festgezurrt. Dann saß sie auf. Alle Mädchen im Kloster lernten Reiten. Elf hatte nicht erwartet, daß sie je außerhalb der Klostermauern reiten würde. Als sie nach den Zügeln griff, spürte sie eine leichte Erregung. Sie würde nach Ashlin zurückkehren, würde Dickon sehen, und dank ihrer Heilkünste würde sie ihn wieder gesund machen, davon war sie überzeugt. Sie würde auch die alte Ida wiedersehen, sofern sie überhaupt noch lebte. Dann würde sie wieder nach St. Fridewide's zurückkehren, ihr ewiges Gelübde ablegen und den Rest ihres Lebens Gott dienen. Gerne hätte sie vor ihrer Abreise noch mit Matti und Isa geredet, aber das war nicht möglich.
Schwester Cuthbert führte die Stute und ihre Reiterin aus dem Stall heraus. Schwester Perpetua öffnete die Klosterpforten, und Elf wurde hinausgeführt.
Schwester Cuthbert reichte Saer de Bude die Zügel. »Seid vorsichtig«, ermahnte sie den jungen Mann. »Die junge Lady ist es nicht gewohnt, über Land zu reiten. Geh mit Gott, mein Kind«, sagte sie, zu Elf gewandt.
Sie begannen ihren Ritt in ruhigem Tempo. Elf entdeckte Isa und Matti, die immer noch auf dem Hügel saßen und die Schafe hüteten. Am liebsten hätte sie ihnen zugewunken, traute sich aber nicht, da sie kein Aufsehen erregen wollte. Saer de Bude befand sich links neben ihr. Eine Zeitlang ritten sie schweigend dahin. Dann hob der junge Mann zu sprechen an.
»Dürft Ihr mit mir reden, Lady?« fragte er.
»Ja«, erwiderte sie. »Wir sind kein Schweigekloster.«
»Ihr seid nicht mehr auf Ashlin gewesen, seit Ihr ins Kloster gebracht worden seid«, stellte er fest.
»Ja, das stimmt«, erwiderte Elf. »Erzählt mir von meinem Bruder, Sir. Wie krank ist er, und was hat man für ihn getan?«

»Richard liegt im Sterben«, antwortete er ohne Umschweife.
»*Mon Dieu!*« rief das Mädchen. Dann errötete sie, da es sich wie ein Fluch angehört hatte.
»Lady Isleen pflegt ihren Gatten mit der Hingabe eines Engels«, fuhr Saer de Bude fort. »Euer Bruder hat Glück gehabt.«
»Warum liegt er im Sterben?« wollte Elf wissen. »Was ist los mit ihm? Gewiß wurde nach einem Arzt geschickt und eine Diagnose gestellt.«
»Nein, ein Arzt war nicht auf Ashlin«, erwiderte Saer de Bude. »Wir hätten einen aus Worcester holen müssen. Anfangs hat man die Krankheit Eures Bruders nicht für so ernst gehalten.«
»Ich helfe im Kloster der Schwester, die die Kranken versorgt« erklärte ihm Elf. »Ich möchte meinen Bruder untersuchen, auch wenn ich keine Ärztin bin. Doch Schwester Winifred sagt, ich bin die beste Helferin, die sie je gehabt hat. Ich kann bestimmt etwas für meinen Bruder tun.«
»Lady Isleen wird Euch gewiß sehr dankbar sein«, erwiderte Saer de Bude.
»Wie seid Ihr nach Ashlin gekommen?« fragte Elf.
»Meine Mutter war eine de Warenne«, erwiderte er. »Lady Isleen ist meine Cousine. Ihre Familie meinte, ich könnte Eurem Bruder eine Hilfe sein.«
»Ich bin sicher, Richard ist Euch dankbar«, meinte Elf steif. Dann schwieg sie wieder. Sie hatte ihre Schwägerin nur einmal gesehen, und vielleicht hatte sie sie damals mit den Augen des Kindes gesehen, dem die Heimat genommen und das an einem fremden Ort untergebracht worden war. Sie war also der Mensch, der ihr ihren geliebten Bruder weggenommen hatte. Es hatte auch nichts geholfen, daß Isleen ungewöhnlich schön war. Ihr Haar hatte im Mondlicht wie goldene Distelwolle geschimmert. Ihre Augen waren tiefblau, ihre Haut so zart wie Porzellan und ihre Wangen von einer zarten Röte überzogen. Sie duftete nach Rosen. Es war ein köstlicher, schwerer Duft, der Ausgefallenheit verriet. Es war für ein kleines fünfeinhalb Jah-

re altes Kind in einem stumpfen grauen Gewand nicht leicht, eine solche Frau zu mögen. Und Isleen hatte keinerlei Versuch unternommen, die Sympathie ihrer kleinen Schwägerin zu erringen. Es war ein kurzer Besuch gewesen. Isleen starrte aus dem Fenster des Besucherraums, während sich Dickon kurz mit ihr unterhielt, dabei aber ständig den Blick zu seiner Frau schweifen ließ, bis er es offensichtlich nicht mehr aushielt und sie sich rasch von Elf verabschiedeten.

Aber jetzt hatten ihr Bruder und seine Frau, die immer noch kinderlos war, nach ihr gesandt. Ich darf Isleen nicht nach diesem einen Besuch beurteilen, schalt sich Elf insgeheim. Weshalb haben sie keinen Arzt geholt? überlegte sie. Aber immerhin liebt sie meinen Bruder und hat sich um ihn gekümmert. Es bricht ihr bestimmt das Herz, daß Gott sie nicht mit Söhnen und Töchtern gesegnet hat. Ich muß sie wie meine Schwester behandeln, als ob wir uns das erste Mal begegneten. Ich werde sie lieben, weil sie Dickon liebt. Hat unser Herr nicht gesagt, daß wir einander genauso lieben sollen, wie wir ihn lieben?

»Ihr habt Euer Gelübde noch nicht abgelegt?« nahm Saer de Bude die Unterhaltung wieder auf. »Wollt Ihr wirklich Nonne werden? Habt Ihr nie die Freuden der Ehe erwogen, Lady?«

»Ich habe nie etwas anderes sein wollen«, antwortete Elf aufrichtig. »Ich segne den Tag, an dem mich mein Bruder ins Kloster St. Frideswide's gebracht hat, obwohl ich damals ängstlich und verwirrt war. Ich hatte gerade meine Mutter verloren. Meinen Vater kenne ich nicht, und so hatte ich auf der ganzen Welt nur noch Dickon und meine alte Amme Ida. Doch die Nonnen haben mir die Mutter ersetzt und mich unterrichtet. Irgendwann erkannte ich, wie wohl ich mich bei ihnen fühlte, welches Glück ich hatte, daß ich in ihre Reihen aufgenommen wurde und das Privileg besitzen würde, Gott für immer zu dienen.«

»Das kann ich verstehen«, sagte er. »Ich zum Beispiel habe mir immer gewünscht, Ritter zu werden und im Dienst des Königs zu stehen, denn darin sehe ich mein ganzes Glück.«

Eine Zeitlang ritten sie schweigend weiter.
»Glaubt Ihr, Ihr könnt etwas schneller reiten?« fragte er schließlich.
»Ich denke schon«, erwiderte Elf, »aber wenn ich Angst bekomme, dann haltet Ihr an, nicht wahr, Sir?«
»Aber ja«, brummte er, trieb sein Pferd an und ritt in leichtem Galopp weiter.
Die Stute folgte, und Elf beugte sich leicht vor, um das Pferd anzutreiben. Sie war überrascht, daß es ihr gelang, denn sie war bisher nur wenige Male im Galopp geritten, aber es war nicht unangenehm. Ein leichter Windhauch streifte ihr Gesicht, und sie genoß die Freiheit um sich herum. Schwester Cuthbert liebte es, Elf zu necken, indem sie ihr erklärte, Freude sei im Kloster keineswegs verboten, denn das junge Mädchen neigte dazu, allzu ernst zu sein.
Doch nach einer Weile strengte Elf das Reiten an, und sie bat ihren Begleiter anzuhalten.
»Vergebt mir, Lady, Ihr seid so schweigsam, daß ich Eure Anwesenheit fast vergessen hätte. Natürlich werden wir eine kleine Rast einlegen. Wir haben es ja nicht mehr weit. Laßt mich Euch vom Pferd helfen.« Saer de Bude hob Elf vom Sattel und stellte sie auf den Boden.
»Dort unterhalb der Böschung ist ein Fluß. Möchtet Ihr einen Schluck Wasser trinken?«
»Nein, danke«, erwiderte Elf. »Ich möchte mir nur etwas die Beine vertreten, bevor wir weiterreiten.« Sie blickte sich um. »Sind wir schon auf heimischem Boden? Auch wenn es schon viele Jahre her ist, kommt mir die Gegend vertraut vor.«
»Ja, tatsächlich, Lady, Euer Gedächtnis trügt Euch nicht. Wir befinden uns auf dem Land Eures Bruders. Wir haben nur noch zwei Meilen vor uns, dann seid Ihr wieder daheim«, sagte er und bedachte sie mit einem breiten Grinsen.
Er bereitete Elf Unbehagen. Lag es daran, daß er ein Mann war und sie Männer nicht gewöhnt war, oder an ihm persönlich? Sie warf ihm einen unauffälligen Blick zu. Er sah recht gut aus, war mittelgroß und kräftig gebaut, hatte goldblondes Haar, dunkle Augen und leichte

Pockennarben im Gesicht, was aber seinem Aussehen keinen Abbruch tat. Er trug einen Schnurrbart und einen kurzen, gepflegten Bart. Zudem war er gut gekleidet, aber nicht auffallend, die Farben seiner Gewänder waren in Mittelbraun und Grün gehalten. Elf stellte fest, daß seine Stiefel, obwohl nicht mehr neu, aus bestem Leder gefertigt waren.

Saer de Bude nahm einen kräftigen Schluck aus einer kleinen Reiseflasche, die er bei sich trug. Dann wischte er sich mit der Hand über den Mund und verschwand in den Büschen. Sie errötete, als sie hörte, wie er sich erleichterte. Als er zurückkam, sagte er: »Wenn Ihr nichts trinken wollt, sollten wir besser weiterreiten.«

Elf nickte. Sie hatte Durst, wollte aber nichts trinken, um nicht urinieren zu müssen. Es war ja unmöglich, solange sie sich in Begleitung des Mannes befand. »Laßt uns weiterreiten, Sir«, stimmte sie zu. »Ich will, genau wie Ihr, so bald wie möglich auf Ashlin sein.« Als er sie wieder in den Sattel hob, blickte sie über seine Schulter. »Danke, Sir«, sagte sie, »ich sitze jetzt bequem.«

Er musterte sie kurz und schwang sich dann selber in den Sattel. Schließlich ritten sie durch einen dichten Wald. Auf dem Hügel dahinter erblickte Elf ihr Elternhaus, das kleine Herrenhaus, das von der Abendsonne beschienen wurde. Ihr Herz war in Aufruhr. Unwillkürlich trieb sie die kleine Stute an und raste im Galopp über die Wiese, so daß die Schafe auseinanderstoben. Ihr Begleiter, der zuerst verblüfft war, folgte ihr und wunderte sich über das plötzliche Temperament der kleinen Nonne. Das hätte er nicht hinter ihrem sanften Wesen vermutet. Er kicherte. Die nächsten Tage würden sicherlich interessant werden. Er überlegte, ob diese Zurschaustellung von Temperament einmalig war oder ob Eleanore de Montfort hinter ihrer mausgrauen Tracht und ihrem steifen kleinen weißen Schleier Intelligenz und Feuer verbarg. Isleen rechnete keinesfalls damit, es würde ihr auch sicherlich nicht gefallen, aber er wußte, daß seine Cousine die Lage der Dinge erst einmal abschätzen würde, bevor sie etwas unternahm.

Als er Richard de Montforts Schwester aus dem Kloster geholt hatte, hatte er geglaubt, eine einfache Mission zu erfüllen, aber das Ganze schien eine höchst faszinierende Angelegenheit zu werden. Saer de Bude kicherte vergnügt in sich hinein.

2. Kapitel

Ein junger Leibeigener half Elf vom Pferd. »Willkommen zu Hause, Lady«, begrüßte er sie. Sie dankte ihm und bat ihn: »Bitte, sorg dafür, daß die Stute gut behandelt wird, denn sie gehört der Äbtissin und muß in zwei Tagen dem Kloster zurückgegeben werden.«
Er nickte. »Ich kümmere mich persönlich darum, Lady. Ich bin Arthur, Idas Enkel. Vermutlich werdet Ihr Euch nicht an mich erinnern.«
»Aber ja doch!« rief Elf. »Als Kinder haben wir miteinander gespielt, und als meine Mutter starb, hast du mir Gänseblümchen gebracht, die du auf der Wiese gepflückt hattest. Als ich dann von zu Hause wegging, hast du geweint. Ich erinnere mich noch gut: Du hast weinend neben deiner Großmutter gestanden und dir mit den Ärmeln die Augen gerieben. Gott segne dich, Arthur, und bewahre dich vor Unglück.«
Arthur nickte und lächelte. Dann führte er die Stute zum Stall.
In diesem Augenblick ritt Saer de Bude durch die Tore des Landguts und rief Elf zu: »Lady, wartet, ich bringe Euch zu Eurem Bruder.«
Er stieg vom Pferd, packte Arthur am Kragen seines Kittels und sagte in barschem Ton: »Da, Junge, führ auch mein Pferd zum Stall.«
»Sehr freundlich von Euch, Sir, aber ich kenne den Weg«, rief Elf ihrem Begleiter zu.
»Lady«, erwiderte dieser schroff, ging auf sie zu und umfaßte ihren Arm mit festem Griff. »Ich wurde damit beauftragt, Euch nach Ashlin zu bringen, und würde meinen Auftrag nur halb erfüllen, wenn ich Euch nicht direkt zu

Eurem Bruder führte.« Und damit geleitete er sie ins Haus und zur Halle.
»Cousine, ich bin wieder zurück!«
Isleen de Montfort wandte den Kopf und lächelte. Dann eilte sie ihnen entgegen. »Willkommen auf Ashlin, meine liebe Eleanore«, säuselte sie. »Es tut mir so leid, daß der Anlaß deines Besuches ein trauriger ist.«
Flüchtig kam Elf der Gedanke, daß ihre Schwägerin sie ja schon früher hätte einladen können, in glücklicheren Zeiten, aber sie verdrängte den lieblosen Gedanken sofort wieder. Sie streckte die Hände aus, ging auf Isleen zu und küßte sie auf beide Wangen. »Gott segne dich, daß du mich gerufen hast, Isleen. Dein Vetter hat mir berichtet, wie aufopferungsvoll du dich um Dickon kümmerst. Aber jetzt bin ich ja hier und werde dir helfen. Wo ist mein Bruder?«
»Dort drüben.« Isleen deutete auf das Lager, das neben dem Kamin errichtet worden war. »Er schläft, aber wenn du seinen Namen nennst, wird er aufwachen. Ich lasse euch bei eurem Wiedersehen allein. Komm, Vetter. Begleite mich in den Garten.«
Elf bemerkte nicht, wie sich ihre Schwägerin mit ihrem Vetter zurückzog, denn der Anblick, der sich ihr bot, ließ sie erstarren. Richard war bis aufs Skelett abgemagert, und seine Haut sah aus wie Pergament. Er war ein gutaussehender Mann gewesen, aber jetzt waren seine Wangen eingefallen, seine Nase spitz, und seine Wangenknochen standen scharf hervor. Seine Haut spannte, und sein einst volles rötliches Haar war so dünn, daß er an einigen Stellen fast kahl war. Elf kniete neben seinem Lager nieder, die Augen voller Tränen.
»Dickon«, sagte sie leise. »Dickon, ich bin hier, um dich gesund zu machen.«
Richard de Montfort öffnete langsam seine grauen Augen. Eine knochige Hand faßte nach ihrem Arm. »Wer seid Ihr?« keuchte er.
»Ich bin's, Dickon, Elf«, erwiderte sie. »Deine Schwester.«
Sie löste das Kinnband, das ihren Wimpel festhielt, und

nahm ihn ab, damit er ihre Haare sehen konnte. Dann lächelte sie.

»Elf«, flüsterte er. »Bist du's wirklich? Du bist groß geworden.«

»Das hoffe ich, Bruder«, lachte sie. »Es sind jetzt neun Jahre vergangen, seit wir uns das letzte Mal gesehen haben. Ich war damals ein kleines Mädchen von fünf Jahren, Dickon. Jetzt bin ich vierzehn, und bald werde ich mein ewiges Gelübde ablegen. Aber Isleen hat nach mir geschickt, weil du schwer krank bist. Im Kloster helfe ich der Schwester auf der Krankenstation. Vielleicht kann ich dich gesund machen ...«

Er lächelte sie an. »Elf, ich liege im Sterben, und es gibt keine Hilfe für mich«, sagte er ruhig. »Nach meinem Tod gehört Ashlin dir.«

»Und was ist mit Isleen?« fragte ihn Elf erstaunt. »Isleen ist deine Frau, Dickon. Ashlin sollte ihr gehören, nicht mir.«

»Isleen bekommt ihre Mitgift erstattet und wird zu ihrer Familie, den de Warennes, zurückkehren«, erklärte er. »Ashlin gehört rechtmäßig dir, Elf, du hast dein Gelübde noch nicht abgelegt. Vielleicht wählst du dir statt dessen einen Ehemann. Ashlin ist nicht groß, stellt aber eine ordentliche Mitgift dar. St. Frideswide's soll die Mitgift behalten, die ich dem Kloster bei deiner Aufnahme übergeben habe. Das ist nur gerecht, denn die Schwestern haben sich all die Jahre um dich gekümmert und dich aufgezogen.«

»Aber ich will keinen Ehemann«, widersprach Elf ihrem Bruder. »Ich will mein Gelübde ablegen. Im übrigen erlaube ich dir nicht zu sterben. Ich bin eine ausgezeichnete Kräuterkennerin. Beschreibe mir deine Symptome. Wann bist du krank geworden?«

»Vor über einem Jahr«, antwortete er. »Anfangs hatte ich lediglich Magenbeschwerden. Ich dachte, ich hätte etwas Falsches gegessen, und in ein bis zwei Tagen wäre alles vorbei. Doch dann ging es mir immer schlechter. Meine Därme brannten wie Feuer, und ich wurde immer schwächer. Ich konnte weder gehen noch reiten, ja nicht einmal mehr stehen. Dann erholte ich mich, erlebte aber einen Rückfall

und war noch übler dran als vorher. Jetzt kann ich nichts mehr bei mir behalten, und wie du siehst, fallen mir die Haare und die Zähne aus. Ich werde sterben, Elf. Ich glaube nicht, daß du mir helfen kannst, kleine Schwester.«
»Ich kann es aber versuchen«, sagte sie voller Eifer. »Ich kann es versuchen, Dickon!«
»Nun, schlechter als jetzt kann es mir nicht mehr gehen«, sagte er mit einem schwachen Lächeln.
»Warum hast du keine Kinder?« fragte ihn Elf frei heraus.
»Das liegt an Isleen«, erwiderte er, »obwohl ich es ihr nicht zu sagen wage, denn es würde ihr das Herz brechen. Ich habe zwei Söhne und eine Tochter von Leibeigenen, aber du darfst es ihr nicht verraten. Sie glaubt, es liege an mir, weil ich krank bin, aber das stimmt nicht. Elf, du behältst dieses Geheimnis doch für dich? Ich habe dir meine Sünden gebeichtet, und du bist als Nonne verpflichtet, Schweigen zu bewahren, oder? Gott wird mich richten«, sagte er und schenkte ihr ein schwaches Lächeln.
Sie überlegte, weshalb er sich mit den Mädchen eingelassen hatte. Aber es ging sie nichts an, beschloß sie und verdrängte diese Gedanken. »Ich werde dein Geheimnis für mich behalten, Bruder«, versicherte sie ihm. »Du mußt jetzt wieder schlafen. Ich werde Isleen fragen, wo ich mein Herbarium aufstellen kann. Ich will dir helfen und darf keine Zeit verlieren. Wo ist übrigens die alte Ida?«
»Seit dem Tag, als ich dich ins Kloster gebracht habe, hat sie kein Wort mehr mit mir geredet und nie wieder einen Fuß in dieses Haus gesetzt.«
»Ich werde sie finden«, erklärte ihm Elf, »und sie wird mir helfen, dich wieder auf die Beine zu bringen, Dickon.« Sie erhob sich und rief nach einem Diener, den sie fragte: »Wo ist die Herrin des Hauses?«
»Im Garten, Lady«, erwiderte dieser.
»Bring mich zu ihr«, befahl ihm Elf, »und dann such die alte Ida. Sag ihr, ich sei zurückgekehrt und brauche ihre Hilfe.«
Elf folgte dem Diener in den Garten, wo bereits die Rosen blühten. Sie stellte fest, daß der Garten nicht mehr so ge-

pflegt war wie zu Lebzeiten ihrer Mutter. Zuerst konnte sie ihre Schwägerin nirgendwo entdecken, doch dann erspähte sie sie zusammen mit ihrem Vetter. Sie saßen auf einer Bank am anderen Ende des Gartens und hatten die Köpfe zusammengesteckt. Elf rief nach ihr, als der Diener, der sie hierhergeführt hatte, in die andere Richtung davoneilte.
Isleen sprang hoch und ging auf Elf zu. »Gott, hast du mich erschreckt, Eleanore«, sagte sie. Ihre Wangen waren gerötet, was ihre Schönheit noch mehr betonte.
»Ich wollte dich nicht stören, Schwester, aber ich brauche einen Platz, wo ich mein kleines Herbarium aufstellen kann. Dickon ist wirklich schwerkrank. Ich bete zu Gott, daß ich ihm helfen kann.«
»Genau wie ich, liebe Schwester«, erwiderte Isleen sanft.
»Am Ende des Gartens befindet sich eine kleine Hütte, die sich meines Erachtens bestens dafür eignen würde. Komm und sieh sie dir an.« Isleen übersah Saer de Bude geflissentlich, als ob er gar nicht da wäre. Ihre hellblauen Röcke wippten anmutig auf und ab, als sie sich durch die Rosenbüsche bewegte.
Der Duft der rosa, weißen und roten Blüten war schwer. Große Hummeln tauchten in die Blüten ein, um den Nektar aufzusaugen. Elf folgte ihrer Schwägerin, von der ein betörender Duft ausging, bis zu einem kleinen, eher baufälligen Gebäude.
»Genügt dies?« erkundigte sich Isleen liebenswürdig.
»Aber ja«, erwiderte Elf. »Es ist ein guter Platz für mein Herbarium. Kann ich ein paar Leibeigene bitten, die nötigsten Reparaturen auszuführen?«
»Natürlich«, erwiderte Isleen. »Das ist ja schließlich dein Heim.«
Elf entging der Unterton in ihren Worten nicht. *Isleen weiß, daß Ashlin mir gehört, wenn Dickon stirbt. Das erfüllt sie mit Bitterkeit*, überlegte Elf. »Ich danke dir«, sagte sie zu ihrer Schwägerin.
Isleen zuckte die Schultern. »Dann überlasse ich dich deiner Arbeit, Eleanore«, sagte sie und eilte den Gartenweg hoch.

»Meine Kleine! Seid Ihr's wirklich?« hörte Elf eine Stimme. Eine alte Frau humpelte auf sie zu.
»Ida!« Elf strahlte und umarmte die alte Amme. »Oh, Ida! Wie freue ich mich, dich endlich wiederzusehen. Dickon erzählte mir, du habest kein Wort mehr mit ihm gewechselt, seit er mich im Kloster abgeliefert hat. Das war wirklich nicht sehr nett von dir. Ich fürchte, mein armer Bruder liegt im Sterben. Ida, ich brauche deine Hilfe.«
»Da Ihr jetzt hier seid, Herzchen, werde ich das Haus wieder betreten und Frieden mit Eurem Bruder schließen. Ich habe mir geschworen, daß dies erst nach Eurer Heimkehr geschehen würde, und ich habe mein Versprechen gehalten.« Die alte Frau schob energisch ihr Kinn vor, und ihre haselnußbraunen Augen blickten streng.
»Was wäre gewesen, wenn ich nicht heimgekehrt wäre?« fragte Elf. »Du hättest doch nicht zugelassen, daß Dickon ohne deine Vergebung sterben muß?«
»Wie hätte ich ihm verzeihen können, daß er sie über sein eigenes Fleisch und Blut gestellt hat?« sagte Ida wütend. »Als Herrin des Hauses wäre es ihre Pflicht gewesen, sich nach dem Tod der Mutter der jüngeren Schwester ihres Gemahls anzunehmen – Gott sei der guten und reinen Seele von Lady Adeliza gnädig. Sehr oft schon haben die Erbinnen großer Güter die jüngeren Brüder und Schwestern ihrer Gatten, ja sogar die Kinder aus früheren Ehen aufgezogen. Aber diese nicht!«
»Du magst sie nicht«, stellte Elf fest. »Warum? Doch nicht nur deshalb, weil Dickon mich ins Kloster gebracht hat, oder?«
»Damit hat es begonnen«, gab Ida zu. »Aber dann habe ich sie die neun Jahre beobachtet, in denen sie deinen armen, arglosen Bruder beherrschte. Er glaubt immer, mit ihr gehe für ihn die Sonne auf und unter. Als sie in dieses Haus kam, brachte sie keinen einzigen Bediensteten mit, obwohl ihr Vater es sich leicht hätte leisten können, ihr welche mitzugeben. Bald wurde uns klar, weshalb. Sie ist eine übellaunige Herrin, was sie allerdings vor Eurem Bruder gut verbergen konnte. Beim geringsten Mißgeschick schlägt sie die

Bediensteten oder schwärzt sie bei Eurem Bruder an, was ihnen Bestrafung einbringt. Sie ist ein niederträchtiges Geschöpf, meine Liebe, und Ihr müßt Euch vor ihr in acht nehmen!«
»Aber ihr Vetter hat mir berichtet, sie habe Dickon aufopferungsvoll gepflegt«, wandte Elf ein.
»Ha«, schnaubte Ida. »Sofern er tatsächlich ihr Vetter ist. Vor einem Jahr, kurz bevor Euer Bruder erkrankte, nachdem er bis dahin kerngesund gewesen war, hat er sich in Ashlin eingenistet.«
Elf spürte, wie es ihr kalt den Rücken hinunterlief, aber sie verdrängte dieses Gefühl und sagte: »Das ist bestimmt bloß Zufall, Ida. Wir dürfen nicht schlecht über Isleen denken, weil Dickon krank ist. Ich kann sie nur nach meiner eigenen Erfahrung beurteilen, und bis jetzt war diese gut. Sie hat mich herzlich empfangen und mir diese kleine Hütte für mein Herbarium überlassen, damit ich Dickon helfen kann.«
»Natürlich ist sie nett zu Euch«, sagte Ida. »Ihr seid die einzige lebende Verwandte ihres Gemahls, und Ashlin wird Euch gehören, wenn er stirbt.«
»Ich weiß«, erwiderte Elf, »aber mein Bruder wird nicht sterben, Ida. Ich habe bei Schwester Winifred viel gelernt, und sie sagt, ich sei die gelehrigste Schülerin, die sie je gehabt habe. Nachdem ich mein Gelübde abgelegt habe, soll ich ihre Helferin werden. Und eines Tages werde ich vielleicht, so Gott will, ihre Nachfolgerin sein. Gott hat dieses Leben für mich vorgesehen, und es ist genau das Leben, das ich führen möchte. Nun brauchen wir ein paar Stallburschen, die uns helfen, die Hütte zu reinigen, damit ich mein Herbarium aufstellen und meine Arzneien herstellen kann.«
»Ihr seid einfach zu unschuldig und habt ein zu gutes Herz«, seufzte Ida. Dann eilte sie davon, um die Aufträge ihrer jungen Herrin auszuführen.

Ein paar junge Leibeigene räumten erst einmal alles aus der Hütte, was sich über die Jahre darin angesammelt hatte.

Dann wurde in der Nähe ein Feuer gemacht, um einen Kessel Wasser zu heizen, damit die Hütte gründlich gereinigt werden konnte. Zwei kräftige Männer gruben einen neuen Brunnen und umgaben ihn mit einer hüfthohen Steinmauer. Ein Pfosten wurde in den Boden gerammt, von dem aus ein Holzarm über den Brunnen geführt wurde, um den Eimer ins Wasser hinunterzulassen und wieder hochzuziehen. Er konnte dann wieder über die Mauer zurückgeschwungen werden. Eine feste Tür wurde eingehängt, und zwei Rundfenster wurden angebracht, die mit dünnen Schichten von Tierhäuten bedeckt wurden. Diese erfüllten einen doppelten Zweck: Sie ließen Licht herein und hielten den Wind ab. Die Hütte wurde erst ausgefegt und dann naß aufgewischt. Regale wurden gebaut, auf denen Elfs Töpfe und Krüge und sonstiges Material Platz hatten. Außerdem zimmerten die Männer einen Tisch und einen Stuhl. Innerhalb von acht Tagen entstand für Elf eine ausgezeichnete Werkstatt.
In der Zwischenzeit hatte sie sich um Dickon gekümmert. Sie verabreichte ihm gesüßten Gerstenschleim, damit seine Gedärme von allen Schadstoffen befreit wurden. Elf hatte schnell begriffen, daß ihre Schwägerin zwar Mitleidsbekundungen äußerte, ansonsten aber keine Hand für ihren Bruder rührte. Ida sorgte dafür, daß ihr Herr gewaschen und sein Bettzeug gewechselt wurde. Sie bestrich auch seine schrecklichen Wunden, die er sich durchs Liegen zugezogen hatte, mit einer Salbe aus Lammfett und Eichelpaste, die Elf zusammengestellt hatte, nachdem sie zuerst geschlagenes Eiweiß auf die Wunden getan hatte, um den Schmerz zu lindern.
Isleen war nach wie vor freundlich zu ihrer Schwägerin; die Halle wurde saubergehalten, und die Mahlzeiten wurden rechtzeitig serviert. Doch abends saß Isleen mit ihrem Vetter auf der anderen Seite des Kamins und unterhielt sich flüsternd mit ihm, während der Herr des Hauses vor sich hindöste. Elf, die neben dem Lager ihres Bruders saß, arbeitete an einem Gobelin, um sich zu beschäftigen. Sie überlegte, ob etwas mit Isleen nicht stimmte, wie Ida stän-

dig behauptete, oder ob die arme wunderschöne Isleen einfach nur Trost in der Gesellschaft ihres Verwandten fand. Ich darf mich keinen bösen Gedanken hingeben, schalt sie sich. Isleen und Saer de Bude tun nichts Unrechtes, und jeder kann sie ja in der Halle beobachten. Gott vergebe mir, betete Elf, daß ich über die Frau meines Bruders urteile. Ida ist verdrossen und verbittert, weil sie keine Kinder hat, um die sie sich kümmern kann. Und dabei sind Kinder ihr Leben. »Ave Maria, *gratia plena*«, murmelte Elf und sehnte sich nach dem Kloster zurück, wo ihre Tage friedlich und geordnet vergangen waren.

Idas Sohn John und dessen Sohn Arthur richteten in dem Herbarium eine kleine Feuerstelle ein. Über dem Schieferboden erhob sich ein kleiner halbrunder Herd auf einem Steinsockel. Er befand sich in Bodenhöhe in einer Mauernische. Als die Männer fertig waren, bohrten sie Löcher in die Seiten und befestigten einen beweglichen Eisenarm, den der Schmied angefertigt hatte und der einen Topf halten konnte. Außerhalb der Hütte, die jetzt recht wohnlich aussah, befand sich ein kleiner Kamin. Die Männer freuten sich, als Elf ihnen überschwenglich dankte.

»Gern geschehen«, sagte John. »Ich verstehe wenig von Euren Künsten, aber ich dachte, daß es zu beschwerlich wäre, wenn Ihr jedesmal heißes Wasser vom Haus holen müßtet.«

»Ich hoffe nur, ich habe euch zwei nicht von euren Pflichten abgehalten«, meinte Elf. »Ich will nicht, daß die Dame des Hauses meinetwegen böse auf euch ist.«

»Unsere Leibeigenen kümmern sich gut um das Haus, Mylady. Wir brauchen nicht so einen wie den Ritter, der uns sagt, was zu tun ist. Er stammt nicht vom Land und hat keine Ahnung. Verzeiht mir meine offenen Worte, aber meine Mutter sagt, Ihr seid zu arglos und zu gut, und ich will nicht, daß Euch und Eurer Familie etwas Böses widerfährt.« Dann verbeugte sich John und fuhr fort: »Wir sind Eure Leibeigenen und werden Euch schützen, wenn es erforderlich sein sollte.« Er ging und ließ eine nachdenkliche Elf zurück.

Im Laufe der Woche, während die Hütte bewohnbar gemacht wurde, hatte Elf mehrere junge Frauen beauftragt, auf den Feldern und in den Wäldern die Kräuter zu holen, die sie für ihre Arzneien benötigte. Auch Kiefernzapfen wurden gesammelt; sie waren gut gegen Nieren- und Blasenbeschwerden, im übrigen dienten sie auch zur Luststeigerung. In einem Lagerraum unterhalb der Halle hatte Elf ein kleines Lager mit Eicheln gefunden, worüber sie sehr froh war, denn bis zum Herbst würde es keine mehr geben. Von der letzten Ernte waren noch Weizen und Gerste übrig. Elf füllte jeweils einen Korb davon. Die Gerste wurde geröstet, damit sie nicht abführend wirkte. Zusammen mit getrockneten Feigen diente sie, in gesüßtem Wasser gekocht, als Mittel gegen Abszesse.
In der Nähe des Getreidespeichers fand sie einen Kapernstrauch. Sie pflückte die Kapern, da sie gegen allerlei Beschwerden halfen: Zahnweh, Ischias und Krämpfe. Ein Bienenstock in einem halbverfaulten Baumstamm im nahe gelegenen Wald diente ihr als Lieferant für Honig. Im Küchengarten gediehen Kohlköpfe, Eierkürbisse, Gurken, Lauch, Zwiebeln und Knoblauch sowie Spargel, Spinat, Pastinakwurzeln und Runkelrüben. Außerdem wuchsen hier Senfkräuter, Minze, Salbei, Petersilie und Fenchel. Auf einer Wiese entdeckte Elf Weißen Andorn und hinter ihrem Schuppen Echter.
Innerhalb kurzer Zeit hing in der kleinen Hütte eine Menge Kräuter zum Trocknen. Krüge wurden mit Veilchen, Löwenzahnwurzeln, Krokusknospen sowie Feigen und Datteln gefüllt, die Elf aus der Küche geholt hatte. Sie war überrascht gewesen, sie hier vorzufinden, aber der Koch erklärte ihr, Lady Isleen wolle sie zum Dessert. Neben dem Schuppen hatte Albert einen kleinen Garten für Elf angelegt. Hier pflanzte sie alle möglichen Kräuter an, die es nicht im Küchengarten gab, einschließlich Kamille.
Trotz Elfs Bemühungen schien Dickon von Tag zu Tag schwächer zu werden. Außer ihm hatte sie immer mehr Patienten unter den Leibeigenen zu verarzten. Als Elf Ida fragte, warum sich Isleen nicht um die Leute kümmerte,

erklärte ihr die alte Frau, Isleen sei nicht sehr geschickt darin und verabscheue es.

»Aber es ist doch die Aufgabe der Herrin, für ihre Leute zu sorgen«, bemerkte Elf entsetzt. »Soll das heißen, daß sie in all den Jahren, seit sie mit meinem Bruder verheiratet ist, denen, die sie um Hilfe gebeten haben, nicht geholfen hat?«

»Nicht ein einziges Mal«, bestätigte Ida. »Sie schenkt ja auch Eurem Bruder keine Erben, obwohl er Kinder unter den Leibeigenen hat. Sie will auch nicht die Wunden ihrer Leibeigenen verbinden oder sich um deren Fieber oder Grippe kümmern. Sie ist ein nutzloses Geschöpf.«

»Aber Dickon liebt sie«, sagte Elf leise.

Ida gab einen verächtlichen Laut von sich. Dann murmelte sie: »Und was hat er davon, so eine nutzlose Frau zu lieben? Wenn mein armer Herr tot ist, werdet Ihr eine bessere Herrin für Ashlin sein, liebe Elf.«

Elf schwieg. Es war sinnlos, mit Ida zu streiten. Sie war von dem Augenblick an gegen Isleen gewesen, als diese auf Ashlin eingezogen war. Trotzdem machte sich Elf Gedanken über ihre Schwägerin. Erst gestern abend hatte sie entdeckt, wie sie Richard Zuckerwerk gegeben hatte, das er zwar gern mochte, aber nicht essen sollte. Es war nicht das erste Mal, daß sie so etwas tat. Elf war es schwergefallen, ihre Schwägerin nicht zurechtzuweisen. Statt dessen hatte sie sie nur milde getadelt. Isleen wirkte zuerst ehrlich zerknirscht, schnitt ihr dann aber eine Grimasse.

»Isleen, du solltest Dickon nichts geben, was ich nicht für gut heiße, denn es ist schwierig genug, seinen Magen unter Kontrolle zu bekommen. Die Süßigkeiten schaden ihm, auch wenn das bestimmt nicht deine Absicht ist. Du verwöhnst ihn, weil du ihn liebst, aber das solltest du nicht tun.«

»Wenn ich krank wäre, würdet Ihr mich dann auch so fürsorglich pflegen, Mylady?« fragte Saer de Bude sie honigsüß.

Sie fand sein Lächeln ausgesprochen unangenehm. »Es ist meine Pflicht als Krankenschwester und Dienerin Gottes, meine Fertigkeiten dazu zu benutzen, Leiden zu lindern«, erklärte Elf knapp.

»Wenn Ihr mich pflegen würdet, wäre ich schnell wieder gesund«, erwiderte er schmeichlerisch. »Ihr seid außerordentlich schön.«

Elf errötete. Sie würdigte ihn keines Blickes, da seine Worte höchst unpassend waren, und er wußte es. Ein Mann von Adel redete nicht auf diese Art zu einer Braut Christi. Sie beugte sich tiefer über ihren Stickrahmen, aber ihr entging nicht das ungehaltene Zischen in der Stimme ihrer Schwägerin, auch wenn sie deren Worte nicht verstehen konnte.

»Wie kannst du es wagen, der bigotten kleinen Hexe Komplimente zu machen!« flüsterte Isleen Saer de Bude zu. »Wenn Richard gesund wäre, würde er dich allein deiner Worte wegen töten. Bist du von Sinnen?«

»Nein, aber ich denke an unsere Zukunft, was du auch tun solltest, meine schöne Cousine. Haben wir das nicht alles geplant? Und wurde die kleine Nonne nicht deswegen aus dem Kloster geholt? Du hast deine Rolle bisher gut gespielt, Isleen. Laß nicht zu, daß deine Eifersucht und dein Neid auf sie alles ruinieren. Ich liebe dich und nicht die kleine Nonne. Ich habe immer nur dich geliebt. Wäre ich ein wohlhabender Mann gewesen, hätten wir deinen Vater überzeugen können, daß er dich mir gibt statt Richard de Montfort.«

»Aber du bist kein wohlhabender Mann«, flüsterte Isleen schneidend.

»Nein, bin ich nicht, aber ich werde es sein, wenn ich deine Schwägerin heirate«, erwiderte Saer de Bude. »Dann gehört Ashlin mir. Wenn ich dann plötzlich Witwer werde, wirst du meine Frau.« Seine Augen, deren Blau so dunkel war, daß sie fast schwarz wirkten, blickten sie voller Leidenschaft an. Eine blonde Locke fiel ihm in die Stirn. Isleen hätte sie ihm am liebsten aus der Stirn gestrichen, doch sie durfte kein Zeichen ihrer intimen Vertrautheit mit dem »Vetter« zeigen.

»Sie wird weder dich noch sonst jemanden heiraten«, stieß

Isleen fast verächtlich hervor. »Ich habe sie nur einmal gesehen, nachdem Richard und ich verheiratet waren. Er nahm mich mit in ihr Kloster, damit ich sie kennenlerne. Ich glaube, er hoffte, ich würde mich bereit erklären, sie nach Ashlin mitzunehmen. Der Narr! Sie war damals ein kleines argloses Kind. Aber jetzt ist sie alt genug, um zu wissen, was sie will – und sie will Nonne werden, obwohl ich nicht verstehe, weshalb. Sie ist recht hübsch, und mit Ashlin als Mitgift könnte sie mit Leichtigkeit einen Ehemann aus Fleisch und Blut bekommen. Aber sie will nur ihren Herrn Jesus. Wie kannst du da mithalten, Vetter?«
»Wenn wir sie nicht auf vernünftigem Weg in unsere Pläne einspannen können, gibt es nur eine Möglichkeit, Isleen. Ich werde sie vergewaltigen. Wenn sie geschändet ist, wird ihr Kloster sie nicht mehr wollen. Glaub mir, die kleine Nonne wird ihre Unschuld verloren haben, noch bevor sie ihren Entschluß im Gebet überdenken kann.«
»Du bist eine Ausgeburt der Hölle«, murmelte Isleen voller Bewunderung. »Ich glaube, du hoffst, sie widersteht dir, damit du sie vergewaltigen kannst.«
Er kicherte gehässig. »Vielleicht«, erwiderte er. »Willst du mir helfen, Isleen? Willst du die kleine Nonne ebenfalls ihrer Unschuld berauben?«
Isleen riß ihre blauen Augen auf. »Wie?« flüsterte sie etwas verängstigt. Dies war ein gefährliches Terrain. Manchmal konnte Saer sogar ihr Angst einjagen, aber sie mußte sich eingestehen, daß seine Worte sie faszinierten.
»Ich besitze einen Gegenstand, den man Dildo nennt und den ich im Geschäft des Mohren in Hereford erworben habe. Er ist nicht leicht zu bekommen, da sein Besitz verboten ist, aber der Mohr kennt meinen Geschmack. Er besteht aus poliertem Eschenholz und hat die Form eines männlichen Geschlechtsteils.« Er lächelte sie verschmitzt an. »Nachdem ich der kleinen Nonne die Jungfräulichkeit durch ihren Venustempel genommen habe, solltest du ihr vielleicht durch den Tempel Sodoms auch die Unberührtheit auf der anderen Seite nehmen. Der Dildo kann mittels eines Handgriffs benutzt werden, oder du kannst ihn dir

mit einem Lederriemen umschnallen und den Mann spielen. Würde dir das gefallen, Isleen?«
Ihre Wangen waren gerötet angesichts der lüsternen Vorstellungen, die seine Worte in ihr wachriefen. Die Verderbtheit seines Vorschlags war atemberaubend. »O ja«, sagte sie. »Sehr gern, Saer.«
»Dann führ dich nicht auf wie eine eifersüchtige kleine Närrin«, forderte er sie auf.
Ida beobachtete die beiden vom anderen Ende der Halle voller Argwohn. »Seht Ihr, wie ihre Wangen gerötet sind?« flüsterte sie Elf zu. »Was hat er wohl gesagt, das sie so erröten läßt? Es war bestimmt nichts für die Ohren einer anständigen Frau. Ich bin davon überzeugt, daß die beiden Sir Richard vergiften.«
»Sag um Gottes willen nicht so etwas! Das ist gemein, Ida! Wie kommst du nur auf einen solchen Verdacht?«
»Meine Liebe, Ihr wart zu sehr abgeschirmt!« sagte Ida. »Ihr müßt die Dinge so sehen, wie sie sind. Eure Schwägerin ist eine durchtriebene Hexe. Vielleicht war sie Euch gegenüber reizend, aber das ändert nichts an der Tatsache, daß sie mit allen Wassern gewaschen ist. Wir haben Angst, daß Ihr, wenn der Herr sterben sollte, dieser Frau und ihrem Vetter ausgeliefert seid. Es ist sehr wahrscheinlich, daß sie ein Liebespaar sind. Man hat ihn schon mehrere Male aus ihrer Kammer kommen sehen. Wir konnten es dem Herrn in seinem Zustand nicht sagen, aber Ihr müßt es wissen.«
»Ich verstehe nicht«, sagte Elf leise. »Liebt sie denn Dikkon nicht, Ida? Wie kann sie ihn betrügen, wenn sie ihn liebt?«
Idas wettergegerbtes Gesicht blickte freundlich, doch ihre Augen verrieten Besorgnis. Liebevoll tätschelte sie die Hand ihrer Herrin. »Ich glaube nicht, daß diese Frau jemals jemand anderen geliebt hat als sich selbst. Sie will nur nehmen. Sie weiß nicht, wie es ist zu geben. Euch ist beigebracht worden, Euer Selbst für die Welt zu opfern, wie es unser Herr Christus tat. Lady Isleen ist der Begriff Opfer völlig fremd. Sie will ihren ›Vetter‹, und sie will Ashlin.«

Elf war von Idas Worten aufgewühlt. Auch wenn sie unschuldig und behütet war, war sie nicht auf den Kopf gefallen. Sie hatte sich auch schon über die offensichtliche Vertrautheit zwischen Isleen und Saer de Bude gewundert. Außerdem machte sie mißtrauisch, daß Dickon sich kurzfristig erholte und sich danach noch elender fühlte – nachdem Isleen ihn mit seinen Lieblingsleckereien, gezuckerten Mandeln, in Versuchung geführt hatte. Wurde er, wie Ida vermutet hatte, tatsächlich vergiftet? Es war undenkbar, aber durchaus möglich. Sie seufzte. Sie wünschte sich, Isa und Matti wären hier, damit sie mit ihnen reden könnte, oder Schwester Cuthbert, die einen gesunden Menschenverstand besaß. Aber sie war allein und so hilflos wie die Leibeigenen ihres Bruders, unfähig, ihren Verdacht zu beweisen, und gezwungen, mit offenen Augen zuzusehen, wie Richard de Montfort langsam seinen Lebensatem aushauchte.

Ihre Gedanken wurden durch das Eintreten eines Ritters unterbrochen, der von Cedric, dem Majordomus, in die Halle geführt wurde. Er stellte sich als Sir Ranulf de Glandeville vor, der im Auftrag des Königs in Wales gewesen war. Er war ein hochgewachsener Mann mit tiefer Stimme. »Werdet Ihr mir für heute nacht Obdach gewähren, Mylord?« fragte er Richard, der ihn aufmerksam von seinem Lager aus musterte.

Richard warf Isleen einen Blick zu, die lächelte, aber keine Hand rührte, um sich um ihren Gast zu kümmern. »Das ist meine Gattin, Lady Isleen«, sagte er in dem Versuch, sie an ihre Gastgeberpflichten zu erinnern.

Isleen bedachte den Ritter erneut mit einem Lächeln, rührte sich aber nicht von der Stelle. Ranulf de Glandeville lenkte sie nur flüchtig von Saers unzüchtigen Worten ab. »Und meine jüngere Schwester, Lady Eleanore, die nach meinem Tod meine Erbin sein wird«, fuhr Richard fort, der sich über den offensichtlichen Mangel an Gastfreundschaft seiner Frau ärgerte.

Elf erhob sich, nachdem Ida sie sacht angestoßen hatte. »Ihr seid auf Ashlin herzlich willkommen, Sir«, sagte sie zu

ihm. »Ida, bitte, hol einen Teller und Wein für unseren Gast. Kommt, Herr, setzt Euch hier ans Feuer, und wärmt Euch auf, während Ida Euch etwas zu essen bringt. Es war ein ungewöhnlich regnerischer, kühler Tag für Juni.« Sie nahm seinen Umhang und sagte: »Wir sorgen dafür, daß er bis zu Eurer Abreise morgen wieder trocken ist.«
»Ich danke Euch, Lady«, erwiderte Ranulf de Glandeville. »Ihr seid sehr freundlich, und ich bin Euch dankbar für Eure Gastfreundschaft.« Er nahm Platz und beobachtete die Personen in der Halle. Sein Blick fiel zuerst auf den anwesenden Mann, der ihm bekannt vorkam. Dann musterte er die schöne Gemahlin des Hausherrn und dessen genauso schöne Schwester. Aufgrund ihres schlichten grauen Gewandes erkannte er in ihr die Novizin. Aber ihr langer rotgoldener Zopf verriet ihm, daß sie ihr Gelübde noch nicht abgelegt hatte. Ihr herzförmiges Gesicht war reizend, und er fand es bedauerlich, daß sie sich von Gott berufen fühlte und nicht von einem Mann. Seine Gedanken wurden durch den anderen Mann unterbrochen, der sich ihm näherte.
»Ich bin Sir Saer de Bude. Wir haben gemeinsam für den König gekämpft«, stellte er sich vor. »Die Dame des Hauses ist meine Cousine. Ich bin seit einem Jahr hier, um ihrem Gatten beizustehen, der, wie Ihr sicherlich sehen könnt, schwerkrank ist.«
Ranulf de Glandeville erhob sich und streckte ihm die Hand hin. »Ihr kamt mir gleich bekannt vor, Sir Saer«, erwiderte er. Der Mann war aufdringlich und taktlos. Er führte sich fast so auf, als ob er hier der Herr wäre und nicht Richard de Montfort.
»Wein«, befahl Saer de Bude lautstark. »Warum haben wir keinen Wein?« Mit Besitzermiene stolzierte er zur Tafel. »Kommt, Sir, leistet mir Gesellschaft. Die Bediensteten bringen Euch gleich etwas zu essen.«
Der Bote des Königs, der die Lage nicht kannte und nicht unhöflich erscheinen wollte, nahm an der Tafel Platz. Die schöne Eleanore persönlich servierte ihm einen Teller mit Essen und einer frischen Scheibe Brot. Das Mahl bestand

aus Scheiben gut abgehangenen Wilds, geschmortem Kaninchen, mehreren saftigen Steingarnelen, einer dicken Scheibe Schinken, einer Artischocke und einer Ecke Käse. Der Ritter errötete unter seinen wettergegerbten Wangen, da er erkannte, daß sein Hunger wohl nicht zu übersehen gewesen war. Er bekreuzigte sich, hielt den Kopf zum Gebet gesenkt, bekreuzigte sich abermals und begann zu essen. Nachdem er die Sauce mit dem letzten Stück Brot aufgesogen und einen letzten Schluck aus seinem Becher genommen hatte, lehnte er sich mit zufriedener Miene zurück.
»Meine Dame, Ihr habt mir köstliche Speisen angeboten«, sagte er voll des Lobes.
»Das ist das Haus meines Bruders«, erwiderte Elf voller Bescheidenheit.
»Vermutlich seid Ihr aus dem Kloster nach Hause gekommen, um zu helfen«, bemerkte Ranulf de Glandeville. »Habt Ihr Eurem Bruder zur Seite stehen können, Lady? Kann ich etwas für Euch tun?«
»Dickon wird sterben«, sagte Elf und sprach zum ersten Mal das aus, was sie die ganze Zeit mit sich herumgetragen hatte. Dieser Ritter hatte freundliche Augen, und einen Moment lang fühlte sie sich nicht ganz so allein. »Ich helfe im Herbarium und auf der Krankenstation des Klosters. Es heißt, ich sei begabt, aber jedesmal wenn ich denke, daß mein Bruder Fortschritte macht, erleidet er einen Rückfall. In den paar Wochen, seit ich wieder hier bin, geschah dies dreimal. Wenn ich dem Geheimnis, wodurch das verursacht wird, nicht auf die Spur komme, kann ich ihn nicht heilen. Es ist nur noch eine Frage der Zeit, dann wird er sterben müssen.« Während sie sprach, füllten sich ihre graublauen Augen mit Tränen.
»Ihr könnt nicht feststellen, woran er leidet?« erkundigte sich der Ritter behutsam.
»Es geht vor allem um seinen Magen«, erklärte Elf. »Er hat manchmal solche Schmerzen, daß er sich krümmt. Seine Därme sind ständig in Aufruhr. Zudem hat er viele Haare verloren und einige Zähne. Seine Haut ist wächsern. Richard ist nur zehn Jahre älter als ich, aber er sieht jetzt aus

wie ein alter Mann. Ich kann nur versuchen«, fuhr sie fort, »ihm seine Lage so weit wie möglich erträglicher zu gestalten. Ich fühle mich so unsagbar hilflos, daß ich ihm nicht helfen kann, gesund zu werden.«

»War er schon immer etwas schwächlich?« wollte Ranulf de Glandeville wissen.

»O nein!« erwiderte Elf. »Bis vor einem Jahr erfreute sich Dickon nach Angaben unserer Amme Ida bester Gesundheit.« Dann errötete das junge Mädchen. »Fast hätte ich es vergessen, Sir. Mein Bruder trug mir auf, Euch zu bitten, ihn aufzusuchen, bevor Ihr Euch zur Ruhe begebt. Ich habe Euch ein gemütliches Lager in der Nische neben dem Feuer zurechtgemacht.«

Ranulf erhob sich von der Tafel und nickte ihr kurz zu.

»Ich werde mich sofort zu Eurem Bruder begeben«, sagte er. »Ich danke Euch nochmals für Eure Gastfreundschaft, Mylady.«

»Gott schenke Euch eine angenehme Nachruhe, Sir«, erwiderte sie.

»Ich wußte nicht, daß Ihr die Kunst des Flirtens so gut beherrscht, meine Schöne«, meinte Saer de Bude anzüglich. »Haben Euch die guten Nonnen diese Kunst beigebracht, Elf? Aber mit mir flirtet Ihr nicht, dabei bin ich entzückt von Eurem Liebreiz.« Er versuchte, nach ihrer Hand zu greifen, aber Elf entzog sie ihm rechtzeitig.

»Weshalb deutet Ihr bloße Höflichkeit als etwas anderes?« fragte sie ihn streng. Dann fuhr sie fort: »Und weshalb seid Ihr eigentlich hier auf Ashlin, Sir? Niemand braucht Euch. Dickon wird bald sterben. Es geziemt sich nicht, daß Ihr Euch allein mit zwei Frauen ohne ältere Verwandte in diesem Haus aufhaltet. Ihr wollt doch bestimmt nicht dem Ruf Eurer Cousine schaden?« Plötzlich spürte Elf, daß der Zorn sie übermannte.

»Habt Ihr nicht Angst um Euren eigenen Ruf?« neckte er sie.

»Warum? Jeder, der mich kennt, weiß, daß ich keusch bin, denn ich bin eine Braut Christi. Mein Ruf ist makellos, aber wie steht es mit dem von Isleen?« provozierte Elf, wandte

sich dann um und stieg von der erhöhten Eßfläche hinunter. Nachdem sie Ida entdeckt hatte, zog sie sich mit ihr in eine Schlafnische am Ende der Halle zurück. Diese Schlafstätte, die Elf Ranulf de Glandeville zugedacht hatte, war eigentlich ihre. Da es aber die beste in der Halle war, trat sie sie an den Gast ab. Ida und Elf zogen es vor, in der Nähe von Richard de Montfort zu sein, der jetzt die ganze Zeit in der Halle war. Isleen schlief in dem kleinen Gemach neben dem Alkoven, der sich hinter der Halle befand. Und Saer de Bude nächtigte in einem kleinen Raum im Dachgeschoß.
Richard de Montfort begrüßte den Boten des Königs und forderte ihn auf, sich neben sein Bett zu setzen. »Ich habe einen Auftrag für Euch, Sir, falls Ihr ihn übernehmen wollt«, sagte er leise. »Meine Gemahlin und ich haben keine Kinder. Nach dem Erbrecht fällt Ashlin an meine Schwester Eleanore. Natürlich wird die Mitgift meiner Gattin ihrer Familie zurückerstattet, den de Warennes, zu denen Isleen auch zurückkehren wird. Sie ist immer noch jung und schön. Ich bin sicher, daß man einen neuen Ehemann für sie finden wird. Morgen früh werde ich meine Schwester bitten, mein Testament niederzuschreiben, denn sie hat im Kloster von St. Frideswide's eine ausgezeichnete Erziehung genossen. Sie wird drei Abschriften machen. Ein Exemplar behalte ich, das zweite soll bitte durch Euch dem Bischof von Worcester übergeben werden und das dritte dem König. Damit will ich erreichen, daß mein Letzter Wille in bezug auf meine Frau und meine Schwester deutlich zum Ausdruck kommt. Ein Leibeigener ist bereits damit beauftragt, nach meinem Ableben zum Bischof zu reiten und ihn von meinem Tod zu unterrichten. Der Bischof soll dann den König benachrichtigen. Ich überantworte Eleanores Sicherheit König Stephan. Wollt Ihr dies für mich tun, Sir?« schloß der Herr von Ashlin mit schwacher Stimme.
»Ich erfülle Euren Auftrag mit Freuden«, erwiderte Ranulf de Glandeville.
Richard nickte, offensichtlich erleichtert. »Ich danke Euch, Sir. Ich mag den Vetter meiner Gattin nicht. Er ist anma-

ßend, aber ich habe ihn Isleen zuliebe geduldet, da sie ihn anscheinend so schätzt. Aber ich habe kürzlich bemerkt, wie dieser Saer de Bude meine Schwester betrachtete, als er glaubte, unbeobachtet zu sein. Sein Blick gefällt mir nicht. Elf ist arglos und unschuldig. Sie weiß nicht, wie man sich gegen einen solchen Mann verteidigt.«
Elf, überlegte Ranulf. Ein hübscher Spitzname. »Wie lange ist Eure Schwester in St. Frideswide's gewesen? Eine junge Verwandte von mir ist auch dort. Sie heißt Isabeaux St. Simon und wird sich noch diesen Herbst vermählen.«
»Isa ist eine von Elfs zwei besten Freundinnen«, erklärte Richard. »Ihr müßt meiner Schwester sagen, daß Ihr sie kennt. Ich habe Elf kurz nach ihrem fünften Geburtstag ins Kloster gebracht. Erst war unser Vater gestorben und dann unsere Mutter. Ich hatte eine Heirat mit den de Warennes vereinbart, und sie fanden, es sei Isleen nicht zuzumuten, meine Schwester aufzuziehen. Deshalb haben sie das Kloster vorgeschlagen. Da sie wußten, daß die Mitgift meiner Schwester nicht groß war, legten sie uns nahe, sie solle Nonne werden. Es war ein guter Entschluß, sie ins Kloster zu bringen, sie war dort in Sicherheit. Ihr sanftes Wesen ist eine gute Voraussetzung für ihr zukünftiges Leben dort. Andernfalls würde ich mir Sorgen machen, was nach meinem Tod aus ihr wird.« Er hustete und war bleicher als gewöhnlich.
»Vielleicht entscheidet sie sich für die Ehe, wenn sie Euer Landgut erbt«, sagte Ranulf de Glandeville.
Richard schüttelte den Kopf. »Ich halte es eher für wahrscheinlich, daß sie Ashlin ihrem Orden übergibt, der damit dann nach eigenem Gutdünken verfährt. Die Ehe ist nichts für Elf. Wenn Ihr mich jetzt entschuldigen wollt, ich muß schlafen. Obwohl ich nur hier herumliege, bin ich sehr erschöpft.«
Ranulf de Grandeville zog sich in seine Schlafnische zurück und nickte dem jungen Leibeigenen zu, der neben dem Lager seines Herrn Platz genommen hatte. Der Ritter bemerkte mit Erstaunen einen kleinen Hocker und ein Becken mit warmem Wasser in der Nische. Er wusch sich

dankbar die Hände und das Gesicht, die noch Fettspuren vom Essen aufwiesen, und trocknete sie mit einem kleinen Tuch aus Leinen ab. Wie schade, daß sich seine junge Gastgeberin für den Orden entschieden hatte. Sie wäre auf jedem Landgut eine großartige Herrin. Er zog sein Obergewand aus, schnürte dann seinen Harnisch auf, ein enganliegendes Herrenhemd aus Leder, und legte ihn zu den anderen Kleidungsstücken. Dann schlüpfte er aus den Stiefeln. Die übrige Kleidung behielt er an. Da er sich erleichtern mußte, ging er durch die Halle und trat aus dem Haus. Nachdem er fertig war, kehrte er zurück und verriegelte sorgfältig die Tür.

Kurz nach Morgengrauen weckte ihn ein Leibeigener und brachte ihm heißen Haferbrei, frisches Brot, Käse, Butter und dunkles Bier. Nachdem er sich gestärkt hatte, begab er sich zu Richard de Montforts Lager, wo Elf gerade eine zweite Abschrift des Letzten Willens ihres Bruders auf Pergament anfertigte. Als er sich näherte, blickte sie hoch. Der Ausdruck ihres jungen Gesichts war sehr ernst. Wortlos nahm er neben Richard Platz. Dieser hatte die Augen geschlossen und atmete schwer. Ranulf de Grandeville bekreuzigte sich und faltete die Hände zum Gebet. Seine Hände waren mehr an Waffen gewöhnt denn ans Beten. Unwillkürlich glitt der Blick seiner haselnußbraunen Augen zu dem gesenkten Kopf des Mädchens, das in seine Schreibarbeit vertieft war.

»So, nun habe ich nur noch eine Abschrift zu machen«, sagte sie schließlich. »Es ist kein langes Dokument, Sir. Ich werde mich beeilen. Ihr wollt bestimmt so bald wie möglich losreiten, um Euren Auftrag für den König zu erfüllen.« Sie widmete sich erneut ihrer Aufgabe.

Ranulf nahm eines der Pergamente. Es war in schlichten Worten abgefaßt. Richard de Montfort, rechtmäßiger Herr des Landgutes von Ashlin, hinterläßt, da er nach neunjähriger Ehe mit seiner rechtmäßig angetrauten Gattin, Isleen de Warenne, kinderlos blieb, besagtes Landgut mit allen Ländereien, Leibeigenen, Gebäuden, Vieh und allem Besitz seiner einzigen Erbin, seiner Schwester Eleanore de Montfort.

Weiterhin wurde angeordnet, daß Isleens Mitgift umgehend wieder ihrer Familie zurückgegeben werden solle. An dieser Stelle hob Ranulf de Glandeville erstaunt die Brauen. Die de Warennes hatten sich höchst großzügig gezeigt, vielleicht etwas zu großzügig. Offensichtlich waren sie sehr begierig gewesen, diese Tochter loszuwerden. Seltsam – er fragte sich, weshalb. Die Dame war sehr schön und stammte aus einer angesehenen Familie. Am Schluß war zu lesen, daß dieses Testament Richard de Montforts Wünschen entsprechend Seiner Majestät, König Stephan, und dem Bischof von Worcester zur Kenntnis gebracht werden solle. Der Bischof erhalte sechs Schaflämmer und einen jungen Schafbock für seine Mühen.

»Ich bin fertig, Sir«, unterbach Elfs Stimme seine Gedanken.

Der Ritter blickte hoch und sah, wie Richard de Montfort jedes Dokument unterzeichnete und mit seinem Siegel versah – innen durch seine Unterschrift und außen auf dem zusammengerollten Dokument durch das Siegel. Der Herr von Ashlin mußte durch einen Diener gestützt werden, um seine Unterschrift zu leisten und sein Siegel in das heiße Wachs zu drücken. Bevor er das Siegel anbrachte, unterschrieb Ranulf de Glandeville jede Ausfertigung als Zeuge.

»Was treibt Ihr hier?« erkundigte sich Isleen, die mit Saer an ihrer Seite die Halle betreten hatte.

Ein schönes Paar, überlegte Ranulf fasziniert.

»Ich habe Elf meinen Letzten Willen diktiert«, erwiderte Richard leise. »Ranulf de Glandeville hat ihn bezeugt, und Elf hat Abschriften angefertigt. Und nun wird unser lieber Gast dem Bischof in Worcester und dem König eine übergeben, damit mein Letzter Wille erfüllt wird. Elf wird Ashlin erben, da sie meine Erbin ist.«

»Natürlich«, pflichtete ihm Isleen bei, und ihre Stimme klang recht verärgert. »Ich weiß das, aber ich weiß nicht, was eine Nonne mit einem Landgut anstellen wird. Vielleicht will sie darauf ein neues Kloster gründen?«

»Nachdem ich mein Gelübde abgelegt habe, darf ich nichts mehr besitzen«, sagte Elf. »Wenn ich nach St. Frideswide's zurückkehre, werde ich meine Rechte auf Ashlin an den Orden abtreten. Es wird dann den Schwestern von St. Mary gehören.«

Einen flüchtigen Augenblick lang, der so kurz war, daß sich Ranulf de Glandeville nicht ganz sicher war, zeigte Isleens schönes Gesicht einen häßlichen Ausdruck. Doch dann war alles wieder vorbei. Weshalb haßt sie ihre Schwägerin? überlegte der Ritter. Nun, auch diese Frau war nur ein Mensch. Ihre Kinderlosigkeit kostete sie ein bequemes Leben, ihr Heim. Sie würde es überwinden, aber wer konnte es ihr zum Vorwurf machen, daß sie darüber erbost war?

Er griff nach den beiden zusammengerollten Dokumenten, die Elf ihm reichte, und erhob sich. »Ich werde dafür sorgen, daß sie ordnungsgemäß ausgehändigt werden«, sagte er zu Richard de Montfort, »und ich werde für Eure Seele beten, Mylord.«

»Ich danke Euch«, erwiderte Richard de Montfort kurz.

»Euer Umhang, Mylord«, sagte Ida und reichte ihm das Kleidungsstück.

»Oh, er sieht ja wie neu aus«, rief er überrascht.

»Ich habe ihn nur gründlich ausgebürstet«, erwiderte die alte Frau. »Deshalb hat Gott die Frauen geschaffen, damit sie sich um die Männer kümmern. Ich wünsche Euch eine gute Reise, Herr.«

Er legte sich den Umhang um die breiten Schultern und verabschiedete sich, zuletzt von Elf. »Ich werde Eure Gastfreundschaft nicht vergessen, Lady«, sagte er leise zu ihr. »Dank Eurer Freundlichkeit habe ich heute nacht meine Kräfte wieder gesammelt. Ich bin Euch dankbar. Denn ich habe noch einen langen Weg vor mir. Danke.«

»Möge Gott Euch begleiten, Sir Ranulf«, sagte Elf zum Abschied. »Ich gedenke Eurer im Gebet.«

Er verneigte sich vor ihr, wandte sich um und verließ die Halle.

3. Kapitel

»Werdet Ihr auch mich in Euer Gebet einschließen, Lady?« erkundigte sich Saer de Bude, als der Bote des Königs gegangen war.
»Ich schließe alle hier in mein Gebet ein, Sir«, erwiderte Elf und fügte dann in schrofferem Ton hinzu: »Ich nehme an, Ihr habt das Gebet eher nötig als dieser brave Ritter, Sir.« Dann wandte sie sich an Ida. »Wir müssen Dickons Bett überziehen. Ich hole das Bettzeug, und du und Isleen badet ihn, bitte.« Ohne eine Erwiderung abzuwarten, eilte sie zum Wäscheschrank und entnahm ihm frisches Bettzeug. Der Schrank duftete nach Lavendel und Damaszenerrosen. Als Elf Schritte hinter sich hörte, wandte sie sich um und stand Saer de Bude gegenüber.
»Ihr seid noch schöner als meine Cousine«, begann er.
»Eure Worte und Eure anzüglichen Gedanken ziemen sich nicht, Sir«, sagte Elf. Seine Nähe verwirrte sie, aber ihre Stimme zitterte nicht, und sie wich auch nicht vor ihm zurück.
Die dunkelblauen Augen musterten sie durchdringend. »Ich finde Euch sehr begehrenswert, Eleanore de Montfort. Da Ihr noch nicht Euer ewiges Gelübde abgelegt habt, darf ich Euch das sagen.« Er trat näher an sie heran, so daß sie gegen den Schrank gedrängt wurde.
»In Gedanken und im Herzen bin ich eine Nonne, Sir. Ich mag Eure Reden nicht, finde sie abstoßend und äußerst anzüglich. Tretet jetzt zur Seite, damit ich vorbeigehen kann. Diese Laken werden in der Halle gebraucht.«
Er lachte, und sie sah, daß seine Zähne einen leichten Gelbschimmer hatten. Dies tat seinem guten Aussehen Abbruch. Er streckte die Hand aus, nahm eine Strähne ihres

rotgoldenen Haares in die Hand, rieb sie, führte sie an die Lippen und hauchte einen Kuß darauf. »Euer Haar ist so weich.«
Elf fühlte sich abgestoßen. Nun begriff sie, weshalb sich die Nonnen die Haare abschnitten, wenn sie ihr Gelübde ablegten. Die Haare einer Frau bildeten eine sinnliche Provokation, selbst wenn sie dies nicht wollte. »Laßt mich vorbei!«
Als Antwort berührte er mit dem Finger ihre Lippen. »Ihr habt einen Mund, der zum Küssen einlädt«, murmelte er verführerisch.
Elf spürte Panik in sich aufkeimen. Da sie keinen anderen Ausweg wußte, erbrach sie ihr Morgenmahl über Saers himmelblaues Obergewand. Entsetzt fluchend, sprang er einen Schritt zurück. Elf nutzte die Gelegenheit und eilte an ihm vorbei. Sie umklammerte die Laken, die zum Glück unbeschadet geblieben waren. Obwohl sie sich schwach fühlte, lief sie weiter. Dann übergab sie das Bettzeug einer jungen Dienerin und befahl: »Bring das in die Halle. Ich muß etwas Luft schnappen.« Sie stürzte aus dem Haus in den sonnigen Sommermorgen.
Elf rannte durch die Tore, rannte immer weiter, bis sie bei einer Wiese mit Schafen und Lämmern angelangt war. Sie setzte sich unter eine große Eiche, umfaßte ihre Knie und weinte. Dickon würde sterben, und sie konnte nichts für ihn tun. Ihre ganzen Kenntnisse waren nutzlos! Sie wünschte sich, Dickon hätte sie nicht holen lassen. Wie gern wäre sie jetzt in St. Fridewide's ... Es war fast Ende Juni, bald war Mittsommernacht. Matti würde ihr Gelübde allein ablegen, während sie hier auf Ashlin festgenagelt war, mit einem sterbenden Bruder, dessen Frau und Saer de Bude. Seit Dickon sie im Kloster abgeliefert hatte, hatte er sie nur einmal besucht. Warum wollte er sie jetzt unbedingt bei sich haben? Er hätte sterben und ihr Ashlin ohne all dieses Durcheinander vererben können. Ihre Anwesenheit hatte überhaupt nichts bewirkt.
Oder hatte ihr Bruder Schuldgefühle, weil er sie seiner Zukünftigen wegen weggeschickt hatte? Das brauchte er

nicht, dachte Elf. Schon nach einem Monat hatte sie sich ans Kloster gewöhnt und die Gesellschaft der anderen kleinen Mädchen genossen. Vielleicht aber hatte Dickon die ganze Zeit gefühlt, daß er sterben würde, und einfach das tiefe Bedürfnis, seine Schwester bei sich zu haben. Zwischen ihm und Isleen schien keine große Liebe mehr zu bestehen. Hatte er in der Vergangenheit deshalb immer nachgegeben – um ihre Liebe zu erringen? Wenn Isleen Dickon wenigstens Kinder geschenkt hätte ...
Elf erstarrte, als sich ein großer Körper neben ihr niederließ. Dann erkannte sie Arthur und entspannte sich erleichtert. »Du bist es, Gott sei Dank!« sagte sie und rieb sich mit dem Ärmel über die Augen.
»Ich habe gesehen, wie Ihr aus der Halle geeilt seid, als ob der Leibhaftige hinter Euch her wäre«, sagte Arthur.
»Das war er auch«, antwortete Elf ihrem ehemaligen Spielgefährten, »aber er nennt sich Saer de Bude. Er ist mir zum Wäscheschrank gefolgt und hat versucht, mich zu küssen. Er hat schon mehrere Male in höchst unpassenden Worten mit mir geredet. Ich hatte fast den Eindruck, als versuchte er, mir den Hof zu machen.«
»Vielleicht tut er das auch«, überlegte Arthur laut. »Ich würde es ihm zutrauen, Elf.« Dann wurde er rot, als er merkte, daß er ihren Spitznamen benutzt hatte, wie damals, als sie Kinder waren.
Elf legte die Hand auf seinen Arm. »Ich bin immer noch Elf für dich, Arthur«, sagte sie zu ihm. »Warum sollte mir dieser schreckliche Mann den Hof machen? Ich bin eine Nonne. Ich habe keine Andeutung gemacht, daß ich mich anders besonnen hätte und nicht Nonne werden will. Ich kann es gar nicht abwarten, ins Kloster zurückzukehren.«
»Aber bald werdet Ihr eine Erbin mit einem schönen kleinen Landgut sein. Saer de Bude ist ein jüngerer Sohn, er besitzt nichts. Wenn Lady Isleen Ashlin erben würde, würde er sie heiraten wollen, aber sie ist eben nicht die Erbin, sondern Ihr. Was werdet Ihr mit Ashlin machen, und was wird aus uns?«
»Das Landgut wird meinem Orden gehören«, erklärte Elf.

»Ich weiß nicht, was die ehrwürdige Mutter damit vorhat. Vielleicht wird sie es einem Ritter verpachten, oder sie wird es verkaufen. Aber das spielt keine Rolle. Du und die anderen, ihr gehört zu Ashlin. Ihr braucht euch keine Sorgen zu machen.«
»Aber ohne unsere Familie«, sagte er. »Die de Montforts waren von jeher Teil von Ashlin.«
»Nicht wirklich«, widersprach Elf. »Ashlin war zur Zeit des Eroberers ein sächsisches Landgut. Seine Tochter heiratete einen de Montfort, und Ashlin war ihre Mitgift. Meine Vorfahrin Rowena tat, was für Ashlin und sie selbst angemessen war. Es heißt, ihre Brüder seien in Hastings getötet und ihr alter Vater schwer verwundet worden, aber seine Tapferkeit erregte die Aufmerksamkeit König Wilhelms. Er befahl einem seiner Ritter, dem ersten Richard de Montfort, Sir Edmund nach Ashlin heimzubringen. Als er dies tat und Lady Rowena begegnete, war es Liebe auf den ersten Blick. Ihre Haare hatten die gleiche Farbe wie meine. Man sagt, in jeder Generation habe zumindest ein Kind Haare von dieser Farbe.« Elf kicherte, denn zwei neugierige Lämmer hatten sich ihr genähert und knabberten an ihren weichen Schuhen. Sie streichelte sie. »Sie sind sehr hübsch«, sagte sie. Dann seufzte sie. »Ich fürchte, ich muß jetzt wieder nach Hause zurück.«
»Was ist mit dem Vetter der Lady?« wollte Arthur wissen.
»Als er versuchte, mich zu küssen, habe ich mich übergeben und ihn beschmutzt«, erwiderte sie. »Ich hoffe, das hat ihn so abgeschreckt, daß er sich jetzt von mir fernhält.«
Arthur lachte vergnügt. »Ich auf jeden Fall würde einem Mädchen aus dem Weg gehen, das mich angespien hat.« Er kicherte und erhob sich. Dann reichte er ihr die Hand und zog sie hoch. »Elf, ich weiß, ich bin nur ein Leibeigener, aber wenn Euch abermals ein Mann belästigen sollte, müßt Ihr es mir unbedingt sagen.«
»Arthur, ein Leibeigener, der einen Adligen niederschlägt, wird ohne Ausnahme zum Tode verurteilt. Ich will mir nicht deinen Tod aufs Gewissen laden, Gott behüte!«
»Es gibt andere Möglichkeiten als die offene Herausforde-

rung oder Gewalt, um eine Auseinandersetzung zwischen Leibeigenem und Edelmann zu klären«, bemerkte Arthur augenzwinkernd. »Ich werde nicht zulassen, daß Ihr in Eurem eigenen Haus von diesem brutalen Kerl belästigt werdet, Elf. Aber keine Angst, ich bringe mich schon nicht in Gefahr.«
»Danke, Arthur«, sagte Elf. Dann kehrte sie etwas leichteren Sinnes ins Haus zurück.
»Wo bist du gewesen?« erkundigte sich Isleen, als sie die Halle betrat. »Ich habe persönlich Richards Bettzeug wechseln müssen, weil diese hinterhältige alte Frau gerade in dem Moment verschwand, als ich sie brauchte. Sie sagte, sie wolle Wasser für Richards Bad holen, ist aber noch nicht wieder aufgetaucht.«
»Soll ich bei dir bleiben oder Ida suchen?« fragte Elf. Isleens Ton war quengelig und nervtötend. Es wurde Zeit, daß sie etwas für ihren Gatten tat.
»Geh und such sie! Richard schläft schon wieder. Wo ist mein Vetter? Wenn ich schon hier sitzen muß, möchte ich zumindest etwas Gesellschaft«, beklagte sich Isleen.
»Ich suche Ida«, sagte Elf.
»Hier bin ich«, rief Ida, die gerade mit einer großen Wanne die Halle betrat. »Ich bin nicht mehr so jung, um wie ein junges Mädchen zu rennen.«
Isleen sprang hoch. »Ich kann es nicht ertragen, hier herumzusitzen und zuzuschauen, wie mein Gatte stirbt!« sagte sie und eilte aus der Halle.
»So langsam bist du gar nicht«, erwiderte Elf. »Was um alles in der Welt hast du gemacht, oder wolltest du sie mit Dickon allein lassen?«
»Ihr Vetter kam zu mir, über und über mit Erbrochenem beschmutzt«, berichtete Ida. »Er bestand darauf, daß ich ihm das Obergewand wasche, und dann verlangte er, daß ich ihm eine Wanne bringe. Stellt Euch vor, der Mann erbricht sich schon so früh am Tag«, schloß Ida. »Kommt, wir werden jetzt den Herrn baden.«
Elf schüttelte behutsam ihren Bruder. »Dickon, mein Lieber, wach auf. Ida und ich wollen dich waschen.«

Richard de Montfort öffnete langsam die Augen. »Elf«, sagte er, »es tut mir so leid, daß ich dich weggegeben habe. Ich hätte es nicht tun dürfen, unter keinen Umständen.« Dann durchlief ihn ein Zucken, und sein Kopf fiel zur Seite.
»Der Herrgott und die heilige Muttergottes erbarmen sich seiner Seele!« rief Ida, bekreuzigte sich und fing an zu weinen.
Erstarrt blickte Eleanore de Montfort auf den reglosen Körper ihres Bruders, seine blicklosen Augen. »Er ist tot«, sagte sie und bekreuzigte sich. Dann fiel sie auf die Knie. »Lieber Gott, vergib mir, daß ich ihn nicht retten konnte! Ich habe es wirklich versucht, aber trotz allem, was ich gelernt habe, habe ich es nicht geschafft.« Dann fing sie an zu weinen.
»*Sie hat ihn vergiftet!*« sagte Ida in anklagendem Ton. »Sie hat meinen Jungen getötet, und ich verfluche sie dafür. Er hat schon vor Monaten nach Euch verlangt, aber sie ließ Euch erst holen, als sie sicher war, daß nichts mehr ihn retten konnte, die hinterhältige Hexe! Gott verfluche sie!«
Als Elf die Klage ihrer alten Amme vernahm, unterdrückte sie ihren eigenen Kummer. Sie nahm Ida in die Arme und sagte: »Du darfst so etwas nicht sagen, denn du hast keinen Beweis dafür. Ich bin genau wie du mißtrauisch geworden, aber es gibt keinen Beweis. Wir müssen diese Zweifel für uns behalten, Ida. Unbedingt! Verstehst du mich? Du darfst kein Wort darüber äußern.«
»Soll sie für den Mord an Sir Richard ungestraft bleiben, Mylady?« fragte Ida ärgerlich.
»Wir können Isleen nicht anklagen, wenn wir dem Sheriff keine Beweise vorlegen können«, sagte Elf. »Gott kennt die Wahrheit, und er wird zur rechten Zeit sein Urteil sprechen und die Strafe verhängen, Ida. Wir müssen ihm vertrauen.« Erneut nahm sie ihre Amme fest in die Arme.
»Euch zuliebe«, sagte Ida, »nur Euch zuliebe werde ich schweigen. Ihr seid jetzt die Herrin von Ashlin, und ich werde Euch gehorchen. Laßt mich jetzt los, Kind. Wir müssen den Leichnam des Herrn waschen und für die Bestattung bereit machen.«

»Sollen wir es Isleen sagen?« überlegte Elf laut.
»Nicht bevor wir fertig sind«, erwiderte Ida. »Ich hole sein Leichenhemd.«
Elf saß neben ihrem Bruder und betete. Jeder, der die Halle betrat, würde vermuten, daß Richard de Montfort schlief. Als die alte Frau zurückkehrte, wuschen sie ihn behutsam. Elf war entsetzt, weil er nur noch aus Haut und Knochen bestand. Sie wagte nicht, seine intimen Stellen zu betrachten, und überließ es Ida, diese zu waschen. Als sie fertig waren, zogen sie ihm sein Leichenhemd über. Der Kopf war unbedeckt, so daß die Trauernden ihn ein letztes Mal betrachten konnten. Wenn er begraben wurde, würde auch das Gesicht bedeckt werden.
Elf betrachtete das einst hübsche Gesicht ihres Bruders, das jetzt sehr friedlich wirkte. Sie berührte seine Wange, die kühl und wächsern war. Tränen liefen ihr die Wangen hinunter. Was hatte ihrem armen Bruder dieses Schicksal beschert? War es wirklich Gift, wie Ida behauptet hatte? Es war schon seltsam, daß Dickon plötzlich so schwer erkrankte, obwohl er sich immer bester Gesundheit erfreut hatte. Sie beugte sich über ihn und küßte ihn auf die Stirn. Dann sagte sie zu Ida: »Arthur soll einen Priester holen. Er muß die Absolution bekommen, bevor er bestattet wird. Und die Zimmerleute sollen dem Herrn einen schönen Sarg bauen. Mein Bruder wird in der Halle aufgebahrt, damit seine Leibeigenen sich von ihm verabschieden können.«
»Der Sarg ist bereits fertig«, sagte Ida. »Ich werde veranlassen, daß er hergebracht und der Herr darin aufgebahrt wird. Arthur wird den Priester holen. Ich fürchte, er muß bis zum Kloster reiten, denn hier in der Nähe gibt es keinen.«
»Gut«, erwiderte Elf. »Ich werde es jetzt Isleen sagen.« Sie machte kehrt und begab sich zum Söller, der hinter der Halle lag. Als sie die Tür öffnete, erblickte sie Isleen und Saer, die neben dem Kamin saßen und in eine hitzige Unterhaltung verwickelt waren.
Als Isleen die Tür knarren hörte, wandte sie blitzschnell

den Kopf. »Was willst du?« fragte sie Elf verärgert. Ihr Gesicht war rot vor Zorn.
»Dein Mann ist tot«, verkündete Elf.
»Oh, mein Gott!« Ihr Blick wanderte zu Saer de Bude. »Es ist zu früh!« sagte sie. »Er darf nicht tot sein, nein, er darf es nicht!« Jetzt musterte sie ihre Schwägerin. »Hast du denn gar nichts für ihn tun können, Eleanore?«
»Ich bin nur ein Mensch, Isleen, ich kann den Tod nicht verhindern«, sagte Elf knapp. »Du hast gewußt, daß Dikkon sterbenskrank war.«
»Aber warum schon jetzt?« jammerte Isleen.
»Es ist Gottes Wille«, erwiderte Elf.
»Hör auf mit deinen frommen Sprüchen«, schrie Isleen und stampfte mit dem Fuß auf. »Jetzt hast du ja, was du immer gewollt hast – Ashlin! Ich hasse dich!« Und damit brach sie in Tränen aus.
Saer de Bude legte schützend die Arme um seine Cousine. »Ihr dürft das nicht ernst nehmen, Eleanore«, sagte er. »Sie meint es nicht so. Sie ist einfach durcheinander wegen Richards Tod.«
»Auf dein Drängen hin wurde ich mit fünf Jahren von Ashlin vertrieben«, sagte Elf, die den Zorn, der plötzlich in ihr aufstieg, nicht mehr beherrschen konnte. »Großherzige Damen ziehen die Kinder ihrer Gatten auf, Kinder aus früheren Ehen und sogar die Bastarde, aber du konntest nicht einmal mit einem einzigen kleinen Mädchen behelligt werden, Isleen. Doch ich hatte Glück, denn ich fand in St. Frideswide's ein echtes Heim und hatte ein gutes Leben. Ich habe nie danach gestrebt, Ashlin zu besitzen. Hättest du meinem Bruder Kinder geschenkt, wäre dies gar kein Thema. Vermutlich wäre ich dann nie wieder hierhergekommen. Deine Kinder hätten Ashlin geerbt, und wenn ich Glück gehabt hätte, hättest du mich vom Tod meines Bruders unterrichtet. Aber du hast deine Pflicht gegenüber Dickon nicht erfüllt. Du hast keine Kinder, also gehört Ashlin von Rechts wegen mir, auch wenn ich es nie gewollt habe!«
Isleen, die immer noch an Saers Schulter ruhte, hob den

Kopf. »Ich wollte ja Kinder«, schluchzte sie, »aber dein Bruder war nicht Manns genug, sie mir zu schenken.«
»Nein, meine Liebe, du bist unfruchtbar. Mein Bruder hat seit eurer Heirat drei Kinder mit Leibeigenen gezeugt.« Elf hörte, wie die Worte aus ihr hervorsprudelten, sie konnte sie nicht mehr aufhalten.
»Wie?« Plötzlich waren Isleens Tränen versiegt.
»Mein Bruder hatte Kinder von anderen Frauen«, sagte Elf wütend. Sie würde nicht erlauben, daß diese Frau Dickons Namen verunglimpfte, und wenn es eine Sünde war, würde sie sie Vater Anselm beichten. Aber im Augenblick mußte sie ihren Bruder verteidigen.
»Lügnerin! Lügnerin!« kreischte Isleen. Ihr Gesicht war hochrot vor Zorn. »Du bist eine widerliche Lügnerin, ich hasse dich!«
»Ich bin Nonne, Isleen, ich lüge nicht«, erwiderte Elf gefaßt. »Du bist schuld an der Kinderlosigkeit deiner Ehe und nicht mein Bruder.«
»Wo sind denn die kleinen Bastarde?« fragte Isleen wütend. »Ich werde sie zusammen mit ihren Hurenmüttern aufhängen lassen! Wo sind sie?«
»Du wirst niemanden töten, Isleen«, sagte Elf zu ihrer Schwägerin. »Du bist nicht mehr länger die Herrin von Ashlin. Das bin ich, und diese Kinder, die von meinem Blut sind, stehen unter meinem Schutz. Versuch ja nicht, sie ausfindig zu machen, sonst bekommst du es mit der Kirche zu tun.« Daraufhin machte Elf kehrt und verließ den Söller.
»O mein Gott«, stöhnte Isleen und ließ sich gegen die Brust ihres Vetters fallen.
»Du bist wirklich eine Närrin, Isleen«, sagte Saer grimmig. »Du hast dir Eleanore zur Feindin gemacht. Und dabei hätten wir sie als Freundin gebraucht.«
»Hast du gehört, was sie gesagt hat, Saer? Hast du es gehört? Ich bin unfruchtbar! Richard hat drei Kinder gezeugt, und keines ist von mir.« Sie blickte ihn voller Panik an. »Du wirst mich jetzt auch nicht mehr wollen!« Und erneut brach sie in Tränen aus und klammerte sich verzweifelt an ihn.

»Sei nicht töricht, Isleen. Natürlich will ich dich. Ich habe dich immer gewollt, und das hat sich nicht geändert. Wir werden unseren Plan weiterverfolgen, bis auf eine Änderung. Ich werde die kleine Nonne zur Ehe zwingen. Und nachdem sie mir einen Sohn geboren hat, entledigen wir uns ihrer, und du wirst meinen Erben als deinen eigenen aufziehen. Vielleicht stirbt sie sogar schon bei der Geburt, und wenn nicht, dann kurz danach. Der Junge wird nie erfahren, daß du nicht seine richtige Mutter bist. Welchen Unterschied macht es schon, wer ihn zur Welt bringt? Er wird mein Sohn sein ... und deiner.«

Isleen schniefte. »Ich hasse den Gedanken, daß du das Lager mit ihr teilen mußt.«

»Ich weiß«, erwiderte er und strich ihr beruhigend über die Haare, »aber es geht nicht anders. Wenn du mir kein Kind schenken kannst, muß ich eine Frau nehmen, die es kann. Es ist besser so. Es wird weniger Verdacht erregen, wenn ich eine andere heirate und ein Kind mit ihr habe. Wenn die kleine Nonne zu ihrem Gott zurückgekehrt ist, werden wir zusammensein.«

»Wie können wir wissen, daß sie nicht gelogen hat?« bemerkte Isleen leise. »Vielleicht kann ich dir doch ein Kind schenken, Saer. Bestimmt hat sie gelogen.«

»Nein«, erwiderte Saer de Bude. »Das hat sie nicht. Das würde sie nicht tun. Sie ist tatsächlich ohne List und Arg. Ich nehme an, sie wollte dir nichts über Richards Bastarde erzählen, aber deine mangelnde Trauer über den Tod deines Mannes hat sie zur Raserei gebracht. Sie wird hundert Ave Maria beten, um diese Sünde zu büßen.« Er kicherte. »Nun mußt du in die Halle gehen und deinem Gatten die nötige Ehrerbietung erweisen. Wir haben lange auf diesen Tag gewartet, meine hübsche Cousine.«

»Glaubst du, daß sie etwas vermuten?«

»Sie sind dumme Bauern«, sagte Saer de Bude, »und Eleanore war nicht lange genug hier, um erkennen zu können, daß etwas nicht stimmte. Nein, niemand weiß, daß wir deinen Mann umgebracht haben. Niemand.« Er lächelte sie an. »Habe ich dir nicht an dem Tag, als dein Vater dich Richard de Montfort zur Frau gegeben hat, versprochen, daß wir eines Tages zusammensein würden? Ich habe mein Versprechen gehalten, Isleen. Nun mußt du noch ein bißchen länger Geduld haben und mir vertrauen. Wenn du das tust, werden wir zusammensein, einen Erben und Ashlin haben. Versprich mir, daß du noch ein bißchen länger warten wirst. Wenn du die Beherrschung verlierst, könnten wir alles verlieren, auch unser Leben. Verstehst du mich, Isleen? Du mußt noch heute Frieden mit Elf schließen. Versprich es mir.«

»Aber wenn ich dir doch ein Kind schenken könnte?« beharrte sie.

»Wenn du es könntest, wäre es schon geschehen, Isleen«, sagte er. »Seit ich hier bin, haben wir uns fast jede Nacht geliebt, selbst wenn du deine Menses hattest. Und doch ist mein Samen nicht aufgegangen. Genau wie dein Gemahl habe auch ich meine Bastarde, darunter ein kleines Mädchen, das vor ein paar Monaten hier auf Ashlin zur Welt kam.«

»Oh, du Schuft!« kreischte sie und hämmerte mit den Fäusten auf ihn ein.

»Hör mit dem Gejaule auf, du Hexe«, sagte Saer de Bude. »Ein Mann hat das Recht, sich mit Leibeigenen zu vergnügen. Geh jetzt, und benimm dich wie eine trauernde Witwe. Unsere Zukunft ist gesichert, wenn du deinen Kopf und dein Temperament unter Kontrolle halten kannst.« Er öffnete ihre Fäuste, die er festgehalten hatte, als sie auf ihn eingetrommelt hatte, und drängte sie zur Tür.

Isleen löste sich von ihm. Ihr Blick war vernichtend. »Wann wirst du die kleine Nonne nötigen?« fragte sie. »Je früher wir mit dieser Scharade anfangen, desto schneller ist sie zu Ende.«

»Ich muß ihr erst den Hof machen«, erwiderte er.

»Wie heute morgen? Du hast nicht so viele Gewänder, daß du es riskieren kannst, daß noch ein weiteres beschmutzt wird.«

»Ich habe mich einem tugendhaften jungen Mädchen zu schnell genähert, das war mein Fehler. Dabei wollte ich ihr nur mit dem Bettzeug helfen, und sie hat mich mißverstanden.«

Isleen schnaubte verächtlich. »Du hast zugelassen, daß deine Begierde die Oberhand gewann, Saer. Lüg mich nicht an, denn niemand kennt dich so gut wie ich. Nun werde ich mich vor Ashlins neuer Herrin demütigen und so tun, als ob der Schock und der Kummer für meinen Ausbruch verantwortlich gewesen wären. Ich werde sie um Vergebung bitten, und sie wird sie mir erteilen, denn sie käme nie auf den Gedanken, daß ich lügen könnte.«

»Eleanore ist keine Närrin, Isleen«, warnte er sie. »Auch wenn sie ein reines Herz hat und arglos ist, ist sie nicht dumm. Du mußt aufrichtig wirken. Denk daran, keiner der Leibeigenen oder der Bediensteten mag dich. Denn du warst keine einfache Herrin. Sie werden dich beobachten und jede falsche Bewegung von dir der neuen Herrin melden. Sie waren seit ihrer Geburt bei ihr, bis du Richard überredet hast, sie wegzugeben. Vor allem die alte Ida trägt dir dieses eigensüchtige Verhalten nach.«

»Warum hätte ich den Balg aufziehen sollen?« schnappte Isleen. Dann glättete sie ihren Schleier, damit sie korrekt aussah. »Verlaß den Raum nach mir«, befahl sie und zog sich zurück.

In der Halle sah Isleen, daß ihr Gatte bereits aufgebahrt war. An allen vier Seiten des Sargs waren hohe Kerzenständer mit brennenden Kerzen aufgestellt. Neben dem Sarg standen hohe Steinkrüge mit Rosen aus dem Garten und Wiesenblumen. Richards Hände waren über der Brust gefaltet und seine spärlichen Haare ordentlich gekämmt. Man hatte eine enganliegende Binde unter sein Kinn gebunden, damit sein Mund geschlossen blieb. Auf seinen Augenlidern lagen kleine Kupferpennies, damit auch sie sich nicht öffneten. Richard de Montfort wirkte friedlich.

Isleen stieß einen kleinen spitzen Schrei aus und eilte dann zum Sarg ihres Gatten. »Richard, mein Liebster! Oh, warum hast du mich verlassen?« klagte sie und fing an, herzzerreißend zu schluchzen.

»Heuchlerische Hure«, murmelte Ida vor sich hin. »Erst

befördert sie ihn ins Grab, und dann vergießt sie Krokodilstränen. Wenn es eine Gerechtigkeit gibt, wird Gott sie auf der Stelle umfallen lassen und unseren guten Lord wieder zum Leben erwecken, geheilt und in voller Kraft.«
»Gott hat Dickon bereits zu sich ins Paradies geholt«, erwiderte Elf leise.
In diesem Augenblick betrat Vater Anselm die Halle.
»Lady Eleanore«, begrüßte er sie und eilte zu ihr.
Elf wandte sich um und ging auf ihn zu. Als sie vor ihm stand, reichte sie ihm die Hände. »Ich danke Euch, daß Ihr so schnell gekommen seid, Vater. Ich bin Euch dankbar dafür. Werdet Ihr meinem Bruder die Absolution erteilen und ihn morgen bestatten?«
»Als Arthur mich fand, war ich drei Meilen vom Kloster entfernt«, sagte der Priester. »Ja, ich bleibe. Ich bin froh, daß ich Euch und der trauernden Witwe zu Diensten sein kann.«
Isleen vernahm trotz ihres Schluchzens die Worte, die der Priester und ihre Schwägerin wechselten. Sie wandte sich um und fiel vor Elf in die Knie. »Schwester, vergebt mir meine barschen Worte. Ich wußte, daß mein armer Richard im Sterben lag, und doch, als es soweit war, konnte ich es nicht glauben. In meinem Schock und meinem Schmerz griff ich die Person an, die meinem geliebten Gatten zur Hilfe geeilt ist und ihn in den letzten Wochen hingebungsvoll gepflegt hat. Vergib mir, Eleanore, ich bitte dich! Ich kann den Gedanken nicht ertragen, daß wir uns gestritten haben!« Sie streckte Elf bittend die Hände hin.
Elf bückte sich und zog ihre Schwägerin hoch. »Natürlich vergebe ich dir, Isleen. Ich muß dich ebenfalls um Verzeihung für meine harten Worte bitten. Genau wie dich hat auch mich der Schmerz überwältigt«, sagte sie und küßte Isleen auf beide Wangen.
»Auch ich vergebe dir«, erwiderte Isleen sanft und küßte Elf ebenfalls. »Wir dürfen nie mehr streiten, Schwester.«
Vater Anselm lächelte die beiden jungen Frauen an, er freute sich über ihre öffentliche Sympathiebekundung. Dann begrüßte er die junge Witwe, die Elf ihm vorstellte.

»Und das ist mein Vetter, Saer de Bude«, erklärte Isleen dem Priester. »Als Richard erkrankte, schickte mein Vater ihn uns zu Hilfe. Nachdem wir meinen armen Gemahl begraben haben, wird er mich mit meiner Mitgift zu meinen Eltern heimbegleiten. Ashlin gehört jetzt Eleanore, und sie kann damit tun, was sie will.«
»Ich schenke Ashlin unserem Orden«, erwiderte Elf.
Der Priester nickte zustimmend. »Die ehrwürdige Mutter würde sich über ein solches Geschenk freuen.«
»Hat Mathilde Fitz William schon ihr Gelübde abgelegt?« fragte ihn Elf. »Die Zeremonie sollte am St. Alban's Tag im Juni stattfinden.«
»Ja, Schwester Columba wurde an diesem Tag eine Braut Christi. Sie läßt Euch grüßen und freut sich auf Eure Rückkehr. Die ehrwürdige Mutter sagt, Ihr könntet am St. Frideswide's Tag im Oktober Euer Gelübde ablegen, wenn Ihr bis dahin hier alles geregelt habt. Dies ist eine große Ehre, meine Tochter, wie Ihr wissen werdet.«
Elf strahlte vor Freude.

Der Priester und die junge Novizin beteten die ganze Nacht an Richard de Montforts Sarg. Im Laufe des Abends brach Isleen vor Erschöpfung zusammen und verschwand in ihrem Söller. Bis in die frühen Morgenstunden kamen die Leibeigenen in die Halle, um sich von ihrem Herrn zu verabschieden und mit den beiden zu beten. Kurz nach Tagesanbruch erschien Isleen und bat darum, mit ihrem verstorbenen Gatten allein gelassen zu werden. Dann kam Ida und drängte Elf, ein Frühstück einzunehmen. Anschließend begleitete sie sie in ihre Schlafnische, damit sie sich vor der Bestattung etwas erholte. Am frühen Nachmittag wurde der Herr von Ashlin zur letzten Ruhe gebettet. Es war ein heißer Sommertag, ein Gewitter lag in der Luft, und über ihnen zogen dunkle Wolken dahin. Elf hatte ihren Bediensteten einen halben Tag frei gegeben und sie nach der Bestattung zu einer kleinen Trauerfeier eingeladen. Bei Einbruch der Dämmerung braute sich hinter den Hügeln, die Hereford von Wales trennten, ein Sturm zusammen.

»Ich werde morgen früh in der Halle die Messe lesen«, sagte der Priester, »dann kehre ich nach St. Frideswide's zurück. Wann ist mir Eurer Rückkehr ins Kloster zu rechnen, meine Tochter?«

»Ich komme morgen mit Euch«, sagte Elf. »Ich werde auf Ashlin nicht mehr gebraucht und will wieder mein eigenes Leben führen.«

»Oh, bitte bleib, bis ich abreisebereit bin und zu meiner Familie zurückkehre«, bat Isleen sie. »Wir werden uns vermutlich nicht mehr wiedersehen. Ein paar Tage machen dir doch nichts aus, oder, Eleanore?«

»Die ehrwürdige Mutter wäre gewiß damit einverstanden«, versicherte Vater Anselm. »Lady Isleen hat mir von Eurer hingebungsvollen Pflege berichtet, meine Tochter. Ihr verdient ein paar Tage der Ruhe, bevor Ihr ins Kloster zurückkehrt. Ich werde es der Äbtissin persönlich sagen. Kommt zurück, wenn Ihr soweit seid.«

»Nun«, überlegte Elf, »ich sollte einen Verwalter ernennen, bis die ehrwürdige Mutter beschlossen hat, was mit Ashlin geschieht. Und ich muß Isleens Mitgift bereitstellen, damit sie sie mit nach Hause nehmen kann. Nach einer angemessenen Trauerzeit wird dein Vater bestimmt eine neue Heirat für dich arrangieren, Isleen.«

»Dann bleibst du also?« Isleen klatschte vor kindlicher Freude in die Hände. »Oh, ich freue mich ja so sehr!« Sie warf Saer de Bude einen flüchtigen Blick zu, der der alten Ida nicht entging.

Was führten die beiden nur im Schilde? überlegte sie. Sie mußte ihr Mädchen unbedingt im Auge behalten, damit sie ihr nichts antun konnten. Die beiden waren ein durchtriebenes Paar, und sie traute ihnen nicht über den Weg.

Kurz nachdem Vater Anselm am nächsten Morgen aufgebrochen war, suchte Isleen ihre Schwägerin auf.

»Du bist jetzt die Herrin von Ashlin«, sagte sie zu ihr. »Ich hole meine Sachen aus dem Söller, damit du deinen rechtmäßigen Platz einnehmen kannst.«

»Nein, nein«, widersprach ihr Elf. »Ich bin ja nur noch wenige Tage hier. Da brauchst du deine Sachen nicht wegzu-

räumen. Ich bin es nicht gewohnt, einen eigenen Raum zu haben. Ich habe immer im Schlafsaal geschlafen. Erst wenn ich meine Gelübde abgelegt habe, werde ich eine eigene winzige Zelle haben. Ich würde mich im Söller nicht wohlfühlen, seit meiner Kindheit habe ich dort nicht mehr übernachtet.«
»Dann teile ihn mit mir«, forderte Isleen sie auf. »Es ist nicht angemessen für die Herrin des Hauses, in einer Schlafnische in der Halle zu nächtigen. Bevor wir uns für immer trennen, können wir unsere Erinnerungen an Richard austauschen.« Sie schenkte Elf ein gewinnendes Lächeln.
Was hatte diese Teufelin nur vor? dachte Ida.
»Nun gut«, gab Elf nach. »Wenn ich dich nicht störe, Isleen. Es ist ja nur für ein paar Tage.«
»Oh, fein!« schnurrte Isleen. »Wir wollen deine Sachen sofort dorthin bringen, Schwester.«
»Ich erledige das für Euch, Mylady«, mischte sich Ida ein. Sie wollte unbedingt herausfinden, ob sich im Söller etwas befand, worüber sie sich Sorgen machen mußte, denn sie war nicht mehr dort gewesen, seit Elf als Kind weggegeben worden war.
»Rührt ja nichts von mir an«, warnte Isleen die alte Frau.
»Ich werde es merken.«
Ida starrte die junge Frau an, sagte aber nichts. Doch in ihrem Kopf wirbelte es. Nein, ich werde Eure Sachen nicht anrühren, Lady, aber ich werde darauf achten, daß nichts, was Ashlin gehört, von Euch weggetragen wird. Ida nahm Elfs wenige Habseligkeiten und begab sich zum Söller. Dort war es schmutzig und unordentlich. Sie machte sich nicht einmal die Mühe, die Sachen abzulegen, sondern kehrte schnurstracks zur Halle zurück, zu Elf.
»Mylady, Ihr könnt dort nicht wohnen. Es ist schmutzig und so unordentlich, daß kein Platz für Euch bleibt. Bis alles gereinigt und aufgeräumt ist, bleibt Ihr besser in Eurer Schlafnische in der Halle.«
»Warum wurde der Söller nicht in Ordnung gehalten?« fragte Elf ihre Schwägerin. Im Kloster war Sauberkeit oberstes Gebot.

»Seit Richard tot ist, folgen mir die Bediensteten nicht mehr«, beklagte sich Isleen jämmerlich. »Sogar das Mädchen, das mich bediente, ist verschwunden.«
»Das wundert mich nicht, aber dieser Zustand ist nicht von heute auf morgen entstanden«, flüsterte Ida ihrer Herrin zu.
Elf ließ nicht erkennen, daß sie gehört hatte, was Ida gesagt hatte. Statt dessen fragte sie: »Wer war Lady Isleens Zofe? Sie soll ihre Arbeit wiederaufnehmen, bis meine Schwägerin zu ihren Eltern zurückkehrt. Erst dann ist sie von ihrer Pflicht entbunden. Sie soll sofort die Habe der Lady an den richtigen Platz legen. Dann muß der Raum gründlich gesäubert werden. Wenn dies geschehen ist, werde ich zu meiner Schwester in den Söller ziehen, und das soll noch heute abend sein. Ist das klar?«
Cedric, der Majordomus, trat hervor. »Es wird sofort geschehen, Mylady. Euer Wort ist uns Befehl.«
»Sehr gut, Cedric. Lady Isleen und ich überlassen den Söller Euch und Euren Helfern.« Sie lächelte freundlich.
Isleen war angewidert von der Beflissenheit, mit der die Bediensteten ihrer neuen Herrin gegenübertraten. Ihr gegenüber hatten sie sich nie so verhalten. Wahrscheinlich versuchten sie einfach, sich die unschuldige Elf für die kurze Zeit, die sie auf Ashlin bleiben würde, gewogen zu stimmen. Wenn Saer erst einmal hier herrschen würde und Elf ihr kurzes Gastspiel als Herrin gab, würden sie ihr wahres Gesicht zeigen, denn sie waren faule, hinterhältige Geschöpfe. Deshalb war sie überrascht, als sie am späten Nachmittag mit Elf den Söller betrat, daß dieser so sauber war wie noch nie zuvor.
Der Steinboden war gründlich gescheuert worden, die Wände ebenso. Der Kamin war ebenfalls sauber. Auch die beiden schmalen Bogenfenster waren geputzt, und die beiden Wandbehänge waren offensichtlich ausgebürstet worden, denn sie waren nicht mehr staubig oder mit Spinnweben behangen. Das Bett, das sie einst mit Richard geteilt hatte, hatte jetzt saubere Vorhänge, frisches, nach Lavendel duftendes Bettzeug und neue Kissen. Das Federbett war

locker aufgetürmt. Die beiden Holztruhen, die ihr gehörten, waren umgestellt worden. Sie standen offen, und Isleen sah, daß ihre Sachen ordentlich untergebracht worden waren. Am Fuß des Bettes stand eine bemalte Truhe, die sie noch nie gesehen hatte; sie enthielt Elfs wenige Habseligkeiten.
Elf klatschte in die Hände und lachte. »Das ist die Truhe meiner Mutter! Seit ich Ashlin verlassen habe, habe ich sie nicht mehr gesehen. Ich habe sie immer wegen der aufgemalten Tiere und Vögel gemocht. Sie gehörte ursprünglich meiner Vorfahrin Rowena.« Ihr Blick schweifte durch den Raum. »Sie haben gut gearbeitet, Isleen, nicht wahr? Der Raum ist jetzt ordentlich. Komm, wir berichten Cedric, wie erfreut wir sind.« Nach diesen Worten nahm sie die zarte Hand ihrer Schwägerin in ihre.
Isleen entzog ihre Hand Elfs sanftem Griff. »Cedric berichten, wie erfreut wir sind? Weil die Bediensteten ihre Pflicht getan haben? Dafür werde ich niemandem danken.«
»Ich schon«, sagte Elf. »Glaubst du nicht, daß die Bediensteten genauso traurig über Dickons Tod sind wie wir? Er war der letzte de Montfort, der hier herrschen wird, der letzte einer langen sächsischen Linie. Ashlins Leibeigene und ihre Familien haben Hunderte von Jahren zu diesem Land gehört, Isleen. Sie haben Angst vor der Zukunft.«
»Diese lange Linie, die du erwähnst, würde nicht enden«, erwiderte Isleen, »wenn du heiraten würdest, statt dich den Rest deiner Tage im Kloster zu verstecken, Eleanore. Jetzt, da Richard tot ist und ich kein Kind habe, das dieses Land erben könnte, ist es deine Pflicht, das Klosterleben aufzugeben und die Verantwortung deines Erbes zu übernehmen. Doch du verfolgst selbstsüchtig deine eigenen Wünsche, statt die Pflicht zu übernehmen, die Gott dir auferlegt hat.«
Elf wirkte plötzlich niedergeschlagen. Sie hatte so etwas keinen Augenblick lang erwogen. Das würde sie auch nicht! »Ich bin bereits eine Nonne, Isleen.«
»Du hast dein Gelübde noch nicht abgelegt, Eleanore. Richard hat dich nach St. Frideswide's gebracht, weil die klei-

ne Mitgift, die dir dein Vater zugewiesen hatte, nicht ausreichend war für einen achtbaren Ehemann mit eigenen Gütern. Richard hat dies alles gründlich mit meinen Eltern besprochen, und deshalb wurde der Entschluß gefaßt, dich ins Kloster zu geben. Die Nonnen wären mit deiner kleinen Mitgift zufrieden, und du hättest ein sicheres und zufriedenes Leben, wenn du unserem Herrn dientest. Aber jetzt bist du eine Erbin mit annehmbaren Mitteln. Du besitzt ein kleines Landgut mit Vieh, einem Haus und Leibeigenen. Das macht dich für einen Ritter mit gutem Namen zu einer begehrenswerten Heiratskandidatin.«

»Über mein zukünftiges Leben ist bereits entschieden«, erwiderte Elf entschlossen. »Mit zehn Jahren habe ich mich Gott versprochen. Dann wurde ich Postulantin und mit zwölf Jahren Novizin. Im Oktober, am St. Frideswide's Tag, soll ich mein Gelübde ablegen und Schwester Alban werden. Genau das will ich. Und das will auch Gott. Es ist nicht richtig, daß du versuchst, mich von meinem Weg abzubringen. Nichts von dem, was du vorbringst, kann mein Interesse wecken.«

»Nun gut«, sagte Isleen, »trotzdem halte ich deinen Entschluß für falsch.« Aber deine Unnachgiebigkeit paßt mir gut, dachte Isleen. Ich werde es genießen, wenn Saer de Bude deine Tugend zerstört und dich seinem Willen unterwirft. Er wird dich lehren, deine Lippen für etwas anderes als für Gebete zu benutzen. Er wird dir beibringen, wie man küßt, leckt, saugt und wie du deinem Gemahl auf eine Art Lust bereitest, die du dir nicht einmal im Traum vorstellen kannst, kleine Nonne. Du wirst Gehorsam lernen, wie du ihn im Kloster nie gelernt hast. Und wenn du Saer einen starken Sohn und Erben geboren hast, werde ich dich persönlich umbringen.

4. Kapitel

»Ich schlafe auf dem Rollbett«, sagte Elf, während sie sich für die Nacht zurechtmachten.
»Zuerst müssen wir ein Bad nehmen«, wandte Isleen ein. »Die Wanne steht bereits neben dem Feuer. Du kannst zuerst gehen, liebe Schwester.«
Elf warf einen unsicheren Blick auf die große Eichenwanne. Sie schien groß genug für zwei Personen zu sein, nicht vergleichbar mit der kleinen, die sie im Kloster hatten. Sie löste ihre Strumpfbänder, die an ihren Knien befestigt waren, rollte ihre Strümpfe hinunter und schlüpfte aus ihren Schuhen. Dann entledigte sie sich ihres grauen Obergewands mit dem runden Halsausschnitt, legte es beiseite und ihr langes Hemd darüber. Sie löste ihren Zopf und schickte sich an, die Stufen der Wanne hinaufzugehen.
Isleen kreischte. »Willst du denn bekleidet baden?« rief sie Elf zu. »Du trägst ja immer noch dein Unterhemd, Eleanore.«
»Im Kloster badet man so«, erwiderte Elf. »Es ist schicklicher. Es ist nicht richtig, den Körper schamlos zur Schau zu stellen.«
»Du bist jetzt aber nicht im Kloster«, erwiderte Isleen. »Zieh es aus, es ist ja niemand hier, der dich sieht. Ich werde nicht schauen, das verspreche ich dir, wenn du so schüchtern bist, daß du sogar meinen Blick scheust.«
»Dann dreh dich um«, sagte Elf, die keine Lust hatte zu streiten und eigentlich neugierig war, wie sich das Wasser auf bloßer Haut anfühlen würde. Als sich Isleen abgewandt hatte, zog Elf das lange Gewand aus, ließ es auf den Boden fallen und stieg in die Wanne. Das heiße Wasser duftete. Es fühlte sich wunderbar an. Sie seufzte vor Wohlbe-

hagen. Wenn sie erst wieder im Kloster sein würde, wäre es mit solchem Luxus vorbei. Dann schalt sie sich insgeheim. Sie hatte bisher sehr gut ohne diese Annehmlichkeiten gelebt.

Von seinem Versteck hinter einem Wandbehang hatte Saer de Bude den Blick über den Körper des jungen Mädchens wandern lassen, als sie nackt in die Wanne stieg. Sie war nicht so üppig wie Isleen, besaß aber einen vollkommenen Körper. Er spürte eine starke Versuchung, hervorzutreten und sie auf der Stelle zu vergewaltigen, aber er hielt sich im Zaum, denn er erinnerte sich an ihre heftige Reaktion am Tag zuvor. Nein. Er mußte versuchen, sie zu erobern, zumindest ein wenig, bevor er sie verführte.

Isleen begab sich zu seinem Versteck. »Nun«, flüsterte sie, »was meinst du, Vetter?«

»Sie wird ein amüsanter Zeitvertreib sein«, murmelte er so leise, daß sie ihn kaum verstehen konnte.

»Geh!« sagte sie verhalten. Erleichtert vernahm sie das leise Klicken der Tür hinter dem Wandvorhang, als er hinausging. Sie wandte sich um und sagte: »Genießt du dein Bad, Eleanore?«

»O ja!« gab Elf zu. »Es ist ohne Unterhemd sogar noch angenehmer, aber im Kloster müssen wir natürlich zurückhaltender sein, Schwester.«

»Oh, Eleanore, du solltest zumindest meine Worte von vorhin überdenken«, sagte Isleen freundlich. »Du bist ein hübsches junges Mädchen und hättest bestimmt viele Verehrer. Mein Vater, Baron Hugh, würde dir gern dabei helfen. Ashlin braucht dich.«

»Gott hat mich gerufen«, sagte Elf, »und es wäre nicht richtig, seinem Ruf nicht zu folgen. Bedräng mich nicht, Isleen. Die Ehe war für dich richtig, das Kloster für mich, und Schluß damit.«

Isleen verkniff die Lippen. Saer glaubte, er könnte den Widerstand des Mädchens brechen, aber er irrte sich. Letztlich würde er sie doch vergewaltigen müssen, um sie und Ashlin zu bekommen. »Hier ist ein warmes Tuch zum Abtrocknen für dich«, sagte sie. »Komm heraus, so-

lange das Wasser noch warm ist, dann kann ich es auch noch benutzen.«
»Bitte, dreh dich um«, befahl Elf, die sich gerade erhob. Sie griff nach dem Tuch, stieg hinaus und hüllte sich in das Tuch ein. Als sich Isleen umwandte und ihr Unterkleid auszog, errötete sie. Isleen stieg in das warme Wasser, und Elf trocknete sich ab, schlüpfte wieder in ihr Unterkleid und legte sich auf das Rollbett.
Als Isleen aus dem Wasser kam, protestierte sie. »Du bist die Herrin von Ashlin. Das Bett ist für dich«, beharrte sie.
»Das ist ein Bett für Mann und Frau«, erwiderte Elf. »Es war einst das Ehebett meiner Eltern und später deines. Ich fürchte, ich würde mich darin nicht wohl fühlen.«
»Dann teilen wir es uns, du Närrin.«
»Nein«, widersprach Elf. »Ich habe es bequem auf dem Rollbett. Schlaf gut. Gute Nacht.« Und Elf sagte leise, aber hörbar ihre Gebete auf.
Du prüdes Miststück, dachte Isleen, rollte sich auf die Seite und zog sich das Federbett über die Schultern. Heute nacht mußte sie allein schlafen, und das gefiel ihr überhaupt nicht. Wenn die kleine Nonne fest schlief, beschloß sie, würde sie hoch ins Dachgeschoß gehen, wo Saer untergebracht war. Ob er heute nacht eine Leibeigene mit ins Bett nehmen würde? Sie hoffte es. Sie genoß es immer, wenn sie zu dritt waren. Oft hatte sie mit dem Gedanken gespielt, einen der jungen muskulösen Bediensteten in ihr Bett zu holen, aber diese Art von Spiel gefiel Saer nicht. Manchmal fand sie ihn recht schwierig, aber das tat ihrer Zuneigung keinen Abbruch. Sie liebte ihn, seit sie Kinder waren, denn er war seit seinem sechsten Lebensjahr bei ihren Eltern in Pflege gewesen. Als jüngstes Kind war sie nicht weggeschickt worden wie ihre drei Schwestern und ihr Bruder. Isleen schloß die Augen und döste. Sie würde rechtzeitig aufwachen und zu Saer gehen.

Als Elf erwachte, stand die Sonne am Himmel. Zuerst wußte sie nicht, wo sie sich befand, dann fiel ihr ein, daß sie im Söller war. Sie rekelte sich, erhob sich und griff nach ihren Kleidern. Als Ida hereinkam, war sie angekleidet.

»Endlich seid Ihr wach, Kind«, sagte die alte Frau. »Ich wollte Euch nicht wecken, da Ihr Euren Schlaf nötig hattet. Seit Ihr nach Hause zurückgekehrt seid, hattet Ihr kaum eine Ruhepause, da Ihr Euch so eifrig um Euren armen Bruder gekümmert habt – Gott sei seiner guten und edlen Seele gnädig! Kommt jetzt in die Halle, und beendet Euer Fasten, meine liebe Lady.«

»Wie spät ist es?« fragte Elf und folgte Ida in die Halle.

»Der halbe Vormittag ist bereits vorbei.«

»Oh!« Dann merkte Elf, daß sie sich seit Tagen nicht mehr so wohl gefühlt hatte, und sie sagte: »Wo ist Lady Isleen?«

»Sie ist mit ihrem Cousin ausgeritten«, anwortete Ida. »Sie wollte, daß ich Euch aufwecke, damit Ihr sie begleitet, aber ich habe nicht zugelassen, daß sie Euch störten. Ihr hattet Schlaf nötiger als einen Ausritt mit den beiden.«

»Wo ist Cedric?« Elf nahm an der hohen Tafel Platz. »Ich muß mich um Isleens Mitgift kümmern, damit sie in ihr Elternhaus zurückkehren kann. Ihr Vater wird eine neue Heirat arrangieren wollen.«

»Ihr müßt zuerst essen und Euch stärken«, sagte Ida entschlossen. »Ihr eßt ja wie ein Vogel, Mylady! Hat man Euch im Kloster hungern lassen?« Sie gab den Bediensteten ein Zeichen, das Morgenmahl zu bringen.

»Völlerei ist eine schwere Sünde, Ida«, erwiderte Elf. »Wir essen nur so viel, wie nötig ist, um den Körper zu nähren. Ich versichere dir, daß ich in St. Frideswide's nie hungrig war. Ich fürchte, wir kochen zuviel und werfen es dann weg.« Sie versenkte sich in ein Gebet und bekreuzigte sich dann. Ein rundes Brotbrett mit heißer Hafergrütze wurde vor sie hingestellt, und Elf nahm einen Löffel und fing an zu essen. Dann wurde ihr ein Teller mit einem hartgekochten Ei und einer kleinen Ecke Käse gebracht und ein Becher mit verdünntem Wein, der mit Kräutern gewürzt war, die sie zusammengestellt hatte.

»Die Bediensteten verzehren die Reste, Lady, denn wovon sonst sollten sie sich ernähren, wenn nicht von Eurem

Tisch? Und den Rest bekommen die Bettler, die häufig bei uns anklopfen. Die Kriege haben böse Auswirkungen, Mylady. Ihr wart geborgen und sicher in Eurem Kloster und habt wenig mitbekommen, was in der Welt vor sich geht.«
»Und unser Herr selbst hat Nächstenliebe gepredigt«, erwiderte Elf. »Ich bin beschämt, Ida.«
»Eßt Euer Frühstück«, sagte Ida und goß Rahm über die Hafergrütze ihrer Herrin.
Elf lachte, entdeckte aber, daß sie heute morgen großen Appetit hatte. Sie kostete auch von dem Ei und dem Käse. Als sie den letzten Tropfen Wein aus dem Becher geleert hatte, kam Cedric und trat zu ihr an den Tisch. Sie nickte ihm zu.
Er verbeugte sich höflich und sagte: »Ich bin die Aufzeichnungen durchgegangen, um die genaue Höhe der Mitgift der Lady festzustellen und wie diese entrichtet wurde. Überwiegend in Münzen, die Euer Bruder, Gott möge seiner guten und edlen Seele gnädig sein, voller Umsicht beiseite gelegt hat. Er hat das Geld nie angerührt, und es befindet sich immer noch in dem Beutel, in dem es übergeben wurde. Die Lady hat zudem einige Haushaltsgeräte und einen Zelter mitgebracht, was leicht zu ermitteln ist.«
»Wie schnell kann das erledigt werden, Cedric? Ich bin sicher, sie möchte so bald wie möglich nach Hause zurückkehren – und ich in mein Kloster.«
Cedric lächelte seine junge Herrin verständnisvoll an. »Alles wird bis zum Abend erledigt, so daß Ihr morgen früh abreisen könnt. Ist das recht so, Mylady?«
»Das ist perfekt, Cedric«, erwiderte Elf mit einem leichten Lächeln. »Du bist ein guter Diener, aber schon meine Mutter und mein Bruder haben dich gelobt. Du hast dich im Lauf der Jahre nicht verändert.«
»Lady, darf ich Euch eine Frage stellen?«
Sie nickte.
»Was geschieht mit uns, wenn Ihr ins Kloster zurückkehrt?«
»Als Nonne darf ich nichts besitzen«, erklärte Elf. »Ich

werde Ashlin meinem Orden schenken, der das Gut nach Belieben verwenden kann. Vielleicht gründet er hier ein neues Kloster oder setzt einen Pächter ein oder verkauft das Landgut. Das ist nicht meine Entscheidung. Aber ich kann euch garantieren, daß die Leibeigenen und Freien, die seit Jahrhunderten hier gelebt haben und Teil von Ashlin sind, auch hier bleiben werden. Die ehrwürdige Mutter ist eine kluge und gute Frau. Sie wird nicht zulassen, daß einer von euch Schaden erleidet. Darauf habt ihr mein Wort, das Wort von Eleanore de Montfort, und du weißt, Cedric, das Wort einer de Montfort ist soviel wert wie Gold.«
»Danke, Mylady«, sagte der Majordomus. »Ich mußte es wissen, um unsere Leute zu beruhigen, daß sie keine Angst haben müssen, wenn Ihr abgereist seid. Aber wir wünschten, Ihr würdet bei uns bleiben.«
»Ich kann nicht. Es ist nicht mein Schicksal. Du kannst jetzt gehen, Cedric, und dich um die Abreise meiner Schwägerin kümmern.«
Er verbeugte sich und zog sich zurück. Elf blickte sich in der Halle um. Es gab nichts für sie zu tun. Ihre Sachen wären schnell gepackt, und das hatte ohnehin Zeit bis zum Morgen, wenn sie losreiten würde. Ich sehe jetzt nach meinem Herbarium, beschloß sie. Dort gab es Arbeit für sie. Der kleine Garten, den sie angelegt hatte, war prächtig gediehen. Sie würde schauen, was sie mit ins Kloster nehmen konnte. Schwester Winifred würde sich freuen.
Elf eilte den Gartenweg hinunter und winkte Arthur zu, der Unkraut jätete. Da entdeckte sie zwei Reiter, die sich dem Haus näherten. Vermutlich waren es Isleen und ihr mysteriöser Vetter.
Elf kicherte. Saer de Bude hatte seit ihrer Begegnung am Wäscheschrank einen weiten Bogen um sie gemacht. Wenn sie daran zurückdachte, konnte sie nicht verstehen, weshalb sie ihr Frühstück über ihn erbrochen hatte, denn sie hatte keine Angst vor ihm. Er widerte sie lediglich an; zudem hatte sie zu dieser Zeit gerade ihre Menses. Aber immerhin hatte es ihn abgestoßen, und dafür war sie dankbar. Sie vergoß Tränen der Enttäuschung und der Erleichte-

rung, und Arthur mußte sie aufheitern, wie schon so oft, als sie noch Kinder gewesen waren und sie sich geängstigt hatte. Sie erkannte jetzt, daß seine Freundschaft eines der wenigen Dinge war, die sie an Ashlin vermißt hatte und die sie bestimmt wieder vermissen würde. Sie begriff, daß sie viel aufgeben würde.
Aber gehörte nicht das Opfer zum religiösen Leben? Steckte etwa Wahrheit in Isleens Vorwürfen, sie verfolge nur ihre Wünsche, statt ihre Pflichten wahrzunehmen? Kam letztlich nicht alles von Gott? Eleanore de Montfort schüttelte den Kopf. In ihren Gedanken hatte noch nie so viel Unordnung geherrscht. Sie hatte bisher nie irgendwelche Zweifel daran gehabt, daß sie eine von Gottes erwählten Bräuten war. Warum nur erwog sie überhaupt die Möglichkeit, daß es nicht so sein könnte? Der Teufel … Gewiß versuchte der Teufel, sie in Versuchung zu führen. Sie bekreuzigte sich und betrat das Herbarium. Dabei bemerkte sie, daß der Herd kalt war.
Ich werde heute ein paar Elixiere und Salben herstellen, die ich dann mitnehme, überlegte Elf. Sie rief Arthur zu: »Geh bitte hoch zum Haus, und hol mir ein paar Kohlen aus der Küche, damit ich ein Feuer machen kann. Cedric gibt dir eine Pfanne, in der du sie herbringen kannst.«
»Sofort, Mylady«, rief Arthur und eilte davon.
Elf begab sich zu ihrem Brunnen, zog einen Eimer kalten Wassers hoch und schleppte ihn in ihre Hütte. Sie reinigte den Tisch, auf dem sie arbeitete, stellte den Eimer auf den Boden unter dem Tisch und holte aus einem Regal mehrere Mörser und Stößel. Anschließend ging sie hinaus in den Garten, pflückte die größten grüngelben Blätter ihrer Kohlköpfe und brachte sie ins Herbarium, um sie zu waschen.
Dann füllte sie einen Kessel mit Wasser und fügte die Blätter hinzu. Sie wurden gekocht und zu einem Sirup mit Honig verarbeitet. Dieser Sirup konnte als Beruhigungstee, als Mittel gegen Spinnenbisse und bei Schlaflosigkeit verwendet werden.
Sie griff nach einem Bündel von Blättern des Weißen Andorns, die einige Wochen lang getrocknet worden waren.

Sie zerkrümelte die Blätter leicht in einem Mörser und zermahlte sie zu einem feinen Pulver, das sie in einen Steinkrug umfüllte. Dieses Pulver würde einen ausgezeichneten Tee oder einen Sirup ergeben. Der Weiße Andorn diente zur Heilung von Gelbsucht, hartnäckigem Husten und war auch heilsam bei schwindendem Augenlicht, was bei den älteren Nonnen oft ein Problem war.
»Elf, ich habe die Kohlen. Soll ich jetzt Feuer machen? Ich sehe, Ihr habt bereits einen Kessel gefüllt.« Arthur betrat das Herbarium mit einer Pfanne voller Kohlen, die er von der Feuerstelle aus der Halle geholt hatte.
»Kohlsirup«, erklärte sie. »Ja, mach das Feuer für mich an, Arthur, dann kannst du wieder an deine Arbeit gehen. Danke. Ich bin im Garten.« Draußen griff Elf nach einem Korb. Zuerst sammelte sie Salbeiblätter, die gut für die Nerven waren; Minze, ein ausgezeichnetes Mittel gegen Erbrechen, Schluckauf und Magenbeschwerden; Senfblätter, ein sicheres Mittel gegen Gicht, vor allem in den Zehen; und Anis, das gegen Blähungen half.
»Ich gehe dann«, verkündete Arthur. »Der Herd heizt gut, und Euer Kessel fängt gleich an zu kochen, Elf. Soll ich Euren Korb tragen?«
»Nein, danke«, erwiderte sie und winkte ihm zu, bevor sie ihre kleine Hütte betrat. Sie stellte ihren Korb auf einen kleinen Holztisch und sortierte die Pflanzen, die sie gerade gepflückt hatte. Sie war gerade fertig geworden, als die Tür geöffnet wurde. Elf blickte hoch. »Was tut Ihr denn hier?« fragte sie erstaunt.
»Ich wollte mich wegen neulich bei Euch entschuldigen. Mein Verhalten war höchst unritterlich. Doch kein Mann, der Euch gesehen hat, würde mich dafür tadeln«, sagte Saer de Bude. »Trotz Eurer schlichten Kleidung seid Ihr eine entzückende junge Frau, Mylady.«
»Ich nehme Eure Entschuldigung an, denn es wäre höchst unchristlich von mir, sie abzulehnen«, erklärte Elf.
»Was tut Ihr hier?« wollte er wissen.
»Ich stelle Arzneien, Elixiere und Salben her.« Elf wünschte, er würde gehen.

»Wie eine gute Burgherrin«, sagte er und lächelte sie an.
»Ich helfe unserer Schwester Winifred bei der Krankenpflege.«
»Da kocht doch ein Kessel auf dem Herd?« fragte er, trat jetzt ins Innere der Hütte, schloß die Tür hinter sich und blickte in den Kessel. »Der Geruch kommt mir bekannt vor.«
»Ich bereite einen Sirup aus Kohl«, erklärte Elf. Warum ging er nicht endlich?
»Ich habe gehört, Kohl dämpfe das Verlangen.«
»Offensichtlich eßt Ihr keinen«, erwiderte Elf knapp.
Saer de Bude lachte laut. Die kleine Nonne hatte mehr zu bieten, als er gedacht hatte. Sie besaß sogar Humor – das hatte er nicht erwartet. Und sie war nicht so langweilig, wie sie zurechtgemacht war. Nein, keineswegs. »Lady«, sagte er, »ich will Euch gegenüber offen sein.« Er hatte in diesem Moment entschieden, daß es nicht klug war, sich vor dem Mädchen zu verstellen. »Ich bin ein jüngerer Sohn und will mein eigenes Landgut. Wenn Ihr Euren Entschluß, ins Kloster zurückzukehren und das ewige Gelübde abzulegen, nochmals überdenken würdet, wäre ich ein guter Ehemann für Euch. Meine Mutter war eine de Warenne, und die Familie meines Vaters genießt in der Normandie großes Ansehen. Ich bin immer ein ehrenhafter Mann gewesen.«
»Nein, Sir, das seid Ihr keineswegs, denn Ihr habt mit der Frau meines Bruders Ehebruch begangen. Ich bin nicht so töricht, daß ich es nicht bemerkt hätte, obwohl ich gebetet habe, daß es nicht so wäre. Ich hoffe, Dickon hat es nicht gemerkt, obwohl ich glaube, daß er es bemerkt hat, denn er war ja nicht blind. Unter den Leibeigenen geht das Gerücht, daß Ihr und Isleen meinen Bruder vergiftet habt. Es kann keine offizielle Anklage erhoben werden, da sich nichts beweisen läßt. In dieser Hinsicht seid Ihr sicher. Und ich habe mich für Gott entschieden und werde keinen Mann heiraten. Wenn Ihr Ashlin wollt, dann redet mit der ehrwürdigen Mutter im Kloster. Sie wird entscheiden, wie über Ashlin verfügt wird, und vielleicht sucht sie einen Pächter.«

»Ich werde niemandes Pächter sein«, sagte Saer grimmig. Dann riß er sie an sich. »Lady, ich werde Ashlin besitzen, und ich werde Euch besitzen, ob Ihr wollt oder nicht.«
Elf versuchte, sich aus seinen Armen zu befreien, aber er hielt sie fest umklammert. »Laßt mich sofort los, Sir!« befahl sie ihm mit fester Stimme.
Er lachte spöttisch und küßte sie, preßte brutal seinen Mund auf ihren. Mit einer Hand drückte er sie an seine breite Brust, die andere ließ er in ihren Ausschnitt gleiten. Er schob den Stoff ihres Obergewands und ihres Unterhemds zur Seite und umfaßte ihre weiche Brust.
Sein plötzlicher Angriff versetzte Elf in Angst und Schrecken. Sie konnte nicht atmen, und sein Griff war wie Eisen. Verzweifelt entzog sie ihm ihren Mund und versuchte zu schreien, aber ihre Halsmuskeln waren wie gelähmt, und sie brachte nur ein schwaches Krächzen heraus. Sie spürte Schwäche und kämpfte darum, das Bewußtsein nicht zu verlieren, auch als sie gegen seinen Arm taumelte.
»In Euch glüht die Leidenschaft, Eleanore«, brummte Saer de Bude heiser. »Ich werde sie erwecken.« Sein Mund drückte Küsse auf ihren weißen Hals, und seine Hand streichelte gierig ihre Brust. »Wenn ich mit Euch fertig bin, meine Hübsche, wird Euch kein Kloster der Welt mehr haben wollen. Ihr werdet eine geschändete Taube sein, Eleanore.« Dann ließ er sie fallen.
Sie fiel ächzend zu Boden und hatte das Gefühl, keine Luft mehr zu bekommen. Saer stand über ihr, spreizte mit einer Hand ihre Beine und löste mit der anderen seinen Gürtel. Dann entblößte er seine pralle Männlichkeit. »Das, meine Süße, ist für dich!« Dann legte er sich auf sie.
Beim Anblick seiner erregten Männlickeit fand Elf ihre Stimme wieder und schrie aus Leibeskräften. Sie spürte, wie die Stärke in ihren Körper zurückkehrte, und wehrte sich gegen ihn, als kämpfe sie um ihr Leben – und gewissermaßen war dies ja auch der Fall. Wenn er sie vergewaltigte, war ihr Klosterleben beendet. Sie würde ihn heiraten müssen, und das war das letzte, was sie wollte. Sie streckte die Hände aus und zerkratzte sein hübsches Gesicht, während

er ihre Röcke hochschob und mit den Knien ihre Beine zu öffnen versuchte. Ihre Schreie wurden immer lauter, durchdrangen die Stille des Nachmittags.
Saer de Bude schlug dem Mädchen unter sich brutal ins Gesicht. »Halt den Mund, du kleine Hexe!« brüllte er sie an und schlug sie immer wieder, damit sie aufhörte zu schreien, aber Elf war nicht zu beruhigen.
»Hilfe! Hilfe!« schrie sie, so laut sie konnte.
»Du hast es gewollt«, schnarrte er. »Gib es zu, du kleine Hexe! Du hast es gewollt!«
»Nein, nein!« schrie Elf.
»Es wird dir gefallen«, versprach er ihr heiser. Ihr Widerstand erregte ihn im höchsten Maße.
Gott rette mich! dachte Elf, als ihre Kraft nachließ. Doch ihr Gebet schien erhört worden zu sein, denn plötzlich sprang die Tür des Herbariums auf, und Elf hörte Arthur, der ein paar saftige Flüche ausstieß, Saer de Bude am Nakken packte und von dem sich wehrenden Mädchen wegzerrte. Der Junge versetzte dem Mann einen kräftigen Fausthieb gegen das Kinn. Saer de Bude fiel zu Boden und stieß mit dem Kopf gegen den Steintisch. Elf richtete sich auf, zog ihre Röcke herunter und hielt sich den zerrissenen Stoff ihres Obergewandes über die Brust.
»Kommt, ich helfe Euch«, sagte Arthur und griff nach ihrer anderen Hand.
»Aber er ist verletzt«, protestierte Elf. »Ich muß nach ihm sehen.«
Arthur zog sie aus der Hütte. »Wir schicken jemandem vom Haus, der sich um ihn kümmert. Verdammt noch mal, Elf, Ihr seid entweder eine Heilige oder eine Närrin! Der elende Bastard hat versucht, Euch zu vergewaltigen, und Ihr wollt Euch um seine Wunden kümmern?« Er zog sie den Pfad hoch zum Haus und betrat mit ihr die Halle. »Cedric! Großmutter!« rief er beim Eintreten.
»Heilige Maria Muttergottes und alle Heiligen«, rief Ida, als sie Elf sah. »Was ist mit meinem Kindchen passiert?«
»Der Ritter hat versucht, sie zu vergewaltigen«, erklärte Arthur frei heraus.

»Es geht mir gut, dank Arthur«, erwiderte Elf, »aber der Ritter liegt verwundet im Herbarium. Arthur hat ihn zu Boden geschlagen, und er hat sich beim Sturz am Kopf verletzt. Jemand soll den Sheriff holen! Ich werde Anklage gegen ihn erheben.«
»Nein«, sagte Cedric, der Majordomus, grimmig. »Unser Arthur würde festgenommen werden, denn er ist ein Leibeigener und hat einen Adligen niedergestreckt. Darauf steht die Todesstrafe. Wir werden uns um den Ritter kümmern, aber Ihr müßt sofort ins Kloster zurückkehren, und Arthur wird Euch begleiten und um Asyl bitten. Er wird dort in Sicherheit sein, bis Ihr dem Sheriff erklären könnt, was geschehen ist. Wenn die Geschichte im Rahmen Eures Klosters erzählt wird, ist sie weitaus weniger aufregend als hier auf Ashlin. Geh in den Stall, Junge, und sattle zwei Pferde. Mylady, wir kümmern uns um den Ritter, ich verspreche es.«
»Bevor ich losreite, muß ich wissen, ob wir ihn getötet haben oder nicht«, sagte Elf.
»Ich werde mich selbst davon überzeugen«, erwiderte Cedric und eilte aus der Halle.
Als er einen Augenblick später zurückkehrte, hatte Ida Elfs wenige Habseligkeiten eingepackt, und diese hatte sich ein frisches Obergewand und ein frisches Unterhemd angezogen. Isleen schlief und hatte nicht gehört, daß die beiden Frauen im Söller waren.
»Der Ritter wird überleben«, berichtete Cedric. »Er versuchte gerade, sich aufzusetzen. Ich sagte ihm, daß wir ihm Hilfe schicken. Aber nun müßt Ihr losreiten, Mylady. Wir nehmen die anderen Pferde aus dem Stall und führen sie auf die weit entfernte Weide, damit man Euch nicht folgen kann. Aber ich glaube nicht, daß der Ritter in den nächsten ein bis zwei Tagen in der Verfassung sein wird, Euch nachzureiten. Er ist verletzt, aber leider nicht tödlich.«
»Ich will, daß die beiden so bald wie möglich Ashlin verlassen, das heißt, sobald Saer de Bude wieder reiten kann. Cedric, bitte Baron Hugh in meinem Namen um eine Eskorte für seine Tochter und deren Vetter. Wenn sie hier ein-

trifft, soll Saer reisebereit sein, auch wenn man ihn in der Sänfte befördern müßte.«
»Ja, Mylady«, antwortete der Majordomus und lächelte. »Lebt wohl.«
»Gott segne alle hier auf Ashlin«, sagte Elf. Dann eilte sie an Idas Seite aus der Halle zu der Stelle, wo Arthur mit zwei Pferden wartete.
Der Junge half seiner Herrin in den Sattel und stieg dann selbst auf. »Leb wohl, Großmutter«, sagte er zu der bitterlich weinenden Ida.
»Keine Sorge, Ida«, munterte Elf ihre alte Amme auf. »Arthur wird nichts geschehen. Er hat nichts Unrechtes getan. Wenn es ganz schlimm kommen sollte, werde ich ihn nach Wales schicken, wo das normannische Recht nicht mehr gilt.« Sie führte die Hand der alten Frau an die Lippen und küßte sie. »Leb wohl, mein alter Schatz. Gott segne dich.«
»Die heilige Jungfrau Maria behüte Euch, mein Kind«, schluchzte Ida. Dann machte sie kehrt und rannte ins Haus.
»Könnt Ihr galoppieren?« fragte Arthur.
»Und du?« neckte sie ihn und trieb ihr Pferd mit den Fersen an.
Sie legten die acht Meilen nach St. Frideswide's, wo sie bei Sonnenuntergang ankamen, ohne Unterbrechung zurück.
»Willkommen zu Hause, Eleanore de Montfort«, begrüßte Schwester Perpetua, die Pförtnerin, sie, als sie durch die Tore ritten.
»Ich danke Euch, Schwester«, erwiderte Elf. »Das ist mein Leibeigener Arthur. Er bittet um Asyl. Wenn die ehrwürdige Mutter meinen Bericht gehört hat, wird sie es ihm sicherlich gewähren.«
»Elf!« Isabeaux St. Simon rannte herbei, als Elf vom Pferd stieg. »Ich wußte ja gar nicht, daß du heute zurückkommen würdest.«
»Ich auch nicht«, erwiderte Elf. »Isa, bitte such die ehrwürdige Mutter, und frage sie, ob sie mich in einer höchst dringlichen Angelegenheit anhören kann.«
Isa nickte und eilte davon. Ein paar Minuten später kehrte

sie zurück. »Sie erwartet dich im Kapitelsaal.« Ihr Blick wanderte zu Arthur. »Wer ist das?« fragte sie.

»Mein Leibeigener«, erwiderte Elf ohne weitere Erklärungen.

»Oh«, sagte Isa, deren Interesse an dem jungen Mann schwand. Der hübsche Kerl war also nur ein Leibeigener. Einen Moment lang überlegte sie, ob Elf vielleicht beschlossen hatte, ihr Gelübde nicht abzulegen, da sie ja jetzt eine Erbin war und vielleicht heiraten wollte, und ob ihr Begleiter ihr Erwählter sei.

»Komm mit«, forderte Elf Arthur auf und eilte mit ihm zum Kapitelsaal. Sie ging schnell durch die Tür, mit Arthur im Schlepptau, und steuerte auf die Halle zu, wo die Äbtissin sie erwartete. Sie ließ sich vor ihr auf den Boden fallen und erwies ihr damit ihre Ehrerbietung.

»Erhebe dich, meine Tochter, und erzähle mir, weshalb du so überstürzt zurückgekehrt bist und wer dein Begleiter ist«, forderte die Äbtissin sie auf.

»Das ist Arthur, mein Leibeigener, ehrwürdige Mutter, und er bittet Euch um Asyl. Ihr müßt es ihm gewähren, denn er hat mich heute vor einem Schicksal bewahrt, das schlimmer ist als der Tod«, begann Elf, die sich erhoben hatte und jetzt vor der Äbtissin stand. Dann berichtete sie. Sie erzählte alles, was seit ihrer Rückkehr nach Ashlin passiert war, vom Tod ihres Bruders, vom Drängen ihrer Schwägerin, sie solle das Kloster aufgeben und heiraten, und von Saer de Budes Überfall.

»Wenn Arthur nicht in der Nähe gewesen wäre und meine Schreie gehört hätte, wäre ich geschändet worden.« Sie fing leise an zu weinen. »Dann hätte ich nicht mehr ins Kloster zurückkehren können und diesen gräßlichen Mann heiraten müssen. Aber der arme Arthur! Weil er mir zu Hilfe kam, wird er zum Tode verurteilt werden, wenn Ihr ihm nicht Unterschlupf gewährt.«

»Arthur von Ashlin, ich gewähre dir hier in St. Frideswide's Asyl für die Dauer eines Jahres und eines Tages. Wenn die Angelegenheit bis dahin nicht bereinigt ist, gewähre ich dir Obdach, solange du es benötigst«, sagte die

Äbtissin. »Geh nun zum Stall, Junge, zu Schwester Joseph. Sag ihr, sie soll dir ein Quartier zuweisen und dir Arbeit geben.«

Arthur fiel vor der Äbtissin auf die Knie und küßte ihren Saum. »Ich danke Euch, ehrwürdige Mutter, für Eure Güte.« Dann erhob er sich und verließ die Halle.

»Ich danke Euch ebenfalls, ehrwürdige Mutter! Arthur war als Kind mein Spielgefährte und einer der ersten, der mich nach meiner Rückkehr nach Ashlin herzlich begrüßte. Ida, seine Großmutter, war meine Amme. Ich will nicht, daß er meinetwegen sterben muß ...« Elf fing heftig an zu schluchzen.

Die Äbtissin erkannte, daß Elf noch unter Schock stand. Trotzdem mußte sie ihr einige Fragen stellen. »Ich muß genau wissen, was dieser Mann dir angetan hat, meine Tochter. Komm, setz dich her zu mir«, forderte sie das Mädchen auf und führte es zu einer Bank. »Nun berichte mir alles, Eleanore de Montfort. Deine unsterbliche Seele ist gefährdet, wenn du mich anlügst. Verstehst du, meine Tochter?«

»Ja, ehrwürdige Mutter«, erwiderte Elf und erschauerte. »Der Ritter hat mich gepackt und geküßt. Dann hat er meine Brust angefaßt, mich unvermittelt auf den Boden der Hütte geworfen und sein Geschlecht entblößt. Er hat schreckliche Dinge zu mir gesagt, daß es mir gefallen würde, was er mit mir tun wird.« Sie erschauerte abermals und schluckte schwer, als sie die ganze Szene noch einmal erlebte, aber sie fuhr tapfer fort: »Dann hat er sich auf mich gelegt. Ich habe wie am Spieß geschrien, und zum Glück ist mir Arthur zu Hilfe gekommen. Er hat ihn von mir weggerissen und ihm einen Fausthieb gegen das Kinn versetzt, der ihn zu Boden geworfen hat. Dabei ist Saer de Bude mit dem Kopf gegen die Tischkante gestoßen.

Ich habe gesehen, wie Blut aus der Wunde drang, und wollte ihm helfen, aber Arthur hat mich fortgezogen. Wir sind zum Haus gerannt, und Cedric, mein Majordomus, hat sich zur Hütte begeben. Saer de Bude war am Leben und bewegte sich. Cedric hat ihm befohlen, sich nicht von der Stelle zu rühren, er würde Hilfe holen. In der Zwischenzeit hat Ida meine Sachen gepackt, und Arthur und ich sind hierher geflohen«, schloß Elf ihren Bericht.

»Hat das Geschlecht des Angreifers deine intimen Stellen berührt, oder ist er gar in dich eingedrungen, meine Tochter?« wollte die Äbtissin wissen.

»Nein! Keinen Augenblick, ehrwürdige Mutter.« Der entsetzte Blick des Mädchens verriet der Nonne, daß sie die Wahrheit sagte.

»Trägst du heute das gleiche Gewand wie bei dem Überfall?« fragte die Äbtissin. Sie mußte auf Nummer Sicher gehen, auch wenn dies sehr schmerzlich war.

»Außer meinem Obergewand und dem Unterhemd«, erwiderte Elf. »Er riß sie mir vom Leib, als er mich berühren wollte.« Ihr Gesicht war aschfahl. »Kann ich ein Bad nehmen, ehrwürdige Mutter? Ich habe noch den Geruch dieses Mannes an mir.«

»Natürlich, meine Tochter, und heute nacht kannst du ohne Unterhemd baden. Sag Schwester Cuthbert, ich hätte es angeordnet. Nein, ich sage es ihr selbst.« Sie erhob sich von der Bank. »Komm, meine arme Eleanore, wir suchen Schwester Cuthbert, die sich um dich kümmern wird.«

Sie verließen den Kapitelsaal und begaben sich über den Hof zum Schlafsaal, wo die Mädchen untergebracht waren. Schwester Cuthbert und Matti, die jetzt Schwester Columba gerufen wurde, eilten auf Elf zu und umarmten sie.

»Geh mit Schwester Columba hinein, meine Tochter, und hol die Wanne aus dem Schrank. Füll sie dir mit warmem Wasser. Nimm die kleine, die ist leichter für dich. Sagt uns, wenn ihr soweit seid«, unterwies sie die beiden Mädchen. Als sie sich entfernt hatten, unterhielt sie sich mit Schwester Cuthbert und berichtete ihr, was geschehen war. »Ich bin davon überzeugt, Eleanore hat die Wahrheit gesagt, so wie sie sie sieht, aber manchmal kann der Schock einer solch schrecklichen Erfahrung, die Angst ... Nun, überzeugt Euch, daß kein Blut an ihren Röcken oder Schenkeln ist. Der Mann hat ihr Unterhemd und ihr Obergewand zerrissen, deshalb hat sie diese gewechselt, aber wir müssen sicher sein, daß sie noch Jungfrau und unberührt ist.«

Das Gesicht der jüngeren Nonne wirkte besorgt. »Was für ein schreckliches Erlebnis für das arme Mädchen! Aber ich werde tun, wie Ihr mich geheißen, ehrwürdige Mutter. Ich bin jedoch davon überzeugt, daß Eleanore die Wahrheit gesagt hat. Ihre Berufung bedeutet ihr zuviel, als daß sie lügen würde. Wer war der Junge in ihrer Begleitung?«

»Der Leibeigene, der sie gerettet hat. Er heißt Arthur, und wir haben ihm Asyl gewährt, da ihn sein tapferes und edles Handeln in Gefahr gebracht hat. Ihr kennt ja die Strafe, die droht, wenn ein Leibeigener einen Adligen schlägt.«

Schwester Cuthbert nickte. »Aber es wäre ungerecht, wenn der Junge bestraft werden würde, nur weil er seine Herrin verteidigt hat, nicht wahr?«

»Wir wollen sehen, ob der Ritter Anklage erhebt«, sagte die Äbtissin. »Sollte dies der Fall sein und will man den Jungen hier wegholen, dann erklären wir ihnen, daß wir ihm Asyl gewährt haben und uns für ihn einsetzen werden. Nach allem, was wir wissen, können wir nicht anders handeln.«

5. Kapitel

Hugh de Warenne betrachtete seine jüngste Tochter voller Verdruß und Widerwillen. Sicherlich war sie immer noch schön und jung genug, um eine zweite Ehe einzugehen. Doch er war außerordentlich wütend auf sie. »Wenn du Richard ein Kind geboren hättest, auch wenn es eine Tochter gewesen wäre, könnte man dich als durchaus begehrenswerte Witwe ansehen. Aber so wie die Dinge liegen, muß ich irgendeinen alten Mann finden, der unbedingt ein Kind will und den deine geringe Mitgift nicht stört.«
»Sie ist unfruchtbar«, erklärte Saer de Bude seinem Onkel. »Richard de Montfort und ich haben auf Ashlin Bastarde gezeugt, aber Eure Tochter konnte kein Kind empfangen, von keinem von uns.«
»Du hast dich also wieder an sie herangemacht?« fragte sein Onkel angewidert. »Nun, wenn das stimmt, was du da soeben gesagt hast, gibt es zumindest keine Bastarde von ihr. Wir müssen einen alten Mann mit viel Geld für dich finden, Isleen, und ihm deine Kinderlosigkeit anlasten. Und wenn er stirbt, bist du eine reiche Witwe, bereit für das Bett des nächsten alten Mannes. Das gefällt dir doch, du habgierige kleine Hexe?«
Er kicherte und wandte sich dann seinem Neffen zu. »Und du, Saer de Bude, was soll ich mit dir anfangen? Du bist der Sohn meiner Schwester, und ich fühle mich dir gegenüber verpflichtet, aber wie kann ich einen Mann, der nichts zu bieten hat, verheiraten?«
»Richard de Montforts Schwester ist die Erbin von Ashlin. Arrangiere für mich eine Heirat mit ihr, und ich werde mein eigenes Land haben. Sie ist ein hübsches Geschöpf, und ich will sie haben.«

»Die Nonne? Bist du von Sinnen, Junge?« schnauzte ihn sein Onkel an.

»Sie hat ihr Gelübde noch nicht abgelegt, Onkel. Die Zeremonie soll erst im Oktober stattfinden. Ich hatte sie schon in der Zange, aber in einem Anfall von Reue ist sie wieder in ihr Kloster geflohen. Ein Leibeigener, der einst ihr Spielgefährte war, hat ihr geholfen. Ich bin davon überzeugt, daß er auch schon mit ihr herumgetändelt hat, denn sie war keine richtige Jungfrau mehr. Ich habe beim Sheriff Anklage erhoben, und der Junge wird gehängt werden, wenn man ihn erwischt hat.«

»Wenn das Mädchen eine lockere Moral hat, warum willst du sie dann?« fragte sein Onkel.

»Sie hat mir erzählt, er habe sie nur mit den Fingern berührt, aber nicht mit seinem Geschlecht. Aber ich habe es ihr kräftig besorgt, Onkel. Vielleicht ist sie bereits in anderen Umständen und erwartet mein Kind. Den rechtmäßigen Erben von Ashlin – wenn es mir nicht gelingt, sie zu heiraten. Du mußt mir helfen, Onkel.«

Der Baron dachte über das Ersuchen seines Neffen gründlich nach. Er war der jüngste der Kinder seiner Schwester und immer ein unbeständiger Kerl gewesen. Wohl war er ein guter Soldat, aber er hatte eine Schwäche für Frauen, für alle Frauen. Baron Hugh gab Richard de Montfort damals eine größere Mitgift für Isleen, als er eigentlich vorgehabt hatte, denn eines Tages erwischte er seine Tochter und ihren lüsternen Vetter eng umschlungen, schwitzend und stöhnend, als sie sich gerade vereinigten. Auf den ersten Blick sah er, daß dies nicht das erste Mal war. Nachdem er es seiner Frau erzählt hatte, verprügelte sie Isleen. Dann zeigte sie ihrer Tochter, wie sie ihre Jungfräulichkeit, die schon längst der Vergangenheit angehörte, vortäuschen konnte. Falls Richard den Betrug bemerkt haben sollte, ließ er sich nichts anmerken, denn er war unsterblich in sie verliebt. Und nun kehrte Isleen zurück, und Baron Hugh erfuhr, daß Saer fast ein Jahr auf Ashlin gelebt hatte.

Hugh de Warenne wollte die Wahrheit gar nicht wissen, obwohl er einen Verdacht hatte – Richard de Montfort war bis vor einem Jahr ein kerngesunder Mann gewesen. Diese beiden verkommenen Geschöpfe würden sie noch alle ins Verderben stürzen, wenn er sie nicht ein für allemal trennte. Eine junge Frau und Kinder, die Verantwortung für ein Landgut, all das würde Saers Gedanken sicherlich von Isleen ablenken. Und je schneller er einen Ehemann für seine Tochter fand, desto besser. In der Zwischenzeit mußte seine Frau das Problem bewältigen. Schließlich war Isleen in Trauer um ihren Gatten. Zumindest mußte es den Anschein haben. Diese Hexe, dachte er aufgebracht.

»Ich werde morgen früh zwei Boten losschicken. Den ersten zum Bischof von Worcester – er soll berichten, was du mir gesagt hast. Den zweiten zum König – er soll ihn ersuchen, mich zum Vormund für Lady Eleanore zu bestellen. Wenn ich diese Funktion innehabe, kann ich deine Heirat arrangieren, Neffe. Gefällt dir das?«

»Ungemein, Onkel«, erwiderte Saer de Bude.

Abends traf sich Isleen, nachdem sie den wachsamen Blicken ihrer Mutter entkommen war, mit ihrem Liebhaber und schalt ihn aus. »Warum hast du mir nicht geholfen, als mein Vater gesagt hat, daß er einen Ehemann für mich sucht? Wir werden nie zusammenkommen, Saer. Ich glaube nicht, daß du mich liebst.«

Saer de Bude preßte sie gegen eine starke Eiche, hob ihre Röcke und drang langsam in sie ein. »Ich soll dich nicht lieben, meine Schöne? Ist das das Glied eines Mannes, der dich nicht liebt?«

»Es ist das Glied eines lüsternen Mannes«, murmelte Isleen, legte ihm die Arme um den Hals und schlang die Beine um seine Hüften.

Er lächelte sie an. »Du bist die einzige Frau, die ich je geliebt habe und lieben werde. Der Plan deines Vaters ist perfekt, Isleen. Du wirst einen reichen Mann heiraten, der ein Kind von dir erhofft, das du ihm nicht geben kannst, aber das weiß er ja nicht. Wenn er anfängt, ungeduldig zu werden, wirst du ihn langsam vergiften wie Richard. Inzwischen heirate ich die kleine Nonne, und sie wird mir einen Sohn gebären. Dann wird auch sie sterben, und Lord Saer von Ashlin wird die reiche Witwe, Lady Isleen, zur Frau nehmen. Mit unserem Reichtum werden wir ausgedehnte Ländereien erwerben, bis wir zu großer Macht und Ansehen in der Gegend gelangen. Unsere Pläne sind perfekt, wir müssen nur geduldig sein, meine Hübsche.«

»Warum hast du meinem Vater gesagt, daß du sie schon besessen hast?« wollte Isleen wissen. »Du hast mir doch erzählt, daß sie dir dank ihres Leibeigenen entkommen sei.«

»Das stimmt auch, aber ich wußte, daß dein Vater nur dann handeln würde, wenn ich ihm erkläre, daß ich sie entjungfert habe. Ich wußte, wenn ich ihm die Entjungferung als *fait accompli* darbiete, würde er nach dem Bischof schikken. Bis dieser den Wahrheitsgehalt der Angelegenheit überprüft hat, wird er Eleanore de Montfort nicht erlauben, das Gelübde abzulegen. Meine Behauptung allein kann genügen, daß sie die Sicherheit ihres Klosters aufgeben muß. Und der König wird bestimmt zu meinen Gunsten entscheiden und meiner Aussage glauben. Erinnere dich, daß ich sie beim Baden beobachtet habe. Ich kann ihren Körper genau beschreiben. Und so etwas kann nur jemand wissen, der mit ihr intim war, oder?«

»Du hast das alles recht sorgfältig ausgeklügelt«, bemerkte Isleen nachdenklich.

»Ich will Eleanore de Montfort, und ich will Ashlin«, sagte Saer de Bude. »Und ich werde beides bekommen!« Nach diesen Worten drang er erneut in sie ein.

»Bin ich eine Närrin, daß ich dir traue, Saer?« fragte Isleen. Er war der erregendste Mann, den sie kannte – er besaß etwas Gefährliches, das sie reizte. »Ah«, entfuhr es ihr, als er sie zum Höhepunkt brachte. »Ahh!«

»Das mußt du selbst entscheiden, meine Hübsche«, neckte er sie und ließ sie herunter.

»Du bist der Teufel höchstpersönlich, davon bin ich überzeugt«, sagte sie leise.

Saer de Bude lachte. »Vielleicht, Isleen. Wem sonst als dem Teufel würde es solch ungeheures Vergnügen bereiten, eine Nonne zu entjungfern?« Dann verschwand er in der Dunkelheit des Gartens, und Isleen war allein.

Sie zitterte. Erst jetzt dämmerte ihr, wie tückisch und verschlagen Saer wirklich war. Sie spürte, daß er sie genauso hintergehen konnte wie alle anderen. Zwar zweifelte sie nicht daran, daß er sie liebte, doch in letzter Zeit hatte sie eine unheilvolle Aura an ihm entdeckt, die ihr Angst einflößte. Wenn Eleanore de Montfort ihm einen Sohn schenken würde, würde er dann zufrieden sein? Oder würde er weitere Kinder von ihr wollen? Würde er sich etwa in Eleanore verlieben und sie, Isleen, fallenlassen? Hatte nicht ihre Mutter ihr immer gepredigt, ein Mann werde jede Frau lieben und ihr vergeben, wenn sie ihm nur Kinder schenke? Das konnte sie ihm nicht bieten. Entweder mußte sie ihren Vater davon abhalten, ihr einen neuen Gatten zu suchen, oder sie mußte diesen so bald wie möglich ins Jenseits befördern, damit sie zu Saer gehen und dafür sorgen konnte, daß er sich seiner frommen kleinen Nonne entledigte. Sie würde sich von ihrem Geliebten nicht hinters Licht führen lassen. Diesmal nicht!

Der Bischof von Worcester las Baron Hughs Mitteilung mit gerunzelter Stirn. Dann schickte er einen Boten ins Kloster von St. Frideswide's, der einen Brief an die Äbtissin überbringen sollte, in dem der Bischof Eleanore de Montfort untersagte, ihr Gelübde abzulegen, bis nicht die von Baron Hugh und seinem Neffen Saer de Bude vorgebrachten Anschuldigungen entkräftet oder aus der Welt geräumt waren.
Nachdem die Äbtissin die Botschaft des Bischofs gelesen hatte, ließ sie die Pergamentrolle zornig fallen. »Höllenfeuer und Verdammnis«, schwor sie leise. Dann bekreuzigte sie sich schuldbewußt. Arme Eleanore! Gerade fing sie an, sich von dem furchtbaren Vorfall zu erholen. Die Äbtissin war nicht auf den Kopf gefallen und erkannte sofort, daß das Landgut von Ashlin im Mittelpunkt dieser Teufelei stand. Laut Eleanores Bericht war ihr Angreifer ein mittelloser Ritter. Er wollte sie schänden, damit sie den Schleier nicht mehr nehmen konnte. Wenn sie ihn heiraten mußte, würde das Landgut ihm zufallen. Nun versuchten

er und sein Onkel durch Verleumdung zu erreichen, was ihnen durch Gewalt nicht gelungen war.

»Man sollte ihnen die Zungen herausschneiden«, murmelte die Äbtissin.

Schwester Eunice rief nach einer Novizin, die Schwester Columba zu ihr bringen sollte. Diese und Isabeaux St. Simon waren von klein auf Eleanores beste Freundinnen gewesen. Doch Isabeaux hatte das Kloster vor zwei Wochen verlassen, um zu heiraten. Also mußte sie sich mit Schwester Columba begnügen.

Die junge Nonne kam auf der Stelle und verbeugte sich vor der Äbtissin. »Ehrwürdige Mutter, Ihr habt mich gerufen?«

»Nimm Platz, meine Tochter«, forderte sie die Äbtissin auf und erklärte ihr dann die Lage.

»Oh, wie gemein!« rief Schwester Columba. »Das wird Elf das Herz brechen, ehrwürdige Mutter.«

»Deshalb habe ich es dir erzählt, meine Tochter. Du mußt Eleanore davon überzeugen, daß alles, was geschieht, einen Sinn hat. Ich werde mit ihr sprechen, aber du wirst bei dem Gespräch dabeisein.«

Elf wurde herbeigeholt. Als die Äbtissin ihr von den Anschuldigungen berichtete, die Baron Hugh und sein Neffe gegen sie erhoben, brach sie in Tränen aus. »Aber ich bin noch Jungfrau, ehrwürdige Mutter! Ich schwöre es. Würde ich lügen, wäre meine unsterbliche Seele in Gefahr!«

»Ich glaube dir, mein Kind«, erwiderte die Äbtissin, »aber der Bischof kennt dich nicht, und er verlangt als Beweis deiner Unschuld mehr als nur dein Wort. Schwester Winifred muß dich untersuchen. Wenn dies geschehen ist, besteht kein Zweifel mehr an deiner Unschuld.«

»Mich *untersuchen*?« fragte Elf mit zittriger Stimme. »Wie denn?«

»Sie wird einen Finger in deine Scheide einführen, um sich zu vergewissern, daß dein Jungfernhäutchen unversehrt ist. Es wird nicht weh tun und dauert nur einen kurzen Augenblick«, beruhigte die Äbtissin sie mit unbewegter Miene.

Elf wurde blaß, und Schwester Columba holte tief Luft.
»Wir erledigen es auf der Stelle, damit du keine Zeit hast, dich vor dieser Untersuchung zu fürchten«, sagte die Äbtissin behutsam. Dann erhob sie sich von ihrem Sitz.
»Komm«, forderte sie Elf auf. »Du auch, Schwester Columba. Du wirst die Hand deiner Freundin halten, um ihr Mut zu machen.«
Die drei Frauen verließen den Kapitelsaal und begaben sich zur Krankenstation. Hier erklärte die Äbtissin Schwester Winifred die Lage. Diese nickte ernst und befahl Elf, sich auf den Untersuchungstisch zu legen. Dann holte sie eine Schale Wasser und wusch sich sorgfältig die Hände. Mit einem Blick auf Schwester Columba sagte sie: »Schieb ihre Röcke hoch, und du, Eleanore de Montfort, zieh deine Beine an, öffne sie und stütze dich mit den Füßen auf dem Tisch ab.«
»Ich habe Angst«, sagte Elf.
»Dazu besteht kein Grund«, bemerkte Schwester Winifred schroff. »Paß auf, was ich tue, Mädchen, denn eines Tages wirst du an meine Stelle treten und mußt vielleicht auch einmal eine solche Untersuchung durchführen. Also, fangen wir an.« Die Nonne tauchte den Finger in einen Topf Öl und führte ihn behutsam in die Scheide des Mädchens ein.
Mit einem Schrei fiel Elf in Ohnmacht.
»Es ist besser so«, sagte Schwester Winifred. »Jetzt ist sie entspannter.« Sie furchte angestrengt die Stirn. Dann zog sie den Finger wieder heraus und wusch sich erneut die Hände. »Schwester Columba, zieh ihr die Röcke herunter, entzünde eine Feder, und halte sie ihr unter die Nase, damit sie wieder zu sich kommt.« Dann wandte sich Schwester Winifred an die Äbtissin. »Sie ist zweifellos noch Jungfrau, ehrwürdige Mutter. Mein Finger ist das erste, was je in ihre Scheide eingedrungen ist. Ihr Jungfernhäutchen ist unversehrt. Ihr Ankläger lügt. Ich schwöre es auf den Leib Christi.«
»Danke«, erwiderte die Äbtissin. »Ich hatte keine Zweifel daran, doch der Bischof will mehr als nur die Aussage des

Mädchens. Doch er kann nicht an der Wahrheit der Aussage unserer für die Kranken zuständigen Schwester zweifeln.«
Elf war wieder zu Bewußtsein gelangt. Ihre Freundin half ihr vom Untersuchungstisch. »Was wird jetzt geschehen?« wollte sie wissen.
»Ich werde dem Bischof einen Brief senden, in dem ich ihm unser Untersuchungsergebnis mitteile. Aber bevor er dir nicht seine Einwilligung gibt, kannst du dein Gelübde nicht ablegen«, fuhr die Äbtissin fort. »Ich werde auch Arthurs Aussage über dich mitschicken und erklären, daß er bei uns Zuflucht gefunden hat, weil er für dich eingetreten ist. Er wird bei seiner Seele schwören, daß Saer de Bude ohne Erfolg versucht hat, dich zu vergewaltigen. Das wird genügen. Vielleicht kannst du an Martini dein Gelübde ablegen, mein Kind.«
»Vorerst muß ich mich damit zufriedengeben«, sagte Elf.
Mehrere Wochen später erhielt die Äbtissin von St. Frideswide's erneut eine Botschaft des Bischofs. Das Untersuchungsergebnis von Schwester Winifred und der Schwur von Eleanore de Montfort, daß keine sexuelle Begegnung stattgefunden habe, genügten ihm. Doch er hatte Anweisung vom König erhalten, Eleanore de Montfort und die Äbtissin von St. Frideswide's am St. Andrew's Day nach Worcester zu bestellen. Der König wollte den Bischof aufsuchen und selbst in der Angelegenheit von Eleanore de Montfort einen Beschluß fassen.
Elf hatte sich zum ersten Mal in ihrem Leben nicht mehr in der Gewalt. »Soll denn die Niederträchtigkeit dieses Mannes nie enden? Glaubt er, der König könne mich zu einer Heirat mit ihm zwingen? Ich würde lieber sterben, bevor ich überhaupt heiraten wollte. Es ist unmöglich! Ich hoffe, ihm wächst eine Warze auf der Nase, die sein hübsches Gesicht verunstaltet.«
Die Äbtissin biß sich auf die Unterlippe, um nicht in Lachen auszubrechen. »Mein Kind«, sagte sie, »du darfst niemandem etwas Böses wünschen, auch nicht Saer de Bude. Offensichtlich hat Gott ihm keinen Funken Verstand mitgegeben, und das ist wohl Strafe genug für diesen Mann.«

Sie tätschelte Elfs Hand. »Am St. Andrew's Day begeben wir uns nach Worcester und klären diese Angelegenheit. Du solltest den König bitten, Arthur zu verzeihen, damit er wieder nach Ashlin zurückkehren kann.«
Elf nickte. »Ich schäme mich wegen meiner Unbeherrschtheit.«
»Meine Tochter«, sagte die Äbtissin, »du willst wohl Nonne werden, bist aber auch nur ein Mensch. Vielleicht wirst du eines Tages eine Heilige, aber die meisten von uns sind einfache Frauen. Wir unterliegen den gleichen menschlichen Schwächen wie andere Frauen auch. Es ist kein Unrecht, heiligen Zorn zu empfinden, Eleanore. Du solltest aber keinen Groll hegen. Ich fürchte, du strebst zu sehr nach irdischer Vollkommenheit, und dabei ist doch die Vollendung deiner unsterblichen Seele viel wichtiger.«

Bereits einige Tage vor dem 13. November machten sie sich auf den Weg, denn nach Worcester war es weit. Ihre kleine Gruppe bestand aus vier Nonnen und einem halben Dutzend bewaffneter Reiter, obwohl wenig Gefahr bestand, daß eine religiöse Gruppe überfallen werden würde. Die Äbtissin hatte Schwester Winifred gebeten, sie zu begleiten, damit sie notfalls persönlich für Elf aussagen konnte. Sie hatte auch Schwester Columba, Elfs beste Freundin, gebeten, sie zu begleiten. Auf dem langen Ritt konnten sich die beiden Mädchen miteinander unterhalten. Da Schwester Winifred nicht reiten konnte, fuhr sie in einem kleinen Karren, was die Reise verlangsamte. So brauchten sie statt drei Tagen vier.
Der Himmel war schiefergrau und die Landschaft schon recht kahl, da Spätherbst war. Hier und da stießen sie auf Schafe und Vieh, die auf den graugrünen Wiesen grasten. In der ersten Nacht machten sie auf dem Landgut eines Barons halt, der mit der Äbtissin verwandt war. Die nächsten beiden Nächte verbrachten sie in Klöstern. Am vierten Tag erreichten sie Worcester, wo sie im Gästehaus der Kathedrale untergebracht wurden. Auf der Burg des Bischofs

flatterte die Fahne des Königs. Sie sandten einen Boten, der ihre Ankunft meldete.

Der König speiste gerade mit dem Bischof und beider Gefolgsleuten in der großen Halle, als ihm die Botschaft von ihrer Ankunft überbracht wurde. »So ist die Äbtissin also mit ihrem Schützling eingetroffen«, bemerkte er. Er hatte ein melancholisches Gesicht, sandfarbene Haare und einen mit Silber durchwirkten Bart. Seine sanften blauen Augen blickten nachdenklich. »Wir müssen die Angelegenheit jetzt ein für allemal klären.«

»Wißt Ihr, was Ihr tun werdet, Mylord?« fragte ihn sein Freund Geoffrey de Bohun.

»Es ist eine unangenehme Situation«, erwiderte der König. »Hugh de Warenne möchte die Vormundschaft für das Mädchen. Seine jüngste Tochter war die Gemahlin des verstorbenen Herrn von Ashlin, und das Mädchen ist seine Schwester. Wenn ich ihm die Vormundschaft übertrage, wird er zweifellos das Mädchen aus dem Kloster holen und sie mit seinem Neffen, Saer de Bude, verheiraten, damit das Landgut in seiner Familie bleibt. De Bude behauptet, daß er mit dem Mädchen Intimverkehr gehabt habe, aber sie behauptet, er lügt, und die Schwester, die im Kloster die Kranken versorgt, hat geschworen, daß das Mädchen die Wahrheit sage und noch Jungfrau sei.«

»Hat Baron Hugh Euch unterstützt, Mylord? Verdient er eine solche Belohnung?« fragte Geoffrey de Bohun.

»Baron Hugh hat in den Jahren meiner Herrschaft immer nur das getan, was für ihn zweckdienlich war. Als es ihm zum Vorteil gereichte, hat er mich unterstützt; und er hat sich auf die Seite meiner Cousine, der Kaiserin Mathilde, geschlagen, als dies günstiger für ihn war«, erklärte der König mit einem schiefen Lächeln. In letzter Zeit lächelte er nur selten, da er vor kurzem seine Frau verloren hatte. Die Königin war die stärkere gewesen, und er vermißte ihren klugen Rat. Er versuchte, sich vorzustellen, was seine Frau in einer solchen Lage getan hätte.

»War Richard de Montfort Euer Mann?« wollte de Bohun wissen.

Nun ergriff der Bischof das Wort. »Richard de Montfort gehorchte den Gesetzen seines Landes und war seinem König treu ergeben.«

»Aber hieß es nicht, daß sein Vater auf der Seite der Kaiserin gestanden habe und für ihre Sache gestorben sei? Wie wichtig ist dieses Landgut für Euch, Mylord?«

»Es stimmt, Richards Vater kämpfte für Mathilde, aber viele hier haben das getan. Richard de Montfort war noch ein Kind, als sein Vater im Kampf fiel, und seine Schwester ein Säugling. Er hat sich nie auf die eine oder andere Seite gestellt, sondern dem Gesetz gehorcht und seinem Herrscher die Lehnstreue geschworen. Seine Schwester wurde mit fünf Jahren ins Kloster gegeben. Ich bezweifle, daß Eleanore de Montfort eine weltliche Meinung hat, geschweige denn eine politische«, verteidigte der Bischof die de Montforts eifrig. Diese ganze Situation war ihm lästig, aber er begriff, worum es ging. Landbesitz war die Grundlage der Macht, und die de Warennes und ihr Neffe wußten das ebenfalls.

»Erzählt mir mehr über dieses Landgut Ashlin«, forderte der König den Bischof auf, denn er wollte eine gerechte Entscheidung treffen.

»Es befindet sich in der Nähe der Grenze zu Wales, Mylord. Es ist klein und trägt sich selbst, doch ist es kein reicher Besitz. Aber Saer de Bude ist mittellos, und der einzige Weg, in den Besitz von Ashlin zu gelangen, ist die Heirat mit der Erbin, da er keinen Penny besitzt, um es zu erwerben.«

»Hat das Mädchen sein Gelübde noch nicht abgelegt?« fragte der König.

»Nein. Eigentlich hätte die Zeremonie schon im Juni stattfinden sollen, aber sie war auf Ashlin und pflegte ihren sterbenden Bruder. Dann wurde die Zeremonie auf den St.-Frideswide's-Tag am 19. Oktober verschoben. Inzwischen wurde diese Behauptung der de Warennes vorgebracht, daß ihr Neffe mit Eleanore de Montfort eine fleischliche Vereinigung gehabt habe. Sie leugnet es, und die Schwester der Krankenstation des Klosters bestätigt, daß Eleanore de Montfort noch Jungfrau sei. Ich hätte die Erlaubnis erteilt, daß das Mädchen sein Gelübde ablegen kann, aber Baron Hugh wandte sich an Euch, und Ihr wolltet das Mädchen sehen, bevor Ihr einen Beschluß faßt. Habt Ihr Euch entschieden, Mylord?«

»Ich glaube, ja«, erwiderte der König, »aber ich werde noch nichts verraten. Alle darin verwickelten Personen sollen morgen früh nach der Messe zu mir kommen.«

Der Bischof wandte sich an den Boten. »Geh zum Gästehaus und berichte der Äbtissin, daß sie und Lady Eleanore morgen früh nach der Messe zu uns in die große Halle kommen sollen.«

Der Bote verneigte sich und eilte hinaus.

Die drei Nonnen und ihre Novizin betraten die große Halle und wurden vom Majordomus des Bischofs angekündigt. Sie glitten wie Schwäne über den Steinfußboden – drei schwarze und ein grauer. Die Äbtissin verbeugte sich zuerst vor König Stephan und küßte dann den Bischofsring. Ihre Begleiterinnen machten es ihr nach. Der König betrachtete Eleanore de Montfort und fand, daß sie ein schönes junges Mädchen war, mit ihrem herzförmigen Gesicht, das von der schwarzweißen Kapuze umrahmt war, und ihren großen graublauen Augen, die ihm einen flüchtigen Blick zuwarfen und sich dann sofort züchtig senkten. Er mußte unwillkürlich lächeln. Kein Wunder, daß der junge Bude sie begehrte.

Nun wurden Baron Hugh de Warenne und sein Neffe Saer in die Halle gerufen. Der junge Mann trat selbstbewußt auf, er war sich seines Sieges sicher. Am Abend vorher hatte sein Onkel mit Geoffrey de Bohun, dem Freund des Königs, so manchen Becher Wein geleert und diesem allerhand Ideen in den Kopf gesetzt, die de Bohun an den König weitergegeben hatte. Nachdem der König sie vernommen und ihre Aussage gut überdacht hatte, würde ihm nichts anderes übrigbleiben, als zuzustimmen, Eleanore de Montfort Saer de Bude zur Frau zu geben.

Saer verneigte sich mit seinem Onkel vor dem König und

suchte mit den Augen seine zukünftige Braut. Sie warf ihm einen solch wütenden Blick zu, daß er fast zu lachen angefangen hätte. Nein, sie war nicht fürs Kloster geschaffen. Soviel Feuer sollte ihm vorbehalten sein und nicht irgendeinem unsichtbaren Gott.
Der König fing an zu sprechen. »Baron Hugh, Euer Neffe behauptet, eine intime Beziehung mit der Novizin Eleanore de Montfort gehabt zu haben. Sie leugnet dies jedoch entschieden. Sie wurde von der für die Krankenstation zuständigen Schwester des Klosters untersucht, die darauf besteht, daß das Mädchen unberührt ist und so rein wie am Tage ihrer Geburt. Hat Euer Neffe gelogen?«
»Er hat es mir erst heute morgen gestanden, Mylord«, erwiderte Hugh de Warenne reumütig. »Als ich eine Erklärung verlangte, behauptete er, es sei aus Liebe zu Lady Eleanore geschehen und weil er keine andere Möglichkeit sah, sie zu bekommen. Er ist jung, Mylord, und ungestüm. Bitte, vergebt ihm.«
»Nicht an mir liegt es, ihm zu vergeben, sondern an der Lady«, sagte der König. Dann wandte er sich an Elf. »Vergebt Ihr ihm, Mylady?«
»Seine Verleumdung oder die Lüge, die er seinem Onkel erzählt hat, um diese zu entschuldigen?« fragte Elf honigsüß.
»Ihr glaubt nicht, daß er Euch liebt?« fragte der König, um dessen Mundwinkel es zuckte.
»Wie könnte er mich lieben, Mylord, und sich mir gegenüber dann so benehmen, wie er es tat? Wie kann er mich lieben, wenn er mich doch gar nicht kennt? Ich bin nicht so töricht, daß ich nicht erkenne, was ihn an mir anzieht. Natürlich ist es mein Landgut. Dieser Mann besitzt nichts und hofft, durch mich zu Ansehen zu gelangen. Aber ganz bestimmt liebt er mich nicht, und ich ihn zweifellos auch nicht. Ich kann es nicht deutlicher sagen: Ich gehöre Gott.«
»Euer Landgut«, begann der König, »befindet sich an einer strategisch wichtigen Stelle. Ich benötige einen Mann auf diesem Land, der mir, meinem Sohn und unserer Sache ergeben ist. Ich brauche einen Mann, an dem die Leute von

Ashlin hängen und dem sie gehorchen. Um dieses Ziel zu erreichen, müßt Ihr Euch ebenfalls dort aufhalten. Ich habe die Angelegenheit gründlich mit dem Bischof besprochen, und wir sind einer Meinung. Ihr werdet nicht für immer ins Kloster gehen, Eleanore de Montfort, sondern heiraten.«

»Nein!« stöhnte Elf und warf der Äbtissin einen verzweifelten Blick zu. Sie hörte, wie Matti, Schwester Columba, hinter ihr zu weinen anfing.

»Nun, mein Kind, die einzige Frage, die sich jetzt stellt, lautet: Wer wird Euer Mann werden?« fuhr der König, der nicht auf ihre Reaktion achtete, fort. »Seid Ihr sicher, daß Ihr Saer de Bude nicht zum Mann haben wollt?«

»Nie und nimmer!« zischte Elf. »Der Mann ist ein Ehebrecher, der der Frau meines Bruders beigelegen hat! Ich wollte ihn nicht, selbst wenn er der letzte Mann auf der Welt wäre – aber ich flehe Euch an, zwingt mich nicht zur Heirat. Wenn Ihr wollt, gebe ich Euch Ashlin, aber laßt mich mein Leben so führen, wie ich es geplant habe. Vom Kopf und vom Herzen her bin ich eine Nonne.«

»Wenn Ihr also diesen Mann nicht haben wollt, Lady, muß ich einen anderen Ehemann für Euch wählen«, sagte der König entschlossen. »Da ich dies ahnte, habe ich meine Wahl bereits getroffen. Ihr werdet einen meiner Ritter heiraten. Er wurde am Hof meines Onkels Heinrich aufgezogen und dient mir seit vielen Jahren loyal und ergeben. Genau wie Saer de Bude besitzt er kein Land. Es ist an der Zeit, daß ich ihn belohne. Er ist ein guter Mann, Eleanore de Montfort. Ein warmherziger Mann, der Euch mit Achtung behandeln wird. Ihr und Eure Leute auf Ashlin könnt Euch ihm anvertrauen.« Geflissentlich übersah der König Elfs verzweifeltes Gesicht. »Kommt her, Sir Ranulf de Glandeville, und begrüßt Eure Braut.«

Die Äbtissin nahm Elf behutsam die Kapuze ab und löste ihren dicken Zopf. Das Mädchen blickte sie voller Angst an. »Bitte, ehrwürdige Mutter«, flüsterte sie. Als die Äbtissin nichts erwiderte, da sie selbst zu aufgewühlt war, wandte sich Elf erneut an den König. »Warum tut Ihr mir dies an, Sir? Warum?«

»Eleanore de Montfort, hat man Euch denn während Eurer Jahre im Kloster keinen Gehorsam beigebracht?« schalt sie der Bischof.

»Nein, Hochwürden, das Mädchen hat ein Recht zu erfahren, weshalb ich ihr Leben so grundlegend verändere.« König Stephan streckte die Hand nach Elf aus. »Kommt her, mein Kind, ich erkläre es Euch«, sagte er sanft. Als sie zögernd die Hand des Königs ergriffen hatte, zog er sie neben sich und sprach. »Ich habe diesen Entschluß nicht willkürlich gefaßt, ohne gründlich darüber nachgedacht zu haben. Ich weiß, daß die de Montforts für meinen Großvater, den Eroberer, in der Normandie und in England kämpften. Sie waren auch an seinem großen Sieg in Hastings beteiligt. Dann heiratete Euer Urgroßvater Ashlins sächsische Erbin. Vermutlich habt Ihr von ihr Euer rotgoldenes Haar geerbt.« Er lächelte aufmunternd und fuhr fort: »Aufgrund dieser Heirat floß weiterhin das Blut von Ashlins ursprünglichen Besitzern in den Adern der Herren de Montfort. Ihr habt doch Leibeigene, nicht wahr, Lady Eleanore? Wie viele?«

»Dreiundsiebzig Leibeigene und zehn Freie gehören zum Gut«, erwiderte Elf.

»Haben sie je gegen ihre Herren revoltiert?« erkundigte sich der König.

»O nein! Die Leute auf Ashlin sind friedlich«, versicherte Elf eifrig.

»Wenn sie aufgerufen würden, Ashlin zu verteidigen, würden sie es tun?« drang er weiter in sie.

»Natürlich! Die Leute auf Ashlin waren uns immer treu ergeben.«

»Uns treu ergeben. Wem, Mylady? Eurer Familie, weil sie mit den ursprünglichen Herren von Ashlin durch Blutsbande verbunden ist. Und aus diesem Grunde müßt Ihr heiraten. Ich kann nicht zulassen, daß die Blutsbande, die die Herren von Ashlin an ihr Land und ihre Leibeigenen binden, durchschnitten werden. Dies würde Eure Leute nur verwirren und gegen einen neuen Herren einnehmen, es sei denn, dieser wäre mit der Erbin, nämlich Euch, verheiratet. Euer Gatte wird das Land in Frieden verwalten und für mich verteidigen, denn die Übertragung von Eurem verstorbenen Bruder Richard – Gott sei seiner Seele gnädig – erfolgt durch Euch. Ihr scheint ein intelligentes Mädchen zu sein, und deshalb werdet Ihr bestimmt verstehen, wie wichtig diese Übertragung von den de Montforts auf die de Glandevilles ist.«

»Ja, Mylord«, erwiderte Elf verzagt.

»Aber Ihr seid immer noch dagegen«, bemerkte der König. »Redet aufrichtig mit mir, Mylady, und ich werde versuchen, Eure Ängste zu zerstreuen.«

Elf rückte näher an den König heran. Sie hielt immer noch aufgeregt seine Hand umklammert. »Mylord, ich weiß nicht, wie es ist, eine Ehefrau zu sein«, flüsterte sie. »Selbst wenn ich dazu bereit wäre, bin ich darauf vorbereitet worden, Nonne zu werden. Ich kann lesen und schreiben. Ich spreche Französisch, Englisch und Latein. Ich verstehe etwas von Kräuter- und Heilkunde und beherrsche Choralgesänge. Aber ich verstehe nichts von der Verwaltung eines Hauses, von Kochen, Lagern, der Herstellung von Marmelade oder den anderen Fertigkeiten einer guten Ehefrau. Ich kann auch kein Instrument spielen. Aber das Schlimmste ist« – und jetzt wurde Elf puterrot –, »daß ich nichts von Männern und ihren Wünschen verstehe. Ich wäre eine schreckliche Ehefrau, aber eine sehr gute Nonne.«

Der König hörte sich die Aufzählung des Mädchens mit ernster Miene an. Dann sagte er: »Das mag ja alles stimmen, meine Liebe, aber so wie Ihr gelernt habt, eine gute Nonne zu sein, wird es bestimmt auch jemanden geben, der Euch beibringt, eine gute Herrin zu sein. Was den Rest angeht: Nach meiner Erfahrung bereitet es einem Bräutigam Vergnügen, seiner Braut die anderen Dinge beizubringen.«

»Aber, Mylord«, versuchte Elf erneut ihre Sache zu verteidigen, doch sie wurde vom Bischof unterbrochen.

»Meine Tochter, es wurde Euch gesagt, was Ihr zu tun habt. Laßt Eure Klagen, und sagt dem König, daß Ihr ihm gehorchen werdet«, schnauzte sie der Bischof von

Worcester ungehalten an. Dieses sture, kleine Ding nahm sich mehr heraus, als ihr zustand.
Elf war jedoch nicht bereit, schon die Waffen zu strecken. In ihren grauen Augen leuchtete Kampfeslust. Sie wollte gerade etwas sagen, als sie ein Blick der Äbtissin zum Schweigen brachte. Elf schloß den Mund fast hörbar.
»Mein Kind«, sagte die ehrwürdige Mutter, »als du zu uns gekommen bist, habe ich gedacht, es sei Gottes Wille, daß du für immer bei uns bleibst. Aber ich erkenne jetzt, daß sich Gottes Pläne für dich geändert haben, und du mußt dich fügen, Eleanore de Montfort. Du wirst eine Ehefrau sein und keine Nonne. Du wirst diesem braven Ritter, der dein Ehemann sein wird, Gehorsam und Achtung entgegenbringen. Vielleicht schickst du uns eines Tages eine deiner Töchter, und das wird dann Gottes Wille sein. Aber wenn du dich weiterhin gegen den König und den Bischof stellst, fügst du uns Schande zu, denn es wird heißen, daß wir die Mädchen, die uns übergeben werden, nicht richtig erziehen. Das willst du doch nicht, mein Kind?«
Elf seufzte tief, dann blickte sie zum König hoch. »Ich bin nicht glücklich, Mylord, aber ich gehorche Euch«, sagte sie widerstrebend.
König Stephan tätschelte die kleine weiße Hand, die er in der seinen hielt. »Manchmal ist es nicht leicht, Gottes Willen zu verstehen und sich ihm zu fügen. Trotzdem müssen wir ihm gehorchen. Habt keine Angst. Der Mann, dem ich Euch anvertraue, ist ein guter Mann.« Er wandte kurz den Kopf. »Kommt, Ranulf de Glandeville«, rief er. Als der Ritter neben dem König stand, legte dieser Elfs kleine Hand in die große des Ritters. »In meiner Eigenschaft als Vormund übergebe ich Euch, Ranulf de Glandeville, dieses Mädchen mit seinem ganzen Hab und Gut zur Frau. Werdet Ihr sie mit Liebe und Achtung behandeln und ihr Land in meinem Namen verteidigen?«
Die große Hand umschloß ihre. Sie war warm und voller Kraft. »Das werde ich, mein Lehnsherr, und Gott ist mein Zeuge«, sagte die tiefe vertraute Stimme.
Elfs Kopf ruckte hoch. Zum ersten Mal betrachtete sie ih-

ren zukünftigen Gatten. »Ihr!« rief sie erstaunt. »Ihr seid der Ritter, der nach Ashlin kam, bevor mein Bruder starb. Ihr habt Richards Letzten Willen dem Bischof und dem König übergeben.«

»Ja, ich bin es, Lady«, erwiderte Ranulf de Glandeville.

»Morgen findet die Trauung durch den Bischof statt«, sagte der König, »und ich werde auch anwesend sein. Mylady, werdet Ihr Sorge dafür tragen, daß Lady Eleanore standesgemäß gekleidet ist bei ihrer Hochzeit?«

»Das würde ich gern tun, Mylord, aber leider fehlen mir die Mittel, die entsprechenden Gewänder zu erwerben«, erwiderte die Äbtissin verlegen.

»Der Bischof wird Euch mit allem Nötigen versorgen«, erwiderte der König. Dann blitzte es in seinen blauen Augen. »Achtet bei Eurer Wahl nicht auf die Kosten, Mylady. Ich spüre, der Bischof wird sich großzügig zeigen. Er weiß, daß es mich erfreut, wenn Lady Eleanore von Ashlin hübsch gekleidet ist.«

»Ja, das stimmt«, pflichtete ihm der Bischof eilfertig bei. »Wählt für die Braut, was Ihr wollt, ehrwürdige Mutter.«

»Mylord«, sagte Elf zum König. »Ich würde gern noch zwei Dinge vorbringen, bevor wir uns zurückziehen. Darf ich reden?« Behutsam entzog sie ihre Hand dem Griff von Ranulf de Glandeville.

»Ihr dürft«, sagte der König, der bemerkt hatte, wie gewandt sie ihre Hand aus der des Ritters gelöst hatte. Er vermutete, daß Lady Eleanore alles gut schaffen würde, trotz ihrer Enttäuschung und der unvorhergesehenen Dinge, die auf sie eingestürmt waren.

»Die Mitgift, die mein Bruder dem Kloster gegeben hat, soll dort bleiben. Die Schwestern haben mich seit meinem fünften Lebensjahr aufgezogen. Zumal Schwester Winifred jetzt niemanden mehr hat, der ihr helfen kann, und sie nicht mehr die Jüngste ist. Es wird Zeit brauchen, bis sie ein anderes Mädchen eingewiesen hat, das Talent für Kräuter und ein Herz für Kranke haben muß. Es kann nicht irgendeine Beliebige sein. Die Ländereien von Ashlin sollten Sir Ranulf genügen.«

Der König warf dem Ritter einen Blick zu. »Ich bin einverstanden«, sagte er, »aber das letzte Wort habt Ihr, Ranulf. Was meint Ihr?«

»Ich bin ebenfalls einverstanden. Es ist nur recht und billig, daß die Mitgift von Mylady beim Kloster verbleibt. Schließlich stand sie kurz davor, ihr Gelübde abzulegen. Außerdem möchte ich gern jedes Jahr im Oktober dem Kloster zwei Faß Bier spenden, als Dank für mein Glück und meine Braut.«

»Gut gesagt«, meinte der König. »Nun, Mylady, was habt Ihr noch auf dem Herzen?«

»Es geht um meinen Leibeigenen, Arthur«, begann Elf.

»Er hat mich angegriffen und mich schwer verletzt«, mischte sich Saer de Bude ein. Er stand noch neben seinem Onkel, der sich nicht für ihn eingesetzt hatte, als der König Eleanore seinem Ritter zur Frau gab. »Ein Leibeigener, der einen Adligen angreift, wird von Rechts wegen zum Tode verurteilt. Der üble Bursche verbirgt sich im Kloster von St. Frideswide's, seit er von Ashlin geflohen ist. Ich verlange Gerechtigkeit.«

»Könnt Ihr denn nicht *einmal* die Wahrheit sagen?« fuhr Elf ihn wütend an. »Als Ihr versucht habt, mir Gewalt anzutun, hat Arthur Euch von mir weggerissen. Ihr seid nach hinten gefallen und habt Euch den Kopf an meinem Arbeitstisch gestoßen.«

»Er hat mich geschlagen!« brüllte Saer de Bude, der sich nicht mehr beherrschen konnte.

»Ich habe keinen Schlag gesehen«, log Elf und starrte ihn an. Dann wandte sie sich an den König. »Arthur«, erklärte sie, »ist ein Jahr älter als ich, Sir. Wir waren als Kinder Spielgefährten, denn mein Bruder war zehn Jahre älter als ich. An jenem Tag hat er im Garten gearbeitet. Davor hatte er mir geholfen, meinen Herd zu heizen, damit ich meine Elixiere herstellen konnte. Wenn er nicht in der Nähe gewesen wäre und meine Schreie nicht gehört hätte, wäre ich verloren gewesen. Seine ganze Sorge galt mir. Er brachte mich von meiner kleinen Hütte ins Haus, wo mir mein Majordomus Cedric und meine alte Amme Ida geraten haben, sofort ins Kloster zurückzukehren. Cedric befahl Arthur, mich zu begleiten. Wäre Arthur nach Ashlin zurückgekehrt, so wäre dies sein sicherer Tod gewesen, denn dieser Mann wollte sein Blut. Arthur suchte Zuflucht im Kloster, und die Äbtissin war so gütig, sie ihm zu gewähren, nicht wahr, ehrwürdige Mutter? Arthur hat bei Euch Asyl gesucht.«

Die Äbtissin zögerte nur einen kurzen Moment. »Ja«, erklärte sie, »Arthur von Ashlin hat mich tatsächlich darum ersucht, und ich habe es ihm gewährt.« Sie hätte nicht gedacht, daß die sanfte Eleanore de Montfort so leicht Lügen über die Lippen brachte. Aber sie hatte die Äbtissin ja nicht gebeten, ihre Erzählung zu bestätigen, sondern nur, daß sie um Asyl gebeten worden war, das sie ja auch gewährt hatte. Wurde ihre Bestätigung auch auf den Rest von Eleanores Rede bezogen, war dies nicht ihre Schuld.

Und so geschah es tatsächlich. »Der Leibeigene Arthur von Ashlin erhält hiermit Vergebung für alles Unrecht, das geschehen sein mag oder auch nicht«, sagte der König mit fester Stimme. »Dies wird schriftlich festgehalten, und Ihr könnt das Dokument morgen mitnehmen.«

Dann richtete König Stephan seine Aufmerksamkeit auf Saer de Bude. »Ihr seid ein guter Ritter, Saer de Bude, aber Ihr braucht unbedingt mehr Schliff. Ich schicke Euch an den Hof meines Bruders in Blois. Ihr werdet bis auf weitere Anordnung im Dienste des Count bleiben. Der Hof meines Bruders ist sehr elegant und vornehm, und Ihr könnt dort viel lernen. Ihr werdet noch heute nacht aufbrechen und meinem Bruder mehrere Botschaften von mir überbringen. Ich wünsche Euch viel Glück.«

Saer de Bude verneigte sich vor dem König. Es hatte keinen Sinn zu widersprechen, wenn er nicht vorhatte, sein Leben beträchtlich zu verkürzen. Auch wenn er Isleen liebte, wäre es sinnlos gewesen, sich ihretwegen töten zu lassen. Es gab viele andere Frauen auf der Welt. Er verneigte sich abermals. »Ich danke Euch für Eure Freundlichkeit, Mylord.« Dann mischte er sich unter die Menge in der Halle und hielt Ausschau nach ein paar Freunden,

mit denen er sich bis zu seinem Aufbruch die Zeit vertreiben konnte. Er war nicht erpicht darauf, sich von seinem Onkel zu verabschieden, der sich ihm gegenüber nicht gerade als sehr hilfsbereit erwiesen hatte. Wenn der König ihn wegen der versuchten Vergewaltigung ins Gefängnis geworfen hätte, hätte sein Onkel wahrscheinlich keinen Finger gerührt.
»Nun, Baron Hugh«, wandte sich der König an den Baron, »da wäre noch die Angelegenheit mit Eurer Tochter zu regeln. Mir ist zu Ohren gekommen, daß Richard de Montfort plötzlich erkrankte und starb, obwohl er sich bis dahin bester Gesundheit erfreute. Auch wenn es keine Beweise gegen Eure Tochter gibt, besteht ein gewisser Verdacht, insbesondere in Anbetracht ihrer intimen Beziehung zu ihrem Vetter. Leugnet es nicht, Mylord, denn sie sind von vielen gesehen worden, auch wenn sie es nicht gewußt oder nicht beachtet haben. Es besteht der dringende Verdacht, daß Euer verstorbener Schwiegersohn Richard de Montfort vergiftet wurde. Da nur Eure Tochter und ihr Vetter sich in unmittelbarer Nähe von Richard aufhielten – und keiner der Bediensteten etwas gegen seinen Herrn hatte –, besteht die Möglichkeit, daß ihn *Eure Tochter* vergiftet hat. Aufgrund dieser Vorgänge verbiete ich Euch, eine weitere Heirat für Isleen de Warenne zu arrangieren. Schickt sie ins Kloster, wo sie den Rest ihrer Tage verbringen soll, Baron Hugh, denn sie ist eine gefährliche Frau.«
»Mylord«, protestierte Hugh de Warenne, »Ihr habt keinen Beweis, daß meine Tochter so etwas Abscheuliches getan hat. Was sollte sie für einen Grund haben? Sie hat Richard geliebt.«
»Nach neunjähriger Ehe war Eure Tochter noch immer kinderlos. Richard de Montfort hatte mindestens drei Bastarde von seinen weiblichen Leibeigenen. Vielleicht hat Eure Tochter davon erfahren und war verbittert und wütend. Sie liebte ihren Vetter und wollte deshalb ihren Gatten beseitigen. Dann sollte ihr Vetter ihre Schwägerin, die rechtmäßige Erbin, schänden, so daß sie ihren Vergewaltiger heiraten müßte. Wenn die Zeit gekommen wäre, hätte

Lady Isleen die Arglose getötet und ihren Vetter geheiratet, und dann hätte Ashlin ihnen gemeinsam gehört.«
Hugh de Warenne wurde puterrot. »Mylord, das ist ja absurd! Ihr habt nicht den geringsten Beweis gegen meine Tochter und Saer de Bude.«
»Doch, ich habe Beweise genug«, erwiderte der König kalt. »Cedric von Ashlin, tritt vor und mach deine Aussage.«
Ashlins Majordomus trat langsam vor, eingeschüchtert von der Gegenwart des Königs, aber entschlossen, dafür zu sorgen, daß seine Herrin vor Saer de Bude und seiner Familie sicher war. »Hier bin ich, Mylord«, sagte der alte Mann und verbeugte sich tief vor König Stephan.
»Soll Cedric seine Aussage machen, Hugh de Warenne, oder fügt Ihr Euch und tut, wie ich Euch befohlen?« fragte der König.
»Ich werde gehorchen, Mylord«, erwiderte Baron Hugh und verfluchte seine Tochter. Er würde das abgelegenste und strengste Kloster suchen und dafür sorgen, daß Isleen für immer von der Bildfläche verschwand. Nun stand seine Familie kurz vor dem Abgrund –, und alles wegen dieser liederlichen blutdürstigen Hexe.
»Dann geht«, befahl der König, »und erfüllt meinen Willen.«
Hugh de Warenne verbeugte sich und zog sich zurück.
»Nun«, sagte der König zu Cedric, »wirst du und werden alle Leute auf Ashlin versprechen, daß ihr gegenüber Ranulf loyal sein werdet? Werdet ihr ihn als neuen Herrn akzeptieren?«
»Sehr gern, Mylord, solange er sich um unsere Herrin Eleanore kümmert«, erwiderte der Majordomus kühn.
»Ich werde mich gut um sie kümmern«, versprach Ranulf de Glandeville.
»Dann werden wir Euch treu ergeben dienen, Mylord«, erwiderte Cedric und verbeugte sich vor seinem neuen Herrn.
»Somit ist das geregelt«, sagte der König. »Die Vermählung findet morgen kurz vor der Morgenmesse statt.«
Als sie die Halle des Bischofs verlassen hatten, wandte sich

Elf an ihren Majordomus. »Wie bist du hierhergekommen, Cedric? Ich habe dir keine Erlaubnis erteilt, Ashlin zu verlassen.«
»Ich mußte kommen, Mylady, und ich hoffe, Ihr vergebt mir, aber Eure alte Ida fand keine Ruhe, bis wir sicher sein konnten, daß Saer de Bude Euch nicht weiter verleumden oder zu einer Heirat zwingen würde, die Ihr nicht wollt. Wir hätten einen solchen Mann nicht akzeptieren können, trotz unserer Liebe zu Euch. Vergebt mir, Mylady.«
»Aber wie habt Ihr Euch beim König Gehör verschafft?« wollte Elf wissen.
»Ich habe dem Pförtner des Bischofs erklärt, daß ich wichtige Informationen für den König hätte, die den Fall beträfen, der heute zur Sprache komme. Er verwies mich an den Hausmeier des Bischofs, der beim König für mich vermittelte. Ich erzählte ihm alles, was wir während der letzten Lebensmonate von Lord Richard gehört und gesehen haben. Wir konnten nichts tun, um Lady Isleen Einhalt zu gebieten, denn wir sind ja Leibeigene. Wir wären bestraft worden, wenn wir unseren Verdacht ausgesprochen hätten. Ida vermutet, daß es die gezuckerten Mandeln waren, mit denen sie den Herrn immer gefüttert hat. Wir waren uns sicher, daß sie ihn getötet hat. Ich fand, der König mußte das wissen, bevor er eine Entscheidung in dieser Angelegenheit traf. Ich bin froh, Mylady, daß Ihr nach Ashlin zurückkehrt, wohin Ihr in Wirklichkeit auch gehört«, schloß Cedric.
»Du wirst heute nacht bei mir bleiben«, sagte Ranulf de Glandeville zu Cedric. »Deine Herrin muß sich jetzt auf unsere Hochzeit vorbereiten.« Er wandte sich Elf zu und ergriff erneut ihre Hand. »Mylady, Ihr braucht keine Angst vor mir zu haben. Ihr seid im Kloster aufgewachsen, und ich werde Eure Wünsche in jeder Hinsicht berücksichtigen, denn ich wünsche mir eine glückliche Ehe mit Euch.«
Elf blickte scheu zu ihm auf. »Ihr seid so riesig.«
»Und Ihr so *petite*, Lady«, erwiderte er und lächelte.
»Ich fürchte, ich werde keine gute Ehefrau sein.«

»In jener Nacht, als ich auf Ashlin übernachtete, wart Ihr eine höchst anmutige Gastgeberin, Mylady. Während sich Eure Schwägerin um ihren Liebhaber kümmerte, habt Ihr Euch um mein Mahl und meine Schlafgelegenheit gesorgt. Ich glaube, Ihr werdet eine sehr gute Ehefrau sein.«
»Aber ich weiß so vieles nicht. Es ist einfach, zu befehlen, dem Herrn einen Teller mit Essen zu bringen. Aber was ist, wenn ich entscheiden muß, was der Koch zubereiten soll?«
»Cedric wird Euch helfen, nicht wahr, Cedric?« Ranulf de Glandeville richtete den Blick auf den älteren Mann.
»Ja, Mylord, und der Koch hilft unserer Herrin, wir alle helfen ihr, denn wir freuen uns, daß sie zu uns zurückkehrt.«
»Also, meine liebe Eleanore«, sagte ihr zukünftiger Gatte und küßte ihre kleine Hand, so daß sie errötete, »Ihr werdet eine großartige Gutsherrin sein.«
Inzwischen waren sie vor dem Gästehaus des Bischofs angelangt.
»Wir verabschieden uns jetzt von Euch, Mylord«, sagte die Äbtissin. »Wenn Eleanore morgen vor den Altar treten soll, müssen wir auf den Markt gehen und in die Läden, um Kleidung für sie zu kaufen.«
»Ich bin davon überzeugt, ehrwürdige Mutter, daß Lady Eleanore in jedem Kleid schön aussehen wird«, bemerkte der Ritter und errötete. »Ich fürchte, ich kann nicht gut mit Worten umgehen«, sagte er, verbeugte sich vor den vier Frauen und eilte mit Cedric davon.
»Für einen Mann, der kein Höfling ist, kann er ganz gut mit Worten umgehen«, bemerkte die Äbtissin mit einem verschmitzten Lächeln. »Ich mag ihn.«

Teil II

Die Braut
England 1152–1153

6. Kapitel

»Welche Ehre, ehrwürdige Mutter, daß Ihr mein Geschäft betretet«, begrüßte der Tuchhändler die Nonnen und führte sie in das Innere seines Ladens. »Womit kann ich Euch dienen? Ich habe gerade einen herrlichen schwarzen Wollstoff aus Frankreich erhalten.«
»Habt Ihr ein Gewand, das sich für eine Vermählung eignet, Master Albert?« fragte die Äbtissin. »Meine junge Novizin hat vor kurzem das väterliche Landgut von ihrem verstorbenen Bruder geerbt. Der König und der Bischof wollen aber lieber, daß sie einen von König Stephans Rittern heiratet und ihre Pläne, Nonne zu werden, fallenläßt. Der König und der Bischof wünschen, daß die Vermählung morgen früh stattfindet. Wie Ihr verstehen werdet, besitzt die Lady nur ihr graues Nonnengewand. Und darin kann sie sich ja wohl kaum verehelichen, oder?« Schwester Eunice lächelte.
»O Gott!« rief der Tuchhändler und furchte verzweifelt die Stirn. Doch dann hellte sich seine Miene plötzlich auf. »Meine Tochter heiratet in zwei Monaten. Ich muß mit meiner Frau sprechen und sie fragen, ob sich nicht etwas von Cecilys Garderobe für Eure junge Dame eignen würde.« Er eilte zur Treppe und rief hinauf: »Martha, komm herunter, ich brauche deine Hilfe.«
Seine Frau eilte sofort herab. Als sie von dem Problem erfuhr, sagte sie spontan: »Natürlich können wir helfen. Keine Frau sollte bei ihrer Hochzeit wie eine kleine graue Taube aussehen.«
»Der Bischof hat mir Geld mitgegeben«, sagte die Äbtissin. Mistress Martha lächelte. Geld bar auf die Hand, ohne daß man hinter den Kunden her sein mußte, um seine Schulden

einzutreiben. Ausgezeichnet! Ihre Stimmung hellte sich noch mehr auf. »Kommt her, Mylady, laßt Euch ansehen«, sagte sie zu Eleanore. »Nun, Ihr seid kleiner als unsere Cecily, aber es ist kein Problem, ein Kleid kürzer zu machen. Oben herum habt ihr ungefähr die gleiche Größe.« Dann wandte sie sich an die Äbtissin. »Wir können ihr Obergewand und ihre Röcke gut mit den anderen, bunteren Kleidungsstücken kombinieren. Ein hübsches Oberkleid zu den grauen Röcken«, überlegte sie. »Das paßt zu ihrem schönen Haar. Und was paßt zu dem grauen Obergewand?« Sie überlegte gründlich. »Ah, ja, rosa und hellblau gestreifte Röcke. Damit hat das Mädchen zwei Kombinationen. Und jetzt zu ihrem Hochzeitskleid. Ein buntes Bliaud in Waldgrün, das Vorderteil mit Gold bestickt, und dazu grüne Röcke. Das wird Euch großartig stehen, meine Liebe, und da es meiner Tochter gar nicht gefiel, wird sie es bestimmt nicht vermissen. Ich verstehe das nicht, denn ich finde es schön, aber ich glaube, sie dachte, es wäre zu vornehm für die Tochter eines Tuchhändlers, die einen Zimmermann heiraten wird. Dabei glaube ich, daß Peter eines Tages ein Meister seiner Zunft sein wird«, berichtete die Frau des Tuchhändlers voller Stolz. »Aber es hat keinen Sinn, mit einem Mädchen herumzustreiten, das die schwachen Nerven einer Braut hat. Kommt, geht mit mir nach oben, Lady, und wir werden sehen, was noch getan werden muß, damit Euch alles paßt.«

»Schwester Columba, begleite Eleanore nach oben«, sagte die Äbtissin. »Schwester Winifred und ich warten hier unten.«

Die beiden Mädchen gingen die Treppe hoch und betraten einen großen, hellen Raum. Mistress Martha holte eine gelbe Tunika aus einer Holztruhe. Dann bat sie Elf, ihr graues Gewand auszuziehen, und half ihr in das Oberteil. Danach befestigte sie einen hübschen Gürtel in dunklerem Gelb über Elfs Hüften, trat einen Schritt zurück und nickte beifällig.

»Unsere Cecily ist größer und etwas breiter, aber beide Mädchen sind schlank.«

Elf strich mit den Fingern über den weichen Seidenstoff. Seit sie im Kloster war, hatte sie nie etwas anderes getragen als Wolle oder Baumwolle. »Wie sehe ich aus?« fragte sie Schwester Columba schüchtern.
»Perfekt. Oh, Elf, wenn du dich nur sehen könntest. Diese gelbe Tunika bringt dein Haar noch besser zur Geltung.«
»Die Tunika paßt, bis auf ein paar Kniffe in der Schulter. Cecily hat vor allem lange Beine.« Die Frau lächelte Elf an. »Das Gelb steht Euch hervorragend. Und nun zieht Euer Obergewand und Eure Röcke aus. Wir wollen den rotblau gestreiften Rock anprobieren, damit wir sehen, wieviel gekürzt werden muß.«
Elf tat, wie ihr geheißen, und Mistress Martha kniete nieder und steckte erst den Saum und dann die Taille ab, die zu weit war. Dann schlug sie Elf vor, das graue Obergewand wieder anzuziehen, und drapierte einen anderen Gürtel aus rosa Seide mit Silberfäden. Elf warf ihrer Freundin einen Blick zu, und Schwester Columba nickte lächelnd. So, und jetzt mußte das Hochzeitskleid anprobiert werden, das Mistress Martha aus der Truhe holte.
»Darunter tragt Ihr ein Unterhemd mit besticktem Ausschnitt«, erklärte sie. »Bitte, probiert es wegen der Länge.« Sie hielt Elf das Bliaud hin, damit sie hineinschlüpfte. Es hatte ein miederähnliches Oberteil mit langen Ärmeln, die weit und bestickt waren. Dazu trug sie einen Faltenrock. Der tiefe Ausschnitt würde den bestickten Ansatz des Unterhemdes enthüllen. Die Obergewänder fielen lose und wurden mit einem Gürtel festgehalten, aber das Bliaud war zu weit für die kleine Elf.
»Das kann arrangiert werden«, murmelte Mistress Martha vor sich hin. »Hier eine Naht und dort eine. Wie findet Ihr die Farbe an Eurer Freundin, Schwester?«
»Du bist wunderschön, Elf«, sagte die junge Nonne. »Das Dunkelgrün und Gold des Stoffes betont deinen zarten Teint und deine Haarfarbe. Wenn Isa dich nur so sehen könnte. Sie wäre ja so neidisch!«
Elf mußte unwillkürlich kichern. »Schäm dich«, schalt sie die Freundin und befühlte den herrlichen Stoff. »Die Farbe

gefällt mir, aber muß das so straff geschnürt werden? So werden die Formen meines Körpers allzu sehr betont«
»Alle vornehmen Damen tragen das Bliaud, Mylady«, erklärte Mistress Martha. »Wenn Ihr vom Bischof vor König Stephan getraut werdet, wollt Ihr doch bestimmt gut aussehen. Es wird Eurem Ehemann zur Ehre gereichen, daß Ihr so modisch seid.«
»Isas Mutter hatte ihrer Tochter das Brautkleid geschickt, aber es war bei weitem nicht so schön wie dieses hier.«
Mistress Martha steckte den Saum des Faltenrockes und die Taille ab. »Ihr werdet eine reizende Braut sein, meine Liebe«, sagte sie, als sie fertig war. »So, nun könnt Ihr Euch wieder anziehen. Wir gehen wieder runter zur Äbtissin. Ich werde die ganze Nacht nähen, damit Eure Gewänder fertig werden.«
»Wir können helfen«, bot Elf an.
Ihre Begleiterin nickte. »Ich bin sicher, die ehrwürdige Mutter hat nichts dagegen. Wir können gut nähen und wollen Eure Freundlichkeit nicht ausnutzen, Mistress Martha.«
Sie kehrten in den Laden zurück, wo die Frau des Tuchhändlers der Äbtissin alles erklärte. Sie sagte gerade: »Und die gelbe Tunika läßt sich auch mit dem grünen Rock kombinieren, und somit hat die Dame eine vierte Kombination.«
»Ausgezeichnet«, erwiderte die Äbtissin. »Lady Eleanore wird eine passende Garderobe ohne zu große Extravaganz bekommen.« Dann wandte sie sich an Elf: »Ich habe dir ein paar Stoffe besorgt, meine Tochter. Wenn du wieder in Ashlin bist, wirst du dir noch ein paar Gewänder anfertigen wollen. Und außerdem habe ich ein paar Schleier und Bänder erworben, die du als Stirn- oder Haarband benutzen kannst.«
»Ich brauche auch noch einen kleinen Ballen Leinen, ehrwürdige Mutter, für die Unterwäsche«, sagte Elf leise. »Ich besitze nur ein Unterhemd, wie Ihr wißt. Wenn ich nach Ashlin zurückkehre, will ich mir noch ein paar weitere nähen.«

Die Äbtissin nickte zustimmend. Dann sagte sie, an den Tuchhändler gewandt: »Was müssen wir Euch insgesamt zahlen, unter Berücksichtigung natürlich, daß die Braut und Schwester Columba Eurer Frau bei den Änderungen helfen werden?«
Master Albert nannte einen Betrag, und seine Frau nickte zustimmend.
Die Äbtissin lächelte. »Ich finde, Ihr seid zu großzügig«, sagte sie, legte die Münzen auf den Tisch und fügte noch zwei Silberstücke hinzu. »Eins für Euch, Master Albert, und eins für Eure liebe Frau für Ihr großes Entgegenkommen gegenüber Lady Eleanore.«
Der Tuchhändler verbeugte und bedankte sich. Daraufhin verließ die Äbtissin zusammen mit Schwester Winifred das Geschäft; die beiden jungen Frauen blieben zurück. Mistress Martha verstaute das Silberstück mit einem erfreuten Lächeln in ihrer Tasche. Dann gab sie Eleanore und ihrer Freundin ein Zeichen, ihr nach oben zu folgen. Die drei Frauen nahmen Platz und schickten sich an, die Änderungen vorzunehmen. Elf nähte schweigend und konzentrierte sich auf ihre Arbeit, aber Schwester Columba unterhielt sich mit der Frau des Tuchhändlers, während sie säumten und nähten. Bald hatte Mistress Martha eine Menge über die beiden jungen Frauen erfahren. Sie war fasziniert, daß eine Novizin, die kurz davor stand, den Schleier zu nehmen, davon abgebracht wurde, um einen Ritter zu heiraten.
»Ich will ja nicht neugierig sein«, flüsterte sie der jungen Nonne zu, in der sie eine gute Seele erkannte, »aber weiß denn die junge Dame über die Bedürfnisse der Männer Bescheid? Ich hoffe, ich schockiere Euch nicht.«
»Ihr seid selber Mutter«, sagte Schwester Columba, »vielleicht könntet Ihr versuchen, Elf aufzuklären.«
Elf blickte bei der Nennung ihres Namens auf. »Was ist los?«
»Mistress Martha, die sich deiner Unwissenheit in diesen Dingen bewußt wurde, hat mich gefragt, ob sie mit dir wie deine Mutter sprechen sollte, wenn diese noch am Leben

wäre. Ich halte es für eine gute Idee, Elf. Wenn wir zur Scheune gingen, bist du nie mitgekommen, und das war damals in Ordnung, aber morgen wirst du heiraten, und wie Mistress Martha sagt, erwarten die Männer gewisse Gunstbezeugungen von ihren Ehefrauen. Du mußt wissen, was von dir verlangt wird.«

Elf errötete bis in die Haarwurzeln. »Ich weiß ... aber ich habe Angst.«

»Das ist die natürliche Reaktion einer richtigen Jungfrau«, sagte Mistress Martha, »aber, mein Kind, Ihr braucht wirklich keine Angst zu haben. Der Körper einer Frau ist hübsch, der des Mannes nicht gerade häßlich, aber doch eher gewöhnlich. Während eine Frau Brüste und einen Po hat, die gestreichelt werden können, besitzt der Mann nur ein Ding, das interessant ist – seine Männlichkeit. Männer legen viel Wert darauf. Die Jungen vergleichen oft die Größe miteinander. Die Männer prahlen, welche Eroberungen sie damit gemacht haben. Das ist alles recht einfältig, wenn man bedenkt, daß die Männlichkeit lediglich ein Stück Fleisch ist, das überdies die meiste Zeit schlaff ist.« Und dann fing die gute Frau an, Elf alles zu erklären, als hätte sie ihre eigene Tochter vor sich. Am Ende fragte Mistress Martha: »Habt Ihr irgendwelche Fragen?«

Elf schüttelte den Kopf.

»Vergeßt nicht, Ihr könnt auch Fragen an Euren Gatten stellen. Die Männer mögen es auch, wenn man sie berührt. Scheut Euch nicht, Euren Gatten anzufassen. Wißt Ihr auch, wie man eine Schwangerschaft verhütet?«

»Aber das darf man nicht.«

»Das hängt davon ab«, erwiderte Mistress Martha. »Wenn eine Frau schon zu viele Kinder hat und ihr Körper eine Erholung braucht oder wenn eine Frau ihr Leben gefährdet, wenn sie ein Kind erwartet. Oh, ich weiß, die Kirche sagt, daß unter solchen Umständen Mann und Frau nicht mehr ehelich verkehren dürfen, aber sehr oft verspüren diese keine große Lust, sich daran zu halten. Denn das natürliche Verlangen des Mannes treibt ihn dann zu anderen Frauen, und keine Ehefrau schätzt das. Die Kirche, Gott segne sie, versteht diese Dinge nicht und verlangt zuviel von uns. Es ist besser, eine Frau nimmt jeden Tag einen Löffel voll wilder Karottensamen, um eine Schwangerschaft zu verhüten. Auf diese Weise bleibt ihr Mann in ihrem Bett und gerät nicht in Versuchung, die Sünde des Ehebruchs zu begehen«, schloß sie munter.

»Ich verstehe«, sagte Elf. Obwohl es dem widersprach, was ihr beigebracht worden war, enthielten die Worte der Frau viel Sinn. »Danke, Mistress Martha.«

Kurz nach Tageseinbruch waren die drei Frauen mit ihren Änderungen fertig. Inzwischen waren zwei bewaffnete Reiter vom Bischof eingetroffen, um die jungen Frauen zurück ins Gästehaus zu geleiten. Master Albert begleitete sie. Er zog einen kleinen Karren mit einer kleinen Holztruhe, die nachmittags vom Möbelmacher gebracht worden war, dessen Geschäft nur ein paar Häuser vom Tuchhändler entfernt lag. Mistress Martha hatte Elfs Gewänder eingepackt. Sie ließ die beiden Frauen erst gehen, nachdem sie ihnen heißes Kaninchenragout, frisches Brot und frisch gepreßten Apfelsaft serviert hatte.

Als sie den Laden des Tuchhändlers hinter sich ließen, gingen ihnen zwei von Master Alberts Lehrlingen mit Fackeln voraus. Der Tuchhändler selbst folgte mit dem Karren. Dann kamen die beiden Frauen, und hinter ihnen gingen die zwei bewaffneten Reiter. Sie waren fast beim Gästehaus des Bischofs angelangt, als sich plötzlich zur Straße hin eine Tür öffnete und ein halbes Dutzend Männer herauskam. Sie waren eindeutig betrunken.

»Aha!« rief einer der Männer und stellte sich Elf in den Weg. »Da ist ja Lady Eleanore de Montfort, die fast meine Braut geworden wäre, statt dessen aber morgen einen alten Mann heiraten wird.« Saer de Bude, dessen Gesicht aufgedunsen war von zuviel Wein und anderen Ausschweifungen, starrte sie an. Sein Atem stank nach Alkohol.

»Laßt mich vorbei!« befahl ihm Elf. Dieser Mann, überlegte sie, war für alles, was geschehen war, verantwortlich. Hätte es nicht diesen Streit um Ashlin gegeben, hätte der König nie von ihrer Existenz erfahren, und ihr Leben wäre so verlaufen, wie sie es geplant hatte. Wütend trat sie mit aller Kraft auf seinen Fuß, der in Stiefeln steckte.

Mit einem erstaunten Aufschrei wich er zurück. »Hexe!« schnarrte er, als Elf an ihm vorbeiging. Jetzt zeigten sich die bewaffneten Männer des Bischofs, die schnell vor ihn hintraten.

Am Tor des Gästehauses begrüßte sie der Pförtner. Master Albert trug Elfs neue Truhe ins Haus, wo ein Diener sie ihm abnahm. Elf und Schwester Columba dankten dem Tuchhändler für seine Freundlichkeit, der sich dann zurückzog. Anschließend begaben sie sich in den Schlafsaal und legten sich auf ihre Matratzen. Elf war so erschöpft von den Ereignissen des Tages, daß sie nicht einmal hörte, wie die Nonnen vor Mitternacht aufstanden, um zur Frühandacht und zum Lobgesang in die angrenzende Kirche zu gehen. Sie weckten sie jedoch zur Prim. Dann wurde eine Wanne für die Braut gebracht, während sie heiße Hafergrütze und Brot mit Honig zu sich nahm.

Langsam wurde es Zeit für Elf, sich für ihre Hochzeit anzukleiden. Da im Gästehaus keine weiteren Gäste untergebracht waren, hatten sie genug Platz. Die Äbtissin bewunderte das schöne tiefgrüne Bliaud aus goldenem Seidenbrokat. Zuerst reichte man Elf ein sauberes Unterhemd, darüber zog sie ein eleganteres Hemd, die Sherte, deren Ausschnitt mit einem Goldband bestickt war und die lange Ärmel hatte, die grün eingefärbt worden waren, um zum übrigen Gewand zu passen. Die Äbtissin schnürte das Bliaud fest, während Schwester Winifred weite plissierte grüne Ärmel an den Brokatärmeln befestigte, die bis zu den Ellbogen reichten. Schwester Columba machte dann den langen grünen Faltenrock am Bliaud fest. Zuletzt legte sie einen grünen Gürtel aus Goldbrokat mit einem glänzenden Messingverschluß um Elfs Hüften. Die Braut hatte vorher ihre Strümpfe angezogen und am Knie mit einem Strumpfband befestigt. Zuletzt schlüpfte sie in ihre Lederschuhe, die Schwester Columba sorgfältig geputzt hatte.

Die Äbtissin griff nach einer kleinen Haarbürste und begann, Elfs lange Haare zu bürsten, die nie eine Schere ge-

kannt hatten und jetzt bis zum Knie reichten. Als das schöne rotgoldene Haar glänzte, wurde es in Anbetracht von Elfs Jungfräulichkeit offen gelassen. Zuletzt wurde ein goldener Seidenschleier mit einem grünen Band auf dem Kopf befestigt. »So, meine Tochter«, sagte die Äbtissin und lächelte, »jetzt bist du bereit.«
»Oh, Elf, wie schön du bist«, rief ihre beste Freundin voller Begeisterung.
»Ich fühle mich so fremd, denn ich habe noch nie etwas anderes getragen als ein schlichtes Klostergewand. Dieses hier ist so prachtvoll, daß ich mich darin ganz unbehaglich fühle.«
»Nein«, widersprach ihr die Äbtissin. »Das ist ein Gewand für eine besondere Gelegenheit, für eine Hochzeit, ein Fest oder einen Besuch bei Hof. Es ist genau das richtige für heute. Aber komm jetzt, der Bischof erwartet uns in seiner Privatkapelle. Wir müssen uns beeilen.«
In Begleitung der drei Nonnen begab sich die Braut zur Privatkapelle des Bischofs von Worcester. Es war ein kleiner Raum, der aus einem schlichten Eichenaltar bestand, der mit einem weißen Leinentuch bedeckt war. Auf dem Altar standen ein schönes Goldkreuz mit den passenden Kerzenleuchtern, in denen Kerzen aus reinem Bienenwachs brannten. Der Raum besaß keine Fenster, aber an den Wänden hingen einfache Bilder in gewölbten Rahmen, auf denen der Kreuzweg dargestellt war. Der Bischof und der Bräutigam erwarteten die kleine Gruppe.
Zum ersten Mal seit ihrer Begegnung musterte Elf den Mann, den sie heiraten würde. Er war mindestens dreißig Zentimeter größer als sie. Sein kastanienbraunes Haar war entgegen der Mode kurz geschnitten, und er trug keinen Bart. Er besaß ein eher längliches Gesicht und ein kantiges Kinn. Seine Nase war verhältnismäßig lang, paßte aber zu den Proportionen seines Gesichts. Außerdem hatte er haselnußbraune Augen und einen großen Mund. Seine Augenbrauen waren buschig, und unwillkürlich stellte Elf fest, daß er lange Wimpern hatte. Sein Gesicht war wettergegerbt. Er wirkte gar nicht so alt.

Ranulf de Glandeville bemerkte, daß Lady Eleanore ihn betrachtete. Er trug seine prächtigste Dalmatica aus extravaganter scharlachroter Seide, die an den Ärmeln und am Ausschnitt bestickt war, dunkelblaue enganliegende Beinkleider und weiche Lederstiefel und einen blaugoldenen Gürtel, aber kein Schwert und keine Kopfbedeckung.
Der Bischof studierte das Paar, das vor ihm stand, einen Moment lang. Er fand, daß das Mädchen sich hervorragend für die Ehe eignete. Selbst unter der Kapuze war ihr Gesicht so reizend gewesen, daß es auch Männer anziehen würde, die weniger lüstern waren als Saer de Bude. Nein, das Mädchen war nicht für das Kloster geschaffen. Ranulf de Glandeville, der ergebene Ritter des Königs, würde mit ihr zurechtkommen und für sie und ihr Land sorgen. Sein Gewissen war beruhigt, und so konnte die Zeremonie beginnen.
Elf lauschte den lateinischen Worten des Bischofs. Ihr Schicksal war besiegelt. Während der Jahre im Kloster hatte sie Gehorsam gelernt, doch sie spürte die Flammen der Rebellion in ihrem Inneren. Fast wäre sie vor Überraschung zusammengezuckt, als Ranulf de Grandeville nach ihrer Hand griff. Sie sah flüchtig zu ihm hoch; sein Blick war auf den Bischof gerichtet, aber er drückte kurz ihre Finger. Ein schrecklicher Gedanke ging ihr durch den Kopf. Konnte er ihre Gedanken lesen? Aber das war ja wohl nicht möglich – oder doch?
Elf wurde behutsam von der Äbtissin, die neben ihr stand, daran erinnert, zu antworten und vor Gott und dieser kleinen Gruppe ihr Ehegelöbnis abzulegen. Zu ihrer Überraschung streifte ihr Bräutigam ihr einen kleinen erlesenen Goldring, der mit Rubinen besetzt war, über den Finger ... und er paßte perfekt! Als der Bischof sie schließlich zu Mann und Frau erklärte, wandte sie sich Ranulf de Glandeville zu. Sie bemerkte, daß König Stephan unbemerkt in die Kapelle geschlüpft war, um der Zeremonie beizuwohnen. Nun trat er hervor, und Elf kniete vor ihm nieder, legte ihre Hand in seine, um ihn ihrer Lehnstreue zu versichern, was sie noch nicht getan hatte.

Der König zog die Braut hoch und machte lächelnd von seinem Recht als Monarch Gebrauch, sie auf ihre geröteten Wangen zu küssen.
»Ich habe Euch auch ein Hochzeitsgeschenk mitgebracht, Lady Eleanore«, sagte der König. Dann reichte er ihr eine wunderschöne Brosche mit einem grünen Stein in der Mitte. »Sie gehörte meiner verstorbenen Gattin, Königin Mathilde, die genau wie Ihr eine Erbin war. Wenn sie jetzt bei mir sein könnte – Gott sei ihrer guten Seele gnädig –, würde sie Euch dieses Geschenk persönlich überreichen, denn meine Tilda machte für ihr Leben gern Geschenke. Tragt die Brosche im Andenken an sie.« Damit befestigte er das Schmuckstück am Ausschnitt von Elfs Gewand, und sie küßte ihm die Hand.
»Ich fühle mich durch Eure Freundlichkeit geehrt, mein Lehnsherr. Ich stamme nicht aus hohen Kreisen, und doch behandelt Ihr mich, als wäre ich Euresgleichen. Ich werde immer Eurer und der Königin im Gebet gedenken«, versicherte ihm Elf voller Inbrunst.
König Stephan nickte. »Wenn wir aber jetzt nicht aufbrechen, kommen wir zu spät zur Messe, nicht wahr, Bischof?« Und nach diesen Worten verließ er als erster die Kapelle.
»Das habt Ihr fein gemacht, Eleanore«, sagte Ranulf.
»Ich weiß, was sich gehört, Mylord«, erwiderte sie etwas schroff.
»Daran habe ich nie gezweifelt, Mylady.«
Als Ranulf Elf hinausführte, entdeckte sie im Hintergrund ihren Majordomus. »Bist du während der Zeremonie anwesend gewesen?« fragte sie ihn.
»Ja, Lady«, antwortete er mit breitem Lächeln. »Eure alte Ida würde es mir nie verzeihen, wenn ich ihr nach meiner Rückkehr nicht jede Einzelheit berichten würde.« Er verneigte sich vor dem Mann an ihrer Seite. »Alles ist für unsere Abreise bereit, Mylord«, sagte Cedric. Es war unverkennbar, daß er seinen neuen Herrn bereits akzeptiert hatte.
»Fein!« sagte Ranulf. »Wir treffen uns nach der Messe, Ce-

dric.« Dann wandte er sich Elf zu. »Vermutlich werdet Ihr nicht in Eurem Hochzeitsgewand reisen wollen, und ich auch nicht. Nach der Messe werden wir uns umkleiden und sofort nach Ashlin aufbrechen. In Begleitung der Schwestern und ihrer bewaffneten Reiter werden wir bis St. Frideswide's reiten.«

»Habt Ihr keinen Knappen?« fragte sie ihn.

Er schüttelte den Kopf. »Ich konnte mir keinen leisten, Eleanore. Auch wenn ich edler Abstammung bin, besitze ich nichts außer meinem Pferd, meiner Rüstung, meinen Waffen, meiner Kleider und ein paar Münzen, die ich im Laufe der Jahre gespart habe. Unsere Heirat ist für mich in vielerlei Hinsicht ein Segen. Ich habe eine tugendhafte Frau bekommen, besitze jetzt ein Landgut, was bedeutet, daß ich rechtmäßige Söhne und Töchter haben werde. Außerdem habe ich ein Heim, in dem ich alt werden kann.«

»Wie alt seid Ihr?« fragte sie ihn leichthin und dachte an Saer de Budes gehässige Worte vom Tag zuvor.

»Ich bin dreißig«, erwiderte er, »aber ich versichere Euch, ich bin noch nicht zu alt, um Kinder zu zeugen. Wie alt seid Ihr?«

»Vierzehneinhalb, Mylord«, antwortete Elf. Du lieber Himmel! Wie alt er war!

Sie betraten nach dem König und dem Bischof die Kirche. Dann wurde die Messe gelesen. Anschließend verabschiedeten sie sich vom König, und Ranulf de Glandeville kehrte mit seiner Gattin zum Gästehaus des Bischofs zurück, wo Elf ihre Kleider wechselte und die grauen Röcke und das gelbe Obergewand anlegte. Das grüne Bliaud und die passenden Röcke und übrigen Gewänder packte sie in die Holztruhe. Die Diener des Bischofs schleppten die Truhe zu dem Karren, auf dem bereits Schwester Winifred Platz genommen hatte. Mit festem Griff hielt sie die Zügel von Schwester Josephs Lieblingsmuli.

Die kleine Gruppe setzte sich in Bewegung und ließ bald die Stadt Worcester hinter sich. Es war kühl – man schrieb den 1. Dezember –, aber zumindest freundlich und hell. Ranulf beschleunigte das Tempo. Er und Cedric führten

die Gruppe an, dann folgten die beiden Nonnen und Elf, der Karren und die vier bewaffneten Reiter. Sogar das Muli, das witterte, daß es heimwärts ging, bewegte sich zum Erstaunen der Frauen schnell voran. Sie würden lediglich drei Tage bis nach St. Frideswide's brauchen, und bis Ashlin mußten sie nochmals mit einem halben Tag rechnen.
In der ersten Nacht nächtigten sie im Gästehaus einer Abtei, wobei die Männer von den Frauen getrennt waren. In der zweiten Nacht fanden sie Unterkunft in einem Kloster, wieder in getrennten Quartieren. Als sie schließlich in St. Frideswide's anlangten, war es für Elf sehr schmerzlich, sich von den Nonnen zu verabschieden, die seit ihrem fünften Lebensjahr ihre Familie gewesen waren.
»Du bist hier jederzeit willkommen«, sagte die Äbtissin und nahm Elf herzlich in die Arme. »Gott segne dich, meine Tochter!«
»Es wird schwierig sein, mein Kind, eine Helferin wie dich zu finden«, meinte die alte Schwester Winifred, »aber Gott hatte offensichtlich andere Pläne mit dir. Doch hätte ich mir gewünscht, daß er sie mich früher hätte wissen lassen.« Auch sie nahm Elf in die Arme. »Komm und besuch mich bald, mein Kind.«
Als Schwester Columba sich von ihrer Freundin verabschiedete, füllten sich ihre großen blauen Augen mit Tränen, die ihre rosigen Wangen hinabrollten. »O Elf, ich dachte, wir würden immer zusammensein! Ich werde dich so vermissen.«
Elf legte tröstend die Arme um sie. »Weine nicht! Ich komme oft zu Besuch, das verspreche ich.« Dann nahm sie die junge Nonne in die Arme.
»Kommt jetzt, Schwestern«, forderte die Äbtissin sie auf, »wir müssen in die Kapelle gehen und Gott für die gute Reise danken.« Sie wandte sich an den Ritter. »Gebt die Stute, auf der Eure Gemahlin reitet, zurück, wann Ihr wollt, Sir.«
»Ihr könnt sie gleich haben«, sagte Ranulf und hob seine verblüffte Gattin vor sich auf den Sattel. »Es ist nicht weit, und meine Frau kann mit mir reiten«, erklärte er ihnen.

»Dann geht mit Gott«, sagte die Äbtissin und gab ihnen ihren Segen. Anschließend führte sie ihre kleine Gruppe und das reiterlose Pferd durch die Tore des Klosters.
»Wir hätten die Stute auch morgen zurückschicken können«, sagte Elf, leicht verärgert über sein eigenmächtiges Handeln.
»Es kommt ein Unwetter auf, Mylady«, entgegnete er. »Ihr spürt es sicherlich auch. Es ist Dezember. Wenn es Euch so unangenehm ist, mit mir zu reiten, kann Cedric zu Fuß gehen, und Ihr könnt sein Pferd haben.«
»Ganz bestimmt würde ich nicht von einem Mann in Cedrics Alter verlangen, daß er an einem kalten Wintertag den Weg bis Ashlin zu Fuß zurücklegt«, schleuderte Elf ihm entgegen. »Wie könnt Ihr so etwas auch nur erwägen!«
»Dann ist es also in Ordnung, daß Ihr mit mir reitet?«
»Anscheinend habe ich keine andere Wahl«, brummte sie.
»*Ihr* könntet ja zu Fuß gehen«, schlug er vor. Unwillkürlich mußte er über ihren entsetzten Gesichtsausdruck kichern. »Es scheint ganz so, meine verehrte Gattin, als ob Ihr Eure Klosterscheu überwunden hättet und Euch schnell zu einer normalen Frau entwickelt. Wie ich sehe, habt Ihr das Temperament der Rothaarigen«, neckte er sie.
Ave Maria, gratia plena, betete Elf leise. Sie hatte sich tatsächlich von ihrem Temperament hinreißen lassen. Sie würde jetzt still sein und den restlichen Weg nach Ashlin beten. Sie war zwar nicht mehr Mitglied des Ordens, was aber nicht hieß, daß sie sich nicht sanftmütig benehmen sollte. Es gab keine Entschuldigung für zänkisches Verhalten! Aber waren alle Männer so provozierend? Benahmen sich alle so gemein, so von oben herab? Plötzlich war sich Elf Ranulfs männlicher Ausstrahlung bewußt. Er trug den gleichen Wollumhang wie damals, als er nach Ashlin gekommen war, doch sah er aus, als ob er seit damals nicht ordentlich gebürstet worden wäre. Er fühlte sich rauh an ihrer Wange an. Ranulf hielt sie mit den Armen umfaßt, was ein seltsames Gefühl in ihr erweckte.
Sie blickte flüchtig zu ihm hoch. Er hatte ein angenehmes Gesicht, ein sehr männliches. Um seine Augen herum ver-

liefen kleine Linien. Und sie mußte zugeben, daß er sauber roch. Eine Schneeflocke hatte sich in seinen dichten dunklen Wimpern verfangen, und Elf erkannte, daß ihr Gatte recht hatte. Ein Unwetter braute sich zusammen und würde gleich losbrechen. »Ihr hattet recht mit meinem Temperament«, sagte sie. »Wie weit sind wir wohl noch von Ashlin entfernt?«
Cedric, der neben ihnen ritt, antwortete: »Wir haben jetzt den halben Weg zurückgelegt, Mylady. Soll ich vorausreiten, Herr, und melden, daß wir kommen? Der Koch muß sich auf Euch vorbereiten.«
»Ja, reite los«, befahl ihm Ranulf. »Der Weg ist gut gekennzeichnet. Sorg dafür, daß ein heißes Bad für meine Lady bereitsteht. Sie friert und muß sich aufwärmen.«
Und somit löste sich Cedric aus der Gruppe und ritt voraus.
»Woher wißt Ihr, daß mir kalt ist?« fragte ihn Elf. »Ich habe mich nicht beklagt, Mylord.«
»Nein, das habt Ihr nicht, aber ich spüre, wie Ihr zittert, Eleanore.«
Das war eine neue Seite seines Charakters, überlegte sie. Er achtete auf ihre Bedürfnisse. Interessant. Ihr Bruder hatte sie geliebt, wie man es von einem Bruder erwartete, aber nachdem er sie im Kloster abgeliefert hatte, hatte er keinen Gedanken mehr an sie verschwendet. Vater Anselm war wohl ein guter Priester, aber auch ein lüsterner Mann, der sich gerne mit dem mehr als willigen Milchmädchen vergnügte oder auch einer anderen, wenn man Matti und Isa glauben konnte – und sie hatte nie Grund gehabt, an ihren Aussagen zu zweifeln. Ihre Leibeigenen, darunter Cedric, Arthur und dessen Vater John, waren ihr gegenüber ehrerbietig und freundlich, aber sie waren ja ihre Untergebenen. Der König und der Bischof, die beide Macht und Autorität besaßen, hatten ihr Leben von Grund auf neu geregelt. Aber ihr war bewußt, daß sie das Recht dazu hatten.
Bis zu ihrer Heirat war dies alles gewesen, was sie über Männer wußte. Ranulf war jetzt ihr Mann, ihr Herr. Sie erinnerte sich, als er vor ein paar Monaten nach Ashlin ge-

kommen und über Nacht geblieben war. Er war ihr für ihre Gastfreundschaft dankbar gewesen, im Gegensatz zu anderen, die gekommen waren, ganz selbstverständlich die beste Schlafnische für sich beansprucht und sich dann wieder auf den Weg gemacht hatten, ohne sich zu bedanken. An ihrem Hochzeitstag hatte er bemerkt, daß sie bestimmt nicht in ihrem besten Gewand nach Hause reiten wollte, und ihr Zeit gelassen, sich in Ruhe umzuziehen. Unterwegs war er um die Nonnen besorgt. Er trieb sie zur Eile an, da er wußte, daß das Winterwetter schnell umschlagen konnte, wie es jetzt geschah.

Im Kloster hatten sich die Mädchen über die Männer, die sie kannten, unterhalten. Sie hatten immer gesagt, Männer besäßen Autorität, seien manchmal freundlich, meistens aber zu fürchten. Eines der Mädchen hatte gemeint, sie wäre lieber eine schlichte freie Frau, die ein Handwerk lernen oder ein Geschäft betreiben würde, als die Tochter eines Barons. Mehrere der Zünfte würden von Frauen beherrscht, vor allem die Spinn-, die Web- und die Braukunst. Zumindest, so fuhr das Mädchen fort, konnte ein Mädchen, das in die Lehre gegangen war, ihr Geschäft betreiben, nachdem sie sieben Jahre gelernt hatte, und hoffen, eine Meisterin zu werden. Die meisten anderen Mädchen hatten gelacht und gesagt, daß auch die weiblichen Zünfte von Männern geleitet wurden. Vor der männlichen Autorität und Herrschaft gab es kein Entkommen. Selbst in bestimmten Angelegenheiten des Klosters sprach der Bischof das letzte Wort. Die Männer herrschten, und die Frauen gehorchten.

Elf war die Erbin von Ashlin, aber jetzt war ihr Mann der Herr. Besaß sie noch Kontrolle oder Einfluß über ihre Ländereien und ihre Leute? Oder beruhte ihr Wert lediglich auf dem Landbesitz? Wie sollte sie diese Dinge lernen? Wer um Gottes willen konnte sie ihr beibringen?

Sie fühlte sich in jeder Hinsicht schlecht vorbereitet auf ihre Rolle als Hausherrin und Ehefrau. Hatte der König dies nicht bedacht, als er seinen Entschluß gefaßt hatte? Nein, offensichtlich nicht. Elf seufzte tief und schmiegte sich instinktiv stärker an ihren Ehemann. Er hob den Umhang auf einer Seite und hüllte sie behutsam darin ein, was sie überraschte. Wer ist dieser Mann, den ich geheiratet habe? überlegte sie erneut. Wie war er? Sie würde den Rest ihres Lebens damit verbringen, dies herauszufinden.

7. Kapitel

Als die Dunkelheit einbrach, schneite es heftig. Sie hätten den Weg nicht gefunden, wenn nicht Männer von Ashlin gekommen wären und sie mit Fackeln heimgeleitet hätten. Als Ranulf letzten Sommer auf dem Landgut gewesen war, hatte er wenig auf die Anlage des Hauses geachtet. Jetzt bemerkte er die Steinmauer um das Anwesen. Sie mußte höher sein, wenn sie wirklich Schutz gegen die Waliser bieten sollte. Als sie beim Haus angelangt waren, ließ er sich vom Sattel gleiten, wandte sich um und hob Elf herunter. Dann schritt er, mit Elf auf den Armen, durch die offene Haustür.
»Cedric hat mich darauf aufmerksam gemacht«, erklärte er, »daß es ein alter Brauch ist, die Braut über die Schwelle zu tragen.«
»Tatsächlich?« Sie hatte das nicht gewußt, aber was wußte sie überhaupt über solche Dinge? Sie erschauerte.
»Wo ist der Söller?« fragte er.
»Folgt mir, Mylord und Mylady. Herzlich willkommen zu Hause«, sagte Cedric.
»Laßt mich runter«, sagte Elf leise. Der Söller? Warum wollte er mit ihr zum Söller? Wollte er die Ehe jetzt gleich vollziehen? Aufgrund der Schlafbedingungen unterwegs war er bis jetzt noch nicht dazu in der Lage gewesen.
»Ihr friert und seid müde«, sagte er ruhig. »Habt Ihr eine Zofe, Eleanore?« Bei allen Heiligen, sie war die süßeste Last, die er je im Arm gehalten hatte. Sie war so leicht wie eine Feder und so kostbar. Er hatte sich vom ersten Augenblick zu ihr hingezogen gefühlt, aber nicht in seinen kühnsten Träumen zu hoffen gewagt, sie je zu besitzen. Er wußte, daß der König erwogen hatte, sie Jean de Burgonne, ebenfalls ein loyaler Ritter, zu geben, aber Geoffrey de Bo-

hun hatte bemerkt, daß de Burgonne nicht unbedingt nach einer Ehefrau verlangte. De Burgonne hatte herzlich gelacht und zugestimmt.

»Eine Beinahe-Nonne?« sagte er belustigt. »Der Herr bewahre mich, mein Lehnsherr, aber wenn ich etwas zu sagen hätte, würde ich gerne auf sie verzichten. Mir sind kecke Frauenzimmer, die viel Erfahrung haben, lieber. Gebt mir lieber eine erfahrene Dirne, die es versteht, einem Mann zu gefallen, aber der Himmel bewahre mich vor einer verschüchterten Jungfrau.«

König Stephan ließ seinen Blick auf Ranulf ruhen. »Und seid Ihr der gleichen Meinung, Ranulf?«

»Nein, Mylord, ich würde mich über eine Ehefrau freuen, besonders über eine so begüterte wie Lady Eleanore von Ashlin. Ich habe ein Alter erreicht, da ich jedesmal, wenn Regen im Anzug ist, meine alten Wunden spüre. Ein schmuckes Heim und eine Frau würden mir sehr gut gefallen.«

»Sie hat vermutlich ein Gesicht wie ein Pferd«, neckte ihn de Burgonne. »Alle diese Nonnen sehen nach meiner Erfahrung so aus.«

Ranulf schwieg.

Ein Lächeln umspielte König Stephans Mundwinkel, denn er wußte, daß sein Ritter erst vor kurzem in Ashlin gewesen war. Das Mädchen war zweifellos hübsch. Nachträglich überlegte er, daß sie mit dem ruhigeren Ritter sicherlich besser bedient war als mit dem draufgängerischen Jean de Burgonne. »Nun gut, Ranulf de Glandeville, Ihr sollt Eleanore von Ashlin mit all ihrem Besitz zur Frau nehmen. Natürlich werdet Ihr als neuer Herr von Ashlin Euren Lehnseid mir gegenüber erneuern. Ich bin beruhigt, daß ich einen Mann mit Euren Fähigkeiten an der Grenze postiert habe.«

»Bei allen Heiligen!« Eine Stimme unterbrach seine Gedanken, und er sah, wie eine alte Dame herbeieilte. »Mein Kindchen! Ist sie verletzt?«

»Sie friert und ist müde«, erwiderte Ranulf.

»Das ist Ida, Mylord«, erklärte Cedric. »Sie ist Lady Eleanores alte Amme.«

»Laßt mich herunter, Mylord, ich versichere Euch, ich kann stehen«, sagte Elf zu ihm. Sie bemerkte erneut seine Sorge um sie und war gerührt.

Ida zog Elfs Handschuhe aus. »Eure Finger sind wie Eis«, bemerkte sie und musterte ihren neuen Herrn. »Hättet Ihr nicht dafür sorgen können, daß sie es wärmer hat?« Ohne eine Erwiderung abzuwarten, nahm sie Elfs Umhang und zog sie zum Kamin. »Kommt, mein Kind, wärmt Euch auf. Cedric, was stehst du da herum? Bring meiner Herrin etwas gewürzten Wein. Das wird sie aufwärmen.«

»Ich lasse Euch jetzt allein«, sagte der neue Herr von Ashlin, verneigte sich und verließ den Söller mit dem Majordomus.

»Die alte Frau ist zu gluckenhaft«, maulte Cedric. »Sie glaubt, daß die Herrin immer noch ein Kind ist, denn sie mußte Elf hergeben, als sie erst fünf war. Nun ist sie wieder in ihrem Element.«

»Gibt es eine junge Frau unter den Leibeigenen, die Mylady als Zofe dienen könnte? Ich sehe, Ida hat ein Herz aus Gold, aber vielleicht ist die Sorge um meine Frau zu beschwerlich für sie. Sie ist bestimmt niemand, der um Hilfe bitten würde«, sagte Ranulf.

»Ihr habt die alte Frau gut durchschaut«, bemerkte Cedric. »Ich werde mich unter den Mädchen umsehen und herausfinden, wer es mit Idas Temperament aufnehmen kann. Ich werde ihr sagen, daß unsere Herrin jetzt erwachsen und verheiratet ist und mindestens zwei Zofen haben muß, wobei Ida natürlich die älteren Rechte hat. Das wird ihrer Eitelkeit schmeicheln.«

»Die Halle wirkt sehr gepflegt«, lobte der Herr. Sein Blick wanderte zu dem Steinfußboden, dem gemütlichen Kamin und den Kerzenleuchtern auf der hohen Tafel.

»Die Diener kennen ihre Pflicht, Mylord«, erwiderte Cedric, »aber sie werden noch besser arbeiten, wenn die Herrin sie anleitet.«

Ranulf zog eine Bank zum prasselnden Feuer. Cedric reichte ihm einen Becher gewürzten Wein. Ranulf hielt den Silberbecher in beiden Händen, dann nippte er an dem heißen Getränk. Draußen tobte das Unwetter, und er mußte warten, bis es vorüber war, erst dann konnte er seinen neuen Besitz besichtigen. Er hatte im Vorbeireiten alles nur schemenhaft wahrgenommen. Ställe, eine Kapelle, Hütten. Das Vieh war bestimmt sicher untergebracht – er war nicht der einzige im Lande, der das Nahen eines Unwetters spürte. Die Leibeigenen waren Männer der Erde und spürten es sicherlich auch.

»Cedric«, rief er und stellte seine Fragen.

Der Majordomus lächelte beruhigend. »Das Vieh und die Schafe wurden gestern von der Weide heimgetrieben, Mylord. Alles ist in Ordnung.«

Ranulf nickte erleichtert und blickte in die züngelnden Flammen. Seit Tagen fühlte er sich warm und behaglich.

Etwas später trat Cedric an ihn heran: »Das Essen ist serviert, Mylord. Die Lady läßt sich für heute abend entschuldigen, da sie sehr erschöpft ist. Die alte Ida hat ihr etwas zu essen gebracht.«

»Natürlich.« Ranulf nahm an der hohen Tafel Platz. Die Tische unterhalb waren nur von Fulk, dem Waffenmeister des Landguts, und seinen Männern besetzt. Fulk verneigte sich vor seinem neuen Herrn und stellte sich vor. Er versprach, Ranulf am nächsten Morgen einen Bericht über die Verteidigungsanlagen von Ashlin zu geben.

»Bist du ein Freier oder ein Leibeigener?« wollte Ranulf wissen.

»Ich bin ein Freier, Mylord, obwohl ich als Leibeigener geboren wurde. Lord Robert gab mich frei, als er erkannte, wo meine Talente lagen. Er sagte, ich würde besser kämpfen, wenn ich frei wäre. Das war vor über dreißig Jahren, Mylord.«

»Lord Robert hatte offensichtlich recht, Fulk. Man berichtete mir, die Waliser hätten dieses Landgut nie überfallen, im Unterschied zu den anderen.«

»Die Waliser und ich haben ein Abkommen geschlossen, Mylord. Ich vergreife mich nicht an ihren Töchtern und mache ihnen keine halbenglischen Bastarde, und sie verzichten darauf, Ashlin zu überfallen, so daß ich sie nicht

töten muß und ihre Ehefrauen und Töchter mir folglich nicht hilflos ausgeliefert sind.« Er grinste.
Ranulf kicherte anerkennend. »Setz dich, Fulk von Ashlin, und verrate diesen jungen Männern nicht deine üblen Gedanken. Denn aus ihrem Blick schließe ich, daß sie selbst genug eigene haben.«
Die Männer lachten und prosteten dem neuen Herrn von Ashlin zu. Sie wünschten ihm ein langes Leben und viele Söhne.
Die jüngere der Dienerinnen in der Halle überlegte, ob Ranulf de Glandeville ein freundlicher Herr sein würde oder ob er herumbrüllen würde, wie Saer de Bude es getan hatte. Die Leibeigenen waren überwiegend Sachsen und Engländer. Im allgemeinen mochten sie die Normannen nicht, aber die de Montforts waren gute Herren gewesen. Vielleicht traf dies auf die de Glandevilles auch zu.
Nach dem Essen setzte sich Ranulf zu Fulk und dessen Männern ans Feuer. Sie tranken und unterhielten sich über die Dinge, über die Männer sprechen, wenn sie unter sich sind. Der neue Herr erklärte ihnen, die Steinmauer müsse erhöht werden. Und sie müßten mehr Männer zum Schutz von Ashlin ausbilden, da die Waliser bereits wieder unruhig würden. Diese Männer mußten fähig sein, jeden Überfall abzuwehren, denn der König wollte, daß Ashlin unbehelligt bleibe. Die Männer nickten erfreut.
»Wir hätten es schon längst getan, Mylord. Aber der arme Lord Richard hatte von dem Tag seiner Hochzeit an nur noch eines im Sinn: seine Frau. Sie nahm ihn ganz für sich in Anspruch. Und als er krank wurde, konnten wir ihn nicht damit behelligen. Wir waren froh, daß wir nicht gerade wohlhabend wirkten. Viele Male kamen plündernde Horden vorbei, haben aber nur ein paar Schafe oder ein paar Stück Vieh mitgenommen. Wir unternahmen nichts, und sie ließen uns in Ruhe.«
»In Zukunft werden wir nicht zulassen, daß sie uns bestehlen«, sagte Ranulf. »Außerdem werden wir verhindern, daß sie uns angreifen, denn das werden sie irgendwann tun.«

Es war spät geworden. Draußen schneite es immer noch. Der Wind hatte sich gelegt. Fulk und seine Männer hüllten sich in ihre Decken und legten sich auf ihre Matratzen. Ranulf erhob sich von seinem Platz am Feuer und begab sich zum Söller. Das Feuer war inzwischen herabgebrannt. Ida schnarchte laut auf ihrer Matratze in der Nähe der Feuerstelle. Er ging an ihr vorbei, betrat ein kleines Schlafgemach und blickte sich darin um. Auch hier war das Feuer das einzige Licht. Er legte noch ein paar Scheite dazu, und die Flamme loderte wieder auf.

Das mit Vorhängen versehene Bettgestell aus Eiche nahm den größten Teil des Raumes ein, bemerkte er. Es gab einen kleinen viereckigen Tisch mit einem Becken darauf, und einen dreifüßigen Schemel in der Nähe der Feuerstelle. Er wusch sich Gesicht und Hände und trocknete sie mit dem kleinen Stück Leinenstoff, das neben dem Messingkrug lag. Dann setzte er sich auf den Hocker, zog seine Stiefel aus und stellte sie ordentlich unter den Tisch. Anschließend erhob er sich und entledigte sich zuerst seines Obergewandes, dann seiner zwei Untergewänder, seiner Beinkleider und seiner Unterhose. Er legte seine Kleider auf den Hocker und streckte sich, ging durch den Raum und zog die Vorhänge auf einer Seite des Bettes zurück. Elf schlief. Er ließ den Vorhang fallen und begab sich zur anderen Seite des großen Bettes, kletterte ins Bett und machte es sich bequem.

Elf hatte gehört, wie er den Raum betreten hatte, und konnte nicht glauben, daß er es wagte, sich zu ihr ins Bett zu legen. Bestimmt würde er auf dem Rollbett schlafen. Sie hätte das auch am liebsten getan, hatte sich aber geniert, es Ida zu sagen. Dann war sie so müde gewesen, daß sie eingedöst war, bis sie seine Schritte gehört hatte. Jetzt hörte Elf, wie er sich leise für die Nacht vorbereitete. Als er auf ihrer Seite den Vorhang zurückgezogen hatte, hätte sie fast laut aufgeschrien, aber er hatte den Vorhang fallen gelassen. Sie wollte gerade erleichtert aufatmen, als sie hörte, wie der Vorhang auf der anderen Seite beiseite gezogen wurde. Als er sich ins Bett legte, hing dieses unter seinem Gewicht durch.

»W-was t-ut Ihr da?« kreischte sie nervös.
»Ich lege mich ins Bett«, antwortete er mit seiner dunklen Stimme.
»Dann schlafe ich auf dem Rollbett«, erklärte sie und schickte sich an, aus dem Bett zu schlüpfen.
Seine Hand griff nach ihrem Arm. »Du wirst nicht auf dem Rollbett schlafen, meine Eleanore, genausowenig wie ich. Es ist heute nacht zu kalt.«
Sie schnappte nach Luft. »Wir können nicht ein Bett teilen!«
»Warum nicht?« fragte er sie. »Wir sind Mann und Frau, Eleanore.«
»Aber ... aber ...«, stotterte sie.
»Dreh dich um und sieh mich an«, forderte er sie auf und drehte sie trotz ihres Widerstands zu sich herum.
Ihre Körper befanden sich dicht nebeneinander. Elf errötete, als ihr Herz wie wild hämmerte.
»Nun hör mir gut zu, meine liebe Frau. Du bist nicht mehr länger eine Nonne. Sicherlich bist du eine durch und durch unschuldige Jungfrau und sollst es auch noch eine Zeitlang bleiben. Ich merke, daß du nichts über Männer weißt, höchstens das, was du aus den Reden anderer erfahren hast, und der Himmel weiß, was sie dir erzählt haben. Ich bin kein zügelloser Unhold, der dir mit Gewalt deine Tugend raubt. Wie gering mußt du mich einschätzen, daß du glaubst, ich würde dich nötigen.«
»Ich weiß nicht, was ich glauben soll oder wer du wirklich bist«, brachte Elf hervor. »Ich habe Angst.«
Sein Blick wurde weicher. »Du mußt keine Angst haben, Eleanore. Ich bin stolz auf meine Selbstbeherrschung. Ich brauche mich nicht mit Leibeigenen zu vergnügen, um meine Begierde zu befriedigen, das verspreche ich dir. Wir werden einander kennenlernen, und irgendwann werden wir unsere Körper vereinigen, aus reiner Freude und weil wir Erben zeugen wollen. Mein Los ist es, dem König zu dienen, indem ich über Ashlin wache und es gut verwalte. Deine Pflicht ist es, eine gute Herrin zu sein und eine gute Mutter. Du bist jetzt keine Nonne mehr.«
»Wie lange läßt du mir Zeit?« flüsterte sie.

»Wir werden wissen, wenn die Zeit reif ist«, versicherte er. »Nun versuch einzuschlafen, Frau. Gott schenke dir eine gute Nachtruhe.«

»Und dir ebenfalls«, erwiderte Elf und drehte sich wieder auf die andere Seite. Ihr Herz klopfte noch immer wie wild. Es war so seltsam, mit jemandem das Bett zu teilen, vor allem mit einem Mann. Dunkel erinnerte sie sich, wie sie bei ihrer Mutter geschlafen hatte. War es in diesem Bett? Aber während ihrer ganzen Zeit im Kloster war sie es gewohnt, allein zu schlafen. Unbewußt rückte sie von ihm ab. Dabei berührte sie zufällig seinen Fuß und zuckte zurück.

»W-was tust du da?«

Er hatte den Arm ausgestreckt, umfaßte sie und zog sie wieder zu sich. Sein warmer Körper, den sie durch sein knielanges Hemd spürte, verwirrte sie.

»Du wirst mich nie kennenlernen, Eleanore, wenn du dich von mir zurückziehst«, erklärte er, und sie hätte schwören können, daß seine tiefe Stimme belustigt klang. »Also gute Nacht, Petite.«

Anfangs lag sie steif in seinem Arm, aber dann genoß sie seine Wärme und enspannte sich. Er schlief bereits, und sein Atem strich in rhythmischen Abständen über den Flaum in ihrem Nacken. Sie dachte an Isa und Matti und ihre kessen Reden. Und sie dachte an Mistress Martha, die Frau des Tuchhändlers in Worcester, und die praktischen Erklärungen, die sie Elf über die Beziehung zwischen Mann und Frau gegeben hatte. Es war sehr aufschlußreich gewesen, aber sie war noch nicht soweit, das in die Praxis umzusetzen, was ihr gesagt worden war. Doch mußte sie zugeben, daß dieser Mann, der sie in seinen Armen hielt, ganz anders war, als sie erwartet hatte. Er hätte sich mit Gewalt nehmen können, was er wollte, und ihre Ehe vollziehen können. Doch er war bereit zu warten. Er wollte ihr Zeit lassen, damit sie sich an die großen Veränderungen in ihrem Leben gewöhnte. Vielleicht, überlegte Elf, war die Ehe doch nicht so übel.

Als sie am nächsten Morgen aufwachte, war er verschwunden. Es war heller Tag. Elf sprang aus dem Bett und stöhnte auf, als sie den kalten Stein unter ihren Füßen spürte. Auf dem Tisch neben der Feuerstelle stand ein Becken mit Wasser. Sie wusch sich und schlüpfte in ihre Kleider und Hausschuhe. Dann eilte sie hinaus und betrat durch den Söller die Halle. Ranulf saß an der hohen Tafel und nahm sein Morgenmahl zu sich.
»Du hättest mich wecken sollen«, schalt sie ihn leise. Sie bekreuzigte sich, als sie Platz nahm. Man brachte ihr einen kleinen Teller mit Hafergrütze, und sie machte sich hungrig darüber her.
»Ich dachte, du brauchst den Schlaf, Eleanore, und deine alte Ida stimmte mir zu«, sagte er. »Wir sind sehr flott von Worcester hierhergeritten, und du bist so etwas nicht gewohnt, Petite.« Er nahm ihre Hand in die seine und fragte: »Hast du gut geschlafen?«
»Ja«, erwiderte sie, und ihre Wangen wurden warm.
Er führte ihre Hand an die Lippen und küßte jede Fingerspitze einzeln. »Das freut mich«, sagte er und ließ ihre Hand los.
Es fiel ihr schwer zu atmen, aber tapfer löffelte sie ihre Grütze aus. Dann konnte sie wieder Luft holen. Sie kam sich so ungeschickt vor, denn sie wußte nicht, wie sie sich verhalten sollte, wenn er sich ihr gegenüber so benahm.
»Trink etwas Apfelsaft«, forderte er sie auf und drückte ihr den Becher in die Hand.
Elf atmete tief durch und trank den Apfelsaft, doch sie verschluckte sich und hustete.
Ranulf klopfte ihr auf den Rücken. Am liebsten hätte er sie in die Arme genommen und ihr versichert, daß alles gut werden würde. Sie besaß eine höchst faszinierende Mischung aus Scheu und Selbstsicherheit. Und wie couragiert sie sich gegenüber dem König verhalten hatte. Eleanore de Ashlin hatte Feuer, aber bis vor kurzem hatte sie es aufgrund ihrer Berufung zurückgehalten. Sogar jetzt kämpfte sie darum, es unter Kontrolle zu halten; er wollte aber nicht, daß sie sich in irgendeiner Weise zurückhielt.

Schließlich hatte sie aufgehört zu husten und blickte mit wäßrigen Augen zu ihm auf. »Ich weiß nicht, was geschehen ist.«
»Du hast aufgehört zu atmen, als ich deine Finger küßte«, erklärte er ihr unverblümt. »Du brauchst mir nicht so zu schmeicheln, Eleanore. Ich habe mir wohl einen Ruf als guter Ritter erworben, aber was die Frauen angeht, bin ich nicht sehr berühmt. Du verdrehst mir den Kopf, wenn du jedesmal so reagierst, wenn ich mich dir zärtlich nähern möchte, Petite.« Seine haselnußbraunen Augen zwinkerten ihr zu.
»Wie du wohl bemerkt haben wirst, bin ich es nicht gewöhnt, daß man sich mir zärtlich nähert. Du hast mir tatsächlich den Atem genommen, was aber nicht unangenehm war.« Seine Augen erinnerten sie an die Waldteiche im Herbst. War es möglich, daß man in den Augen eines anderen ertrank?
»Würdest du in Ohnmacht fallen, wenn ich dich nochmals berührte?« fragte er.
»Nein, Mylord.«
»Nein, Ranulf.« Behutsam strich er ihr über die Wangen. »Es würde mich freuen, wenn du mich bei meinem Namen nennen würdest.«
»Ranulf«, flüsterte sie atemlos. »Mylord Ranulf.«
Als sie seinen Namen aussprach, wurde ihm ganz anders. »Nun bist du es, Petite, die mir den Atem nimmt«, murmelte er leise.
Ein diskretes Hüsteln beendete ihre Plänkelei. »Guten Morgen, Mylord, Mylady«, begrüßte sie Cedric. »Wenn Ihr Euer Mahl beendet habt, würde ich gern ein paar Haushaltsdinge mit Euch besprechen, die heute noch erledigt werden sollten.«
Ranulf nahm Elfs zarte Hand in seine kräftige. »Sprich, Cedric«, forderte er ihn auf. »Meine Frau und ich hören dir zu.«
»Wir brauchen einen Bailiff, Mylord. Wir haben keinen mehr, seit der letzte gestorben ist. Lord Richard war so beschäftigt mit seiner Frau – verzeiht, Mylady –, daß er keine

Zeit fand, einen neuen Mann für diesen Posten zu suchen. John, Idas Sohn, war der Neffe des verstorbenen Bailiffs. Er hat nach dem Tod seines Onkels dessen Pflichten übernommen, aber da er nicht offiziell dafür eingesetzt ist, fehlt ihm die rechte Autorität. Er ist ein guter Mann, Mylord. Aufrichtig und sehr sorgfältig. Ich würde ihn Euch empfehlen.«

»Kann er lesen und schreiben?« erkundigte sich Ranulf.

»Lord Robert hat dafür gesorgt, daß jeder, der Interesse daran hatte, die nötige Unterweisung erhielt«, sagte Cedric. »John kann genau wie ich lesen und schreiben. Der alte Vater Martin, der längst gestorben ist, hat es uns beigebracht.«

»Ist John in der Halle?« fragte Ranulf.

»Hier bin ich, Herr«, meldete John sich zu Wort und trat hervor.

»Du bist hiermit offiziell zum Bailiff von Ashlin ernannt. Bring deine Aufzeichnungen meiner Frau, damit sie sie prüfen kann«, sagte Ranulf.

»Danke, Mylord«, sagte John, verneigte sich und zog sich zurück.

»Was steht als nächstes an?« wollte der Herr des Hauses wissen.

»Der Müller und seine Frau haben keine Kinder, auch nicht die Hoffnung darauf, noch welche zu bekommen, denn sie sind nicht mehr die Jüngsten. Sie bitten Eure Lordschaft um die Erlaubnis, sich einen Lehrling unter den Leibeigenen auswählen zu dürfen.«

Elf berührte ihren Gatten am Ärmel. »Gib ihnen Arthur«, sagte sie leise. »Er verdient es und wird für den Müller hart arbeiten.«

»Meine Gattin schlägt Arthur vor«, sagte Ranulf. »Befindet sich Arthur in der Halle?«

Arthur meldete sich. »Ja, Mylord.« Während Elf noch in Worcester war, hatte er sein Versteck im Kloster verlassen und war nach Hause geritten. Als er erfuhr, daß Saer de Bude ebenfalls in Worcester war, wußte er, daß er nichts zu befürchten hatte. Er verneigte sich.

»Hast du Lust, beim Müller in die Lehre zu gehen?«
Er wurde gefragt, was er wollte? Arthur war verblüfft. Dieser neue Herr war ganz anders als die anderen. »Ja, Mylord, das könnte mir gefallen. Das ist ein gutes Geschäft, und vielleicht habe ich eines Tages genug Geld, um mich freizukaufen«, erwiderte er begeistert.
»Du bist frei, seit ich Herr von Ashlin bin, Arthur«, sagte Ranulf. »Als du meine Frau vor der Zudringlichkeit Saer de Buedes bewahrt hast, ohne daran zu denken, daß du selber in Gefahr warst, hast du bewiesen, daß du deine Freiheit verdient hast. Morgen erhältst du die nötigen Papiere.«
»Mylord!« Arthur fiel vor Ranulf in die Knie, nahm seine Hand und küßte sie. »Ich kann Euch nicht genug danken«, rief er aus.
»Ah, mein junger Freund, wenn du erst einmal sieben Jahre in der Lehre beim Müller verbracht hast, wird dir die Leibeigenschaft leicht erscheinen ...« Ranulf zuckte die Achseln. »Der Müller lebt nicht ewig. Sorg dafür, daß du ein würdiger Nachfolger wirst.«
»Ich danke Euch, Mylord«, sagte Arthur, erhob sich wieder und ging zurück zu seinen Freunden in der Halle, die ihn alle beneideten. In den vergangenen Minuten war er im Rang gestiegen, und sein ganzes Leben hatte sich verändert.
»Gibt es noch etwas zu erledigen, Cedric?« fragte Ranulf.
»Nein, Mylord, das ist für heute alles.« Er verbeugte sich.
Ranulf ergriff erneut das Wort. »Wir brauchen Steine, um die Mauer, die unser Anwesen schützt, zu erhöhen. Sind sie schwer zu finden?«
»Nein, Mylord. Die Steine wurden ganz in der Nähe abgebaut. Wir können noch mehr holen. Soll ich den Bailiff unterrichten, daß er Arbeiter damit beauftragt?«
»Ja. Aber sie sollen nicht im Schnee arbeiten«, sagte Ranulf. »Wenn es aufgehört hat zu schneien, möchte ich mich auf dem Gut umsehen.«
»Sehr gut, Mylord«, erwiderte der Majordomus und verneigte sich erneut.

Ranulf wandte sich Elf zu. »Du mußt noch heute die Aufzeichnungen des Bailiffs prüfen, Petite. Eine gute Herrin sollte Bescheid wissen über ihr Anwesen. Sollte ich für den König in den Krieg ziehen müssen, mußt du es allein verwalten. Daher ist es ratsam, daß du dich mit allem vertraut machst, nicht nur mit den Dingen, die Frauen gewöhnlich betreffen.«

»Kannst du lesen?« fragte sie. Sie wußte, viele Männer, auch Ritter, konnten es nicht, denn es wurde als unwichtig für einen Mann angesehen.

»Ich bin am Hofe von König Heinrich aufgewachsen, einem höchst gebildeten Mann, Petite. Wie dein Vater gab er jedem, der den Wunsch verspürte, Lesen und Schreiben zu lernen, die Gelegenheit, es zu erlernen. Die meisten meiner Kameraden hielten es für eine Zeitverschwendung. Sie sagten, das brauche ein einfacher Ritter nicht, aber man kann ja nie wissen, was das Schicksal mit einem vorhat. Ich hielt es für der Mühe wert, bei einem der Kaplane des Königs Lesen und Schreiben zu lernen. Ich habe keine zarten Hände, aber dazu reicht es. Bist du überrascht? Hättest du mich weniger geachtet, wenn ich nicht lesen und schreiben könnte?«

»Wenn du es nicht gelernt hättest, wäre es mir ein Vergnügen gewesen, deine Lehrmeisterin zu sein«, sagte sie und verblüffte ihn damit. »Ich hätte dich nicht weniger geachtet. Viele Männer haben nicht die Zeit, aber die Äbtissin sagte immer, es sei schade, denn ein ungebildeter Herr bedeute für seine Bediensteten eine Versuchung, ihn zu bestehlen. Wir werden Johns Aufzeichnungen gemeinsam durchsehen, so kann er sehen, daß du ebenfalls lesen und schreiben kannst. Er wird es den anderen sagen. Das schreckt wohl alle ab, die mit dem Gedanken spielen könnten, dich übers Ohr zu hauen. Nun noch etwas anderes. Wenn du Steine für die Mauer abbauen lassen willst, dann laß auch welche für die Kirche holen, denn sie liegt schon fast in Trümmern. Erst wenn sie wieder repariert ist, kann ich den Bischof um einen Priester bitten.«

»Weißt du überhaupt, wie anbetungswürdig du bist, Eleanore?«

Sie errötete. »Mylord!« schalt sie ihn. »Wie steht's mit den Steinen?«

»Du hast den hübschesten Mund der Welt. Ich würde dir den Mond und die Sterne vom Himmel holen, wenn es in meiner Macht läge«, murmelte er.

»Aber du hast nicht die Macht dazu«, sagte sie, »und ich will lediglich ein paar Steine.« Er war so direkt! Ihr Herz hatte angefangen, heftiger zu schlagen.

Er lachte leise. »Die Steine gehören dir, Petite.«

Fulk gesellte sich zu ihnen, und im Nu waren die Männer in ein Gespräch über die Verteidigung des Anwesens vertieft. Elf erhob sich und kehrte zum Söller zurück, wo Ida mit einem jungen Mädchen auf sie wartete.

»Das ist Willa«, brummte sie. »Cedric sagt, daß die Herrin des Hauses zwei Dienerinnen benötige. Er glaubt, ich kann mich nicht allein um Euch kümmern, Mylady.«

»Ich glaube, Cedric machte sich eher Sorgen um dich als um mich«, besänftigte Elf ihre alte Amme. »Du bist nicht mehr jung, liebste Ida. Es ist doch keine Kränkung, wenn du eine junge, starke Hilfe bekommst.« Elf lächelte Willa an. Sie war ein hübsches Mädchen mit langen flachsblonden Zöpfen und strahlend blauen Augen.

»Ich denke, das Mädchen kann mir tatsächlich von Nutzen sein«, gab Ida zu. »Wir haben Eure Truhe ausgepackt, Mylady. Welch schöne Gewänder Ihr mitgebracht habt, sogar einen Ballen zartes Leinen für Eure Unterkleider.«

»Der König und der Bischof waren sehr freundlich zu mir«, sagte Elf. »Da ich ja jetzt keine Nonne mehr bin, brauche ich neue Kleidung.«

»Mylady«, sagte Willa, »was ist das für ein schönes grüngoldenes Gewand? So etwas habe ich noch nie gesehen.«

»Man nennt es Bliaud, und es ist sehr modisch«, erklärte Elf. »Doch ich habe nicht den Mut, so etwas selbst anzufertigen. Wir werden lediglich schlichte Obergewänder und Röcke nähen. Ich denke, ein Bliaud ist mehr als genug für eine Landfrau.«

Den Rest des Tages waren die Frauen damit beschäftigt, in der gemütlichen Wärme des Söllers zuzuschneiden und zu

nähen. Der Koch suchte sie auf und machte Vorschläge fürs Abendessen. Wildragout, schlug er vor, denn Männer mochten an kalten Tagen ein herzhaftes Mahl. Und er hatte mehrere fette Enten, die jetzt gut abgehangen waren. Dazu gab es eine süße Fruchtsauce, ein Mortrew – einem Fleischgericht mit Eiern und Brotkrumen –, ein Colcannon, das aus Kohl, weißen Rüben und Karotten bestand, und einen feinen Pudding aus Weizen und Milch mit Honig.
»Ist das genug?« fragte Elf den Koch.
»Ja, Mylady. Es gibt ja auch noch Käse, Brot und Butter«, erwiderte der Koch, und sie nickte zustimmend.
Cedric suchte sie auf und schlug vor, sie solle noch ein paar junge Mädchen für die Sauberhaltung des Gutes einstellen. »Da Ihr jetzt wieder zu Hause seid und zudem verheiratet, ist es angebracht, daß Ihr einen ordentlichen Haushalt führt.«
»Hast du an irgendwelche bestimmten Mädchen gedacht?« fragte sie ihn.
Er nickte, und sie trug ihm auf, er solle sich darum kümmern.
Der Tag verging, und schließlich hörte es auf zu schneien. Es war kein schwerer Niederschlag gewesen, aber ein langanhaltender. Elf ließ sich ein Bad richten, denn sie hatte seit ihrer Hochzeit nur eines genommen. Gestern nacht war sie zu erschöpft gewesen.
»Der Herr sollte ebenfalls ein Bad nehmen«, bemerkte Ida. »Er soll zuerst ins Bad, und Ihr werdet ihn waschen.«
»Ich?« Elf riß entsetzt die Augen auf.
»Natürlich. Es ist die Pflicht einer Ehefrau, ihren Mann zu waschen. Wer soll es sonst tun?« wollte Ida wissen.
»Aber ich habe noch nie einen Mann gewaschen oder sonst jemanden außer mich selbst«, protestierte Elf aufgeregt. »Warum kann er sich nicht selbst waschen?«
»Mylady!« Ida war entsetzt.
»Ich habe noch nie einen nackten Mann gesehen«, sagte Elf frei heraus.
Willa kicherte, und Ida wandte sich ihr wütend zu. »Wenn du auch nur ein einziges Wort von dem, was hier gespro-

chen wird, weitertratschst, werde ich dir persönlich deine geschwätzige Zunge herausschneiden, Mädchen! Verstehst du mich?«
Willa wurde blaß und nickte.
»Gut!« schnauzte Ida.
»Ich wußte nicht, daß eine Ehefrau ihren Mann badet«, sagte Elf.
»Und manchmal auch ihre Gäste«, klärte sie Ida auf.
»Oh!« rief Elf und erbleichte.
»Willa«, sagte Ida, »geh und sag Cedric, Mylady will, daß die Wanne gebracht und mit heißem Wasser gefüllt wird. Dann hol Handtücher und Seife aus dem Wäscheschrank.«
Als das Mädchen gegangen war, wandte sich Ida an ihre Herrin. »Ich weiß, daß Ihr noch nie einen nackten Mann gesehen habt, aber Ihr seid jetzt eine verheiratete Frau. Ein nackter Mann hat nichts Abschreckendes an sich. Ich werde Euch helfen. Ich werde Euch einfach sagen, was Ihr tun müßt, und Euer Gemahl wird entzückt sein. Nun geht und sagt Cedric, er soll das Abendessen servieren lassen. Das Bad wird erst nach dem Essen fertig sein. Wir werden die Wanne hier im Söller neben den Kamin stellen und dann wieder wegräumen.«
Elf tat, wie die alte Ida vorgeschlagen hatte, und bat Cedric, das Abendessen aufzutragen. Die Männer hatten einen tüchtigen Appetit. Der Koch hatte recht gehabt, und sie würde daran denken – bei kalter Witterung war der Appetit größer. Sie bediente sich von dem Wildragout und tunkte ihr Brot in die braune Weinsauce. Danach machte sie ihren Gatten darauf aufmerksam, daß ihm im Söller ein Bad bereitet werde.
Er lächelte. »Fein! An mir haftet der ganze Dreck der Straße. Ich bade gerne, im Gegensatz zu manch anderen.« Dann blinzelten seine haselnußbraunen Augen. »Willst du mich baden, meine Herrin?«
Elf nickte. »Ich weiß nicht wie, aber Ida wird mich unterweisen. Zuvor hatte ich nicht die Gelegenheit, einen Mann zu waschen. Ich befürchte, diese Pflicht gehört nicht zu denen des Klosters.« Sie war nervös, aber sie konnte es sich

nicht verkneifen, ihn zu necken. »Ich hoffe, ich werde in der Lage sein, die Technik so schnell wie möglich zu beherrschen.«
Statt einer Erwiderung griff er nach ihrer Hand und küßte ihre Fingerspitzen. »Ich ebenfalls, Petite«, sagte er.
»Was fasziniert dich so an meinen Fingern?« fragte sie ihn, aber dieses Mal entzog sie sie ihm nicht.
»Du bist köstlich, und ich wußte es, als ich dich das erste Mal sah, Eleanore.«
»Als du mich das erste Mal gesehen hast, trug ich Nonnentracht«, sagte sie leicht schockiert.
»Trotzdem warst du das reizendste Mädchen, das ich je gesehen hatte«, erwiderte er aufrichtig. »Ich fand es schade, daß ein so hübsches Geschöpf den Rest seiner Tage als Jungfrau verbringen würde.«
»Ich empfand mein Schicksal nicht als Last«, erklärte Elf milde.
Er neigte seinen Kopf zu ihr und sagte leise: »Es wird die Nacht kommen, Eleanore, da ich dich lieben werde. Erst dann wirst du verstehen, daß ich recht hatte. Du bist nicht geschaffen fürs Kloster, sondern für mein Herz und mein Bett.« Er küßte ihre Handfläche.
Sie erhob sich und fragte sich dabei, ob jemand sah, wie ihre Wangen glühten. »Komm, Ranulf, laß mich dich jetzt baden.« Sie verschlang ihre Finger mit seinen und führte ihn aus der Halle zum Söller. Dort stand die Wanne mit dampfend heißem Wasser bereit.
Ida wartete auf sie, eine Schürze um ihren stämmigen Leib geschlungen. »Kommt, Herr«, forderte sie ihn auf. »Setzt Euch, dann ziehe ich Euch die Stiefel aus. Die Herrin hat Euch sicherlich erklärt, daß ich sie in der Kunst des Badens unterweisen werde, da sie dies im Kloster nicht gelernt hat.« Mit einer geschickten Bewegung zog sie ihm die Stiefel aus und dann behende seine Unterkleider.
Ranulf trat vor die Wanne, und Ida nahm sein Obergewand, die beiden Untergewänder und seine Beinkleider. Er stand jetzt in seinem knielangen Unterhemd da und warf der alten Frau einen fragenden Blick zu.

Sie nickte als Zeichen, daß sie verstanden hatte, wandte sich Willa zu und gab ihr die Kleidungsstücke. »Da, Mädchen, sorg dafür, daß die Stiefel geputzt, das Obergewand ausgebürstet und die Unter- und Beinkleider gewaschen und bis morgen früh getrocknet werden. Du bist noch viel zu jung für einen solchen Anblick«, keifte sie. »Geh jetzt! Mylady, bitte, nehmt das Unterhemd Eures Gatten, und legt es beiseite. Dann nehmen wir unsere Bürsten in die Hand«, unterwies Ida Elf. Sie nahm das Unterhemd ihres Herrn entgegen und reichte es Elf. Ranulf ließ sich schnell in die Wanne gleiten, so daß seine Frau nur einen flüchtigen Blick auf sein nacktes Hinterteil werfen konnte.

»Verdammt, ist das heiß!« keuchte er. »Willst du mich kochen?«

»Die Herrin muß nach Euch baden«, erklärte Ida. »Wenn das Wasser nicht richtig heiß ist, wird es kalt sein, bis sie in die Wanne steigt. Zudem haben Männer eine dickere Haut als Frauen. Los, Mylady, nehmt Eure Bürste. Dort drüben steht der Krug mit der Seife.«

Ranulf stellte sich auf, während die beiden Frauen ihn mit ihren Bürsten zu schrubben anfingen. Elf senkte züchtig den Blick, als er sich abstützte, damit er ein Bein heben konnte und es leichter war, ihn zu waschen. Er lächelte Ida an. Es würde die Zeit kommen, da Elf keine Scheu mehr vor ihm hatte ... Die Wanne war groß genug für zwei. Er sehnte sich nach dem Tag, an dem sie gemeinsam baden würden. Dieser Gedanke erregte ihn. Die alte Frau lächelte ihm verschwörerisch zu, und in ihren Augen tanzten Funken. Ranulf biß sich auf die Zähne und dachte an sein letztes Turnier vor König Stephan, der diese Wettkämpfe trotz der Einwände des Klerus in England eingeführt hatte. Bei der Erinnerung daran tat ihm die Schulter weh, da er von seinem Gegner verletzt worden war. Doch er hatte seinen Zweck erreicht: Seine Erregung hatte sich verflüchtigt.

»Mylady«, sagte Ida, »wascht die Haare Eures Gemahls, achtet aber darauf, daß Ihr es zuerst von Nissen befreit.«

»Ich habe keine Läuse«, sagte er entrüstet. »Ich halte mich sauber.«

Ida fuhr ihm mit ihrem Stummelfinger durch das Haar und untersuchte es gründlich. Schließlich sagte sie: »Er hat recht.«
Elf kicherte. Als Ranulf sie anblickte, mußte er ebenfalls lachen. »Der König hätte mich nicht nach Ashlin zu schicken brauchen, Eleanore«, sagte er. »Du hast bereits einen Drachen, der es bewacht.«
»Wenn er Euch nicht gesandt hätte«, erwiderte Ida schlagfertig, »hätte sich dieses hübsche Mädchen Gott geweiht. Wir alle haben Glück – vor allem Ihr, Mylord.«
Lächelnd verteilte Elf die dicke Seife auf seinem Haar und wusch es gründlich. Dies hatte sie auch im Kloster bei den jüngeren Mädchen getan, um Schwester Cuthbert zu helfen. Dann hielt sie seinen Kopf unter Wasser, um das Haar auszuspülen. »Du bist fertig«, verkündete sie ihm.
»Haltet das Handtuch bereit, Mylady, und hüllt ihn darin ein«, befahl Ida, als Ranulf aufstand. »Das ist gut so. Nun setzt ihn neben das Feuer, damit er trocken wird, und ich hole inzwischen ein sauberes Unterhemd. Dann wird es Zeit für Euch, Mylord, ins Bett zu schlüpfen, damit Ihr Euch keine Erkältung holt.«
Schüchtern kniete Elf vor ihrem Mann nieder und trocknete seine Beine und Füße, dann seinen Rücken, seine Arme, seine Schultern und seinen Oberkörper. Wie groß er war! An einigen Stellen wies sein muskulöser Körper Narben auf.
»Ich erledige den schwierigen Teil«, murmelte er, und sie lächelte dankbar zu ihm hoch. Er stand auf und begab sich zum Schlafgemach, wo Ida das Unterhemd für ihn suchte. Kurz danach kam die alte Frau eilig wieder heraus.
»Ihr habt es gut gemacht, Mylady«, sagte sie. »Nun laßt mich Euch helfen.«
Elf entkleidete sich langsam und reichte Ida ihre Kleidungsstücke, bis sie nur noch ihr Unterhemd anhatte. Kühn streifte sie es ab, steckte ihre Zöpfe hoch und kletterte in die Wanne. Das Wasser reichte ihr bis zum Hals und den Schultern. Sie seufzte genüßlich, denn es war immer noch warm. Doch Ida unterbrach ihre Träumereien und

befahl ihr, sich auf den Badehocker zu stellen. Dann reichte sie ihr die Seife und ein Waschtuch.

»Und was ist mit Euren Haaren?« fragte die alte Amme, als sie sah, daß Elf fertig war.

»Ich habe sie vor der Hochzeit gewaschen. Das reicht noch für ein paar Tage, Ida. Im übrigen ist es spät, und ich kann doch nicht mit feuchtem Haar ins Bett gehen, oder?«

Die alte Frau lachte rauh. »Wenn ich mit diesem großen Mann mit dem warmherzigen Blick verheiratet wäre, würde ich auch schauen, daß ich schnell ins Bett komme. Haha.«

»Hol mir ein sauberes Unterhemd«, befahl Elf, die spürte, daß ihr bei Idas anzüglichen Worten die Röte in die Wangen gestiegen war.

»Wie? Ihr wollt in einem Unterhemd neben Eurem prächtigen Ehemann liegen?« Ida seufzte. »Na, ich denke, es wird eine Zeit brauchen, bis Ihr die Klosterprüderie abgelegt habt, Mylady.« Dann schlurfte sie ins Schlafgemach, um das Hemd zu holen. Als sie zurückkehrte, war Elf aus der Wanne gestiegen und trocknete sich energisch ab, denn nach dem warmen Bad war es im Söller kalt.

Sie schlüpfte in ihr Hemd. »Gott schenke dir eine gute Nacht«, wünschte sie ihrer alten Amme. »Sag Willa, sie kann hier bei dir schlafen.« Dann zog sie sich in ihr Schlafgemach zurück und schloß die Tür hinter sich. Sie setzte sich auf den Hocker am Feuer, löste ihr Haar und griff nach der Wildschweinbürste, die Ida auf den kleinen Tisch gelegt hatte. Da spürte sie Ranulfs Hand auf ihrer.

»Laß es mich machen«, bat er.

»Ich dachte, du schläfst schon«, sagte Elf leise.

»Ich habe auf dich gewartet.« Er bürstete ihr langes Haar mit unendlicher Geduld, bis es glatt und glänzend war. Sie fand die rhythmischen Bewegungen sehr entspannend.

»Deine Haare sind wunderschön«, lobte er. »*Du* bist schön, meine Kleine.«

Sie wandte sich ihm zu, um ihm die Bürste abzunehmen. Ihre Lippen waren ganz nah, und Elfs Herz hämmerte wie wild. Einen Augenlick lang versanken ihre Blicke ineinan-

der, und sie dachte, sie würde dahinschmelzen, denn sein Blick brannte auf ihr wie Feuer. Dann schlossen sich ihre Finger um den Griff aus Birnbaum, und sie nahm ihm die Bürste aus der Hand, wobei sie seinen Blick mied. »Ich muß jetzt meine Haare flechten«, sagte sie leise.
»Ja«, meinte er und stand auf. Von draußen hörte man die Stimmen der Leibeigenen, die die Wanne leerten und wieder verstauten. »Mir ist ein Gedanke gekommen«, sagte Ranulf unvermittelt. »Wie wäre es, wenn wir im Boden des Söllers eine Abzugrinne anbrächten und auf der Unterseite der Wanne einen Zapfen? Die Wanne kann dann mit dem Zapfen über der Rinne aufgestellt und mühelos geleert und wieder verstaut werden.
»Das ist eine gute Idee!« lobte Elf. Sie hatte inzwischen ihre Haare wieder ordentlich geflochten. »Wie klug du bist, Ranulf.« Sie begab sich zu ihrer Bettseite und kniete nieder. Zu ihrer Freude tat er es ihr auf seiner Seite nach, und sie beteten gemeinsam. Dann kletterten sie ins Bett.
Er nahm ihre Hand in seine, aber heute nacht hatte sie keine Angst vor ihm. Sie fing an zu glauben, daß die Äbtissin vielleicht doch recht gehabt hatte, als sie sagte, daß sich Gottes Pläne für Eleanore de Montfort geändert hätten. Gott hatte ihr offensichtlich einen guten Mann geschenkt, und sie mußte ihr Bestes tun, ihm eine gute Frau zu sein.
»Ich weiß nichts über dich, Ranulf«, sagte sie zu ihm, »während du alles weißt, was es über mich zu sagen gibt. Willst du mir von dir erzählen?«
»Es gibt nicht viel zu erzählen«, fing er an. »Mein Vater, Simon de Glandeville, besaß Land in der Normandie, wurde aber im Heiligen Land getötet. Meine Mutter schickte mich an den Hof König Heinrichs, wo ich aufwuchs. Dann heiratete sie zum zweiten Mal. Meine Ländereien in der Normandie wurden irgendwie dem Besitz meines Stiefvaters einverleibt. Als ich alt genug war, um zu begreifen, was geschehen war, begab ich mich mit der Absicht in die Normandie, meine Ansprüche einzufordern. Zu der Zeit war ich sechzehn Jahre alt. Mein Stiefvater behauptete, meine Mutter sei nicht rechtmäßig mit meinem Vater verheiratet

gewesen. Da es keine anderen männlichen Erben der Glandevilles gab, fielen die Ländereien meiner Mutter zu und nach ihrer Heirat ihm. Ich besaß nicht die Macht, seinen Anspruch zu entkräften.«

»Aber was hat deine Mutter gesagt?« wollte Elf wissen. »Denn durch seine Worte beschmutzte er ihren Namen und den ihrer Familie.«

»Meine Mutter war das einzige Kind alter Eltern gewesen, die bald starben. Sie hatte niemanden, der sie verteidigte, und bat mich, mich ruhig zu verhalten. Sie versprach, daß ihr Gatte geschworen habe, ihre Schande und meinen niedrigen Status geheimzuhalten, wenn ich die Geschehnisse einfach akzeptieren würde. Natürlich stimmte nichts daran.

Meine Großmutter mütterlicherseits lebte noch, bevor ich mit sieben Jahren an den Hof König Heinrichs kam. Meine Mutter stammte aus einer alten, aber armen Familie. Es war eine Ehre für meinen Vater gewesen, meine Mutter als Frau heimzuführen. Er nahm sie ohne Mitgift, nur wegen ihres Namens, erzählte mir meine Großmutter voller Stolz. Unsere Nachbarn, die Kirche – alle behandelten meine Eltern mit großem Respekt. Dies wäre nicht der Fall gewesen, wenn meine Mutter nur die Buhle meines Vaters gewesen und ich unehelich geboren worden wäre. Als Kind hatte mich mein Vater auf seinem Sattel reiten lassen und mich seinen Dorfbewohnern als *le petit monsieur* vorgestellt. Sie haben mir immer zugejubelt. Das war, bevor mein Vater ins Heilige Land zog, und ich war erst fünf, aber ich erinnere mich dennoch gut daran.

Nun, ich war also sechzehn und vor kurzem vom König zum Ritter geschlagen worden. Ich besaß weder Reichtum noch Macht, um dem Gatten meiner Mutter die Stirn bieten zu können. Wenn ich ihm auch noch erlaubt hätte, meinen guten Namen zu zerstören, hätte ich alles verloren, denn auch das Wenige, das ich noch besaß, wäre mir genommen worden. Ich erklärte meiner Mutter, daß ich sie in Frieden lassen und für sie beten würde. Ich dankte ihrem Mann für seine Großzügigkeit, weil er den Ruf meiner

Mutter und meinen guten Namen geschützt hatte. Er prahlte damit, wie sehr er sie liebe, daß sie ihm eine gute Frau sei und ihm Erben geschenkt habe und seine Großzügigkeit verdiene. Ich hätte am Hof König Heinrichs eine gute Erziehung genossen, erklärte er mir, und er sei stolz darauf, daß ich sein Stiefsohn sei.
Ich mußte mich beherrschen, ihn nicht auf der Stelle niederzuschlagen, aber ich bezwang mich. Ich reiste in die Normandie, kehrte dann aber wieder nach England zurück und meldete mich zum Dienst beim König. Ich erzählte Heinrich die Wahrheit. Er beglückwünschte mich zu meiner ›weisen‹ Entscheidung und riet mir, mich in England niederzulassen. Als nach seinem Tod der Streit zwischen König Stephan und Kaiserin Mathilde entbrannte, tat ich, was jeder Ritter in meiner Lage getan hätte. Ich traf meine Wahl und stand dazu. Natürlich haben Männer mit Macht bei diesem Streit so oft die Seiten gewechselt wie der Wind die Richtungen, aber Ritter wie ich können sich das nicht leisten, es sei denn, die Vorteile sind so offensichtlich, daß es töricht wäre, bei seiner Wahl zu bleiben.«
»Du bist bestimmt nicht töricht«, sagte Elf. »Ich halte dich für sehr scharfsinnig, Ranulf. Du hast dich richtig verhalten, als du deine Mutter vor einem Gatten beschützt hast, der ihr Kind bestohlen und dann gedroht hat, ihren guten Namen und den ihres Sohnes in den Schmutz zu ziehen, um den unrechtmäßigen Besitz zu behalten. Er muß ein sehr hinterhältiger Mann sein, denn deine Mutter ist ja die Mutter seiner Erben, und ihre Schande würde auch sie treffen.«
»Gier, meine kleine, unschuldige Frau, kennt keine Scham«, erklärte er ihr. »Die Frau deines Bruders war sicherlich ein guter Beweis dafür. Unsere Leute reden wenig Gutes über sie. Fulk berichtete mir, daß sie oft mit den bewaffneten Rittern herumtändelte, bevor ihr Vetter hier eintraf. Der König hat recht getan, daß sie dort hingebracht wird, wo sie keinen Schaden mehr anrichten kann.«
»Ich kann mir nicht vorstellen, daß Isleen den Rest ihres Lebens im Kloster verbringen wird«, sagte Elf. »Aber wir

wollen nicht über sie reden. Es tut mir weh, wenn ich daran denke, daß sie meinen armen Bruder vergiftet hat. Er war ein guter, liebenswürdiger Mann.«

»Oft sind gute Männer das unglückliche Opfer schlechter Frauen«, antwortete er. »Diese Dinge kannst du nicht wissen, Petite, aber du mußt sie lernen. Wenn mich der König zu sich ruft, muß ich ihm folgen, und du mußt dich um Ashlin kümmern. Du mußt dir bewußt sein, daß es auf der Welt viel Hinterhältigkeit gibt, und dich davor in acht nehmen. Oft tritt das Böse in der Maske eines schönen Gesichts auf.« Er hatte sich jetzt zur Seite gelegt und blickte auf sie herunter.

Elf stockte der Atem. Er besaß ein anziehendes Gesicht, und sie hatte sich bereits in seine haselnußbraunen Augen verliebt. »Du wirst mich doch leiten, Ranulf«, flüsterte sie, »nicht wahr?«

»Ja, Petite«, erwiderte er. Dann drückte er ihr einen Kuß auf die Stirn und wandte sich ab. »Gott schenke dir eine gute Nachtruhe, Eleanore«, wünschte er ihr.

Es war nur ein Hauch von einem Kuß gewesen, aber er brannte wie ein Feuermal auf ihrer Stirn. Sie stellte fest, daß sie ein bißchen enttäuscht war, weil er sie nicht auf die Lippen geküßt hatte. Sie ahnte, daß es ein sanfter Kuß sein würde, kein brutaler wie der von Saer de Bude vor ein paar Monaten. War sie bereit, in jeder Hinsicht seine Frau zu werden? Sie war sich nicht sicher.

Gott wird mir helfen, dachte Elf und merkte, wie sie schläfrig wurde.

8. Kapitel

Das Wetter blieb kalt, aber relativ trocken. Aus dem Steinbruch wurden Steine geholt, um die Mauer, die das Anwesen umgab, zu erhöhen. Die Tage verliefen in einem angenehmen Rhythmus. Ranulf überprüfte die Mauern und trainierte die jungen Männer, damit sie Ashlin verteidigen konnten. Elf verbrachte ihre Tage damit, all die Dinge zu lernen, die eine gute Herrin beherrschen mußte. Allerdings war sie überrascht, wieviel sie schon wußte. Zum Beispiel hatte sie im Kloster gelernt, wie man ein Haus reinigte. Jetzt kontrollierte sie ihre weiblichen Bediensteten und arbeitete mit ihnen zusammen. Im Kloster hatte sie auch gelernt, wie man Seife herstellte; im Sommer würde sie lernen, wie man Eingemachtes anfertigte und gezuckerte Früchte, wie man Fisch und Fleisch pökelte. Obwohl Ashlin über einen ausgezeichneten Koch verfügte, lernte sie zur Zeit die Grundbegriffe des Kochens. Sie mußte wissen, was er tat, wenn sie die Bestellungen der Lebensmittel, die sie einkaufen mußten, überprüfen wollte.
Einmal in der Woche wurden Elf die Rollen vorgelegt, die die Aufzeichnungen des Majordomus und des Bailiffs enthielten. Sie studierte sie sorgfältig und schrieb manchmal, bevor sie sie zurückgab, Fragen an den Rand. Der Januar verstrich, dann der Februar. Als auch der März fast zu Ende war, ging Elf eines Tages ins Freie und stellte plötzlich fest, daß sie glücklich war. Ihr Leben hier auf Ashlin gefiel ihr. Und ihr Ehemann war ein guter Mann und ein gerechter Herr, wie ihre Leute immer mehr feststellten ... aber er hatte ihre Ehe noch nicht vollzogen, und dies lag zweifellos an ihm! Fand er sie etwa unattraktiv? Sie war ja jetzt keine Nonne mehr, wie er oft genug betont hatte. Woran lag es also?

Sie strich ziellos durch die Gegend und befand sich plötzlich vor der Kirche. Ranulf hatte sein Versprechen gehalten und Steine für die Reparaturarbeiten herbeibringen lassen, aber natürlich hatte man zuerst die Mauer in Angriff genommen. Sie trat in das Innere der Kirche. Das Dach mußte unbedingt erneuert werden, was im Sommer erledigt werden konnte. Ein Schieferdach wäre ihr am liebsten gewesen, doch das konnte sie sich aus dem Kopf schlagen. Aber sie schwor sich, daß sie eines Tages Glas für die Fenster haben würde. Sie wollte keine so extravaganten Fenster wie die in der Kirche in Worcester, sondern einfaches Glas. Sie ging das Schiff entlang und entdeckte, daß der Steinaltar leer war. Sie überlegte, wo wohl die Kerzenleuchter und das Kreuz geblieben waren. Vielleicht hatte es nie welche gegeben? Schon vor ihrer Geburt hatte sich die Kirche in einem renovierungsbedürftigen Zustand befunden, doch der Priester war bis zu seinem Tod geblieben. Sie wandte sich um und seufzte. Es gab noch so viel zu tun, bis die Kirche wieder benutzt werden konnte, aber sie würde sich nicht davon abbringen lassen.

Sie ging zurück zur offenen Tür, verharrte hier einen Moment und blickte sich auf dem Anwesen um. Ashlin war ein hübsches Landgut, überlegte sie. Dann entdeckte sie neben der breiten Kirchentreppe eine Stelle mit leuchtenden Narzissen. Sie lächelte. Es war wie eine Botschaft an sie: Wo Leben ist, besteht die Hoffnung auf bessere Tage. Sie erstarrte, als sie Ranulfs Stimme vernahm.

»Wir werden es schaffen«, sagte er, als hätte er ihre Gedanken erraten. Dann legte er den Arm um sie und drückte sie kurz an sich.

»Ich weiß, die Mauer ist wichtiger«, sagte sie. »Schau, es wird Frühling. Die Lämmer werden geboren, und bis jetzt haben sich noch keine Wölfe gezeigt. Wir haben offensichtlich Glück gehabt.«

Er folgte mit dem Blick ihrem Finger, der auf die Narzissen deutete, und lächelte. Ihr Mund war so verlockend. Er schluckte und schloß kurz die Augen. Aber als er sie wieder öffnete, war ihr Mund verführerisch nahe. Ranulf

konnte der Leidenschaft, die ihn plötzlich erfaßt hatte, nicht mehr widerstehen und küßte Elf. Es war ein leidenschaftlicher, aber gleichzeitig auch zärtlicher Kuß. Dann riß er sich los und stotterte: »Eleanore, verzeih mir!«
»Wie du mich so oft zu erinnern pflegst, bin ich keine Nonne mehr«, murmelte Elf mit schmelzendem Blick. Sie hob den Kopf und zeigte ihm damit deutlich, daß sie einen weiteren Kuß erwartete.
»Eleanore!« Er umarmte sie innig, während sein Mund den ihren suchte.
In Elfs Kopf wirbelten die Gedanken, und ihr Herz hämmerte. Irgendwie war ihr ganz seltsam zumute. Sie schlang die Arme um seinen Hals und wurde sich noch mehr seiner stattlichen Größe bewußt, als er sie hochhob. Seine Lippen zu spüren erfüllte sie mit einem warmen Schauder. Er war zärtlich, gleichzeitig aber auch leidenschaftlich. Sie spürte die Begierde, die er zu verbergen suchte. Er will mich nicht erschrecken, dachte sie. Tief in ihrem Innern flammte ein eigenartiges Gefühl auf, das sich bei der Berührung seiner Lippen verstärkte. Es war eine süße Berührung. Eine plötzliche Sehnsucht erfüllte sie, die sie nicht begreifen konnte.
Schließlich ließ er sie los und stellte sie auf die Steintreppe.
»Die Leibeigenen werden schwatzen«, sagte er leise, aber die Wahrheit war: Wenn er sie jetzt nicht sofort losließ, würde er sie in ihr kleines Schlafgemach tragen und auf der Stelle nehmen. Er hätte nie gedacht, daß dieses unschuldige kleine Mädchen ihn so erregen könnte. Ein Verlangen zehrte an ihm, das nur ihr hübscher Körper stillen konnte. Aber war sie bereit? Er hatte eine Riesenangst, daß er ihr weh tun könnte oder sie ihn hassen würde. Er liebte sie, hatte sie fast von Anfang an geliebt, aber bis jetzt hatte er es sich nicht eingestanden. Er liebte sie!
»Die Leibeigenen schwatzen so oder so«, bemerkte Elf, und in ihren Augen blitzte es lustig. »Weißt du, Ranulf, das Küssen gefällt mir. Küßt du gern? Oder ist es langweilig für dich, denn du küßt ja wohl schon seit vielen Jahren?«
»Mit dir, Petite, finde ich es nicht langweilig«, versicherte er ihr.

»Das freut mich, denn ich würde gern mit dem Küssen weitermachen, Ranulf. Vielleicht heute abend im Bett?«
Erneut schloß er die Augen. Als er sie wieder öffnete, blickte er ihr direkt in die Augen. »Eleanore, es heißt, Frauen seien schwach, aber das glaube ich nicht. Die Männer sind schwach, da sie ihre niedrigen Instinkte nicht im Zaum halten können. Solange wir nebeneinanderlagen und uns an den Händen hielten, bis uns der Schlaf übermannte, konnte ich mich unter Kontrolle halten. Aber ich schwöre dir, wenn du heute abend im Bett mit dem Küssen anfängst, werde ich meine mühsam bewahrte Fassung verlieren! Du bist ein süßes unschuldiges Wesen, das Geschmack am Küssen gefunden hat. Aber ich bin ein Mann. Ich will mehr!« Seine Stimme klang gepreßt, und er ballte und öffnete die Fäuste.
»Du wirst mich berühren wollen«, sagte sie leise, stellte sich auf die Zehenspitzen und strich ihm mit ihren schlanken Fingern übers Gesicht.
»Ja!« erwiderte er, griff nach ihrer Hand und küßte zuerst die Innenfläche und dann das Gelenk. Er hielt ihre Finger fest und legte sie auf sein Herz.
»Und es wird allmählich höchste Zeit, daß wir unsere Ehe vollziehen, Ranulf. Würde es dir gefallen?« sagte sie freimütig. Sie spürte seinen Herzschlag unter ihrer Hand und kannte die Antwort im voraus.
»Ja«, murmelte er, »es wird höchste Zeit, aber ich wollte, daß du diejenige bist, die es ausspricht, Petite. Ich will nicht, daß wir einander hassen.«
»Laß meine Hand los, Ranulf«, forderte sie ihn leise auf.
Lächelnd ließ er sie los, aber erst nachdem er abermals ihre Handfläche geküßt hatte. »Bist du sicher?«
»Man hat mir erzählt, das erste Mal habe man Schmerzen«, erwiderte sie. »Wenn wir es später angehen, wird es genauso weh tun, Ranulf.«
»Ich werde so behutsam wie möglich sein«, versprach er.
»Ich weiß«, sagte sie und ließ ihn allein.
Auf der Kirchentreppe stehend, gab Ranulf sich seinen Gedanken und der Vorfreude hin.

Beim Abendessen stand ein schlankes Silbergefäß mit zwei leuchtend gelben Narzissen auf der hohen Tafel. Es war ein Geheimzeichen zwischen ihnen, ein Auftakt für die bevorstehende Nacht. Sie lächelte ihm zu, und er fand ihr Lächeln verheißungsvoll, anders als sonst. Er spürte einen starken Druck in seinen Lenden und erkannte sein heißes Begehren. Verdammt, wie sehr sie begehrte! Wie süß ihre Lippen heute nachmittag geschmeckt hatten. Sie war frisch und unschuldig, aber sehr anziehend. Ja, er begehrte sie mehr als alles andere auf der Welt!
Was hatte sie getan, fragte sich Elf, als sie von seinen Küssen berauscht war? Sie hatte sich wagemutig auf etwas eingelassen, das nicht mehr rückgängig zu machen war. War sie wirklich bereit? Würde sie je bereit ein? Das Schicksal hatte sie zur Ehefrau bestimmt, und bis jetzt hatte sie diese Rolle bis auf eine Ausnahme erfüllt. Und morgen? Morgen würde sie in jeder Beziehung eine Ehefrau sein. Sie warf dem Mann, mit dem sie so unwiderruflich verbunden sein würde, einen kurzen Blick zu. Auch wenn er doppelt so viele Jahre zählte wie sie, wirkte er keineswegs alt. Ganz bestimmt konnte er Kinder mit ihr zeugen.
Was denkt sie gerade? fragte sich Ranulf, der merkte, daß sie ihn musterte. Würde sie ihn je lieben? Sollte er ihr sagen, daß er sie liebte? Nein, das wäre nicht klug. Was wäre, wenn sie ihm nicht glaubte? Schließlich waren sie erst vier Monate verheiratet. Im übrigen war Liebe für eine christliche Ehe nicht unbedingt wichtig. Sie sollte ihn achten – und wie könnte sie das, wenn er eine solche Schwäche wie Liebe eingestand? Er war geduldig und freundlich zu ihr gewesen, und sie hatte es ihm vergolten, indem sie ihn nicht für immer warten lassen wollte. Das bedeutete doch, daß sie ihn respektierte. Es war am besten, wenn er ihre gute Beziehung nicht zerstörte. Ranulf griff nach einer gerösteten Hasenkeule und tat sich daran gütlich.
Elf zermarterte sich den Kopf. Was hatte die Frau des Tuchhändlers gesagt? Ranulf würde sie küssen, ihre Brust und andere Körperteile streicheln. Was für Körperteile? Er schien es zu genießen, ihre Hand und ihre Finger zu

küssen. Gab es noch etwas? Nun, sie würde es früh genug erfahren. Und die Berührung, hatte Mistress Martha gesagt, würde seine Männlichkeit erregen, und dann ... Sie konnte nicht glauben, was sie heute nachmittag zu ihm gesagt hatte. Wie keß sie gewesen war. Was war nur in sie gefahren?
Er beugte sich zu ihr und flüsterte ihr ins Ohr: »Wenn du dich anders besonnen hast, Eleanore, ist es auch in Ordnung.« Er sprach so leise, daß nur sie ihn verstehen konnte.
»Nein!« Du lieber Himmel! Sie hatte sich gerade die letzte Gelegenheit entgehen lassen, dem Ganzen Einhalt zu gebieten. Warum hatte sie nein gesagt?
Ein Minnesänger hatte für die Nacht um Unterkunft gebeten. Er griff gerade nach seiner kleinen Harfe und ließ eine Melodie erklingen. Das Feuer warf geheimnisvolle Schatten an die Steinwand. Die Flammen der Kerzen flackerten und tanzten auf und ab. Als der Barde von unerwiderter Liebe und Leidenschaft sang, griff Ranulf nach Eleanores Hand. Nachdem der Sänger seinen Vortrag beendet und die kleine Zuhörerschaft Beifall gespendet hatte, erhob sich Elf und verließ die Halle.
Die Wanne war bereits aufgestellt worden, und sie schlüpfte schnell hinein, bevor Ranulf hochkam. »Laß die Wanne stehen, für den Fall, daß mein Gatte auch ein Bad nehmen will«, erklärte sie Willa. »Geh in die Halle, und frag ihn.«
Als Willa zurückkehrte, sagte sie zu ihrer Herrin: »Der Herr sagt, er kommt bald nach und wird ebenfalls ein Bad nehmen.«
Elf begab sich ins Schlafgemach, wo Ida die Kissen aufschüttelte. »Geh schlafen«, sagte Elf zu ihr. »Die Sonne ist längst untergegangen, und du bist auch nicht mehr die Jüngste.«
»Ich habe ein Messer unter das Bett gelegt, das lindert den Schmerz«, erklärte Ida ihrer Herrin.
»Wie?« fragte Elf verblüfft.
»Mylady, ich bin noch nicht so alt, daß ich nicht gemerkt hätte, was in den letzten Monaten geschehen ist. Ihr seid immer noch Jungfrau, habt aber beschlossen, diesen trauri-

gen Zustand heute nacht zu ändern. Wenn er das erste Mal in Euch eindringt, wird das Messer den Schmerz dämpfen, das ist bekannt.«
Elf errötete. »Tatsächlich?«
»Solche Dinge habt Ihr natürlich im Kloster nicht gelernt, aber es ist so. Ihr habt doch keine Angst, oder? Es besteht kein Grund dazu.«
»Ich habe keine Angst«, erwiderte Elf gelassen, aber sie würde welche bekommen, wenn sie nicht ihre alte Amme dazu bringen konnte, sich zurückzuziehen, denn sie wollte dieses Thema nicht weiter mit Ida erörtern.
»Gut. Dann lasse ich Euch allein. Willa und ich schlafen heute nacht in der Halle und werden künftig immer dort schlafen. Ihr braucht die private Abgeschiedenheit, und diese Tür gewährleistet sie kaum.« Dann schlurfte sie aus dem Schlafgemach und ließ eine verblüffte Elf zurück.
Während Elf ihr Haar löste und bürstete, überlegte sie, ob jeder auf Ashlin über den derzeitigen Stand ihrer Ehe unterrichtet war. Gab es denn keine Geheimnisse mehr? Aber sie mußte zugeben, daß dies in jeder kleinen Gemeinschaft so war. Selbst im Kloster war es nicht anders gewesen. Langsam bürstete sie ihre langen rotgoldenen Haare, flocht sie zu einem Zopf und stieg dann ins Bett. Wo war Ranulf? Vielleicht hatte er nicht gemerkt, daß alle auf Ashlin über ihre Eheangelegenheiten auf dem laufenden waren, und war mit Fulk und seinen Männern in der Halle geblieben, wie er dies abends immer zu tun pflegte. Elf lächelte und streckte sich unter der Bettdecke aus. Sie wurde müde und schlief bald ein.
Ranulf blickte auf Elf hinunter und fand, daß sie das schönste Mädchen war, das er je gesehen hatte. Ihre dichten Wimpern berührten ihre bleichen Wangen, und ihr sinnlicher kleiner Mund war ungemein verlockend. Er hatte ein Bad genommen und das Schlafgemach so leise wie möglich betreten. Jetzt hob er die Decke, um ins Bett zu schlüpfen. Sollte er sie wecken … oder sollte er der Natur ihren Lauf lassen, wenn sie von selbst erwachte? Spontan beugte er sich über sie und küßte sie sanft auf den Mund.

Elf schlug ihre graublauen Augen auf und blickte in seine haselnußbraunen.

»Du hättest nicht so lange in der Halle bleiben müssen. Anscheinend ist das ganze Anwesen über den Stand unserer Ehe informiert«, erklärte sie ihm. »Hast du bemerkt, daß Ida und Willa sich zum Schlafen in die Halle zurückgezogen haben? Ida sagt, die Tür sei nicht so dicht, daß sie uns die nötige Ruhe gewährleiste.«

Er lachte leise. »Da sind wir also das Gerede von Ashlin, Petite. Wieso eigentlich?« Ranulf schob sich die Kissen in den Rücken und zog sie auf seinen Schoß.

Ihr Herz raste, als er sie in die Arme nahm, aber es gelang ihr, sich zu beherrschen. »Ida hat mir ein Messer unters Bett gelegt, weil es angeblich den Schmerz der Entjungferung nimmt«, sagte sie.

»Warum glauben Frauen, die es besser wissen sollten, solche Ammenmärchen?« Ranulf kicherte. »Aber du hast doch keine Angst, Petite, oder? Ich lasse nicht zu, daß du vor der Liebe Angst hast.«

»Warum nur fragt mich jeder, ob ich Angst habe?« Ihr herzförmiges Gesicht wirkte so verdrossen, daß er fast laut losgelacht hätte. »Wenn sich Mann und Frau vereinigen, ist das doch etwas Angenehmes, warum also sollte ich Angst haben? Oh, ich weiß, das erste Mal wird es natürlich ungewohnt sein, und es wird weh tun, wenn du mein Jungfernhäutchen durchdringst, aber um ehrlich zu sein, bin ich eher neugierig als ängstlich. Nein, Ranulf, ich habe keine Angst!«

»Du bist göttlich«, sagte er und seufzte. »Jetzt weiß ich, weshalb mich keine Frau bisher so angezogen hat, daß ich ihr die Ehe angeboten hätte. Es war offensichtlich Gottes Plan, daß du meine Frau wirst.«

Zu seiner Überraschung und Freude küßte sie ihn auf den Mund. »Machst du mir den Hof? Wenn ja, dann gefällt es mir sehr«, sagte sie und schmiegte sich an seine Brust.

Lieber Gott, hilf mir, daß ich sie nicht bedränge, betete er insgeheim. Dann streckte er die Hand aus und strich ihr übers Haar. »Deine Haare haben eine wunderschöne Far-

be, kein grelles Rotgold, sondern eher ein sanftes. Hast du es schon mal schneiden lassen, Eleanore?« Seine Finger spielten mit ihrem Zopfband und lösten es. Dann entflocht er ihren Zopf. »Ich würde dich gern nackt sehen, nur von deinem herrlichen Haar eingerahmt, Petite.« Er nahm eine dicke Strähne und roch daran. »Hm, du duftest nach Lavendel.«
Nackt? Er wollte sie nackt sehen? Das war etwas, was sie nicht bedacht hatte. »Ist es schicklich, daß du mich nackt siehst? Ich wußte nicht, daß Ehemänner ihre Frauen nackt sehen.«
»Aber gewiß doch«, versicherte er ihr. »Hat Gott dich nicht nackt auf die Welt geschickt? Warum sollten wir uns unseres Körpers schämen? Gott hat ihn uns doch geschenkt.«
»Oh.« Ihre Stimme klang schwach.
Ranulf hob ihr Kinn, so daß sie ihn anblicken mußte. »Du bist schön, Petite, und ich will dich so sehen, wie Gott dich geschaffen hat. Ich freue mich, daß du so keusch bist, aber gegenüber deinem Ehemann ist dies nicht angebracht.«
Seine unverblümten Worte hatten ihr die Röte in die Wangen getrieben, doch sie senkte den Blick nicht. »Es gibt so vieles, was ich nicht weiß, Ranulf. Ich muß mich auf deine Anleitung verlassen.«
Er umfaßte sie mit einem Arm, und mit den Fingern der anderen Hand begann er, die Bänder, die ihr Unterhemd zusammenhielten, zu lösen. Elf machte große Augen, als langsam ihr Busen zum Vorschein kam. Sie glaubte, nicht mehr atmen zu können. Behutsam schoben seine langen Finger den Stoff beiseite, bis ihr Hemd bis zu den Hüften hinabrutschte.
Ranulf betrachtete bewundernd ihre vollendeten Brüste. Sie waren klein und rund, nicht größer als kleine Äpfel. Ihre Taille war so schmal, daß er sie mit den Händen umfassen konnte. »*Mon Dieu*«, sagte er atemlos. »Du bist makellos, Petite.«
Elf ließ ihn nicht aus den Augen, als sie die Bänder seines Unterhemdes löste und ihm dieses bis zu den Hüften hin-

unterstreifte. Auch sie betrachtete ihn eingehend. Sie erinnerte sich an das erste Mal, als sie ihn in der Badewanne gesehen hatte, aber das war anders. Sie strich mit ihren kleinen Händen über seine breite Brust und seine Schultern, über seine muskulösen Arme und verharrte bei einer kurzen, breiten Narbe am Oberarm.

»Das ist ein Lanzenstich, der mir bei einem Turnier zugefügt wurde«, erklärte er, ergriff ihre Hand und küßte die Handfläche.

»Hast du gewonnen?« wollte sie wissen und entzog ihm ihre Hand.

»Ja«, erwiderte er leise.

»Und diese hier?« Ihre Fingerspitze umkreiste eine längere, schmalere Narbe auf seiner Schulter. »Wie bist du zu dieser Wunde gekommen?«

»Bei einer Schlacht zwischen den Soldaten des Königs und der Kaiserin, Petite.«

»Du brauchst mehr Übung«, erklärte sie ihm. »Beide Wunden sind auf der gleichen Seite, also bist du auf dieser Seite ungeschützt. Wenn du das nicht änderst, könntest du eines Tages durch eine solche Nachlässigkeit dein Leben verlieren.«

»Und wie ist meine kleine Nonne zu einer solchen Meinung gekommen?« fragte er, verblüfft über ihren Scharfsinn.

»Ist das nicht offensichtlich?« erwiderte sie schnell.

»Du hast ein scharfes Auge«, meinte er leise. Seine Lenden brannten inzwischen vor Verlangen nach ihr.

»Ranulf, du hast einen glasigen Blick. Ich glaube, du solltest mich jetzt küssen«, forderte Elf, die seine aufsteigende Begierde spürte, ihn auf. Ihr bloßer Anblick brachte seine Sinne in Aufruhr. Er legte erneut den Arm um sie, und sein Mund preßte sich auf ihren. Er war gefährlich! Sie schnappte nach Luft, denn unvermittelt hatte er ihre Brust umfaßt und streichelte sie zärtlich. Die rauhe Fläche seines Daumens spielte mit ihrer Rosette, bis sie steif und hart war.

»Ranulf«, stöhnte sie zitternd.

»Eleanore!«
»Oh!« Mistress Martha hatte gesagt, die Männer liebten es, die weiblichen Brüste zu berühren. Aber sie hatte nicht darauf hingewiesen, daß es einem dabei heiß und kalt wurde und das Herz aus dem Leib zu springen drohte. Nein, das hatte sie nicht erwähnt!
»Du bist wunderbar, Petite«, sagte Ranulf mit erstickter Stimme. Seine Hand spielte jetzt mit ihrer anderen Brust. Fasziniert beobachtete sie, wie seine große Hand sie liebkoste und sein Daumen unablässig rieb, bis er das gewünschte Ergebnis erzielt hatte und ihre Brustwarze steif war. Seine Finger waren unermüdlich, bis sie unter seiner Berührung stöhnte. »Hör auf«, flüsterte sie schließlich. »Ich sterbe!«
Statt einer Antwort küßte er sie. Sein Mund brannte wie Feuer auf ihrem. Sie seufzte vor Vergnügen, und er lachte leise. Seine Hände umspannten ihre Taille, und er hob sie hoch und vergrub sein Gesicht in der Mulde zwischen ihren entzückenden kleinen Brüsten.
Elf stützte sich mit den Händen auf seine Schultern, als er sie hochhielt. Anscheinend war sie wie eine Feder für ihn. Die Berührung seines Gesichts auf ihrer Haut empfand sie als sehr erregend. Dann stockte ihr der Atem, als er langsam seine Zunge zwischen ihren Brüsten hochwandern ließ. »Ranulf...« Die Zunge umkreiste jetzt ihre Rosetten, und ein Schauer lief ihr den Rücken hinunter. Aber er war noch nicht fertig. Sein Mund schloß sich um eine ihrer Brustwarzen, und er saugte daran. »Oh...« Elf schloß die Augen, von einer Woge der Lust erfaßt. Dann trieb er das gleiche Spiel mit ihrer anderen Brustwarze, was sie abermals in Erregung versetzte.
Langsam ließ er sie jetzt wieder auf seinen Schoß hinunter und umarmte sie. »Du hast keine Angst«, sagte er. Das war eine Feststellung und keine Frage.
»Nein«, erwiderte sie. »Es ist wunderbar. Ich hätte nie gedacht...«
Er lachte leise. »Natürlich nicht, mein Unschuldslamm. Kleine Nonnen wissen nichts über die körperliche Liebe – und sollten es auch nicht.«

»Matti und Isa haben immer den Priester mit dem Milchmädchen beobachtet«, erzählte ihm Elf.
»Aber du bestimmt nicht.«
»Nein«, bestätigte sie. Sie drehte sich leicht in seinen Armen, so daß sie ihn wieder berühren konnte. Sie senkte den Kopf und küßte seine breite Brust. Er rang nach Atem, sagte aber nichts, was ihr zeigte, daß es ihm nicht unangenehm war. Vielmehr ließ er die Arme sinken, so daß sie sich frei bewegen konnte. Der Geschmack, den sie auf der Zunge hatte, war leicht salzig, aber sein Geruch war schwerer zu erkennen. Seife und ... Moschus? Ja, das war es ... Was für ein erregender Duft!
Er beobachtete, wie sie seinen Körper erforschte. Ihr Kopf tauchte tiefer und noch tiefer, und ihr Mund strich über seinen Leib, so daß ihn heiße Schauer durchliefen. Er wußte, er mußte ihr jetzt Einhalt gebieten, aber nur mit großer Willensanstrengung riß er sie hoch und küßte sie. Sie hatte sich an ihn geschmiegt, und er spürte ihre nackte Haut. Sie umarmten sich, und ihre Lippen vereinigten sich in einem langen Kuß. Dann löste sich Elf aufseufzend von ihm.
Langsam streifte er ihr Hemd hinunter und ließ es auf den Boden fallen. Seine Lippen berührten ihr Gesicht, ihre Lider, ihren Hals. Mit einer Hand umfaßte er ihre Schulter. Mit der anderen erforschte er zärtlich ihren Körper und entdeckte ungeahnte Kostbarkeiten. Sie wand sich wie eine Flamme in seinen Armen. Ihre Haut war wie Seide, und er spürte, wie sie leicht unter seiner Hand zitterte. Mit ihren leicht gerundeten Hüften und ihren schlanken Beinen war sie einfach vollkommen.
Seine Finger strichen über ihren warmen Venushügel, der weich und unbehaart war, wie es sich für eine Lady geziemte. Der Druck in seinen Lenden wurde immer heftiger. Er hielt kurz in seinen Bewegungen inne, um sich seines Hemdes zu entledigen. Dann streichelte er sie erneut, ließ spielerisch einen Finger zwischen die Spalte ihrer Schamlippen gleiten. Sofort spürte er, wie sie sich verkrampfte.
Eine so intime Berührung! Eleanore hätte sich nie vorstel-

len können, so berührt zu werden. Erst jetzt wurde ihr richtig bewußt, wie nackt sie war. Sie fühlte sich fast bedroht, und doch stellte er keine Gefahr für sie dar. Der Finger drang weiter vor. Sie verspannte sich, und er hielt inne und küßte sie sanft auf die Lippen, als wollte er sie beruhigen. Dann drang sein Finger noch tiefer ein. Elf bemühte sich, nicht aufzuschreien.
Sie brauchte kein Messer unter dem Bett, das ihren Schmerz dämmte, überlegte Ranulf. Sie mußte nur einfach gut vorbereitet werden, um ihn aufnehmen zu können. Sein Finger tastete behutsam nach dem winzigen Juwel ihrer Weiblichkeit. Als er es gefunden hatte, spielte er damit, reizte es mit sanftem Druck. Dabei hörte er nicht auf, sie zu küssen, ihre Lippen, ihr Gesicht. Der unersättliche Finger umkreiste die winzige Knospe, die unter den stimulierenden Bewegungen anschwoll.
Was geschah mit ihr? Elf spürte, wie ihr Herz raste. Diese verborgene Stelle zwischen ihren Beinen, die er reizte, spannte sich, als müsse sie bersten. Sie rang nach Luft, als eine heiße Woge sie erfaßte, und dann plötzlich schien sie es nicht mehr auszuhalten. »Ranulf«, schrie sie, als der Finger langsam in sie eindrang. Er war sanft, aber zielstrebig.
Ihr kleines Juwel hatte schnell auf ihn reagiert, überlegte Ranulf erfreut. Ihr Körper war feucht geworden, und somit konnte sein Finger mühelos in ihre enge Scheide eindringen. Sie stöhnte, als er ihr Jungfernhäutchen berührte, das undurchdringlich war, aber sie wehrte sich nicht und bat ihn auch nicht aufzuhören. Er bewegte seinen Finger in ihrer Liebeshöhle hin und her, und sie begann zu stöhnen.
»Eleanore, bist du bereit?« fragte er sie und blickte tief in ihre silbern schimmernden Augen.
»Ja!« nickte sie. Erleichterung! Sie wollte endlich von diesem brennenden überwältigenden Gefühl, das sie zu ersticken drohte, erlöst werden! Instinktiv wußte sie, daß nur Ranulf ihr diese Erleichterung verschaffen konnte.
»Du bist zierlich, und ich bin sehr kräftig«, sagte er. »Ich könnte dich mit meiner Größe zerreißen. Wir müssen beim ersten Mal ungeheuer vorsichtig sein.« Er hob sie von

seinem Schoß und legte sie aufs Bett. Dann kniete er sich vor sie hin und lehnte sich zurück.
Elfs Augen weiteten sich vor Überraschung und Entsetzen, als sie zum erstenmal das Geschlecht ihres Gatten erblickte. Dies war nicht die Lanze eines Jungen, sondern die ausgewachsene Waffe eines Mannes. »Das kannst du nicht in mich stecken«, stöhnte sie. »Es ist zu groß, du wirst mich umbringen!«
»Nein, Petite, es wird gut passen, das verspreche ich dir«, versicherte er ihr. »Bitte, öffne dich für mich, und vertrau mir, ich werde dir nicht weh tun.«
Widerstrebend öffnete sie ihre Beine. Er rückte sie behutsam so zurecht, daß seine Männlichkeit ihre Schamlippen berührte. Dann bewegte er sein Glied hin und her, bis sie feucht wurde. Schnell schob er die Spitze seiner Waffe zwischen ihre feuchten Lippen und zog sie näher an sich heran. Sie spürte, wie er tiefer in ihre Liebeshöhle eintauchte, und erzitterte, aber nicht aus Furcht, sondern vor Erwartung.
Behutsam drang er in sie ein, bewegte sich vorsichtig. Das war alles, was er tun konnte, um sie nicht zu verletzen und trotzdem Befriedigung zu erlangen, denn sein Verlangen nach ihr war jetzt übermächtig.
»Wenn ich tief eindringe, Petite, legst du deine Beine um mich«, unterwies er sie mit gepreßter Stimme. Dann stieß er weiter vor, und sie schlang ihre schlanken Beine um ihn. Sie war eng, heiß und so feucht! Er stöhnte, denn ihr Körper erfüllte all seine Sinne.
Elf keuchte, als sein mächtiges Glied in sie drang. Sie hatte sich noch nie so vereinnahmt gefühlt – und doch so ausgefüllt. Sie begriff jetzt, weshalb sie diese Stellung einnahmen, denn so zermalmte sein kräftiger Körper sie nicht. Sie rang wieder nach Luft, denn er bewegte sich in ihr hin und her. Diese Reibung war erregend, und ihr wurde schwindlig, als ihr bewußt wurde, daß sie es genoß. Plötzlich hielt er inne und preßte den Mund auf ihren. Dann tauchte er ganz tief in sie ein und durchstieß ihr Jungfernhäutchen. Ihr Schrei ging in seinem Mund unter, aber Tränen liefen

ihre Wangen hinab, als der Schmerz ihrer Entjungferung sie übermannte.
Er ließ ihren Mund frei und murmelte: »Verzeih mir, Petite. Aber es gab keine andere Möglichkeit, denn dein Jungfernhäutchen war sehr widerstandsfähig.« Er küßte ihr die Tränen von den Wangen und bewegte sich rhythmisch in ihr hin und her, immer schneller und immer tiefer.
Der Schmerz war vergangen – es war, als hätte er nie existiert. Lust, heiße Lust überflutete sie. Sie bemühte sich, sich noch weiter für ihn zu öffnen, und ihrer Kehle entrangen sich kleine Schreie. »Ranulf! Ranulf! O heilige Muttergottes, das ist wunderbar ...« Ihr Körper spannte sich, erschauerte und explodierte in einem Reigen köstlicher Empfindungen. »Nein! Weiter! Ohh!« Dann wurde sie ohnmächtig, von warmer Dunkelheit eingehüllt.
Er stöhnte, als seine Liebessäfte sie überfluteten. Glücklich zog er sich widerstrebend aus ihr zurück und rollte sich zur Seite.
Wie viele Frauen hatte er schon geliebt? Genug, um zu erkennen, daß seine Beziehung zu diesem Mädchen, zu dieser Frau wirklich etwas Wunderbares, Einmaliges war. Wie sehr er sie liebte! Und seine reizende Eleanore durfte es nicht wissen. Dies war ihre erste Erfahrung mit der Leidenschaft. Was wäre, wenn sie schnell verrauchte? Dann würden sie so sein wie so viele verheiratete Paare, die nur die Kinder und die Achtung voreinander zusammenhielten. Er spürte, daß er es nicht ertrüge, wenn sie ihn zurückweisen würde. Es war besser, wenn sie nie erfuhr, daß er sein Herz an sie verloren hatte. Er wollte nicht, daß sie ihm aus Mitleid oder Pflichtgefühl eine Liebeserklärung machte. Sollte sie ihm eines Tages ihre Liebe erklären, dann würde er ihr ebenfalls seine Gefühle gestehen. Aber erst dann.
Ranulf erhob sich über dem immer noch ohnmächtigen Mädchen und nahm sie wieder in die Arme. Er sah das Blut auf ihren Laken und ihren schlanken Schenkeln, strich ihr übers Haar und küßte sie auf die Stirn. Sie bewegte sich und öffnete dann die Augen. »Geht es dir gut, Petite?« fragte er sie besorgt.

Sie nickte und strich ihm zärtlich übers Gesicht. War dies Liebe? Oder nur Verlangen? Wie konnte sie das wissen? Ranulf konnte sie schlecht fragen – er wäre bestimmt irritiert über ihre Naivität. Im übrigen liebte er sie sicher nicht, und jegliche Erklärungen von ihrer Seite würden ihn nur peinlich berühren. Sie schienen miteinander zurechtzukommen und mochten sich. Wenn sie vor Liebe überströmte, würde er sich vielleicht abgestoßen fühlen. Es war besser, sie sagte nichts. Er war älter, erfahrener. Kampferprobte Ritter wie Ranulf de Glandeville empfanden keine solchen Gefühle wie Liebe. Es war klüger, wenn sie schwieg und sich seine Achtung und seine Freundschaft bewahrte.
»Du bist sehr tapfer gewesen«, sagte er bewundernd.
»Und du sehr behutsam«, erwiderte sie. »Wann können wir es wieder tun? Ich muß zugeben, es hat mir Spaß gemacht.«
Er lächelte überrascht, aber auch erfreut. »Ah, Petite, ich brauche Zeit, um mich von deiner Leidenschaft zu erholen, aber vielleicht können wir es vor Tagesanbruch wiederholen, wenn du dann noch Lust hast.«
»Hättest du auch Lust dazu?« fragte sie.
»Ja, Mylady. Du bist eine wunderbare erregende Frau. Der König hat mir einen größeren Gefallen getan, als er sich vorstellen kann«, sagte Ranulf ehrlich.
»Wir sagen es ihm aber nicht«, schlug Elf schelmisch vor. Dann heftete sie ihren Blick auf seine Männlichkeit. »Ah, es ist genauso, wie Mistress Martha sagte«, bemerkte sie. »Alles, was sie sagte, hat sich als wahr erwiesen.«
»Wer ist Mistress Martha?«
»Die Frau des Tuchhändlers in Worcester. Während wir die Kleider änderten, die der Bischof für mich kaufen ließ, erklärte sie mir die Geheimnisse der Liebe und den männlichen Körper. Sonst hätte ich gar nichts gewußt.«
Ranulf lachte. »Ich bin froh, daß du gut aufgeklärt worden bist, Petite.«
»Nun, die Äbtissin machte keine Anstalten, dies zu tun, und meinen Freundinnen und ihrem Geschwätz konnte ich nicht trauen.«

Ranulf lachte vergnügt. Sie war so herrlich praktisch. Er küßte sie leicht auf den Mund. »Aber nun wollen wir uns erholen, Petite«, sagte er und zog die Decke über sie.
Als Elf wieder erwachte, war das Feuer fast erloschen, aber der Tag dämmerte bereits hinter den Ritzen der Läden. Sie blickte auf ihren Mann hinunter und spürte plötzlich ein heftiges Verlangen nach ihm, reine, sinnliche Lust. Sie schob die Bettdecke zurück und musterte ihn, legte dann die Hand behutsam auf seinen flachen Leib. Sie beugte sich über ihn und begann, ihn zu küssen. Er stöhnte leise. Elf hob den Kopf, als eine leichte Bewegung ihre Aufmerksamkeit erregte. Es war seine Männlichkeit, die sich bewegte. Spontan berührte sie sein Glied, streichelte es behutsam. Als es sich allmählich aufrichtete, bewegte sie ihre kleinen Finger auf und ab.
»Du schamlose Dirne!« murmelte Ranulf, ohne die Augen zu öffnen. Er griff nach ihr und zog sie über sich. Dann bettete er sie so, daß ihr Geschlecht seine Männlichkeit berührte.
»O ja!« keuchte Elf. »O ja, mein Ranulf!« Sie hielt ihn zwischen ihren Schenkeln fest umklammert.
»Reite auf mir, Petite«, befahl er ihr mit gepreßter Stimme. Sie errötete über ihre eigene Schamlosigkeit und bewegte sich auf und ab, zuerst langsam, dann immer schneller. Er drängte sich ihr entgegen, so daß seine Brust ihre zarten Brüste berührte. Er suchte ihren Mund und küßte sie gierig. Dann schlug die Woge über ihnen zusammen, und sie stöhnte lustvoll: »Ach, Ranulf! Das war wunderbar.«
Sein Herz drohte vor Freude zu zerspringen. Er lachte laut. »Eleanore, du bist einmalig, ich vergöttere dich, Petite. Keine Frau ist wie du – und du bist jetzt wirklich eine Frau –, meine süße Ehefrau.« Liebevoll schlang er die Arme um sie.
Sie waren jetzt beide völlig ausgelaugt. Elf genoß es, auf ihm zu liegen. Sie spürte, wie sein Glied unter ihr pulsierte. Er hatte gesagt, er vergöttere sie. Also hatte sie ihm gefallen. Und er hatte ihr gefallen. Jetzt, da sie wußte, wie es war, wenn man die Ehe vollzog, begriff sie, welches Opfer

sie gebracht hätte, wenn sie den Schleier genommen hätte. Aber ohne Ranulf hätte sie nichts erfahren. Sie wäre durchs Leben gegangen, ohne zu ahnen, welche Leidenschaft zwischen Mann und Frau herrschen konnte. Sie begann zu weinen.
Beunruhigt blickte er sie an und sagte: »Petite, weine nicht. Was ist los? Habe ich dir irgendwie weh getan? Sag's mir, Eleanore, sonst bricht es mir das Herz.«
»Ich ... ich ... ich bin so glücklich!« schluchzte sie.
»Warum weinst du dann?«
»Weil ich glücklich bin! Es ist alles in Ordnung, Ranulf.« Sie schmiegte sich an ihn und tätschelte seine Wange.
Er war völlig verwirrt, aber sie schien keine Schmerzen zu haben. War das gemeint, wenn die Männer sagten, sie würden die Frauen nicht begreifen? Er hauchte ihr einen Kuß aufs Haar und dachte, daß es wohl so sein mußte.

9. Kapitel

Die Mauer, die das Anwesen von Ashlin umgab, war jetzt etwa vier Meter hoch. Ungefähr einhundertzwanzig Zentimeter darunter verlief ein ein Meter breiter Laufgang. Von hier aus konnten die bewaffneten Posten die Umgebung gut überblicken. Auf jeder Seite der Mauer war eine Treppe errichtet worden, damit die Brüstung bei einem Überfall schnell erreicht wurde. Stabile, neue, mit Eisen beschlagene Eichentüren waren an kräftigen eisernen Scharnieren befestigt. Der seichte Graben, der die Mauer umgab, wurde tiefer ausgehöhlt, mit einer Einfassung abgegrenzt und die darüber liegende Erdschicht durch eine schwere Zugbrücke aus Eiche ersetzt.
»Das alles ist so stabil, daß es einer Belagerung standhalten könnte«, bemerkte Fulk.
»Nein«, erwiderte Ranulf. »Eine starke Armee kann jederzeit eine Bresche in die Mauer schlagen, wenn auch nicht gerade die Waliser. Wir brauchen eine Burg, damit Ashlin geschützter ist, aber wir haben weder die Macht, noch die finanziellen Mittel, noch die Erlaubnis des Königs, eine zu bauen. Also müssen wir uns etwas einfallen lassen, Fulk, um das Herrenhaus im Falle eines Angriffs zu verteidigen. Aber zuerst müssen wir uns um die Kirche kümmern, sonst beklagt sich meine Gattin, daß ich mein Wort nicht hielte.«
»Es ist jetzt aber auch an der Zeit, die Äcker zu pflügen, Mylord«, wandte Fulk ein.
»Die Leibeigenen müssen drei Tage in der Woche für uns arbeiten. Diejenigen, die bereit sind, einen vierten Tag für die Renovierung der Kirche aufzuwenden, werden in Münzen bezahlt«, sagte der Herr von Ashlin.

John, der Bailiff, der neben ihnen hergegangen war, nickte. »Ich werde Euer Angebot weitergeben, Mylord.«
»Ich erwarte aus jeder Familie einen starken Mann«, sagte Ranulf streng. »Sag ihnen, daß keine Heiratsgenehmigungen erteilt werden, bevor die Kirche nicht instand gesetzt und das Dach befestigt ist. Meine Frau wünscht, daß Ashlin wieder einen Priester bekommt. Aber das ist erst möglich, wenn die Kirche repariert ist.«
Die Äcker wurden gepflügt und das Korn für den Winter ausgesät. Jedes dritte Feld lag brach. Von den beiden restlichen wurde eines jetzt bestellt, das andere erst im Spätsommer, damit im kommenden Frühjahr geerntet werden konnte. Die Mutterschafe hatten viele Lämmer geboren, somit konnten sie die Wolle auf dem Sommermarkt in Hereford verkaufen. Außerdem gab es drei Kälber. Elf legte den Garten neben ihrem Herbarium neu an und erweiterte ihn sogar, so daß sie genug Arzneimittel herstellen konnte, mit denen sie ihre Leute im Bedarfsfall behandeln würde.
Sie war glücklich, so glücklich wie noch nie, gestand sie sich ein. Sie hatte erwartet, daß sie deswegen leichte Schuldgefühle haben würde, aber dies war nicht der Fall. Sie war zufrieden mit ihrem Leben und liebte ihren Mann, auch wenn er dies nie erfahren durfte. Sie überlegte, daß ihr jetzt nur noch ein Kind zu ihrem Glück fehlte.
»Ihr seid zu ängstlich«, tröstete Ida. »Kinder kommen, wenn es an der Zeit ist, und nicht früher. Das ist Gottes Wille.«
Eines Nachts, als Elf neben ihrem Mann lag und über seinen Leib strich, fragte sie ihn: »Hast du eigentlich irgendwelche Bastarde, Ranulf?«
Er riß die Augen auf, die er geschlossen hatte, um den Genuß, den ihm ihre Finger bereiteten, voll auszukosten. »Wie?« Er hatte sich bestimmt verhört.
»Hast du Bastarde?« wiederholte Elf und umkreiste mit den Fingern seine Männlichkeit.
»Warum stellst du mir eine solche Frage?« knurrte er und schob ihre Hand zurück. Dann blickte er ihr ernst in die Augen.

»Ich möchte ein Kind«, sagte sie, »aber es klappt nicht. Deshalb habe ich überlegt, ob du schon Kinder gezeugt hast. Vielleicht geht es mir wie Isleen, und ich bekomme keine Kinder. Das wäre eine Tragödie für Ashlin.«
»Bis jetzt ist mir nicht bekannt, daß ich für irgendwelchen Nachwuchs gesorgt hätte«, erklärte er ihr und bemühte sich, ein Lachen zu unterdrücken. Sie war ganz schön direkt. »Ich war immer vorsichtig und habe darauf geachtet, daß mein Verstand nicht von meinem Unterleib beherrscht wird. Die Frauen, die ich beglückte, wußten, wie man eine Empfängnis verhüten kann, denn Kinder wären eine Last für sie gewesen, und zudem konnten sie ja nie genau wissen, wer der Vater war.«
»Meinst du damit Huren?« fragte sie.
»Was weiß meine kleine Klosterschülerin schon über Huren?« fragte er neugierig.
»Die Mädchen im Kloster wußten allerlei, Ranulf. Es wollten ja nicht alle Mädchen den Schleier nehmen. Verdorbene Frauen üben auf junge Mädchen stets eine große Faszination aus. Das Verbotene hat immer einen besonderen Reiz.« Sie lächelte ihn verführerisch an. »Willst du ...«
»Ja«, unterbrach er sie, »ich will, Petite.« Dann blitzte es in seinen Augen. »Findest du das Verbotene noch immer so reizvoll, Eleanore? Eine reizende und erfahrene Dirne, die ich einst kannte, hat mir einen Trick beigebracht, der sowohl den Mann als auch die Frau erfreut. Traust du dich? Oder findest du nur die Gedanken aufreizend?«
»Ist er sehr gewagt?« fragte sie, und ihre grauen Augen verrieten Interesse, als sie seine Herausforderung abwog.
»Einige sagen ja, andere nein«, erwiderte er. Seine kleine Nonne wurde richtig wollüstig, dachte er. Ihre grauen Augen blickten ihn unverwandt an. Bevor sie wußte, wie ihr geschah, hatte er ihre Beine hochgenommen und sie auf seine muskulösen Schultern gelegt.
Fasziniert beobachtete Elf, wie ihr Venushügel in unmittelbare Reichweite seines Mundes gelangte. Sie zuckte leicht zusammen, als seine Lippen einen Kuß auf ihre Schamlippen drückten. Und dann öffnete er diese behut-

sam mit dem Daumen, so daß sie ihm ganz ausgeliefert war. Sie spürte, wie ihr angesichts dieser Intimität die Röte in die Wangen schoß. Sollte sie es ihm verbieten? Doch wie gebannt beobachtete sie, wie seine Zunge ihr Juwel berührte, zuerst sachte, dann voll wilder Erregung.
»Oh, Ranulf!« Seine Zunge trieb ein ungestümes Spiel mit ihrem Kleinod. Sie keuchte vor unverhüllter Lust, als ein Taumel köstlicher Gefühle sie übermannte. Sie mußte den Blick abwenden. »Ranulf!« Sie gab sich ganz dem sinnlichen Genuß hin, den ihr seine stimulierende Zunge bereitete. »Ohhh!« Ihr Körper erstarrte kurz, als ihre Lust den Gipfel erreichte, und entspannte sich dann.
Inzwischen war er in höchstem Maße erregt. Er bettete sie so zurecht, daß er sein Glied in sie stoßen konnte. Sie seufzte so lustvoll, daß er unwillkürlich lachen mußte. »Du bist schamlos«, sagte er und stöhnte, während er sich rhythmisch in ihr bewegte. »Äußerst schamlos, Petite.« Heute nacht konnte er nicht genug von ihr bekommen. Sie war so erregt, und obwohl sie keine Jungfrau mehr war, war sie köstlich eng. Er beschleunigte seine Stöße, öffnete ihre Beine noch mehr, um tiefer in sie eindringen zu können.
Sie klammerte sich an ihn, ihre Finger verkrallten sich in seinem Rücken, als sie die Erfüllung suchte, die ihre Vereinigung ihr bescherte. Ich bin gierig und selbstsüchtig, überlegte sie verschwommen. Ich denke nur an mein eigenes Vergnügen.
»Ich will dir auch gefallen«, keuchte sie, als er immer ungestümer wurde.
»Das tust du!« stöhnte er mit zusammengebissenen Zähnen. »Und wie!« Dann fanden sie gemeinsam die höchste Seligkeit und hielten sich glücklich umfangen.
»Du wärst eine schreckliche Nonne«, sagte er schließlich, nachdem sein Herzschlag sich beruhigt hatte.
»Nein«, widersprach sie. »Wäre ich unwissend geblieben, was die Freuden der Liebe betrifft, wäre ich eine sehr gute Nonne geworden.«
Sie lachten über die vertraute Schäkerei, mit der sie einander immer aufzogen.

Ranulf erklärte den Mary's Day für einen freien Tag. Elf beging an diesem Tag ihren 15. Geburtstag. Ein Maibaum wurde aufgestellt, und der Herr und die Herrin tanzten mit ihren Leuten um ihn herum. Auf der sonnigen Wiese wurden Tische aufgestellt und köstliche Speisen aufgetragen, an denen sich alle laben durften. Fässer mit Apfelsaft und Bier wurden herausgerollt, Wettläufe veranstaltet, und die Bogenschützen maßen sich im Schießen, denn für den Sieger waren ein junger Hahn und zwei Hühner als Preis ausgesetzt. Die Kirche war jetzt renoviert; sie hatte sogar ein neues Dach bekommen. Ranulf hatte inzwischen ein halbes Dutzend Heiratsgenehmigungen erteilt; die Hochzeiten sollten stattfinden, sobald der Priester eingetroffen war. Zwei der zukünftigen Bräute hatten bereits ein Kind, aber das war kein Grund, sich zu schämen, denn es bewies nur ihre Fruchtbarkeit, und ihre jungen Männer hielten zu ihnen.
»Ein Reiter nähert sich«, rief plötzlich eines der Mädchen aufgeregt, denn Besucher waren auf abgelegenen Landgütern wie Ashlin eine Seltenheit.
Ranulf stellte fest, daß der Schwertgriff des Reiters in der Sonne funkelte. War er allein? Gehörte er zu einem Vortrupp? Vermutlich nicht, denn dann wären andere bei ihm. Außerdem ritt er langsam, was bedeutete, daß sein Ziel in Sicht war, und dieses Ziel konnte nur Ashlin sein. Ranulf erhob sich und rief einem der Leibeigenen des Hauses zu: »Geh rein und hol mein Schwert. Beeil dich!« Der Mann rannte davon und kehrte im Nu mit dem Schwert und dem Gurt seines Herrn zurück, den sich Ranulf schnell umschnallte. Dann ging er dem Fremden entgegen, allein und majestätisch, so daß der fremde Reiter sofort erkennen würde, daß er dem Herrn dieses Landguts gegenüberstand.
Stillschweigend trat Elf an seine Seite. Er bedachte sie mit einem schwachen Lächeln.
Unmittelbar vor den Herrschaften von Ashlin brachte der Reiter sein großes Schlachtroß zum Stehen. »Seid Ihr der Herr von Ashlin?« erkundigte er sich höflich.

»Ja, das bin ich. Mein Name ist Ranulf de Glandeville. Wie kann ich Euch dienen, Mylord?«

Der Ritter stieg vom Pferd und streckte Ranulf die Hand entgegen, die dieser ergriff. »Ich bin Garrick Taliferro. Herzog Heinrich hat mich gesandt, damit ich mit Euch rede, Mylord.«

»Herzog Heinrich?« wiederholte Ranulf überrascht.

»Der Herr über die Normandie, Anjou, Maine, die Touraine und Aquitanien«, ergänzte Sir Garrick.

»Kaiserin Mathildes ältester Sohn? Aber mein Lehnsherr ist König Stephan. Er war es immer und wird es bis zu seinem Tode sein«, erwiderte Ranulf.

»Sir Garrick«, wandte sich Elf an den Gast. »Ihr werdet bestimmt durstig sein nach Eurem Ritt. Dürfen wir Euch etwas Wein anbieten? Rolph, nimm das Pferd des Ritters und sorg dafür, daß es gut untergebracht wird und Wasser und Nahrung erhält.«

»Das ist meine Frau, Lady Eleanore«, stellte Ranulf Elf vor. »Sie hat recht, ich habe meine Manieren vergessen. Kommt, Sir. Wir begehen heute den Mary's Day sowie den Geburtstag meiner Frau. Bitte, feiert mit uns. Danach werden wir miteinander reden.«

Sir Garrick wurde an den Haupttisch gesetzt. Cedric selbst brachte ihm einen Becher Wein. Dann stellte man einen Teller mit Essen vor ihn hin. Er aß mit großem Appetit, ließ sich nachlegen und leerte drei Becher Wein. Dann sagte er mit einem zufriedenen Lächeln: »Eure Gastfreundschaft ist mir mehr als willkommen, und ich danke Euch.«

»Natürlich bleibt Ihr über Nacht bei uns«, bestimmte Elf.

»Gern, Mylady.«

»Wollt Ihr uns jetzt berichten, was Herzog Heinrich Euch aufgetragen hat?« fragte Ranulf schließlich. »Wie ich bereits sagte, bin ich König Stephans Mann.«

»Herzog Heinrich weiß dies, Mylord. Deshalb wurde ich zu Euch und vielen weiteren Herren geschickt. Ich bin nicht hier, um Euch von Eurer Loyalität gegenüber König Stephan abzubringen, denn genau diese Loyalität beeindruckt meinen Herrn. Da Ihr hier so abgelegen seid, werdet Ihr wohl nicht wissen, was sich in den letzten Monaten ereignet hat?«

»Letzten Dezember wurde ich vom Bischof von Worcester in Anwesenheit des Königs vermählt. Bis dahin war ich lediglich ein Ritter im Dienste des Königs. Wir sind noch am selben Tag nach Ashlin geritten und haben seitdem keine Besucher hier empfangen. Was ist geschehen? Geht es dem König gut?«

»Ja, König Stephan ist wohlauf, und im ganzen Lande herrscht zur Zeit Waffenstillstand. Im Januar kam Herzog Heinrich nach England.«

»Er hat mitten im Winter von der Normandie aus den Kanal überquert?« fragte Ranulf erstaunt. Selbst bei gutem Wetter war der Kanal eine echte Herausforderung, aber im Winter konnte es passieren, daß man mit sehr stürmischer See rechnen mußte. Der Herzog war entweder sehr tapfer oder ein Dummkopf, der Glück gehabt hatte, dachte Ranulf.

»König Stephan möchte noch zu Lebzeiten seinen ältesten Sohn zum König krönen«, begann Sir Garrick. »Wie Ihr wißt, wird dieser Brauch von den französischen Königen praktiziert. Doch auf Empfehlung des Papstes weigerte sich der Erzbischof von Canterbury, die Zeremonie zu vollziehen. Prinz Eustach ist, ehrlich gesagt, genauso unangenehm wie Kaiserin Mathilde.«

»Ja«, sagte Ranulf. »Ich habe gehört, daß er nichts von seinen liebenswürdigen Eltern geerbt hat.«

»Die Kirche bemüht sich jetzt, eine Lösung für diese lange und bedrohliche Krise zu finden, die England schon so viele Jahre plagt. Sie hat vorgeschlagen, daß König Stephan lebenslang regieren soll. Und nach seinem Tod soll die Krone an Herzog Heinrich fallen, den ältesten Sohn der Kaiserin.« Der Ritter nahm einen Schluck Wein und fuhr dann fort: »Der König ist natürlich gegen diese Lösung, aber letztendlich muß er sie akzeptieren. Eustach ist unfähig zu regieren, und sein jüngerer Bruder Wilhelm hat dem Herzog versichert, daß er sich mit dem Titel eines Grafen von Boulogne begnügen werde. Er hat keine Ambitionen auf den englischen Thron.«

»Aber Herzog Heinrich schon«, erwiderte Ranulf.
»Der Thron steht ihm von Rechts wegen zu«, bemerkte Sir Garrick. »Mylord wünscht zu wissen, ob Ihr ihn nach König Stephans Tod gegen Prinz Eustach unterstützt. Euer Landgut, auch wenn es ziemlich klein ist, befindet sich an einer strategisch wichtigen Stelle in der Nähe der walisischen Grenze.« Sir Garrick blickte sich um. »Ist die Mauer neu?«
»Nein«, erwiderte Ranulf. »Wir haben sie lediglich verstärkt. Kommt, ich führe Euch herum, Sir Garrick.«
Die beiden Männer erhoben sich und schickten sich an, einen Rundgang durch das Anwesen zu machen.
Elf gab Willa und Ida ein Zeichen. »Kommt«, sagte sie, »wir müssen die beste Schlafnische für den Ritter herrichten.« Hurtig gingen die drei Frauen ins Haus.
Abends im Bett fragte Elf ihren Gatten: »Was wirst du tun, Ranulf? Wirst du Eustach unterstützen oder Herzog Heinrich?«
»Herzog Heinrich«, erwiderte ihr Mann, ohne zu zögern.
»Warum?«
»Aus mehreren Gründen, Petite. Eustach, den ich sein Leben lang kenne, ist ein sehr unangenehmer Mann, dem es an Ritterlichkeit und Liebenswürdigkeit mangelt. Meine Laufbahn begann mit sieben Jahren an König Heinrichs Hof. Als ich fast dreizehn war, starb er. Immer wenn Stephan von Blois in England war, diente ich ihm als Page. Er war der Liebling seines Onkels, des Königs. Ich lernte ihn lieben, obwohl er, um ehrlich zu sein, nicht gerade der beste König ist, Petite. Er hat ein freundliches Wesen und ist ein tapferer Kämpfer, aber es fehlen ihm die anderen Talente eines erfolgreichen Herrschers. Lediglich die Tatsache, daß Kaiserin Mathilde so arrogant und bösartig ist und die mächtigeren Herren und Barone für ein großes Chaos im Land gesorgt haben, hielt Stephan an der Macht. Als er König wurde, wurde ich sein Knappe, und mit sechzehn Jahren hat er mich zum Ritter geschlagen. Er war mir gegenüber immer freundlich und großzügig. Wäre ich ein Prahlhans, hätten jene, deren Söhne einen höheren Rang

bekleideten, Groll gegen mich gehegt. Meine Loyalität galt immer König Stephan. Du begreifst doch, weshalb, nicht wahr, Elf?«
Sie nickte.
Er fuhr fort. »Ich kannte seine Königin, die Erbin von Eustach, dem Grafen von Bologne und dessen Gemahlin, Maria von Schottland, König Malcoms jüngstes Kind. Sie wurde Mathilde genannt und liebte König Stephan von ganzem Herzen, und er erwiderte diese Liebe. Die beiden hatten drei Söhne. Baldwin, der mit neun Jahren starb, Eustach und Wilhelm, den Grafen von Boulogne. Außerdem gab es noch zwei Töchter. Die erste starb vor dem zweiten Lebensjahr. Die zweite, Maria, ist unverheiratet. Graf Wilhelm und seine Schwester Maria sind höfliche, angenehme Menschen. Eustach ist aufbrausend, hochnäsig und herrisch. Sogar seine eigene Frau, Konstanze von Toulouse, mag ihn nicht. Bis jetzt ist das Paar kinderlos geblieben. Seine Frau ist die Schwester des französischen Königs, und er hoffte, durch sie die Normandie zurückzugewinnen. Natürlich gelang ihm das nicht, denn Frankreich wollte wegen dieser Sache nicht die Herren von Anjou gegen sich aufbringen. Sie hatten die Normandie eingenommen, während Stephan und Mathilde um England kämpften.«
Er schwieg nachdenklich.
»Ich glaube, ich verstehe, Ranulf, abgesehen vielleicht von den Einzelheiten, die Eustach angehen.«
»Er ist von einer Verschlagenheit, die mich beunruhigt, Elf. Außerdem ist er aufbrausend. Ehrlich gesagt, Petite, ich traue ihm nicht. Ich liebe seinen Vater, kann ihn aber nicht ertragen.«
»Aber was weißt du über Herzog Heinrich?«
»Überraschend viel, denn seit seine Mutter den Kampf aufgegeben hatte, galt er mehrere Jahre lang als Stephans Rivale. Er ist verheiratet mit Eleonore, der großen Erbin von Aquitanien, deren Ehe mit König Ludwig VII. aufgrund ihrer Blutsverwandtschaft aufgelöst wurde. Sie ist zehn Jahre älter als Herzog Heinrich, aber er ist verrückt nach ihr. Ständig ist er unterwegs. Er scheint wenig Schlaf

zu benötigen. Es heißt, er könne den ganzen Tag reiten und trotzdem die halbe Nacht durchzechen. Seine Sekretäre klagen stets, sie seien überarbeitet. Er ist für jeden anstrengend, der mit ihm zu tun hat. Heinrich ist gebildet und gelehrt wie sein verstorbener Großvater, König Heinrich I. Er liebt die Jagd, die Feste und soll eine große Schwäche für Frauen haben. Er wird ein junger König sein, denn er ist erst zwanzig Jahre alt und erst seit einem Jahr verheiratet. Drei Monate nach seiner Hochzeit hat er einen Sohn bekommen. Es heißt, Eleonore habe ihn zur Heirat verführt. Herzog Heinrich ist ein guter Soldat. Auch wenn er ein ungezügeltes Temperament hat – einer seiner Vorfahren soll mit einer Tochter des Teufels vermählt gewesen sein –, ist er ein gerechter Mann, der unparteiisch regiert. Sein Königreich ist riesig, aber gut verwaltet. Abgesehen von seiner Vorliebe für Frauen, die sich trotz seiner Liebe zu seiner Gemahlin nicht gelegt hat, kann ich keinen Makel an ihm finden. Er hat schon heute ein königlicheres Auftreten, als es Prinz Eustach je haben wird. Deshalb unterstütze ich Herzog Heinrich. Mit ihm wird England besser bedient sein und strenger regiert werden.«

»Vielleicht erklärt sich der König mit dem Kompromiß der Kirche einverstanden«, sagte Elf.

Ranulf schüttelte den Kopf. »Das bezweifle ich«, sagte er. »König Stephan ist ein sturer Mann und genauso ehrgeizig für seinen Sohn wie Kaiserin Mathilde für ihren. Wenn die Zeit gekommen ist, wird mein guter Herr tot sein und nicht wissen, daß ich seinen schwächlichen Sprößling nicht unterstützen kann.«

Am Morgen begab sich Ranulf de Glandeville mit seinem Gast auf die Weide, wo die Schafe friedlich grasten. Elf blickte ihnen hinterher. Gern hätte sie ihrer Unterhaltung gelauscht, doch sie wußte ja, was ihr Mann sagen würde.

»Ihr könnt Eurem Herrn, Herzog Heinrich, sagen«, begann Ranulf, »daß ich nach König Stephans Tod seinen Anspruch auf den englischen Thron unterstützen werde, aber nicht früher. Ich kann es mir nicht leisten, Prinz Eu-

stach und seine Freunde zu Feinden zu haben. Ich traue ihnen nämlich zu, daß sie mir als Rache die Waliser auf den Hals hetzen. In dieser Saison wurden viele Lämmer und Kälber auf Ashlin geboren, und auf meinen Feldern sprießt das Getreide. Ich will diese Felder abernten und an Petri Kettenfeier die Wolle zum Markt nach Hereford bringen. Wenn mein Landgut angegriffen wird, weil Eustach findet, daß ich mich ihm gegenüber falsch verhalten habe, kann ich meine Leute im nächsten Winter nicht ernähren, und Herzog Heinrich wird es ganz bestimmt auch nicht tun.«
»Eure Mauern sehen stark aus«, bemerkte Sir Garrick mit einem schwachen Lächeln.
»Aber sie schützen nur das Anwesen. Meine Felder und Wiesen liegen offen da, sie können nicht verteidigt werden, besonders, da das Getreide erst halbhoch ist. Die Waliser haben Ashlin in Ruhe gelassen, weil sie es nicht der Mühe wert fanden, ihre Zeit hier zu vergeuden. Ich hätte gern, daß sie diese Meinung beibehalten, und möchte nicht, daß jemand sie mit Geld besticht, damit sie hierherkommen und meine Ländereien verwüsten. Euer Herzog lebt mit seinem Großgrundbesitz und seinen Burgen schon jetzt wie ein König. Nur auf der anderen Seite des Kanals gibt es große Liegenschaften. Auch wenn wir hier in England ein paar große Landgüter haben, gibt es viele kleinere wie meines, mit kleinen Herren wie mir, die Seite an Seite mit ihren Leuten auf dem Feld arbeiten. Wenn wir genug Weizen, Gerste und Hafer ernten können und genug Gemüse aus dem Küchengarten und Obst aus dem Obstgarten holen können, wenn wir genug Vieh und Geflügel haben, um einen langen Winter zu überstehen, betrachten wir uns als gesegnet. Euer Herzog muß lernen, wie die Herren englischer Landgüter die Dinge sehen.
Allerdings frage ich mich, ob er das kann. Er ist umgeben von Schmeichlern, die ihm nach dem Mund reden. Sie besitzen Macht und Reichtum und wollen immer noch mehr. Ich bin ein einfacher Ritter mit einem kleinen Landgut. Das ist alles, was ich habe und will. Wenn Herzog Heinrich an die Macht kommt, wird er meine volle Loyalität genie-

ßen. Darauf gebe ich Euch mein Wort, Sir Garrick, und mein Wort hat immer etwas gegolten.«

»Euer Ruf eilt Euch voraus, Ranulf de Glandeville. Ich werde Herzog Heinrich berichten, was Ihr mir gesagt habt. Das sind die ersten aufrichtigen Worte, die ich seit Monaten gehört habe. Die Herren in diesem Land richten ihr Fähnlein nach dem Wind. Nur wenige sind so aufrichtig wie Ihr. Weder Ihr noch Eure schöne Frau oder Eure Leute sollen für Eure Worte büßen müssen. Bleibt König Stephan bis zum Tage seines Todes treu ergeben. Danach erwartet man Euch in Westminster, damit Ihr Eurem neuen König, Heinrich von Anjou, den Lehnseid leistet.«

»Einverstanden«, sagte Ranulf, und die beiden Männer umfaßten einander zur Bekräftigung des Versprechens, das der Herr von Ashlin gegeben und der Vertreter von Herzog Heinrich entgegengenommen hatte, an den Vorderarmen.

Einige Tage später reiste Sir Garrick Taliferro, mit Vorräten und einer Beschreibung des Wegs zu Baron Hugh de Warenne ausgerüstet, ab.

»Was wird mit dem Sohn des Königs geschehen?« fragte Elf Ranulf. »Bestimmt wird er Herzog Heinrich nicht ohne weiteres gewähren lassen.«

»Nein, das wird er nicht tun«, erwiderte Ranulf. »Er wird kämpfen, aber er ist kein so guter Soldat wie sein Vater. Der Herzog wird ihn besiegen. Erst dann wird England einen König haben, der keine Widersacher mehr hat, die für Krieg und Hader sorgen. Heinrich von Anjou wird mit eiserner Hand regieren, Petite, aber wir werden endlich wieder Frieden haben.«

Kurz nach Michaelis kam die Nachricht, daß Prinz Eustach unerwartet verstorben sei. Hugh de Warenne persönlich hatte sie darüber unterrichtet. Er war eigens von seinem Landgut herübergeritten, um Ranulf die Neuigkeit zu überbringen. Baron Hugh, ein geschwätziger Mann, hatte es von einem Hausierer erfahren und beeilte sich, die frühere Schwägerin seiner Tochter davon in Kenntnis zu setzen.

Der Hausierer wußte nur, daß Eustach im August gestorben war, das genaue Datum kannte er nicht. Der König, der sich zu dieser Zeit anschickte, in den Kampf gegen Herzog Heinrich zu ziehen, war ein gebrochener Mann. Er erklärte sich mit dem Kompromiß der Kirche einverstanden. Heinrich von Anjou würde Englands neuer König werden.
»Und wie geht es Isleen?« erkundigte sich Elf.
»Die Hexe hat sich aus dem Staub gemacht«, erwiderte Baron Hugh säuerlich. »Wir hatten große Mühe, ein Kloster für sie aufzutreiben. Schließlich fanden wir eines in York, das bereit war, sie aufzunehmen, allerdings zu einem unglaublichen Preis. Doch der König hatte es befohlen. Wir sagten ihr, es wäre nicht für immer. Wenn Herzog Heinrich König würde, käme sie wieder frei – aber Ihr wißt ja, wie ungestüm Isleen sein kann. An dem Tag, als wir nach York aufbrechen wollten, war sie nicht aufzufinden.«
»Die arme Isleen«, sagte Elf mit geheuchelter Freundlichkeit.
Baron Hugh ignorierte ihre Bemerkung und wandte sich Ranulf zu. »Sir Garrick hat Euch als ersten aufgesucht. Natürlich habt Ihr Euch für Herzog Heinrich entschieden.«
»Von jeher galt meine Loyalität dem englischen König«, erwiderte Ranulf vage.
»Aber welchem König?« drängte Hugh de Warenne.
»Dem von Gott gesalbten«, erwiderte Ranulf.
Verärgert darüber, weil er von dem Herrn von Ashlin nichts von Wert oder Interesse erfahren würde, richtete Baron Hugh seinen Blick auf Elf. »Ihr erwartet noch immer kein Kind?« fragte er anzüglich.
»Ich bin noch sehr jung«, erwiderte Elf. »Meine Kinder kommen, wenn Gott es für richtig hält, keinen Moment früher.«
»Ihr seid immer noch fromm, wie ich sehe«, bemerkte der Baron spöttisch.
»Grüßt Eure liebe Frau von uns«, verabschiedete ihn Elf statt einer Erwiderung.
Da Hugh de Warenne keinen Vorwand hatte, noch länger zu bleiben, verließ er das Gut.

»Ein widerlicher Mann«, bemerkte Elf wütend, als er durch das Tor hinausritt.

Ranulf nahm sie tröstend in die Arme. »Unsere Kinder werden kommen, Petite, genau wie du gesagt hast, wenn Gott es will. Wir sind noch nicht einmal ein Jahr verheiratet.« Er strich ihr übers Haar. »Und wir werden unser Bestes tun, um Gottes Willen zu erfüllen, nicht wahr?«

Sie versuchte zu lächeln, blickte aber mit Tränen in den Augen zu ihm hoch. »Solange ich im Kloster war, habe ich nie an Kinder gedacht. Es gab auch keinen Grund dafür, aber nun bin ich eine Ehefrau, und es ist die Pflicht einer Ehefrau, Kinder zu gebären. Die Lust, die wir miteinander teilen, ist so groß, daß ich manchmal Schuldgefühle habe, weil unsere Bemühungen nicht den gewünschten Erfolg bringen. Was ist, wenn ich wie Isleen unfruchtbar bin?«

»Du hast nichts gemein mit der selbstsüchtigen Frau deines Bruders, Eleanore«, beruhigte er sie.

»Wünschst du dir einen Sohn, Ranulf?«

»Jeder Mann wünscht sich einen Sohn ... und eine Tochter, die ihrer reizenden Mutter ähnelt, Petite«, sagte er aufrichtig. »Aber wenn Gott uns keine Kinder schenken sollte, dann bin ich auch damit zufrieden, den Rest meines Lebens mit dir allein zu verbringen.«

Elf brach in Tränen aus. »Das Leben mit dir ist tausendmal besser als das einer Nonne!« schluchzte sie, wandte sich um und rannte davon.

Was hatte er gesagt, daß sie zu weinen anfing? überlegte er verwirrt. Es gelang ihm nicht, das Rätsel zu lösen. Also ging er aufs Feld, um beim Dreschen zu helfen.

Ihre Ernte war gut. Ihre Getreidespeicher waren bis obenhin voll. Im Obstgarten wurden Äpfel und Birnen gepflückt, damit sie für den Winter eingelagert werden konnten. Die Hütten der Leibeigenen waren instand gesetzt und die Dächer mit frischem Stroh bedeckt worden. Arthur und sein Meister, der Müller, waren emsig damit beschäftigt, Mehl für mehrere Wochen zu mahlen. Es war auch geschlachtet und das Fleisch gepökelt worden. Holz wurde gefällt und aufgeschichtet. Ranulf erklärte, daß seine Leibeigenen zweimal pro Monat an einem bestimmten Tag, der noch festgelegt werden sollte, auf die Hasenjagd gehen und im Fluß fischen durften. Eine Hochwildjagd war geplant, und jeder auf dem Landgut freute sich auf das Fleisch, das ihnen zur Weihnachtszeit ein fröhliches Fest bescheren würde.

Jeden Monat saßen der Herr und die Herrin von Ashlin über Angelegenheiten des Landguts zu Gericht. Sie schlichteten Streit, verhängten Geldstrafen und sorgten für Gerechtigkeit. Ashlin gedieh wie nie zuvor. Es gab sogar einen Sack mit Münzen, der hinter einem Stein in der Söllerwand verborgen war, denn der Markt in Hereford hatte sich tatsächlich als sehr einträglich erwiesen.

Elf verbrachte viel Zeit in ihrem kleinen Herbarium und stellte Salben, Lotionen, Linderungsmittel und Heilmittel für ihre Krankenstation her. Sie trocknete Blumen, Rinden, Blätter und Wurzeln, die später zu Heiltees und Arzneien gegen Husten und Beschwerden aller Art aufgebrüht werden konnten. Sie sammelte Moos, trocknete es und bewahrte es für die Wundbehandlung auf. In letzter Zeit hatte sie sich selber nicht sehr wohl gefühlt. Alles, was der Koch zubereitete, schien ihr Übelkeit zu verursachen. Linderung erlangte sie nur durch einen Pfefferminztee, den sie manchmal mit Honig süßte. Sie besaß sechs Bienenstöcke neben ihrem Herbarium, denn Honig war ein wunderbares Heilmittel, wenn er für bestimmte Umschläge und Arzneien verwendet wurde.

Schließlich sagte Ida an einem regnerischen Nachmittag im Oktober, als Elf in der Halle über ihre Tapisserie gebeugt war, energisch: »Und wann wollt Ihr es endlich dem Herrn sagen, Lady?«

Elf blickte hoch und hielt die Nadel in die Luft. »Was soll ich ihm sagen, Ida?«

»Aber Mylady!« sagte Ida erregt. »Ihr erwartet doch ein Kind.«

»Ich erwarte ein Kind? Ida, woher weißt du das?« fragte sie verblüfft.

»Ihr habt seit zwei Monaten keine Menses mehr. Habt Ihr

das denn nicht bemerkt? Ihr erwartet ganz bestimmt ein Kind, vermutlich im Juni, wenn ich richtig gerechnet habe.« Die alte Frau kicherte vergnügt.

»Bist du sicher? Über so etwas wurde im Kloster nie gesprochen. Die Mädchen, die heiraten würden, sind vor der Heirat von ihren Müttern aufgeklärt worden. Autsch!« Elf hatte sich in den Finger gestochen und saugte rasch an der kleinen Wunde. Sicherlich hatte die Unschuld ihre Berechtigung auf dieser Welt, aber ihre erwies sich allmählich als großer Nachteil. Wie lange wohl hätte sie gebraucht, bis sie es gemerkt hätte? dachte sie verärgert.

»Gibt es sonst keinen Grund, weshalb meine Menses ausbleibt?«

»Nein«, lautete die Antwort. »Erst wenn Ihr so alt seid wie ich, bleibt Eure Regel aus, weil Ihr nicht mehr fruchtbar seid. Aber bei jungen Mädchen ist dies nicht der Fall. Also, wann werdet Ihr dem Herrn die frohe Botschaft überbringen?«

»Ich will warten, bis auch der dritte Monat vergangen ist«, sagte Elf nachdenklich. »Du verrätst kein Wort, Ida, keine Andeutungen oder verräterischen Blicke. Ich muß mich darüber noch besser informieren.«

»Dann redet mit Johns Frau Orva. Sie ist mehrfache Mutter und Großmutter. Sie verhilft auf Ashlin allen Babies auf die Welt, auch Eurem.«

Am nächsten Tag begab sich Elf mit einem Korb Äpfel und Birnen zur Hütte ihres Bailiffs, die größer und besser gebaut war als die eines gewöhnlichen Leibeigenen. Orva saß vor der Hütte und nähte. Als sie Elf sah, stand sie auf und machte einen Knicks.

»Guten Tag, Orva«, sagte Elf. »Ich habe dir einen Korb mit Früchten gebracht und würde gern mit dir sprechen.«

»Kommt herein, Mylady«, forderte die Frau des Bailiffs sie auf. Als Elf die Hütte betreten hatte, führte Orva sie zu einem Schemel am Feuer. »Wie kann ich Euch helfen?«

»Da ich den größten Teil meines Lebens im Kloster von St. Frideswide's verbracht habe, weiß ich sehr wenig von den Dingen, die eine Frau wissen muß«, begann Elf.

»Ihr vermutet, daß Ihr ein Kind erwartet«, sagte Orva gelassen.

»Ich hatte keine Ahnung«, gab Elf zu. »Ida hat mich darauf gebracht. Ich fühle mich sehr töricht, muß ich gestehen.«

»Das solltet Ihr nicht. Euer Leben im Kloster und Eure Pläne, Nonne zu werden, waren nicht dazu angetan, solche Dinge zu wissen. Im übrigen sind die meisten jungen Frauen bei der ersten Schwangerschaft unsicher«, erklärte Orva in mütterlichem Ton. »Nun, Mylady, verratet mir, wann Ihr zum letzten Mal Eure Regel hattet.«

»Zwei Wochen nach Petri Kettenfeier«, sagte Elf. »Seit damals hat sich nichts mehr getan.«

»Ist Eure Menses schon vorher mal ausgeblieben?«

Elf schüttelte den Kopf.

»Habt Ihr festgestellt, ob Eure Brüste voller geworden sind? Oder daß Euch schwindlig wird oder Ihr gewisse Speisen nicht vertragt?«

»Ja! Ich habe bemerkt, daß meine Brüste üppiger geworden sind, denn als ich zu Michaelis mein Bliaud trug, lag es eng an. In den letzten Tagen hatte ich keinerlei Appetit. Lediglich der Pfefferminztee, den ich mir aufbrühe, wirkt beruhigend auf meinen Magen. Und meine Brustwarzen!« Elf errötete. »Sie sind plötzlich überempfindlich.«

Orva lächelte wissend. »Ihr erwartet ein Kind. Ich würde sagen, es kommt Ende Mai oder Anfang Juni. Eure Magenbeschwerden werden wieder aufhören, aber Eure Brüste werden immer voller werden, da Ihr ja damit Euer Kind stillen müßt. Auch Euer Leib wird sich runden.«

»Was soll ich tun?«

»Nehmt einfache Gerichte zu Euch«, riet ihr Orva. »Vermeidet Saucen und zuviel Salz. Trinkt keinen Wein mehr, Bier ist besser für die Milch. Ich werde jeden Morgen nach Euch sehen, Mylady. Stellt mir alle Fragen, die Euch beschäftigen, und habt keine Angst, töricht zu erscheinen. Erst wenn Ihr in meinem Alter seid, fünf Kinder zur Welt gebracht habt und sieben Enkelkinder Euer eigen nennt, könnt Ihr behaupten, viel zu wissen, und selbst dann« – sie kicherte – »entdeckt Ihr jeden Tag aufs neue, wieviel Ihr noch lernen müßt.«

»Du wirst mir bei der Geburt helfen?« fragte Elf nervös.

»Mylady, es ist hier auf Ashlin meine Aufgabe, Babies zu entbinden, aber da Ihr so lange im Kloster gewesen wart, wißt Ihr das nicht mehr. In den letzten zwanzig Jahren habe ich hier allen Kindern auf die Welt geholfen, Euch auch, Mylady.«

»Tatsächlich?« bemerkte Elf erstaunt. Es erschien ihr außerordentlich beruhigend, dies zu wissen. Genau wie Orva ihr ans Licht der Welt geholfen hatte, würde sie es nun mit ihrem Kind tun.

»Ja«, erwiderte Orva schmunzelnd. »Ihr ähnelt Eurer Mutter sehr, seid aber noch viel hübscher. Ihre Schwangerschaften und Geburten waren einfach. Sie sah zart aus, war aber stark.«

»Aber sie hatte nur zwei Kinder, und Dickon und ich waren zehn Jahre auseinander«, bemerkte Elf.

»Nein, Mylady«, berichtigte Orva sie. »Eure Mutter hat sechs Kinder geboren, Ihr seid das jüngste. Das erste Kind war Robert, der nach Eurem Vater benannt wurde. Er starb noch im Jahr seiner Geburt an einer Erkältung. Dann kam Lord Richard. Es folgten die beiden Mädchen, die in dem Jahr, als Euer Vater im Krieg war, tot geboren wurden. Wie ängstlich sie doch war, als Euer Vater in den Krieg zog. Sie gehörte nicht zu den Frauen, die ihren Mann tapfer gehenlassen. Eure Schwester Adela kam zwei Jahre vor Euch zur Welt. Sie fing gerade an zu laufen, als sie dem Fleckfieber zum Opfer fiel, das in jenem Frühjahr grassierte ... Eurer Mutter brach es das Herz, aber im Herbst des gleichen Jahres war sie abermals guter Hoffnung, und dieses Kind wart Ihr.«

»Ich wußte nicht, daß Mama so viele Kinder geboren hat«, bemerkte Elf nachdenklich. »Und auf welch tragische Weise sie sie verloren hat.«

»Das ist nun mal der Lauf der Welt, Mylady«, sagte Orva pragmatisch. »Sie weinte, wie wir alle weinen, wenn wir ein Kind verlieren. Das kommt vor.«

»Ich habe Angst, wenn ich mir vorstelle, daß ich mein Kind verlieren könnte.«

»Ihr dürft keine Angst haben«, riet Orva. »Eure Mutter hatte Pech, das ist alles. Schaut mich an. Ich habe fünf Kinder zur Welt gebracht, und alle sind gesund und munter, Gott sei gepriesen! Ihr folgt meinen Anweisungen und werdet nächsten Sommer ein kräftiges Baby zur Welt bringen.«

»Soll ich es meinem Mann sagen, oder soll ich noch einen Monat warten?«

»Das ist Eure Entscheidung, Mylady. Manchmal möchte eine Frau beim ersten Kind das wunderbare Geheimnis erst einmal für sich behalten«, sagte Orva.

»Ich hätte noch eine Frage«, sagte Elf und errötete. »Dürfen wir uns erst wieder lieben, wenn das Baby geboren ist?«

»Der Herr ist ein kräftiger Mann, und Ihr seid zart, aber wenn er sehr vorsichtig ist und Ihr Euch wohl fühlt, sehe ich keinen Grund, weshalb Ihr Abstinenz üben solltet. Sagt dem Herrn, er soll mich aufsuchen, und ich werde ihn unterweisen, wie er sich verhalten soll, wenn Euer Leibesumfang zunimmt und Ihr nicht mehr so beweglich seid«, meinte Orva.

Elf erhob sich und lächelte die ältere Frau an. »Ich danke dir, Orva. Vorhin hatte ich Angst, jetzt nicht mehr.«

»Das braucht Ihr auch nicht, Mylady. Ein Kind zu bekommen ist für eine Frau das Schönste und Natürlichste auf der Welt. Ihr seid ein gesundes Mädchen und werdet es schaffen. Hört aber nicht – und das meine ich nicht geringschätzig – auf die Mutter meines Gatten. Die alte Ida meint es gut, aber ihr Wissen ist nicht immer von Vernunft geleitet.«

Elf lachte. »Sie ist sehr starrköpfig und hat immer dunkle Vorahnungen, auch wenn sie sie meistens für sich behält.«

»Wie macht sich Willa?« wollte Orva wissen. »Wißt Ihr, sie ist meine Tochter und ein Jahr jünger als Arthur.«

»Ich wußte nicht, daß sie deine Tochter ist«, erwiderte Elf. »Sie ist ein braves Mädchen und dient mir gut.«

»Das freut mich, Mylady«, sagte Orva und begleitete ihre

Herrin vor die Tür. »O Gott«, rief sie aus, denn um ihre Hütte hatte sich eine Schar Frauen versammelt, die sie besorgt musterten. »Ich hätte Euch nicht hereinbitten sollen, Mylady. Wir hätten einen Spaziergang machen sollen, um ungestört miteinander zu reden. Alle diese Wichtigtuerinnen haben wohl erraten, weshalb Ihr zu mir gekommen seid. Bis heute abend werden die Gerüchte kursieren, und Ihr könnt nichts dagegen unternehmen. Ich denke, wenn Ihr Euren Gemahl über sein Glück unterrichten wollt, solltet Ihr es noch heute tun. Seid nicht ungehalten, denn diese Frauen meinen es gut mit Euch. Sie werden sich mit Euch freuen, daß Ashlin einen Erben haben wird und die Linie von Harold Strongbow, Rowena Strongbowsdatter und ihrem Herrn de Montfort durch Euch fortgesetzt wird.«

Elf blickte in die besorgten Gesichter. Es waren freundliche Gesichter, die sie kannte. Sie fing an zu lachen. »Im Juni«, sagte sie, »aber bitte behaltet es für euch, bis ich die Gelegenheit hatte, es meinem Gemahl zu sagen.«

»Aber wann werdet Ihr es ihm sagen?« fragte die Müllersfrau keck.

»Ich glaube, es muß bald geschehen«, erwiderte Orva anstelle von Elf, »denn dort kommt der Herr angelaufen. Jemand muß ihm erzählt haben, daß Ihr bei mir seid.«

»Petite, geht es dir gut?« rief Ranulf und rannte außer Atem auf seine Frau zu.

»Ja, mir geht's gut«, versicherte ihm Elf.

»Aber mir wurde berichtet, du habest Johns Frau aufgesucht«, sagte er nervös.

»Wen sonst sollte ich aufsuchen als die Hebamme, da ich doch unser Kind erwarte?« erwiderte Elf sanft. »Und wer hat dir gesagt, daß ich hier bin? Aber das weiß ich schon.« Sie tat, als ob sie wütend wäre.

»Du bekommst ein Baby? Du bekommst ein Baby!« rief er und strahlte übers ganze Gesicht. Dann hob er sie hoch. »Du darfst dich nicht anstrengen, Petite.«

Die Frauen, die sie umringten, lachten schallend.

»Laß mich herunter, Ranulf«, befahl ihm Elf und lachte

ebenfalls. »Ich bekomme ein Kind, das ist das Natürlichste auf der Welt. Ich bin weder krank noch verletzt. Laß mich sofort herunter.«

Widerstrebend folgte er ihr. »Aber solltest du dich nicht ausruhen, Eleanore?«

»Wenn sie müde ist, Mylord«, sagte Orva und lächelte beruhigend, »wird sie es tun. Sie kann ein ganz normales Leben führen, zumindest vorerst. Und da Ihr schon mal hier seid, Mylord, möchte ich Euch bitten hereinzukommen, denn ich möchte Euch unter vier Augen sprechen.«

Elf grinste, und die Frauen lachten vernügt, denn ihre Männer hatten alle von Orva Anweisungen erhalten, als sie das erste Kind erwarteten.

Elf, die immer noch kicherte und sich um vieles besser fühlte, ging zum Haus zurück, vergnügt vor sich hinpfeifend. Sie war nicht unfruchtbar, nicht wie die Frau ihres Bruders. Bei dem Gedanken an Isleen de Warenne lief es ihr kalt den Rücken hinunter, aber sie verdrängte das Gefühl. Nichts durfte ihre Freude darüber, ein Kind zu erwarten, trüben!

10. Kapitel

Clud, der Mädchenhändler, hob die Hand und schlug der Frau zum drittenmal ins Gesicht. »Du wirst tun, was man dir sagt, du englische Hexe!« schnarrte er.
Isleen de Warenne erhob sich mühsam und schlug mit beiden Fäusten auf ihren Angreifer ein, so daß der hinkende Mann ins Taumeln kam. »Ich bin keine gewöhnliche Hure«, schleuderte sie ihm entgegen.
»Vielleicht keine gewöhnliche Hure«, sagte Clud und zerrte sie an ihrem langen blonden Zopf, »aber trotzdem eine Hure. Ich habe dich rechtmäßig gekauft und möchte jetzt, daß sich meine Investition auszahlt.«
»Ich bin die Tochter von Baron Hugh de Warenne und die Witwe von Richard de Montfort«, kreischte Isleen wütend. »Ich habe mich dem Hausierer nur angeschlossen, um Schutz zu haben. Er hatte nicht das Recht, mich an Euch zu verkaufen.«
»Aber er hat es getan, und nun verlange ich das, was mir zusteht. Noch siehst du gut aus, und ich will davon profitieren, bevor du eine häßliche, alte Schlampe bist, du übellaunige Hexe. Du tust jetzt sofort, was ich dir sage, oder ich biete dich einem beliebigen Freier an. Weißt du, was das bedeutet, Frauenzimmer? Ackerknechte und Reisende, die hier vorbeikommen, werden sich an deinem hübschen weißen Körper gütlich tun, bis du so ausgeleiert bist, daß eine Armee durchmarschieren könnte. Nun werd endlich vernünftig, du Luder. Lord Merin ap Owen und seine Männer wollen sich heute abend hier vergnügen.«
»Nie und nimmer!« keifte Isleen.
Clud hob erneut die Hand, aber eine Stimme gebot ihm Einhalt.

»Nein, Clud, schlagt sie nicht grundlos. Ihr verderbt uns damit unser Vernügen. Wir mögen eine Frau mit Feuer. Laßt uns jetzt allein, und wir werden uns mit der Hure amüsieren.« Die Stimme gehörte einem hochgewachsenen dunkelhaarigen Mann, der durch eine Narbe verunstaltet war, die vom linken Auge bis zum Kinn reichte und seine ansonsten makellosen Gesichtszüge entstellte.

Er lächelte, und Isleen erschauderte. Sie spürte, daß er ein besonders niederträchtiger Mann war. »Ich bin die Tochter eines Adligen«, sagte sie herausfordernd.

»Wie lange wollt Ihr sie haben?« erkundigte sich der Mädchenhändler.

Merin ap Owen reichte Clud eine Silbermünze. »Wir behalten sie die ganze Nacht«, sagte er, »und versucht nicht, mit mir zu handeln, denn ich habe Euch bestimmt das Doppelte von dem gegeben, was Ihr für sie bezahlt habt. Die Silbermünze dürfte Euch reichlich entschädigen, Clud.«

»Wollt Ihr sie anschließend umbringen?«

Merin ap Owen lachte amüsiert. »Nur mit Eurer Erlaubnis, Clud. Geht jetzt, und laßt uns Wein bringen.«

»Gern, Mylord, sofort!« sagte Clud eilfertig und hinkte hinaus.

Merin ap Owen musterte Isleen genüßlich von oben bis unten. »Du behauptest also, du seist die Tochter eines Edelmanns, Hure? Du meinst wohl eher, du bist die Brut eines Leibeigenen?«

»Ich bin rechtmäßig geboren«, erwiderte Isleen. »Hätte der Bastard eines Leibeigenen meine zarten Züge oder mein schönes goldenes Haar?«

»Zieh dein Hemd aus!« befahl Merin ap Owen.

»Nein!«

Unversehens faßte er in ihren Ausschnitt und zerriß ihr Gewand von oben bis unten.

»Das ist mein einziges Hemd«, schrie sie.

»Wenn du nicht gewollt hast, daß ich es zerreiße, hättest du mir gehorchen sollen«, sagte er gelassen. »Du kannst es ausbessern, wenn du es jetzt sofort auszieht, bevor meine Männer und ich es in tausend Stücke reißen.«

Isleens blaue Augen verrieten blankes Entsetzen. Als sie in sein Gesicht blickte, war ihr klar, daß er ernst machen würde. Ohne ein weiteres Wort zu verlieren, entledigte sie sich ihres Hemdes und legte es in eine Ecke. Sie war jetzt völlig nackt, denn ihre übrige Kleidung war ihr schon vorher abgenommen worden.
»Sie hat tolle Brüste, Mylord«, rief einer seiner Begleiter bewundernd.
»Ja, das stimmt«, pflichtete ihm Merin ap Owen bei, faßte nach Isleens rechter Brust und drückte sie grob. Dann sah er sie an. »Aber wie unhöflich von mir, Mylady, ich habe mich ja noch gar nicht vorgestellt. Ich bin Merin ap Owen, der Herr dieser Gegend. Und das sind drei meiner besten Männer: Badan, dessen Name ›Keiler‹ bedeutet. Gwyr, was sinnigerweise ›rein‹ heißt und besagt, daß er durch und durch verkommen ist, nicht wahr, Gwyr? Und dann ist da noch Siarl, dessen Name übersetzt ›männlich‹ bedeutet, was du noch zu spüren bekommen wirst. Diese drei haben mich sehr zufrieden gemacht, und deshalb wollen wir uns heute nacht mit dir vergnügen, du schöne Hexe.«
»Ich heiße Isleen de Warenne«, sagte Isleen tonlos und blickte in Merin ap Owens blaue Augen, die dunkler als ihre waren. Einen kurzen Augenblick lang wallte Panik in ihr auf, aber schnell erkannte sie, daß diese Männer sich nur daran weiden würden. Sie würde sich ihre Angst nicht anmerken lassen. Diese Kerle wollten nichts Ungewöhnliches von ihr, und sie war ja bei Gott keine Jungfrau mehr. Vier Männer an einem Abend. Das hätte sie sich in ihren kühnsten Träumen nicht vorstellen können, aber warum eigentlich nicht? »Wenn Ihr meine Brust noch härter kneift, Merin ap Owen, fällt mein Nippel ab. Laßt los, ich spüre schon, wie sich ein blauer Fleck bildet«, sagte sie kühl.
»Ah«, erwiderte er. Sein Interesse an der Frau war erwacht. »Du bist nicht auf den Mund gefallen, du hast wohl keine Angst, meine hübsche Hexe. Das ist gut so. Wir werden viel mehr Spaß haben, wenn du willig bist. Denn es ist schwierig, eine widerspenstige Frau zu bändigen, wenn man sich mit ihr verlustieren möchte.«

In diesem Augenblick hob ein ängstlich dreinblickendes Mädchen den Vorhang des Alkovens und huschte mit einem Weinschlauch herein, den sie an einem Nagel an der Wand befestigte. Dann verschwand sie schnell wieder.
»Ich hatte nie mehr als einen Mann«, sagte Isleen.
»Du meinst wohl nacheinander«, berichtigte Merin ap Owen sie. Auch wenn sie die Tochter eines Adligen sein mochte, war sie die geborene Hure, dessen war er sicher. Das verriet ihr Blick, aus dem Wollust und Zügellosigkeit sprachen. Er ließ von ihrer Brust ab, griff nach dem Weinschlauch und goß den sauren Wein seine trockene Kehle hinunter. »Wer will anfangen?« fragte er und gab den Weinschlauch weiter. »Könnt ihr euch einigen, oder wollt ihr um sie würfeln? Ich werde sie als letzter haben.« Er zerrte Isleen in ihre Mitte. »Komm, meine Süße, zeig meinen Männern, wieviel Spaß sie mit dir haben werden. Los, Jungs, geniert euch nicht.«
Isleen, die zwischen den drei Männern eingekeilt war, spürte, wie Panik sie erfaßte, doch sie verdrängte sie. Hände betasteten ihren Körper. Ihr Kopf wurde nach hinten gebogen und ein Mund preßte sich auf ihren, eine Zunge schob sich zwischen ihre Lippen. Sie spürte, wie Finger ihren Venushügel erforschten, sich zwischen ihre Schamlippen schoben. Isleen seufzte vor unverhüllter Lust und drängte sich der vorwitzigen Hand entgegen. Wenn es ihr gelang, die Männer im Zaum zu halten und zu verhindern, daß sie zu brutal mit ihr umgingen, konnte dies für sie genauso unterhaltsam werden wie für sie. Zwei Hände streichelten ihre Brüste von hinten. Isleen drängte ihr rundes Hinterteil dem Geschlecht entgegen, das dem Besitzer der Hände gehörte. »Oh«, murmelte sie, »der ist aber schön groß. Willst du mich damit beglücken?«
»Ja«, brummte eine Stimme in ihrem Ohr. »Laßt uns knobeln, Jungs, bevor ich es nicht mehr aushalte. Die Hexe ist heiß, und ich bin es ebenfalls.«
Ein paar Würfel und ein Becher fielen auf den schmutzigen Boden, und die drei Männer bückten sich, um zu knobeln. Isleen lächelte und blickte Merin ap Owen in die Augen.

Er nickte unmerklich, und ein Lächeln umspielte seine Mundwinkel. Isleen erwiderte sein Lächeln und fuhr sich mit ihrer kleinen rosigen Zunge provozierend langsam über die Lippen. Er lachte.
»Ich habe gewonnen!« rief eine Stimme. Siarl rappelte sich hoch, wurde aber wieder nach unten gezogen.
»Wir müssen erst schauen, wer der zweite und der dritte ist«, sagte Badan. »Die Hexe hat's mir angetan, ich kann's kaum mehr aushalten.«
Erneut kullerten die Würfel. Schließlich war die Entscheidung gefallen: Siarl war der erste, Badan der zweite und Gwyr der dritte. Die Männer erhoben sich und nestelten an ihrer Kleidung, und Isleen legte sich gehorsam auf die Matratze am Boden und öffnete ihre Beine.
»Nun denn«, sagte sie auffordernd, »gehen wir's an. Der Männlichste zuerst, wobei es mir überlassen bleibt, dies zu beurteilen.«
»Du wirst staunen«, sagte Siarl, ließ sich zwischen ihre gespreizten Schenkel fallen und zeigte ihr prahlerisch seine Männlichkeit.
»Ziemlich beachtlich«, erwiderte Isleen leicht gelangweilt, »aber es kommt darauf an, wie du mit deinem Instrument umgehst. Also, gib's mir so, daß ich explodiere«, forderte sie ihn auf.
Siarl fiel über Isleen, begierig, sie von seiner unglaublichen Manneskraft zu überzeugen.
Die übrigen drei Männer schauten zu, Merin ap Owen unbewegt, Gwyr und Badan im Zustand immer stärkerer Erregung. Ihre exponierten Geschlechter waren mehr als bereit. Der Lord blickte die beiden an.
»Sie kann auch mit zweien fertig werden«, sagte er leise zu ihnen. »Du bist doch der zweite, Badan, nicht wahr? Los!«
Badan benötigte keine weitere Ermunterung. Er postierte sich hinter Isleens Kopf und ließ sein Glied über ihre Lippen gleiten. Isleen blickte zu ihm hoch. Dann öffnete sie ihren Mund und nahm sein Geschlecht in sich auf. Gleichzeitig reagierte ihr Leib auf Siarls rhythmische Bewegungen. Die beiden Männer schwitzten und stöhnten, als ihre

Erregung wuchs. Fast gleichzeitig erreichten sie den Höhepunkt. Dann ließen sie von ihr ab und rangen keuchend nach Atem. Jetzt war Gwyr an der Reihe. Er war zwar klein, besaß aber enorm viel Energie. Innerhalb weniger Augenblicke hatte er Isleen Schreie der Lust entlockt. Und als er seine eigene Befriedigung erlangt hatte, erhob er sich grinsend.
»Sie ist nicht übel, Mylord«, sagte er. »Ich wünsche Euch viel Spaß mit ihr!«
»Gebt mir auch etwas Wein«, stöhnte Isleen, und sie kamen ihrer Bitte willig nach. Die Nacht war noch jung, dachte sie. Begierig schluckte sie den bitteren Wein. Dann führte sie zur Überraschung der Männer das Mundstück des Schlauchs zwischen ihre Schamlippen und spülte ihren Samen heraus. »Was habt ihr euch denn gedacht, ich habe keine Lust, mir von euch eine Krankheit anhängen zu lassen oder einen eurer Bastarde zu empfangen«, schnauzte sie die Männer an. Dann wanderte ihr Blick zu Merin ap Owen. »Seid Ihr jetzt bereit?« fragte sie ihn ungeniert.
Er nickte, ohne zu lächeln. »Beug dich vor«, befahl er ihr. Dann wies er seine Männer an: »Haltet sie fest!«
»Was tut Ihr da?« kreischte Isleen und bemühte sich, die Angst zu verbergen, die sie plötzlich zu packen drohte. Mühsam wandte sie den Kopf und sah, daß er einen Lederriemen in der Hand hielt.
»Öffne die Beine weit, Isleen«, befahl er.
Sie gehorchte ihm ohne Murren, denn sie erkannte, daß Widerstand zwecklos war. Er war ein richtiger Mann, dachte sie voller Bewunderung und war auf dem besten Wege, sich in ihn zu verlieben. In diesem Augenblick landete der Lederriemen auf ihrem Hinterteil. Isleen schrie auf.
Merin ap Owen gab einen verächtlichen Laut von sich. »Aber, meine hübsche Hexe, du bist doch stark. Das war ja nur ein sanftes Streicheln deines hübsch gerundeten Hinterteils. Du bist doch bestimmt schon einmal geschlagen worden.«
»Noch nie!« sagte sie energisch. »Noch nie.«

»Willst du behaupten, weder dein Vater noch dein Ehemann, noch deine Liebhaber hätten dich je geschlagen?« fragte er ungläubig. »Nun, meine hübsche Hexe, dann werde ich dich schlagen. Nicht um dich zu bestrafen oder deinen Willen zu brechen, sondern damit du Lust durch Schmerz erfährst.« Nach diesen Worten hob er den Arm und ließ erneut den Lederriemen durch die Luft zischen.
Isleen biß auf die Zähne und unterdrückte einen Schrei. Der Riemen brannte. Als er weitermachte, hatte sie das Gefühl, ihr Hinterteil würde in Flammen stehen. Dann empfand sie plötzlich eine köstliche Wärme an der malträtierten Stelle, und ein Schauder der Lust durchlief ihren ganzen Körper. Sie stöhnte, aber nicht vor Schmerz, sondern vor Verlangen.
Merin ap Owen lächelte zufrieden. »Laßt sie los. Auf die Hände und die Knie, Isleen«, befahl er. Nachdem sie getan, wie ihr geheißen, kniete er sich direkt hinter sie. Er rieb seine Männlichkeit zwischen ihren Schamlippen hin und her, bis sie feucht wurden, dann zielte er auf die rosige Öffnung zwischen ihren Hinterbacken.
»Wa... was tut Ihr da?« stammelte Isleen, als seine Hände ihre Hüften umspannten.
»Hat das noch kein Mann mit dir gemacht, Isleen?« fragte er. »Bist du hier noch unberührt?«
»Ja!« keuchte sie und spürte, wie er langsam in sie eindrang. »Ja ... der Teufel hole Euch!«
»Wunderbar«, erwiderte Merin ap Owen und tauchte tief in sie ein. Er lächelte, als sie vor Entrüstung kreischte. »Ah, du bist köstlich«, lobte er sie und zog sein Glied zurück, um es dann erneut einzuführen. »Hör auf zu jammern, meine hübsche Hexe, und entspann dich. Genau so«, sagte er anerkennend, als sie aufhörte, sich zu wehren. Dann bewegte er sich in schnellem Rhythmus und stellte befriedigt fest, daß sie ihre Bewegungen den seinen anpaßte. »Sehr schön, meine hübsche Hexe! Das gefällt dir doch, nicht wahr, Isleen? Das ist obszön und verboten, und du magst es!«
»Ja!« stieß sie unter Schluchzern hervor.

Er lachte laut. Dann bewegte er seine Männlichkeit in immer wilderem Rhythmus, bis er seine Befriedigung erlangte. »Von mir bekommst du bestimmt keine Bälger«, flüsterte er ihr ins Ohr.

»Bastard«, schnauzte sie ihn wütend an, als er sie losließ und sie mit dem Gesicht auf die Matratze fiel. Ihr Hinterteil schmerzte nach der ungewohnten Invasion, aber zur Hölle mit ihm, es war erregend gewesen! Und doch brodelte immer noch ein Verlangen in ihr, das sie zu verzehren drohte. Sie drehte sich um und blickte zu ihm hoch. Erneut fiel Badan über sie her. Sie schlang die Beine um seine Hüften und ermutigte ihn. Sie sollte nicht enttäuscht werden.

»Gar nicht übel«, schnurrte Merin ap Owen, der das Paar beobachtete. »Eine Hure, die nicht genug bekommen kann. Die Nacht ist noch jung, meine Freunde.«

Doch als die Nacht vorüber war, war Isleen noch keineswegs am Ende, stellte Merin ap Owen fest. Sie schlief friedlich inmitten der drei Männer. Merin ap Owen stand auf, ordnete seine Kleidung so gut wie möglich und verließ den Raum, um Clud zu suchen. Dieser saß auf einer Bank vor dem Haus und tändelte mit einer jungen Hure, die auf seinem Schoß saß. Merin ap Owen faßte in seine Börse, die an seinem Gürtel hing, und zog zwei Silbermünzen heraus. Er war nicht in der Stimmung, mit Clud zu feilschen oder zu streiten. Er hielt ihm die zwei Münzen hin, und Clud griff gierig danach.

Doch Merin ap Owen hielt die Münzen fest und sagte zu dem Mädchenhändler: »Isleen wird mich begleiten.« Dann ließ er die beiden Münzen in Cluds Hand fallen, der sofort gierig seine Finger darum schloß.

»Sie gehört Euch, Mylord. Sie hätte mir nur Ärger gemacht, aber Ihr versteht es, eine Hexe zu zähmen.«

»Sie ist nicht gezähmt, sogar weit entfernt davon«, erwiderte Merin ap Owen. »Deshalb will ich sie. Sie ist gierig, käuflich und so gefährlich wie ein tollwütiger Hund. Doch im Augenblick ist sie genau das, was ich will. Laßt eine Wanne mit heißem Wasser in ihre Kammer bringen, gebt ihr ihre Kleider zurück und besorgt ihr ein neues Hemd.

Aber zuerst schickt meine Männer in die Burg zurück, und kümmert Euch dann um sie.«
Clud erhob sich, so daß das Mädchen herunterrutschte.
»Ja, Mylord, sofort.«
»Ich kehre um die Mittagszeit zurück«, fuhr Merin ap Owen fort. »Laßt sie noch eine Weile schlafen, aber sorgt dafür, daß sie fertig ist, wenn ich komme.«
»Ja, Herr!« Clud verbeugte sich unterwürfig mehrere Male.
Mit einem kalten Lächeln kehrte Merin ap Owen dem Mädchenhändler den Rücken und entfernte sich. »Um die Mittagszeit«, wiederholte er.
»In Ordnung, Mylord«, rief Clud ihm hinterher.
Isleen erwachte, als die Wanne in den Raum gebracht wurde. Sie stöhnte, fühlte sich müde und wund. Sie hob den Kopf und legte sich auf die andere Seite. Die Männer waren gegangen, nur die verschüchterte Kleine, die in dem Bordell als Mädchen für alles diente, war noch da. »Wie spät ist es?« fragte Isleen.
»Fast zwei Stunden nach Terz«, erwiderte die Dienerin. »Der Herr sagt, du sollst baden. Lord Merin holt dich gegen Mittag ab. Er hat dich vom Herrn gekauft. Da sind deine Kleider, ich hab dein Hemd ausgebessert. Beeil dich, du darfst den Lord nicht warten lassen.«
Isleen setzte ihr Raubtierlächeln auf. Der Bastard hatte sie also dem Mädchenhändler abgekauft. Warum? Damit sie seinen Männern als Burghure diente? Das würde ihm ähnlich sehen, denn Isleen hatte schnell erkannt, daß Merin ap Owen ein grausamer Mann war. Oder wollte er sie für sich selbst? Gebe Gott, daß es so war. Sie hatte gestern nicht um Gnade gefleht und würde es auch jetzt nicht tun. Der Waliser bot ihr die Chance, sich an ihrer sanftmütigen kleinen Schwägerin, der heiligen Eleanore, zu rächen. Hätte nicht die kleine Nonne ihre Pläne zerstört, wäre Saer de Bude jetzt Herr über Ashlin und sie bald die Herrin. Seit ihrer Kindheit hatte sie ihren Vetter heiraten wollen. Und Eleanore de Montfort war schuld, daß sie nicht mit ihm vermählt war und es nie sein würde. Also würde sie sich an der

kleinen Hexe rächen – und Merin ap Owen benutzen, um ihr Ziel zu erreichen.

Isleen nahm ein ausgiebiges Bad und bediente sich des primitiven Zubehörs, das Clud ihr gebracht hatte. Sie wusch ihre langen goldenen Haare und trocknete sie an dem Kohlenbecken, das das kleine Ding herbeigeschleppt hatte, um den Raum aufzuwärmen. Sie kämmte ihre Haare so lange, bis sie fast trocken waren, zog einen Mittelscheitel und schlang die Haare zu einer dicken Rolle im Nacken, die sie mit Haarnadeln befestigte. »Hol mir etwas Duftöl«, befahl sie dem jungen Mädchen.

»Hier gibt es so etwas nicht«, erwiderte das Mädchen.

»Dein Herr weiß nicht, wie man ein gutes Bordell führt«, maulte Isleen verärgert.

»Das ist das beste in Gwynfr.«

»Es ist das einzige«, schnaubte Isleen. Dann zog sie ihre himmelblauen Röcke und ihr blaugoldenes Obergewand an.

»Ah«, sagte das Mädchen bewundernd. »Ich habe noch nie etwas so Schönes gesehen. Darf ich es anfassen?«

Isleen nickte, amüsiert über die Naivität des Mädchens.

Das Mädchen befühlte den zarten Stoff, dann sagte sie: »Ihr seid die schönste Dame, die ich je gesehen habe. Wenn Ihr Lord Merin begleitet, braucht Ihr eine Zofe. Auf seiner Burg gibt es keine, das schwöre ich! Ich kann nähen und Eure Haare kämmen.« Ihr unscheinbares Gesicht war voller Hoffnung.

»Bist du eine Hure?« fragte Isleen.

»Nein!« sagte das Mädchen entschieden. »Clud ist mein Onkel. Nach dem Tod meiner Mutter nahm er mich als Bedienstete zu sich, aber ich bin keine Hure. Das schwöre ich bei der Jungfrau Maria.«

Isleen überlegte. Das Mädchen war so unscheinbar, daß es keine Aufmerksamkeit erregte. Sie war klug genug, um ihre Lage verbessern zu wollen, aber auch so sanftmütig, um leicht im Zaum gehalten werden zu können. Zudem kannte sie die Gegend und die Menschen. Sie konnte sich als nützliche Verbündete erweisen. »Bist du eine Freie oder

eine Leibeigene?« fragte sie das Mädchen. Wenn sie eine Leibeigene war, mußte Isleen Merin überreden, sie zu kaufen.
»Ich bin eine Freie«, erwiderte das Mädchen, »und werde Euch gut dienen.«
»Wie heißt du?«
»Arwydd.«
Isleen lachte. Die Kleine war ganz schön schlau. »Pack deine Sachen, Arwydd«, befahl sie ihr.
»Ich trage alles, was ich habe, am Leib«, sagte das Mädchen müde.
Isleen betrachtete zornig die beschmutzten, verschwitzten Kleidungsstücke des Mädchens. »Das geht nicht«, sagte sie. »Geh und hol deinen Onkel.«
Arwydd rannte hinaus und kehrte kurz darauf mit Clud zurück.
Der Mädchenhändler betrachtete Isleen voller Bewunderung und leckte sich die Lippen. »Vielleicht hätte ich doch mehr für dich verlangen sollen.«
»Was auch immer Merin ap Owen Euch gegeben hat, es war zuviel«, sagte Isleen trocken. »Ich nehme Arwydd mit mir, denn ich brauche eine Zofe. Besorgt ihr ein paar saubere Kleider, Ihr geiziger alter Bastard. Sie stinkt nach einem Jahr Sklavenarbeit für Euch, die Ihr bestimmt nicht bezahlt habt. Jetzt aber müßt Ihr sie auszahlen. Gebt ihr ein paar anständige Kleider, und ich nehme sie mit. Ihr habt bestimmt nichts dagegen, daß Eure Nichte mir auf Gwynfr Castle als Zofe dient.«
»Ich habe ihr Verpflegung und ein Dach über dem Kopf gegeben«, winselte er.
»Schon gut. Tut jetzt, was ich Euch gesagt habe. Ich werde auch etwas für Euch tun, Clud, aber kümmert Euch zuerst um Arwydds Kleider. Beeilt Euch!« Als Clud davoneilte, wandte sich Isleen an das junge Mädchen. »Zieh die stinkenden Fetzen aus, Mädchen, und steig in die Wanne. Wenn du mir dienen willst, mußt du sauber sein.«
Arwydd erhob keinen Widerspruch. Sie streifte ihre schmutzigen Kleider ab und stieg in die Wanne, um sich

und ihre Haare zu waschen. Clud kehrte mit einem sauberen Hemd, einem Rock und einem Obergewand zurück. Isleen musterte alles kritisch. Die Kleider waren nicht gerade modisch, aber zumindest sauber. Der Rock und das Obergewand waren mittelblau. Er legte alles auf den Schemel neben der Wanne und starrte auf den nackten Busen seiner Nichte.

»Ihr geht mit mir raus«, befahl Isleen. »Arwydd, trödle nicht herum, sonst lasse ich dich zurück.« Dann verließ sie mit Clud den Raum.

»Ihr habt wirklich keine Ahnung, wie man ein Bordell führt«, sagte Isleen zu ihm. »Wenn ich mich bei Merin ap Owen eingerichtet habe und meine Stellung gesichert ist, sage ich Euch, was Ihr tun müßt. Wenn Ihr meinen Anweisungen folgt, werdet Ihr innerhalb eines Jahres ein reicher Mann sein, Clud.«

»Was versteht schon die Tochter eines Adligen von einem Bordell?« erwiderte er mißtrauisch. »Sofern Ihr wirklich das seid, was Ihr behauptet.«

»Oh, das bin ich«, versicherte ihm Isleen. »Soviel ich weiß, bin ich eine Frau und kenne die Männer. Wenn Ihr Eure Kunden nur unter Leibeigenen und armen Freien suchen wollt, dann macht nur so weiter. Aber wenn Ihr auch die Reichen, Freie und Adlige, ansprechen wollt, dann müßt Ihr tun, was ich Euch sage. Männer lieben hübsch gekleidete Frauen und köstliche Düfte. Sie lieben weiche Betten und guten Wein. Spart Euren sauren Wein und die Matratzen für Eure ärmeren Kunden. Wenn Ihr lernt, die Reichen gut zu bedienen, habt Ihr Euer Glück gemacht.«

»Und was habt Ihr für einen Vorteil davon?« wollte er wissen.

»Ich will nur eine kleine Anerkennung, Clud. Aber wir brauchen das heute nicht zu besprechen. Zuerst müßt Ihr begreifen, daß ich recht habe. Dann unterhalten wir uns darüber, was Euch mein Rat wert ist.« Sie lächelte honigsüß. Sein Instinkt sagte ihm, daß er ihr nicht trauen könne, aber ihre Worte faszinierten ihn, und er hörte sich sagen: »Sehr schön, Mylady.«

»Ich bin fertig, Mistress.« Arwydd hob den Vorhang, der den Raum von der Halle abtrennte, und trat heraus. Sie war jetzt sauber. Ihr schwarzes Haar war zu zwei Zöpfen geflochten, und ihre blauen Augen blitzten erwartungsvoll.
Isleen nickte anerkennend. »Ausgezeichnet«, sagte sie. »Nun wollen wir auf Merin ap Owens Rückkehr warten.« Kaum waren sie auf die Straße getreten, als der Herr von Gwynfr auf einem großen Schlachtroß die Straße heruntergeritten kam. Er hielt vor Cluds Haus, streckte die Hand nach Isleen aus und hob sie in den Sattel.
»Ich nehme Arwydd als Zofe mit«, erklärte Isleen.
Merin ap Owen blickte auf das schlanke Mädchen herab. »Geh zur Burg hoch, Mädchen. Sag dem Majordomus, daß du ihre Zofe bist, und er wird dich zu ihrer Kammer führen.«
»Ja, Mylord«, erwiderte Arwydd und machte einen Knicks.
Merin ap Owen wendete sein Pferd und ritt mit Isleen davon. »Ich hatte recht«, sagte er. »Du bist eine sehr schöne Frau.«
»Bin ich Eure Hure oder die der Burg?« wollte sie von ihm wissen.
Der Waliser lachte amüsiert. »Du nimmst wohl kein Blatt vor den Mund, Isleen, nicht wahr? Du bist meine Hure, bis ich anders entscheide. Gelegentlich überlasse ich dich vielleicht einem wichtigen Besucher, dem ich einen besonderen Gefallen erweisen will. In diesem Fall, Isleen, wirst du ihm eine Nacht der Sinnenfreude bereiten, wie er sie noch nie erlebt hat, so daß er am nächsten Tag bereit ist, mir jeden Wunsch zu erfüllen. Verstehst du mich?«
»Ja«, erwiderte sie. »Mein Weg ist klar vorgezeichnet, aber ich möchte etwas dafür haben.«
»Was?« fragte er neugierig.
»Der Mann, der mich an Clud verkauft hat, hatte nicht das Recht dazu. Ich bin eine Freie. Ihr glaubt mir doch?«
Er nickte.
»Bei Euch werde ich nicht reich, und ich muß reich sein,

um unabhängig zu sein; ich brauche eine Möglichkeit, Geld zu verdienen.«

Er war fasziniert. »Fahr fort«, forderte er sie auf und lenkte sein Pferd die schmale Straße hinunter.

»Gwynfr liegt auf der Straße nach Hereford und dient den Walisern und den Engländern als Zugangstraße. Clud besitzt das einzige Bordell in Gwynfr, doch er kann es nicht führen. Nur ein so verderbter Lord wie Ihr begibt sich dorthin. Aber was wäre, wenn Cluds Bordell so elegant wäre, daß es auch die Reichen gern aufsuchen? Nicht nur Ackerbauern und Waffenknechte, sondern auch bedeutende Männer und Adlige. Ich habe Clud meine Hilfe angeboten, werde aber meine Pflichten Euch gegenüber nicht vernachlässigen, das verspreche ich. Ich werde alles tun, was Ihr von mir verlangt, wenn ich meine freie Zeit dazu nutzen kann, Clud zu helfen.«

»Und was für ein Vorteil schaut für dich dabei heraus?« Sie war einmalig. Das personifizierte Böse.

»Anfangs keiner, Mylord, denn ich muß dafür sorgen, daß der geizige Clud seinen Beutel öffnet, damit wir sein Bordell so vornehm gestalten können, daß auch Männer von Rang hier verkehren. Dann müssen wir die besten und erfahrensten Huren finden. Und Ihr, Mylord«, sagte sie, schmiegte sich an ihn und säuselte ihm ins Ohr, »Ihr werdet höchstpersönlich jedes einzelne unserer Schmuckstücke prüfen, damit wir wissen, daß sie gut sind. Später, wenn ich Clud bewiesen habe, daß er sich auf meinen Rat verlassen kann, übernehme ich das halbe Bordell und beanspruche den Gewinn für mich«, fuhr sie fort.

»Und schließlich betrügst du den arglosen Clud um seine Hälfte«, sagte Merin ap Owen und kicherte hämisch.

»Natürlich, Mylord«, erwiderte Isleen, ohne zu lächeln. »Ihr glaubt doch nicht im Ernst, ich nehme all das auf mich, nur um den alten Geizkragen reich zu machen?«

Merin ap Owen lachte amüsiert. »Du bist der Teufel in Person, meine schöne Isleen. Wir sind das perfekte Paar. Vielleicht heirate ich dich sogar eines Tages.«

»Nein, danke«, erwiderte Isleen. »Ich hatte einen Vater, einen Ehemann und ein paar Liebhaber. Ich will nie wieder der Besitz irgendeines Mannes werden. Zudem will ich mich an der Familie meines verstorbenen Mannes rächen und mich dann als reichste Mädchenhändlerin in Wales niederlassen. Und ich werde mich für Eure Hilfe dankbar erweisen.«

Er lachte. Alles, was sie sagte, gefiel ihm. Gewöhnlich mochte er die Frauen nicht. Sie waren verschlagen und hinterlistig. Seit seine Hexe von Mutter gestorben war, hatte keine Frau mehr seine Burg betreten. Seine erste Frau, ein vierzehnjähriges Mädchen, hatte er durch seine Zügellosigkeit umgebracht. Seine zweite, die am Hochzeitstag siebzehn Jahre alt war, hatte sich einen Monat nach der Hochzeit in ein Kloster geflüchtet. Er wurde benachrichtigt, daß die Ehe von der Kirche annulliert worden war. Ihre Familie hatte nicht einmal die Mitgift zurückgefordert. Später erfuhr er, daß seine zweite Frau ein Kind von ihm erwartet hatte, als sie vor ihm geflohen war. Kurz nach der Geburt ihres Sohnes ertränkte sie ihn und brachte danach sich selbst um. Nein, den Frauen war nicht zu trauen.

Aber Isleen war genauso durchtrieben wie er. Und sie machte auch kein Geheimnis daraus. Er fand, sie war die erste ehrliche Frau, die er kennengelernt hatte. Trotzdem war er nicht so töricht, ihr zu trauen.

»Liebt Ihr es, die Frauen zu schlagen?« fragte sie ihn frei heraus.

»Nur insofern, daß ich ihre Lust erhöhe ... und meine«, gab er zu.

»Benutzt Ihr immer diesen Riemen?«

»Ich nehme auch gern eine hübsche schmale Gerte vom Haselnußstrauch«, erwiderte er. »Sie ist recht scharf, aber wenn man sie richtig benutzt, hinterläßt sie keine Narben.«

»Kann auch eine Frau einen Mann peitschen, Mylord?«

»Ja. Es gibt Männer, denen das gefällt, aber ich gehöre nicht dazu«, erklärte er.

Isleen nickte. »Könntet Ihr es mir beibringen? Das könnte eine interessante Dienstleistung für unsere Huren sein, die nur wir anbieten würden.«

»Du bist wirklich sehr geschäftstüchtig«, bemerkte er.
»Ja, ich habe einen Instinkt dafür, aber leider kann ich nicht lesen und schreiben.«
»Ich auch nicht«, gab er zu, »aber ich schätze, du mußt es lernen, denn du willst ja nicht, daß dich irgendein Schreiberling übers Ohr haut. Oder mich.«
»Wollt Ihr einen Anteil an meinem Bordell?« fragte sie überrascht.
»Natürlich, meine hübsche Hexe«, erwiderte er. »Wenn ich dir helfe, und das werde ich, wenn du mir weiterhin gefällst, dann will ich natürlich meinen Anteil daran. Das ist nur gerecht.«
Isleen überlegte kurz. Doch dann siegte ihr gesunder Menschenverstand über ihre Gier. »In Ordnung«, willigte sie ein.
Sie waren einen gewundenen Weg hochgeritten und bei der Burg angelangt, die auf einem Hügel lag, klein und anscheinend in keinem besonders guten Zustand war. Doch die Zugbrücke und das Fallgatter funktionierten einwandfrei. Im Hof brachte Merin sein Pferd zum Stehen, stieg ab und half Isleen herunter.
»Ich werde dich zu deinem Gemach führen«, bot er an.
Gwynfr Castle besaß nur zwei Türme, die durch die große Halle miteinander verbunden waren. Er geleitete Isleen in einen der beiden Türme und drei Treppenfluchten hoch. Sie stellte fest, daß sich ihr Gemach ganz oben im Turm befand. Es war hell, aber spärlich möbliert, besaß jedoch einen Kamin zum Aufwärmen.
»Wo ist Euer Gemach?« fragte sie ihn.
»Unter dir, meine hübsche Hexe.«
Sie nickte. Aha, somit hatte er sie unter Kontrolle, denn wenn ein Mann zu ihr gelangen wollte, mußte er an seinen Gemächern vorbei. »Wenn Ihr wollt, daß ich einen Lieblingsgast von Euch unterhalte, soll ich ihn dann mit hierher nehmen oder irgendwo anders hingehen?«
»Meine Gäste bringe ich im anderen Turm unter. Dort wirst du dann den entsprechenden Gast erwarten. Morgen kannst du alles in Ruhe besichtigen, Isleen.«

»Und wenn Ihr Verlangen nach mir habt?«
»Dann komme ich zu dir«, erwiderte er. »Meine Gemächer sind ausschließlich für mich und niemanden sonst. Niemand hat Zutritt zu ihnen.«
»Wer reinigt sie und wechselt das Bettzeug für Euch?« wollte sie wissen.
»Dafür wird gesorgt. Wie, geht dich nichts an.«
»Und welche Stellung nehme ich hier ein? Bin ich Eure Geliebte? Und wenn, welche Pflichten habe ich dann? Soll ich Eure Bediensteten überprüfen? Euren Koch? Ich will nicht, daß es zwischen uns Mißverständnisse gibt.«
»Ich habe einen Majordomus, einen alten Mann, der sein ganzes Leben auf der Burg verbracht hat. Er kontrolliert alles und ist recht fähig. Er heißt Harry. Du hast nichts anderes zu tun, als für mich bereit zu sein. Wenn ich Verlangen nach dir habe, sollst du mir eine amüsante und charmante Gefährtin sein. Harry wird dir alles geben, was du brauchst.«
»Ich will, daß Ihr mir etwas versprecht«, sagte Isleen. »Arwydd soll von Euch oder Euren Männern in Ruhe gelassen werden. Sie nutzt mir nichts, wenn sie ein Kind bekommt. Als Cluds Nichte ist sie für mich nicht nur als Zofe nützlich. Ich brauche sie, Mylord. Sie ist ein kluges Mädchen. Versprecht mir, daß sie unbehelligt bleibt.«
»Heb deine Röcke«, befahl er ihr statt einer Antwort.
Isleen zögerte nicht. Sie hob ihre Röcke hoch und zeigte ihm ihren nackten Unterleib. Er kniete vor ihr nieder, öffnete ihre Schamlippen mit den Fingern und ließ seine Zunge in ihre Spalte gleiten. Isleen schloß die Augen und seufzte vor Vergnügen. Nachdem er sie zum Höhepunkt gebracht hatte, erhob er sich und entblößte seine Männlichkeit. Isleen verstand, was er von ihr erwartete. Sie ließ ihre Röcke fallen, kniete vor ihm nieder, nahm sein Glied in den Mund und reizte es mit den Lippen und der Zunge, bis er ihr Einhalt gebot. Dann zog er sie hoch, drängte sie zum Bett, schob ihre Röcke hoch und drang in sie ein. Willig schlang sie ihre Beine um seine Hüften. Er war ein unermüdlicher Liebhaber und reizte all ihre Sinne. Zu ihrer

Überraschung wurden sie beide im gleichen Moment von der Woge der Lust erfaßt. Gestern war es genauso gewesen, doch da hatte sie es noch für einen Zufall gehalten. Er löste sich von ihr, strich ihre Röcke glatt und streckte ihr die Hand hin, um ihr aufzuhelfen.

»Sag dem Mädchen, es soll nicht mit meinen Männern herumschäkern, auch nicht mit Blicken, denn sie sind eine zügellose Bande. Wenn sie dir gehorcht, ist sie vor meinen Männern sicher. Der einzige Mann auf der Burg, dem sie blind vertrauen kann, ist der alte Harry. Aber vergiß es nicht, meine hübsche Hexe.«

»Und was ist mit den drei Männern, die Euch gestern begleitet haben?«

»Sie werden dich nicht einmal mit den Blicken berühren, Isleen, denn sie wissen, daß sie sonst getötet werden. Sie haben eine Nacht im Paradies verbracht. Nun müssen sie vergessen, daß es ein Paradies gab. Hat dir einer von ihnen besonders gefallen?«

»Außer Euch gefällt mir keiner, Mylord«, flüsterte Isleen.

»Vor allem, als ich dich mit dem Riemen bearbeitet und dich dann von hinten genommen habe«, sagte er und grinste boshaft.

»Ja«, gab sie zu. »Es war erregend. Werdet Ihr es wiederholen?«

»Wenn ich Lust dazu habe, Isleen. Du mußt lernen, einem Mann auf vielerlei Arten Freude zu bereiten und dich den Wünschen deines Herrn voll und ganz zu fügen. Aber ich glaube, was die sinnlichen Freuden angeht, nimmst du deine Pflichten sehr ernst, nicht wahr?«

»Ja«, stimmte sie ihm zu.

»Dann heb deine Röcke noch einmal«, verlangte er.

Sie gehorchte ihm auf der Stelle.

»Beug dich vor«, befahl er. Und wieder tat sie, was er von ihr wollte. Er stützte sie und versetzte ihr mehrere harte Schläge auf das Hinterteil. Dann ließ er die Finger zwischen ihre Schamlippen gleiten und grinste boshaft. »Du bist wirklich sehr pflichtbewußt«, murmelte er, als seine Finger ihr Innerstes aufwühlten.

Isleen wand ihren Unterleib vor Lust. »Oh, ja!« spornte sie ihn an.

»Ich habe immer gedacht, es gibt keine Vollblutfrau, meine hübsche Hexe«, sagte Merin ap Owen, dessen Finger unermüdlich ihr aufreizendes Spiel vollführten, »aber ich glaube, du bist perfekt, Isleen.«

Ihr Körper erschauerte von dem wilden Liebesspiel seiner Finger, und sie fiel keuchend gegen seine Brust. »Oh, das war wunderbar, Mylord, aber heute nacht möchte ich Eure Männlichkeit dort spüren.« Er war ein wunderbarer Liebhaber, fand sie, viel besser als ihr Cousin Saer de Bude. Trotzdem würde sie ihren Racheplan gegen Eleanore de Montfort weiterverfolgen. Sie würde sich Merin ap Owen zum Liebessklaven machen. Vielleicht würde er sich sogar in sie verlieben. Dann würde sie ihn dazu bringen, Ashlin anzugreifen und alles zu zerstören, was die kleine Nonne und ihr Mann, der Ritter, aufgebaut hatten. Von ihrem Vater hatte sie erfahren, welch blühendes Landgut Ashlin geworden war.

»Unter Ranulf de Glandeville gedeiht Ashlin prächtig. Wenn du dich bemüht hättest, Richard zu unterstützen, statt mit deinem Cousin der Lust zu frönen, wäre vielleicht alles anders gekommen«, hatte Baron Hugh mißmutig gebrummt. »Auf dem Sommermarkt haben sie mit ihrer Wolle einen guten Preis erzielt, was ihnen einen kleinen Wohlstand verschaffte. Anscheinend konnte man es dir nicht zumuten, eine gute Ehefrau zu sein und deinem Gatten Kinder zu schenken. Vielleicht bist du wirklich unfruchtbar, wie Saer behauptet, du nutzloses Geschöpf! Du hast Schande über die Familie gebracht, so daß der König deine Bestrafung angeordnet hat. Nun, endlich habe ich in York ein Kloster gefunden, das dich aufnimmt und Verständnis für unsere Lage zeigt. Künftig wirst du einen Keuschheitsgürtel tragen, du liederliches Frauenzimmer, und du wirst den Rest deines Lebens arbeiten und beten. Die Nonnen müssen das ganze Jahr braune Wollgewänder tragen, ohne Untergewänder, damit der rauhe Stoff die Schwäche des Fleisches bekämpft. Du bekommst nur einmal am Tag, nämlich um zwölf Uhr mittags, zu essen. Die Speisen sind einfach und bekömmlich. Es gibt keinen Wein und wenig Fleisch oder Käse. Und wenn ich dich dort abgeliefert habe, meine Tochter, hoffe ich, daß ich dich nie mehr wiedersehen werde.«

»Aber du hast versprochen, daß ich nur bis zum Tod von König Stephan im Kloster bleiben muß«, jammerte Isleen.

»Ich habe meine Meinung geändert«, erklärte Baron Hugh schroff.

In jener Nacht war Isleen aus dem Haus ihres Vaters geflohen. Vermutlich hielt er sie für tot. Aber sie war quicklebendig und würde ihre Rache bekommen, auch wenn sie dafür ihre unsterbliche Seele opfern müßte.

Teil III

Die Ehefrau
England 1154

11. Kapitel

Der Winter verging wie im Fluge. Auf Ashlin gab es für Mensch und Tier genug zu essen. Am 1. Mai feierte Elf Geburtstag. Sie war jetzt hochschwanger, und alles fiel ihr allmählich schwer. Als sie an einem schönen Nachmittag im Mai beschloß, nach St. Frideswide's zu fahren, wagte niemand, es ihr zu verbieten, auch nicht ihr Gemahl.
»Aber hältst du das für klug, Petite?« war das einzige, was der Herr von Ashlin vorsichtig einzuwenden versuchte.
Elf blickte ihn an. »Ich war jetzt den ganzen Winter hier eingesperrt, habe außer Willa und der alten Ida, die mir die Ohren vollredet mit ihren unheilvollen Voraussagen, niemanden zum Reden. Für den Notfall nehme ich Orva und Willa mit – aber es wird keinen Notfall geben. Ich will endlich wieder einmal meine Freundinnen sehen!«
»Der Karren muß aber gut gepolstert sein«, beharrte Ranulf.
»Wenn es dich beruhigt, Mylord«, erwiderte sie schnippisch.
»Und du bekommst eine Eskorte bewaffneter Männer mit, Petite.«
»In Ordnung.«
»Ich bin nicht glücklich, daß du fährst.«
»Es tut mir leid, daß mein Wunsch, endlich wieder einmal meine Freundinnen zu sehen, dich so beunruhigt«, erwiderte sie in scharfem Ton.
Da berührte Willa ihren Herrn sanft am Arm und sagte: »Orva meint, eine Frau kurz vor der Niederkunft kann recht launisch sein, Mylord. Ich bin davon überzeugt, daß Mylady es nicht so meint, wie es klingt.«
»Richte der Äbtissin meine besten Grüße aus, Petite«, trug

Ranulf seiner Frau auf. »Und natürlich auch Schwester Winifred und Columba.« Er grinste.
»Natürlich«, erwiderte Elf kurz angebunden.
Der Karren, in dem Elf fuhr, war mit dicker Wolle, die von blauer Seide überzogen war, gut ausgepolstert. Über den Karren war eine rotblau gestreifte Plane gespannt. Im Falle eines Gewitters konnten die Seitenvorhänge aus Seide heruntergelassen werden. Die Plane war zudem mit Wachs überzogen, damit der Regen nicht durchdringen konnte. Elf hatte es sich gemütlich gemacht und die Beine hochgelegt. Orva und Willa ritten neben dem Karren her, der von einem halben Dutzend bewaffneter Männer begleitet wurde. Sie brachen frühmorgens in Ashlin auf und waren am Spätnachmittag in St. Frideswide's angelangt. Die Männer machten vor dem Klostertor kehrt und traten auf der Stelle den Heimweg an. Eine Nonne eilte herbei, um das dem Karren vorgespannte Pferd in den Klosterhof zu führen, da sich der Fahrer den bewaffneten Männern angeschlossen hatte.
Der Karren wurde zum Stehen gebracht, die hintere Tür geöffnet, und Elf stieg mit Hilfe ihrer beiden Frauen aus.
»Elf!« Schwester Columba lief mit flatterndem Gewand auf ihre Freundin zu. »Oh, Elf! Wie freue ich mich, dich zu sehen!« rief die junge Nonne. Sie betrachtete Elf. »Du lieber Himmel, wie rund du bist! Ich möchte wetten, daß er genauso riesig wie sein Vater wird!«
»Ich weiß nicht, wie ich ihn auf die Welt bringen soll«, brummte Elf. Dann lachte sie. »Wie freue ich mich, wieder hier zu sein!« rief sie glücklich.
»Komm, ich bringe dich zum Gästehaus«, bot sich Schwester Columba an. »Du hast es ganz für dich allein!«
»Die meisten Gäste, die hier absteigen, haben dieses Privileg«, kicherte Elf. »Das sind meine Bediensteten Willa und Orva, die Hebamme von Ashlin. Ich hielt es für klüger, sie mitzunehmen.«
»Stehst du schon so kurz vor der Geburt?« fragte Schwester Columba erstaunt.
»Ja«, antwortet Elf. »Vermutlich hätte ich nicht kommen sollen, aber ich habe diese Abgeschiedenheit in Ashlin

nicht mehr ausgehalten. Zudem versuchte Ranulf, den Herrn und Gebieter zu spielen. Es war einfach zu viel! Außerdem wollte ich dich und die anderen Schwestern unbedingt wiedersehen, denn seit dem letzten Mal sind ja schon anderthalb Jahre vergangen!«
Als sie beim Gästehaus angelangt waren, führte Schwester Columba die drei Frauen hinein. »Wie gefällt dir denn die Ehe, Elf?«
»Sehr gut«, erwiderte die junge Frau. Dann wandte sie sich an ihre Bediensteten. »Orva, Willa. Bitte, packt meine Sachen aus. Wir nächtigen im Schlafsaal, dort auf der anderen Seite der Tür«, erklärte sie und deutete mit dem Finger in die entsprechende Richtung. »Schwester Columba und ich machen einen Spaziergang durch den Kreuzgang. Bald wird die Glocke zum Abendessen läuten. Achtet darauf!« Dann hakte sich Elf bei Schwester Columba unter, und die beiden Frauen gingen hinaus.
»Du bist so gebieterisch geworden«, bemerkte die Nonne. Elf lachte. »Ich muß es sein, denn ich bin ja die Herrin von Ashlin« erklärte sie ihrer Freundin. »Nun will ich dir aber berichten, wie es ist, verheiratet zu sein. Mein Gemahl ist ein freundlicher Mann mit einem guten Herzen. Er ist auch ein hervorragender Burgherr, und unsere Leute achten ihn sehr. Mein Leben besteht aus vielen Pflichten, ähnlich wie hier in St. Frideswide's. Es muß angepflanzt und geerntet werden, geschlachtet und gedroschen, Seife muß hergestellt, Vorräte müssen angelegt werden. Seit ich nach Ashlin zurückgekehrt bin, ist dort viel geschehen, unter anderem wurde auch die Kirche restauriert. Wir haben den Bischof um einen neuen Priester ersucht, und seit Herbst ist Vater Oswin bei uns.«
»Dann bist du also glücklich«, stellte Schwester Columba fest.
»Ja«, antwortete Elf ihrer besten Freundin. »Ich bin sehr glücklich, Matti. Als ich dem Klosterleben entrissen wurde, in dem ich meine Berufung gesehen habe, dachte ich, ich würde nie wieder glücklich sein, aber ich bin es, sogar so glücklich wie noch nie.«

»Liebst du ihn?«
»Ja, ich liebe ihn, aber ich habe es ihm noch nie gesagt.«
»Warum, um Gottes willen, nicht?«
»Ranulf ist ein kampferprobter Krieger, Matti. Er hat nichts übrig für Gefühle. Ich würde ihn in Verlegenheit bringen, wenn ich ihm sagte, daß ich ihn liebe«, erwiderte Elf und lächelte. »Was sollte er mir darauf erwidern? Wir mögen uns, und ich achte ihn. Und wir führen eine gute Ehe.«
»Wenn du ihm sagen würdest, daß du ihn liebst, würde er dir vielleicht ebenfalls seine Liebe gestehen«, meinte Schwester Columba.
»Und wenn nicht? Ich würde ihn verwirren, und er wäre abgestoßen. Nein, es ist besser, ich schweige.«
»Ich hätte schon gern, daß mein Mann weiß, daß ich ihn liebe«, sagte Schwester Columba entschlossen. »Ich erkläre unserem Herrgott jeden Tag, daß ich ihn liebe.«
»Aber du liebst ja Gott, Matti. Doch meine Liebe gilt einem irdischen Mann, und dieser wäre bestimmt ganz verwirrt, wenn ich ihm Liebesworte ins Ohr flüsterte.« Sie kicherte.
»Eleanore!«
Die beiden jungen Frauen blickten hoch und sahen, wie die Äbtissin mit ausgestreckten Händen auf Elf zueilte. Diese ergriff die Hände der ehrwürdigen Mutter, die ihren früheren Zögling musterte. Dann lächelte sie.
»Es ist genau so, wie ich an jenem Tag in Worcester zu dir gesagt habe, Eleanore. Gott hat dein Leben verändert. Daß du neues Leben in dir trägst und strahlst, spricht für sich, obwohl ich nie daran gezweifelt habe.«
»Ich fürchte, ich selbst habe es eine Zeitlang getan«, erwiderte Elf und lächelte gequält, »aber mein vortrefflicher Gemahl hat mich überzeugt.«
»Der König ist zwar kein kluger Mann, aber ein guter Mensch. Ich wußte, er würde dich keinem Rohling anvertrauen«, sagte die ehrwürdige Mutter. »Aber wie ich sehe, meine Tochter, stehst du kurz vor deiner Niederkunft.«
»Ja«, erwiderte Elf, »trotzdem mußte ich nochmals hierherkommen, bevor ich mich endgültig von meiner Mädchenzeit verabschiede und Mutter werde.«

Die beiden Nonnen lachten. »Isa hat es dir gleichgetan, war aber bei weitem nicht so rund wie du.«
»Hat Isa ihr Baby schon bekommen?« wollte Elf wissen. »Ich wußte gar nichts davon.«
»Ja, sie hat letztes Jahr ein kleines Mädchen entbunden, und ist schon wieder in anderen Umständen«, erklärte Schwester Columba.
Elf lächelte.

In den nächsten Tagen nahm Elf ihr früheres Leben wieder auf, besuchte die verschiedenen Andachten und half der alten Schwester Winifred. Ihre ehemalige Mentorin unterwies jetzt eine junge Novizin in der Heil- und Kräuterkunde.
»Hast du deinen eigenen Garten?« erkundigte sich die alte Nonne bei Elf.
»Ja, aber zum Glück mußte ich mich auf Ashlin nur um kleinere Beschwerden, einfache Wunden und ein paar gebrochene Knochen kümmern. Ich hätte Angst vor einer richtigen Epidemie.«
»Du würdest schon damit fertig werden«, beruhigte sie Schwester Winifred. »Ah, Kind, wie freue ich mich, dich wiederzusehen.«
Elf blieb über eine Woche in St. Frideswide's. Als sie sich am Morgen ihrer Rückkehr nach Ashlin erhob, spürte sie, wie etwas in ihrem Unterleib platzte und es feucht an ihren Beinen hinunterlief.
Sie erstarrte. »Orva!« rief sie mit seltsam schwacher Stimme. »Orva!«
»Heilige Muttergottes, beschütze uns alle«, sagte Orva, die herbeieilte und entdeckte, daß sich zu Füßen ihrer Herrin eine Lache gebildet hatte. Doch dann gewann ihr gesunder Menschenverstand wieder die Oberhand. »Na, wir können es nicht ändern, Mylady. Euer Kind wird heute zur Welt kommen, und es sieht ganz danach aus, als ob es hier stattfinden würde.« Sie hob die Hand, als sie die Frage in Elfs Augen sah. »Nein, wir können nicht nach Ashlin zurückkehren. Die Reise ist zu gefährlich, wenn eine Frau in

den Wehen liegt. Der Herr würde uns alle umbringen, wenn Euch oder dem Kind etwas zustoßen würde. Das Kloster ist für die Geburt Eures Babys genauso gut wie Ashlin, wenn nicht noch besser. Willa! Komm und kümmere dich um die Herrin, während ich die Äbtissin unterrichte.«
Orva eilte aus dem Gästehaus und begab sich durch den Kreuzgang zum Kapitelsaal, wo sich die Äbtissin um die Geschäfte des Klosters kümmerte. Die morgendliche Zusammenkunft der Schwestern näherte sich gerade dem Ende, als sie neben den Stuhl der Äbtissin trat und einen Knicks machte.
»Ja, Orva, was ist los?« fragte sie die Äbtissin.
»Es geht um meine Herrin, ehrwürdige Mutter. Die Geburt steht kurz bevor, und ich brauche Hilfe.«
»O Gott«, seufzte Schwester Eunice, die einen Augenblick lang aus der Fassung geraten war. Doch dann strahlte sie übers ganze Gesicht, was bei ihr nur sehr selten vorkam. »Meine Schwestern«, rief sie den anderen Nonnen zu, »heute wird in unserem Kloster ein Baby geboren. Schwester Winifred, bitte unterstützt Orva nach Kräften. Und Ihr anderen betet für eine gesunde Geburt von Eleanores Kind und daß sie alles gut übersteht. Ihr seid jetzt entlassen.«
»Ehrwürdige Mutter?« meldete sich Schwester Columba zaghaft.
Die Äbtissin blickte die junge Nonne an und tätschelte ihren Arm. »Geh zu deiner Freundin«, sagte sie freundlich. »Und halte uns auf dem laufenden.«
»Ja, ehrwürdige Mutter.«
»Ich bringe Euch alles, was Ihr braucht, ins Gästehaus«, rief die alte Schwester Winifred Orva zu und entfernte sich.
»Ich komme mit Euch«, sagte Elfs beste Freundin zu der Hebamme.
»Eine Geburt ist eine blutige Angelegenheit«, warnte Orva die Nonne. »Ihr werdet doch nicht ohnmächtig, wenn Ihr Blut seht, oder?«
»Ich weiß nicht. Ich habe noch nicht viel Blut gesehen.«
Orva zuckte die Schultern. »Wenn Ihr glaubt, Ihr werdet

ohnmächtig, dann geht lieber aus dem Weg, Schwester, denn ich kann mich nicht auch noch um Euch kümmern, wenn meine Herrin zu kämpfen hat.«
»Wie lange dauert es, bis das Baby geboren wird?«
»Bei einigen geht es schnell, andere scheinen sich ewig Zeit zu lassen. Ihr müßt beten, Schwester.«
»Die anderen beten«, sagte Schwester Columba schnell. »Ich will Euch helfen und nicht nur herumstehen, wenn Elf ihre Wehen hat.«
»Gepriesen sei die Muttergottes«, sagte Orva erfreut. »Ich kann jede Hilfe gebrauchen, Schwester. Willa, die Zofe meiner Herrin, ist jung, und obwohl sie dabei war, als zwei ihrer Brüder und ihre jüngste Schwester auf die Welt kamen, brauche ich mehr Hilfe, als sie anbieten kann.«
Die beiden Frauen waren nun beim Gästehaus angelangt und traten ein. Willa war inzwischen nicht untätig gewesen. Sie hatte ihrer Herrin das feuchte Hemd ausgezogen und ein trockenes übergestreift. Elf lag jetzt wieder in ihrem Bett im Schlafsaal, während Willa sich bemühte, den Tisch des Refektoriums in die Halle des Gästehauses neben den Kamin zu schieben. Er mußte als Geburtstisch dienen, da das Kloster keinen Geburtsstuhl besaß und auch noch nie einen benötigt hatte. Als Schwester Columba entdeckte, was Willa tat, eilte sie ihr zu Hilfe.
»Es wäre natürlich besser, wir hätten einen Geburtsstuhl«, sagte Orva nachdenklich, »aber wir müssen uns mit dem begnügen, was zur Verfügung steht. Wo ist Mylady, Mädchen?«
»Sie erholt sich, Ma.«
Orva knuffte ihre Tochter leicht in die Seite. »Du weißt doch, daß sie jetzt nicht ruhen darf.« Dann stapfte sie in den Schlafsaal, wo Elf bleich und nervös im Bett lag. »Hoch mit Euch, Mylady«, befahl Orva energisch und half Elf auf die Füße. »Wenn Ihr herumliegt, kommt Euer Kind nicht zur Welt. Habt Ihr schon Wehen?«
»Nein«, erwiderte Elf leise.
»Sie werden sich bald einstellen, nachdem Eure Fruchtblase geplatzt ist«, sagte Orva. »Ihr müßt gehen, Mylady. Je

früher das Kind geboren wird, desto besser für Euch.« Sie legte Elf den Umhang um die Schultern und ging mit ihr in die Halle und zur Tür hinaus zum Kreuzgang. »Wir werden jetzt hier entlanggehen, Lady. Bald werden Eure Wehen beginnen.«

»Ranulf«, sagte Elf unvermittelt. »Wir müssen nach meinem Mann schicken.«

»Im Augenblick ist uns ein Mann nicht von Nutzen, Lady«, erwiderte Orva pragmatisch. »Wenn das Kind geboren ist, senden wir nach ihm.«

»Aber was ist, wenn ich sterbe?« fragte Elf angstvoll.

»Das kann vorkommen«, meinte Orva gleichmütig, »aber ich denke nicht, daß Ihr Angst haben müßt. Wohl seid Ihr zierlich, aber auch sehr stark.«

Sie begannen, auf und ab zu gehen. Die Damaszenerrosen um sie herum standen in voller Blüte, und die Luft war erfüllt von ihrem Duft. Es war ein sonniger Tag, und eine leichte Brise trug den Rosenduft zu ihnen, als sie den Kreuzgang entlangmarschierten. Schließlich gestattete Orva ihrer Herrin, sich auf eine kleine Steinbank zu setzen. »Habt Ihr Schmerzen?«

»Nicht richtig«, erwiderte Elf, »aber plötzlich empfinde ich in meinem Unterleib ein sehr unbehagliches Gefühl, es ist alles so schwer.«

»Kommt, wir kehren zum Gästehaus zurück«, schlug Orva vor. Aus Elfs Worten schloß sie, daß das Baby nicht mehr lange auf sich warten lassen würde.

Elf erhob sich. »Auuu!« rief sie unter Schmerzen und krümmte sich.

Orva legte einen Arm um sie und half ihr zum Gästehaus. Als sie im Innern waren, gab sie Willa ein Zeichen, und gemeinsam halfen sie Elf, sich auf den Geburtstisch zu legen. »Schwester, kommt, stellt Euch hinter Eure Freundin. Stützt sie von hinten«, unterwies Orva die Nonne. »Mylady, zieht die Beine an, und öffnet sie. Ich muß Euch untersuchen.« Orva beugte sich über Elf und untersuchte sie sorgfältig. Es war genauso, wie sie vermutet hatte. Es würde eine leichte Geburt werden. Mylady hatte Glück. Der

Kopf des Kindes war bereits sichtbar. »Zieh mir die Schürze an«, befahl sie ihrer Tochter, »dann bring mir eine Schüssel mit Wasser und eine Karaffe Wein. Du weißt, was ich brauche.« Orva warf einen Blick auf Elf. »Mylady, das Schweregefühl in Eurem Leib ist Euer Kind, das herauswill. Es kommt schnell. Drückt nicht, auch wenn Ihr den Drang dazu verspürt. Wartet, bis ich es Euch sage.«
Orva stand still, während Willa ihr eine große Schürze umband. Dann wusch sie sich gründlich die Hände, erst mit Wein, dann mit Seife und Wasser. »Hast du ein Messer, um die Nabelschnur zu durchschneiden, und ein Tuch, in das das Kind eingewickelt werden kann?« fragte sie Willa.
»Ja, Ma«, erwiderte das Mädchen.
»Ich habe Eleanore Kräuter gebracht, damit ihre Wehen erträglicher werden«, sagte Schwester Winifred, die in die Halle hereingestürmt kam.
»Die Kräuter werden wir nicht brauchen, verehrte Schwester«, erklärte Orva der alten Nonne. »Das Kind läßt nicht mehr lange auf sich warten. Wollt Ihr bleiben und mir helfen?«
Elf stöhnte.
Schwester Winifred nahm ein sauberes Tuch, tauchte es in das kalte Wasser und tupfte Elf den Schweiß von der Stirn. »Hör zu, Kind, du erleidest nur das, was unsere Heilige Muttergottes erlitten hat, und war das nicht glorreich?«
Schwester Joseph, an der ein leichter Stallgeruch haftete, schleppte eine Krippe herbei. »Ich habe für das Baby den kleinsten Futtertrog ausgewählt«, sagte sie. »Er ist gründlich geschrubbt und mit frischem Stroh, Klee und Gras ausgelegt und mit einem Leinentuch bedeckt worden. Da wir keine Wiege haben, wird die Krippe diesen Zweck erfüllen müssen. Wenn eine Krippe für Christus gut genug war, wird sie auch für dieses Kind in Ordnung sein«, sagte sie energisch. »Wie geht es ihr?«
»Sehr gut«, erwiderte Orva.
»Ich werde es nie wieder tun!« jammerte Elf. »Warum hat mir niemand gesagt, daß es so schmerzhaft ist, ein Kind zu bekommen? Ah!«

»Pst, Mylady, Ihr werdet eine leichte Geburt haben«, schalt Orva sie.
»Ich will pressen«, rief Elf.
»Wartet!« befahl ihr Orva. »Jetzt! Preßt, so fest Ihr könnt! Umfaßt sie, Schwester Columba!«
Elf schrie, preßte nach Kräften, bemühte sich, sich von diesem Kind zu befreien, das sie in Stücke zu reißen schien.
»Weiter, Eleanore de Montfort, du schaffst es«, ermunterte Schwester Joseph die sich krümmende Frau.
Schwester Winifred steckte Elf ein kleines Blatt in den Mund. »Kau daran, meine Liebe«, sagte sie. »Das gibt dir Kraft.«
»Ohhh«, stöhnte Elf. Dann wandte sie den Kopf zu ihrer Freundin. »Sei froh, daß du eine Nonne bist, Matti!« sagte sie. Sie spürte, wie das Kind in ihr vorwärts drängte. Der Druck war riesig. Erneut stöhnte sie.
»Wartet!« befahl Orva streng. Dann forderte sie Elf auf: »Jetzt! Preßt, Lady!«
»Ahh!« Elfs schönes Gesicht war verzerrt.
»Der Kopf! Ich sehe den Kopf!« rief Orva aufgeregt. »Noch ein paarmal pressen, und das Kind ist da. Seid tapfer! Wenn die nächste Wehe kommt, dann preßt, so fest Ihr könnt.«
»Ah!« schrie Elf, und ihr Gesicht verzerrte sich. »Ahhhhh!«
Orva war nun völlig vertieft in ihre Aufgabe. Die Schultern und der obere Teil des Kindes wurden sichtbar. Behutsam drehte sie es. Zwei blaue Augen blickten sie an. Der kleine Mund öffnete sich, und das Baby tat seinen ersten Atemzug.
»Ahhhhh!« stöhnte Elf und preßte erneut mit aller Kraft. Sie war so erschöpft wie noch nie in ihrem Leben.
»Nur noch einmal, Mylady!« befahl Orva.
»Ich glaube, ich schaffe es nicht«, erwiderte Elf.
»Ihr müßt. Es ist fast geboren. Nur noch einmal pressen!«
Elf nahm ihre letzte Kraft zusammen. Sie wurde belohnt durch ein Gefühl der Erleichterung, als das Kind aus ihr herausschlüpfte und kräftig brüllte.

»Es ist ein Junge!« jubelte Orva. »Ashlin hat seinen nächsten Herrn, gepriesen seien Gottvater, sein Sohn Jesus und die Heilige Muttergottes!«

»Amen! Amen!« stimmten die Nonnen mit strahlenden Gesichtern ein. Gewiß war dies ein besonderes Kind, da es in ihrem Kloster geboren worden war.

»Das ist ein guter Tag für die Geburt eines Jungen«, verkündete Schwester Joseph. »Der 30. Mai ist der Namenstag des heiligen Hubert, des Schutzheiligen der Jäger. Eleanore de Montfort, dein Sohn muß unbedingt den Namen Hubert bekommen! Wie willst du ihn sonst nennen?«

»Simon«, erwiderte Elf. »Ranulf und ich haben uns Gedanken darüber gemacht und beschlossen, unseren Sohn Simon zu nennen, nach seinem Vater. Dann erhält er also den Taufnamen Simon Hubert. Ist Vater Anselm hier? Simon muß sofort getauft werden, und jemand muß meinen Gemahl unterrichten. Ranulf muß wissen, daß er einen Sohn hat. Ah! Orva, ich habe noch immer Schmerzen. Was ist das?«

»Das ist die Nachgeburt. Willa, gib mir die Schüssel!«

Um Elf herum herrschte geschäftiges Treiben. Schwester Winifred hatte die Nabelschnur durchschnitten und ordnungsgemäß abgebunden. Gemeinsam mit Schwester Joseph badete sie das Neugeborene erst in Wein, dann in warmem Wasser und zuletzt in Olivenöl. Danach reichte sie den Kleinen Schwester Columba, die ihn in ein weiches Leinentuch hüllte. Willa hatte die junge Nonne abgelöst und stützte Elf, während ihre Mutter sich um die Nachgeburt kümmerte, die in die Schüssel gelegt wurde, um sie später unter einer Eiche zu vergraben. Die Frauen wuschen Elf behutsam und streiften ihr ein sauberes Hemd über. Dann trug Orva ihre Herrin zum Bett. Schwester Winifred brachte der frischgebackenen Mutter einen Becher starken Wein, vermischt mit einem rohen Ei und gewürzt mit Kräutern, damit sie schlafen konnte.

»Ich möchte Simon sehen«, sagte Elf. »Alle haben meinen Sohn schon gesehen, bloß ich nicht. Hat man schon jemanden zu Ranulf geschickt?« Dankbar nippte sie an dem Wein.

»Willa wird nach Ashlin reiten«, sagte Orva, als sie Elf ihren Sohn in die Arme legte. Das Kind, das kräftig brüllte, hörte sofort damit auf, als es in den Armen seiner Mutter lag. »Sie wird noch vor Einbruch der Dunkelheit dort sein.«
»Ist sie unterwegs sicher?« fragte Elf besorgt und richtete dann den Blick auf ihren Sohn. »Er ist schön«, sagte sie leise.
»Habe ich da nicht gerade ein Kind schreien hören?« fragte die Äbtissin, die gerade die Halle betrat.
»Elf hat einen Sohn bekommen, ehrwürdige Mutter«, sagte Schwester Columba aufgeregt.
»Er muß getauft werden«, bemerkte Elf schläfrig. Die Kräuter fingen schon an zu wirken.
Die Äbtissin blickte auf Simon Hubert de Glandeville herunter. »Er scheint ein gesunder Kerl zu sein, Gott sei gepriesen. Ich glaube, morgen ist es dafür noch früh genug, Eleanore. Zudem wirst du seinen Vater dabeihaben wollen. Wer werden seine Paten sein, meine Tochter?«
Trotz ihrer Schläfrigkeit blickte Elf bekümmert drein. »Ich will, daß ihr alle seine Patinnen seid«, sagte sie. »Das scheint mir angemessen, da ihr meine Familie seid und Simon hier geboren wurde.«
»Ich glaube nicht, daß der kleine Lord Simon so viele Patinnen haben kann, Eleanore«, wandte die Äbtissin ein. »Ich denke, Schwester Columba muß stellvertretend für uns alle die Patenschaft übernehmen. Das genügt der Kirche und Euch wohl auch. Aber wer wird sein Pate sein?«
»Das muß mein Gemahl entscheiden«, erklärte Elf der Äbtissin. »Eure Idee gefällt mir, ehrwürdige Mutter. Mein Sohn wird ein Wohltäter des Klosters sein, da Ihr seiner Mutter soviel Freundlichkeit erwiesen habt.« Nach diesen Worten schlief Elf ein, ihren kleinen Sohn in den Armen haltend.
»Legt ihn in die Krippe«, sagte die Äbtissin lächelnd. »Dann müssen wir uns in die Kirche begeben und Gott für die Geburt dieses Kindes danken und für das Wohlergehen seiner Mutter beten.« Sie ging zur Tür, gefolgt von Schwester Joseph und Schwester Winifred.

»Aber wenn Willa nach Ashlin reitet, wer wacht dann bei Elf?« erkundigte sich Schwester Columba.
»Ich werde auf meine Herrin aufpassen, Schwester. Habt keine Angst«, beruhigte Orva sie.
»Aber Ihr müßt das alles aufräumen ...«
»Geht mit Euren Schwestern und der Äbtissin«, sagte Orva freundlich, da sie die Sorge der Nonne verstehen konnte. Schließlich war die Mylady ihre älteste und beste Freundin. »Wenn Ihr Eure Gebete beendet habt, könnt Ihr zurückkommen und mir helfen. Ich bin Euch dankbar für Eure Hilfe, Schwester.«
Schwester Columba nickte. »Ihr habt recht«, sagte sie und eilte den anderen hinterher.
»Du weißt ja, wie man ein Pferd sattelt«, sagte Orva zu Willa. »Geh in den Stall, und beeil dich. Richte dem Herrn aus, seiner Gemahlin gehe es gut, und sein Sohn sei Gott sei Dank gesund. Dann bring ihn mit hierher, denn ich brauche deine Hilfe – aber laß nicht zu, daß die alte Ida mitkommt. Sie wird das Kind noch früh genug sehen, wenn wir in ein paar Tagen nach Ashlin zurückkehren. Im übrigen verstehe ich nicht, weshalb die Mylady nicht eine jüngere Frau auswählt, die für das Baby sorgt. Die alte Ida ist jetzt über siebzig. Warum kann sie sich nicht mit ihrem hohen Alter abfinden und sich einfach in die Sonne setzen?«
»Vielleicht meint sie, daß sie noch genug in der Sonne sitzen kann, wenn sie tot ist, Ma«, sagte Willa, die Mitleid mit ihrer Großmutter hatte, frei heraus. »Sie will nützlich sein. Würdest denn du, wenn du in ihrem Alter wärst, alles aufgeben, was lebenswert und für dich von Interesse ist und ... einfach nur herumsitzen?«
Orva starrte ihre Tochter verblüfft an. Gewöhnlich war Willa ein einfältiges Geschöpf, aber dieses Mal bewiesen ihre Worte Klugheit. »Beeil dich, Mädchen«, trieb sie ihre Tochter an und ignorierte ihre Frage. Nein, überlegte sie, gewiß würde sie das Alter nicht akzeptieren oder sich davon unterkriegen lassen, aber sie war ja auch ganz anders als ihre Schwiegermutter, die alte Ida.

Als könnte Willa die Gedanken ihrer Mutter lesen, bedachte sie sie mit einem breiten Grinsen. Dann eilte sie aus dem Gästehaus und über den Kreuzgang zum Stall. Da Schwester Joseph weit und breit nirgends zu sehen war, sattelte Willa ihr eigenes Pferd, stieg auf, winkte am Tor Schwester Perpetua zu und galoppierte los. Als sie in Ashlin ankam, rief sie Cedric zu: »Wo ist der Herr? Ich habe Nachrichten für ihn.« Schnell wurde sie in die Halle gebracht. Sie machte einen Knicks und eilte zur hohen Tafel. »Mylord, Ihr habt einen prächtigen Sohn, der heute im Kloster von St. Frideswide's geboren wurde. Mylady ist wohlauf. Oh!« In diesem Augenblick bemerkte Willa den anderen Herrn. Der Mann war erst vor ein paar Wochen in Ashlin gewesen. Er war ein hochgeborener Herr. »Vergebt mir, Mylord«, sagte sie errötend. »Ich war so aufgeregt, Euch die Nachricht zu überbringen, daß ich Euren Gast nicht bemerkte.«

Ranulf grinste breit. »Es sei dir vergeben, Willa. Sag, Mädchen, ist der Junge gesund? Und meine süße Frau ebenfalls?«

»Ja, Mylord«, erwiderte Willa. Dann berichtete sie ihrem Herrn von der Geburt. »Begleitet Ihr mich zum Kloster zurück? Denn ich soll Euch holen. Die Lady will Euch unbedingt sehen.«

»Geh erst mal in die Küche, und laß dir etwas zu essen geben«, sagte Ranulf. »Wir reiten gemeinsam zum Kloster. Halte dich in knapp einer Stunde bereit.«

»Ja, Mylord«, erwiderte Willa. Dann machte sie abermals einen Knicks und begab sich zur Küche. Sie hatte den ganzen Tag nichts gegessen und einen Bärenhunger.

»Meinen Glückwunsch, Ranulf«, sagte Sir Garrick Taliferro. »Ein Sohn ist etwas Wunderbares, und jetzt habt Ihr Euren Erben.«

»Ich hoffe, er ist der erste von mehreren.« Ranulf strahlte übers ganze Gesicht. Doch dann wurde er plötzlich wieder ernst. »Vom Kloster aus reiten wir weiter nach Worcester. Ihr sagt, Ihr wißt nicht, weshalb Herzog Heinrich mich sprechen will?«

»Nein. Ich kann Euch nur sagen, daß er mich in aller Heimlichkeit aufsuchte und mich bat, zu Euch zu reiten. Ich weiß nicht, was er von Euch möchte. Je früher wir dorthin kommen, desto eher erfahrt Ihr es.«
»Wir müssen im Kloster übernachten«, sagte Ranulf. »Gewiß werden wir vor Einbruch der Dunkelheit dort sein, können aber erst am nächsten Morgen weiterreiten.«
»Ich habe nicht damit gerechnet, daß wir vor frühestens einer Woche in Worcester sein werden«, meinte Sir Garrick. »Der Herzog wird sich freuen, wenn er uns so bald empfangen kann.«
Kurze Zeit später machten sich die beiden Ritter und das Mädchen auf den Weg nach St. Frideswide's. Als sie dort ankamen, war die Sonne schon hinter den Hügeln, die England von Wales trennten, untergegangen. Schwester Perpetua öffnete ihnen das Tor und lächelte, als sie in den Hof ritten. Sie machten vor dem Stall halt, stiegen ab und übergaben ihre Pferde Schwester Josephs Obhut.
»Der Himmel sei gepriesen, daß Ihr gekommen seid, Mylord«, sagte die Äbtissin und eilte auf Ranulf zu. »Eleanore kann es kaum erwarten, Euch zu sehen, und Ihr seid wohl neugierig auf Euren Sohn«, bemerkte sie lächelnd.
Ranulf stellte fest, daß alle zu strahlen schienen. Nachdem er seinen Begleiter vorgestellt hatte, sagte er: »Sir Garrick und ich müssen Euch heute nacht um Obdach bitten, ehrwürdige Mutter.«
»Das sei Euch gerne gewährt.«
»Wo ist Eleanore?«
»Willa wird Euch zum Gästehaus führen, Mylord«, antwortete die Äbtissin.
»Wir haben selten Männer zu Gast«, erklärte die Äbtissin Sir Garrick. »Die Zofe von Lady Eleanore wird Euch Euer Quartier zeigen, Sir, und Euch etwas zu essen bringen.« Dann zog sie sich mit einem kurzen Kopfnicken zurück.
Die beiden Männer folgten Willa ins Gästehaus. Sie zeigte ihnen, wo sie untergebracht wurden, als Orva herbeieilte und Ranulfs Aufmerksamkeit beanspruchte.
»Willkommen, Mylord. Die Herrin kann es kaum erwar-

ten, Euch zu sehen, damit Ihr den jungen Lord Simon Hubert bewundern könnt«, sagte sie.
»Hatte sie eine schwere Geburt?« fragte Ranulf die Hebamme.
Orva schüttelte den Kopf. »Ich hätte eher vermutet, daß ein so zartes Mädchen, das einen so strammen Burschen zur Welt bringt, es schwerer haben würde, als es dann der Fall war, Mylord. Lady Eleanores Wehen dauerten nur ein paar Stunden, und es war eine leichte Geburt. So eine unkomplizierte Geburt ist selten. Anscheinend haben ihr die Engel beigestanden, Mylord.«
»Ganz bestimmt«, sagte er leise, »denn meine Eleanore ist die beste Frau der Welt, Orva.«
»Sie ist dort drin«, erklärte Orva und deutete zur Tür, die in den Schlafsaal der Frauen führte. Ranulf eilte zu seiner Gemahlin.
»Petite!« Er kniete neben Elfs Bett und küßte sie auf die Stirn.
Elf lächelte zu ihrem Gemahl hoch. Du lieber Himmel, wie sehr sie ihn liebte! »Endlich bist du hier«, begrüßte sie ihn. »Als die Wehen einsetzten, wollte ich, daß man dich benachrichtigt, aber sie sagten, bei einer Geburt habe ein Mann nichts verloren. Schau in die kleine Krippe neben dem Kamin, dort liegt dein Sohn.«
»Geht's dir gut, Petite?«
Sie nickte. »Geh jetzt zu Simon Hubert! Er ist das schönste Kind der Welt!«
Ranulf erhob sich und begab sich zur Krippe, beugte sich hinab und betrachtete voller Bewunderung seinen Sohn, der auf dem Bauch lag und seinen vollendet geformten, kleinen runden Kopf zur Seite gedreht hatte. Der Kleine hatte roten Flaum auf dem Kopf. »Er hat dein Haar«, sagte Ranulf leise und strich dem Baby behutsam über den Kopf. »Er ist wunderschön«, sagte er andächtig. Dann richtete er sich wieder auf und trat abermals an ihr Bett, zog einen Schemel heran, so daß er neben ihrem Bett sitzen konnte.
»Wir wollten ihn doch Simon nennen? Weshalb Hubert?«
»Er wurde am Namenstag des heiligen Hubert geboren,

Ranulf«, erklärte sie ihm, »und Hubert ist der Schutzheilige der Jäger. Ich halte das für einen schönen, passenden Namen, aber er kann erst morgen getauft werden. Wenn dir der Name nicht gefällt, brauchen wir ihn ja nicht zu nehmen.«
»Nein, es ist ein schöner Name, Eleanore.«
»Du hast recht gehabt«, begann Elf. »Ich hätte nicht so kurz vor meiner Niederkunft nach St. Frideswide's reisen sollen, aber ich hätte nie geglaubt, daß mein Kind hier auf die Welt kommen würde.«
Ranulf nahm ihre Hand und küßte jeden einzelnen Finger, eine Zärtlichkeit, die sie inzwischen zu schätzen wußte. »Auch wenn ich es lieber gehabt hätte, wenn du unseren Erstgeborenen zu Hause zur Welt gebracht hättest, Petite, warst du hier genauso geborgen wie dort. Ich weiß, die Geburtswehen wurden dir durch die Anwesenheit der guten Nonnen, die du so sehr liebst und die dich lieben, erleichtert. Ich bin nicht böse mit dir.«
»Sie waren wirklich reizend, Ranulf. Die Äbtissin war so ruhig wie immer. Schwester Winifred besorgte mir Kräuter, damit ich mich entspanne. Schwester Joseph brachte eine kleine Krippe, die sie mit Heu und Klee füllte und zuletzt mit einem feinen Leinentuch bedeckte, damit Simon es bequem hat. Matti war die ganze Zeit bei mir. Meine Ängste wurden mir durch ihre Liebe und ihre Gebete genommen.«
»Wir werden ihnen ein schönes Geschenk machen, Eleanore, um ihnen unsere Dankbarkeit zu bezeugen«, sagte Ranulf eifrig.
»Können wir morgen heimreisen?« fragte sie und lächelte hoffnungsvoll zu ihm hoch. Wie gut er aussah! Er war nicht nur stark, sondern auch zärtlich. Sie liebte ihn, auch wenn sie es nicht wagte, ihm dies zu gestehen. Ihr Blick wanderte zu ihrem Sohn. Was für ein Wunder dieses Kind war! Ranulfs Stimme riß sie aus ihren Gedanken.
»Ich glaube, du solltest dich ein paar Tage erholen, bevor wir dich heimbringen«, sagte Ranulf. »Ich reite morgen nach Worcester. Wenn ich zurückkomme, hole ich dich ab,

und wir werden gemeinsam nach Ashlin zurückkehren, Petite. Orva sagte, es sei eine leichte Geburt gewesen, aber es kann dir nichts schaden, wenn du dich ein paar Tage erholst. Ich habe angeordnet, daß in einer Woche ein Dutzend unserer bewaffneten Männer hierherkommen und uns nach Hause geleiten. Du wirst nicht den Versuch machen, ohne mich heimzureisen, versprochen, Petite?«

»Ja.« Elf war verblüfft. »Warum reitest du nach Worcester?«

»Herzog Heinrich hat nach mir geschickt. Er befindet sich im Augenblick dort, allerdings höchst geheim. Frag mich nicht, warum, ich kenne die Gründe nicht. Herzog Heinrich weiß ja, daß ich König Stephan ergeben bin, und deshalb glaube ich nicht, daß es sich um ein falsches Spiel handelt. Sir Garrick wurde zu mir geschickt, und ich halte ihn für einen ehrenhaften Mann. Wenn ich unserem künftigen König einen kleinen Dienst erweisen kann, ohne meine Treue gegenüber König Stephan zu verletzen, kann es uns nicht schaden, Petite. Herzog Heinrich besitzt ebenfalls den Ruf, ein ehrenhafter Mann zu sein, so daß ich nicht glaube, daß er unlautere Pläne mit mir hat.«

»Ich frage mich, was er von dir will«, bemerkte Elf nachdenklich. »Wenn es etwas ist, das außer dir niemand tun kann, wird Herzog Heinrich zweifellos dankbar sein. Das könnte sich für unseren Sohn auszahlen.« Sie fing schon an, wie eine ehrgeizige Mutter zu denken. »Haben nicht auch der Herzog und seine Frau einen kleinen Sohn? Vielleicht kann Simon ihm eines Tages bei Hof dienen! Wenn sie zusammen aufwachsen würden, könnten sie Freunde werden, gute Freunde sogar. Das wäre von großem Vorteil für unseren Sohn, Ranulf! Wenn du Herzog Heinrich gut dienst, ist unser Glück vielleicht gemacht!«

Ranulf de Glandeville betrachtete seine Frau verwundert. Eleanore enthüllte gerade eine Seite ihres Wesens, die er nie an ihr vermutet hätte. Erst vor wenigen Stunden hatte sie ihren Sohn zur Welt gebracht, und schon strebte sie eine große Zukunft für ihn an. Er wußte nicht, ob er sich über diese neue Frau, die er gerade entdeckt hatte, freuen oder

sich vor ihr fürchten sollte. »Einfache Ritter erweisen hochgestellten Herren selten einen solch großen Dienst, daß sie so großmütig belohnt werden, Petite. Mein Name ist nicht so bedeutend, daß unser Sohn der Spielgefährte von Prinz Wilhelm werden könnte.« Er lächelte sie an und tätschelte ihre Hand.
»Das kannst du nicht wissen«, wandte Elf ein.
Ranulf kicherte. Seine Frau war nicht bereit, ihre Träume so leicht aufzugeben. »Da Herzog Heinrich das Land nicht kennt, hat er vermutlich die Männer angesprochen, die Güter in verschiedenen Gegenden besitzen und auch auf diesen Gütern leben. Ich wurde nach Ashlin geschickt, da es sich an der Grenze zwischen England und Wales befindet. Herzog Heinrich ist ein großer Kriegsherr, Eleanore. Es kann sein, daß er den Entschluß faßt, die Waliser anzugreifen, wenn er erst einmal König von England ist. Ich kann mir keinen anderen Grund vorstellen, Petite, weshalb er nach mir gesandt hat.« Er erhob sich, beugte sich zu ihr hinab und küßte sie leicht auf den Mund. »Du hast einen schweren Tag gehabt, Eleanore. Du mußt jetzt schlafen und dich erholen. Morgen mußt du unseren Sohn stillen.«
»Verabschiedest du dich von mir, bevor du morgen losreitest?« fragte sie ihn ängstlich. »Bevor du gehst, muß Simon unbedingt noch getauft werden.«
»Vorher reite ich nicht los«, versprach er. Dann verließ er sie.
Willa kehrte geräuschlos in den Raum zurück. Sie ging zur Krippe, nahm Simon hoch und brachte ihn seiner Mutter. »Ma sagt, Ihr müßt versuchen, ihn zu stillen. Eure Milch ist noch nicht flüssig genug zum Stillen, aber die Flüssigkeit, die aus Eurer Brust kommt, ist für den kleinen Herrn genauso nahrhaft.«
Elf richtete sich mühsam auf. Als sie es sich einigermaßen bequem gemacht hatte, öffnete sie die Bänder ihres Hemdes und verlangte nach ihrem Sohn. »Wie muß ich es machen?« fragte sie Willa, als Simon an ihrer Brust herumgrapschte.
»Steckt ihm einfach eine Brustwarze in den Mund, My-

lady. Den Rest besorgt er selbst«, erklärte Willa ihr. »Ich habe Ma viele Male zugesehen.«
Elf umfing ihren Sohn mit einem Arm und rieb ihre Brustwarze an seinem kleinen Mund. Er öffnete ihn und schloß ihn dann mit erstaunlicher Kraft um die Rosette. Sie stöhnte auf. »Heilige Muttergottes! Er ist ja wie sein Vater.« Elf errötete, als ihr bewußt wurde, was sie da gesagt hatte, aber Willa kicherte nur. Fasziniert beobachtete Elf, wie der Kleine entschlossen an ihrer Brust saugte. Seine blauen Augen blickten zu ihr hoch, musterten sie interessiert. »Ja«, sagte sie zu ihm, »ich bin deine Mutter, Simon Hubert. Ich hätte nie gedacht, daß ich einmal Mutter werden würde, aber so ist es nun mal, mein Sohn.«
Orva trat in den Schlafsaal »Ah, Ihr habt ja schon angefangen, ihn zu stillen. Gut! Er ist ein großer Kerl, Mylady. Nehmt jetzt die andere Brust, damit Eure Milch zu fließen anfängt. Noch ein bis zwei Tage, dann könnt Ihr ihn mühelos stillen.«
Elf nahm das protestierende Kind von ihrer rechten Brust und legte es an die linke. Simon saugte an der zweiten genauso energisch wie an der ersten, aber schließlich klappten ihm die Augen zu. Plötzlich fiel sein kleiner Kopf zur Seite, und er schlief ein. Orva nahm das Baby, legte es in die Krippe zurück und gab ihrer Tochter die Anweisung, das Kind zu beaufsichtigen, bis sie abgelöst wurde.
»Im Augenblick sind im Kloster drei Postulantinnen und zwei Novizinnen«, berichtete Orva ihrer Herrin. »Die Äbtissin sagt, sie würden während der Nacht abwechselnd auf das Kind aufpassen, damit wir in Ruhe schlafen können. Habt Ihr Hunger, Mylady?«
»Nein, ich bin nur müde«, antwortete Elf.
»Dann schlaft«, forderte Orva sie auf. »Ihr habt gute Arbeit geleistet, Mylady, und um uns herum herrscht Frieden, gepriesen seien der Herr und die Heilige Muttergottes!«

12. Kapitel

Zwei Tage später waren Sir Garrick Taliferro und Ranulf de Glandeville nach Worcester gelangt, einer schönen kleinen Stadt am Ostufer des Severn, die auf eine lange, glanzvolle Geschichte zurückblickte. Zu Ranulfs Überraschung befand sich der Bischof in Begleitung von Herzog Heinrich. Worcester hatte unter Kaiserin Mathildes Hand gelitten, als ihre Truppen vor fünfzehn Jahren die Stadt unter Beschuß genommen hatten. Doch sie war nicht zerstört worden, auch nicht, als vor fünf Jahren König Stephans Soldaten Worcester angegriffen hatten. Eingestürzte Gebäude waren wiederaufgebaut, die Kathedrale bis auf einen Turm, der später repariert werden sollte, restauriert worden.
Da der Besuch des Herzogs strengster Geheimhaltung unterlag, gab es natürlich keinen Aufwand und kein Gepränge. Ranulf wurde in einen kleinen holzgetäfelten Raum mit Kamin geführt, in dem ein Feuer brannte, das an diesem kühlen Juninachmittag wohlige Wärme verbreitete. Heinrich von Anjou begrüßte ihn mit einem Lächeln.
»Willkommen, Sir Ranulf.«
Ranulf verbeugte sich tief. Als er sich wieder aufrichtete, wurde ihm bewußt, daß er den Herzog an Größe überragte. Unwillkürlich versuchte er, sich kleiner zu machen. Als der Herzog dies bemerkte, lachte er.
»Es nutzt nichts, Mylord«, sagte er mit seiner seltsam rauhen Stimme, »daß Ihr versucht, kleiner zu erscheinen. Ihr überragt die meisten Männer an Größe. Ich bin wohl nicht so groß, dafür aber gescheiter als die meisten. Ich hätte keine Freunde, wenn ich es als Beleidigung empfände, daß mich ein Mann an Körpergröße überragt. Setzt Euch, wir wollen reden.«

Die beiden Männer setzten sich einander gegenüber auf Holzstühle mit hohen Rückenlehnen und gepolsterten Sitzen.

»Ich brauche Eure Hilfe, Ranulf de Glandeville«, begann der Herzog. »König Stephans Gesundheitszustand ist bedenklich. Nachdem er seine geliebte Frau und seinen Sohn Eustach so kurz hintereinander verloren hat, ist er untröstlich und mutlos. Sein Interesse an England und den Geschehnissen um ihn herum ist erloschen. Er hat jeglichen Lebensmut verloren. Es ist unwahrscheinlich, daß er sich noch einmal erholt. Man berichtete mir, daß er nicht mehr lange leben wird. Wie es aussieht, werde ich am Jahresende Englands König sein.

Die Erbfolge ist jetzt eindeutig und von der Kirche gebilligt. Doch ich fürchte, die aufsässigen englischen Barone könnten versuchen, Unruhen zu schüren, denn in den Jahren, in denen meine Mutter und ihr Vetter hier um die Vorherrschaft kämpften, haben sie getan, was sie wollten. Ich muß sofort in die Normandie zurückkehren, um meine Ländereien und die meiner Gemahlin zu beaufsichtigen und eine Regierung einzusetzen, die in meinem Namen regieren wird, wenn ich erst einmal König von England bin. Wenn ich im Herbst zurückkehre, bringe ich meine Frau und meinen Sohn mit, um England meine Königin und meinen Erben vorzustellen. Ich hoffe, wenn das Volk sie sieht, werden sich Unruhen vermeiden lassen. Ich möchte, daß Ihr mich in die Normandie begleitet. Niemand soll wissen, daß Eleonore und Wilhelm nach England kommen werden. Dieses Geheimnis müßt Ihr für Euch behalten, denn ich habe Euch als Begleiter für meine Frau und meinen Sohn gewählt.«

»Mich?« fragte Ranulf erstaunt. »Mylord, sollte diese große Ehre nicht einem hohen Herrn zuteil werden? Ich bin lediglich ein einfacher Ritter mit einem kleinen Landgut. Ungeachtet der strategischen Lage von Ashlin bin ich kein bedeutender Mann und habe Euch ja meine Treue bereits gelobt, mein Lehnsherr.«

Die hellgrauen Augen blickten Ranulf durchdringend an. »Genau aus dem Grund, weil Ihr Euch dieser Aufgabe nicht für würdig erachtet, habe ich Euch gewählt, Ranulf de Glandeville. Ich möchte, daß die Königin und mein Sohn ohne Aufsehen nach England gebracht werden. Ein hoher Herr könnte dies nicht bewerkstelligen. Zudem könnte er glauben, daß er Macht über mich hätte, weil er meine Frau und meinen Sohn in seiner Obhut hat. Das erlaube ich nicht, aber bei Euch brauche ich so etwas nicht zu befürchten. Ihr seid ein ehrlicher Mann, ich weiß, daß ich Euch trauen kann. Die Königin muß an meiner Seite sein. Wenn sie und mein Sohn erst einmal hier sind, kann ich sie beschützen. Aber die Reise ist gefährlich. Wenn ich in ein paar Tagen in die Normandie zurückkehre, werdet Ihr Euch unter meine Ritter mischen. Niemand wird irgend etwas vermuten, man wird nur denken, daß Ihr Frieden mit mir schließt, nachdem König Stephan offensichtlich mit dem Leben abgeschlossen hat.« Plötzlich wurde der Herzog gewahr, daß Ranulf bestürzt dreinblickte. »Was ist los, Mylord?« fragte er ihn besorgt.

»Meine Gemahlin Eleanore hat vor zwei Tagen unseren ersten Sohn geboren. Sie war gerade zu Besuch im Kloster von St. Frideswide's, als ihre Wehen einsetzten. Auf dem Weg hierher stieg ich dort ab, um sie und unser Kind zu sehen. Ich versprach ihr, ich würde zurückkehren, um sie nach Ashlin zu begleiten. Wenn ich jedoch mit Euch reise, wie kann ich dann meiner Frau gegenüber mein Versprechen halten?«

»Habt Ihr denn keinen Knappen oder einen anderen Ritter auf Eurem Gut, der sie und das Kind begleiten könnte?« fragte der Herzog leicht gereizt.

»Mylord, ich habe Euch gesagt, daß wir nur ein kleines Landgut besitzen. Eigentlich sollte ich einen Knappen haben, aber bis zu meiner Heirat fehlten mir die Mittel dazu. Wäre es nicht unverdächtiger, wenn ich allein in die Normandie käme? Ich wäre dann nur ein Ritter unter vielen, wie Ihr bereits gesagt habt, und würde meinen Frieden mit Euch schließen, da ja die Lage im Land klar ist.«

»Ist es Euer erstes Kind?«

»Ja.« Ranulf mußte unwillkürlich lächeln. »Er heißt Simon

Hubert, weil er am Namenstag des heiligen Hubert geboren wurde, wie die guten Nonnen meiner Frau berichteten. Eleanore hielt den Namen für sehr passend.«

Herzog Heinrich schmunzelte. »Und liebt Ihr Eure Frau, Ranulf de Glandeville? Ich liebe meine Eleonore wie verrückt! Sie war die Königin von Frankreich, aber aufgrund von Ludwigs mönchischem Gebaren konnte sie nur zwei Töchter von ihm bekommen. Wegen Blutsverwandtschaft ließ er die Ehe auflösen, der Narr! Mir fielen die reichen Ländereien meiner Gemahlin zu, und Ludwigs zweite Frau, Konstanze von Kastilien, hat ihm abermals eine Tochter geboren, doch Eleonore hat mir einen Sohn geschenkt! Ich vergöttere sie! Liebt Ihr Eleanore?«

»Ja, Mylord«, erwiderte Ranulf und gestand damit seine Gefühle für seine Frau ein, wenn auch gegenüber der falschen Person. »Sie wollte eigentlich den Schleier nehmen, aber dann ist ihr Bruder gestorben. Sie verkörpert das Gute selbst. Ich hätte nie gedacht, daß so ein alter Haudegen wie ich sich noch verheiraten würde, geschweige denn mit einer so süßen Frau.«

»Man berichtete mir, Stephan werde den Sommer noch durchhalten«, fuhr Herzog Heinrich fort. »Laßt Euch einen Monat Zeit, um alles zu regeln, aber macht Euch am St. Swithen's Day für die Abreise in die Normandie bereit. Ihr setzt zuerst über nach Barfleur und reitet dann weiter nach Rouen. Dort bringe ich zum ersten Mal meine Frau und meinen Sohn mit meiner Mutter zusammen. In Rouen werdet Ihr Euch an den Hof begeben. Es ist gut, daß Ihr Eure Frau liebt, Ranulf. Deshalb werdet Ihr auch auf die meinige gut aufpassen und sie sicher nach England geleiten. Wenn Ihr erst einmal in der Normandie seid, werden wir meine Pläne für ihre Überfahrt besprechen.«

Ranulf de Glandeville erhob sich und verbeugte sich tief vor dem Herzog. »Ich füge mich Euren Befehlen, mein Lehnsherr.«

»Ihr redet mit niemandem darüber, außer vielleicht mit Eurer Frau, sofern auf ihre Verschwiegenheit Verlaß ist«, warnte ihn Herzog Heinrich.

»Ich verstehe«, erwiderte Ranulf und zog sich zurück.
Niemand wartete auf ihn. Also begab er sich zum Hof und von dort zum Stall, wo sein Pferd untergebracht war. Nachdem er seinen Schwertgürtel samt Schwert abgelegt hatte, legte er sich auf einen Stapel frischen Strohs im Hintergrund des Stalls.
Ranulf erwachte durch einen schmalen Lichtstrahl, der sich durch eine Ritze in der Wand stahl. Er erhob sich, erleichterte sich in der Ecke, schnallte das Schwert um und ging hinaus.
»Sattle mein Pferd in einer halben Stunde«, wies er den Stallburschen an, der gerade den gegenüberliegenden Stall ausmistete. Dann ging Ranulf hinaus, spritzte sich Wasser aus dem Pferdetrog ins Gesicht und strich sich die Haare zurück. Er folgte einer Gruppe von Priestern in den Bischofspalast und begab sich zur großen Halle, wo gerade das Frühstück aufgetragen wurde. Brotkörbe wurden verteilt, und geschäftigte Bedienstete füllten die Holzbecher mit Bier. Zudem lag auf jedem Tisch ein kleiner Laib Käse. Ranulf griff in den Korb, zog ein kleines Landbrot heraus und schnitt sich ein Stück von dem Käse ab.
Da er niemanden am Tisch kannte, verzehrte er sein Frühstück schweigend. Garrick Taliferro war nirgendwo zu sehen, aber das war gut so, denn so brauchte er nicht zu erklären, was der Herzog mit ihm vorhatte. Er aß das halbe Brot und den Käse und steckte den Rest in seinen Beutel, da er nicht wußte, wann er wieder etwas zu essen bekommen würde. Nachdem er seinen Becher Bier geleert hatte, stand er auf und verließ die Halle. Sein Pferd war gesattelt und vor dem Stall angezurrt, doch der Stallbursche war nirgendwo zu sehen. Also stieg Ranulf aufs Pferd und ritt hinaus.
Als er durch die Stadttore kam und den Weg nach Ashlin einschlug, ging gerade die Sonne auf. Er ritt, bis die Sonne voll am Himmel stand, und machte dann neben einem kleinen Fluß halt, um sein Pferd zu tränken. Er ließ das Pferd grasen und setzte sich unter einen Baum, wo er das Brot und den Käse verzehrte und seinen Durst mit dem eisigen

Wasser stillte. Erfrischt stieg er wieder auf und setzte seinen Ritt fort. Es war Juni und lange hell. Ranulf war erleichtert, als das Kloster, in dem er auf dem Weg nach Worcester genächtigt hatte, über dem Hügel in Sichtweite kam. Dort angelangt, bat er den Pförtner um ein Nachtquartier. Im Kloster wurde gerade eine kleine Mahlzeit gereicht. Man servierte ihm einen kleinen Laib Brot und eine gebratene Hasenkeule mit einem kleinen Becher Bier. Doch der Mönch, der sich um die Gäste kümmerte, bekam Mitleid mit Ranulf und brachte ihm noch ein Stück von dem Hasen, da er erkannt hatte, daß der Ritter hungrig war. Und schließlich war er ja ein großer, kräftiger Mann.
»Was ist das Ziel Eurer Reise?« erkundigte sich der Mönch neugierig.
»St. Frideswide's«, antwortete Ranulf und bedankte sich mit einer Kopfbewegung für die zusätzliche Portion. »Meine Gemahlin war gerade dort zu Besuch, als sie unseren Sohn zur Welt brachte.« Er zögerte kurz, als er sich seine Worte überlegte, und tischte dem Mönch folgende Lüge auf: »Ich war in Worcester, als ich von einem Reisenden davon erfuhr. Ich hole sie jetzt dort ab und bringe sie nach Ashlin.«
»Ashlin? Ihr seid der Herr von Ashlin?« erkundigte sich der Mönch.
»Ja.«
»Da befindet Ihr Euch ja ganz in der Nähe der Waliser. Wie ich erfahren habe, sind sie in letzter Zeit wieder recht unruhig.«
»Ashlin ist gut geschützt, werter Bruder. Unsere Mauer ist hoch, und meine Männer sind gut ausgebildet.«
»Das nützt alles nichts, wenn sie Euer Getreide niederbrennen und Euer Vieh stehlen«, erwiderte der Mönch. »Sie handeln aus reiner Zerstörungswut. Die Waliser sind gottlose Geschöpfe, Mylord.«
»Dann bitte ich Euch, für Ashlin und seine Leute zu beten.« Ranulf war besorgt. »Habt Ihr in letzter Zeit irgend etwas erfahren, werter Bruder?«
»Nur, daß sie erneut ihre Raubzüge jenseits der Grenze

unternehmen – mal hier, mal dort. Vor allem ein gewisser Merin ap Owen hat sich hervorgetan. Es heißt, er reitet in Begleitung eines goldhaarigen Frauenzimmers, das genauso blutrünstig ist wie er. Keiner ist vor ihnen sicher. Vor ein paar Wochen brannten sie St. Brides's, ein kleines Kloster, nieder, töteten die älteren Nonnen, vergewaltigten die jüngeren und brachten sie anschließend ebenfalls um. Es soll ein entsetzliches Blutbad gewesen sein, Mylord.« Der Mönch schüttelte traurig den Kopf. »Ihr solltet nicht allein reisen.«
»Ich bin gut bewaffnet«, erwiderte Ranulf. »Im übrigen sehe ich nicht aus wie ein Mann, den zu überfallen sich lohnte, werter Bruder.«
»Ihr habt immerhin ein Pferd, Mylord.«
»Ja, das stimmt, aber Shadow ist schneller als jedes andere Pferd, das kann ich Euch versichern.«
»Ich werde für Euch beten, mein Sohn«, sagte der Mönch. »Und für Ashlin.«
Ranulf war froh, daß er heute der einzige Gast des Klosters war und seine Matratze mit niemandem teilen mußte. Er stand vor der Morgendämmerung auf, um in der kargen Klosterkirche der Prim beizuwohnen. Dann servierte man ihm ein erstaunlich herzhaftes Frühstück aus Hafergrütze und einem Stück warmem Brot. Er verzehrte die Grütze und das halbe Brot, den Rest verstaute er in seinem Beutel. Nachdem er einen Becher Apfelsaft geleert hatte, erhob er sich, legte eine Münze auf den Tisch, bedankte sich bei dem Mönch und ging zum Stall, um sein Pferd zu holen. Es war genausogut versorgt wie er selbst, und so gab er dem Mönch, der für die Ställe zuständig war, ebenfalls eine Münze.
Er ritt bis Mittag durch und hielt nur an, damit sein Pferd Wasser trinken und grasen konnte, während er das restliche Brot verzehrte, das er mitgenommen hatte. Heute abend würde er in St. Frideswide's sein, und es würde abermals ein bescheidenes Mahl geben. Er sehnte sich nach Ashlin und einem herzhaften Abendessen aus Kaninchenragout in Weinsauce, einem Teller saftiger Garnelen und ei-

nem süßen Pudding, Käse, soviel er wollte, und Butter auf das warme Brot. Ranulf lachte, als er wieder aufs Pferd stieg und seinen Weg fortsetzte. Er hatte sich bereits an das süße Leben eines Gutsbesitzers gewöhnt. Es würde eine ganz schöne Strapaze werden, wieder als einfacher Ritter über die Straße zu ziehen.

War er im Begriff, sich gegen König Stephan illoyal zu verhalten? fragte er sich. Doch Herzog Heinrich hatte nicht viel von ihm verlangt, und das, was er für ihn erledigen sollte, stand keinesfalls im Widerspruch zu seiner Treue gegenüber seinem König. Schließlich hatte er Herzog Heinrich seinen Lehnseid versprochen, wenn dieser König werden würde, überlegte Ranulf. Wenn er die künftige Königin mit ihrem Kind sicher nach England geleitete, erwies er Heinrich von Anjou einen wertvollen Dienst. Was würde Heinrich für ihn tun? Es war bekannt, daß Könige ihre ergebenen Diener belohnten. Was wünschte er sich? Diese Frage würde ihm bestimmt gestellt werden.

Ranulf überlegte. Plötzlich fiel ihm etwas ein. Er wollte den König um Erlaubnis bitten, eine Burg zu bauen. Um die Grenze zwischen England und Wales gut schützen zu können, mußte Ashlin eine Burg bekommen. Ohne die ausdrückliche Erlaubnis des Königs konnte er sie nicht bauen. Er würde sich bei der künftigen Königin einschmeicheln, um auch ihre Unterstützung zu erlangen. Ranulf lächelte gequält. Seine Frau würde stolz auf ihn sein, denn endlich dachte er wie ein Ehemann, ein Vater, ein Gutsherr. Er lachte leise, und das Pferd spitzte bei diesem Geräusch die Ohren.

Ranulf ritt ohne Pause bis zum Einbruch der Dämmerung. Endlich kam das Kloster in Sicht. Seufzend gab er seinem Pferd die Sporen und galoppierte seinem Ziel entgegen. Schwester Perpetua stand an den Toren, von denen eines offen und das andere geschlossen war. Er ritt hindurch und vernahm, wie das Tor hinter ihm mit einem lauten Knall geschlossen wurde. Er glitt vom Pferd und half der Schwester, den schweren Holzbalken vorzulegen.

»Ich danke Euch, Mylord«, sagte die Schwester Pförtne-

rin. »Wir haben Euch erwartet. Eleanore war sicher, daß Ihr noch vor der Dunkelheit hier eintreffen würdet.«
»Ich habe ihr versprochen, daß ich mich nicht länger als nötig in Worcester aufhalten würde«, erwiderte Ranulf. »Sind meine Männer schon angekommen, Schwester?«
»Am späten Nachmittag. Wir haben sie mit ihren Pferden im Stall untergebracht. Die ehrwürdige Mutter hielt es für das beste.«
»Danke«, erwiderte er. »Wo ist die Äbtissin? Ich würde ihr gern meine Aufwartung machen, bevor ich zu meiner Frau und meinem Kind gehe.«
»Ihr findet sie im Kapitelsaal.«
Er eilte dorthin und traf Schwester Eunice über Papiere gebeugt an. Die Tür zu dem Gemach stand offen, und die Äbtissin blickte hinter dem langen Eichentisch, an dem sie arbeitete, zu ihm auf.
»Kommt herein, Sir Ranulf«, forderte sie ihn auf. »Nehmt Platz.«
Er wählte den Stuhl vor ihrem Tisch. »Ich würde gerne etwas mit Euch besprechen, was geheim bleiben muß, ehrwürdige Mutter«, begann er. »Es geht nicht um Verrat, aber wenn ich Euch eingeweiht habe, werdet Ihr begreifen, wieso es geheim bleiben muß.«
»Sprecht, Sir Ranulf.«
»Der König wird sterben«, fing er an. »Ich wurde von Herzog Heinrich, dem ich nach König Stephans Tod den Treueeid leisten werde, beauftragt, in die Normandie zu reisen, um seine Gemahlin und seinen Sohn nach England zu geleiten. Der Herzog hat mich gebeten, dieses Vorhaben diskret zu behandeln und geheimzuhalten. Es ist unwahrscheinlich, daß jemand, insbesondere die hohen Herren, je erfahren wird, wie die künftige Königin nach England gelangt ist. Der Herzog kehrt jetzt auf der Stelle in die Normandie zurück. Ich folge ihm in einem Monat. Dies sollte eigentlich reibungslos vonstatten gehen. Aber für den Fall, daß mir etwas zustoßen sollte, wünsche ich, daß Ihr eingeweiht seid und Euch um meine Frau kümmert.«

»Ich verstehe, Mylord. Werdet Ihr Eleanore sagen, wohin Ihr reiten werdet und weshalb?«
»Ja. Sie und ich, wir haben keine Geheimnisse voreinander.«
»Was werdet Ihr vom König als Gegenleistung für Euren Dienst verlangen, Sir Ranulf?« fragte ihn die Äbtissin verschmitzt.
»Wenn ich meinen Auftrag für den Herzog erfolgreich ausgeführt habe, werde ich ihn um die Erlaubnis bitten, in Ashlin eine Burg zu bauen.«
Die Äbtissin nickte. »Ihr seid klug. Eine Burg in der Nähe kann uns helfen, unser Grenzland zu verteidigen.«
»Das ist ein weiterer Punkt, den ich mit Euch besprechen möchte. Ich habe erfahren, daß die Waliser wieder Überfälle verüben. Unter ihnen befindet sich ein besonders bösartiger Kerl namens Merin ap Owen. Er hat vor kurzem ein Kloster niedergebrannt und die Nonnen regelrecht abgeschlachtet. Es heißt, in seiner Begleitung befinde sich eine Frau. Seid auf der Hut! Sorgt dafür, daß das Kloster Tag und Nacht gesichert ist.«
»Im allgemeinen sind wir bisher in Ruhe gelassen worden, da bekannt ist, daß wir nur ein einfaches Kloster sind und nichts von Wert besitzen. Wir haben weder Kerzenleuchter aus Gold oder Silber noch irgendwelche Reliquienschreine.«
»Aber Ihr habt Schafe und Vieh.«
»Das stimmt«, sagte die Äbtissin nachdenklich, »aber wenn die Waliser uns überfallen sollten, werden sie wohl nur das Vieh mitnehmen und uns in Frieden lassen, Sir Ranulf.«
»Dieser Merin ap Owen ist ein Mann ohne Gewissen. Die jüngeren Nonnen des Klosters, das er niederbrannte, wurden vergewaltigt, ehrwürdige Mutter. Er war nicht nur auf Raub aus. Er hat auch gemordet und geplündert.« Ranulf erhob sich. »So, nun habe ich aber Sehnsucht nach meiner Frau und meinem Sohn. Geht es den beiden nach wie vor gut?«
»Ja«, erwiderte die Äbtissin, die in Gedanken noch dem nachhing, was Ranulf ihr soeben berichtet hatte. Ein

Mann, der Nonnen schändete, war im höchsten Maße gefährlich. Sie mußten darum beten, daß dieser Merin ap Owen nicht nach St. Frideswide's kam.
Ranulf verließ den Kapitelsaal und ging durch den Kreuzgang zum Gästehaus. Als er eintrat, begrüßten ihn Orva und Willa. Dann schweifte sein Blick an ihnen vorbei zum Kamin, wo Eleanore gerade den kleinen Simon stillte. »Petite«, rief er. Sie blickte hoch und fing an zu strahlen.
»Du bist also zurück«, sagte sie. »Willkommen! Komm und schau dir Simon an. Ich könnte schwören, daß er inzwischen bereits gewachsen ist.«
Er eilte zu ihr. O Gott, dachte er, wie sehr ich sie liebe! Warum nur kann ich es ihr nicht sagen? Aber er kannte die Antwort auf seine Frage. Eleanores größter Wunsch war es gewesen, Nonne zu werden. Ihre Heirat war damals erzwungen worden. Im allgemeinen wurden die Verbindungen vom Vormund der Frauen arrangiert, und einige hatten die Gelegenheit, vor der Heirat etwas über ihren Bräutigam zu erfahren oder ihn kennenzulernen – und waren zudem nicht dazu erzogen worden, ins Kloster zu gehen. Wie konnte Eleanore ihn lieben, da sie ja zu der Ehe mit ihm gezwungen und ihr ganzes Leben dadurch auf den Kopf gestellt worden war? Sie war ihm immer eine gute Frau gewesen, aber gewiß konnte sie den Mann, der ihr aufgezwungen worden war, nicht lieben. Und er konnte den Gedanken nicht ertragen, daß sie seine Liebe nicht erwiderte. Es war besser, zu schweigen.
»Wann können wir heimkehren?« fragte sie ihren Gemahl.
»Wenn du in der Lage bist, morgen, Petite. Heute sind unsere bewaffneten Männer eingetroffen, die uns heimbegleiten sollen. Die Waliser unternehmen wieder ihre Raubzüge. Ich will, daß du und Simon heil und gesund nach Ashlin gelangt. In einem Monat muß ich eine Mission für Herzog Heinrich erfüllen.«
Sie blickte verblüfft und gekränkt drein, und er beeilte sich, ihr alles zu erklären. Orva und Willa hatten sich zurückgezogen, um sie allein zu lassen. »Ich habe dies nur der Äbtissin und dir anvertraut. Niemand sonst soll erfahren, aus

welchem Grund ich unterwegs bin. Du darfst niemandem etwas sagen, Petite. Wir werden uns einen Grund ausdenken für den Fall, daß dich jemand nach mir fragen sollte, vor allem, wenn Baron Hugh in meiner Abwesenheit vorbeikommen und herumschnüffeln sollte.«

Simon war jetzt gesättigt. »Da«, forderte sie ihn auf und reichte das Baby dem verblüfften Vater. »Halt ihn einen Moment, während ich mein Hemd zuschnüre.« Dann lachte sie über den entsetzten Blick ihres Gemahls, als er das Baby in seine großen Hände nahm. »Drück ihn an die Brust, Ranulf. Er wird schon nicht zerbrechen.«

»Er schaut mich an«, sagte Ranulf fasziniert.

»Natürlich«, erwiderte Elf. »Deine Stimme ist ihm fremd. Er möchte wissen, wer du bist. Das ist dein Vater, Simon«, girrte Elf. »Wenn du größer bist, bringt er dir bei, wie man mit einem Schwert und einer Lanze umgeht und wie man reitet. Ich lehre dich Lesen und Schreiben – und Manieren. Und wir werden dich beide lieben, Simon Hubert de Glandeville, mein reizender kleiner Sohn. Und wir werden dir Brüder geben, mit denen du spielen kannst, und Schwestern, die du necken kannst«, versprach Elf.

»Du willst noch mehr Kinder? Du hast doch gerade erst eines geboren!« Ranulf war überrascht und insgeheim erfreut.

»Gewiß will ich noch mehr Kinder. Eines Tages haben wir auf Ashlin eine Burg, und die de Glandevilles werden in dieser Gegend einen bedeutenden Namen haben. Ja, wir brauchen noch mehr Kinder. Im übrigen«, flüsterte sie ihm ins Ohr, »hatten wir so viel Spaß dabei, dieses hier zu zeugen.« Dann nahm sie das Baby an sich und lachte leise.

Ranulf schluckte. »Eleanore, du machst es mir schwer zu gehen«, sagte er leise.

»Dann habe ich mein Ziel erreicht, Ranulf, und du wirst zu uns heim eilen.« Sie kicherte.

In diesem Augenblick kam Willa mit einem Tablett herein. »Mylord, wir dachten, daß Ihr bestimmt noch nichts gegessen habt«, sagte sie und stellte es ab.

Köstliche Gerüche stiegen Ranulf in die Nase, und er

machte große Augen bei all den Köstlichkeiten, die sich ihm auf dem Tablett darboten. Da waren eine Schüssel mit Stew in einer dicken Sauce mit Karotten und Lauch, eine kleine gebratene Forelle auf einem Kressebett, frisches Brot, Käse und eine Karaffe Wein. »Ist das Klosterkost?« fragte er überrascht.
»Nein, die Nonnen nehmen nur einfache Mahlzeiten zu sich, aber Zöglinge bekommen kräftigere Kost. Und du bist ein besonderer Gast.« Elf erhob sich, gab Willa das Baby und servierte ihm das Mahl. Sie füllte eine Schale mit dem Stew, verteilte die übrigen Speisen auf einem polierten Holzteller und stellte alles auf einen kleinen Tisch, den sie vor Ranulf gestellt hatte.
Ranulf ließ sich nicht zweimal bitten. Er verzehrte alles, was ihm serviert worden war. Als Elf zum Abschluß einen kleinen Teller mit Walderdbeeren in Rahm vor ihn hinstellte, grinste er genüßlich. Als alles aufgegessen und der Wein geleert war, stand er auf und seufzte zufrieden. »Seit einer Woche träume ich von einem solchen Mahl wie dem, das du mir gerade vorgesetzt hast, Petite.«
»Ich will nach der Prim aufbrechen«, sagte Elf. »Je früher wir gehen, desto früher sind wir daheim. Ich bin jetzt seit einem Monat von zu Hause fort und will so schnell wie möglich heim.«
»Bist du auch stark genug für die Reise, Petite?« fragte er.
»Ich bin doch keine zarte Blume. Dank des Herrn bin ich stark. Morgen nehmen wir unseren Sohn und fahren heim«, verkündete sie energisch.
»Ich erinnere mich noch an eine Zeit, da du geweint hast, weil du nicht im Kloster bleiben durftest«, neckte er sie liebevoll und beugte sich über sie, um sie zu küssen. »Du bist keine kleine Nonne mehr, Eleanore. Du bist eine Frau, Simons Mutter und meine liebe Gemahlin.«
»Ich bin dankbar für die Jahre, die ich hier verbringen durfte. Und ich wäre glücklich gewesen, wenn ich im Kloster hätte bleiben und mein Leben Gott hätte weihen dürfen. Aber ich bin mehr als zufrieden, deine Frau und Simons Mutter zu sein, Ranulf.« Und außerdem liebe ich dich jetzt

mehr als mein eigenes Leben, dachte sie. Wenn du mich doch auch lieben würdest, aber ich weiß, das wird nie sein können. Ich muß mich damit begnügen, daß du mich für eine gute Frau hältst und mir deine Gunst schenkst, mich damit zufriedengeben, daß wir Freunde sind.

Die Frauen schliefen in einem Schlafsaal, der ihnen zugewiesen worden war, und Ranulf nächtigte im Männerbereich des Gästehauses. Am nächsten Morgen besuchten er und Elf die Prim in der Klosterkirche und gesellten sich anschließend zu ihren Bediensteten, um mit ihnen zu frühstücken. Elfs Wagen war gepackt. Als sie es sich mit ihrem Sohn darin bequem gemacht hatte, kamen die Äbtissin und die übrigen Nonnen, um sich von ihr zu verabschieden.
»Wir haben ein Geschenk für deine Kirche in Ashlin«, sagte die Äbtissin und reichte Elf einen hübsch geflochtenen Weidenkorb, der ein wunderschön besticktes Altartuch enthielt.
»Wir werden es in Ehren halten«, versprach Elf der Äbtissin und lächelte dankbar.
»Paß gut auf unseren Patensohn auf«, befahl die Äbtissin lächelnd. »Wir hoffen, wir sehen ihn, sooft du ihn uns vorbeibringen kannst, Elf.«
»Auf Wiedersehen, meine Liebe«, verabschiedete sich Schwester Winifred. »Hier ist noch eine Engelwurz für deinen Garten.«
Elf küßte die alte Nonne auf die zerfurchte Wange. »Danke, Schwester.« Unwillkürlich kamen ihr die Tränen.
»Aber, aber«, schalt Schwester Winifred sie liebevoll. »Schwester Maria Gabriel macht sich nicht schlecht, auch wenn sie nicht deinen Instinkt besitzt.« Dann trat sie vom Wagen zurück.
»Ich sage nur Lebewohl bis zum nächsten Mal«, verkündete Schwester Columba. »Es war ein Vergnügen, dich ein paar Wochen hier zu haben. Aber ich habe erkannt, daß du nach Ashlin gehörst, denn du bist von ganzem Herzen Ehefrau und Mutter. Mein Platz jedoch ist hier. Gott segne dich, meine liebe Freundin.« Sie umarmte Elf.

Die kleine Gruppe bewegte sich vom Klosterhof zur Straße. Die Nonnen drängten sich am offenen Tor, um die Äbtissin geschart wie kleine Enten um ihre Mutter.

»Vergiß nicht, Simon im Falle eines Darmkatarrhs Fenchelwasser zu geben«, rief Schwester Cuthbert. Da sie sich in St. Frideswide's um die Kinder kümmerte, kannte sie alle möglichen Mittel.

Die Äbtissin, Schwester Agnes, Schwester Hilda, Schwester Maria Gabriel, Schwester Philippa, Schwester Maria Basil, Schwester Anne, Schwester Winifred, Schwester Columba, Schwester Perpetua und die anderen winkten Elf zum Abschied zu.

»Vergeßt nicht, die Tore zu sichern«, rief Ranulf der Äbtissin zu, und sie nickte, da sie seine Warnung verstanden hatte.

Elf war dieser kleine Wortwechsel nicht entgangen. »Glaubst du, die Waliser überfallen das Kloster?« fragte sie. In all den Jahren, die sie dort verbracht hatte, war St. Frideswide's ein sicherer und friedlicher Ort gewesen.

»Wäre möglich«, erwiderte Ranulf. »Ich will nur nicht, daß die Äbtissin ein Risiko eingeht, Petite. Wenn die Waliser zum Kloster kommen sollten, besteht die Möglichkeit, daß sie lediglich das Vieh rauben und die Nonnen in Ruhe lassen. St. Frideswide's ist nicht bekannt für irgendwelche Kostbarkeiten oder einen Münzschatz. Aber das Kloster besitzt eine schöne Schaf- und eine kleine Viehherde, die für Plünderer eine Versuchung darstellen können. Auch darf man den Vorfall mit dem Kloster nicht vergessen, das vor kurzem niedergebrannt wurde.«

Auf ihrem Weg nach Ashlin entdeckte Ranulf hie und da einen einsamen Reiter auf den Hügeln über ihnen, aber immer weit entfernt, so daß er keine Bedrohung darstellte. Wegen des Wagens kamen sie nicht schnell voran, und Ranulf wünschte sich, sie hätten doppelt so viele bewaffnete Männer dabei. Doch als er nach Worcester aufgebrochen war, hatte er noch nichts von den Überfällen der Waliser gewußt. Erst am späten Nachmittag hatten sie ihr Ziel erreicht und waren froh, in Ashlin zu sein. Die Leibeigenen auf den Feldern winkten ihrem Herrn und ihrer Herrin zu und legten ihre Arbeitsgeräte beiseite, um Ashlins neuen Erben zu bewundern.

»Zeigt ihnen den kleinen Herrn«, raunte Orva Elf zu.

Elf befahl, daß der Wagen angehalten wurde, und zeigte ihren Leibeigenen den Erben von Ashlin. Sie jubelten vor Freude und bemerkten anerkennend, was für ein strammer Kerl Simon sei. »Die Linie der Strongbow ist für die nächste Generation gesichert«, erklärte Elf ihren Leuten. »Mit Gottes Segen wird er in den nächsten Jahren noch ein paar Geschwister bekommen.«

Vater Oswin, der neue Priester von Ashlin, kam herbeigeeilt und fragte: »Ist er schon getauft?«

Elf nickte. »Von Vater Anselm. Sir Garrick ist sein Pate, und alle Nonnen sind seine Patinnen. Allerdings wurden sie von meiner Freundin, Schwester Columba, vertreten. Simon Hubert de Glandeville wird ein Gönner von St. Frideswide's sein, wo er geboren wurde«, erklärte sie dem Priester.

»Amen!« sagte Vater Oswin begeistert. Er war ein junger Mann mit einem angenehmen Gesicht, warmen braunen Augen und glatten kastanienbraunen Haaren.

Der Karren fuhr durch die Tore des Anwesens und hinauf zum Haus. Die alte Ida und Cedric erwarteten sie davor, um ihren Herrn und ihre Herrin zu begrüßen.

»Gebt mir mein Kind in die Arme«, rief die alte Amme aufgeregt.

Elf lachte. »O nein, Ida«, erwiderte sie, »dieses Kind wird eine andere Amme bekommen. Ich kann ohne dich nicht auskommen. Willa ist nicht so gut wie du, sie braucht deine Anleitung. Ich lasse dich nicht gehen, aber trotzdem kannst du meinen Sohn ruhig auf den Arm nehmen.«

Die alte Ida wußte nicht, ob sie enttäuscht oder geschmeichelt sein sollte. Als sie das Baby in die Arme schloß, dachte sie kurz darüber nach, dann fand sie, daß sie wirklich zu alt war, um noch einmal ein Kind großzuziehen. Ein Baby brauchte eine jüngere Amme. Und im Grunde machte es ihr auch viel mehr Spaß, ihrer Herrin zu dienen. »Ich will

Euch helfen, die richtige Frau auszusuchen, die sich um den kleinen Herrn kümmert. Er wird ihr Lebensinhalt sein, so wie Ihr und Euer Bruder der meinige wart.«

Orva lächelte insgeheim. Die Mylady hatte ihren Rat befolgt, war aber so diplomatisch gewesen, Ida nicht vor den Kopf zu stoßen. Sie hatte im Gegenteil ihrer alten Amme das Gefühl vermittelt, daß sie wichtig und unersetzbar sei. Obwohl die Lady noch sehr jung war, war sie schon sehr klug.

Sie betraten das Haus, und Elf freute sich, daß Cedric und die Bediensteten in ihrer Abwesenheit alles gut in Ordnung gehalten hatten. Sie setzte sich neben den Kamin, und Ida reichte ihr Simon, damit sie ihn stillen konnte. In der Küche wurde alles für das Abendessen vorbereitet.

»Ich muß mit Fulk reden«, sagte Ranulf.

Elf nickte und widmete sich ihrem Baby.

Vor dem Haus fand Ranulf seinen Waffenmeister, der gerade seine Männer im Bogenschießen unterrichtete.

»Fulk«, sprach er ihn an und zog den grauhaarigen Soldaten beiseite.

»Mylord?«

»Ich brauche einen Knappen. Hast du unter deinen Männern einen jungen Mann, der sich dafür eignet? Du weißt ja, was ein Knappe tun muß. Ist hier ein junger Bursche, der es wert wäre, gefördert zu werden?«

»Mein Neffe, Mylord. Er ist neunzehn Jahre alt und sehr stark. Ich habe ihm persönlich beigebracht, wie man mit einem Schwert, einer Lanze und einer Streitaxt umgeht. Als ich jung war, diente ich Sir Robert als Knappe. Ich werde dem Jungen zeigen, wie er sich um Eure Ausrüstung und Euer Pferd kümmern soll. Er heißt Pax und wird Euch treu ergeben sein, das schwöre ich, Mylord.«

»Ich dachte, dein Neffe soll eines Tages deinen Posten hier übernehmen?« fragte Ranulf.

»Dafür ist noch Zeit, Mylord«, erwiderte Fulk, »und es gibt andere, wie zum Beispiel Sim, die mich eines Tages ablösen können. Pax braucht die Erfahrung, die er sich nur als Knappe erwerben kann. Ich habe ihm alles beigebracht,

was möglich ist, Mylord. Er braucht die Reife, die er nur erlangt, wenn er an Eurer Seite ist.«
»Welcher ist es?« erkundigte sich Ranulf.
»Pax, tritt vor«, rief Fulk, und ein junger Mann löste sich aus der Gruppe der anderen.
»Ja, Onkel?« Pax war mittelgroß und kräftig gebaut. Er hatte einen runden Kopf und ein rundes Gesicht, braune Augen und Haare und ein ernstes Gesicht. Er verbeugte sich nervös vor Ranulf. »Mylord.«
»Fulk sagt, du habest das Zeug zum Knappen. Würdest du gern ein Knappe werden? Du kennst die damit verbundenen Pflichten, aber du mußt mich auch immer begleiten, wenn ich Ashlin verlasse. Bist du dazu bereit?«
Pax lächelte. Dieses Lächeln verwandelte sein Gesicht, so daß es fast hübsch aussah.
»Ja, Mylord«, rief er begeistert.
»Du hast noch einen Monat, um dich gut darauf vorzubereiten«, sagte Ranulf. »Dann reiten wir in die Normandie.«
»Ich werde bereit sein!« sagte der junge Mann.
»Beherrschst du noch eine andere Sprache außer deiner eigenen?« fragte Ranulf und war sehr überrascht über die Antwort.
»Ich beherrsche auch die normannische Sprache etwas, Mylord. Zumindest so gut, daß ich zurechtkomme und Euch von Nutzen sein kann. Tatsächlich kann ich sie besser verstehen als sprechen«, erwiderte Pax. »Mein Onkel hat sie mir beigebracht«, beantwortete er die unausgesprochene Frage seines Herrn.
Ranulf lächelte. »Wenn du die Sprache besser verstehst als sprichst, wird mir das von großem Nutzen sein, Pax«, sagte er zu seinem neuen Knappen. »Wenn du täglich normannisch sprichst, wirst du mit der Zeit große Geläufigkeit erlangen, aber das braucht niemand zu wissen.«
»Ja, Mylord.«
»Du wirst mich heute abend in der Halle bedienen«, erklärte ihm Ranulf. Dann wandte er sich um und ging weiter.
»Sei ihm treu ergeben, und streng dich an, dann ist dein

Glück gemacht, Junge!« bemerkte der Waffenmeister zufrieden. »Er ist ein gerechter Herr.«
»Was muß ich tun, wenn ich ihn in der Halle bediene?« fragte Pax.
»Du stehst hinter seinem Stuhl und achtest darauf, daß sein Becher und der seiner Gemahlin gefüllt ist. Auf großen Gütern erledigt diese Aufgabe ein Page, aber wir sind nur ein kleines Landgut«, erklärte Fulk. »Du mußt früh essen. Geh in die Küche, und erkläre alles dem Koch, der dir etwas geben wird. Ah, Junge, Ashlin macht sich! Eines Tages bekommen wir eine Burg, ich hoffe, daß ich das noch erlebe.«
»Ashlin bekommt eine Burg?« fragte Pax erstaunt. »Woher weißt du so etwas, Onkel? Ashlin ist doch nur ein kleines Anwesen.«
»Der Herr wurde nach Worcester gerufen«, begann Fulk. »Er kehrt zurück, beschließt, daß er einen Knappen braucht, und sagt, daß er in einem Monat in die Normandie reisen wird. Er begibt sich bestimmt nicht in Angelegenheiten von Ashlin dorthin, sondern im Auftrag eines hohen Herrn, und alles spielt sich ganz diskret ab, denn Ranulf de Glandeville ist gewiß kein hoher Herr. Wenn er Erfolg hat, wird er belohnt. An seiner Stelle würde ich den König um die Erlaubnis bitten, eine Burg in Ashlin zu errichten, um die Grenze besser verteidigen zu können. Vergiß nicht, Pax, ich weiß nichts Genaues, aber gewisse Dinge ereignen sich nach einer gewissen Ordnung. Du brauchst nur Augen und Ohren aufzusperren und deinen Mund zu halten, Junge. Verstehst du?«
»Ja, Onkel. Ich werde nicht reden.«
»Auch nicht, um die Weiber zu beeindrucken, denen du immer hinterherjagst«, warnte ihn Fulk. »Dein strahlendes Lächeln und deine Männlichkeit genügen völlig, um die Mädchen glücklich zu machen.«
»Ja, Onkel«, erwiderte Pax. Seine braunen Augen zwinkerten, und Fulk lachte.
Abends bediente Pax seinen Herrn und seine Herrin in der Halle. Seine großen Hände waren feucht vor Nervosität,

aber Ranulf lobte ihn, und Lady Eleanore blickte ihn freundlich an.

»Sag deiner Mutter, sie soll morgen zu mir kommen«, trug Elf dem jungen Mann auf. »Du wirst mehr Kleider benötigen, als du wohl zur Zeit besitzt. Ich werde dafür sorgen, daß sie alles bekommt, was sie braucht, um dir noch ein paar Gewänder anzufertigen.«

»Danke, Mylady«, sagte Pax.

»Wenn du meinem Gemahl gut dienst«, sagte Elf, »werde ich dafür sorgen, daß du frei wirst, Pax«, fuhr sie fort.

Er ging in die Knie und küßte den Saum ihres Gewandes. »Danke, Mylady!«

»Er ist ein guter Junge«, sagte Elf zu ihrem Gemahl, als sie später zusammen im Bett lagen. »Fulk ist ganz vernarrt in ihn, weil er keine eigenen Kinder hat. Er hat dafür gesorgt, daß Pax und Sim, sein anderer Neffe, gut erzogen wurden.«

»Ich möchte mich von seinen Fertigkeiten überzeugen«, meinte Ranulf und knabberte an ihrem Hals. Sie roch so köstlich. Es war ein Jammer, daß sie sich erst wieder in ein paar Wochen lieben durften, aber vor der Abreise vom Kloster hatte ihn die alte Schwester Winifred aufgesucht und ihm erklärt, daß Eleanore Zeit brauche, um sich von der Geburt zu erholen.

»Wie ich hörte, nehmen einige Männer keine Rücksicht auf ihre Frauen«, hatte die sanfte Nonne gesagt. »Wenn Ihr wollt, daß Eleanore noch viele Jahre gesund bleibt, Mylord, müßt Ihr Eure Fleischeslust bezähmen.« Sie blickte ihn streng an, und er spürte tatsächlich, wie er errötete. Die alte Nonne kicherte.

»Nur noch drei Wochen«, fuhr sie fort.

Seine Frau wand sich in seinen Armen, küßte ihn und schmiegte sich zärtlich an ihn. Elf war jetzt viel üppiger als sonst. »Mein Lieber«, flüsterte sie ihm ins Ohr.

»Wir können nicht«, erwiderte er.

»Warum nicht?« fragte Elf aufgebracht. Seit mehreren Monaten sehnte sie sich nach seiner Leidenschaft und begehrte ihn.

»Schwester Winifred hat mir erklärt, daß du dich nach der

Geburt erst erholen mußt«, sagte er energisch. »Ich möchte ihrem Rat folgen und dir nicht weh tun, Petite.«
»Zum Teufel noch mal!« fluchte Elf, und Ranulf blickte sie verdutzt an. »Ich bin doch nicht mehr im Kloster.«
Er lachte. »Begehrst du mich so sehr wie ich dich, Petite? Für mich ist es eine Qual zu warten.« Er streichelte ihr Haar.
»Aber in einem Monat gehst du fort«, jammerte sie.
»Wir können uns in der Woche davor lieben«, tröstete er sie.
»Dann reitest du in die Normandie, und ich verzehre mich vor Sehnsucht nach dir«, sagte Elf zornig. »Du weißt ja nicht einmal, wie lang du fort sein wirst.«
»Hättest du es lieber, wenn wir es nicht...«
»Nein!« sagte sie wütend.
»Oder wäre es dir lieber, ich würde anderswo mein Quartier aufschlagen, bis wir wieder zusammensein können, Petite?«
»Nein!« widersprach sie energisch und bettete ihren Kopf an seine breite Brust.
»Ich hatte angenommen, eine Nonne würde Entsagung lernen«, neckte er sie und berührte ihr Gesicht. »Es ist so viel einfacher, gut zu sein, wenn man nicht weiß, wie lustig es ist, schlecht zu sein, nicht wahr, Petite?«
»Ich hasse dich«, murmelte Elf und küßte ihn leicht auf die Wange.
Ranulf lachte, griff nach ihrer Hand und küßte ihre Handfläche. »Weißt du eigentlich, wie eifersüchtig ich auf unseren Sohn bin?«
»Warum solltest du auf Simon eifersüchtig sein?« fragte sie. Dann errötete sie. »Ohh!«
»Schlaf jetzt, Petite«, forderte er sie auf. »Und tröste dich damit, daß mir das Warten genauso schwerfällt wie dir.«
»Gut!« fügte sich Elf und zwickte ihn an einer intimen Stelle, bevor sie sich auf die andere Seite drehte und ihm den Rücken zukehrte.
Ranulf kicherte abermals. »Hexe«, sagte er leise, drehte sich auf die Seite und zog sie an sich, wobei er mit einer Hand ihre Brust umfaßte.

»Das ist nicht fair!« protestierte Elf.
»Was?« fragte er unschuldig.
Statt einer Antwort drängte Elf ihr Hinterteil seiner Männlichkeit entgegen.
Er stöhnte, als er spürte, wie die Erregung in ihm aufstieg.
»*Das* ist nicht fair!« beklagte er sich.
»Wie du mir, so ich dir«, erwiderte sie zuckersüß.
»Schlaf endlich, Eleanore«, stieß er zwischen den Zähnen hervor.
»Ja, Mylord«, erwiderte Elf folgsam. Seine Hand auf ihrer Brust wirkte sowohl aufreizend als auch beruhigend. Sie sehnte sich nach der Vereinigung ihrer Körper, aber sie wußte, daß Schwester Winifred recht hatte. Ihr Körper war noch schwach und wund von Simons Geburt. Wo war nur die Geduld, auf die sie sich im Kloster immer soviel eingebildet hatte? Sie mußte sie schnell wiedererlangen, oder sie würde mit ihrer heißen Sehnsucht nicht fertig werden. Sie spürte Ranulfs sanften Kuß auf ihrem Nacken und schloß seufzend die Augen.

13. Kapitel

In den folgenden Wochen schienen sie wieder ein normales Leben zu führen. Ranulf ritt täglich aus, um das Anwesen zu kontrollieren. Seine große Sorge galt Ashlins Sicherheit, und in diesem Bestreben war er zunehmend davon überzeugt, daß seine Ländereien erst durch eine starke Burg gesichert wären. Die Mauer, die Ashlin umgab, war hoch, aber sein Haus, die Kirche, die Hütten der Leibeigenen sowie die kleinen Häuser der Freien und höheren Bediensteten lagen ungeschützt da. Im Grunde war Ashlin mit einem kleinen Dorf vergleichbar. Wenn jemand wild entschlossen war einzudringen, konnte er eine Bresche in die Mauer schlagen, und seine Leute wären den Angreifern ausgeliefert.
Das Haus bot seiner Familie nur wenig Schutz. Es war ebenerdig, und wenn die Tür aufgebrochen wurde, waren die Bewohner hilflos. Trotzdem war Ashlin jetzt besser geschützt als einst, denn die Mauer war höher, und die bewaffneten Männer waren besser ausgebildet. Er mußte Fulk und seiner Absprache mit den Walisern, ihr Landgut in Ruhe zu lassen, vertrauen.
Während Ranulf all dies erwog, erkannte er, daß sein Auftrag für Herzog Heinrich für seine Zukunft und die seiner Familie von großer Bedeutung sein konnte. Vielleicht würde er seinen Sohn eines Tages im Haushalt der neuen Königin unterbringen können, wie Elf bei Simons Geburt vorgeschlagen hatte. Ein Burgherr hatte eine höhere gesellschaftliche Stellung als der Herr eines einfachen Landguts. Er lachte, als er merkte, daß seine Pläne hochtrabend waren. Zuerst mußten sie die Erlaubnis erhalten, eine Burg zu bauen, und dieses Ziel würde er nicht aus den Augen verlieren.

Bis jetzt schien das Jahr gut zu verlaufen. Es hatte viel geregnet, aber es war ein milder Regen gewesen. Tagsüber war es warm, nachts kühl, aber nicht kalt. Das Getreide gedieh prächtig. Sie warteten auf trockenes Wetter, damit sie das Heu schneiden konnten, das für die nächsten zwölf Monate reichen würde. Elfs Kräutergarten neben ihrem Herbarium war eine Augenweide, und die Schafe und das Vieh waren wohlgenährt.

Im Nu kam die Sommersonnenwende. Natürlich würden sie ein Fest feiern. Wie es Brauch war, gab der Herr von Ashlin seinen Leuten einen Tag frei. Viele der Bewohner Ashlins standen früh auf, um den Sonnenaufgang zu erleben. Da es ein klarer Tag war, war die Sicht hervorragend. Der Himmel wurde langsam hell, das Dunkelblau der Nacht löste sich auf, der Horizont färbte sich zitronengelb, dann golden, purpurrot und orange. Die Vögel begannen zu singen und zu zwitschern, als die Sonne über der Grenze zwischen Erde und Himmel stand und sich flammenrot färbte. Es würde ein wunderbarer Sommertag werden.

Vom Backhaus her verbreitete sich der Duft des Johannisbrots, das aus den Samen des Johannisbrotbaums gemacht wurde. Es war eine Delikatesse, die nur bei dieser Gelegenheit dargeboten wurde, dem Fest, das der Herr und die Herrin von Ashlin für ihre Leute gaben. Die Schafe, die dabei verzehrt werden sollten, wurden zu zwei Mulden im Gras gebracht, in denen sie gebraten werden würden. Fleisch war für die Leibeigenen etwas Besonderes. Außerdem würden Ferkel serviert werden, die mit Käse, Brot, Nüssen und Gewürzen gefüllt waren, sowie Rehwild, Entrayale – ein Schafmagen, gefüllt mit Eiern, Käse, Gemüse und Brot – und Blackmanger, ein Gericht aus Huhn, Reis, Mandeln und Zucker. Außerdem würde es gewürzte Neunaugen-Aale geben, Kabeljau in Rahm und Lachs. Als Nachtisch war ein besonderer Pudding aus Äpfeln und Gewürzen, vermischt mit Weizen, Zucker und Milch vorgesehen. Natürlich durften auch Butter und Käse nicht fehlen und besondere Schicksalskuchen, die die Form von

Vögeln, Tieren, Häusern, Schiffen und Haushaltsgegenständen haben konnten. Als Getränk gab es Met, angereichert mit Honig und Minze, und ein Cuckoo-foot-Bier, ein schäumendes Getränk aus Ginger, Basilikum und Anis. Am Abend davor hatten ein paar Spielleute auf Ashlin vorgesprochen und um ein Nachtquartier gebeten. Nun schickten sie sich an, den Herrn und die Herrin von Ashlin zu unterhalten. Sie spielten auf einer Rebec, Trommeln, Panflöten, einem Rohrinstrument, Glocken und einem Tamburin. Ihre Melodien waren lebhaft, und die Paare drehten sich auf der Wiese im Tanz. Schießstände fürs Bogenschießen wurden für Wettbewerbe aufgestellt und Wettläufe veranstaltet. Die jungen Mädchen spielten »Er liebt mich, er liebt mich nicht«, wobei sie Sprößlinge der Pflanze und ihre tiefgelben Blüten abzupften, um festzustellen, ob sie echte Liebe erleben würden oder nicht. Es war ein großes Gekichere, als Willas letzte Blüte mit *liebt mich* endete. Der junge Knappe Pax wurde mit bedeutungsvollen Blicken bedacht, worauf noch mehr Gekichere folgte und Willa bis in die Haarwurzeln errötete. Man hielt nach dem Farn des heiligen Johannes Ausschau, der den Finder nach Belieben unsichtbar machen sollte, aber leider fand man keinen.

»Kommt zur Feuerzeremonie«, rief Arthur ihnen zu, als der Abend hereinbrach.

Die Bewohner von Ashlin eilten zum Mühlteich, wo bereits kleine Holzboote vorbereitet worden waren. Vorher hatte jeder Bootsbesitzer einen Wunsch in sein Boot eingeritzt. Behutsam wurden brennende Kerzen in den kleinen Booten angebracht, die dann ins Wasser gelassen wurden. Das Mühlrad drehte sich, wühlte die Oberfläche des Teichs und des angrenzenden Stroms auf. Die winzigen Schiffe schossen über das kleine Gewässer; einige sanken, wenn sie dem Mühlrad zu nahe kamen, bei anderen erloschen die Kerzen. Aber die Boote, die sicher ans andere Ufer des Teichs gelangten und deren Kerzen immer noch brannten, garantierten ihren Besitzern, daß ihre Wünsche erfüllt wurden.

»Unsere beiden Boote sind sicher am anderen Ufer gelandet«, lächelte Elf. »Was hast du dir gewünscht?«
»Daß ich schnell zu dir zurückkomme, Petite«, sagte Ranulf. »Und was hast du dir gewünscht, Petite?«
»Das gleiche«, erwiderte sie leise und griff nach seiner Hand.
»Die Feuer werden angezündet!« rief eine Stimme, und der Herr und die Herrin von Ashlin gingen Hand in Hand zur Wiese zurück.
Als sie wieder an ihrem Tisch Platz genommen hatten, wurde das Feuer um sie herum entzündet. Der Tag neigte sich dem Ende entgegen, und man sprach dem Bier und dem Met zu. Hinter den Hügeln im Westen prangte die untergehende Sonne in wunderbaren Farben. Die Musikanten spielten wieder auf. Cedric gab seinen Herrschaften mit dem Kopf ein Zeichen, und Elf und Ranulf erhoben sich. Elf ergriff Ranulfs Hand und die von Willa, die die Hand von Pax, Ranulfs Knappen, nahm und dieser wieder die einer anderen Frau und so weiter. Sie tanzten alle in der Reihe und schlängelten sich an den Feuern vorbei, während sie den sogenannten Einfädel-Tanz aufführten. Inzwischen war die Sonne untergegangen, der Himmel über ihnen dunkel. Die Musik wurde immer ausgelassener, immer ungezügelter, bis sie plötzlich ohne jede Vorwarnung verstummte. Um sie herum herrschte nun Stille. Kein Laut war zu hören. Dann wurden die Feuer gelöscht, und die Bewohner von Ashlin tauchten ein in die Nacht. Ranulf nahm die Hand seiner Frau und ging mit ihr ins Haus. Das Fest war vorbei, morgen war wieder ein normaler Arbeitstag.
»Willa ist verschwunden«, murmelte Ida mißbilligend. »Ich werde mich um Eure Bedürfnisse kümmern, Mylady.«
»Nein, geh lieber ins Bett. Ich kann meiner Frau genauso gut beim Entkleiden helfen wie du.«
»Und Ihr habt bestimmt mehr Spaß dabei, Mylord«, erwiderte Ida frech. »Haha!«
Auch Ranulf schmunzelte. Hand in Hand betraten sie den Söller und ließen die Welt hinter sich.

Elf wandte sich um, schlang die Arme um den Hals ihres Gemahls und blickte zu ihm hoch. »Bald wirst du mich verlassen und in die Normandie reiten«, sagte sie leise. »Ich weiß nicht, wie lange du abwesend sein wirst. Ich weiß, ich bin keck, Ranulf, aber ich möchte, daß wir uns heute nacht lieben. Es ist schon so lange her, seit wir in Leidenschaft vereint waren.« Ihre silbergrauen Augen leuchteten vor Zärtlichkeit und Verlangen nach ihm.
»Ich möchte dir nicht weh tun«, erwiderte er.
Elf lachte leise. »Ich versichere dir, du bist der rücksichtsvollste Mann, den ich kenne, was natürlich nicht viel bedeutet, da ich außer dir noch keinen anderen Mann kannte. Wenn ich es nicht besser wüßte, würde ich sagen, du hast dir eine Geliebte unter den Leibeigenen gesucht. Aber ich weiß es besser«, beeilte sie sich zu sagen, als sie seinen verwunderten Blick sah. »Ranulf, mein guter Mann, von Anfang an habe ich die Freuden genossen, die uns die Vereinigung unserer Körper verschaffte. Seit Monaten jedoch müssen wir darauf verzichten, und in ein paar Tagen wirst du für unbestimmte Zeit in die Normandie reisen. Meinst du nicht, wir sollten die Tage nutzen? Dank meiner Kräuter und Tees bin ich wieder rundum gesund.« Sie lächelte verführerisch zu ihm auf und tätschelte seine Wange. »Hast du denn keine Lust, mich zu lieben? Vielleicht ist es für einen Mann nicht so schwierig wie für eine Frau. Ich muß bei meiner Ehre während deiner Abwesenheit keusch bleiben, aber das muß nicht unbedingt auf dich zutreffen. Wenn du an Herzog Heinrichs Hof bist, befriedigst du vielleicht deine Lust mit ein paar schönen und eleganten Hofdamen!« Plötzlich blitzte es in ihren Augen, und sie stampfte zornig mit dem Fuß auf. »Verflixt, das will ich nicht!« Sie trommelte mit ihren kleinen Fäusten gegen seine Brust.
Er konnte nicht anders, als laut zu lachen. Gerade noch war sie verführerisch gewesen und im nächsten Moment brennend eifersüchtig. War es möglich, daß sie sich etwas aus ihm machte? Ranulfs Herz klopfte schneller, als er ihre Handgelenke behutsam, doch unerbittlich umfaßte.

»Petite, ich werde dich nie betrügen, auch wenn mich meine Begierde noch so quälen sollte, denn es gibt auf dieser Welt nur eine Frau, die ich begehre, und das bist du.« Er zog sie an sich und vergrub die Nase in ihre duftenden Haare. »Du, Petite, bist meine Frau, und ich brauche keine andere«, versicherte er ihr und hauchte ihr einen Kuß auf die Lippen.
Ein wenig besänftigt, erwiderte sie seinen Kuß und versuchte, den Gürtel seines Obergewands zu lösen.
Sein Lachen klang jetzt rauher. »Du bist ziemlich schamlos, Petite«, neckte er sie. »Wie ich sehe, willst du deinen Spaß mit mir haben.« Er zog sich das Gewand über den Kopf, dann löste er ihren Gürtel, so daß ihr Rock zu Boden glitt, und half ihr, aus ihrem Obergewand zu schlüpfen.
Elf öffnete die Bänder seines Hemdes, das ihm von den Schultern glitt. Er erwiderte ihre Gefälligkeit und half ihr aus ihrem Hemd. Dann zog er sie an sich, ihre nackten Brüste preßten sich an seine Brust. Er spürte ihren leicht gerundeten Leib an seinem; ihre Liebeshöhle drängte seiner brennenden Lanze entgegen, die immer noch von Kleidern verhüllt war.
»Oh!« stöhnte Elf, als er vor ihr niederkniete, ihre Strümpfe herunterrollte und auszog. Dabei küßte er ihre Knie. Dann erhob er sich wieder und entledigte sich ebenfalls seiner Strümpfe.
Elf tat es ihm gleich, indem sie seine Unterkleider herunterstreifte. Sie holte tief Luft, als sie seine erigierte Männlichkeit unmittelbar vor sich sah. Nie zuvor hatte sie sie so nah gesehen. Fasziniert starrte sie auf das pralle Glied, das die Quelle ihrer Lust war. Sie fand, daß es außer der beachtlichen Größe nicht viel zu bieten hatte, doch welche Wonnen verschaffte es ihr, wenn es in sie eindrang. Widerwillig wandte sie ihren Blick ab und vollendete ihre Entkleidungszeremonie. Als sie sich wieder erhob, sah er sie fragend an. »Das Ding ist nicht gerade hübsch, Mylord, aber ich genieße den Tanz, den es mit mir aufführt«, sagte sie.
Er zog sie abermals an sich und genoß die Wärme ihrer

Körper. »Es gibt so vieles, was ich dir beibringen möchte, Petite, da wir uns ja jetzt so gut kennen«, murmelte er und drückte ihr einen Kuß auf die Stirn.
»Könnte ich es küssen?«
»Ja«, erwiderte er.
»Und was noch?«
»Du könntest daran saugen, wie ich an deinen Brüsten«, erwiderte er. Du lieber Himmel, er würde gleich explodieren, so sehr erregte sie ihn mit ihren Worten. Die Vorstellung ihres Mundes auf seiner Männlichkeit war beinahe unerträglich.
»Wenn ich deinen Samen schlucke, bekomme ich dann ein Kind?« erkundigte sie sich neugierig.
»Nein«, beruhigte er sie, »aber ich würde meinen Samen nicht in deinen Mund entleeren, sondern ihn deiner süßen Scheide vorbehalten. Ich will ihn nicht vergeuden, Petite.«
»Würde es dir Spaß machen?«
»Ja!« krächzte er.
Ohne zu zögern, ließ sich Elf auf die Knie nieder, nahm seinen Penis in den Mund und saugte kräftig daran.
Ranulf dachte, sein Kopf würde platzen. »Sachte, Petite«, stöhnte er. Donnerwetter, wie anders war sie heute, gar nicht mehr das unschuldige kleine Mädchen, das er vor zwei Jahren geheiratet hatte. »Genug!« befahl er.
Elf erhob sich mit geröteten Wangen. Ranulf küßte sie leidenschaftlich, und sein Glied drängte sich gegen sie. Er hob sie hoch und umfaßte ihren Hintern mit seinen großen Händen. Unwillkürlich schlang sie ihre Beine um ihn, als er langsam in sie eindrang. Sie legte die Arme um seinen Hals und seufzte genußvoll. Macht sie sich etwas aus mir? fragte er sich erneut. Oder genießt sie einfach nur die Freuden der Ehe? Er trug sie zu ihrem kleinen Schlafgemach, darauf bedacht, daß sich ihre Körper keinen Augenblick voneinander lösten, und legte sie aufs Bett. Behutsam drang er wieder in sie ein, achtete ängstlich auf ein Zeichen des Unbehagens von ihrer Seite, aber Elf genoß in vollen Zügen die zärtliche Leidenschaft ihres Gemahls.
»Ahh!« rief sie leise. Wie er sie ausfüllte! Wie sehr hatte sie

seine Leidenschaft vermißt! Würde er sie je lieben, oder mußte sie sich für immer mit diesen kostbaren Augenblicken begnügen? Als sie sich dem Höhepunkt näherte, grub sie ihre Nägel in seine Rückenmuskeln, und als alles um sie herum versank, hörte sie seinen Schrei, und seine Liebessäfte überfluteten sie.

Er ließ sich erschöpft auf sie fallen. Nach einer Weile stieß sie ihn sachte an. Sie schaute ihm liebevoll in die Augen, und ihr Lächeln war so bezaubernd, daß es ihm fast das Herz brach. Er liebte sie und wollte, daß sie seine Liebe erwiderte. Wie brachte es ein Mann fertig, daß ihn eine Frau liebte? Das war gewiß ein anderes Gefühl als Leidenschaft, denn er empfand ihr gegenüber anders, wenn sie sich nicht beilagen. Er wollte sie beschützen, seine Gedanken mit ihr teilen und die ihrigen erfahren. Er wollte ihr sagen, wieviel ihm ihre Anerkennung bedeutete und wie sein Herz bereits entflammte, wenn er nur ihre Hand hielt. Diese Gefühle verwirrten ihn, denn schließlich war er ja ein Mann. Sollte ein Mann wirklich solch zärtliche Gefühle für eine Frau hegen? Für eine Ehefrau?

Und was wäre, wenn er ihr seine Gefühle gestand, und sie erwiderte sie nicht? Würde dies nicht ihre Beziehung belasten? Aber konnte es sein, daß sie etwas für ihn empfand? Elf war keine Frau, die Gefühle vortäuschte, die sie nicht empfand. Sie war aufrichtig und unverdorben. In diesem Punkt hatte sie sich nicht verändert. Wenn er ihr seine Liebe gestand und sie diese nicht erwidern konnte, würde sie es ihm sagen. Der Gedanke, daß sie ihn nicht liebte, hielt ihn davon ab, sich zu erklären. Ranulf de Glandeville merkte, daß er zum erstenmal in seinem ganzen Leben Angst hatte. Oh, natürlich hatte er sich auch vor der Schlacht gefürchtet, doch das war eine ganz andere Art von Furcht.

Seine eigene Mutter hatte ihn wegen ihres neuen Gemahls abgelehnt. Das hatte ihn sehr überrascht, da er doch ihr Sohn war und sogar ihr Erstgeborener, und doch hatte sie ihn ohne Umstände fallenlassen. Als der Schmerz und der Schock nachgelassen hatten, erkannte er, daß seine Mutter

nur das tat, was für sie und die Kinder, die sie ihrem zweiten Gemahl geboren hatte, am besten war. Obwohl sie stillschweigend zugesehen hatte, wie ihr Mann das Erbe ihres ältesten Sohnes an sich gerissen hatte, liebte sie ihn auf ihre Art, und sie hatte erkannt, daß er an der Seite von König Stephan ein neues Leben beginnen konnte. Er hatte ihr zwar vergeben, aber den Schmerz über diese Zurückweisung hatte er nie ganz überwunden. Doch er wußte, daß dies nichts wäre im Vergleich zu dem Schmerz, den er empfinden würde, wenn Elf seine Liebe zurückweisen würde. Es war besser, er behielt seine Liebe für sich, zumindest vorläufig.
Elf lag in seinen Armen, den Kopf an seine Brust gebettet. Die Männer unterscheiden sich doch in vielen Dingen von Frauen, dachte sie. Sie erinnerte sich, daß die Mädchen im Kloster immer gesagt hatten, die Männer könnten nur Lust und Leidenschaft empfinden. Sie hatte in ihrer Ehe erfahren, daß solche Eigenschaften nicht unbedingt unangenehm waren, doch ihr Herz sehnte sich nach mehr. Sie wußte nicht, ob diese Liebe wirklich gut war. Ihr Bruder hatte seine Frau Isleen geliebt, und dies hatte sich als unheilbringend erwiesen. Der Liebe wegen hatte Dickon sein eigenes Fleisch und Blut zurückgewiesen und seine Schwester ins Kloster gesteckt. In neun Jahren hatte er sie nur einmal besucht. Zum Glück war sie dort glücklich gewesen. Wenn dies nicht der Fall gewesen wäre, hätte ihr Bruder es nicht erfahren, und es hätte ihn auch nicht gekümmert. Hauptsache, Isleen war glücklich. Und letzten Endes hatte seine Frau ihn umgebracht, weil sie ihren Vetter Saer de Bude liebte, der sie zu ihrer bösen Tat angestiftet hatte.
Raubt die Liebe den Männern den Verstand und macht sie schwach? überlegte Elf. Wie gerne würde ich Ranulf sagen, daß er nicht nur meinen Körper besitzt, sondern auch mein Herz. Sie wollte immer bei ihm sein und war unglücklich, wenn er abwesend war. Sie konnte den Gedanken nicht ertragen, daß er in die Normandie reiste und sie nicht wußte, wann er zurückkehren würde. Die ganzen Jahre hatte sie

im Kloster allein geschlafen, und jetzt fand sie die bloße Vorstellung grauenhaft, daß er nachts nicht neben ihr liegen würde und sie sich nicht an seinen breiten Rücken schmiegen konnte. Sie wußte, daß das nicht nur Begierde war. Wenn er sie anlächelte, wurde ihr warm ums Herz. Allein der Klang seiner Stimme machte sie glücklich. Wie werde ich es ertragen, wenn er nicht hier ist und den Tag mit mir verbringt?
Sie hätte ihm gern ihre Gefühle gestanden, aber sie vermutete, es würde ihn verwirren. Er war soviel älter als sie und klüger. Er würde sie gewiß für töricht halten, und sie konnte den Gedanken nicht ertragen, daß die Achtung, die er ihr entgegenbrachte, durch ihre kindischen Gefühle beeinträchtigt wurde. Ranulf war ein kultivierter Mann, der am Hof aufgewachsen war. Auch wenn er nicht aus reicher oder hochangesehener Familie stammte, hatte sogar Herzog Heinrich seinen Wert erkannt und ihn für seine Mission ausgewählt. Einen Mann wie Ranulf würde die Liebe gewiß verwirren und abstoßen. Es war besser, wenn sie schwieg. Er war gut zu ihr, und mehr konnte sie sich schließlich nicht wünschen.

Es wurde Juli und Zeit für Ranulf, in die Normandie aufzubrechen. Er ging ungern von zu Hause fort. Auch wenn Ashlin bislang in Ruhe gelassen worden war, unternahmen die Waliser jetzt abermals ihre Raubzüge. Ein Leibeigener, der mit mehreren Körben Pflaumen, einem Geschenk von Simon an seine Patinnen, nach St. Frideswide's geschickt worden war, berichtete nach seiner Rückkehr, daß eine kleine Schafherde den Nonnen geraubt worden war. Sie hatten den Verlust am nächsten Morgen entdeckt. Der Hirtenhund war getötet worden, und die Krähen taten sich lautstark an seinem Kadaver gütlich, wodurch die Aufmerksamkeit der Nonnen erregt wurde.
»Achte darauf, daß auch tagsüber ein Tor geschlossen bleibt«, sagte Ranulf. »Wenn die Waliser kommen, können die Leibeigenen von den Feldern herbeieilen. Aber sorg dafür, daß die Tore fest verriegelt sind, bevor sich die Pfer-

de der Waliser der Zugbrücke nähern. Im Fall eines Angriffs mußt du sie hochziehen, dann hat es der Feind schwerer. Wenn sie einen richtigen Überfall vorhaben, könnten sie versuchen, eine Bresche in unsere Mauer zu schlagen, denn sie ist immer noch zu niedrig. Aber ich glaube nicht, daß es ihnen gelingen würde. Wenn du Vorkehrungen triffst, dürfte euch nichts geschehen. Sei auf jeden Fall sehr vorsichtig, Petite.«
»Aber was soll ich tun, wenn einige unserer Leute überfallen werden?« fragte sie.
»Dann müssen sie sich mit Gottes Hilfe selbst helfen. Die Sicherheit all unserer Leute hängt von deinen Entscheidungen ab, Petite. Fulk wird unsere Männer befehligen, aber du bist die Herrin, und dein Wort gilt.«
»Ich möchte nicht kindisch sein, aber eine so große Verantwortung bereitet mir wirklich Unbehagen.«
»Wenn ich in der Schlacht getötet würde, müßtest du dieses Gut für unseren Sohn verwalten, Eleanore, wie es deine Mutter für deinen Bruder getan hat. Man berichtete mir, sie sei so sanft wie du gewesen, habe sich aber energisch für das Erbe ihres Sohnes eingesetzt, im Gegensatz zu meiner Mutter, die zuließ, daß mein Stiefvater meine Ländereien an sich riß, um sie seinen Söhnen zu geben. Du bist mutig, Petite. Und ich komme ja so bald wie möglich zurück.« Er legte tröstend den Arm um sie, und Elf spürte, wie sich seine Kraft auf sie übertrug.
»Vergib mir meine Schwäche«, sagte sie leise. »Ich werde meine Pflicht erfüllen.«
»Das weiß ich«, erwiderte Ranulf. »Behalte die Mauer Tag und Nacht im Auge. Sag den Schafhirten, sie sollen, wenn die Waliser nachts kommen, wie das in St. Frideswide's der Fall war, ihre Hunde nehmen und im Stechginster verschwinden. Gegen eine bewaffnete Bande wären sie machtlos und könnten nicht verhindern, daß die Schafe gestohlen werden. Schafe können ersetzt werden, ihr Leben nicht. Ich brauche treu ergebene Leibeigene um uns herum.«
»Wirst du mir eine Nachricht zukommen lassen, wann du zurückkehren kannst?«

»Ich fürchte, das ist nicht möglich, weil mein Auftrag geheim ist. Doch ich werde es versuchen, Petite. Wenn du erfährst, daß König Stephan gestorben ist, weißt du, daß ich auf dem Heimweg bin«, sagte er. »Dann werde ich die Königin und ihren Sohn nach England geleiten.«
Elf hatte das Reisegepäck ihres Gemahls zusammengestellt, das auf einem Muli befördert werden würde. Er hatte zwei elegante Obergewänder für den Hof dabei und zwei für den Alltag. Außerdem hatte sie ihm mehrere neue Leinenhemden anfertigen lassen und ein neues Untergewand, Strümpfe und Unterhemden. Auch einen eleganten Überrock führte er mit sich, den er bei Hof über der Rüstung tragen konnte, einen schönen Gürtel, besetzt mit Granaten und Perlen, und ein Paar pelzbesetzte Handschuhe sowie einen leichten Umhang aus Wolle, der mit Luchs besetzt war.
»Ich überlege, ob du genug zum Anziehen dabeihast«, bemerkte Elf.
Er lachte. »Das denke ich doch. Ich bin ja nur ein einfacher Ritter und will keine Aufmerksamkeit erregen, Petite. Ich werde ein gewöhnlicher Spatz unter all den eleganten Pfauen an Herzog Heinrichs Hof sein. Übrigens muß das Muli auch meine Rüstung befördern, denn es kann sein, daß ich zu einem Turnier eingeladen werde.«
Sie wurde bleich. »Und wenn du verwundet wirst?« rief sie. »Wer wird dir deine Kleider waschen, wenn du länger als einen Monat bleiben mußt? Hat Herzog Heinrich dies bedacht, als er dich in die Normandie bestellte? Nein, natürlich nicht. Er wird bald König sein und ist es gewohnt, andere herumzukommandieren, ohne sich um ihr Wohlergehen zu kümmern.«
Ranulf amüsierte sich über die Aufgebrachtheit seiner Frau. »Pax wird die Wäsche besorgen«, erklärte er ihr. »Es gehört zu seinen Pflichten als mein Knappe. Er wird so gut wie eine Ehefrau für mich sorgen«, neckte er sie.
»Bah«, machte Elf verächtlich.
Es war noch früh am Tag, und das Muli war bereits bepackt. Pax hatte sich zum hundertsten Mal bei seinem On-

kel für die Chance bedankt, die ihm geboten wurde. Dann küßte er seine stolze Mutter zum Abschied und bestieg sein neues Pferd. Ranulf amüsierte sich über die Aufregung des jungen Mannes. Er wußte, daß Pax noch nie über Ashlin hinausgekommen und daß dies ein großes Abenteuer für ihn war.

Elf unterdrückte ihre Tränen. Sie würde sich nicht wie eine törichte Närrin benehmen. Ranulf zog ja nicht in den Krieg, sondern ritt nur in die Normandie. »Ich bete darum, daß deine Reise ohne Zwischenfälle verläuft und du Erfolg haben wirst und sobald wie möglich gesund und heil zu uns zurückkehrst«, sagte sie gefaßt.

»Wenn ich jetzt gleich losreite, komme ich schneller zu dir zurück, Petite«, sagte er. Dann nahm er sie in die Arme und küßte sie inbrünstig. »Sorge dafür, daß Simon und Ashlin nichts geschieht, Eleanore«, bat er sie und lockerte seine Umarmung.

»Das werde ich tun, Ranulf«, versprach sie ihm. War da etwas in seinem Blick, das sie vorher noch nicht entdeckt hatte? Irgendwie hatte sie in den letzten Tagen das Gefühl gehabt, daß ihm die Liebe vielleicht doch nicht so fremd war. Wenn sie ihm doch nur sagen könnte, was sie fühlte. Dann stieg er auf das große Schlachtroß, griff nach ihr und hob sie hoch, um ihr einen letzten Kuß zu geben.

Ihre Blicke verschmolzen miteinander, und einen Moment lang dachte Elf, sie würde zerfließen.

»Leb wohl, Petite«, sagte er und stellte sie wieder auf den Boden. Bei allen Heiligen, ihr Blick war so zärtlich gewesen. War es doch möglich, daß sie zärtliche Gefühle für ihn hegte? Durfte er hoffen? Er seufzte, als er sein Pferd antrieb. Doch er mußte bis zu seiner Rückkehr warten. Im übrigen wollte er sich absolute Gewißheit verschaffen, wie sie zu ihm stand. Wenn sie ihn liebte, so wollte er es aus ihrem Munde hören. Er mußte es genau wissen, bevor er sich zum Narren machte. Er wollte ihre Liebe und nicht ihr Mitleid.

Elf blickte ihrem Gemahl und seinem Knappen hinterher, bis sie nur noch ein Fleck auf der Straße waren. Dann ging sie kopfschüttelnd durch die Tore von Ashlin und widmete sich ihren täglichen Pflichten. Sie mußte heute morgen mit Fulk, John und Cedric reden. Im kommenden Monat mußte Getreide geerntet werden, und die Felder mußten bestellt und die Wintersaat ausgebracht werden. Außerdem mußten die Schafe geschoren werden, damit ihr Winterfell wachsen und Ashlin die Wolle auf dem Markt verkaufen konnte, der an Petri Kettenfeier stattfand. Es gab viel zu tun.

Am Rande eines Waldes, der an Ashlin angrenzte, lag Merin ap Owen auf der Lauer. Er vertraute keinem seiner Männer, wenn es darum ging, ein neues Ziel auszukundschaften, sondern besorgte dies immer persönlich, was auch seinen Erfolg als Angreifer ausmachte. Er spähte den Hügel hoch und entdeckte Ashlins Mauer, die viel höher war, als Isleen berichtet hatte. Hatte sie gelogen? War sie einfach dumm, oder war die Mauer inzwischen erhöht worden? Er neigte zur letzten Erklärung, denn Isleen war bei Gott nicht dumm. Er mußte das Ganze aus der Nähe betrachten. Isleen hatte ihm auch gesagt, es gebe einen Graben, aber wenn man die Mauer erhöht hatte, war der Graben vermutlich vertieft worden.
Er ging den Pfad hoch, der zu der mit einer Mauer versehenen Einfriedung führte. Er war mit einem schlichten braungrauen Gewand bekleidet, um unauffällig zu wirken. Auf dem Rücken trug er ein Rad zum Messerschleifen, eine beliebte Verkleidung. Auf jedem Gut gab es Messer zum Schleifen, obwohl Ashlin vermutlich seine eigene Schleifvorrichtung hatte. Gewiß würde man ihm nichts Böses unterstellen und ihm ein Nachtquartier anbieten. Das war die beste Möglichkeit, sich der Herrin des Guts zu nähern. Bedienstete liebten den Klatsch, vor allem weibliche. Er lächelte heimtückisch und ging weiter.
Wie er erwartet hatte, wurde er auf Ashlin willkommen geheißen. Sein scharfes Auge erkannte, daß der Graben jetzt tatsächlich tiefer war. Und die Lehmbrücke darüber war durch eine dicke Zugbrücke aus Eichenholz ersetzt wor-

den. Vor der inneren Mauer befand sich eine Plattform, auf der die bewaffneten Männer Wache standen. Es waren viel mehr, als er erwartet hatte. Außerdem schienen sie gut gedrillt zu sein. Ashlin würde eine weitaus größere Herausforderung darstellen, als er vermutet hatte. Er mußte seinen Überfall sorgfältig planen. Lohnte es sich eigentlich? überlegte er.

Als er abends in der Halle saß und sich umblickte, wog er nachdenklich die Risiken gegen die Vorteile eines solchen Unternehmens ab. Die Schafe und das Vieh weideten auf den Wiesen außerhalb der Mauer. Sie schienen das größte Vermögen des Guts darzustellen. Es würde leicht sein, sie zu stehlen, vermutlich ohne Blutvergießen. Wohl war die Halle recht gemütlich, aber es gab keine Silberteller oder sonst etwas von Wert, das zu stehlen sich lohnte. Isleen wurde von ihrer leidenschaftlichen Rachsucht angetrieben, aber er würde wegen ihr nicht seinen gesunden Menschenverstand verlieren.

Die Lady von Ashlin hatte einen guten Mann geheiratet. Dies konnte er an den hervorragend ausgebildeten Männern und den Vorkehrungen erkennen, die getroffen worden waren, um Angreifer wie ihn abzuwehren. Er lächelte. Er hätte unter solchen Umständen genauso gehandelt. Doch der Herr von Ashlin war abwesend, wie er aus den Reden um sich herum erfuhr. Also war jetzt die beste Gelegenheit, um Ashlins Vieh zu stehlen.

Sein Blick wanderte zur Herrin des Hauses. Die kleine Nonne, wie Isleen sie genannt hatte, war eine der schönsten Frauen, die er je gesehen hatte. Ihr rotgoldenes Haar war zu einem Zopf geflochten und unter einem schlichten Schleier verborgen. Sie strahlte eine Heiterkeit aus, die er noch nie bei einer Frau erlebt hatte. Er kniff die Augen zusammen. Ihre Bediensteten liebten und achteten sie, wie er aus der Art und Weise, wie sie sie bedienten, schließen konnte. Er erkannte, daß er sich zum ersten Mal in seinem Leben in Gegenwart einer *guten* Frau befand. Er hätte nicht gedacht, daß so ein Geschöpf existierte. Dies gab Anlaß zu einer weiteren Überlegung: Wie war eine gute Frau

im Bett? War sie dann auch von solch kühler Eleganz, oder war sie in den Armen ihres Gemahls leidenschaftlich und lüstern? Er würde es wohl nie erfahren, überlegte er und schnitt innerlich eine Grimasse.
Merin ap Owen wurde ein Schlafplatz am Feuer zugewiesen. Am nächsten Morgen servierte man ihm Brot und Käse. Da man seine Dienste als Messerschleifer nicht benötigte, verabschiedete er sich und machte sich über die Hügel auf den Heimweg nach Wales zu seiner Burg Gwynfr. Dort angekommen, begab er sich zu Isleens Räumen. Als er sie nicht antraf, schickte er eine Dienerin nach ihr.
»Du bist also wieder zurück, Mylord«, begrüßte sie ihn. Sie hatte heute ein blaues Seidengewand an, das gut zu ihren blauen Augen paßte, und trug ihr goldenes Haar offen.
»Leg dich auf den Rücken und heb deine Röcke«, befahl er. »Ich habe deine heiße, gierige Scheide vermißt, Isleen. Wenn du mich befriedigt hast, meine hübsche Hexe, werden wir reden.« Er fiel über sie her und tobte seine Lust an ihr aus. Sie war nicht so lüstern wie er, auch wenn sie den Anschein zu erwecken suchte. Daraus schloß er, daß sie ihn mit einem oder mehreren seiner Männer betrogen hatte. Doch er schwieg. Sollte sie ruhig glauben, daß sie ihn hintergehen konnte. Während er ihre Wildheit ausnutzte, wußte er genau, daß er sie eines Tages zu Clud zurückschicken würde, denn er konnte nicht zulassen, daß sie ihn zum Narren hielt und seine Männer ihn für schwach erachteten. Nachdem er mit ihr fertig war, erhob er sich und ordnete seine Gewänder. »Steh auf«, herrschte er sie an, »jetzt werden wir reden.«
»Wirst du Ashlin angreifen?« fragte sie gierig.
»Vieles hat sich verändert, seit du dort als Richard de Montforts Frau geherrscht hast, Isleen«, fing er an. Er berichtete, wie er Ashlin vorgefunden hatte, und sagte dann: »Wir werden die Schafe und das Vieh wegtreiben, aber in der Halle ist nichts von Wert, nichts, wofür ich das Leben meiner Männer aufs Spiel setzen würde.«

»Wie?« kreischte sie wütend. »Habe ich dir, bevor du auf deine lächerliche Erkundung gingst, nicht klargemacht, daß ich Eleanore de Montfort tot sehen möchte? Mit weniger gebe ich mich nicht zufrieden, sie hat mich ungerecht behandelt. Die kleine Nonne soll genauso leiden wie ich. Ich will, daß jeder deiner Männer sie vergewaltigt, bevor du sie für mich tötest. Wenn du mich liebst, wirst du das für mich tun.«

Merin ap Owen lachte. »Aber ich liebe dich nicht, Isleen. Wie kommst du überhaupt auf diese Idee? Weil ich dich als meine Hure hier wohnen lasse? Du bist so gefährlich wie eine tollwütige Katze, meine kleine Hexe. Ich wähle meine Ziele selbst aus, denn nur ich kann ihren Wert beurteilen. Das Vieh und die Schafe sind das einzige, was mich an Ashlin interessiert. Sonst gibt es dort nichts von Wert. Der Herr von Ashlin ist zur Zeit abwesend, somit ist der Zeitpunkt ideal, das Vieh wegzutreiben.«

»Du Narr!« schrie sie und trommelte mit den Fäusten gegen seine Brust. »Du starrköpfiger walisischer Dummkopf! Natürlich gibt es mehr in Ashlin als nur Vieh und Schafe. Kannst du das denn nicht erkennen?«

Er griff nach ihren Handgelenken und hielt sie eisern umklammert. »Was?« fragte er und ohrfeigte sie. »Was sehe ich nicht auf Ashlin, das wertvoll wäre, Isleen? Was habe ich übersehen?« fragte er und schüttelte sie.

»Eleanore de Montfort!« schrie Isleen. »Laß mich los, du Rohling! Du tust mir weh.« Als er ihre Handgelenke losließ, rieb sie sie wehleidig. »Ist denn die Lady nicht ein Lösegeld wert, Merin ap Owen? Vieh und Schafe, die gestohlen werden, bringen selten viel ein, wenn sie weiterverkauft werden, und alle Welt weiß, daß das Vieh, das du verkaufst, gestohlen ist. Laß das Vieh von Ashlin auf der Weide, und hol dir statt dessen die Herrin. Ihr Gemahl muß das ganze Vieh verkaufen, wenn er das Lösegeld bezahlen will, das du von ihm verlangen wirst. Damit hast du einen doppelten Gewinn erzielt. Ist dieser Plan nicht besser als deiner, Merin ap Owen?«

»Ja, das stimmt«, gab er zu, »aber glaub ja nicht, daß ich

nicht wüßte, welche Gründe dich bewegen, Isleen. Du willst die Herrin von Ashlin in deine Gewalt bekommen, damit du dich an ihr rächen kannst, während sie bei mir in Gewahrsam ist. Das erlaube ich dir nicht, Isleen. Ich will das Gold, das Ashlins Herr mir im Austausch gegen seine unversehrte Frau übergeben wird. Wenn Lady Eleanore in irgendeiner Weise Schaden zugefügt wird, meine hübsche Hexe, werde ich nicht nur das Lösegeld einbüßen, sondern auch mein Leben, denn ihr wütender Gemahl würde mich umbringen. Das würdest du doch nicht wollen, nicht wahr, Isleen?« fragte er und grinste auf sie herab. »Du willst doch, daß ich dich liebe, nicht wahr? Ich weiß nicht, aber wenn mir dein schlauer Kopf weiterhin so gut hilft, werde ich dich vielleicht eines Tages lieben.« Er nahm sie in die Arme und küßte sie.
Isleen erwiderte seinen Kuß und streichelte gleichzeitig sein Glied, bis dieses erneut anschwoll. Dann zog sie ihn zum Bett, streifte ihre Gewänder ab und umfaßte ihre üppigen Brüste mit beiden Händen, um ihn zu reizen. Sie kauerte sich über ihn und spreizte ihre Beine, so daß er ihren Moschusduft einatmen konnte. Dann beugte sie sich über ihn und strich ihm mit ihren Rosetten über die Lippen. Er sog begierig daran, doch sie entzog sie ihm.
»Du Hexe«, brummte er und packte sie an den Fußgelenken, so daß sie auf den Rücken fiel. Er machte sich an seinen Gewändern zu schaffen, holte seine Lanze heraus und führte sie in sie ein. »Du Hexe«, wiederholte er, als sie versuchte, ihn abzuwehren.
Isleen zog ihn zu sich herunter und biß ihn so kräftig in die Schulter, bis sie Blut schmeckte. »Jetzt habe ich dich mit meiner Tollwut angesteckt«, lachte sie.
Er schlug sie mehrere Male ins Gesicht, aber die Schläge waren nicht hart, sondern eher als Warnung gedacht. »Du bist klug, aber nicht unersetzlich, meine hübsche Hexe. Vielleicht muß ich dich eines Tages töten.«
»Vielleicht«, erwiderte Isleen. »Aber ich werde dich zuerst umbringen«, fuhr sie fort und lachte, als sie seinen bestürzten Gesichtsausdruck sah.

Er drang abermals in sie ein, peitschte sie bis kurz vor den Höhepunkt, hielt sie aber so lange zurück, bis sie ihn mit wilden Flüchen bedachte. Erst dann schenkte er ihr Erlösung, wobei er sie jedoch verspottete. »Du bist nur eine Frau, Isleen, eine schwache Frau.« Dann lachte er und löste sich von ihr. »Denk daran, meine hübsche Hexe. Ich muß jetzt über deinen Vorschlag nachdenken.« Er kleidete sich wieder an und verließ ihren Raum. Die aufgebrachte Isleen sandte ihm noch ein paar kräftige Flüche hinterher.

Als Merin ap Owen seine Gemächer betrat, dachte er, daß Isleen allmählich eine Last für ihn wurde. Doch sie besaß die gleiche unersättliche Begierde wie er, und er mußte sich eingestehen, daß sie ihn besser befriedigte als alle anderen Frauen, die er gekannt hatte. Aber er konnte ihr nicht trauen, ermahnte er sich. Sie wollte reich und unabhängig sein. Vielleicht konnte er ihr helfen, diese Ziele zu erreichen, vorausgesetzt, sie benahm sich einigermaßen anständig. Gewiß war es besser, wenn sie seine Verbündete und nicht seine Feindin war.

Ihr Vorschlag, Lady Eleanore zu entführen, war klug. Sie hatte recht, als sie sagte, ein Lösegeld könne ihm doppelt soviel einbringen wie der Verkauf des Viehs. Aber wenn er der Lady habhaft werden und sie nach Gwynfr Castle bringen konnte, hatte er dann die Gewähr, daß sie vor seiner wilden Hure sicher war? Eine tote oder verletzte Herrin von Ashlin würde ihm gar nichts einbringen. Isleens Groll auf Eleanore de Montfort war nicht gerechtfertigt. Sie selbst hatte ihm erzählt, wie sie vor ihrer Vermählung mit Richard de Montfort dafür gesorgt hatte, daß die kleine Eleanore ins Kloster abgeschoben wurde, und daß sie sie in neun Jahren nur einmal besucht und erst dann wieder nach Ashlin geholt hatte, als ihr Gatte im Sterben lag.

Isleens verbrecherischer Verbündeter, ihr Vetter, war offensichtlich ein dummer Mann gewesen. Er hatte den falschen Zeitpunkt und den falschen Ort gewählt, um Lady Eleanore zu vergewaltigen. Er hätte sie mit Isleens Hilfe nachts aufsuchen und sie dorthin bringen sollen, wo die Bediensteten sie nicht hätten hören können. Es war sein

Fehler, daß Isleens Plan fehlgeschlagen war. Man konnte ja wohl kaum Eleanore de Montfort zum Vorwurf machen, daß sie sich gegen die unerwünschten Annäherungen Saer de Budes wehrte, auch konnte ihrem Leibeigenen nicht zur Last gelegt werden, daß er seine Herrin geschützt hatte.
Isleens Anklage entbehrte jeglicher Grundlage. Merin ap Owen kam zu dem Schluß, daß sie auf ihre ehemalige Schwägerin neidisch war. Ja, das war der springende Punkt dabei. Lady Eleanore war genauso schön wie Isleen de Warenne. Und sie wurde von ihren Leuten geachtet und geliebt, was bei Isleen gewiß nicht der Fall gewesen war. Wie oft hatte sie sich bei ihm über die Leute von Ashlin beklagt! Lady Eleanore verkörperte alles, was Isleen nicht war, und deshalb haßte sie sie. Was nicht heißen sollte, daß Isleen sich ändern würde, wenn sie die Gelegenheit dazu hätte. Sie wollte immer ihren Kopf durchsetzen, und wenn ihr das nicht gelang, wurde sie bitterböse.
Das Problem bestand darin, wie er seine Geisel vor ihr in Sicherheit bringen konnte. Nachdem er dies gelöst hatte, würde er überlegen, wie er sie entführen konnte. Wenn er eine Bresche in die Mauer von Ashlin schlagen würde, könnte es Tote geben, was er nicht wollte. Doch wenn er und seine Männer die Mauer überwunden hatten, war es eine Kleinigkeit, zum Haus vorzudringen, überlegte er. Wenn es ihm nicht gelang hineinzukommen, mußte er sein Opfer herauslocken. Dann konnte er der Lady leichter habhaft werden.
Merin ap Owen goß sich einen Becher von dem guten Wein ein, den er in seinen Privatgemächern aufbewahrte. Dann setzte er sich neben den Kamin, um in Ruhe alles zu überdenken. Die Lady befand sich in der Nähe des Klosters, in dem sie aufgewachsen war. Wenn er das Kloster überfiel, würde sie dadurch von ihrem Landgut weggelockt werden können? Vielleicht, aber vielleicht auch nicht. Da gab es nämlich diesen grauhaarigen und kampferprobten Waffenmeister, der ihr diente. Er war für die Sicherheit von Ashlin verantwortlich und würde bestimmt nicht zulassen, daß seine Herrin zum Kloster eilte, um den

Nonnen nach dem Überfall zu helfen. Er würde seine eigenen Männer zu Hilfe schicken. Aber ein solcher Angriff wäre recht abwechslungsreich.
Er strich sich nachdenklich übers Kinn und kniff die Augen zusammen. Wie wäre es, wenn er jemanden in Ashlin einschleuste, jemanden, der den Torwächter, die Männer an der Mauer, die Bediensteten betäuben könnte und dann für ihn und seine Männer die Tore öffnen würde ... Ja, das war ein perfekter Plan! Aber wer käme dafür in Frage? Wen würde man in Ashlin einlassen, ohne Verdacht zu schöpfen? Er brauchte ein hilfloses Geschöpf, das er einschüchtern konnte und dessen Treue außer Zweifel stand. Wer? Dann erhellte ein Lächeln seine hübschen Gesichtszüge, als ihm plötzlich eine Idee kam. Arwydd, Isleens Zofe, Cluds Nichte, war die Richtige.
Arwydd war nicht auf den Kopf gefallen. Immerhin war sie so klug gewesen, dem Bordell ihres Onkels zu entrinnen, wo sie nur eine wertlose Sklavin gewesen war. Isleen beklagte sich nie über sie, was bedeutete, daß die Kleine es verstand, eine schwierige Herrin zufriedenzustellen. Konnte sie auch ihrem Herrn dienlich sein? Ja, das konnte und würde sie, sonst würde er sie eigenhändig umbringen. Er hatte keine Verwendung für aufsässige Bedienstete. Gleichzeitig dachte er darüber nach, wer während seiner Abwesenheit seine Hure befriedigt hatte. Er hatte seine Männer gewarnt, ihnen klargemacht, daß sie sein persönlicher Besitz sei, aber offensichtlich war jemand Isleens unwiderstehlichen Reizen erlegen. Der Mann würde dafür sterben. Er würde Isleen gegenüber kein Wort darüber verlieren, aber sie würde begreifen und – noch wichtiger – seine Männer ebenfalls. Keiner würde sich mehr an Isleen vergreifen, es sei denn, er erlaubte es.
Er lächelte grimmig und überlegte dann, wie er Arwydd in das Gut einschleusen konnte. Sie würde sich als weggelaufene Leibeigene ausgeben, deren Herr versucht hatte, sie als Dirne zu verkaufen, oder so etwas ähnliches. Eine solche Geschichte würde bestimmt das Mitleid der sanften Lady Eleanore erwecken. Er kicherte. Es war klug, und

Arwydd war das richtige Mädchen dafür. Er mußte sich ein paar Signale ausdenken, mit denen sie ihn und seine Männer warnen konnte, aber der Erfolg stand außer Zweifel. Merin ap Owen kicherte, war zufrieden mit sich – und sogar mit Isleen.

14. Kapitel

Pax kam aus dem Staunen nicht heraus; er hatte inzwischen sehr viel von der Welt gesehen und konnte Willa eine Menge berichten. Sein Herr und er waren, nachdem sie Ashlin hinter sich gelassen hatten, über eine Woche geritten, bis sie zum Meer gelangt waren. Pax fand, daß England ein sehr großes Land war. Schließlich erreichten sie eine Stadt, die sein Herr Portsmouth nannte, und bemühten sich um eine Überfahrt nach Barfleur. Pax hatte noch nie einen so großen Hafen wie Portsmouth gesehen, und der salzige Geruch des Meeres drang ihm in die Nase. Nur bei aufmerksamem Zuhören konnte er verstehen, was die Leute sagten, denn das Englisch, das hier gesprochen wurde, war anders als das in Ashlin. Zum Glück verbesserten sich seine Kenntnisse der normannischen Sprache schnell, da sein Herr täglich mit ihm übte.
»Denk daran«, warnte ihn Ranulf, »du verstehst nur einfache Befehle und unwichtige Sätze. Nur wenn die anderen glauben, daß du Sprachschwierigkeiten hast, unterhalten sie sich ungeniert, und ich erfahre vielleicht etwas, was mir von Nutzen sein kann.«
»Ich werde daran denken, Mylord«, erwiderte Pax.
»Bis jetzt bin ich sehr zufrieden mit dir«, lobte Ranulf ihn, und Pax freute sich, denn er wollte wirklich Fortschritte machen und nach seiner Rückkehr um Willas Hand anhalten. Wenn der Herr mit ihm zufrieden war, würde er ihm und Willa sicherlich die Heiratserlaubnis nicht verweigern. An einem strahlenden Sommertag setzten sie in die Normandie über. Das Meer war angenehm, die Sonne warm, und es wehte eine frische, doch milde Brise.
»Wir haben Glück,« sagte Ranulf, als sie am Nachmittag

des nächsten Tages im normannischen Hafen Barfleur an Land gingen. »Unsere Überfahrt verlief schnell und reibungslos. Ich sehe darin ein gutes Omen.«
»Werden wir heute in Rouen nächtigen, Mylord?« fragte Pax.
»Nein, vielleicht morgen, aber vielleicht auch erst übermorgen, das hängt vom Wetter und den Straßen ab.«
Sie führten ihre Pferde und ihren Packesel vom Schiff.
»Wir müssen einen Markt suchen, Pax«, meinte Ranulf. »Ich möchte uns etwas zu essen kaufen, denn ich weiß nicht, ob wir einen sicheren Platz finden, wo wir unterkommen können. Vielleicht finden wir hier weder einen Gasthof noch eine Abtei. Es ist besser, wir sind auf alles gefaßt.« Dann stieg er auf sein Pferd, wendete es und sagte: »Bevor wir die Stadt verlassen, müssen die Pferde getränkt werden.«
»Ja, Mylord, ich kümmere mich darum«, bot sich Pax eilfertig an.
Sie fanden einen Markt, und Ranulf erwarb zwei lange Brotlaibe, ein runden Käse, eine Wurst, ein paar Pfirsiche und einen Weinschlauch, von dem er zuerst eine Kostprobe nahm, um sicherzugehen, daß er nicht sauer war.
»Seid Ihr Engländer?« fragte der Weinhändler neugierig.
»Ja«, nickte Ranulf. »Ich bin ein bescheidener Ritter und gekommen, um Herzog Heinrich meiner Treue zu versichern, denn unser König ist krank.«
Der Weinhändler nickte verständnisvoll. »Es ist besser, man tut es vorher statt nachher«, tat er seine Meinung kund. »Ihr seid ein kluger Mann, Mylord. Offensichtlich sorgt Ihr Euch um Eure Familie, und das ist gut so. Herzog Heinrich ist ein großzügiger Herr, und Herzogin Eleonore die schönste und kultivierteste Frau der Welt. Ich habe sie einmal gesehen, als ich meine Schwester in Rouen besuchte. Sie ist eine göttliche Dame, wenn ich so sagen darf.«
Ranulf dankte dem Weinhändler für seine Freundlichkeit und fragte ihn nach dem öffentlichen Trog. Dort tränkten sie ihre Pferde, bevor sie den Weg nach Rouen einschlugen. Als es dunkel wurde, erkannte Ranulf, daß er klug daran

getan hatte, Lebensmittel zu besorgen. Weit und breit gab es kein Kloster oder eine sonstige Herberge, wo sie übernachten konnten. Doch dann entdeckte er eine gemütliche Stelle neben einem Fluß, die von der Straße aus nicht einsehbar war, und sagte zu Pax, sie würden hier nächtigen.
»Ich möchte heute abend kein Feuer machen, um die Straßenräuber nicht auf uns aufmerksam zu machen«, erklärte er seinem Knappen. »Wir werden essen, solange es noch einigermaßen hell ist. Unsere Tiere können in Ruhe grasen und haben genug Wasser.«
»Werden wir ohne Feuer nicht von wilden Tieren angegriffen?« fragte der junge Mann ängstlich.
Ranulf lächelte. »Wir werden eher von zweibeinigen wilden Tieren angegriffen, wenn wir ein Feuer machen, das sie auf uns aufmerksam macht, Junge«, sagte er und stieg vom Pferd. »Schau, da drüben das fette Vieh auf der Weide. Man würde es bestimmt nicht über Nacht im Freien lassen, wenn es von wilden Tieren bedroht würde. Komm, wir wollen jetzt etwas essen und uns dann aufs Ohr hauen. Letzte Nacht an Deck des Schiffes konnte ich nicht gut schlafen, da ich Angst hatte, jemand könnte uns die Kehle durchschneiden, um unsere Pferde und das Muli zu rauben.« Er kicherte, als er bemerkte, wie bleich sein Knappe bei diesen Worten geworden war. »Hier kann man niemandem trauen, Junge«, warnte er eindringlich. »Ich bin der einzige, dem du vertrauen kannst.«
Sie sattelten die Pferde ab und ließen sie grasen. Dann schnitt der junge Knappe bedächtig zwei große Scheiben von dem Brot, dem Käse und der Wurst ab und reichte eine Portion seinem Herrn. Sie setzten sich auf die Wiese, um sich daran gütlich zu tun, und tranken abwechselnd von dem Wein. Sie beschlossen, die Pfirsiche bis zum nächsten Morgen aufzuheben. Da es ein langer Tag gewesen war, waren sie beide müde. Die Sonne war inzwischen untergegangen, und die Nacht brach herein. Es war eine sternenklare Nacht. Als Pax sich auf den Rücken legte und zum Himmel hochblickte, dachte er, daß es unterschiedliche Sterne gab. Der Mond war erst zu einem Viertel voll und beleuchtete

die Landschaft um sie herum nur spärlich. Nach kurzer Zeit fielen die beiden Männer in einen tiefen Schlaf.
Ranulf erwachte durch Vogelgezwitscher. Als er die Augen öffnete, sah er, daß der Tag anbrach. Er erhob sich, erleichterte sich im Gebüsch und knuffte dann seinen Knappen in die Seite. »Wach auf, Junge, es ist fast Tag. Wir werden jetzt etwas zu uns nehmen und uns dann auf den Weg machen. Ich würde heute nacht lieber in Rouen schlafen als wieder auf einer feuchten Wiese. Meine Knochen werden allmählich zu alt dafür.«
Pax krabbelte hoch. »Tut mir leid, Mylord, ich wollte nicht verschlafen.«
»Erleichtere dich, dann wollen wir essen«, sagte Ranulf.
Ein Drittel des Brotes, die restliche Wurst und die Pfirsiche sparten sie für ein Mittagsmahl auf; sie nahmen nur Brot und Käse zu sich und tranken von dem Wein. Das Getränk erhitzte ihr Blut und machte sie munter. Die Luft war noch feucht, und es schien ein heißer Tag zu werden. Als sie fertig waren, tränkten sie die Pferde, sattelten sie und machten sich wieder auf den Weg. Die Landschaft um sie herum war ein hübsches flaches Tal, das von sanften Hügeln umschlossen war. Ihr Weg verlief entlang dem Fluß Seine. Am späten Nachmittag erblickten sie die Dächer der Stadt, und kurz darauf überquerten sie die große holperige Steinbrücke mit ihren dreizehn großen Bögen, die sich über den Fluß spannten.
Rouen war eine sehr alte Stadt. Zur Zeit des Römischen Reichs war sie Provinzhauptstadt gewesen, erklärte Ranulf Pax. Dieser nickte, hatte aber keine Ahnung, wer die Römer waren, und wagte nicht danach zu fragen, weil er nicht unwissend erscheinen wollte. Die Normandie war Teil einer Provinz namens Gallien, fuhr Ranulf fort. Sogar England war eine Provinz der Römer, die sie Britannia nannten. Pax nickte abermals, aber seine Blicke schweiften neugierig umher, als sie durch die schmalen Straßen ritten, die links und rechts von hohen, zur Hälfte aus Bauholz bestehenden vier- und fünfstöckigen Häusern gesäumt waren. Pax hatte noch nie solche Häuser gesehen.

»Wir müssen einen Platz finden, wo wir unterkommen können, und der sich möglichst in der Nähe der Burg befindet«, bemerkte Ranulf.
»Werden wir nicht in der Burg wohnen?« fragte Pax überrascht.
»Nicht, wenn wir nicht dazu eingeladen werden. Vergiß nicht, ich bin nur hier, um Herzog Heinrich, der unser nächster König sein wird, meine Ehrerbietung zu bezeugen. Höhergestellte Herren als ich pflegen ihre Schlafplätze mit ihren Bediensteten zu teilen. Vielleicht kann ich um einen Platz in den Ställen des Herzogs bitten. Das hängt davon ab, wie viele Männer im Augenblick bei ihm sind. Wir wollen zuerst zur Burg gehen. Ein Gasthof ist vielleicht zu kostspielig für meinen schmalen Geldbeutel.«
Ranulf hatte seinem Knappen über seinen Besuch in der Normandie nicht die Wahrheit gesagt. Der Junge war noch grün hinter den Ohren, und der Ritter war sich nicht sicher, ob er sich darauf verlassen konnte, daß Pax nicht plauderte.
Es war nicht schwer, die Burg von Kaiserin Mathilde zu finden, denn sie war das größte Bauwerk in Rouen, besaß eine große Halle und ein Burgverlies. Der Ritter und sein Knappe ritten über die Zugbrücke in den Hof. Ranulf blickte sich um. Dann entdeckte er endlich die Ställe, lenkte sein Pferd darauf zu, und Pax folgte ihm. Er sah sich um, fand den Stallmeister und bat ihn um ein Nachtquartier.
»Ich bin Sir Ranulf de Glandeville, Herr von Ashlin. Ich bin von England hergeritten, um Herzog Heinrich Ehrerbietung zu erweisen. Habt Ihr, vielleicht auf dem Dachboden, einen Platz für meinen Knappen und mich?«
Der Stallmeister musterte die beiden Männer aufmerksam. Ihre Kleidung war anständig und von guter Qualität, wenn auch etwas mitgenommen von der Reise. Auch ihre Pferde waren gut. »Kennt Ihr jemanden hier?« erkundigte sich der Stallmeister.
»Sir Garrick Taliferro, einen von Herzog Heinrichs Rittern«, antwortet Ranulf. »Er wird meine Aussage und meine Ehrlichkeit bezeugen.«

»Ihr versteht gewiß, daß ich mich vergewissern muß, daß Ihr derjenige seid, der zu sein Ihr behauptet«, erwiderte der Stallmeister. »Es kommen zur Zeit so viele englische Herren mit ihrem Gefolge von Rittern hierher, um ihren Frieden mit Herzog Heinrich zu machen. Daher haben wir wenig Platz.«

»Ich verstehe«, erwiderte Ranulf höflich.

»Ich werde einen meiner Männer zu Sir Garrick senden, den ich ebenfalls kenne. Wenn Ihr ihm bekannt seid, gebe ich Euch und Eurem Knappen Obdach, solange Ihr wollt.«

»Ich bin kein hoher Herr und werde Euch dankbar sein.«

»Komm her, Page«, sagte der Stallmeister und packte einen Jungen am Genick. »Geh und such Sir Garrick Taliferro auf und sag ihm, Conan, der Stallmeister, möchte ihn sprechen.« Dann versetzte er dem Jungen einen leichten Tritt und schickte ihn auf den Weg.

Unterwegs hatten sie nicht einmal angehalten, um etwas zu essen. Deshalb befahl Ranulf seinem Knappen, die Reste ihrer Lebensmittel auszupacken. Die beiden Männer setzten sich auf eine Bank vor der Stalltür, verzehrten, was noch übrig war, und leerten den restlichen Wein. So saßen sie eine Weile, bis es dunkel wurde. Schließlich näherte sich ihnen eine Gestalt. Es war Sir Garrick.

»Ranulf! Was tut Ihr hier in Rouen? Wie geht es meinem Patenkind?« Der Ritter hielt dem Herrn von Ashlin zur Begrüßung die Hand hin.

Ranulf erhob sich und ergriff die dargebotene Hand. »Ich dachte, es wäre vielleicht an der Zeit, daß ich Herzog Heinrich meine Ehrerbietung bezeuge. Auch meine Frau war dafür, und Simon gedeiht prächtig.«

»Was ist mit Stephan?«

»Er wird nicht mehr lange leben«, erwiderte Ranulf. Dann lächelte er. »Wenn Ihr Master Conan davon überzeugen könnt, daß wir anständig sind, wird er uns in seinen Ställen ein Quartier anbieten. Würdet Ihr das tun?«

»Ja, gern. Auf der Burg herrscht großes Gedränge, weil die Herzogin mit ihrem ganzen Hof eingetroffen ist, um

ihre Schwiegermutter zu besuchen. Kommt, ich nehme Euch und Euren Knappen mit zur großen Halle. Es ist Zeit für die Abendmahlzeit. Die ist nicht so gehaltvoll wie das Mittagsmahl, da die Kaiserin sehr sparsam ist, aber es wird genügen.« Garrick Taliferro kicherte. Dann wandte er sich an den Stallmeister und sagte: »Der Herzog wäre Euch dankbar, wenn Ihr diesem Mann, seinem Knappen und ihren Pferden einen sauberen Platz geben könntet, Master Conan.«
»Gerne, Mylord«, erwiderte der Stallmeister. »Kommt, Mylord, ich zeige Euch, wo Ihr schlafen werdet. Nehmt auch Eure Pferde mit.« Er betrat den Stall, und sie folgten ihm ins Innere. Am anderen Ende blieb er stehen und deutete auf eine Reihe leerer Boxen, die frisch mit Stroh aufgefüllt waren. »Dort könnt Ihr Eure Pferde unterbringen, Mylord, und mit Eurem Knappen eine der Boxen belegen. Da diese etwas abseits liegen, wird Euch wohl niemand bemerken. Ich bitte Euch nur, daß sich Euer Knappe selbst um die Pferde und das Muli kümmert. So kommt niemand in diesen Abschnitt des Stalls, und Eure Rüstung ist in Sicherheit«, meinte er augenzwinkernd.
»Ich danke Euch, Master Conan«, sagte Ranulf und drückte dem Mann eine kleine Silbermünze in die Hand. »Ich bin Euch wirklich dankbar.«
Der Stallmeister nickte und ging davon.
»Ich bin nicht mehr hungrig, Mylord,« sagte Pax. »Ich werde hierbleiben, die Pferde absatteln und sie versorgen. Geht allein.«
»Bist du sicher?«
»Ja, Mylord.«
Ranulf begab sich mit Sir Garrick zur großen Halle der Burg, wo gerade die Abendmahlzeit aufgetragen wurde. Sie fanden einen Platz an einem der unteren Tische direkt unterhalb der Spitze der hohen Tafel. Immer zwei Gäste zusammen bekamen einen flachen Brotlaib. Sir Garrick schnitt ihn in zwei Hälften und reichte Ranulf eine. Die Zinnbecher wurden mit einem ordentlichen Wein gefüllt. Auf jedem Tisch lag ferner ein flacher Laib Käse, und gera-

de wurde eine Platte mit gebratenen Kaninchenkeulen herumgereicht. Ranulf spießte eine mit dem Messer auf, legte sie auf sein Brett und schnitt sich noch ein Stück Käse ab. Der Priester an der hohen Tafel erhob sich und sprach ein Gebet. Dann widmeten sich alle ihren Speisen.
Als Ranulf gesättigt war, blickte er sich um. Die Halle war riesig und voller Menschen. Überwiegend waren es Ritter mit ihren Gefolgsleuten, doch in der Nähe der hohen Tafel befand sich ein Tisch mit hübschen Frauen. An der hohen Tafel selbst saß Herzog Heinrich mit seiner Mutter Kaiserin Mathilde zur Rechten und seiner Gemahlin Eleonore von Aquitanien zur Linken. Ranulf hatte Kaiserin Mathilde einmal gesehen. Sie war wohl älter geworden, aber im Grunde unverändert. Ihre Miene verriet nach wie vor Arroganz und Verachtung. Nie hatte sie ihre Abstammung vergessen. Sie war die Tochter König Heinrichs I. und seiner Königin, der Tochter des schottischen Königs Malcolm. Die Mutter von Kaiserin Mathilde war eine Nachfahrin der letzten sächsischen Könige von England. Ihr Blut war somit tiefblau, was nicht viele von sich behaupten konnten.
Doch die junge Herzogin war vermutlich die schönste Frau, die Ranulf je gesehen hatte. Auch seine Eleonore war eine beachtliche Schönheit, doch Eleonore von Aquitanien war geradezu atemberaubend schön. Sie besaß wirklich goldenes Haar, und sogar aus der Entfernung sah Ranulf, daß sie strahlend blaue Augen hatte. Ihre Gesichtszüge waren vollendet, ihre Haut makellos. Außerdem hatte sie eine gerade Nase und volle Lippen. Offensichtlich lachte sie gerne.
»Verliebt Euch nicht in sie«, sagte Garrick Taliferro leise.
»Die meisten Männer tun es. Sie genießt wohl ihre Bewunderung, ist aber ihrem Gemahl treu.«
»Wie es sich gehört«, erwiderte Ranulf schroff, der etwas betroffen war über die Worte seines Gefährten.
»Ihr habt also nicht den Klatsch über ihre Troubadoure gehört?«
»Nein. Worum geht es da?« fragte Ranulf neugierig.

»Der Hof der Herzogin ist der eleganteste und ausgelassenste weit und breit«, begann Garrick Taliferro. »Sie liebt Musik, Literatur und Dichtkunst und deren Schöpfer. Man nennt ihren Hof den Hof der Liebe. Es ist Sitte unter den Troubadouren, eine adelige Dame zu erwählen, die natürlich verheiratet ist, denn sie muß wirklich unerreichbar sein, sich in sie zu verlieben und dann wunderbare Gedichte und Lieder über diese unerwiderte Liebe zu verfassen.«
»Und wie verhält sich die unerreichbare Dame, wenn sie auf diese Weise erwählt wird?« wollte Ranulf wissen, der sich über eine solche übertriebene Verehrung amüsierte.
»Einmal ermutigt sie ihren Troubadour, dann wieder weist sie ihn ab.«
»Wie sinnlos«, bemerkte Ranulf, »und für meinen Geschmack sogar etwas lächerlich. Im übrigen, welches Recht haben diese Wandervögel, eine sittsame Frau auszuwählen und zum Objekt ihrer unerwiderten Liebe zu machen?«
Garrick Taliferro lachte schallend. »Ihr denkt zu praktisch, mein Freund«, sagte er. »Die Damen mögen es, und es ist eine Ehre für ihre Ehemänner, daß diese großen Troubadoure ihre Frauen auserwählt haben. Es ist keine böse Absicht dahinter, obwohl im Fall der Herzogin einige glauben wollen, daß diese jungen Männer ihre Liebhaber sind, was natürlich nicht stimmt. Die Herzogin ist viel zu klug und zu züchtig, um sich mit Troubadouren einzulassen. Sie vergöttert ihren Gemahl.«
»Ich würde nicht dulden, daß solche Männer um meine Eleanore herumschwirren«, bemerkte Ranulf düster. »Solche Männer haben auf einem bescheidenen Gut wie Ashlin nichts verloren.« Dann wechselte er das Thema. »Wann, glaubt Ihr, kann ich Herzog Heinrich meine Aufwartung machen? Ich möchte nicht zu lange von meiner Frau und meinem Kind getrennt sein. Und zudem verüben die Waliser dieses Jahr wieder Überfälle an der Grenze. Ich habe meine Mauer erhöht und einen guten Waffenmeister, der noch mehr Männer für die Verteidigung ausgebildet hat, trotzdem möchte ich sie nicht zu lange allein lassen.«

»Wenn ich die Gelegenheit habe, spreche ich mit dem Herzog«, sagte Sir Garrick. »In der Zwischenzeit hoffe ich, daß Ihr mit mir und den anderen Rittern auf die Jagd geht und aufs Turnierfeld.«
»Zum Glück habe ich meine Rüstung dabei«, bemerkte Ranulf. »Obwohl ich hoffte, daß mein Aufenthalt hier nur von kurzer Dauer sein würde, habe ich genug Zeit am Hof eines Königs verbracht, um zu wissen, daß es wohl nicht so sein wird. Es heißt, Stephan wird nicht mehr lange leben. Also vermute ich, daß ich irgendwann vor der Weihnachtszeit heimkehren werde. Ich kann nur darum beten, daß die Waliser sich von Ashlin fernhalten.«
»Ihr werdet vielleicht Euer Vieh einbüßen, aber sonst nichts«, beruhigte ihn Garrick Taliferro. »Berichtet mir von meinem Patenkind.«
»Simon ist klug. Ich würde wetten, daß er meine Stimme erkennt, wenn ich den Söller betrete, aber meine gute Frau sagt, er sei noch zu jung.«
»Ich glaube, auch ich sollte irgendwann heiraten«, meinte Sir Garrick. »Ich habe ein kleines Anwesen westlich von London. Dort lebt meine Mutter, und sie liegt mir immer in den Ohren, eine Frau zu nehmen. Vielleicht wenn Herzog Heinrich König wird, werde ich sie bitten, ein heiratsfähiges junges Mädchen für mich zu finden, das mir Erben schenkt. Ein Mann braucht Söhne. Der König hat einen, und es heißt, die Herzogin sei wieder guter Hoffnung.«
»Ein weiterer Grund, weshalb es mich nach Hause zieht«, erklärte Ranulf lächelnd. »Eleanore und ich wollen noch mehr Kinder, aber wir können sie nicht zeugen, wenn ich hier in der Normandie bin und sie in Ashlin.«
Der Abend verlief angenehm. In der Halle unterhielten Gaukler die Gäste, und der derzeitige Lieblingstroubadour der Herzogin, ein schlanker junger Mann mit dunklen Locken und verträumten bernsteinfarbenen Augen, sang ein schönes Lied über seine unerwiderte Liebe zur schönsten Blume von Aquitanien. Ranulf mußte zugeben, daß die Musik sehr angenehm war, auch wenn er das Lied geschmacklos fand. Dann fingen die Männer an seinem

Tisch zu würfeln an, und da er es sich nicht leisten konnte, Geld zu verlieren, entschuldigte er sich.
Mühelos fand er zu den Ställen zurück. Sein Knappe hatte eine große bequeme Box beschlagnahmt und wohnlich gemacht. Die Pferde waren abgesattelt und der Packesel entladen worden, außerdem gefüttert, getränkt und gebürstet. Seine Rüstung und seine kleine Kiste waren ordentlich in einer Ecke deponiert. Pax hatte noch mehr Heu in die Box gebracht, damit sie zwei bequeme Nachtlager hatten, über die er ihre Umhänge gebreitet hatte.
»Ihr müßt Euch draußen im Pferdetrog waschen, Mylord«, machte er seinen Herrn aufmerksam.
»Morgen früh«, sagte Ranulf und ließ sich auf seinem Bett aus Heu nieder.

Die nächsten Wochen vergingen wie im Fluge. Sie speisten in der großen Halle von Kaiserin Mathilde und gingen mit dem Herzog und seinen Gefolgsleuten auf die Jagd. Sie nahmen an Turnieren teil, und hier erregte Ranulf bei Hofe ein gewisses Aufsehen, denn er war unschlagbar und mußte erst noch von einem Gegner aus dem Sattel gehoben werden. Als er eines Tages den Kämpen von Kaiserin Mathilde abwarf, erhielt er den Lorbeerkranz des Sieges aus den Händen des Herzogs, präsentierte diesen dann der Kaiserin und verneigte sich anmutig.
»Wer ist das?« fragte die Herzogin eine ihrer Hofdamen.
»Ich weiß nicht, Mylady. Er ist bestimmt kein Mann von hohem Rang«, erwiderte diese.
Eleonore von Aquitanien lächelte nachdenklich. »Auch wenn er nicht von hohem Rang ist, Adela, ist er klug und besitzt ausgezeichnete Manieren.« Dann wandte sie sich an ihren Gemahl. »Wer ist er, Heinrich?«
»Ranulf von Ashlin«, antwortete dieser, ohne zu zögern. »Er ist hier, um mir seine Ehrerbietung zu erweisen. Vielleicht sollte ich ihn jetzt vorlassen.« Der Herzog machte dem Ritter ein Zeichen, zu ihm zu kommen. »Wir heißen Euch in der Normandie willkommen, Sir Ranulf«, sagte er.
Ranulf kniete vor Herzog Heinrich nieder, legte seine

Hände in die des künftigen Königs und schwor ihm den Treueeid.

»Erhebt Euch, Sir Ranulf«, forderte ihn der Herzog anschließend auf. »Wir sind dankbar für treue Ritter wie Euch. Eure aufrichtige Treue und Ergebenheit gegenüber König Stephan blieb nicht unbemerkt.«

»Ich werde Euch gegenüber die gleiche Ergebenheit zeigen, mein Lehnsherr«, erwiderte Ranulf.

»Das glauben wir Euch. Nun stellen wir Euch Eurer künftigen Königin, meiner Gattin Eleonore, vor.«

Ranulf verbeugte sich tief vor der schönen Frau, die aus der Nähe sogar noch reizender war. »Mylady, auch Euch gegenüber schwöre ich Treue«, sagte Ranulf.

»Wir danken Euch, Sir Ranulf«, erwiderte die Herzogin. Ihre Stimme klang wie Musik und war sehr lieblich. »Wir haben festgestellt, daß Ihr bei dem Turnier nicht abgeworfen worden seid. Ihr seid wirklich ein guter Ritter.«

»Ich hatte nur Glück, Lady«, wandte Ranulf bescheiden ein, verbeugte sich noch einmal und trat zurück.

»Wir möchten Euch einladen, eine Weile bei uns zu bleiben, Sir Ranulf«, fuhr der Herzog fort. »Es sei denn, Ihr werdet zu Hause gebraucht.«

»Ich fühle mich geehrt, mein Lehnsherr«, erwiderte Ranulf. »Auch wenn die Waliser während des Sommers unruhig waren, befindet sich Ashlin bei meiner Frau in guten Händen und ist gut befestigt.«

»Habt Ihr etwa eine Burg gebaut?« fragte der Herzog mit finsterem Blick.

»Nein, mein Lehnsherr! Dies kann nur mit königlicher Erlaubnis geschehen«, versicherte ihm Ranulf. »Ich habe lediglich meine Mauern höher gezogen, um meine Familie und meine Leibeigenen zu schützen. Ich hoffe, ich habe Euch damit nicht erzürnt.«

»Nein«, sagte der Herzog besänftigt und erfreut über das Ausmaß an Gehorsam, das ihm Ranulf de Glandeville bewies. Wenn nur alle englischen Lords so willfährig wären, aber das war nicht der Fall. Sie waren eine gierige Bande, und er würde sie mit eiserner Hand regieren. »Kehrt zu

Euren Freunden zurück, Sir Ranulf, und wißt, daß wir erfreut über Euch sind«, sagte der König zu dem Ritter. Ihr Blick traf sich für einen Augenblick in Einverständnis.
Ranulf verneigte sich vor dem Herzog, der Herzogin und Kaiserin Mathilde. Dann zog er sich zurück.
»Männer wie er haben meinen Cousin Stephan all die Jahre über an der Macht gehalten«, bemerkte die Kaiserin fast grimmig, »aber er wird dir genauso ergeben sein, Heinrich. Diese einfachen Ritter sind ehrenwert und zudem oft sehr kultiviert. Sie werden dich unterstützen, wenn deine hohen Herren versuchen, sich gegen dich zu erheben, mein Sohn. Wann hast du ihn kennengelernt?«
»Wie kommst du darauf, daß ich ihn bereits kenne?«
Die Kaiserin schnaubte. »Meine Augen sind nicht so schwach, daß ich nicht bemerkt hätte, welche Blicke ihr getauscht habt«, sagte sie leise. »Dieser einfache Ritter ist aus einem bestimmten Grund hier. Aus welchem?«
»Ich verspreche dir, wir werden darüber reden, Mutter, aber nicht in aller Öffentlichkeit«, entgegnete der Herzog. Die Kaiserin nickte und gab sich damit zufrieden. Sie war die Beraterin ihres Sohnes, und sie hatten keine Geheimnisse voreinander. Er hatte die Kunst des Regierens von klein auf von ihr gelernt, aber auch erlebt, wie ihre Arroganz ihren Untergang herbeigeführt hatte. Also hatte er sich eine sanftere und doch energische Haltung angewöhnt, war weniger abweisend und anmaßend, was ihm sehr zustatten kam.
Inzwischen kehrte Ranulf zu den Zelten zurück, wo sein Knappe auf ihn wartete. Sir Garrick gesellte sich zu ihnen, und die beiden Männer unterhielten sich, während Pax seinem Herrn die Waffen abnahm.
»Das war ein kluger Schachzug von Euch«, meinte Sir Garrick, »denn Ihr habt unter den Rittern viel Neid hervorgerufen.«
»Ich wollte niemandem zu nahe treten.«
»Keine Sorge«, lachte Garrick. »Wir haben Euch alle sehr bewundert, als ihr den Kämpen der Kaiserin aus dem Sattel geworfen und dem alten Drachen Euren Siegeskranz präsentiert habt. Das war großartig.«

»Es ist besser, man macht sich hochgestellte Damen nicht zu Feindinnen, wie ich im Laufe der Jahre erfahren habe.« Ranulf lächelte. »Der Herzog erkannte mich, und ich konnte ihm meinen Treueeid leisten. Er hat mich der Herzogin vorgestellt, und sie hat sich freundlich mit mir unterhalten. Ich wurde eingeladen, eine Weile bei Hofe zu verbringen, und natürlich konnte ich diese Einladung nicht abschlagen.«

»Eure Frau wird bestimmt Verständnis haben, da bin ich sicher.«

»Ja, sie ist eine gute Frau und Herrin«, erwiderte Ranulf, aber insgeheim machte er sich Sorgen um seine Petite. Rouen war so weit entfernt von Ashlin. Ein schmaler Kanal und viele Kilometer Land trennten sie. Er fragte sich, ob die Waliser Ashlin inzwischen angegriffen hatten oder ob das Gut, wie in den letzten Jahren, in Frieden gelassen worden war. Es gab keine Möglichkeit, seiner Frau eine Nachricht zukommen zu lassen. Ashlin war zu abgelegen. Keiner hier am Hof, nicht einmal ein Ritter, der nach England zurückkehrte, was zur Zeit sowieso nicht der Fall war, würde dort vorbeikommen. Auch keine Händler. Gelegentlich sprach ein Hausierer in Ashlin vor, aber nie ein ganzer Zug von Reitern. Er mußte das Schicksal seiner Familie in Gottes Hände legen.

Nach dem Turnier, bei dem Ranulf den Kämpen der Kaiserin besiegt hatte, merkte er, daß er von Herzogin Eleonore bevorzugt wurde. Am selben Abend fragte sie ihn in der Halle: »Seid Ihr gebildet, Sir Ranulf?«

Er grinste leicht und erwiderte: »Mylady, ich bin nur ein einfacher Ritter. Ich kann lesen und schreiben, nutze diese Fertigkeiten aber nur in meiner Eigenschaft als Herr von Ashlin.«

»Beherrscht Ihr Latein?«

»Kirchenlatein, Mylady«, antwortete er.

»Keine Dichtkunst?« fuhr sie fort und legte den Kopf zur Seite.

»Nein, Mylady. Was sollte ich mit Dichtkunst anfangen?«

Die Herzogin lachte. »Die Dichtkunst ist sehr nützlich,

um einer Dame den Hof zu machen, Sir. Regt keine meiner Hofdamen Eure Phantasie an, Sir Ranulf? Wenn ja, müßt Ihr die Dichtkunst erlernen.«
»Ich bin ein verheirateter Mann, Mylady«, erklärte er ihr etwas abweisend. »Ich bin nach Rouen gekommen, um Eurem Gemahl meine Treue zu bekunden und ihm meine Dienste anzubieten. Doch während die Damen, die Euch umgeben, so schön wie Sommerblumen sind, wirken sie im Vergleich zu Eurem strahlenden Mond nur wie blasse Sterne, Mylady.«
Eleonore von Aquitanien lächelte, überrascht und geschmeichelt von seinen Worten. »Ich glaube, wir könnten einen Poeten aus Euch machen, Sir Ranulf. Wenn Ihr die Dichtkunst nicht beherrscht, wie habt Ihr dann Eure Frau umworben?«
»König Stephan gab mir die Herrin von Ashlin zur Gemahlin. Ihr Gut befindet sich in der Nähe der walisischen Grenze, und der König suchte einen ihm ergebenen Mann, der es verwaltet. Meine Frau war seit dem fünften Lebensjahr im Kloster von St. Frideswide's und stand kurz davor, ihr Gelübde abzulegen. Doch der König bestand darauf, daß sie mich heiratete.«
»Ah«, sagte die Herzogin verständnisvoll.
»Wir haben vor kurzem einen Sohn bekommen. Er heißt Simon, nach meinem Vater«, fuhr Ranulf fort, »und Hubert, denn er wurde am Namenstag des heiligen Hubert geboren.«
»Vielleicht kommt Euer Sohn eines Tages an meinen Hof, um meinem kleinen Wilhelm zu dienen«, meinte die Herzogin. Sie mochte diesen einfachen Mann mit seinen ehrlichen Antworten. Ranulf de Glandeville war kein raffinierter Höfling und somit eine erfrischende Abwechslung. Dann nahm sie ihr Thema wieder auf.
»Könnt Ihr vielleicht singen, Sir Ranulf?«
»Singen?« Er fand die Frage seltsam. Männer sangen nicht. »Nein, Mylady, ich singe nicht.«
Eine der Hofdamen der Herzogin beugte sich über sie und flüsterte ihr etwas ins Ohr. Eleonore von Aquitanien lä-

chelte verschmitzt. »Lady Elise wünscht zu wissen, wie Ihr, da Ihr weder schreibt noch Gedichte verfaßt oder singt, Eure Frau glücklich macht, Sir Ranulf?«

»Indem ich *sie* zum Singen bringe, Mylady«, erwiderte Ranulf schnell, woraufhin die Herzogin und ihre Damen in schallendes Gelächter ausbrachen.

»Ihr seid sehr schlagfertig, Mylord«, sagte die Herzogin. Ihre blauen Augen blitzten, und ihre melodische Stimme klang fröhlich. »Ich glaube, Ihr seid doch kein hoffnungsloser Fall.«

Er verbeugte sich. »Ich bin nur ein ehrlicher Mann«, meinte er und lächelte.

Ranulf wurde jetzt immer häufiger an den Hof geladen, auch wenn ihm die höhergestellten Herren wenig Beachtung schenkten. Abends betraute ihn die Herzogin mit ihren jüngeren Hofdamen, und er beschützte sie vor den ungestümeren Herren und Rittern, die den Ruf der naiven Mädchen schädigen konnten. Er ließ sich auf keine Liebeleien ein, wie viele andere, denn er dachte daran, wie gekränkt seine unschuldige Eleanore sein würde, wenn sie es erführe. Die jüngeren Mädchen der Herzogin nannten ihn *Herr Onkel*, was Garrick Taliferro sehr amüsant fand.

»Was für einen interessanten Ruf Ihr Euch erworben habt«, neckte er seinen Freund.

»Lieber werde ich Onkel genannt, als daß meine Frau eines Tages erfährt, daß ich mich liederlich und unzüchtig aufgeführt habe«, erwiderte Ranulf. »Da Eleanore im Kloster aufgewachsen ist, ist sie immer noch sehr unschuldig.«

»Ich glaube, Ihr liebt sie«, meinte Sir Garrick.

»Ja, das stimmt, obwohl ich es ihr noch nie gesagt habe. Aber wenn ich wieder zu Hause bin, werde ich es ihr gestehen. Es wird höchste Zeit, daß sie es erfährt. Ich hatte immer Angst, sie könne mich zurückweisen, denn ich bin viel älter als sie und wurde ihr aufgezwungen. Doch als ich mich von ihr verabschiedet habe, fand ich, daß sie mir gegenüber viel weicher war als sonst. Vielleicht hegt sie die gleichen Gefühle für mich wie ich für sie. Ich kann nicht länger schweigen.«

»Natürlich müßt Ihr es ihr sagen«, stimmte ihm sein Freund zu. »Obwohl ich es nicht verstehe, scheinen die Frauen es gern zu hören, wenn man zu ihnen sagt: *Je t'aime.*«

Der August und der September verstrichen. Anfang Oktober strengte der Herzog einen Feldzug gegen Robert de Torigny, einen seiner Vasallen, an, da sich dieser plötzlich geweigert hatte, ihm seinen Anteil zu zahlen. Ranulf wurde aufgefordert, an der Belagerung der Burg von Torigny teilzunehmen. Er war froh darüber, denn das Hofleben und Pflichten wie die, junge Damen zu behüten, waren nicht nach seinem Geschmack. Die bevorstehende Aufgabe munterte ihn ungeheuer auf, und er schlug sich recht tapfer, so daß ihn nun auch jene hochgestellten Herren respektierten, die ihn zuvor geringschätzig behandelt hatten. Schnell erkannten sie, daß es gut war, Ranulf de Glandeville zur Seite oder im Rücken zu haben.
Ende Oktober erhielt der Herzog die Nachricht, daß König Stephan am 25. Oktober in Dover Castle gestorben sei. Er nahm diese Botschaft gelassen auf, setzte die Belagerung fort, bis die Burg Torigny in Schutt und Asche lag und ihr Herr gezüchtigt und gedemütigt war. Der neue König kehrte nach Hause zurück, um mit seiner freudigen Mutter und seiner Gemahlin, die inzwischen hochschwanger war, zu feiern. In allen Kirchen von Rouen wurden Te Deums gesungen und Dank- und Trauergottesdienste für König Stephan abgehalten. Rouen besaß wohl einen Erzbischof, aber noch keine Kathedrale.
Eines Nachts wurde Ranulf vom Pagen des Königs in seinem Quartier im Stall aufgesucht. Er folgte dem Knaben, ohne Fragen zu stellen, zu König Heinrichs Privatgemächern. Während sie sich dorthin begaben, bemühte er sich, munter zu werden. Der König war ein Mann, der wenig Schlaf benötigte und sich gewöhnlich mit vier Stunden begnügte. Ranulf verbeugte sich, als er König Heinrichs Gemach betrat, und der Page zog sich schnell zurück. Der König saß hinter einem langen Tisch, auf dem sich Pergamentrollen häuften.

»Schenkt Euch Wein ein, wenn Ihr wollt«, forderte ihn König Heinrich auf und deutete auf einen Stuhl vor seinem Tisch. »Bei allen Heiligen, noch nie hatte ich so viel Arbeit! Aber erst müssen meine Angelegenheiten hier in der Normandie geregelt sein, bevor ich nach England reisen kann. Im übrigen berichtete man mir, daß wegen des Windes und des Regens die Überfahrt über den Kanal zur Zeit sehr stürmisch verläuft. Das würde mich nicht abschrecken, aber ich muß Rücksicht auf den Zustand meiner Frau nehmen. Ich werde die Königin begleiten, was jetzt nicht mehr geheimgehalten werden muß. Aber Euch bitte ich, Prinz Wilhelm in Obhut zu nehmen. Dies ist eine große Verantwortung, denn es könnte ja sein, daß die Königin dieses Mal eine Tochter zur Welt bringt. Man nimmt an, daß ich meinen Sohn in der Normandie lasse, denn man hält eine solche Reise für einen so kleinen Jungen für zu gefährlich. Für wie dumm halten mich meine treuen Ritter! Als ob ich meinen einzigen Erben hier lassen würde, damit er schutzlos diesem Rudel von Wölfen ausgeliefert ist. Man wird auch annehmen, daß die Lady hierbleibt. Ihr müßt mit dem Prinzen und einer seiner Ammen nach England reisen und Euch als Ritter mit Frau und Kind ausgeben. Zwei Tage vor unserer Abreise werdet Ihr nach Barfleur reisen. Alle näheren Einzelheiten erfahrt Ihr in ein paar Tagen.«
»Wer außer Euch und mir weiß, daß ich den Prinzen begleite, mein Lehnsherr?«
»Meine Mutter, meine Frau und mein Beichtvater«, erwiderte Heinrich.
Ranulf nickte.
»Haben wir Euch aus dem Schlaf gerissen?« fragte der König unvermittelt.
Ranulf errötete und nickte. Er hatte nicht gemerkt, daß seine Schläfrigkeit so offensichtlich war. »Vergebt mir, Mylord.«
Heinrich kicherte. »Wir benötigen nur wenig Schlaf. Wir haben Euch heute nacht gerufen, damit unser Treffen unbemerkt bleibt. Von nun an werden sich die Königin, meine Mutter oder mein Beichtvater in dieser Angelegenheit

an Euch wenden. Wenn der Tag Eurer Abreise kommt, erhaltet Ihr eine Börse für Eure Ausgaben.«
»Was muß ich tun, wenn wir in England sind?«
»Ihr werdet Euch mir anschließen, wenn ich offiziell in London einziehe, und bei dieser Gelegenheit wird bekannt werden, daß sich Prinz Wilhelm in unserer Begleitung befindet. Wir werden englische Bedienstete für ihn besorgen, und ich bin sicher, daß es viele eifrige Seelen geben wird, die bereit sind, meinem Sohn zu dienen«, bemerkte der König fast grimmig. Dann kicherte er. »Willie wird Euch voll beanspruchen, Sir Ranulf. Er ist gerade zwei Jahre alt und ein rechter Schlingel. Laßt Euch von dem kleinen Teufel nicht einschüchtern, denn er weiß bereits, welche Stellung er als Prinz einnimmt. Seid so streng mit ihm, wie Ihr es gegenüber Eurem eigenen Sohn sein würdet. Er muß Euch gehorchen, sonst gefährdet er Euch und sich selbst. Seid unerbittlich!« sagte der König zum Schluß. »Ihr habt unsere Erlaubnis, alles zu tun, was nötig ist, um die Sicherheit des Prinzen zu gewährleisten.«
»Das werde ich, mein Lehnsherr, denn ich will selber heil zu meiner Frau und meinem Kind heimkehren. Ich schwöre, ich werde den Prinz behüten, als ob er mein eigener Sohn wäre.«
»Gut, das wäre geklärt«, seufzte der König. »Nun könnt Ihr Euch wieder zur Ruhe legen«, schloß er und versenkte sich abermals in die Papiere auf seinem Tisch.
Ranulf verbeugte sich und zog sich zurück. Da der Page nicht mehr zu sehen war, ging er allein zurück zu seinem Quartier. Als der König ihn zuerst darauf angesprochen hatte, daß er ihn in der Normandie haben wollte, hatte Ranulf angenommen, er würde in großem Stil reisen. Er war erstaunt, daß nur er und Pax den Prinzen und die Amme begleiten würden. Zwar war die Straße von Rouen nach Barfleur nicht gefährlich. Doch der Prinz war noch sehr klein, und es wäre gewiß besser gewesen, wenn er schon etwas größer gewesen wäre. Ranulf besaß keine große Erfahrung mit zweijährigen Jungen, aber wie er sich erinnerte, waren sie sehr lebhaft. Er würde den Kleinen vor sich auf

den Sattel nehmen. Dadurch konnten sie allerdings nicht allzu schnell reiten. Ranulf kam zu dem Schluß, daß es keine leichte Reise werden würde.

Er würde Pax über ihre Reisepläne informieren müssen. Sein junger Knappe hatte sich in den letzten Monaten als höchst vertrauenswürdig erwiesen. Doch er würde ihn erst einweihen, wenn er den genauen Tag ihrer Abreise kannte. Ranulf begab sich zu seiner Schlafstelle und legte sich nieder. Er würde heimkehren! Bald würde er wieder bei Eleanore und seinem Sohn sein, der bereits ein halbes Jahr alt war. Er hoffte, daß die Ernte gut und die Schafe und das Vieh wohlauf waren. Gebe Gott, daß die Waliser sie in Ruhe gelassen hatten. Sollte dies jedoch nicht der Fall sein, so hoffte er zumindest, daß seine Leute unverletzt waren und der Schaden gering. Mit diesem Gedanken schlief Ranulf de Glandeville schließlich wieder ein.

15. Kapitel

Die Männer auf der Mauer von Ashlin beobachteten erst wachsam, dann verblüfft, wie die zerlumpte Gestalt über die Felder stolperte und die Schafe auseinandertrieb. Sie erklomm den Hügelweg, der zu dem ummauerten Haus führte, und hob flehend die Hände. Als sie über die heruntergelassene Zugbrücke ging, erkannten sie, daß es sich um eine Frau handelte.
»Helft mir!« stammelte sie und brach vor dem hochgezogenen Fallgatter zusammen.
Einen Augenblick lang zögerten die bewaffneten Männer am Eingang. War das etwa ein Trick der Waliser? Nachdem sie sich aber davon überzeugt hatten, daß sonst weit und breit niemand in Sicht war – und die Männer an der Mauer hatten einen guten Überblick über das Land –, eilten sie der Frau zu Hilfe.
»Jesus Maria«, rief der erste Mann, der bei ihr war und blickte auf das armselige Geschöpf hinunter, das hager, ja fast ausgezehrt war und überall schwarzblaue Flecken hatte, ein Zeichen schwerer Mißhandlung. Die bewaffneten Männer wußten nicht, was sie tun sollten, und blickten hilflos auf die Frau zu ihren Füßen.
»Ich hole Fulk«, sagte schließlich einer der Männer, eilte davon und ließ seinen Gefährten bei der Frau zurück.
»Helft mir«, stieß die Frau mühsam hervor und streckte ihre Hand hilfesuchend nach dem bewaffneten Mann aus, der irritiert zurückwich.
»Sims holt den Waffenmeister. Er wird dir helfen.«
Die Frau nickte schwach und legte den Kopf auf den Boden. Fulk kam in Begleitung eines anderen Bewaffneten herbeigeeilt. Als er auf die Frau hinunterblickte, schüttelte er den

Kopf. »Eine entlaufene Leibeigene«, bemerkte er abfällig. Dann beugte er sich über sie und stützte ihren Kopf. »Bist du eine Leibeigene?«
»Nicht mehr«, antwortete die Frau.
Fulk schüttelte verzweifelt den Kopf. »Sind sie hinter dir her?«
»Ich weiß nicht«, antwortete die Frau. »Ich glaube, ich habe ihn umgebracht.«
»Nun, wollen wir hoffen, daß es so ist, Mädchen«, sagte Fulk, »sonst sind sie dir bald auf den Fersen. Wie heißt du?« fragte er sie und half der zarten Frau auf die Füße.
»Arwydd«, lautete ihre Antwort.
»Du bist Waliserin? Dafür sprichst du aber gut Englisch«, bemerkte Fulk.
»Meine Mutter ist Engländerin; sie stammt aus Hereford«, antwortete das Mädchen.
»Wie bist du eine Leibeigene geworden?« wollte Fulk wissen und führte sie langsam zu der Einfriedung.
»Meine Mutter wurde vor Jahren geraubt. Ihre Entführer vergewaltigten sie, und so kam ich auf die Welt. Der Mann, dessen Dienerin sie wurde, gab mir einen Namen. Sie ist jetzt schon viele Jahre tot. Er tötete sie, als er Interesse an mir zeigte und sie sich gegen ihn stellte. Ich war elf Jahre alt, als das Schwein mich das erste Mal mißbrauchte!« stieß Arwydd mühsam hervor.
»Ist er derjenige, den du getötet hast?«
»Ja«, erwiderte das Mädchen. »Er fand es amüsant, mich mit seinen Freunden zu teilen. Sie taten alles mit mir, was ein Mann mit einer Frau anstellen kann. Als er vor ein paar Tagen einen Vollrausch hatte, schnitt ich ihm die Kehle durch und rannte davon. In den letzten drei Tagen habe ich mich von Beeren ernährt, hatte aber Angst, daß ich giftige erwischen könnte. Bitte, helft mir!«
»Ich bringe dich zu unserer Herrin«, sagte Fulk. Er wußte nicht, ob das Mädchen glaubwürdig war oder nicht. Doch die Spuren der Mißhandlungen, die sie erlitten hatte, sprachen für sich. Sie sah aus, als hätte sie seit Jahren zuwenig zu essen bekommen, was wohl auch der Fall war. Ihre Ge-

schichte klang recht glaubhaft, und doch beunruhigte ihn etwas, denn sie konnte ihm nicht in die Augen sehen, wenn er sie anblickte. War ihr plötzliches Auftauchen vielleicht doch ein Trick der Waliser? Er würde die Herrin benachrichtigen und dieses Mädchen im Auge behalten.
Er brachte sie zu Lady Eleanore, und Arwydd erzählte ihre Geschichte noch einmal. Fulk nahm seine Herrin beiseite, während Ida und Willa Arwydd mitnahmen, um sie zu baden. »Ich traue diesem Mädchen nicht ganz, Mylady«, argwöhnte der Waffenmeister. »Etwas mit ihr stimmt nicht. Ich wundere mich auch, wie sie hierhergekommen ist, da wir doch so weitab von den Straßen liegen.«
»Vielleich hat Gott sie zu uns geführt, Fulk«, erwiderte Elf. »Sie ist ernsthaft verletzt. Gott gebe, daß ich ihr helfen kann, ihre Gesundheit wiederzuerlangen.«
»Vielleicht, Lady«, meinte Fulk. Er war immer verzweifelt, wenn die Herrin so gutherzig war. Sie wußte immer noch nicht, wie grausam und brutal die Welt außerhalb von Ashlin war. »Denkt an meine Worte, Lady«, bat er sie. »Hört Euch an, was Euch das Mädchen berichtet, aber traut ihr nicht, ich bitte Euch. In diesen unruhigen Zeiten ist es zu gefährlich, Fremden zu vertrauen.«
»Auch wenn ich dazu neige, das Leben von der arglosen Seite zu sehen, bin ich nicht ganz so naiv, wie du denkst, Fulk«, sagte Elf zu ihrem Waffenmeister. Sie lachte, als er rot wurde. »Ich verspreche dir, daß ich an deine Worte denken werde«, versicherte sie ihm und versuchte, ihn damit zu beruhigen. Er verbeugte sich vor ihr und widmete sich dann wieder seinen Pflichten.
»Sie ist dünn wie ein junger Wildhund, Lady«, bemerkte Willa, die in die Halle zurückgekehrt war. »Die alte Ida hat sie in die Wanne gesteckt, sie gewaschen und ihr die Läuse aus den Haaren gepickt. Sie hat überall blaue Flecken. Ich kann nicht verstehen, wie jemand ein so zartes Mädchen so grausam behandeln kann.«
»Hat sie noch etwas gesagt?«
Willa schüttelte den Kopf. »Nein, aber sie dankt uns für unsere Freundlichkeit.«

»Wir behalten sie bei uns, bis sie wieder gesund ist«, beschloß Elf.
»Ich bin einverstanden«, meinte Willa. »Das arme Ding weiß nicht, was Freundlichkeit ist.«
So wurde Arwydd auf Ashlin aufgenommen. Innerhalb weniger Wochen hatte sie ihre Blässe verloren und nahm an Gewicht zu. Die Zeichen der erlittenen Mißhandlung fingen an auszuheilen, sie wurden erst rot, dann gelb, braun und grün und waren dann ganz verschwunden. Arwydd hatte ein rundes, im Grunde unscheinbares Gesicht, das aber jetzt fast hübsch wirkte. Mit zunehmender Gesundheit wurden ihre blauen Augen lebhafter. Nach einigen Tagen wurden ihr leichte Aufgaben übertragen, die sie gut erledigte. Ihr größtes Talent schienen die Blumenarrangements zu sein. Sie liebte Blumen und füllte sämtliche Gefäße mit Blumen aus dem Garten und von den Wiesen und band prächtige bunte Sträuße daraus. Elf ermutigte sie dabei, denn sie bewunderte Arwydds Sträuße und ließ sie dies auch wissen.
Fulk fand es interessant, daß niemand nach dem Mädchen fragte. Ihr ermordeter Herr hatte doch gewiß jemanden, der ihn vermißte, aber niemand kam nach Ashlin, um Arwydd zu suchen. Das beunruhigte Fulk im höchsten Maße. Er war davon überzeugt, daß sie eine Spionin war, vermutlich für die Waliser; das Mädchen tat jedoch nichts, was seinen Verdacht bestätigt hätte. Sein Instinkt aber warnte ihn, und so war er auf der Hut. Einmal fragte er Arwydd nach der Familie ihrer Mutter in Hereford, aber sie behauptete, sie nicht zu kennen. Also konnte er sie auch nicht dorthin schicken und sie auf diese Weise loswerden.
Der August kam. Dieses Jahr gingen sie nicht zum Markt an Petri Kettenfeier, da die Reise wegen der Raubzüge der Waliser zu gefährlich war. Es wurde September, und am Ende des Monats war fast die gesamte Ernte eingebracht. Nun blieben nur noch die Obstgärten, die mehrere Wochen in Anspruch nehmen würden. Am Michaelitag taten sich Leibeigene und Freie auf Ashlin an einer gebratenen Gans gütlich. Außerdem erhielten die Bediensteten ihren Lohn für das kommende Jahr. Ein paar Tage später sprach

ein Mann in Bedienstetenkleidung auf Ashlin vor und berichtete, daß das Kloster in St. Frideswide's von dem walisischen Banditen Merin ap Owen überfallen worden sei. Die Äbtissin habe ihn nach Ashlin gesandt, um sie um Hilfe zu bitten, bevor alle Nonnen getötet würden.
Elf war entsetzt. »Du mußt dich sofort mit einer Truppe bewaffneter Männer auf den Weg machen und ihnen helfen«, sagte sie.
»Kennt Ihr diesen Kerl?« fragte Fulk seine Herrin argwöhnisch.
Elf schüttelte verneinend den Kopf. »Aber das spielt auch keine Rolle, denn er trägt das Abzeichen der Äbtissin. Im Kloster gibt es viele ältere Bedienstete, und er ist dort wohl neu«, sagte sie.
»Ja, Lady, so ist es«, mischte sich der Mann in ihr Gespräch ein. »ich bin der Sohn von Walter, dem Schweinehüter.«
Elf konnte sich nicht an den Namen des Schweinehirten erinnern, aber er war ein alter Mann gewesen, und dieser hier konnte tatsächlich sein Sohn sein. Im übrigen war das Kloster überfallen worden, und sie mußten helfen. Die Herrin von Ashlin warf ihrem Waffenmeister einen herausfordernden Blick zu. »Dieser Mann hätte keinen Grund, hier vorzusprechen und zu behaupten, das Kloster werde belagert, wenn dem nicht so wäre. Fulk, du wirst jetzt sofort mit deinen Männern zum Kloster reiten. Vertreibe die Waliser und sorg dafür, daß das Kloster geschützt wird. Wenn nötig, verfolge die Feinde, und vernichte so viele wie möglich von ihnen. Gott möge sich ihrer schändlichen Seelen erbarmen! Du hast deine Anweisungen. Nun geh!«
Irgend etwas stimmte nicht. Fulk war sich dessen völlig sicher, aber sie war die Herrin, und er durfte ihr nicht widersprechen, sondern mußte gehorchen. Er verbeugte sich. »Ja, Mylady, aber sorgt dafür, daß die Tore bis zu meiner Rückkehr Tag und Nacht geschlossen sind. Ihr müßt es mir versprechen, Mylady. Ihr müßt es versprechen!« wiederholte er eindringlich.
»Das werde ich tun, Fulk. Hab keine Angst, denn wir sind

gut geschützt«, beruhigte sie ihn freundlich. Sie verstand, daß er in einer Zwickmühle steckte, aber sie mußten St. Frideswide's helfen. Es gab keine andere Möglichkeit.
»Du kommst mit mir«, befahl Fulk dem Boten.
»Ja«, stimmte der Mann zu, aber sein Verhalten konnte Fulks Mißtrauen auch nicht beseitigen. Da stimmte etwas nicht!
Fulk und seine Männer ritten im Galopp zum Kloster St. Frideswide's. Als sie dort angelangt waren, entdeckten sie, daß die Nebengebäude brannten und die Schafe und das Vieh von den Weiden verschwunden waren. Sie hämmerten an die Tore, und eine Stimme rief: »Geht fort, ihr gottlosen Waliser! Im Namen Christi, geht!«
»Ich bin Fulk von Ashlin und gekommen, um Euch zu helfen, Schwester Perpetua«, rief der Waffenmeister mit starker Stimme.
Eine kleine Klappe, die wie ein winziges Fenster wirkte, wurde geöffnet, und dahinter erschien das Gesicht der Nonne. »Gott sei gepriesen!« rief sie. Dann schlug sie die Klappe zu, und kurz darauf wurde eine Seite des Tores geöffnet, um sie hereinzulassen.
»Haltet hier Wache, und verjagt alle Waliser, die ihr findet«, befahl er seinen Männern. Dann trat er in den Klosterhof ein. »Wo ist die Äbtissin?« fragte er die Schwester Pförtnerin.
»Sie ist mit den anderen Schwestern in der Kirche, um zu beten.«
Fulk unterdrückte einen Fluch, nickte nur und dankte der Nonne. Dann begab er sich ohne Umschweife zur Klosterkirche. Als er eintrat, bekreuzigte er sich. »Ehrwürdige Mutter«, wandte er sich an die Äbtissin, »Lady Eleanore hat mich geschickt, damit ich Euch helfe.«
Die Äbtissin erhob sich und wandte sich dem Waffenmeister zu. Ihr ansonsten so gefaßtes Gesicht zeigte deutlich Erleichterung. »Hauptmann Fulk, Ihr seid höchst willkommen«, begrüßte sie ihn. Gemeinsam verließen sie die Kirche, während die anderen Nonnen ihre Gebete fortsetzten.
»Wollt Ihr mir berichten, was geschehen ist?« fragte er sie,

als sie langsam den Kreuzgang durchquerten und Schutz vor dem Regen suchten, der gerade angefangen hatte.

»Natürlich sind es die Waliser«, sagte die Äbtissin müde. »In den letzten Wochen haben sie nacheinander unsere Schafe und unser Vieh weggetrieben. Heute jedoch haben sie die Nebengebäude vor unserer Mauer in Brand gesteckt und jeden unserer Leibeigenen, der ihnen in die Hände gefallen ist, abgeschlachtet. Diese armen Seelen, die darauf geachtet hatten, daß die Kühe gemolken wurden und die Ernte rechtzeitig eingebracht wurde. Sie haben auch Felder abgebrannt. Und ich weiß nicht, wie ich uns, unsere restlichen Leibeigenen und unser Vieh über den Winter bringen soll. Die Waliser waren genauso schnell wieder verschwunden, wie sie gekommen waren. Wie Ihr sehen könnt, gibt es weit und breit kein Zeichen mehr von ihnen.«

Fulk überdachte die Lage. Wenn sich die Waliser schon seit Wochen hier herumgetrieben hatten, warum hatte dann die Äbtissin bis heute gewartet, bis sie die Herrin von Ashlin um Hilfe gebeten hatte? Vielleicht stand Arwydds Auftauchen auf Ashlin in Zusammenhang mit dem Überfall der Waliser auf das Kloster. »Wann sind die Waliser das erste Mal hier aufgetaucht, ehrwürdige Mutter?« fragte Fulk. Die Äbtissin versuchte, sich zu erinnern, und sagte dann: »Ungefähr vor sechs Wochen. Sie kamen eines Nachmittags ohne Vorwarnung über die Hügel. Die Tore standen offen, und mehrere unserer jungen Mädchen und jüngeren Nonnen befanden sich außerhalb. Schwester Perpetua entdeckte sie als erste und betätigte sofort unsere Alarmglocke. Die Nonnen und Mädchen, die draußen waren, gelangten nur mit Mühe und Not in die Sicherheit unserer Mauern. Aber Gott und die Mutter Maria seien gepriesen, sie kehrten unbeschadet zurück. Die Waliser versuchten nicht einzudringen, sondern trieben unser Vieh in kleinen Gruppen fort und nahmen alles mit, was nicht niet- und nagelfest war. Erst in den letzten paar Tagen unternahmen sie den eher halbherzigen Versuch, unsere Tore einzuschlagen, aber die sind zum Glück ungeheuer stark, da sie mit Eisen beschlagen sind. Heute haben sie die Gebäude in

Brand gesteckt und sind dann wieder abgezogen«, schloß die Äbtissin ihren Bericht.
In Fulks Kopf läuteten die Alarmglocken, und er kannte die Antwort auf seine Frage im gleichen Moment, als er sie stellte. »Warum habt Ihr dann Euren Schweinehirten nach Ashlin geschickt und Lady Eleanore um Hilfe gebeten?«
Die Äbtissin sah ihn überrascht an. »Ich habe meinen Schweinehirten nicht nach Ashlin geschickt, ich habe überhaupt niemanden geschickt. Die Gefahr war vorüber, und außer dem Verlust unseres Viehs, einiger Leibeigener und einiger Gebäude sind das Kloster und seine Insassen, Gott sei gepriesen, heil und gesund geblieben. Auch wenn ich über Eure Ankunft erleichtert bin, Hauptmann Fulk, so habe ich nicht nach Euch gesandt. Geht es Euch gut?«
Aus Fulks Antlitz war alle Farbe gewichen. »Ein Mann hat bei uns vorgesprochen und behauptet, er sei der Sohn von Walter, dem Schweinehirten im Kloster. Er gab an, er sei dank Eurer Findigkeit entkommen und das Kloster brauche unsere Hilfe. Die Lady hat ihn zwar nicht gekannt, aber sie schickte uns trotz meines Einwands auf den Weg. Sie machte sich Sorgen um Euch alle, aber jetzt mache ich mir Sorgen um sie, denn ich weiß, daß dieser Mann ein walisischer Spion war.«
»Gott erbarme sich«, rief die Nonne bestürzt.
»Ich muß umgehend nach Ashlin zurückkehren«, sagte Fulk.
»Es wird dunkel, und der Mond scheint nicht«, wandte die Äbtissin ein. »Ihr braucht Fackeln, die Euch den Weg zeigen. Ich lasse sie Euch sofort herrichten, aber Ihr müßt Euch noch kurz gedulden. Wenn Ihr ohne Licht durch die Nacht reitet, bringt Ihr Euch und Eure Männer in Gefahr, und dann werdet Ihr keine Hilfe mehr für Eleanore sein. Habt Geduld. Wir beeilen uns!«
»Ich warte mit meinen Männern draußen vor den Toren«, sagte Fulk. »Sie müssen wissen, was geschehen ist.« Er verneigte sich vor ihr, machte auf dem Absatz kehrt und ging.
Dann erklärte Fulk seinen Männern die Lage. »Wo ist der

Mann, der nach Ashlin gekommen ist?« fragte er einen seiner Männer.
»Er wollte nach den Ferkeln sehen, ob sie dem Brand entgangen sind«, erwiderte dieser.
»Wie lange ist das her?« wollte Fulk wissen.
Der Mann zuckte hilflos die Schultern.
»Er war zweifellos einer von den Walisern, und wir werden ihn nicht wiedersehen, denn er ist jetzt bestimmt wieder bei seinem Herrn«, bemerkte Fulk niedergeschlagen.
Sie warteten ungeduldig fast eine Stunde, bis die Fackeln bereit waren. Inzwischen war es dunkel geworden. Ohne Mond würde die Nacht stockfinster sein. Schließlich trat die Äbtissin durch das Tor, gefolgt von sechs Nonnen, die alle Fackeln auf den Armen trugen. Sie verteilten sie an die Männer und zündeten sie mit der Fackel an, die die Äbtissin in der Hand hielt. Jeder Mann bekam außerdem noch zwei Fackeln zur Reserve, die sie hinter den Sätteln verstauten.
»Ich danke Euch«, sagte Fulk. Dann wendete er sein Pferd und ritt mit seiner Gruppe langsam in die Nacht. Der Himmel über ihnen war grauschwarz. Es regnete nicht mehr, aber die Feuchtigkeit ließ die Nacht noch dunkler erscheinen als in einer normalen mondlosen Nacht. Die brennenden Fackeln flackerten im leichten Nachtwind und führten unheimliche Tänze auf. Es blieb ihnen nichts anderes übrig, als langsam zu reiten, denn der Weg war schmal und die Nacht undurchdringlich. Fulk war voller Ungeduld. Man hatte ihn wie einen gewöhnlichen Bauerntölpel hereingelegt!
Wenn Lady Eleanore oder dem kleinen Herrn etwas zustieß, was sollte er dann seinem Herrn berichten, wenn dieser aus der Normandie zurückkehrte? Er hatte bei seiner Aufgabe, sie zu schützen, versagt, und das machte ihm das Herz schwer. Sein Instinkt hatte ihn zwar gewarnt, daß etwas nicht stimmte, aber er hatte gezögert, seiner Herrin nicht zu gehorchen. Und doch hätte er es tun müssen, denn sie war jung und unerfahren. Da sie im Kloster aufgewachsen war, betrachtete sie die Welt mit besonders freundlichen Augen. Sie war zu vertrauensselig. Er hatte Angst,

daß dies ihr Tod sein könnte. Verdammt! Sogar eine Schildkröte bewegte sich schneller, als sie ritten. Wie weit waren sie wohl inzwischen gekommen? Eine Meile? Drei? Er hätte wetten können, daß sie noch nicht einmal die Hälfte des Weges zurückgelegt hatten.
Die Glocke der Kirche von Ashlin kündigte ihnen an, daß sie so gut wie zu Hause waren. Es war, als würden sie heimgeleitet werden. Aber warum läutete die Glocke? Fulk hielt seine Männer an, um kurz zu überlegen. Ohne die Fackeln konnten sie nicht einmal die eigene Hand vor den Augen erkennen. Das gleiche galt auch für den Feind. Unter diesen Umständen konnte ihnen wohl niemand auflauern. Waren die Waliser in die innere Einfriedung von Ashlin eingedrungen? Alles war möglich, aber irgendein Gefühl sagte ihm, daß dies nicht der Fall war. Er gab seinen Männern ein Zeichen weiterzureiten, denn er war zu dem Schluß gekommen, daß die Glocke Alarm läutete. Unvermutet erblickte er die Lichter über der Mauer von Ashlin. Er trieb seine Begleiter an, schneller zu reiten, und erkannte die schemenhaften Umrisse der Mauer sowie auf beiden Seiten des Weges Schafe auf den Wiesen. Das war seltsam. Wenn die Waliser das Gut überfallen hatten, weshalb hatten sie dann das Vieh in Ruhe gelassen?
Fulk und seine Männer ritten den Hügel hoch zur Einfriedung. Die Zugbrücke war herabgelassen und das Fallgatter hochgezogen. Er hielt erneut an, vorsichtig und verwirrt. Was ging hier vor? Dann hörte er, wie Sim seinen Namen rief. Er gab seinen Männern ein Zeichen stehenzubleiben und ritt auf seinen Stellvertreter zu.
»Hauptmann Fulk, seid Ihr es? Sie haben die Lady entführt!« rief Sim. »Sie haben die Lady entführt!«
Fulk befahl seinen Männern weiterzureiten. »Wie?« rief er, als er in die Einfriedung ritt. »Laß das Fallgatter herunter, und zieh die Zugbrücke hoch, sobald alle Männer sie überquert haben«, befahl er. Dann stieg er ab und warf seine Zügel einem jungen Stallburschen zu. »Wie?« wiederholte er seine Frage.

»Wir wissen nichts Genaues«, antwortete Sim mit unsicherer Stimme.
»Wer war am Tor und welcher Mann an der Mauer?« wollte Fulk wissen, der sich nur mühsam beherrschte.
»Alfred stand Wache. Er und die Männer an der Mauer waren betäubt. Sie schliefen eine knappe Stunde, und alles schien in Ordnung zu sein. Dann stürzte die alte Ida kreischend aus dem Haus und rief unter Tränen, die Lady sei fort. Willa hatte Lady Eleanore den kleinen Herrn zum Stillen bringen wollen, aber sie war nicht in ihrem Bett. Sie durchsuchten dann das ganze Haus, aber sie war nirgends zu finden. Die Frauen sind außer sich, und der kleine Simon hat Hunger«, schloß Sim.
»Geh zu Orva, und sag ihr, wir brauchen sofort eine Amme für den kleinen Herrn. Dann komm zum Haus, ich werde es persönlich durchsuchen«, trug Fulk dem Mann auf. Verflixt und zugenäht! Er hatte doch gespürt, daß etwas nicht stimmte. Warum nur hatte er nicht auf seine innere Stimme gehört, statt blindlings den Befehlen einer reizenden, aber sehr naiven jungen Frau zu gehorchen? Er wußte, daß die Hausdurchsuchung nichts ergeben würde, aber er mußte sich davon überzeugen, daß sie tatsächlich fort war. Mit grimmiger Miene betrat Fulk das Haus und war sofort von heulenden Frauen umgeben. »Seid still!« herrschte er sie an, und sie stellten ihre Klagen ein. Sein Blick verweilte auf Willa, die keine Tränen vergossen hatte und ruhiger als die anderen wirkte. »Was ist vorgefallen?« fragte er sie, »und ihr anderen haltet den Mund.«
»Wie immer, wenn keine Gäste da sind, gingen wir gleich nach Sonnenuntergang zu Bett. Kurz vor Mitternacht wurde der kleine Herr unruhig, und Alyce, seine Amme, brachte ihn zur Lady, damit sie ihn stille, aber die Lady war nicht da. Wir suchten sie, konnten sie aber nicht finden, da haben wir Alarm geschlagen.«
»Seid ihr heute abend alle in der Halle gewesen?« fragte Fulk Willa.
»Alle bis auf Alyce.«
»Und Arwydd?«

»Nein, Arwydd hat früher in der Küche zu Abend gegessen, denn sie arbeitete im Kräutergarten der Lady«, erwiderte Willa. »In den letzten Tagen war sie damit beschäftigt, zu graben und die Pflanzen für den Winter abzudecken.«
Ein kurzes, grimmiges Lächeln umspielte Fulks Mundwinkel. Alle hatten ein leichtes Schlafmittel verabreicht bekommen, außer Alyce, die sich um den kleinen Herrn kümmerte, und Arwydd, die vermutlich das Mittel unter das Essen und die Getränke gemischt hatte, die aufgetischt wurden. Deshalb war sie auch früher in die Küche gegangen. »Wo ist Arwydd übrigens?« wollte er wissen. »Wann hast du sie zuletzt gesehen?«
Willa überlegte angestrengt. Dann sagte sie: »Ich habe sie seit gestern nachmittag nicht mehr gesehen, als sie mir sagte, sie würde im Garten arbeiten und die Lady bitten, sie früher in der Küche essen zu lassen.«
»Diese verdammte Teufelsbrut« stieß Fulk so heftig hervor, daß die Frauen entsetzt zurückwichen und wimmerten. »Ich wußte, daß dieses Mädchen eine falsche Schlange war, konnte es aber leider nicht beweisen!« Er schlug mit der geballten Faust gegen seine Handfläche. »Himmel noch mal! Wer ist ein solcher Teufel, daß er die Entführung von Mylady mit so viel List geplant hat? Wer? Und weshalb?« Er furchte die Stirn, als er nach einer Antwort suchte. Die Lady hatte doch gewiß keine Feinde? Und der Herr? Sie hatten wenig über ihn gewußt, bevor er nach Ashlin gekommen war, nur daß er ein treuer Ritter von König Stephan war und einst eine Familie in der Normandie gehabt hatte. Fulk konnte sich nicht vorstellen, daß Ranulf de Glandeville einen so rachsüchtigen Feind haben könnte. Er war ganz einfach nicht der Mann dazu. Aber wer dann?
»Die Hexe, die unseren Herrn Richard umgebracht hat, steckt dahinter«, warf plötzlich die alte Ida ein.
»Warum sagst du das?« fragte Fulk abweisend, aber dennoch neugierig.
»Ist nicht in den letzten Monaten ein walisischer Bandit aufgetaucht, der sich in Begleitung einer goldhaarigen Frau befunden hat?« fragte Ida. »Hat sich nicht die Hexe der

Vormundschaft ihres Vaters entzogen und ist weggelaufen, kurz bevor sie für immer hinter Klostermauern hätte verschwinden sollen? Hatte sie nicht vor, unsere reizende Lady mit ihrem Vetter zu verheiraten und sie dann genauso zu töten wie ihren Mann? Dann hätte sie den Vetter und Ashlin für sich gehabt. Aber unsere Lady wurde vor den üblen Plänen der Hexe bewahrt, und Lady Isleen« – bei der Nennung dieses Namens spuckte Ida auf den Boden – »erhielt ihre Strafe durch den König persönlich. Leider hat sie sich dieser Strafe entzogen. Sie ist die einzige Person, von der ich mir vorstellen kann, daß sie einen solchen Groll gegen unsere liebe Mylady hegen könnte.«

»Was du sagst, könnte wahr sein«, erwiderte Fulk nachdenklich. Die alte Frau könnte tatsächlich ins Schwarze getroffen haben, fand er. »Aber warum wurde die Lady entführt und nicht das Vieh?«

»Für die Lady kann ein Lösegeld von ihrem Gemahl gefordert werden«, fuhr Ida ungeduldig fort, als hätte er eigentlich selbst darauf kommen können. »Wie soll ich im übrigen wissen, was im Kopf eines Banditen vor sich geht? Du bist ein Mann und ein Soldat. Es liegt an dir, den Rest herauszufinden.«

In diesem Augenblick betrat Orva die Halle, mit einer jungen Frau im Schlepptau. »Maris kann den kleinen Herrn stillen. Ihr Sohn ist jetzt soweit, daß er entwöhnt werden kann. Sie ist gesund und hat genug Milch.«

»Dem Himmel sei Dank«, sagte Alyce und reichte Simon der Amme. »Der arme Kerl, er wimmert seit Stunden, so hungrig ist er.«

Wie um ihre Worte zu untermauern, saugte sich Simons kleiner Mund an Maris' Brust fest, was Maris kurz erstarren ließ. Dann fing er geräuschvoll an zu saugen und knetete mit seinen kleinen Händen die Brust der Amme. Langsam ließ er seine strahlend blauen Augen zuklappen und entspannte sich in Maris' Armen. Die Frauen lächelten erleichtert, und Fulk nickte. Zumindest dieses Problem war gelöst.

»Was werdet Ihr unternehmen, um die Lady zu finden?«

fragte Willa keß. »Sie ist jetzt seit mehreren Stunden fort, und nach der Färbung des Himmels wird es bald Tag.«
»Das ist noch nicht das eigentliche Morgengrauen, Mädchen, aber es wird nicht mehr lange auf sich warten lassen. Ihr Frauen geht wie immer euren täglichen Pflichten nach, allein schon wegen des kleinen Simon. Es darf nicht bekannt werden, daß Ashlin zur Zeit weder einen Herrn noch eine Herrin hat, denn dadurch könnte das Kind durch ehrgeizige Männer wie Baron Hugh bedroht werden.«
Fulk dachte insgeheim: Ich würde meinem Instinkt folgen und gegen den König persönlich kämpfen, um das Kind zu schützen. »Meine Männer sind die ganze Nacht hindurch geritten und haben keine anständige Mahlzeit bekommen«, sagte er zu den Frauen, die sich um ihn gedrängt hatten. »Sorgt dafür, daß sie schnell etwas zu essen haben, denn sobald es Tag ist, werden wir nach der Lady suchen.«
Daraufhin verließ Fulk die Halle, um nach seinen Männern und den Pferden zu sehen. Mißgelaunt stellte er fest, daß es wieder zu regnen angefangen hatte. Er begab sich auf die Suche nach Vater Oswin, der in der Kirche betete. Der junge Priester in seinem braunen Gewand, das ihm bis zu den schmalen Knöcheln reichte, erhob sich sofort.
»Guten Morgen, Vater. Ich nehme an, Ihr betet für Mylady.«
»Ja, Hauptmann.«
»Ich bin sicher, daß sie entführt wurde. Doch wir müssen es zum Wohle des kleinen Herrn geheimhalten. Versteht Ihr mich, Vater?«
»Ja«, stimmte der Priester zu. »Der Herr befindet sich in der Normandie, und die Lady ist verschwunden, da haben wir wohl Probleme genug, nicht wahr, Fulk? Wißt Ihr, wer Lady Eleanore entführt haben könnte? Und was werdet Ihr unternehmen?«
»Ich weiß nicht, wer es war, aber ich vermute, daß der Waliser namens Merin ap Owen dahintersteckt. Wir sind die ganze Nacht geritten und haben Fackeln benutzt, um etwas zu sehen, aber es ging trotzdem nur langsam voran. Sobald meine Männer etwas gefrühstückt haben, nehmen

wir die Verfolgung auf. Sim übernimmt an meiner Stelle die Verteidigung und Ihr den Rest, bis die Lady wieder zu Hause oder der Herr zurückgekehrt ist.«
»Glaubt Ihr, daß es lange dauern wird?«
Fulk schüttelte den Kopf. »Ich weiß nicht, Vater. Ganz ehrlich, ich weiß es nicht. Als erstes muß ich herausfinden, wer die Lady wirklich entführt hat. Erst dann kann ich mich dem Problem widmen, wie ich sie heil und gesund heimbringe.«
»Ich weiß, Ihr seid ein Mann der Tat, der nur wenig Verständnis für Dummköpfe hat, mein Freund. Und ich weiß, daß Ihr mehr aufs Handeln als aufs Gebet vertraut, aber glaubt mir, ich werde trotzdem darum beten, daß Ihr Erfolg habt und daß der Lady nichts zustößt«, sagte der Priester lächelnd zu dem Waffenmeister.
»Sie würde sich wünschen, daß Ihr für sie betet«, erwiderte Fulk, »also will ich es auch.« Er nickte dem Priester kurz zu und eilte davon.
Der Tag graute, und es war kühl. Als Fulk und seine Männer bereit waren, sich auf die Suche nach Elf zu begeben, regnete es in Strömen. Fulk war wütend auf den Himmel. Jede Spur der Entführer würde inzwischen vom Regen verwischt worden sein. Es war sinnlos, im Regen loszureiten. Also gab er seinen Männern Bescheid, stapfte in die Halle, grollte innerlich und fragte sich, weshalb Gott seine Geduld so auf die Probe stellte, da doch das Leben der Lady in Gefahr war.
Da er keine Spur hatte, die er verfolgen konnte, mußte er sich auf seinen Instinkt verlassen. Als erstes mußte er erkunden, wo Merin ap Owen sein Lager hatte. Dann mußte er sich vergewissern, daß sich Lady Eleanore tatsächlich in seiner Gewalt befand. Wenn er sie entführt hatte, würde er ein Lösegeld für sie fordern. Aber welche Art von Lösegeld? Und wie um alles in der Welt konnten sie Lösegeld zahlen, da doch der Herr in der Normandie weilte? Fulk rieb sich die Stirn. Das viele Denken schmerzte, aber da der Herr von Ashlin abwesend war, mußte er die Entscheidungen fällen.

Er stöhnte. Eigentlich wußte er nicht einmal genau, wo sich der Herr aufhielt, oder weshalb er aufgebrochen war, denn im Grunde glaubte er dem Ritter die Geschichte nicht, daß er in die Normandie reise, um Herzog Heinrich den Treueeid zu leisten. Ashlin war kein großes Gut. Ranulf de Glandeville hätte dem König seinen Eid leisten können, wenn dieser nach England kam, nicht früher. Das hätte keinerlei Anstoß erregt. Es ging sicher um etwas anderes, aber die Lady hatte es entweder niemandem anvertraut oder wußte selber nicht Bescheid darüber. Arglos wie sie war, würde sie dem Wort ihres Gemahls glauben. Also, überlegte Fulk, konnte er seinem Herrn keinen Boten schicken, um ihm mitzuteilen, was hier vorgefallen war. Sie standen ganz allein da. Fulk strich sich abermals über die Stirn. Es war nicht einfach, wenn einem die gesamte Verantwortung aufgebürdet wurde.

Der Herbstregen hielt drei Tage und drei Nächte an. Der Morgen des vierten Tages begann wolkenverhangen, aber trocken. Natürlich waren jegliche Spuren der Entführer ein für allemal durch den Regen vernichtet, sofern es welche gegeben hatte. Fulk machte sich bereit, um sich auf die Suche nach Merin ap Owens Versteck zu machen. Sim bestand dieses Mal darauf mitzukommen.

»Ihr wolltet unbedingt ohne mich nach St. Frideswide's reiten«, erinnerte er seinen Hauptmann, »und schaut, was in Eurer Abwesenheit geschehen ist! Dieses Mal reite ich mit. Im übrigen bin ich nicht so bekannt wie Ihr, Fulk.«

»Nicht ich wollte es, sondern die Lady«, wandte Fulk ein.

»Ihr hättet mich an Eurer Stelle schicken und selbst auf Ashlin bleiben sollen«, fuhr Sim fort. »Ihr seid der vom Herrn ausgewählte Mann, um Ashlin und den kleinen Simon zu verteidigen. Wenn Euch etwas zustieße, was würde dann geschehen? Ich bin zumindest entbehrlich, obwohl ich Euch versichere, daß ich vorhabe, heil und wohlbehalten zurückzukehren.«

»Es hätte keinen Unterschied gemacht, ob ich hier gewesen wäre oder nicht«, sagte Fulk starrköpfig. »Man hat euch ein Schlafmittel ins Essen und in die Getränke gegeben. Auch ich hätte so tief wie ihr geschlafen, Sim. Aber dein Argument klingt vernünftig. Ich habe hier die meiste Erfahrung in der Kriegskunst und Verteidigung. Wenn der Zeitpunkt gekommen ist, die Lady zu retten, werde ich unsere Männer anführen, aber im Augenblick ist es wohl klüger, daß du herausfindest, wo sich Merin ap Owen aufhält und ob er derjenige ist, der die Lady gefangenhält. Wenn er es nicht sein sollte, weiß ich nicht, wo ich suchen soll. Wir können nur warten, bis uns eine Lösegeldforderung überbracht wird.«

»Die Ihr wohl lesen könnt, ich daegegen nicht«, bemerkte Sim triumphierend.

»Der Priester könnte sie dir vorlesen«, erwiderte Fulk und lächelte. Sim wollte unbedingt seinen Mut unter Beweis stellen, also sollte er die Gelegenheit dazu bekommen. »Wenn du eines Tages meinen Platz einnehmen willst, Sim«, sagte er zu dem jungen Mann, »wirst du Lesen und Schreiben lernen müssen. Ein Mann kommt weiter, wenn er gebildet ist, und kann dadurch auch seinem Herrn von größerem Nutzen sein. Ein Mann ohne Wissen taugt dagegen nur für die Arbeit auf dem Feld oder für den Tod beim ersten Angriff, mein Junge.«

»Ich dachte, Ihr hättet Pax als Euren Nachfolger vorgesehen«, sagte Sim frei heraus. »Wollt Ihr ihn meinetwegen fallenlassen?«

»Ihr seid beide meine Blutsverwandten«, entgegnete Fulk, »aber Pax ist jetzt Knappe unseres Herrn, und wenn er sich gut anstellt, was ich hoffe, wird er eines Tages sogar zum Ritter geschlagen werden. Dazu muß man nicht unbedingt von edler Geburt sein, sondern tapfer und freigeboren. Er wird erst einmal frei werden, und dann wird man weitersehen.«

Sim nickte zufrieden. »Nun sollte ich mich aber auf den Weg machen.«

»Gott sei mit dir, mein Junge, und sei vorsichtig«, ermahnte Fulk ihn. »Denk daran, du brauchst die Lady nicht zu retten, sondern sollst nur Merin ap Owen finden und dich davon überzeugen, daß unsere Herrin in seiner Gewalt ist.

Dann kehrst du nach Ashlin zurück und berichtest mir, was du ausgekundschaftet hast.«
»Ich verstehe«, sagte Sim, »und ich verspreche, vorsichtig zu sein.« Dann stieg er auf sein Pferd und ritt aus dem Stallhof zu den Toren.
Fulk sah ihm hinterher. Fast tat es ihm etwas leid, daß er zugestimmt hatte, aber der Junge hatte recht. Mit seiner Erfahrung konnte er Ashlin mehr nutzen, als wenn er sich auf die Suche nach Lady Eleanore begeben hätte. Das würde sein Neffe erledigen. Er mußte jetzt den Priester aufsuchen, um ihn über die geänderten Pläne zu unterrichten. Vater Oswin war sichtlich erleichtert, als er hörte, daß Fulk auf Ashlin blieb. »Die Männer fühlen sich bei Sim nicht so sicher wie bei Euch, mein Freund. Er muß eben noch etwas mehr Erfahrung sammeln, wie jeder junge Mann«, meinte Vater Oswin lächelnd. »Ich habe übrigens den jungen Herrn gesehen, und er kommt mit der jungen Amme sehr gut zurecht. Maris ist eine warmherzige Frau. Sie und Alyce werden den Kleinen gut versorgen, und die alte Ida wird die beiden jungen Frauen im Auge behalten«, meinte er kichernd.
»Dann bin ich wenigstens diese Sorge los«, sagte Fulk erleichtert. »Nun muß ich abwarten, was Sim erreicht, und dann muß ich überlegen, wie ich vorgehe, um die Lady zu retten.«
»Mit Gottes Hilfe wird uns das gelingen«, meinte der Priester zuversichtlich.
»In der Zwischenzeit mache ich mir Gedanken, wie es meiner Lady in den letzten Tagen wohl ergangen ist, denn es hat ja ununterbrochen geregnet und war ständig feucht.«

Feucht... Noch nie hatte sie Feuchtigkeit so intensiv erlebt wie in den letzten Tagen, nicht einmal im Bad, dachte Elf. Jetzt waren ihre Gedanken so klar wie ein wolkenloser Sommerhimmel, aber das war nicht von Anfang an so gewesen. Als sie an jenem Abend zu Bett gegangen war, war sie todmüde. War das vor vier Tagen? Ihre Träume, denn dafür hatte sie es gehalten, waren sehr unruhig. Sie hörte flüsternde Stimmen in der Dunkelheit, dann wurde sie

hochgehoben. Später war sie wieder in Schlaf gesunken und schreckte erst hoch, als sie kühle Luft auf ihrem Gesicht spürte. Inzwischen war es Tag geworden, Arwydd brachte ihr ein warmes Getränk, und danach schlief sie wieder fest.
Sie merkte jetzt, daß ihr Kopf frisch war und daß sie in einer Sänfte durch den Regen getragen worden war. Sie hatte keine Ahnung, wo sie sich befand, wußte aber, daß ihre Entführer Waliser waren, denn sie hatte sie reden hören. Zudem erkannte sie, daß Fulks Mißtrauen gegenüber Arwydd berechtigt gewesen war. Das Mädchen hatte sich in der Absicht auf Ashlin eingeschlichen, sie zu verraten. Dennoch verhielt sich Arwydd freundlich. Heute hatte sie leise mit Elf gesprochen, so daß niemand sie hören konnte, und hatte ihr einen kleinen Beutel in die Hand gedrückt.
»Versteckt dies, Lady«, flüsterte sie, »und nehmt es um Gottes willen, damit Eure Milchdrüsen ihre Arbeit einstellen. Wenn meine Herrin erfährt, daß Ihr ein Kind habt, wird sie alles daran setzen, daß es ihr gebracht wird. Ihr habt mich gut behandelt, aber mehr kann ich nicht für Euch tun. In ein paar Stunden werden wir auf der Burg Gwynfr sein, und dann bin ich wieder ihre ergebene Dienerin.«
Elf schnupperte an dem Beutel. Es war Salbei. »Hast du mir das ins Getränk getan?« fragte sie das Mädchen.
Arwydd nickte. »Ich verstehe ebenso wie Ihr etwas vom Heilen«, erwiderte sie schlicht. »Meine Mutter hat es mir beigebracht, bevor sie starb.«
»War sie wirklich eine Engländerin?«
»Ja, das war sie«, bekräftigte Arwydd. »Doch sie war keine Gefangene, die in die Sklaverei geriet. In Wahrheit brannte sie mit meinem Vater durch, weil ihre Familie ihn nicht akzeptierte. Sie hat mir erzählt, daß mein englischer Großvater ein Wollhändler war. Die schreckliche Geschichte, die ich Euch auftischen mußte, war natürlich erlogen. Doch Tatsache ist, daß mein Leben nach ihrem Tod nicht mehr glücklich war. Mein Vater hat sich zu Tode getrunken. Daraufhin nahm mich sein Bruder, ein Mädchenhändler, auf, aber nur, damit ich in seinem Bordell als Dienerin ar-

beitete. Meine Herrin holte mich dort heraus, und daher schulde ich ihr Treue. Ihr wart gut zu mir, und ich habe für Euch getan, was ich konnte. Aber jetzt sind wir quitt, Mylady«, schloß sie.
Elf nickte, denn sie verstand die Argumente des Mädchens. »Sag mir nur noch eines, Arwydd. Wer ist mein Entführer?«
»Merin ap Owen«, lautete die Antwort.
Elf blickte sich im Lager um und suchte mit den Blicken Merin ap Owen. Sie entdeckte ihn sofort. Er war ein hochgewachsener dunkelhaariger Mann mit gebieterischer Miene. Als sie ihn anschaute, wandte er sich um und fixierte sie mit einem wilden Blick. Elf errötete, doch hielt sie seinem Blick stand.
Merin ap Owen durchquerte das Lager und ging zu der Stelle, wo Elf Platz genommen hatte. »Wie fühlt Ihr Euch, Mylady?«
»Wieviel Lösegeld verlangt Ihr für mich?« fragte Elf und fügte hinzu: »Ich bin vollkommen durchnäßt. Konntet Ihr denn während dieses Regens keine trockene Unterkunft besorgen, Merin ap Owen? Mein Gemahl wird Euch bestimmt kein Lösegeld für meine Leiche zahlen.«
»Euer Gemahl befindet sich in der Normandie, und bis er zurückkommt und mir ein stattliches Lösegeld für Euch bezahlt, seid Ihr mein Gast«, sagte er. »Seid dankbar, daß ich Euch überhaupt angezogen habe, bevor ich Euch entführt habe«, bemerkte er und lächelte boshaft. Dann zog er sie hoch. »Ihr seid kräftig genug, daß Ihr heute mit mir reiten könnt«, sagte er schroff. »Los!«
Elf versuchte erst gar nicht, Widerstand zu leisten, denn es wäre vergeblich gewesen. Er führte sie zu einem großen gescheckten Pferd und hob sie in den Sattel. Dann schwang er sich hinter sie, schlang einen Arm fest um ihre Taille und griff mit der anderen nach den Zügeln. Seine Männer, ein verwahrlost aussehender Haufen, holten ihre Pferde und folgten ihrem Herrn. Elf sah, daß Arwydd ihr eigenes kleines Pony hatte und sich bemühte, ihrem Blick auszuweichen.
Während des Ritts schwieg Elf. Eine Zeitlang war Merin

ap Owen recht gesprächig. »Vielleicht habt Ihr es auf Gwynfr nicht so behaglich wie in Eurem eigenen Heim, Lady, aber Ihr werdet nicht schlecht behandelt werden. Und Ihr werdet meine Hure zur Gesellschaft haben. Sie behauptet, die Tochter eines Adligen zu sein, obwohl sie eine äußerst verlogene Hexe ist. Ich weiß nie, wann sie die Wahrheit sagt und wann nicht. Ich glaube, Ihr kennt sie. Sie behauptet, sie sei einmal Eure Schwägerin gewesen.«
Merin ap Owen spürte, wie seine Gefangene in seinem Griff erstarrte.
»Isleen? Isleen de Warenne?« fragte sie leise.
»Ah, demnach kennt Ihr sie also. Dann hat die Hexe diesmal nicht gelogen. Das ist gut.«
Elf konnte ihre Wut nicht länger unterdrücken. »Diese Kreatur hat meinen Bruder umgebracht! Sie hat ihn vergiftet. Ihr solltet Euch vor ihr in acht nehmen, Merin ap Owen.«
»Warum hat sie ihn umgebracht?«
»Sie war in ihren Vetter Saer de Bude verliebt. Sie haben gemeinsam den Plan ausgeheckt, Richard zu töten. Dann sollte mich de Bude vergewaltigen, damit ich nicht mehr den Schleier nehmen konnte. Natürlich hätte er sich dann *anständig* verhalten und mich geheiratet. Nach einer gewissen Zeit wäre ich wohl ebenfalls vergiftet worden, so daß meine verdorbene Schwägerin ihren Liebhaber und meine Ländereien bekommen hätte, was ja ihr Ziel war«, berichtete Elf zornig. »Ich wollte nicht glauben, daß jemand so teuflisch sein könnte, aber es ist so. Doch Gott beschützte mich, und ihre Pläne wurden zunichte gemacht.«
»Wie?« wollte er wissen. Nachdem er Isleens Version der Geschichte gehört hatte, wollte er auch die von Lady Eleanore hören, zumal er vermutete, daß diese der Wahrheit näherkam.
»De Bude ging zu schnell vor. Er versuchte, mich in meinem Herbarium zu vergewaltigen, aber einer meiner Leibeigenen kam mir zu Hilfe. Mein Bruder war bereits tot und begraben. Also flüchtete ich zum Kloster St. Frideswide's.«

»Aber Ihr habt nicht Euer Gelübde abgelegt?« fragte Merin ap Owen.
»Nein. Vor dem König behauptete de Bude, mich entehrt zu haben. Ich wurde vor den König geladen, und die Äbtissin und andere Schwestern begleiteten mich. Wir konnten beweisen, daß de Bude gelogen hatte. Doch der König war der Ansicht, Ashlin benötige mich dringender als das Kloster und ich brauchte einen starken Mann, der mein Gut verwalten könnte. So vermählte er mich mit Ranulf de Glandeville. De Bude wurde an den Hof des Grafen von Blois geschickt, und Isleen de Warenne sollte auf Anordnung des Königs den Rest ihres Lebens hinter Klostermauern verbringen.«
Merin ap Owen brüllte vor Lachen. »Isleen in ein Kloster? Der König hatte wohl keine Ahnung, was für eine Art Frau sie ist.«
»Nein«, stimmte ihm Elf zu, »das wußte er wirklich nicht, keiner von uns konnte sich vorstellen, wie verkommen sie ist. Und nun erfahre ich, daß sie wohl diesen Plan, mich zu entführen und Lösegeld für mich zu verlangen, ausgeheckt hat! Das geht über meine Kräfte. Ich habe gelernt, meinen Nächsten zu lieben, sanft und gehorsam zu sein, aber Isleen de Warenne macht alle meine guten Absichten zunichte. Am liebsten würde ich ihr auf der Stelle die Augen auskratzen.«
Merin ap Owen lachte schallend. »Wunderbar. Ihr beide werdet mich wohl diesen Winter unterhalten, Mylady. Schaut, da oben liegt Gwynfr Castle. Darf ich Euch in meinem Heim willkommen heißen?« fragte er spöttisch.
»Fahrt zur Hölle!« verfluchte Elf ihn. Noch nie hatte sie zu jemandem solche Worte gesagt, aber seltsamerweise fühlte sie sich gut dabei.
»Eine Hexe und ein Hitzkopf«, bemerkte ihr Entführer amüsiert. »Das ist noch viel interessanter, als ich gedacht hatte.«

Teil IV

Die Gefangene
Wales 1154–1155

16. Kapitel

»Da bist du ja endlich«, sagte Isleen de Warenne, »ich sehe, du hast die kleine Nonne mitgebracht. Wirf sie in dein tiefstes und dunkelstes Verlies! Ich habe es schon besichtigt, es wimmelt dort von Ratten, Mylord. Soll sie zu Gott beten, daß sie nicht bei lebendigem Leibe aufgefressen wird.«
»Red keinen Unsinn, meine hübsche Hexe«, erwiderte Merin ap Owen, glitt vom Sattel und hob Elf herunter. »Unsere Gefangene wird so lange in meinen Privatgemächern untergebracht, bis das Lösegeld bezahlt ist. So kann ich sicher sein, daß du ihr nichts antust und mich um einen schönen Batzen Geld bringst.«
»Vielleicht sollte ich besser in das Verlies gehen«, erwiderte Elf barsch. Sie fror, war hungrig und hatte genug von Isleen. Heilige Muttergottes, wie hatte ihr Bruder nur so blind sein können!
»Nein!« protestierte Isleen heftig. »Du kannst sie nicht in deinen Gemächern unterbringen. Niemand darf sie betreten, nicht einmal ich, und ich bin immerhin deine Geliebte.«
»Ich kann dir nicht trauen, Isleen. Deine Rachsucht ist stärker als dein gesunder Menschenverstand«, wandte Merin ap Owen ein.
»Rachsucht?« Elfs Stimme klang müde, aber empört. »Du willst dich an mir rächen? Wofür, Mörderin?«
Isleen war überrascht über Eleanores Ton und Haltung. Diese Frau war nicht mehr die unscheinbare sanfte kleine Nonne, die sie in Erinnerung hatte. »Wenn du Saer geheiratet hättest...« begann sie.
Elf schnitt ihr das Wort ab. »Wäre ich genauso mausetot wie mein armer Bruder! Hältst du mich denn für eine völlige Närrin, Isleen, daß du glaubst, ich wüßte nicht,

was du geplant hast, um deinen Vetter und Ashlin zu bekommen?«
»Aber, aber, meine Damen«, mischte Merin ap Owen sich ein, und seine dunklen Augen funkelten belustigt. Wenn er ihnen nicht Einhalt gebot, würden sie noch aufeinander losgehen. Auch wenn er das vielleicht zur Unterhaltung der Männer in der Halle zulassen würde, war jetzt nicht der richtige Zeitpunkt. »Hört auf zu streiten.« Dann wandte er sich Isleen zu und streichelte ihre Wange. »Ich bin hier der Herr, meine hübsche Hexe. Oder ich erinnere dich in einer Weise daran, die dir wenig zusagen wird. Verstehst du mich?« Er lächelte. Dann wandte er Elf seine Aufmerksamkeit zu. »Ihr könnt Isleen nicht trauen, Mylady. Sie wird Euch schaden, wenn sie eine Gelegenheit dazu findet, denn sie wird stark von ihren Gefühlen beherrscht. Achtet darauf, daß Ihr nie mit ihr allein seid. Versteht Ihr?« Er faßte Elf unters Kinn, so daß sie ihm in die Augen blicken mußte.
Die silbergrauen Augen schauten kühl zu ihm auf. »Glaubt Ihr, ich kenne sie nicht, Mylord? Ihr dürft mir glauben, daß ich ihre Gesellschaft weder suche noch ertrage, wenn ich nicht muß.«
Er lachte. Seine Gefangene war wie ein fauchendes Kätzchen, aber er erkannte, daß das Kätzchen scharfe Krallen hatte und diese auch benutzen würde, wenn es gereizt wurde. »Laßt uns in die Halle gehen«, forderte er Elf auf. »Seid Ihr genauso hungrig wie ich?«
Elf nickte.
»Fein!« meinte Merin ap Owen, nahm ihre Hand und führte sie in den Raum zur hohen Tafel, wo er sie zu Isleens Empörung rechts von sich Platz nehmen ließ. Seine Geliebte saß zu seiner Linken. Sie war darüber erbost, was ihn erheiterte. »Essen!« brüllte der Herr von Gwynfr Castle, und sofort eilten mehrere Bedienstete mit Platten und Schüsseln herbei. Ein Junge füllte die Becher der Anwesenden.
Elf bemerkte, daß die Becher aus schwerem, mit schwarzem Onyx verzierten Silber bestanden. Jeder der Anwe-

senden hatte einen Silberteller und Löffel an seinem Platz. Sie überlegte, von wem er sie wohl gestohlen hatte, denn die Burg war halb verfallen. Das Essen war schmackhaft. Es gab Fisch, Wild, Geflügel und Lammfleisch sowie Kohl, Brot, Butter und Käse. Elf hielt sich nicht zurück, denn sie war ausgehungert. Zudem waren die Speisen lecker zubereitet. Sie sprach also dem Essen und Trinken zu, bis sie satt war. Dann sagte sie frei heraus: »Ich würde jetzt gern ein Bad nehmen, Mylord. Ich bin immer noch durchgefroren und seit vier Tagen unterwegs. Laßt mich zu Euren Gemächern führen.«
»Donnerwetter, kleine Nonne, du bist ganz schön vorlaut geworden«, sagte Isleen mit ätzendem Spott. »Ein Bad? Glaubst du denn, du bist hier in einem Palast?«
»Im Gegensatz zu anderen bin ich es gewöhnt, regelmäßig ein Bad zu nehmen. Ich besprühe mich nicht mit irgendwelchen Düften, um zu verbergen, daß ich ungewaschen bin«, erwiderte Elf unerschrocken. Sie war erstaunt über das Ausmaß ihres Abscheus Isleen gegenüber. Aber sie wußte, wenn sie die geringste Schwäche zeigte, würde Isleen wie ein wildes Tier über sie herfallen.
Merin ap Owen kicherte. »Könnt Ihr Euch selbst versorgen, Mylady? Denn außer meiner hübschen Hexe und Arwydd gibt es hier keine Frauen.«
»Ich bin kein hilfloses Geschöpf, Mylord. Vergeßt nicht, ich bin in einem Kloster aufgewachsen und gewohnt, für mich selbst zu sorgen. Bis ich nach Ashlin zurückkehrte, hatte ich keine Bediensteten. Ich bin selbständig, und ich will nicht, daß sich Arwydd und diese Kreatur um mich kümmern.«
»So laßt wenigstens zu, daß Arwydd Euch das Wasser für Euer Bad bringt, nach dem Ihr Euch so verzweifelt sehnt«, wandte er ein.
Elf war überrascht, daß er annahm, sie würde ihr Badewasser selbst herbeischleppen, übersah aber geflissentlich Isleens triumphierenden Blick. »Für diese Hilfe wäre ich dankbar, Mylord.«
»Arwydd, begleite Lady Eleanore. Du weißt, wo sich die

Wanne befindet. Stell sie neben den Kamin in meinen Gemächern«, unterwies er die Dienerin. »Lady Eleanore wird in dem kleinen Gemach neben meinem schlafen. Während sie badet, sorgst du dafür, daß ihr Raum hergerichtet wird.«
»Ja, Mylord«, erwiderte Awydd gehorsam. Dann blickte sie Elf an. »Wollt Ihr mir folgen, Mylady?« Ihre Stimme klang neutral.
Elf erhob sich und ging hinter Arwydd her.
»Hast du vor, die Hexe zu verwöhnen?« fragte Isleen eifersüchtig.
»Ich glaube kaum, daß man davon reden kann, wenn sie über zwei Treppenfluchten das Wasser für ihr Bad hochschleppen muß«, bemerkte er trocken. »Im übrigen freue ich mich darauf, sie beim Baden zu beobachten. Dich habe ich noch nie baden sehen, meine hübsche Hexe.«
»Willst du dich anschließend mit ihr vergnügen?« fragte Isleen in höchst verdrießlichem Ton.
Merin ap Owen lächelte genüßlich, wodurch die hübsche Seite seines Gesichts noch anziehender wirkte, doch er gab ihr keine Antwort darauf. »Steh auf, Isleen, leg deine Handflächen auf den Tisch und beug dich vor.«
Isleen starrte ihn an. »Du hast meine Frage noch nicht beantwortet«, sagt sie barsch. »Willst du die kleine Nonne haben?«
Merin ap Owen stand auf, packte seine Geliebte an ihren langen goldenen Haaren und zwang sie in die gewünschte Position. Dann beugte er sich über sie und sagte: »Halt den Mund, Isleen. Wenn du dich noch einmal in Gegenwart meiner Männer weigern solltest, mir sofort zu gehorchen, sehe ich mich gezwungen, dich zu töten.«
»Jesus«, flüsterte sie, »du willst mich doch nicht hier vor allen Männern nehmen?«
Statt einer Antwort hob er langsam ihre Röcke und drapierte sie um ihren Nacken. Er hatte schon immer gefunden, daß Isleen ein besonders hübsches Hinterteil hatte. Er betrachtete es ausgiebig und strich mit den Händen über die weichen runden Hinterbacken. Als sie erzitterte, beug-

te er sich über sie und flüsterte ihr leise ins Ohr: »Ah, dieses Mal bist du mir treu gewesen, meine hübsche Hexe, nicht wahr?«

»Glaubst du, daß auch nur einer deiner Männer bereit wäre, meine Bedürfnisse zu befriedigen, nachdem du vor deiner kleinen Episode in England diese beiden Narren hast aufknüpfen lassen, Mylord?« entgegnete sie ihm in scharfem Ton.

»Bist du bereit für mich?« fragte er.

»Nein«, erwiderte sie leise.

»Dann muß ich dafür sorgen, daß du vorbereitet bist«, sagte er lachend. Er richtete sich wieder auf, hob die Hand und versetzte ihr einen Schlag auf den Hintern.

Isleen gab einen scharfen Laut von sich, und die Männer an den unteren Tischen blickten interessiert auf. Einige grinsten und machten obszöne Gesten.

»Jedes Mal, wenn du schreist, bekommst du noch zwei weitere Schläge. Jetzt kriegst du zwölf statt zehn, meine hübsche Hexe.« Und erneut sauste seine Hand auf ihren makellosen Hintern herunter, immer wieder, bis er ihr zwölf Schläge verpaßt hatte und ihre Hinterbacken stark gerötet waren. »Bist du jetzt für mich bereit?« fragte er sie.

»Ja«, rief Isleen und stöhnte auf, weil er in sie eindrang. »Ahh!« Sie erschauerte, als sich sein kräftiges Glied rhythmisch in ihr bewegte.

Er lachte, als sie ihr heißes Hinterteil gegen seine Männlichkeit drängte. »Isleen, du bist die perfekte Hure«, stieß er hervor, als er seine Geilheit an ihr austobte. Er grub seine Finger in ihre Hüften und hinterließ rote Flecken auf ihrer weißen Haut. Er schonte sie nicht, so daß sie immer wieder laut aufschrie. Seine Männer beobachteten alles gierig, die Münder aufgerissen vor Bewunderung. Selbstvergessen hantierten einige von ihnen an sich selbst herum. Endlich war Merin ap Owen befriedigt und zog sich aus ihr zurück.

Einen Moment lag Isleen erschöpft auf dem Tisch. Dann erhob sie sich mit einem tiefen Seufzer der Befriedigung.

»Du bist ein guter Liebhaber, Mylord«, lobte sie ihn und

zog ihre Röcke wieder hinunter. »Bestimmt kann dich die kleine Nonne nicht so befriedigen wie ich.«

Er nahm wieder auf seinem Stuhl Platz und griff nach seinem Becher. »Bist du eifersüchtig, meine hübsche Hexe?« fragte er sie spöttisch.

»Warum sperrst du sie nicht ein?«

»Weil sie nichts getan hat, was mir mißfällt«, erwiderte er. »Sie ist eine sanfte, gutherzige Dame, und ich habe keinen Streit mit ihr. Ich will lediglich ein Lösegeld von ihrem Gemahl. Das ist ein Geschäft und sonst nichts.«

»Warum teilst du ihr dann nicht eigene Räume zu?« wollte Isleen wissen.

»Weil ich, wie ich dir bereits erklärt habe, kein Vertrauen in dich habe und es zudem keine anderen Räume gibt, die für eine Dame wie Lady Eleanore geeignet wären«, fuhr er fort. Sie war eifersüchtig, und es machte ihm Spaß, sie zu necken.

»Dann gib ihr doch meine Räume und laß mich bei dir wohnen«, sagte sie beinahe flehend. »Ich würde dir uneingeschränkt zur Verfügung stehen und wäre begierig, all deine Wünsche zu erfüllen«, gurrte sie und nahm seine Hand in ihre.

»Nein, meine hübsche Hexe. Es ist besser, die Lady befindet sich in meinen Gemächern, zu denen niemand Zutritt hat«, erwiderte er. »Meine Gefangene ist sehr schön, und ich möchte sie ihrem Gemahl so zurückgeben, wie ich sie angetroffen habe. Oder wenigstens fast«, hänselte er sie.

»Du findest sie schön?« fragte Isleen, die merkte, daß ihr Blut kochte. Zu ihr hatte er nie gesagt, daß er sie schön fand, aber die kleine Nonne fand er schön? »Ich habe noch nie gehört, daß Eleanore de Montfort schön sei, aber ich gelte dagegen als Schönheit«, sagte sie herausfordernd und lächelte gewinnend.

»Du bist recht hübsch«, erwiderte Merin ap Owen, »aber nicht so schön wie Lady Eleanore. Ich weiß, für die Engländer sind goldene Haare und blaue Augen, wie du sie hast, der Inbegriff der Schönheit, nicht aber für mich. Ich finde Lady Eleanore mit ihren silbergrauen Augen und

rotgoldenen Haaren, ihrer zarten Haut und ihrem Liebreiz viel schöner als dein gewöhnliches gutes Aussehen. Hat dir das noch niemand gesagt? Sind dir alle Männer immer zu Füßen gefallen und haben dich wegen deiner Haare und deiner saphirblauen Augen bewundert? Du bist genauso gemein wie ich, Isleen, und dies zeigt sich immer mehr in deinem Gesicht. Lady Eleanore aber hat ein gutes Herz, und das macht ihre Ausstrahlung aus.«
»Du bist drauf und dran, dich in sie zu verlieben«, warf ihm Isleen vor.
Er lachte rauh. »Nein«, erwiderte er. Dann erhob er sich. »Ich ziehe mich zurück, meine hübsche Hexe. Komm, ich bringe dich zu deinen Räumen, dann weiß ich, wo du bist.« Er zog sie hoch und nahm sie mit sich.
Als sie die Halle verließen, fing Isleen an zu keifen. »Du bist ein Hund, Merin ap Owen. Wenn du mich nicht besser behandelst, spiele ich nicht mehr lange deine Hure. Au, meine Handgelenke! Au! Zieh mich nicht an den Haaren, du Bastard!«
Im schmalen Gang drückte er sie gegen die Wand und sagte: »Hör mir gut zu. Du gehörst mir, nur mir. Du bist nicht mehr als eine Sklavin, Isleen. Du tust, was ich sage, solange es mir gefällt. Ich werde es dir sagen, wenn ich dich satt habe, nicht umgekehrt.« Er grub seine Finger grob in die weiche Haut ihrer Schultern. »Verstehst du mich, Isleen?« Seine dunklen Augen glühten, als er sie ansah.
Isleen spürte Angst in sich aufsteigen. Dieser Mann war ganz anders als alle Männer, die sie gekannt hatte. Er flößte ihr Furcht ein, und gleichzeitig vergötterte sie ihn. Sie würde nicht zulassen, daß Eleanore de Montfort ihn ihr wegnahm und ihr Leben ein zweites Mal ruinierte. Sie würde Merin ap Owen dazu bringen, sie zu lieben, und sie würde es schaffen. »Ich verstehe, Mylord«, sagte sie demütig.
»Gut«, erwiderte er. »Sehr gut, meine hübsche Hexe.« Sie gingen die Treppe hinunter, durchquerten seine Gemächer und kletterten dann eine enge Treppe hinauf, die zu ihren Räumen im Turm führte. Er öffnete die Tür und schubste sie hinein. »Bleib hier bis zum Morgen, Isleen. Ich schicke

dir Arwydd. Wenn sie bei dir ist, lasse ich die Doggen los. Sie werden dich in Stücke reißen, wenn du versuchen solltest, in meine Gemächer einzudringen. Gute Nacht!« Er schloß die Tür hinter sich und kehrte zu seinen eigenen Räumen zurück. Als er hineinging, sagte er zu Arwydd: »Geh zu deiner Herrin, und sei gewarnt, in Kürze werden die Doggen losgelassen. Bleib bis morgen früh bei deiner Lady.«
»Ja, Mylord«, sagte Arwydd, knickste und eilte hinaus.
Merin ap Owen blickte sich um und entdeckte, daß die Badewanne nicht mehr beim Feuer stand. Er begab sich in sein Schlafgemach und warf einen Blick in das winzige Gemach neben seinem. »Ihr habt Euch ja noch nicht für die Nacht zurechtgemacht«, sagte er zu Elf, die noch vollständig angekleidet war. »Sind Eure Gewänder nicht feucht vom Regen?«
»Es gibt hier keine Tür, nicht einmal einen Vorhang, damit ich ungestört sein könnte«, beklagte sie sich.
»Es ist besser, wenn ich Euch sehen kann. Entledigt Euch Eures Gewandes, Mylady. Wie Ihr mich vorhin selbst erinnert habt, wird Euer Gatte keinen Penny für eine Leiche zahlen. Euer Hemd ist sittsam genug, um mein niedriges Verlangen im Zaum zu halten. Hätte ich es im übrigen auf Eure Tugend abgesehen, Mylady, könnte ich sie Euch rauben, selbst wenn Ihr eine Rüstung tragen würdet.«
Sie starrte ihn an und wußte nicht, ob sie über seine Worte entsetzt oder belustigt sein sollte. Schließlich forderte er sie auf: »Blast die Kerzen auf dem Kerzenständer aus.«
»Gern«, erwiderte sie gefällig. Er beobachtete ihren Schatten, den das Feuer vom Kamin warf, entledigte sich seiner Gewänder und stieg ins Bett. »Schlaft gut, Mylady.«
Elf lauschte seinem Atem. Bald fing er an zu schnarchen. Sie sprach ihre Gebete und versuchte einzuschlafen, was ihr anfangs nicht gelang, denn ihr gingen viele Fragen durch den Kopf, auf die sie keine Antwort fand. Wie war Isleen de Warenne hierhergekommen? Und was für ein Mann war Merin ap Owen wirklich? Er war grob zu Isleen, aber höflich ihr gegenüber. War sie vor seinen Annä-

herungen sicher, sofern er welche versuchen sollte? Es war alles sehr verwirrend. Um ihren Sohn machte sie sich keine Sorgen, denn sie wußte, die Leute von Ashlin würden sich hingebungsvoll um ihn kümmern. Sofort würde sich eine Amme unter den Leibeigenen zur Verfügung stellen. Simon würde sie vielleicht vermissen, sich aber trösten, wenn ihm eine weiche Brust geboten wurde, an der er saugen konnte. Allerdings vermißte sie ihren Sohn und Ranulf schmerzlich. Ihre Brüste schmerzten sie genauso wie ihr Herz, das zu zerbrechen drohte. Aber Simon zuliebe mußte sie ihre Gefühle verbergen. Seine Feinde durften nichts von seiner Existenz erfahren.

Ranulf. Sie seufzte leise. Er war in der Normandie in Sicherheit, aber wann würde er heimkehren? *Wenn du von König Stephans Tod erfährst*, hatten seine Worte gelautet, aber sie hatte nichts über den König erfahren, und es war bereits Oktober. Da Ashlin jedoch so abgelegen war, trafen wichtige Neuigkeiten dort immer zuletzt ein. Und sie saß hier in Wales fest, bis ihr Lösegeld gezahlt wurde, das erst gefordert werden konnte, wenn ihr Gemahl zurückkehrte. Elf spürte, wie sich ihre Augen mit Tränen füllten, doch sie kämpfte dagegen an. Dieser walisische Bandit und seine üble Hure sollten nicht merken, daß sie Angst hatte.

Ranulf. Ihr Herz verlangte nach ihm. Deutlich sah sie sein Gesicht vor sich. Die dunklen buschigen Augenbrauen über seinen warmen haselnußbraunen Augen. Sein großer Mund, der sie so zärtlich und auch so leidenschaftlich küssen konnte, sein dichtes kastanienbraunes Haar. Wie sanft er sie umworben hatte. Wie sehr sie ihn liebte. Wenn sie ihn je wiedersehen sollte, würde sie es ihm gestehen, auch wenn es ihn abstieß. Hatte es vor ihr schon eine Frau gegeben, die Ranulf de Glandeville geliebt hatte? Seinen Erzählungen nach wohl nicht. Er mußte sich daran gewöhnen, daß sie ihn liebte, und selbst wenn er sie nicht liebte, weil er nicht wußte, wie man liebte, würde es keinen Unterschied machen. Sie liebte ihn, und das war es schließlich, was zählte.

Als sie am nächsten Morgen aufwachte, hatte Merin ap

Owen sein Gemach bereits verlassen. Elf stand auf und kleidete sich an. Sie ging in den Tagesraum und rüttelte an der Tür zum Flur, doch sie war verschlossen. Im Kamin brannte ein Feuer, und auf dem Tisch stand ein Tablett mit einer Karaffe, die mit einer Flüssigkeit gefüllt war, daneben lagen ein kleiner frischer Laib Brot, ein Apfel und eine Honigwabe. Sie überlegte, ob Isleen vielleicht alles vergiftet hatte, schalt sich dann aber eine Närrin. Über sich hörte sie Geräusche, was bedeutete, daß sich Isleen noch in ihren Gemächern aufhielt. Im übrigen besaß Isleen ja keinen Schlüssel zu ihrem Gefängnis.
Elf nahm Platz und tat sich an dem Frühstück gütlich, bewahrte aber die Hälfte davon für später auf. Als sie fertig war, machte sie Merin ap Owens Bett und ihr eigenes, da sie sonst nichts zu tun hatte. Dann schaute sie eine Weile aus dem Fenster. Gwynfr lag auf einem felsigen kleinen Hügel, zu dessen Füßen sich ein Tal ausbreitete. Die Hügel prangten bereits in Herbstfarben. Der Tag war heute grau und regnerisch. Sie hatte gerade neben dem Kamin Platz genommen, als sie hörte, wie das Türschloß ging, und sprang hoch.
Merin ap Owen kam herein. »Ah, Ihr seid schon wach, Mylady«, begrüßte er sie. »Setzt Euch, wir wollen uns über die Angelegenheit, die uns beschäftigt, vor allem über das Lösegeld unterhalten.«
Elf nahm abermals Platz. »Mein Gemahl hält sich zur Zeit in der Normandie auf«, sagte sie. »Ihr habt einen schlechten Zeitpunkt gewählt, um mich zu entführen, Mylord.« Sie fand, er wäre ein gutaussehender Mann, wenn diese schreckliche Narbe nicht gewesen wäre, die seine linke Gesichtshälfte verunstaltete. »Niemand auf Ashlin kann Euch das Lösegeld zahlen, das Ihr fordert. Niemand hat die entsprechende Autorität.«
»Ihr hört Euch an, als wüßtet Ihr nicht, wann Euer Gemahl zurückkommt.«
»Ich weiß es wirklich nicht«, gestand Elf ihm unverblümt.
»Warum ist er in die Normandie gereist?«
»Er hat es mir nicht anvertraut. Vielleicht hängt es mit sei-

ner Mutter zusammen, die dort mit ihrem zweiten Mann lebt«, erwiderte Elf so unbefangen, daß sie glaubwürdig klang.

»Vielleicht begab er sich auch deshalb dorthin, weil er mit Herzog Heinrich Frieden schließen wollte, denn wie ich hörte, ist der englische König ziemlich krank«, gab Merin ap Owen zu bedenken.

»Vielleicht, aber mein Gemahl war immer König Stephan treu, Mylord. Dieser hat ja auch unsere Ehe arrangiert, um Ranulf für seine Treue und Ergebenheit zu belohnen.«

»Der Grund spielt keine Rolle«, meinte Merin ap Owen. »Wenn ich Euch eine Zeitlang bei mir behalten muß, Mylady, werde ich es tun, aber ehrlich gesagt, hatte ich nicht damit gerechnet. »Wie Ihr wißt, ist es gefährlich, Isleen zur Feindin zu haben. Obwohl ich weiß, daß ihr Groll Euch gegenüber nicht gerechtfertigt ist, glaubt sie trotzdem, daß sie im Recht ist, und sinnt auf Rache.«

»Sie ist ein dummes Geschöpf mit dem Verstand eines Flohs«, sagte Elf zornig. »Sie bringt meinen Bruder um und wirft mir vor, daß ich mich nicht von ihr umbringen lassen will, damit sie meinen Besitz an sich reißen kann. Einst habe ich gedacht, ich besäße viel Geduld, aber Isleen de Warenne würde sogar die Geduld aller Heiligen und Engel im Himmel auf eine harte Probe stellen.«

Er lachte laut und wurde sich plötzlich bewußt, daß er diese junge Frau mochte. Isleen hatte sich über ihre Rechtschaffenheit lustig gemacht. Tatsache war, daß sich Merin ap Owen nicht erinnern konnte, je eine gute Frau kennengelernt zu haben. Er vermutete, daß Eleanore de Montfort wirklich eine solche war. »Ja, Isleen ist wirklich dumm«, pflichtete er ihr bei, »aber unterschätzt sie nicht, Mylady. Obwohl sie in vielerlei Hinsicht ein Einfaltspinsel ist, ist sie von einer unglaublichen Arglist, die sie zu einer tückischen Gegnerin macht.«

»War es ihre Idee, mich zu entführen?«

Er nickte. »Ehrlich gesagt, Mylady, hätte ich mich damit begnügt, Euer Vieh und Eure Schafe zu stehlen, aber wie Isleen mir klarmachte, würde ich nur die Hälfte ihres

Wertes erhalten, da jeder weiß, daß ich sie gestohlen habe. Durch Eure Entführung zwinge ich Euren Gemahl, das Vieh zu verkaufen, und erziele dadurch den doppelten Gewinn.«

»Sie hat Euch mit ihrem Vorschlag viel Ärger eingebracht, Merin ap Owen. Hättet Ihr Euch mit den Schafen und dem Vieh begnügt, wäre Euch der Gewinn sicher gewesen. Nun müßt Ihr warten, bis mein Gemahl aus der Normandie zurückkehrt, und mich vor Eurer Hure schützen. Ich frage mich, ob Ihr einer solchen Aufgabe gewachsen seid, Mylord. Es sieht ganz so aus, als ob uns Isleen beide ausgetrickst hätte.«

Er lachte über ihre Worte. »Ihr seid ganz anders, als Isleen Euch beschrieben hat, Mylady.«

»Von meinem fünften Lebensjahr bis zu dem Tag, als ich nach Ashlin zurückkehrte, um meinen sterbenden Bruder zu pflegen, habe ich Dickon und seine Gemahlin nur einmal gesehen. Das war kurz nach ihrer Heirat. Im Kloster ist man vor den rauhen Tatsachen des Lebens geschützt. Es ist einfach, an einem Ort heilig zu sein, wo es keine Versuchung gibt, Merin ap Owen. Ich war für Isleen vermutlich ein unschuldiger kleiner Tropf. Ihr Eindruck von mir beruht auf dieser kurzen Bekanntschaft. Auch wenn ich sicherlich noch eine gute Portion Naivität besitze, bin ich nicht das einfache, süße Ding, das Isleen in mir sieht. Wenn sie versuchen sollte, mir etwas anzutun, werde ich mich mit allen mir zur Verfügung stehenden Mitteln verteidigen. Sollte sie mich allerdings vergiften wollen, kann ich das wohl kaum verhindern. Ihr solltet aber besser dafür sorgen, daß sie es nicht tut, sonst bekommt Ihr kein Lösegeld, Mylord.«

Er nickte, beeindruckt von ihrem Scharfsinn. Sie war wirklich eine reizende Frau! »Ich werde dafür sorgen, daß Euch nichts geschieht«, versprach er ihr.

»Das glaube ich Euch«, erwiderte Elf leise. »Muß ich die ganze Zeit hier bleiben?« wollte sie wissen.

»Nein«, erwiderte er. »Ihr könnt in die Halle gehen.«

»Ich kann nicht einfach nur herumsitzen und nichts tun«,

sagte Elf. »Wenn Ihr einen Stickrahmen hättet, könnte ich eine Tapisserie anfangen, oder wenn Ihr Gewänder habt, die ausgebessert werden müssen, tue ich das gern. Ich hasse es, müßig zu sein, das werdet Ihr doch verstehen, Mylord. Wenn Ihr jemanden wißt, der Kräuter und Pflanzen für mich sammeln würde, könnte ich Umschläge, Tees und Salben für Eure Krankenstation herstellen. Wer kümmert sich um Eure Kranken und Verwundeten?«
»Niemand«, erwiderte er.
»Niemand?« fragte sie überrascht.
»Das ist ein Ort für Männer, Mylady. Bis ich Isleen kaufte, gab es hier keine Frauen. Wir haben uns auf uns selbst verlassen, wenn jemand krank war.«
»Habt Ihr denn keine Frau?« Sie hätte gern gewußt, weshalb das so war. Aber wenn man den Ort betrachtete, war es wohl kaum überraschend.
»Ich habe keine Frau«, erwiderte er. Aus irgendeinem Grund wollte er ihr nicht sagen, daß er schon zweimal verheiratet gewesen war und keine seiner Frauen ihn hatte ertragen können.
»Vielleicht ist unter Euren Männer einer, dem ich meine Heilkunst beibringen könnte. Und wenn ich dann wieder auf Ashlin bin, hättet Ihr jemanden, der heilen kann. Sollte hier oder in dem Tal unten eine Seuche ausbrechen, könnten ihr alle zum Opfer fallen, Mylord. Das wäre eine große Tragödie«, erklärte Elf.
Sie sprach mit ihm, als ob sie sein Gast wäre. Sie verurteilte ihn nicht, was Merin ap Owen Unbehagen bereitete. Sie sollte weder freundlich zu ihm sein noch ihm ihre Hilfe anbieten, dachte er. Er war schließlich ihr Entführer und nicht ihr Gastgeber. Aber sie war so liebreizend, daß er nicht anders konnte, als erfreut zu sein. »Ich werde mich unter meinen Männern umsehen«, sagte er. »In der Zwischenzeit wähle ich jemanden Vertrauenswürdigen, der Euch hinausbegleitet, damit Ihr suchen könnt, was Ihr braucht. Leider kann ich Euch keine Frau als Begleitung anbieten, denn Arwydd gehört mit Leib und Seele Isleen. Wenn Ihr ihr vorher vertraut haben solltet, so tut es nicht mehr. Sie ist wieder in

Isleens Gewalt und wird alles tun, was sie ihr befiehlt. Aber ich werde sie warnen, nicht den Anweisungen ihrer Herrin zu folgen, wenn diese gegen Euch gerichtet sind. Isleen muß ständig daran erinnert werden, wer hier der Herr ist. Kommt jetzt.« Er erhob sich und bot ihr seine Hand. »Ich werde Euch in die Halle begleiten, Mylady.«

Sie gingen die Treppe hinunter. Als sie die Halle betraten, befand sich nur ein einzelner Diener dort.

»Gwyll«, sagte der Herr von Gwynfr. »Von nun an gebe ich Lady Eleanore in deine Obhut. Du bist dafür verantwortlich, daß ihr nichts geschieht. Ausschließlich ich erteile dir Anweisungen, die sie betreffen. Niemand sonst, insbesondere nicht Lady Isleen. Ich werde dir meine Anordnungen immer persönlich übermitteln.«

»Ich verstehe, Mylord«, erwiderte Gwyll.

Merin ap Owen wandte sich an Elf. »Ich glaube, auf dem Dachboden ist noch ein Stickrahmen und ein Webstuhl, der meiner Großmutter gehörte. Ich schaue nach, ob ich die Dinge noch finde. Gwyll, gibt es auf dieser Burg Nadel und Faden?«

»Ich glaube nicht, Mylord«, erwiderte Gwyll, überrascht über die Frage. »Vielleicht auf dem Dachboden beim Webstuhl?«

»Laßt mich mit Gwyll gehen, Mylord. Ihr habt sicherlich Wichtigeres zu tun, als Euch um Frauenspielzeug zu kümmern.«

»Sehr wohl, Mylady«, erwiderte Merin ap Owen. »Im übrigen wüßte ich gar nicht, wonach ich suchen sollte, Ihr dagegen schon. Gwyll, begleite sie und bleib die ganze Zeit bei ihr.«

»Ich verstehe, Mylord«, sagte Gwyll. Er verabscheute die englische Geliebte seines Herrn, denn sie war eine wirklich böse Frau.

Elf hatte wenig Hoffnung, das zu finden, was sie benötigte, aber zu ihrer Überraschung wurde sie doch fündig. Neben dem Webstuhl und dem Stickrahmen entdeckte sie einen Korb mit bunter Wolle, außerdem einen kleinen Korb mit Nähmaterial.

»Ich frage mich, wem dies gehört hat«, sagte sie leise.
Gwyll zuckte statt einer Antwort nur die Schultern, er schien sowenig wie sie zu wissen, was aber nicht der Fall war. Der Stickrahmen hatte der Großmutter des Herrn gehört, der Webstuhl und die Wolle der ersten Frau von Merin ap Owen, die voller romantischer Vorstellungen und Hoffnungen nach Gwynfr gekommen war und entdecken mußte, daß sie ein Ungeheuer geheiratet hatte. Das arme Mädchen war so verliebt in Merin ap Owen gewesen, daß sie die Wahrheit nicht hatte sehen wollen. Sie war aus Liebe gestorben, und es gab niemanden, der sie rächte, denn sie war Waise gewesen. Vermutlich hatte der Nähkorb ihr ebenfalls gehört. »Wenn Ihr gefunden habt, was Ihr wollt, Mylady, sollten wir lieber in die Halle zurückkehren. Wenn Ihr es wünscht, stelle ich den Webstuhl für Euch auf und richte Euch den Stickrahmen. Vielleicht neben dem Kamin?«

»Das wäre wunderbar«, erwiderte Elf und legte die Nähutensilien auf den Wollkorb. Dann ging sie vorsichtig die schmale Treppe des halb verfallenen Turms hinunter. Hie und da war ein Stein hinuntergefallen. Elf war überrascht gewesen, daß das Dach über dem Dachboden in so gutem Zustand war, denn sonst wären ihre Schätze beschädigt worden. Sie mußte sich unbedingt mit etwas beschäftigen, wenn sie eine Weile hier bleiben würde.

In der Halle stellte Gwyll den Webstuhl neben den Kamin, wie er es versprochen hatte. Als er damit fertig war, rückte er einen Stuhl daneben. Dann wandte er sich an Elf und fragte sie: »Wollt Ihr jetzt weben oder lieber hinausgehen und Pflanzen suchen? Es regnet heute nicht sehr stark.«

»Ich glaube, ich bleibe hier, Gwyll, denn ich bin noch immer mitgenommen von dem langen Ritt«, erklärte sie ihm lächelnd.

»Glaubt Ihr, daß Ihr lange bei uns bleiben werdet, Mylady?« fragte er sie höflich, als er sie vor den Webstuhl setzte und den Wollkorb neben sie stellte. »Vielleicht sollte ich die Knäuel vor Euch auf dem Boden ausbreiten, damit Ihr entscheiden könnt, welche Farbe Ihr wählen wollt«, bot

Gwyll an, faßte nach dem Korb und trennte die Knäuel voneinander, damit sie sie betrachten konnte.

»Danke«, sagte Elf. »Ich weiß nicht. Das hängt davon ab, wann mein Gemahl aus der Normandie zurückkehrt.« Dann bückte sie sich, trennte die Farben voneinander und legte diejenigen in ihren Schoß, die ihr gefielen. »Die anderen kannst du jetzt wieder beiseite legen«, sagte sie und spannte den Webstuhl.

»Oh! Wie reizend und wie häuslich«, hörte sie jemanden schnarren.

»Guten Morgen, Isleen«, erwiderte Elf gelassen. »Was wirst du mit deinem Tag beginnen? Gwynfr ist wohl kaum sehr anregend, und ich bin es gewohnt, meine Zeit nützlich zu verbringen.«

»Du bist ja so fromm und gut. Mylord verhätschelt dich. Wenn du meine Gefangene wärst, würde ich dich im Verlies in Ketten legen und dich von den Ratten anknabbern lassen. Dein Gemahl könnte dann das von dir haben, was noch übriggeblieben ist, nachdem er das Lösegeld bezahlt hat. Vielleicht wäre er sogar froh, wenn er dich los wäre. Du bist doch bestimmt nicht interessant für ihn im Bett. Betest du, wenn er sich auf dich legt und versucht, deinem mageren Körper wenigstens ein Mindestmaß an Lust zu entlocken?« Isleen stand vor Elfs Webstuhl und starrte auf sie herunter, wobei ihre blauen Augen vor Zorn blitzten.

»Aber ich bin nicht deine Gefangene, Isleen, obwohl ich erfahren habe, daß ich meine derzeitige mißliche Lage dir zu verdanken habe«, erwiderte Elf. Gwyll bemerkte, daß ihre Stimme sehr gefaßt klang.

»Dann hat er dir also verraten, daß es meine Idee war? Ja, es stimmt«, frohlockte Isleen. »Wenn dein Gemahl bereit ist, ein Lösegeld für dich zu bezahlen, muß er alles verkaufen. Ich bezweifle, daß er bereit ist, alles aufzugeben, was er durch die Heirat mit dir erworben hat, nur um dich zurückzubekommen. Ich hoffe, er zahlt das Lösegeld nicht. Dann stecke ich dich in mein Bordell, damit du dir deinen Lebensunterhalt verdienen kannst.« Sie lachte, als sie sah, wie Elf erbleichte.

»Du bringst es noch fertig, daß ich mich schäme«, erwiderte Elf, »denn zum ersten Mal in meinem Leben fühle ich einen so starken Zorn, daß ich dich am liebsten umbringen würde.« Sie erhob sich von ihrem Stuhl und warf ihrer Gegnerin wütende Blicke zu. Sie hatte beide Hände zu Fäusten geballt. »Du bist ein abscheuliches Geschöpf, Isleen de Warenne! *Gott vergebe mir, aber ich hasse dich!*«
Isleen wich zurück, überrascht über den Zorn in Elfs silbergrauen Augen. Ihre Augen blitzten, und Isleen war davon überzeugt, daß Elf sie, wenn sie noch weiter gereizt würde, angreifen würde. »Du bist also auch nur ein Mensch«, bemerkte sie hämisch lächelnd. »Fein, denn eine schwache Feindin könnte mir nur wenig Belustigung bieten.«
»Ich werde dir bestimmt keine bieten«, erwiderte Elf kalt. Dann nahm sie wieder Platz und widmete sich ihrem Webstuhl.
Isleen blickte Gwyll an und befahl ihm: »Laß uns allein!«
»Ich kann nicht«, sagte er. »Befehl des Herrn, Mylady. Ich soll die ganze Zeit bei Lady Eleanore bleiben und nur vom Herrn meine Befehle entgegennehmen.« Als Gwyll diese Worte aussprach, spielte ein leichtes Lächeln um seine Mundwinkel, und sein Blick verriet eine Entschlossenheit, die, wie Isleen wußte, durch nichts ins Wanken gebracht werden konnte.
Wütend schlug sie ihm ins Gesicht. »Dreister Leibeigener!« kreischte sie. Dann wich sie zurück, faßte sich ins Gesicht und starrte Elf erstaunt an, die ihr gegenüberstand. »Du ... Du hast mich geschlagen!« schrie sie ungläubig.
»Erhebe nie wieder die Hand gegen Bedienstete«, warnte Elf sie. »Gwyll hat sich nur an die Anweisungen seines Herrn gehalten. Du bist hier nicht die Herrin.«
»Du auch nicht!« gab Isleen zurück und rieb sich ihre Wange. »Wenn du mir meine Schönheit zerstört hast, werde ich einen Weg finden, dich zu bestrafen, da kann dir dann dein treuer Wachhund auch nicht helfen. Das schwöre ich!«
»Du bist nicht für immer gezeichnet«, meinte Elf trocken.

»Der Abdruck meiner Hand und meiner Finger ist in ein paar Stunden verblaßt, Isleen. Wie du mich warnst, so warne ich dich. Mißhandle nicht die Bediensteten. Hat es dich deine Mutter denn nicht besser gelehrt? Meine Leute auf Ashlin weinen dir keine Träne nach.«

»Die Diener sind alle gleich«, sagte Isleen mit Nachdruck.

»Sie sind genauso wie wir Geschöpfe Gottes«, sagte Elf. »Selbst du, Isleen, bist trotz all deiner Hinterhältigkeit ein Geschöpf Gottes.«

»Ich hasse dich! Ich hasse dich!« schrie Isleen und verließ die Halle.

»Ihr habt da eine böse Feindin, Mylady«, bemerkte Gwyll.

»Sie war immer meine Feindin, auch als sie mich noch gar nicht kannte«, erklärte Elf dem verblüfften Mann. »Inzwischen aber bin ich klug genug, auch die ihre zu sein.«

»Ich werde Euch verteidigen«, versicherte Gwyll ihr. Er war immer noch erstaunt, daß die sanfte Gefangene des Herrn ihn gegen den ungerechten Zorn Isleens verteidigt hatte. Hier auf Gwynfr würde niemand für die englische Hexe einen Finger rühren, und deshalb hielt er Lady Eleanore für relativ sicher. Seit der Herr seine beiden Männer hatte hängen lassen, weil sie sich mit seiner Geliebten vergnügt hatten, gingen sie ihr nicht mehr ins Garn. Nur die kleine arme Arwydd war ihr treu ergeben, aber Arwydd war keine Mörderin. Dennoch erkannte Gwyll, daß er Augen und Ohren offenhalten mußte, um Lady Eleanore zu schützen.

Nachdem Elf erkannt hatte, daß Tränen und Jammern nichts nutzten, richtete sie ihr Leben auf der Burg so gut wie möglich ein. Zum Glück wußte sie, daß Ranulf und ihr kleiner Sohn in Sicherheit waren. Beruhigt verbrachte sie ihre Stunden am Webstuhl neben dem Kamin und suchte in den Hügeln nach Heilpflanzen, mit denen sie Arzneien herstellen konnte.

Eines Tages, als ihr Blick zu den Hügeln wanderte und dort zu lang verweilte, hörte sie Gwyll leise sagen: »Ihr wißt

nicht, wo England liegt, nicht wahr, Mylady? Ihr seid hier sicherer, verwerft den Gedanken an Flucht.«
Elf antwortete ihm nicht, sondern tat so, als habe sie ihn nicht gehört. Statt dessen lockerte sie mit dem Messer die Erde um die Wurzeln einer Pflanze, die sie benötigte und zog sie langsam heraus. Gwyll hatte recht. Sie wußte nicht, in welcher Richtung England lag, und es gab keine Möglichkeit, es herauszufinden, ohne Verdacht zu erregen. Sie reichte Gwyll das Messer und legte die Pflanze in ihren Korb.
Gwynfr war zum größten Teil verfallen und bot wenig Komfort. Außer Arwydd, Isleen und Elf gab es keine Frauen, außer ein paar Dienerinnen, die tagsüber kamen. Das Leben hier war noch härter als im Kloster, wenn es um alltägliche Dinge wie das Waschen ging. Wenn Elf sich waschen wollte, mußte sie selbst das Wasser in ihr Gemach schleppen. Seit ihrer Ankunft hatte Isleen Arwydd streng verboten, ihr irgendwie behilflich zu sein, und Merin ap Owen mischte sich nicht ein. Elf mußte unbedingt ihre Kleider gründlich waschen.
Als Merin ap Owen Elf entführt hatte, lag sie dank des von Arwydd verabreichten Schlafmittels in tiefem Schlaf. Merin ap Owen hatte ihr ein Obergewand und einen Rock übergestreift und sie in ihren Umhang gehüllt, bevor er sie davongetragen hatte. Sie hatte diese Kleider so sauber wie möglich gehalten, indem sie sie bürstete und ausschüttelte, doch sie trug nun seit zwei Wochen dieselben Kleidungsstücke. Sie besaß nur ein Hemd, das jetzt schmutzig war und dringend gewaschen werden sollte. Da ihr kleines Gemach keine Tür hatte, stellte dies ein Problem dar. Dann beschloß sie, daß sie, wie einst im Kloster, angetan mit dem Hemd, baden würde. Sie würde es abends tun, bevor Merin ap Owen in seine Gemächer kam. Dann würde sie sich in ihre Decke hüllen und das Hemd am Kamin im Tagesraum trocknen. Anschließend würde sie zu Bett gehen. Es war unwahrscheinlich, daß er es merken würde.
Aber als er an diesem Abend sein Gemach betrat, entdeckte er das zarte Kleidungsstück, das über einen Stuhl gebrei-

tet war, der vor dem Kamin stand. Zuerst war er verblüfft, dann erkannte er ihre mißliche Lage. Wäre sie eine andere Frau gewesen, hätte er die Situation ausgenutzt, aber bei ihr konnte er es nicht. Noch nie hatte er eine Frau wie Eleanore de Montfort getroffen. Sie hatte sich in ihre Lage gefügt, das Beste daraus gemacht und sich nützlich gezeigt, ohne dazu aufgefordert worden zu sein. Das erste Mal, seit er sich erinnern konnte, wirkten seine Bediensteten wirklich glücklich.

Auch ihre Haltung ihm gegenüber war interessant. Isleen war wütend auf Lady Eleanore, aber die Herrin von Ashlin war auch keine sanftzüngige Heilige. Sie war schlagfertig und konnte sich ganz gut gegen seine Hure wehren, die jede Gelegenheit nutzte, seine Gefangene zu schmähen oder anzugreifen. Er war davon überzeugt, daß Eleanore seinen Lebensstil mißbilligte, aber kein einziges Mal, nicht einmal versteckt, versuchte sie, ihn zu tadeln oder zu ändern. Statt dessen ging sie in der Burg umher, machte sich nützlich und versuchte zu helfen, wo sie konnte. Sie hatte bereits mehrere kleinere Wunden seiner Leute verbunden und seinen Koch geheilt, der einen schrecklichen Husten hatte.

Merin ap Owen, der in den Vertreterinnen des schwachen Geschlechts nur Lustobjekte sah, mußte zugeben, daß er es hier mit einer wirklich guten Frau zu tun hatte. Er empfand leichte Schuldgefühle, weil er sie entführt hatte, doch die waren nicht so groß, daß er auf das Lösegeld verzichten wollte. Als er aber das zarte kleine Hemd sah, das am Feuer trocknete, erkannte er ihre peinliche Lage und war gerührt, daß sie sich nicht beklagt, sondern versucht hatte, das Problem selbst zu lösen.

Als Elf am nächsten Morgen aufwachte und entdeckte, daß der Burgherr verschwunden war, ging sie in den Tagesraum, um ihr Hemd zu holen. Es war fast trocken, und zu ihrer Überraschung lag auf dem Stuhlpolster eine Rolle zarten Leinenstoffs. Sie war überrascht und gerührt. Nachdem sie sich angekleidet hatte, ging sie in die Halle hinunter, wo Merin ap Owen bereits an der hohen Tafel saß und sein Fasten brach. Isleen war offensichtlich noch nicht aufgestanden.

Elf nahm ihren üblichen Platz ein. »Danke«, sagte sie schlicht.

»Mir war nicht klar, daß Ihr länger hierbleiben würdet«, erwiderte er. »Sonst hätte ich noch ein paar Kleider von Euch mitgenommen, Mylady. Ihr müßt mir ungeniert sagen, wenn Ihr etwas braucht. Ich habe nicht vor, Euch schlecht zu behandeln.«

»Ich bin keine Frau, die sich beklagt, Mylord, aber ich werde mir ein neues Hemd nähen und bin froh darüber.«

Damit war das Thema vorerst beendet. Doch ein paar Tage später reichte sie ihm lächelnd ein hübsch gefaltetes Päckchen aus Leinenstoff.

»Was ist das?« fragte er.

»Es war viel zuviel Stoff für nur ein Hemd«, erklärte ihm Elf. »Deshalb habe ich Euch auch eines gemacht. Ich dachte, vielleicht könntet Ihr ein neues Untergewand brauchen, Mylord. Die Größe wußte ich nicht, aber ich glaube, ich habe sie einigermaßen erraten. Probiert es später, damit ich eventuelle Änderungen vornehmen kann.«

»Mylady …« Er war sprachlos. In seinem ganzen Leben hatte noch nie jemand etwas freiwillig für ihn getan. Sie war seine Gefangene, und er hatte sie ihrer Familie und ihres Heims beraubt und würde sie nicht eher freilassen, bis ihr Gemahl Lösegeld für sie bezahlt hatte. Und doch hatte sie an seine Bedürfnisse gedacht, als ob sie alte Freunde wären.

»Ich glaube, ich gehe heute mit Gwyll hinaus, Mylord, natürlich mit Eurer Erlaubnis. Bald ist es zu kalt, um die Pflanzen auszugraben, die ich benötige. Ich habe inzwischen eine hübsche Sammlung beieinander und kann jetzt meine Arzneien herstellen.« Sie hatte seine Überraschung bemerkt, versuchte aber, sich nichts anmerken zu lassen, damit er sich nicht unbehaglich fühlte.

»Natürlich«, erwiderte er. »Geht mit Gwyll.« Verstohlen blickte er sie von der Seite an. Mein Gott, wie reizend sie war. Merin ap Owen wurde sich plötzlich bewußt, daß das Unmögliche eingetreten war. Er hatte immer gedacht, er besäße kein Herz, doch jetzt spürte er es. Zum erstenmal in seinem Leben war er verliebt. Er war verliebt in Eleanore de Montfort. Wie war das geschehen? Vielleicht hätte er tatsächlich das tun sollen, was Isleen gerne getan hätte, als er seine Gefangene auf die Burg gebracht hatte – er hätte sie vielleicht doch in sein Verlies einsperren sollen, wo er nicht ihrem Liebreiz, ihrer Schönheit, ihrer Schlagfertigkeit und ihrer Rechtschaffenheit ausgesetzt gewesen wäre. Aber jetzt war es zu spät. Er war in die Herrin von Ashlin verliebt, und wenn er sie sicher ihrem Gemahl übergeben wollte, mußte er dafür sorgen, daß Isleen nie hinter sein Geheimnis kam.

O Gott, betete er das erste Mal seit Jahren, bitte, hilf mir! Er fragte sich, ob Gott die Gebete eines Mannes wie Merin ap Owen erhören würde. Doch um Eleanore de Montforts willen hoffte er es.

17. Kapitel

Am Kanal herrschte seit Tagen schlechtes Wetter. Ein scharfer, kalter Wind wehte von Norden. Der Regen floß in Strömen, das Meer war aufgewühlt, und in Barfleur brandeten die Wellen gegen die Kaimauer. Der König war verärgert und ungeduldig. Er wollte endlich seine Reise antreten, um bald gekrönt zu werden, denn England hatte seit über einem Monat keinen König mehr. Heinrich Plantagenet konnte nur hoffen, daß in England Frieden herrschte und kein Bürgerkrieg ausgebrochen war. Die Erbfolge, sagte er sich immer wieder, war eindeutig und unumstritten, aber die Engländer waren ein aufsässiges Volk.
Auch Ranulf de Grandeville war voller Ungeduld und wünschte nur eines: Er wollte endlich seinen Auftrag für den König ausführen, den kleinen Prinzen nach England bringen und dann nach Ashlin heimkehren. Es waren nun fast fünf Monate vergangen, seit er seine Frau und sein Kind das letzte Mal gesehen hatte. Eleanores reizendes Gesicht ging ihm im Traum um, und er sehnte sich danach, ihr endlich seine Liebe zu gestehen. *Bald.* Er hätte schreien können vor Empörung, als er erfuhr, daß sich sein Auftrag, den kleinen Prinzen nach England zu bringen, erledigt hatte. Somit war seine Reise in die Normandie völlig nutzlos gewesen.
Königin Eleonore, die kurz vor der Entbindung ihres zweiten Kindes stand, hatte darauf bestanden, ihren kleinen Sohn bei der Überfahrt bei sich zu haben. Die Kaiserin hatte sich in dieser Angelegenheit auf die Seite ihrer Schwiegertochter gestellt. So würde der kleine Prinz offiziell mit seinen Eltern und seinem eigenen Hofstaat nach

England reisen, Kaiserin Mathilde würde in Rouen bleiben und in Abwesenheit ihres Sohnes die Normandie regieren. »Ich bin von meinem Weibervolk überstimmt worden«, entschuldigte sich der König bei Ranulf und lächelte gequält. »Meine Mutter meint – und sie hat recht damit –, daß sich Eleonore vor ihrer Niederkunft nicht aufregen darf. Ich kann nicht anders, als zuzustimmen, und meine Rose aus der Provence wird ihren Sohn bei sich haben.« Er zuckte hilflos die Achseln.

»Dann kann ich nach Ashlin heimkehren?« fragte Ranulf.

»Nein, mein Freund, ich möchte, daß Ihr unserer Krönung beiwohnt«, erwiderte der König. »Ihr begleitet uns auf unserer Fahrt über den Kanal. Ich bin Euch dankbar für Eure Treue und möchte Euch dafür diese kleine Belohnung zuteil werden lassen.«

Ranulf verneigte sich. »Ich danke Euch, mein Lehnsherr, aber Euch treu zu dienen bedarf keiner Belohnung.«

»Trotzdem sollt Ihr sie erhalten«, meinte der König entgegenkommend, und damit war Ranulf entlassen. Er verbeugte sich abermals und mischte sich unter die anderen Höflinge. Er wollte unbedingt heim und hatte wenig Lust, mit Heinrich Plantagenets großem Hofstaat von der Normandie nach England zu reisen und der Krönung in Westminster beizuwohnen. Er wollte einfach nur heim! Aufgrund einer Laune des Königs war er in die Normandie beordert worden, und aufgrund der Laune einer Frau war sein Auftrag gescheitert. Seine einzige Belohnung bestand darin, an der Krönung dieser beiden hochgestellten Personen teilzunehmen. er hatte sich so sehnlich eine Burg gewünscht, aber nichts getan, um eine solche Belohnung zu verdienen, und sein Sohn würde nicht der Spielgefährte des kleinen Prinzen werden. Ranulf de Glandeville mußte erkennen, daß er kein bedeutender Mann war, auch wenn er ein paar Monate davon geträumt hatte.

Am Morgen des 7. Dezember hellte sich das Wetter ein wenig auf. Der König befahl die sofortige Abreise, obwohl der Hafenmeister warnte, daß sich das Wetter bis zum

Abend wieder verschlechtern würde und sie eventuell mitten auf dem Kanal einholen würde.
»Wir reisen!« sagte der König trotzdem entschlossen und überwachte persönlich, wie die Ritter die Boote bestiegen und die Pferde darauf verfrachteten. Die Königin und ihre Zofen waren die einzigen Frauen des Hofstaats, aber Eleonore, die einst als Frankreichs Königin den ersten Kreuzzug nach Jerusalem begleitet hatte, störte dies keineswegs. Sie trieb ihre ängstlichen Bediensteten den Landungssteg hoch und folgte ihnen mit ihrem kleinen Sohn an der Hand.
Als sie in Barfleur in See stachen, war der Himmel grau, und der Wind ging scharf. Das Wetter verschlechterte sich zunehmend, und bald wurden die Schiffe der großen Flotte durch den aufsteigenden Nebel voneinander getrennt. Ranulf, Garrick Taliferro und ihre Knappen gingen mit einem der Kaplane des Königs an Bord einer kleinen Schmacke, nachdem sie die Pferde und das Muli so gut wie möglich vor den Wellen abgeschirmt hatten. Die Nacht brach herein, und Trompeten verkündeten den Standort der Schiffe. Die Männer teilten ihren Wein, ihr Brot, den Käse und die Wurst. Als das Schiff über das kabbelige Gewässer geschaukelt wurde, betete der Priester um ihre Sicherheit. Der Bug erhob sich steil über die Wellen, und Ranulf hörte, wie der Sturm ihn durchrüttelte, bis er dann wieder tief ins Wasser tauchte. Die beiden jungen Knappen, deren Nerven stark strapaziert wurden, fielen in einen erholsamen Schlaf.
Die beiden Männer erkannten sich in der Dunkelheit nicht, und so konnte Sir Garrick Ranulfs Gesichtsausdruck nicht sehen, als er ihn fragte: »Was war der eigentliche Grund Eurer Reise in die Normandie, mein Freund?«
Sicherlich bestand jetzt kein Anlaß mehr zur Geheimhaltung, dachte Ranulf. Also sagte er seinem Begleiter die Wahrheit und gestand auch seine Verwirrung ein, als die Pläne zweimal geändert wurden. »Es war ein sinnloses Unterfangen, aber wie konnte ich die Bitte eines Königs ablehnen?«

»Das konntet Ihr keinesfalls«, bestätigte Garrick. »Männer wie Heinrich Plantagenet sind nicht wie wir. Es würde ihm keinen Moment in den Sinn kommen, daß er Euch große Unannehmlichkeiten bereitet hat. Und gewiß meinte er es nicht böse. Wißt Ihr, daß ich Euch beneide, Ranulf? Um Ashlin, um Eure Frau und um Euer Kind. Ihr reist jetzt nach Hause und hängt nicht weiter von den seltsamen Launen eines Königs ab.«

»Aber ich bekomme meine Burg nicht.«

»Eure Burg?« bemerkte Garrick verblüfft.

»Ich hatte gehofft, wenn ich dem König einen großen Dienst erweise, würde er mir gestatten, eine kleine Burg auf Ashlin zu erbauen. Wir sind so nah an der walisischen Grenze, und eine kleine Burg könnte nützlich sein, um die Grenzen des Königs besser im Auge zu behalten.«

»Er wird sich schließlich mit den walisischen Prinzen irgendwie einigen«, sagte Garrick zu seinem Freund. »Ihr werdet an mich denken.«

»Aber eine Burg könnte diese Einigung untermauern. Ich weiß, ich bin kein hoher Herr, aber ich hatte insgeheim gehofft, ich könnte meine Lage verbessern, wenn ich dem König einen Dienst erweise. Letztlich habe ich nichts erreicht«, seufzte Ranulf. Dann fragte er: »Habt Ihr mir nicht erzählt, daß Ihr nach der Krönung nach Hause gehen würdet, um eine Frau zu suchen? Was hält Euch davon ab, Garrick? Ihr besitzt doch Land. Nehmt Euch eine Frau aus einer Kaufmannsfamilie, vorzugsweise eine, die einen reichen Vater hat. Das ist keine Schande, mein Freund.«

»Ich glaube, ich werde es tun«, nickte Garrick Taliferro. »Ich bin es leid, allein zu sein, und meine Mutter ist auch nicht mehr die Jüngste. Sie würde sich über eine Tochter und über Enkel freuen.«

Am Morgen lichtete sich der Nebel, und sie liefen in den Hafen von Southampton ein. Kurz nach der Landung erfuhren sie, daß das Schiff des Königs in Sicht war, das schließlich ein paar Meilen vor New Forrest vor Anker ging. Die beiden Ritter gaben ihren Pferden die Sporen, um dem König entgegenzureiten, und ihre Knappen folgten ihnen. Die Nachricht, daß der König mit seiner Gemahlin und seinem kleinen Sohn die stürmische Überfahrt unternommen hatte, verbreitete sich wie ein Lauffeuer, und die Engländer waren von ihrem neuen Herrscher begeistert.

Der großen Flotte hatte der Sturm sehr zugesetzt, aber alle Schiffe und Boote waren sicher ans Ufer gelangt. Ihre Insassen gingen mit den Pferden an Land und setzten dann ihre Reise nach Winchester fort, wohin sich der König als erstes begeben wollte, um den königlichen Schatz in Sicherheit zu bringen. Die ergebensten Anhänger von König Stephan warteten besorgt, was geschehen würde, aber keiner wagte es, zum Aufstand gegen Heinrich Plantagenet, den Enkel Heinrichs I. und bald Englands gesalbten König, aufzurufen.

Thibault, der Erzbischof von Canterbury, hatte die Bischöfe versammelt, um mit ihnen den neuen König zu empfangen. Die Krönung würde in Westminster stattfinden, obwohl sich die große Kathedrale in schlechtem Zustand befand und dringend restauriert werden müßte, da sie seit langem vernachlässigt wurde. Doch von jeher wurden hier alle englischen Könige gekrönt. So wurden am Sonntag vor Weihnachten des Jahres 1154 Heinrich Plantagenet und Eleonore von Aquitanien zum König und zur Königin von England gesalbt. Er war einundzwanzig Jahre alt, sie dreißig.

Danach fuhren der König und die Königin durch London und zeigten sich dem Volk. In ihren Krönungsgewändern sahen sie wahrlich majestätisch aus. Das weiße Samtobergewand des Königs war mit Löwen und Lilien bestickt. Er war jung, gutaussehend und gesund. Seine Entschlossenheit, trotz des Winters und der beschwerlichen Überfahrt über den Kanal nach England zu reisen, bewies dem Volk, daß er ein Mann war, der mit eiserner Hand und Begeisterung regieren würde. Auch die schöne Königin trug weißen Samt. An diesem kalten Dezembermorgen funkelte ihr goldener, mit Edelsteinen besetzter Gürtel im schwachen Sonnenlicht. Ihr goldenes Haar war unter einem mit Perlen bestickten Goldnetz verborgen, und sie trug eine mit Edelsteinen verzierte Krone.

»*Vivat rex!*«! riefen die Normannen.

»*Waes hael!*« brüllten die Engländer, die von den Sachsen abstammten.

Der König und die Königin nahmen auf ihrer Fahrt durch die Stadt und nach Bermondsey, ihrer künftigen Residenz, die Jubelrufe ihrer neuen Untertanen entgegen. Der Palast in Westminster, der von Wilhelm Rufus, dem Großonkel des Königs, am ursprünglichen Sitz der Sachsen wiederaufgebaut und von seinem Großvater, Heinrich I., noch prachtvoller ausgestattet worden war, war geplündert und während des Bürgerkriegs zwischen Stephan und Mathilde vernachlässigt worden. An jenem Abend wurde ein Fest gefeiert, und in der Stadt und der Umgebung wurden Freudenfeuer entzündet, um den neuen König zu feiern.

Am nächsten Morgen nahmen Ranulf und sein Freund Sir Garrick Taliferro Abschied vom Hof. Eine Zeitlang ritten die beiden Männer gemeinsam, bis Garrick die westliche Straße nach Glouster einschlug und Ranulf die nördliche nach Ashlin nahm. Wenn er Glück hatte, würde er bis Weihnachten zu Hause sein! Zu Hause, bei seiner Eleanore und seinem Sohn!

»Mylord, Mylord«, rief Pax, kurz nachdem sich Sir Garrick von ihnen getrennt hatte. »Wir müssen anhalten, damit die Pferde sich erholen. Sie sind völlig erschöpft. Ich will auch schnell heimkommen, aber es wird viel länger dauern, wenn die Pferde zusammenbrechen und wir zu Fuß weitergehen müssen.«

Ranulf schalt sich insgeheim wegen seiner kindischen Ungeduld und nahm die Warnung seines Knappen ernst. Sie verlangsamten die Gangart und hielten schließlich vor einem kleinen Gasthof, um hier zu nächtigen. Die Frau des Gastwirts servierte ihnen Stew und Brot. Sie schliefen nachts bei ihren Tieren, denn der Gasthof war sehr abgelegen und die Gegend ärmlich. Es bestand die Gefahr, daß sie morgens erwachten und ihre Pferde und Ranulfs Rüstung verschwunden waren. Am nächsten Tag ritt der Herr von

Ashlin in einem gemäßigteren Tempo weiter. Es war kalt, aber trocken. In den folgenden Nächten fanden sie Obdach in den Gästehäusern von Klöstern, wo sowohl sie als auch ihre Pferde geborgener waren.

Am Nachmittag des 24. Dezember gelangten sie endlich in eine Landschaft, die ihnen vertraut vorkam, und sie trieben ihre Pferde an. Plötzlich erblickten sie von einem Hügel aus das Tal von Ashlin sowie das Herrenhaus. Sogar die Pferde, die die Heimatluft witterten, liefen schneller. Ranulf entdeckte die Schafe auf den Wiesen und das Vieh auf den Weiden und spürte große Erleichterung. Also hatten die Waliser sie trotz ihrer Raubzüge im vergangenen Sommer in Ruhe gelassen. Erfreut stellte er fest, daß die Zugbrücke wohl heruntergelassen, aber eine Seite der Tore fest geschlossen war. Seine Anweisungen waren also treu befolgt worden.

Zu dieser Tageszeit waren nur zwei Kuhhirten auf dem Feld, die sich anschickten, das Vieh nach Hause zu treiben. Er winkte ihnen zu. Dann entdeckte er seine bewaffneten Männer, die an der Mauer entlangpatrouillierten. Plötzlich hörte er die Trompete, die den Torwächter alarmierte, daß Gäste in Sicht waren. Am liebsten wäre er im Galopp durch die Tore gesprengt. Statt dessen ließ er das Schlachtroß im Trab weiterlaufen, überquerte die Zugbrücke und ritt in die Einfriedung.

»Willkommen zu Hause, Mylord«, grüßte ihn der Mann am Tor ernst.

Ranulf und Pax schlugen den Weg zum Herrenhaus ein. Es wurde jetzt Nacht, und Ranulf konnte kaum den Rauch der Kamine ausmachen und das flackernde Licht der winzigen Fenster in den Hütten. Als er vor seinem Haus angelangt war, wurde die Tür aufgerissen. Ranulf stieg vom Pferd und gab Pax die Zügel.

»Bring die Pferde in den Stall«, befahl er seinem Knappen und eilte ins Haus.

»Mylord, willkommen zu Hause«, begrüßte Cedric ihn und bedeutete einem Diener mit einem Wink, den Umhang des Herrn entgegenzunehmen.

Ranulf sah sich in der Halle um, entdeckte die Bediensteten und Vater Oswin. Neben dem Kamin stand eine Wiege, in der gewiß sein Sohn lag. Er trat heran und starrte das Kind an, das zu ihm hochschaute. Das konnte doch nicht sein Sohn sein. »Wo ist Simon?« fragte er, wobei er niemanden Bestimmten anredete.

Alyce kicherte. Dann langte sie in die Wiege und holte das Kind heraus. »Es ist Euer Sohn, Mylord.«

»Aber ...«

»Ihr seid immerhin fünf Monate fortgewesen, Mylord«, erklärte Alyce. »Babies wachsen schnell heran. Da.« Mit diesen Worten reichte sie ihm seinen kleinen Sohn.

Vater und Sohn starrten sich an. Sie hatten dieselben Augen und denselben Gesichtsausdruck. Ranulf war erstaunt, daß Simon ganz sein Ebenbild war. »Donnerwetter«, rief er, »er ist von meinem Blut.«

»Ja, Mylord«, stimmte Alyce zu und nahm ihm den Kleinen wieder ab.

»Willkommen zu Hause, Mylord«, begrüßte Vater Oswin ihn und trat neben ihn. »Ich freue mich, daß der Herr von Ashlin zurück ist, um mit uns die Christmette zu feiern.«

Ranulf nickte und blickte sich suchend in der Halle um. »Wo ist meine Frau?«

»Kommt, Herr, wir wollen uns setzen«, forderte ihn der Priester auf.

Ranulf blieb wie erstarrt stehen. »Wo ist Eleanore, werter Vater?«

»Sie ist im Herbst von den Walisern entführt worden, Mylord«, erklärte der Priester ohne Umschweife. Dann fügte er schnell hinzu: »Aber sie lebt.«

Cedric drückte seinem Herrn einen Becher Wein in die Hand.

Ranulf nahm einen großen Schluck. »Wie könnt Ihr das wissen? Und wie konnte es geschehen, daß meine Frau einer solchen Gefahr ausgesetzt war? Wo waren Fulk und meine Männer, daß meine Gemahlin so leicht entführt werden konnte? Warum habt ihr sie nicht wieder heimgebracht?« Ranulfs Stimme wurde lauter, sein Blut hitzig, was noch niemand auf Ashlin je an ihm gesehen hatte. Er sah einen roten Nebel vor den Augen und spürte, wie eine wilde Wut ihn erfaßte.

»Setzt Euch, Mylord«, forderte ihn der Priester auf und drängte ihn zu einem Stuhl neben dem Kamin. »Ich werde Euch alles erklären, wenn Ihr Euch ruhig hinsetzt.«

Ranulf ließ sich schwerfällig auf den geschnitzten Lehnstuhl fallen.

»Kurz nach Eurer Abreise tauchte ein Mädchen hier auf, das schrecklich mißhandelt worden war und völlig ausgemergelt aussah, und bat um Asyl. Die Mylady gewährte es ihr. Wir heilten ihre Wunden und päppelten sie auf, und die Mylady übertrug ihr leichte Aufgaben im Haus. Ein paar Wochen später kam ein Schweinehirt vom Kloster St. Frideswide's und berichtete, daß das Kloster von den Walisern bedroht werde. Die Äbtissin habe ihn gesandt, damit wir ihr zu Hilfe eilten. Die Mylady bestand darauf, daß Fulk und seine Männer sofort losritten, um dem Kloster zu Hilfe zu kommen und die Waliser zu verjagen.«

»Ist das Kloster angegriffen worden?« fragte Ranulf.

»Ja und nein«, antwortete der Priester, und berichtete den Rest. Dann sagte er: »Als wir feststellten, daß die Lady entführt wurde, waren wir außer uns.«

Fulk, der herbeigeilt war, ergriff jetzt das Wort. »Während ich mit meinen Männern in dunkler Nacht nach Ashlin zurückritt, erkannte ich, daß wir getäuscht worden waren und daß der Schweinehirt von den Walisern gekommen war, um uns wegzulocken. Es regnete dann drei Tage, Mylord, und wir konnten uns nicht auf die Suche machen, da es keine Spur gab. Als sich das Wetter wieder etwas besserte, schickte ich Sim auf den Weg, damit er den Unterschlupf des Banditen Merin ap Owen herausfinde, denn ich war davon überzeugt, daß er die Lady entführt hatte. Sim war fast drei Wochen unterwegs, aber als er zurückkehrte, wußten wir mit Sicherheit, daß es tatsächlich Merin ap Owen war, der die Lady gefangenhält. Sim hatte sie gesehen, wie sie, gut bewacht, auf einem Hügel neben der Burg dieses Kerls spazierenging. Es war zu gefährlich für

Sim, Mylady zu befreien. Also kehrte er zu uns zurück, um uns zu berichten, was er gesehen hatte.«

Ranulf nickte, der rote Nebel löste sich allmählich auf, aber tief in seinem Inneren spürte er unbändigen Zorn.

»Bald wurde uns von einem Waliser eine Lösegeldforderung überbracht. Merin ap Owen wußte von Eurer Abwesenheit. Er will die Lady bis zu Eurer Rückkehr bei sich behalten. Dann sollt Ihr Euer Vieh und Eure Schafe verkaufen, um das Lösegeld für sie aufzubringen. Wenn Ihr das Geld beisammen habt, sollt Ihr ihm ein Zeichen geben, indem Ihr Pechfackeln über der Mauer anzündet. Einer seiner Männer beobachtet Ashlin Tag und Nacht. Wenn Merin ap Owen das Signal empfangen hat, wird er in ein paar Tagen hierherkommen, um Euch Eure Frau gegen das Lösegeld zurückzugeben. Wir mußten seinen Boten nach Wales zurückschicken, damit er meldet, daß wir seine Forderung verstanden haben.«

»Das war alles schlau ausgeklügelt«, sagte Ranulf leise, »ich hätte nicht gedacht, daß ein Bandit so klug ist.«

»Er ist edler Abstammung, Mylord, aber mit allen Wassern gewaschen, wie es heißt«, sagte Fulk. »Es tut mir so leid, Mylord! Es ist meine Schuld! Ich hätte nicht der Anweisung von Mylady folgen und nach St. Frideswide's reiten dürfen.«

Ranulf schüttelte den Kopf. »Nein, Fulk. Du hast deiner Herrin gehorcht, wie es richtig ist. Hätte das Mädchen Arwydd meine Frau nicht hereingelegt, wäre dies alles nicht geschehen. Selbst wenn du hiergewesen wärst, hätte das nichts genützt. Du weißt, wie gern du Speisen und Getränken zusprichst, mein Freund. Bei deinem Appetit würdest du vielleicht heute noch schlafen. Zum Glück bist du dem Schlafmittel entgangen und hast nachher die Zügel in die Hand genommen.« Ranulf klopfte seinem Hauptmann aufmunternd auf die Schulter.

»Was sollen wir jetzt tun, Mylord?« wollte Fulk wissen.

»Zuerst feiern wir die Christmette. Dann muß ich, nachdem ich mit Sim gesprochen habe, wie unsere Chancen stehen, meine Frau retten. Vielleicht ist der einfachere Weg der, das Lösegeld zu zahlen. Ich finde es bemerkenswert, daß der Bandit mir die Anweisung gibt, mein Vieh und meine Schafe zu verkaufen, um Eleanore auszulösen. Das alles war gut geplant, meine Freunde. Die Waliser hätten mein Vieh und meine Schafe stehlen können. Statt dessen entführten sie meine Frau, weil sie wußten, daß ich für mein Vieh einen größeren Ertrag erzielen würde als sie. Das war keine spontane Entscheidung von Merin ap Owen, sondern gut durchdacht und gut durchgeführt.«

»Aber wenn Ihr die Schafe und das Vieh verkauft, Mylord, wie wird dann das Gut im nächsten Jahr überleben können?« fragte Vater Oswin.

»Merin ap Owen mag wohl eine Dauerwache eingesetzt haben, die uns beobachtet«, sagte Ranulf, »aber sie ist nur so nah, daß sie die Signale über der Mauer erkennen kann, und leider nicht nah genug, daß wir sie ausfindig und dingfest machen können. Morgen ist ein Feiertag, aber übermorgen werden wir die Schafe von den weit entfernten Wiesen zu den näher gelegenen treiben. Dabei werden wir die Mutterschafe, die bald ihre Lämmer bekommen, von der übrigen Herde trennen und sie im Scheunenhof verstecken, wo sie nicht leicht entdeckt werden können. Dadurch haben wir den Grundstein für eine neue Schafherde gelegt. Das Interesse der Waliser an uns erlischt nach Aushändigung des Lösegeldes. Unsere Ernte müßte ausreichen, um die Schafe in den Wintermonaten zu füttern«, fuhr Ranulf fort.

»Einige Kühe haben Kälber«, sagte John, der Bailiff, der ebenfalls in die Halle gekommen war.

»Die behalten wir auch«, beschloß der Herr von Ashlin. »Heute ist Viertelmond. Die Kuhhirten sollen sie von der Weide treiben und in die Ställe bringen. Ich will meine Frau nicht verlieren, aber ich werde auch nicht zulassen, daß dieser Bandit uns an den Bettelstab bringt.«

»Werdet Ihr ihn töten, Mylord?« fragte Fulk.

»Möglich, aber zuerst müssen wir meine Frau zurückholen«, erwiderte Ranulf. »Doch wenn wir ihn töten sollten, erweise ich damit dem König einen Dienst, indem ich die Grenze von diesem Mann und seinem Gesindel befreie.«

»Amen!« rief Vater Oswin.
»Kommt zu Tisch, Mylord«, forderte ihn die alte Ida auf. »Ihr habt eine weite Reise hinter Euch und seid bestimmt hungrig. Ich weiß, es wäre ganz im Sinne meiner Herrin, daß Ihr gut versorgt werdet.«
Die Worte der alten Frau munterten Ranulf de Glandeville auf, aber er fragte sich, ob seine Frau in ihrer Gefangenschaft wohl gut untergebracht war. Er nahm an der hohen Tafel Platz und dachte, wie einsam es doch ohne sie war. *Eleanore!* klagte er innerlich. *Ma petite, je t'aime avec tout mon cœur.*
Draußen braute sich ein Sturm zusammen.

Als Elf an ihrem Webstuhl neben dem Kamin saß, hielt sie plötzlich inne. Sie hätte schwören können, gerade Ranulfs Stimme gehört zu haben. Der Wind rüttelte an den Läden, und sie fröstelte. Es war heute Weihnachtsabend, die Zeit der Christmette. Aber hier auf der Burg gab es keinen Priester, der die Messe las. Von Gwyll hatte sie erfahren, daß die Priester die Burg Gwynfr, ihre Bewohner und ihren Herrn als verflucht ansahen, als Brut des Teufels. Zur Sonnenwende wurde ausschweifend gefeiert und getrunken, und Isleen hatte zur Unterhaltung der Männer Huren in die Burg gebracht.
»Ihr müßt in meinen Gemächern bleiben«, hatte Merin ap Owen der Herrin von Ashlin befohlen, »und dürft nicht herauskommen, damit Ihr nicht belästigt werdet.« Dann hatte er sie eingeschlossen und ihr den Schlüssel für alle Fälle unter der Tür zugeschoben. So konnte niemand ihm den Schlüssel wegnehmen, wenn er betrunken war, hatte er Elf erklärt. Sie wußten beide, daß er damit Isleen meinte. »Wenn ich zurückkomme, bin ich betrunken und werde Euch um den Schlüssel bitten«, sagte er. Dann war er gegangen.
Von der Halle drang das Gebrüll und Geschrei der betrunkenen Männer zu ihr hoch. Vor ihr stand ein Tablett mit Speisen und Wein. Elf verzehrte ihr Mahl und setzte sich mit einer Näharbeit neben den Kamin. Ein paarmal glaub-

te sie, Schritte im Gang zu hören, und einmal rüttelte jemand ungeduldig am Türknauf. Elf setzte ihre Handarbeit fort, ein Schüreisen in Reichweite. Sie rechnete nicht damit, daß jemand hier eindringen könnte, aber auf alle Fälle würde sie sich verteidigen können. Schließlich verstummte der Lärm, und sie legte sich vollständig angekleidet auf ihr Bett, neben sich das Schüreisen.

In der Halle beschwatzte Isleen ihren Liebhaber. »Laß uns sie heute nacht den Männern anbieten, Mylord, ich will, daß sie sie vergewaltigen.«

»Eher werde ich dich den Männern anbieten«, sagte er. Er wußte, daß er betrunken war, hatte aber seine Sinne noch beisammen. Isleen forderte Genugtuung, und er wollte das Lösegeld. Außerdem, wenn er Elf nicht haben konnte, dann sollte sie auch kein anderer Mann haben. Die bloße Vorstellung, daß jemand ihre einmalige Schönheit zerstören oder ihre tapfere Haltung brechen könnte, mißfiel ihm. Er stand auf und zog Isleen mit sich. Dann riß er ihr das Gewand vom Leib und hievte sie auf die hohe Tafel, so daß alle sie nackt sehen konnten. »Hier, Jungs, vergnügt euch heute nacht mit meiner Hure, aber nur heute, denn ich bin ein eifersüchtiger Mann! Wer will sie als erster gleich hier am Tisch nehmen? Sie wird euch ein großartiges Fest bereiten!«

»Du Teufel«, zischte Isleen ihn an, als sich die Männer um die hohe Tafel scharten und zu ihr hochblickten. Sie legten sie auf den Rücken, damit sie ihre üppigen Brüste streicheln konnten und öffneten ihre Beine weit. Dann spürte Isleen, wie sich ein Mann nach dem anderen auf sie legte und ungestüm in sie eindrang. Doch es machte ihr nicht viel aus. Keiner konnte sie so erregen wie Merin ap Owen. Sie spielte mit, um ihnen zu gefallen und ihrem Ruf als leidenschaftliche Frau gerecht zu werden. Als sie den Kopf wandte, sah sie, wie eine rothaarige Hure auf Merin ap Owens Schoß saß. Das Mädchen war genauso nackt wie sie. Sie hatte den Kopf zurückgeworfen und besorgte es dem Herrn. Elende Hexe, dachte Isleen bei sich. Morgen würde sie dafür sorgen, daß jeder Bauerntölpel von

Gwynfr die rothaarige Hure hernahm. Das würde ihr wohl weniger Spaß machen als mit Merin ap Owen.
Die Nacht schritt voran, und schließlich waren in der Halle alle, die im Übermaß dem Essen, Trinken und der Hurerei gefrönt hatten, eingeschlafen. Merin ap Owen blickte sich um, stand auf und suchte Isleen. Sie schlief unter der hohen Tafel, zwei Männer lagen über ihr. Er griff nach ihr und zog sie hoch.
»Komm, meine hübsche Hexe«, knurrte er sie an. »Du bist noch nicht fertig, denn meine gierige Rute ist erst befriedigt, wenn sie deiner heißen Scheide einen Besuch abgestattet hat.«
Isleen war jetzt wach und lächelte zu ihm hoch. »Du Bastard! Deine Männer haben mich auf deinen Befehl hin rücksichtslos hergenommen, und du willst jetzt noch mehr? Hat dir die kleine rothaarige Hure etwa nicht genügt? Oder hättest du lieber deine kleine Gefangene beglückt?« Sie lachte, als sie sein erstauntes Gesicht sah. »Glaubst du etwa, ich habe nicht bemerkt, welch schmachtende Blicke du ihr zuwirfst, wenn du dich unbeobachtet fühlst? Du benimmst dich wie ein Kuhhirt, der sein erstes Mädchen hat.« Isleen lachte verächtlich, aber in ihrem Inneren war sie rasend eifersüchtig.
Während er sie die Treppe hochzerrte, versetzte er ihr eine leichte Ohrfeige. »Ich behandle Lady Eleanore deshalb anders als dich, meine hübsche Hexe, weil sie eine Dame ist und eine durch und durch anständige Frau mit einem guten Herzen. Du aber bist eine üble Hure mit einer nachtschwarzen Seele. Ich fürchte, du bist die ideale Gefährtin für mich.«

Am Weihnachtsmorgen schneite es draußen heftig, und Elf saß wie immer an ihrem Webstuhl. Nach ihren Morgengebeten hatte sie leise ein kleines Weihnachtslied gesungen, das sie noch vom Kloster her kannte. Es bedrückte sie, daß hier keine Weihnacht gefeiert wurde. Ihre Tapisserie fing allmählich an, Gestalt anzunehmen. Da Gwynfr Castle kein Ort für religiöse Motive war, hatte sie sich von den umliegenden Hügeln inspirieren lassen und ein Muster gewoben, das grüne Berge, einen blauen Himmel und ein Blumenfeld zeigte. Sie wollte noch ein paar Rehe einweben.

Elf fröstelte. Ihr Umhang wärmte sie kaum. Auch wenn sie neben dem Kamin kauerte, drang Kälte durch die Steinmauern, deren Mörtel entweder ganz abgefallen oder im Lauf der Jahre bröckelig geworden war. Sie dachte an ihre gemütliche warme Halle zu Hause. Wie ging es wohl ihrem kleinen Sohn? Ob Ranulf inzwischen aus der Normandie zurückgekehrt war? Wann würde sie aus dieser schrecklichen Gefangenschaft befreit werden? Obwohl Weihnachten war, gab es hier keinen Weihnachtsblock wie auf Ashlin. Es gab auch keine duftenden Kerzen aus Bienenwachs, gebratenes Wildschwein oder Weihnachtslieder, wie sie die Leute von Ashlin in der restaurierten Kirche sangen. Es war Simons erstes Weihnachtsfest, und sie würde nicht dort sein und sehen können, wie ihr Baby große Augen machte. Einen Augenblick lang wallte Zorn in ihr auf, aber sie unterdrückte ihn, weil sie daran dachte, daß Christus Mensch geworden war, um Frieden auf die Erde zu bringen. Sie vermißte ihre zänkische alte Ida, Willa, den treuen Cedric und Fulk. Auch sehnte sie sich nach ihrem Bett und den guten Speisen, die ihr Koch zubereitete. Hier waren die Mahlzeiten eintönig, und es gab selten Gemüse, es sei denn, sie fragte danach.

Der Wind heulte um die Burg. Elf fröstete abermals. Dann erstarrte sie, als ihr ein schwerer Pelzumhang um die Schultern gelegt wurde. Überrascht blickte sie hoch und starrte direkt in Merin ap Owens Gesicht, so daß sich ihre Lippen fast berührten. Sie errötete und wich zurück, unfähig, ein Wort hervorzubringen. Dieser Blick in seinen Augen! Sie kannte diesen Blick, genauso sah Ranulf sie an. Blitzartig kam ihr eine Erkenntnis. *Ranulf liebte sie.* Dann begriff sie, daß auch Merin ap Owen sie liebte. Schnell senkte er den Blick.

»Gwyll hat mich darauf aufmerksam gemacht, daß Ihr nur wenig anzuziehen habt, und da es jetzt Winter ist, könnt

Ihr den wärmeren Umhang vielleicht gut gebrauchen«, sagte er ruhig.

Elf schluckte. »Ich danke Euch, Mylord«, erwiderte sie und vertiefte sich wieder in ihre Webarbeit.

»Es ist ein Wolf, ich habe ihn letzten Winter erlegt«, fuhr er fort.

Ich muß ihn anschauen, sonst glaubt er, daß etwas nicht stimmt, überlegte Elf und blickte zu ihm hoch. »Ich bin Euch dankbar, Mylord. Mir ist schon viel wärmer. Ich werde ihn auch nachts als Decke benutzen.«

»Warum habt Ihr mir nicht gesagt, daß Ihr friert?« fragte er.

»Ich bin es nicht gewohnt zu klagen.«

»Sagt es künftig, wenn Ihr etwas benötigt, Lady. Gewiß, unsere Lage ist ungewöhnlich, aber ich will nicht, daß Ihr Euch unbehaglich fühlt. Ich bin ein anständiger Mann und werde Euch Eurem Gemahl in guter Verfassung zurückgeben.«

Elf kicherte unwillkürlich.

Er lächelte, da er sie noch nie hatte lachen sehen. »Was belustigt Euch, Lady?«

»Ihr seid ein anständiger Mann? Ihr seid ein Bandit, ein Dieb, Merin ap Owen!« sagte Elf vergnügt.

Er lachte. »Ja, aber ich bin ein anständiger Bandit, ein anständiger Dieb.«

»Ich frage mich, ob die Nonnen von St. Bride's auch der Meinung waren«, sagte sie leise.

Er errötete bei ihren Worten. »Blutdurst ist schwer im Zaum zu halten, Mylady. Noch nie zuvor habe ich dermaßen geschändet und gemordet, aber an jenem Tag wurde ich von einem weiblichen Teufel dazu getrieben. Ich war schwach. Ich schäme mich dessen, aber es läßt sich nicht ungeschehen machen.«

»Ihr könntet für jene beten, denen Ihr Schaden zugefügt habt, Merin ap Owen«, sagte Elf sanft. »Ein Unrecht kann durch eine gute Tat gesühnt werden: Wenn Ihr wirklich reumütig seid und Gott um Vergebung bittet, wird er sie Euch gewähren.«

Er lächelte sie müde an. »Ich bin nicht mehr zu retten, Mylady. Anders wäre es vielleicht, wenn ich Euch früher begegnet wäre.« Dann verneigte er sich leicht vor ihr und zog sich zurück.
Elf widmete sich wieder ihrem Webstuhl, empfand aber tiefe Traurigkeit. Wie war er gewesen, bevor Isleen in sein Leben getreten war? Gwyll hatte gesagt, sein Herr sei von Geburt an ein niederträchtiger Kerl, aber war das wirklich so? grübelte sie. Vermutlich ja, gestand sie sich ein, denn Gwyll liebte Merin ap Owen und war ihm treu ergeben. Er sagte ganz bestimmt die Wahrheit, so hart dies auch klingen mochte. Was für eine Welt, dachte Elf. Wäre sie im Kloster geblieben, hätte sie nichts davon erfahren. Es hätte keinen Ranulf und keinen Simon gegeben. Sie erkannte, daß man das Gute und das Böse annehmen mußte. Zum Glück überwog das Gute das Böse.
Draußen tobte der Wind um die baufällige Burg.

Schnee. Das war schlecht, dachte Ranulf verärgert. Er hatte vorgehabt, Sim nach Gwynfr zu schicken, um Merin ap Owen die Nachricht zu überbringen, daß er zurückgekehrt sei und seine Forderung erfüllen werde, sobald ein Käufer für das Vieh gefunden worden sei. Einige Leute würden sich wundern, daß er seine Schafe und sein Vieh verkaufen wollte, einige würden sogar versuchen, ihn zu übervorteilen. Es war ein schwieriges Problem, aber er würde es lösen, denn er wollte seine Frau gesund zurückhaben.
Endlich hatte sich der Sturm gelegt, und da es draußen nicht glatt war, hatte Sim sich auf den Weg nach Gwynfr gemacht. Am 1. Januar kam er dort an und ritt den Hügelweg zur Burg hoch, die sich in sehr verwahrlostem Zustand befand.
»Was wollt Ihr?« fragte ihn der Mann hinter dem Fallgatter.
»Ich will Merin ap Owen sprechen«, erwiderte Sim.
»Er empfängt keine Fremden.«
»Ich komme von Ranulf de Glandeville, dem Herrn von Ashlin, und Euer Herr wird mich ganz bestimmt empfangen wollen«, schnauzte Sim den Mann an.

»Wartet.« Der Pförtner verschwand und kehrte nach einer Weile wieder zurück. Wortlos zog er das Fallgatter zur Hälfte hoch, so daß Sim mit eingezogenem Kopf hindurchreiten konnte. »Dort drüben«, sagte der Mann und deutete auf einen der beiden Türme.

Sim stieg ab, ohne dem Torwächter zu danken, und ging schnurstracks zu der bezeichneten Stelle. Er trat ein und wurde von einem schurkenhaft aussehenden Kerl empfangen, der ihn aufforderte, ihm zu folgen, und dann zur großen Halle geleitete. Dort saß an der hohen Tafel Merin ap Owen, und zu seiner Rechten Lady Eleanore. Sie war blaß, sah aber ansonsten gesund aus. Und zu seiner Linken thronte – o Gott, das konnte doch nicht wahr sein! – Isleen de Warenne, die sicherlich die Urheberin allen Ärgers war. Sim verbeugte sich.

»Mylord, mein Herr hat mich gesandt, um Euch über seine Rückkehr zu unterrichten. Er wird Euren Anweisungen folgen, aber er will sicher sein, daß seine Frau wohlauf ist und ihm tatsächlich zurückgegeben wird.«

»Du kannst dich ja mit eigenen Augen von ihrem Zustand überzeugen«, sagte Merin ap Owen. »Ich bin ein anständiger Mann, auch wenn meine Methoden manchmal etwas unüblich sind. Wann kann ich mit dem Lösegeld für Lady Eleanore rechnen?«

»Mein Herr muß beim Verkauf des Viehs vorsichtig sein«, begann Sim. »Wenn er übereifrig erscheint und alle Tiere am gleichen Ort verkaufen will, besteht die Gefahr, daß Fragen gestellt werden. Er will sich bemühen, den besten Preis für seine Schafe und sein Vieh zu erzielen, da er seine Frau hochschätzt.«

»Was soll diese Verzögerung, und weshalb gebrauchst du Ausflüchte?« fuhr Isleen plötzlich dazwischen. »Deine Herrin ist bis heute gut behandelt worden, aber wenn dein Herr versucht, uns auszutricksen, landet sie schnell im Verlies.«

»Sei still!« brüllte Merin ap Owen sie an. »Du bist hier nicht die Herrin!« Dann wandte er sich erneut Sim zu. »Diese Verzögerung erscheint mir befremdlich. Gibt es

noch einen anderen Grund dafür als den, den du mir genannt hast? Will denn der Herr von Ashlin seine Frau nicht zurück?«
»Mylord, wenn mein Herr den Eindruck erweckt, in Not oder in Bedrängnis zu stecken, werden die Händler ihn übervorteilen. Dann bekommt er nicht mehr für sein Vieh und seine Schafe, als Ihr bekommen hättet, wenn Ihr sie einfach gestohlen hättet«, erklärte Sim pragmatisch. »Ihr habt Mylady doch entführt, um ein Lösegeld zu erhalten, das mehr einbringen würde, oder?«
»Dieser Leibeigene ist viel zu schlau«, sagte Isleen. »Töte ihn.«
»Wenn Ihr mich tötet, wer wird dann Eure Nachricht meinem Herrn überbringen?« fragte Sim gelassen. »Gewiß, Ihr könntet meinen Leichnam nach Ashlin zurückbringen, aber ist das wirklich die Botschaft, die Ihr ihm übermitteln möchtet, Mylord? Dadurch erfährt er schließlich nicht, ob seine Gemahlin wohlauf ist, oder? Nur ich kann ihm die Worte sagen, die ihn beruhigen, so daß er nicht wie ein tollwütiger Wolf über Euch herfällt.«
Merin ap Owen schmunzelte. »Du bist wohl kein gewöhnlicher Leibeigener, oder?«
»Ich heiße Sim, Mylord, und bin der Stellvertreter von Hauptmann Fulk«, lautete die Antwort. »Mein Herr will Euch Respekt erweisen, indem er Euch jemanden von Format schickte und nicht einen hirnlosen Tölpel. Bitte, darf ich mit meiner Herrin sprechen, Mylord, damit ich ihren Gemahl beruhigen kann?«
Merin ap Owen nickte. »Aber hier, damit alle mithören können, Sim.«
»Ich soll Euch von allen auf Ashlin grüßen, Mylady. Wir beten täglich um Euer Wohlergehen und Eure Rückkehr. Vater Oswin sagte, ich soll Euch ausrichten, daß es allen gutgeht und alles gedeiht, und ich soll Euch von allen, die Euch lieben, grüßen. Von Cedric, der alten Ida, von Willa, Simon, Orva und Fulk. Euer Gemahl sagt, er werde Euch so bald wie möglich auslösen. Soll ich ihm etwas ausrichten?«

»Sag meinem Mann, daß es mir gutgeht und daß Merin ap Owen mich gut behandelt. Sag ihm weiter, ich lasse ihn tausendmal grüßen.« Sie lächelte ihn an und nickte.
Sim verneigte sich höflich. Er war zufrieden mit sich, denn es war ihm gelungen, seiner Herrin mitzuteilen, daß es ihrem Sohn gutging, ohne daß der Waliser und seine Hure es verstanden. Er wußte, daß seine Herrin unbedingt wissen wollte, wie es um ihren Sohn stand. Doch die Leute auf Ashlin waren alle davon überzeugt, daß ihr Entführer nichts von dem Kind wußte, sonst hätte er es vielleicht auch entführt.
»Kehr zu deinem Herrn zurück«, sagte Merin ap Owen. »Sag ihm, meine Geduld kennt Grenzen, aber ich verstehe seine Vorsicht. Komm in einem Monat zurück, und nenn mir die Zeit und den Ort für den Austausch. Es muß aber ein neutraler Ort sein. Sag deinem Herrn, wenn er versuchen sollte, mich zu hintergehen oder seine Frau zurückzugewinnen, ohne mir das Lösegeld zu bezahlen, werde ich sie töten«, sagte Merin ap Owen mit Nachdruck. »Verstehst du, Sim von Ashlin?«
»Ja, Mylord, aber Ihr braucht keine Angst zu haben. Der Herr von Ashlin wünscht sich nichts sehnlicher als die gesunde Rückkehr seiner Frau, denn ihr gilt seine höchste Achtung und Wertschätzung«, fuhr Sim fort. Dann verneigte er sich zuerst vor dem Herrn von Gwynfr Castle, dann vor Elf.
Merin ap Owen nickte. »Nun geh!« befahl er.
Sim verneigte sich erneut und verließ dann die Halle.
»Dreister Bastard!« fauchte Isleen. »Du hättest ihn töten und seinem Herrn in Stücken zurückschicken sollen.«
»Du bist einfach zu unbesonnen. Es bringt nichts ein, einen unbedeutenden Boten zu töten. Wenn ich töte, geschieht dies aus gutem Grund, nicht aus reiner Freude daran, wie bei dir, meine hübsche Hexe.« Dann wandte sich Merin an Elf. »Ihr werdet bis zum Frühjahr wieder zu Hause sein, Mylady. Gefällt Euch das?«
»Ja«, erwiderte sie aufrichtig. Wie hatte sie sich gefreut, Sim zu sehen. Gerne hätte sie sich mit ihm unter vier Au-

gen unterhalten. Wie schlau er gewesen war, ihr verschlüsselt mitzuteilen, daß Simon wohlauf war, genauso Ranulf. Er war also gesund zurückgekehrt. Seine Rückkehr bedeutete, daß König Stephan tot war und England wieder einen Heinrich auf dem Thron hatte.
»Bevor Ihr uns verlaßt, müßte Ihr Eure Tapisserie beenden«, sagte Merin ap Owen. »Ich werde sie hier in der großen Halle über dem Kamin aufhängen, so daß alle sie sehen können, Mylady.«
»Das ist eine kleine Entschädigung für meinen Aufenthalt, Mylord«, erwiderte Elf. Wie er sie ansah! Er bemühte sich nach Kräften, seine Sehnsucht nach ihr zu verbergen, aber sie wußte jetzt mit Gewißheit, was es bedeutete. *Lieber Gott*, betete sie im stillen, *laß mich unbeschadet heimkehren!* Der Punkt war gekommen, da sie ihn kaum mehr anschauen konnte, und sie fürchtete sich vor den Nächten. Sie gewöhnte sich an, immer unmittelbar nach dem Abendessen in ihr kleines Gemach zu eilen, so daß sie, wenn er ins Bett ging, bereits eingeschlafen war, zumindest den Eindruck erweckte, denn sie wagte immer erst dann einzuschlafen, wenn sie ihn schnarchen hörte. Sein Verlangen nach ihr erschreckte sie. Was noch schlimmer war, es machte sie neugierig. Das war eine Versuchung, wie sie keine Nonne in ihrem Kloster je erlebt hatte. Sie betete jeden Tag um die Kraft, ihm widerstehen zu können.
Und dann war da noch Isleen. Sie war ja nicht blind und merkte bestimmt, wem das Interesse ihres Geliebten galt. Wenn sie eifersüchtig wurde, und sie wurde schnell eifersüchtig, was würde sie dann unternehmen? Allein der Gedanke daran war furchteinflößend. *Oh, Ranulf!* dachte sie. *Bitte, beeil dich! Ich will heim! Ich will deine starken Arme um mich und deine Lippen auf meinen fühlen. Und ich will unseren Sohn in die Arme schließen. Oh, Ranulf! Beeil dich!*

18. Kapitel

Er hatte ein Herz so hart wie Stein, dachte Isleen, die neben Merin ap Owen an der hohen Tafel saß. Er liebte sie nicht. Sie hatte sich der Illusion hingegeben, daß er es eines Tages tun würde, aber dieser Tag würde nie kommen, mußte Isleen sich eingestehen. Nicht daß er nicht fähig gewesen wäre zu lieben! O nein! Eleanore de Montfort gegenüber war sein Herz wie eine erblühende Rose! Dieser Bastard! Und ihre Rivalin, deren Zunge inzwischen messerscharf geworden war, saß hold an der Seite des Herrn von Gwynfr und nippte anmutig an ihrem Becher. Wenn er nur bis zum Rand mit Gift gefüllt wäre, dachte Isleen boshaft. Diese fromme kleine Hexe!
Isleen fand, daß es an der Zeit war, an eine Veränderung zu denken. Auch wenn der Waliser der beste Liebhaber war, den sie je gehabt hatte –, und sie wußte, daß auch sie die beste Geliebte seines Lebens war –, war dies eben nicht genug. Zum erstenmal in ihrem Leben erkannte Isleen, daß sie mehr brauchte als nur einen guten Liebhaber. Anscheinend war sie letztlich auch nicht anders als andere Frauen. Sie wollte geliebt werden, und wenn das nicht möglich war, mußte sie ihr Leben selbst in die Hand nehmen. Woran lag es, daß kein Mann sie je geliebt hatte? Sie war doch wunderschön.
Richard de Montfort hatte behauptet, er liebe sie, aber die Wahrheit war, daß er sie nur begehrt und ihre Schönheit bewundert hatte – wie alle Männer. Mit der Zeit wurde er recht langweilig. Nachdem sie eine Weile verheiratet gewesen waren, kühlte auch seine Leidenschaft ab. Er hatte erwartet, daß sie die Hausherrin spielte, die ekelhaften Wunden und den widerlichen Husten ihrer Leibeigenen

behandelte. Allein die Erinnerung daran ließ sie erschauern. Sie war nicht die Art Frau, die dafür geeignet gewesen wäre, und sie hatte versucht, ihm das zu erklären. Sie brauchte Bewunderung und Leute, die sie bedienten, ihr besondere Aufmerksamkeit schenkten. Das Gut hätte Bedienstete haben sollen, die die niederen Arbeiten verrichteten, deren Erledigung Richard von ihr erwartete. Nun, ihre Mutter war dazu immer bereit gewesen, aber sie war ja auch eine altmodische Frau.
Und dann war da ihr Vetter Saer de Bude, der sie als Kind verführt hatte. Obwohl, wenn sie ehrlich war, die Initiative dazu eigentlich mehr von ihr ausgegangen war. Sie erinnerte sich noch gut, wie ihr Vater die Heirat mit Richard de Montfort arrangiert hatte, da Saer weder Ländereien noch ein Herrenhaus besaß, um ihr ein standesgemäßes Leben bieten zu können. Außerdem war da noch die leidige Geschichte mit der Blutsverwandtschaft. Anfangs war sie völlig verzweifelt darüber, daß sie Richard de Montfort heiraten sollte und nicht ihren Geliebten. Aber Saer hatte sie beruhigt und ihr versprochen, daß sie, was auch immer geschehen mochte, eines Tages wieder zusammensein würden. Bis sie dann die Dinge selbst in die Hand genommen und angefangen hatte, ihren Mann zu vergiften, und ihren Vetter nach Ashlin bestellt hatte, war dieser jedoch mehr oder weniger aus ihrem Leben verschwunden.
Als er schließlich wieder in ihr Leben trat, behauptete er, er habe sich von ihr zurückgezogen, um zu versuchen, ihrer würdiger zu werden. Dieser Lügner! Sie allein bot ihm die Chance, in den Besitz von Land zu gelangen und eine achtbare Stellung zu erringen. Aber so wie er sich dann benommen hatte, glaubte sie kaum, daß er Eleanore de Montfort getötet hätte. Eher hätte er Elf als rechtmäßige Gemahlin behalten und Isleen als Geliebte. Sie war jetzt froh, daß ihr Plan gescheitert war. Es wäre ein schrecklicher Verrat geworden, den sie kaum hätte ertragen können.
Aber dies alles war nichts im Vergleich zum Verrat von Merin ap Owen. Was fand er bloß an Eleanore de Montfort? Bei allen Teufeln, er schmachtete sie an wie ein liebes-

kranker Jüngling. Und dabei hatte er sie noch nicht einmal besessen! Oder vielleicht doch? Sagte er ihr wirklich die Wahrheit? Wie konnte er in eine Frau verliebt sein, mit der er sich noch nicht vereinigt hatte? Das verstand sie nicht, und sie glaubte allmählich allen Ernstes, daß er sie belog. Ihre Rivalin Eleanore de Montfort war ein durchtriebenes Luder. Sie wollte nicht, daß irgend jemand, am allerwenigsten Isleen, von ihrem Ehebruch erfuhr. Ganz bestimmt war sie bereits Merin ap Owens Geliebte! Warum sonst sah sie immer so ruhig und heiter aus, die kleine Hexe? Nun, Isleen würde sich nicht länger an der Nase herumführen lassen!

Was sollte sie unternehmen? Merin ap Owen wachte über seine kostbare Gefangene wie eine Mutter über ihr Junges, und während seiner Abwesenheit wich der verdammte alte Leibeigene Gwyll nicht von Eleanores Seite. Auch wenn sich Isleen nichts sehnlicher wünschte, als Elf zu schaden, war ihr bewußt, daß sie wohl kaum je die Chance dazu erhalten würde. Wie also sollte sie sich an denen rächen, die sie so sehr verletzt hatten? Sie merkte genau, daß Merin ap Owen ihrer allmählich überdrüssig wurde, auch wenn er ihre Sinnlichkeit genoß. Er würde sie genauso schnell fallen lassen wie eine gewöhnliche Hure. Und was sollte sie dann tun?

Sie hatte erst vor kurzem damit angefangen, Cluds Bordell neu zu gestalten, ihm zu einer gewissen Qualität zu verhelfen, war aber noch nicht in der Lage, den Mädchenhändler hinauszubugsieren und den Laden selbst zu übernehmen. Dazu fehlte ihr das Geld, und sie konnte nicht mit Merin ap Owens Unterstützung rechnen. Es würde ihm nichts ausmachen, sie von heute auf morgen vor die Tür zu setzen, so daß sie für sich selbst sorgen mußte. Bastard! Aber ohne Gold konnte eine Frau nicht überleben.

Doch dann fiel es ihr plötzlich wie Schuppen von den Augen: Die Lösung lag klar auf der Hand. Sie würde das Lösegeld, das Ranulf de Glandeville für seine Frau bezahlen würde, rauben, bevor es in die Hände des Herrn von Gwynfr gelangte. Mit diesem Geld und einem guten Pferd

stand ihr die Welt offen, und sie konnte das beste Bordell gründen, das England je gesehen hatte.
London. Sie würde nach London gehen. Dort würde Merin ap Owen sie nie finden, sondern annehmen, daß Ranulf de Glandeville ihn betrogen hatte. Aus Wut würde er Eleanore de Montfort vergewaltigen und anschließend töten, so daß Isleen schließlich doch noch ihre Genugtuung bekäme! Es war ein narrensicherer, perfekter Plan! Isleens Wangen waren gerötet, und ihr Herz schlug wie wild vor Aufregung, als sie sich ihren Triumph vorstellte.
»Du siehst aus wie eine Katze, die gerade ihre Beute in die Enge getrieben hat«, richtete Merin ap Owen unvermittelt das Wort an sie. »Woran denkst du gerade, meine hübsche Hexe?«
»Daran, daß die Leute von Ashlin, die so unfreundlich zu mir waren, leiden und am Ende sein werden, wenn Ranulf de Glandeville sein ganzes Vieh verkaufen muß, um seine Frau auszulösen«, flunkerte sie ihm vor und blickte in seine dunklen Augen. »Wenn sie kein Vieh mehr haben, das sie an Petri Kettenfeier auf dem Markt verkaufen können, werden sie verhungern. Und ohne Schafe gibt es auch keine Wolle. Wie können sie ohne Geld alles Nötige für das nächste Jahr kaufen, wie zum Beispiel Samen und andere Vorräte?«
Sie lachte hämisch. »Ranulf de Glandeville wird erkennen, daß er kein gutes Geschäft gemacht hat, und die Leibeigenen werden ihn verfluchen. Diese Vorstellung bereitet mir großes Vergnügen«, sagte sie abschließend, und die Wahrheit war, daß sie ihr tatsächlich außerordentlich behagte. Ob Ranulf de Glandeville seine Frau auslösen würde? Würde er Merin ap Owen töten, oder dieser ihn? Ihre Stimmung wurde immer besser.
»Deine Seele ist so schwarz wie die Hölle, meine hübsche Hexe«, sagte Merin ap Owen. »Ich glaube, ich muß dich jetzt sofort hernehmen. Deine Verderbtheit erregt mich sehr, Isleen.« Dann wandte er sich an Eleanore. »Es wird Zeit für Euch, Mylady, daß Ihr Euch in Euer Gemach zurückzieht. Wartet nicht auf mich«, neckte er sie, da er wuß-

te, daß seine Worte Isleen treffen würden, »denn es wird sehr spät werden.«

»Und solltest du Geräusche aus den Gemächern über dir hören«, sagte Isleen, »dann denk dir nichts dabei. Weißt du, wenn Mylord in meinen Armen liegt, ist er immer sehr stürmisch.« Dabei funkelten ihre Augen wie die einer Raubkatze.

»Wie man mir berichtete, ist jeder Mann in deinem Bett stürmisch«, erwiderte Elf und lächelte provozierend. Dann erhob sie sich, verneigte sich knapp vor dem Herrn von Gwynfr und seiner Geliebten und verließ die Halle.

Merin ap Owen lachte leise. »Sie ist ein echter Hitzkopf«, sagte er bewundernd. »O Gott, wie gern würde ich ihr beiliegen!«

»Denkst du im Ernst, ich glaube dir, daß du es noch nicht getan hast?« schnarrte Isleen, die sich jetzt keinen Zwang mehr auferlegte. »Denkst du, ich glaube dir auch nur einen Augenblick lang, daß du sie, seit du sie hierhergeholt hast, nicht immer wieder in deinem Gemach hergenommen hast? Auch wenn sie wie eine Heilige aussieht, zweifle ich daran, daß sie es immer noch ist, und du bist ja weiß Gott kein Heiliger!«

»Du kennst mich überhaupt nicht, meine hübsche Hexe«, sagte er mit leiser, tonloser Stimme, »wenn du glaubst, daß ich mich entehre, indem ich meine Gefangene schände. Nicht alle Frauen sind so wie du, Isleen. Manche vielleicht bis zu einem gewissen Grad, aber nicht alle. Eleanore de Montfort ist eine gute Frau.«

»Du liebst sie!« zischte Isleen anklagend.

Einen Moment lang durchbohrte er sie mit dem Blick seiner dunklen Augen, dann lächelte er unergründlich. Er würde dieser Hexe gegenüber nichts zugeben. Was er für Eleanore de Montfort empfand, waren die reinsten Gefühle, die er je kennengelernt hatte. Er würde sie nicht zerstören, indem er dieser Hure gestand, wie es in seinem Inneren aussah. Er erhob sich. »Komm, meine hübsche Hexe. Es gibt bessere Möglichkeiten, wie du mich unterhalten kannst, als das, was du gerade treibst. Ich glaube, dein Hin-

terteil bedarf der Züchtigung. Wir fangen mit dem Riemen an, dann werde ich deine Hinterbacken mit ein paar hübschen Weidenruten zum Glühen bringen. Und dann, meine hübsche Hexe, empfängst du mich in deiner heißen, feuchten Scheide, und wir toben beide unsere Lust aus«, fuhr er fort.
»Sie kann dir nie und nimmer das geben, was ich dir bieten kann«, murmelte Isleen atemlos, als sie ihm folgte.
»Nein«, stimmte ihr Merin ap Owen lächelnd zu. »Das kann sie nicht.«
Elf hörte, wie die beiden den schmalen Gang hinuntergingen und die Treppe zu Isleens Gemächern hochstiegen. Isleen kicherte, und Merin ap Owen reagierte darauf mit einem dunklen Lachen. In solchen Momenten wurde Elf bewußt, wie verkommen ihr Entführer war. Doch zu ihr war er ganz anders als zu Isleen: Nie hatte er es an Achtung fehlen lassen. Warum nur? Leider fand sie aufgrund ihrer Unerfahrenheit darauf keine Antwort. Wie lange mußte sie wohl noch warten, bis sie ihren Gemahl wiedersehen würde?

Es wird nicht mehr lange dauern, dachte Ranulf, während er Münzen zählte, die John aus Hereford mitgebracht hatte, wo er die Hälfte von Ashlins Vieh verkauft hatte. Die andere Hälfte hatte er in Worcester veräußert. Der Bischof, der über die Entführung von Elf in Kenntnis gesetzt worden war, hatte die Schafe erworben und sich zu Ranulfs Erleichterung beim Kaufpreis großzügig gezeigt. Dabei war ein Kirchenmann nicht unbedingt darüber erhaben, einen verzweifelten Adligen zu übervorteilen. Nun mußte er die Zeit und den Ort für die Übergabe des Lösegelds festlegen. Erst wenn Merin ap Owen es in Händen hielt, würde er Eleanore freigeben. O Gott, wie lange sie schon fort war! Er warf einen Blick auf seinen Sohn, der in der Halle herumkrabbelte und immer wieder versuchte, sich auf seinen kleinen tolpatschigen Beinen aufrecht zu halten, und dachte darüber nach, wieviel ihr entging.
Als sich Sim auf den Weg zur Burg Gwynfr machte, fiel ein

heftiger Winterregen. Er gelangte rechtzeitig nach Wales, um Merin ap Owen verschiedene mögliche Treffpunkte anzubieten. Der Burgherr begrüßte ihn, mit Isleen de Warenne an seiner Seite, die mürrisch dreinblickte, doch Lady Eleanore war nirgendwo zu sehen.

»Ich würde gern die Lady sehen, um mich davon zu überzeugen, daß es ihr gutgeht, Mylord«, bat Sim höflich.

»Gwyll«, rief Merin ap Owen. »Geh und hol Lady Eleanore, damit ihr Leibeigener sich davon überzeugen kann, daß sie unversehrt ist.«

Gwyll entfernte sich eilig.

»Was für einen Treffpunkt schlägt dein Herr vor?« fragte der Herr von Gwynfr.

»Er bietet Euch mehrere zur Auswahl an. Wenn Euch die Vorschläge nicht zusagen, könnt Ihr selbst einen anderen unterbreiten, Mylord. Auf der englischen Seite der Grenze befinden sich die Ruinen einer alten Halle, die wir Briarmere nennen. Das wäre die eine Möglichkeit, oder wir treffen uns unmittelbar an der Grenze«, schlug Sim vor.

Merin ap Owen dachte ein paar Minuten über die Vorschläge nach. Er kannte Briarmere gut. Die verfallene Steinhalle war ein Ort, an dem man leicht einen Hinterhalt aufbauen konnte. Er selbst hatte dort schon des öfteren seine unglückseligen Opfer überfallen. Wenn er als erster dorthin gelangen konnte ... andererseits, wenn der Herr von Ashlin als erster dort hinkam ... nein. Dieses Mal würde sich Briarmere nicht eignen. Andrerseits war der Platz oberhalb der Grenze ideal, denn hier im offenen Gelände konnte sich niemand auf die Lauer legen. Er lächelte. Ranulf de Glandeville hatte das gleiche gedacht, sonst hätte er wohl nicht einen solchen Treffpunkt vorgeschlagen. »Also dann an der Grenze, in zehn Tagen«, erwiderte der Herr von Gwynfr.

»Einverstanden«, meinte Sim. »Ich werde das Gold bringen, und Ihr werdet mir im Gegenzug Mylady übergeben.«

»Nein. Du bringst das Gold, und dann wartest du, bis es mir überbracht wurde. Ich muß mich vergewissern, daß dein Herr ehrlich ist und die Lösegeldbeutel nicht mit kleinen Steinen gefüllt hat, die oben mit einer Schicht Goldstücke bedeckt sind. Wenn sich das Gold in meinen Händen befindet und ich es abgezählt habe, wird dir die Lady übergeben werden. Ich werde sie selber begleiten, damit ich sicher bin, daß sie heil und gesund bei dir ankommt. Die Grenze ist mit dem Pferd nur ein paar Stunden von Gwynfr entfernt.«

Sims spontane Reaktion wäre gewesen, gegen diese Art des Austausches zu protestieren, aber er wußte, daß ihm die Autorität dazu fehlte, und zudem blieb ihm ohnehin keine echte Wahl. Merin ap Owen hatte einfach die besseren Karten.

»In zehn Tagen erwartet dich mein Bote«, fuhr Merin ap Owen fort. »Er wird allein kommen, genau wie du.«

Sim nickte.

»Sim!«

Der junge Mann wandte sich um und bemerkte, daß Lady Eleanore die Halle betreten hatte. »Mylady!« begrüßte er sie und verbeugte sich. Sie nahm seine Hand und fragte: »Wie geht es meinen Lieben auf Ashlin? Meinem Gemahl, der alten Ida, Fulk, Willa und Simon?«

»Es geht allen gut, Mylady, und sie freuen sich, wenn Ihr wieder zu Hause seid«, antwortete er. Sie sah gut aus, vielleicht etwas bleich und erschöpft.

»Wie lange dauert es noch?« fragte sie.

»In zehn Tagen werde ich das Lösegeld bringen, Mylady. Wenn sich Lord Merin davon überzeugt hat, daß alles in Ordnung ist, werdet Ihr mir übergeben, und ich geleite Euch heim.«

Elf nickte. Dann seufzte sie. »Jetzt, da ich den Zeitpunkt kenne, kommt es mir noch viel länger vor«, seufzte sie.

»Wie du siehst, ist deine Lady in guter Verfassung«, bemerkte Merin ap Owen. »Geh jetzt und berichte alles deinem Herrn, damit du bald mit dem Lösegeld zurückkehrst.«

»Ja, Mylord, das werde ich«, erwiderte Sim und verbeugte sich. Dann steuerte er auf den Ausgang der Halle zu.

»So«, schnarrte Isleen, »dein Gemahl ist also bereit, den

kleinen Reichtum von Ashlin für deine Rückkehr zu opfern. Er ist wohl in dich verliebt, aber wenn ihr im nächsten Winter alle verhungern werdet, wird er wohl nicht mehr so hoch von dir denken.«
»Wir werden nicht Hungers sterben, Isleen, obwohl ich zugeben muß, daß es schwieriger für uns sein wird, nachdem unser Vieh verkauft wurde, aber Gott läßt uns nicht im Stich«, erwiderte Elf. »Ich frage mich nur, wo du nächsten Winter sein wirst?«
»Was soll das heißen?« fuhr sie Elf an und ihre blauen Augen sprühten Funken.
»Ich habe natürlich keine Erfahrung, aber es sieht ganz so aus, als ob sich Lord Merin mit dir langweilt. Nun, was hast du ihm auch zu bieten, was ihm andere Frauen nicht geben könnten?« Elf lächelte unschuldig. Was hatte Isleen nur an sich, fragte sie sich, daß sie sie immer so reizte und die dunkle Seite ihres Wesens zutage brachte?
Isleen stürzte sich wie eine Wildkatze auf Elf, aber Merin ap Owen warf sich lachend zwischen die beiden Frauen.
»Du Hexe!« zischte Isleen.
»Hure!« konterte Elf wütend. »Glaubst du, ich könnte je vergessen, was du meinem Bruder angetan hast?«
»Hättest du Richard geheilt, würdest du jetzt in deinem Kloster versauern, was ich dir gönnen würde!« schrie Isleen. »Statt dessen hast du einen Mann bekommen, der dich offensichtlich liebt, und ein schönes Gut!«
»Aber du hast Dickon umgebracht!« schrie Elf zurück.
»Ja, das stimmt«, erwiderte Isleen mit entwaffnender Offenheit. »Er war ein langweiliger Mann, der erwartete, daß ich ihm diene. Er besaß keine Lebensart und war auch im Bett ein Langweiler. Zwar nicht von Anfang an, aber immer mehr. Bald fing ich an, ihn zu hassen, ich genoß es, ihn leiden zu sehen, und war froh, als er den letzten Atemzug tat.«
»Ich weiß, Gott vergibt dir«, sagte Elf, »aber ich glaube nicht, daß ich es kann, obwohl es ein dunkler Fleck auf meiner unsterblichen Seele sein wird. Isleen, du bist die gottloseste Kreatur, der ich je begegnet bin, Gott stehe dir bei.«

»Spar dir dein Mitleid!« fuhr Isleen sie an. »Bemitleide dich lieber selbst, denn dank der Lösegeldforderung werde ich es geschafft haben, Ashlin zu zerstören. Wohin wirst du dann zurückkehren, Schwester? Zu einer Ruine und einer Schar hungriger, wimmernder Leibeigener!« lachte sie höhnisch.

»Ich werde zu einem Gemahl zurückkehren, der mich liebt, Isleen«, sagte Elf und wußte, daß sie die Wahrheit sagte. »Unsere Liebe wird sogar deine Verruchtheit überstehen, und Ashlin wird ebenfalls überleben, denn wir werden es gemeinsam wieder aufbauen. Lieber bin ich arm und leide mit Ranulf Not, als daß ich eine Hure bin, wie du eine geworden bist, vielmehr immer schon warst!« Merin ap Owen griff nach ihrem Arm, um sie zu besänftigen, aber sie schüttelte ihn ab. »Ich habe keine Angst vor ihr, Mylord, und sie kann mir nichts antun.« Dann schritt Elf hoch erhobenen Hauptes aus der Halle.

»Ich will sie tot sehen!« zischte Isleen mit zusammengebissenen Zähnen.

»Wenn du ihr auch nur ein Haar krümmst, meine hübsche Hexe«, erwiderte Merin ap Owen, »werde ich dich umbringen, aber es würde kein schneller Tod sein. Du würdest leiden, wie noch nie jemand gelitten hat«, sagte der Burgherr und packte sie am Arm.

Isleen befreite sich wütend aus seinem Griff. »Du bist ein Narr, Mylord! Du willst sie, sehnst dich nach ihr, möchtest ihren schönen weißen Körper unter dir spüren, um das brennende Verlangen deiner Lenden zu stillen, aber du willst sie nicht vergewaltigen. Dabei ist dir das Lösegeld schon sicher! Warum also willst du dich nicht mit diesem farblosen Geschöpf amüsieren, das du so begehrst? Es wird ja niemand erfahren. Und ihr Gemahl kann dich ja schlecht um die Rückgabe des Lösegeldes bitten, weil du seiner Frau beigelegen hast. Glaubst du etwa, sie würde ihm beichten, was du mit ihr angestellt hast?«

»Du bist eifersüchtig, meine hübsche Hexe«, neckte er sie. »Du willst mich zu unehrenhaftem Verhalten drängen, um deine Rachsucht zu befriedigen, aber ich bin kein Dummkopf, Isleen. Ich bin nicht wie die anderen Männer, die du in deinem erbärmlichen Leben kennengelernt hast. Ich sehe dich so, wie du bist.« Seine schlanken Finger berührten ihre Wange, wanderten zu ihrem Hals und schlossen sich leicht um ihn. »Du kannst mich nicht dazu bringen, dem Körper der Lady Gewalt anzutun ... oder ihrer Seele. Du müßtest doch inzwischen wissen, daß ich ein Mann bin, der nicht so leicht zu befriedigen ist wie andere Männer. Ich muß meinem Liebespartner Schmerz zufügen, Isleen.« Der Druck seiner Finger verstärkte sich, als er sich zu ihr hinunterbeugte und sie sanft küßte. Als er seinen Kopf wieder hob, sah er die Angst in ihrem Blick. Merin ap Owen lächelte. »Ich glaube, wir verstehen einander, nicht wahr?« Er löste den Griff seiner Finger, bemerkte die Spuren an ihrem weißen Hals, strich leicht mit dem Finger darüber und lächelte abermals. »Lady Eleanore könnte meine Leidenschaft nicht ertragen, Isleen, du schon. Du gehörst mir, und ich behalte dich hier, es sei denn, du tust etwas, was mir sehr mißfällt. In diesem Falle werde ich dich nicht an Clud, den Mädchenhändler, zurückgeben, sondern meinen Männern ausliefern. Die werden dich in kurzer Zeit auf sehr unangenehme Art umbringen.«

»Du bist ein Ungeheuer.«

»Genau wie du, Isleen«, erwiderte er leise, »aber ich bin der stärkere von uns beiden. Sei gewarnt und vergiß es nicht.«

»Das werde ich nicht«, erwiderte sie demütig. Nein, das würde sie nicht tun. Sie mußte um so vorsichtiger sein, wenn sie ihm das Lösegeld unter der Nase wegschnappen wollte.

»Heb deine Röcke!« befahl Merin ap Owen seiner Geliebten.

Lachend war sie ihm zu Willen. »Du bist ein verkommener Teufel, Mylord. Soll ich etwa so tun, als wäre ich deine unschuldige Gefangene? Oh, Hilfe, wie entgehe ich nur diesem großen Glied? Nein, du sollst mich nicht haben!«

Er schlug ihr ins Gesicht, und Isleen lachte. »Du Hexe!«

»Gib's zu, du hättest gern, daß sie an meiner Stelle wäre«, provozierte sie ihn, »aber sie würde dich nie so befriedigen können wie ich, Mylord!« Dann zog Isleen seinen Kopf zu sich herunter und küßte ihn hemmungslos.

In ihrem kleinen Gemach schauderte Elf. In letzter Zeit war es schwierig gewesen, mit Merin ap Owen zusammenzusein, ihn anzusehen, wenn er mit ihr redete. Von dem Augenblick an, da sie sein Geheimnis, daß er in sie verliebt war, gelüftet hatte, war ihr in seiner Gegenwart unbehaglich zumute. Natürlich hatte er nichts gesagt. Er war jetzt vorsichtig, so daß sie sich auch nicht zufällig berührten. Aber manchmal, wenn sie von ihrem Webstuhl hochschaute, sah sie, wie er sie mit sehnsuchtsvollem Blick betrachtete. Sie seufzte tief. Auch wenn sie frei gewesen wäre, hätte sie ihn nie lieben können. Die Dunkelheit, die ihn umgab, war zu groß, um überwunden werden zu können. Er flößte ihr Angst ein.
Sie hatte Mitleid mit ihm, wußte aber, daß es ihn nur kränken würde, wenn er erführe, daß sie ihn bedauerte. In den letzten Wochen hatte Gwyll ihr von den beiden unglücklichen Ehen des Herrn von Gwynfr berichtet. Der arme Mann, er wußte wirklich nicht, was Liebe war. Aber jetzt, da sie fast mit hundertprozentiger Sicherheit sagen konnte, daß Ranulf sie liebte, und sie sich eingestand, daß auch sie ihn liebte, hatte sich ihre Welt verändert. Sie sehnte sich danach, in den Armen ihres Mannes zu liegen, und wußte instinktiv, daß sich ihre Ehe noch tausendfach verbessern würde, wenn sie sich ihre Liebe gestanden. Bald, mein Liebling, dachte sie glücklich bei sich. Bald!

Eleanore. Ma Petite! Ranulfs Herz rief nach Elf, und er hätte fast schwören können, daß sie ihm antwortete. Ich liebe dich, mein Liebling. Ich bete dich an! Wenn ich dich wieder sicher in meinen Armen halte, werde ich dich nie mehr loslassen.
Lieber Gott, bitte gib sie mir heil wieder.
Sim kehrte nach Ashlin zurück und erstattete seinem Herrn Bericht. »Mylady ist wohlauf, Mylord, wenn auch etwas blaß. Sie ist nicht schlecht behandelt worden, darauf

würde ich wetten. Merin ap Owen hat für die Übergabe des Lösegeldes und die Rückgabe von Mylady die Grenze gewählt. Aber zuerst will er das Gold in Händen halten. Erst wenn er sich davon überzeugt hat, daß Ihr ihn nicht betrogen habt, wird er sie Euch höchstpersönlich übergeben«, erklärte Sim.
»Das gefällt mir nicht«, wandte Fulk ein. »Er beleidigt Sim, indem er Euch mißtraut, aber wie können wir wissen, ob wir ihm trauen können, daß er Lady Eleanore zurückbringt?«
»Das können wir nicht, genausowenig wie er sicher sein kann, daß wir das Gold bringen«, antwortete Ranulf. »Bei solchen Verhandlungen kommt der Augenblick, Fulk, da man vertrauen muß, weil es keine andere Möglichkeit gibt. Diesen Punkt haben wir jetzt erreicht. Sim wird das Gold aushändigen und dann auf meine Frau warten. Wir werden jedoch mit nach Briarmere kommen und uns verstecken. Es ist nur ein paar Meilen von der Grenze entfernt. Wenn meine Frau in Sicherheit ist, verfolgen wir diesen Merin ap Owen, töten ihn und holen unser Gold zurück. Dann kann ich unsere Herden vom Bischof zurückkaufen und eine neue Viehherde erwerben. Aber die Sicherheit meiner Frau ist wichtiger als alles andere.«
»Wenn Ihr den Herrn von Gwynfr töten wollt«, wandte Sim ein, »dann müßt Ihr seine Hure ebenfalls töten, denn sie ist die Hauptursache für dieses ganze Schlamassel, und sie haßt Lady Eleanore. Merin ap Owen hätte sich mit unserem Vieh begnügt, wenn da nicht Lady Isleen gewesen wäre. Dennoch ist er der Herr in seinem Haus. Er hat Eure Gemahlin gut behandelt. Doch hätte Lady Isleen freie Hand gehabt, wäre unsere Herrin jetzt tot. Wenn Ihr diese Frau am Leben laßt, Mylord, wird sie abermals versuchen, Ashlin und Lady Eleanore zu schaden. Auch wenn es nicht ritterlich ist, muß sie sterben, denn sie ist durch und durch böse. Baron Hugh weiß nicht, wo sie steckt, und so braucht er auch nicht zu erfahren, daß sie tot ist. Allerdings glaube ich nicht, daß es ihm etwas ausmachen würde.«
Ranulf de Glandeville nickte nachdenklich. »Es wider-

strebt mir, den Tod einer Frau zu befehlen, aber ich glaube, du hast recht, Sim«, sagte er. »Du und Pax, ihr werdet euch darum kümmern, wenn wir nach Gwynfr kommen. Seid gnädig und laßt sie schnell sterben. Ich will sie nicht leiden sehen. Dann werde ich dafür sorgen, daß euch Vater Oswin die Absolution erteilt.«
Das Gold wurde abgezählt und sorgfältig in zwei weichen Lederbeuteln verstaut. Es war eine hohe Summe, denn das Vieh hatte einen besonders hohen Preis eingebracht. Ranulf mußte sich eingestehen, daß er erwogen hatte, einen Teil des Goldes einzubehalten. Der Bandit würde es ja nicht erfahren. Doch dann verwarf er den Gedanken, denn er würde seine kostbare Eleanore nicht wegen ein paar schäbiger Münzen in Gefahr bringen. Statt dessen hatten sie Schafe und Vieh zurückbehalten. Natürlich nicht viel, aber genug für einen neuen Anfang.
Ranulf wußte nicht, ob sie noch beobachtet wurden. Also machte Sim sich in Begleitung zweier Bewaffneter, die ihn und das Lösegeld schützen sollten, auf den Weg. Sie würden in Briarmere auf ihren Herrn warten, während Sim zur Grenze reiten würde, wo ihn der Kurier des Walisers erwarten würde. Ranulf und seine Männer würden zwei Stunden später folgen. Sollte sie jemand beobachten, hätte er genug Zeit, sich nach Gwynfr zu begeben und zu verkünden, daß der englische Bote in Sicht war.
Das frühe Frühlingswetter war trübe und feucht. Am Morgen des vierten Tages ritt Sim den Weg zur Grenze hoch, wo ihn hoch zu Roß ein Mann in einem Umhang erwartete. Er konnte das Gesicht des Mannes nicht erkennen. Aber das spielte ja auch keine Rolle, dachte Sim, als er die beiden Beutel überreichte. Merin ap Owens Kurier wog jeden mit seiner behandschuhten Hand ab und brummte: »Der Herr wird sich freuen«, wendete dann sein Pferd, ritt auf der walisischen Seite der Grenze den Hang hinunter und verschwand in einem dichten Gebüsch. Sim ließ sich nieder und wartete. Es würde ungefähr vier bis fünf Stunden dauern. Plötzlich fing es an zu regnen. Anfangs war es nur ein Nieselregen, der aber schnell in einen

heftigen Dauerregen überging. Sim fluchte über sein Pech und kauerte sich, fest in seinen Umhang gehüllt, neben sein Pferd. Er nieste und spürte, wie das Wasser in seine Stiefel drang, die bereits undicht waren. Bald schwammen seine Füße im Wasser und waren eiskalt. Er wartete und wartete. Schließlich hörte es auf zu regnen. Vielleicht verspäteten sie sich wegen des schlechten Wetters. Die Sonne drang allmählich durch die Wolken, und Sim lächelte, als er über den Hügeln einen kleinen Regenbogen entdeckte. Er hielt dies für ein gutes Omen, trotzdem war weit und breit keine Spur von Merin ap Owen und Lady Eleanore zu entdecken.

Dann hörte er unterhalb des Hügels die Stimme von Pax, der nach ihm rief. Sim ging ihm entgegen.

»Ist noch niemand gekommen?« erkundigte sich Pax.

»Wären sie gekommen, würde ich dann noch durchnäßt und frierend hier herumstehen?« schnauzte ihn Sim an.

»Du hast das Gold aber übergeben?«

»Ja, vor ein paar Stunden dem walisischen Kurier, der das Abzeichen der Burg Gwynfr trug. Nachdem ich ihm das Geld ausgehändigt hatte, meinte er, sein Herr würde sich freuen«, berichtete Sim. »Ich dachte, vielleicht verzögerte sich die Übergabe aufgrund des Regens.«

»Ich reite jetzt zurück und berichte es unserem Herrn«, erklärte Pax und eilte davon.

Sim zuckte die Schultern, stieg wieder den Hang hoch und beobachtete die Landschaft um sich herum, aber es war nichts zu sehen. Was um Gottes willen war geschehen? War Merin ap Owen mit der Summe nicht einverstanden? Dabei war es ein hoher Betrag, zweimal soviel, wie der Bandit für den Verkauf des Viehs erhalten hätte. Aber irgend etwas war schiefgelaufen. Sim nieste mehrere Male kräftig. Ich kann nicht einfach hier herumstehen, beschloß er. Dann bestieg er sein Pferd und ritt nach Wales. Wenn Pax merkte, daß er verschwunden war, würde er zum Herrn von Ashlin zurückkehren, und sie würden ihm nach Gwynfr hinterherreiten. Es gab keine andere Wahl, und zudem, so fühlte er, hatte er auch keine Zeit mehr.

Kurz nach Einbruch der Dunkelheit ritt er den felsigen Hügel zur Burg Gwynfr hoch. Sofort wurde er umringt und vom Pferd gerissen. Dann wurde er in die Halle gezerrt und Merin ap Owen vor die Füße geschleudert. Sim versuchte aufzustehen, wurde aber wieder auf die Knie gezwungen. Hinter sich hörte er Stimmen, die murmelten: »Tötet den englischen Bastard!« Er hob den Kopf und blickte den Burgherrn fragend an.

»Du hast Nerven, das muß ich dir lassen, Sim von Ashlin«, sagte Merin ap Owen. »Wo ist das Lösegeld?«

»Mylord«, sagte Sim so ruhig wie möglich, »vor ein paar Stunden habe ich Eurem Kurier oberhalb der Grenze die beiden Beutel mit Goldmünzen übergeben. Danach habe ich gewartet, daß Ihr mir Lady Eleanore bringt, wie es vereinbart war. Als Ihr nicht gekommen seid, dachte ich, der Regen hätte Euch aufgehalten. Als es zu regnen aufhörte und Ihr immer noch nicht aufgetaucht seid, wußte ich, daß etwas nicht stimmte. Deshalb bin ich zu Euch gekommen. Warum werde ich von Euren Männern so schlecht behandelt?«

»Du sagst, du hast meinen Kurier getroffen?« Der walisische Lord warf einen Blick zur hohen Tafel.

»Ja«, erwiderte Sim unerschrocken.

»Wie sah er aus?« fragte Merin ap Owen.

»Ich konnte sein Gesicht nicht erkennen, da es unter der Kapuze verborgen war, aber auf seinem Umhang war das Abzeichen von Gwynfr, Mylord. Als ich ihm das Lösegeld ausgehändigt hatte, sagte er, Ihr würdet Euch freuen. Dann ritt er weiter«, berichtete Sim.

»Du hast also sein Gesicht nicht gesehen? War er hochgewachsen? Wie klang seine Stimme? Du sagst, du hast das Gold übergeben, aber ich habe es nicht erhalten«, erklärte Merin ap Owen dem verblüfften Sim.

»Wegen der Kapuze konnte ich sein Gesicht nicht sehen«, wiederholte Sim. »Es war düster, und Regenwolken zogen auf. Der Kurier hat mir nicht in die Augen geschaut. Er war nicht sehr groß und sagte eigentlich nur: Der Herr wird sich freuen. Die Stimme war rauh, und sie kam mir seltsam vor, denn ihr Waliser habt ja im allgemeinen angenehmere Stimmen. Aber warum hätte ich einem Mann mißtrauen sollen, der Euer Abzeichen trug und mich zur festgelegten Zeit am festgelegten Ort traf?« schloß Sim.

»Ja, warum«, sagte Merin ap Owen. Plötzlich furchte er die Stirn. »Der Bote, den ich zu dir gesandt habe, war ein hochgewachsener Mann mit melodischer Stimme. Vor kurzem wurde seine Leiche eine Meile von Gwynfr entfernt gefunden, allerdings ohne Gold. Der Boden unter ihm war trocken, aber die Leiche durchnäßt. Dies bedeutet, daß er vor eurem Treffen an der Grenze umgebracht worden ist. Wäre es möglich, daß du auf meinen Mann gewartet, ihn getötet hast und dann wieder zur Grenze zurückgekehrt bist, um abzuwarten, wer ihm folgte? Hat dein Herr wirklich das Lösegeld bezahlt, oder glaubt er, er kann mich betrügen?«

»Mylord«, erwiderte Sim, entsetzt über diese Entwicklung der Dinge, »ich schwöre beim Leben meiner Herrin Eleanore, daß ich Euren Kurier an der Grenze getroffen und ihm das Lösegeld übergeben habe. Mein Herr würde durch nichts auf der Welt das Leben seiner Frau aufs Spiel setzen. Ich sage Euch die Wahrheit: Ich habe niemanden ermordet, sondern mich haargenau an Eure Anweisungen gehalten. Wenn Ihr betrogen worden seid, solltet Ihr Euch lieber in Euren Reihen nach dem Verräter umsehen.«

Der Herr von Gwynfr zog abermals die Stirn in Falten, sein schönes Gesicht wirkte konzentriert, als er über die Worte des Engländers nachdachte. Sim sagte wohl die Wahrheit. Warum sonst hätte er nach Gwynfr kommen sollen? Nachdenklich kniff er seine dunkelblauen Augen zusammen. Es gab nur einen Menschen in seinem Hauswesen, der dreist genug wäre, ihn zu hintergehen. Eigentlich sollte sie neben ihm sitzen, aber sie hatte ihm durch ihre Dienerin ausrichten lassen, daß sie erkältet sei und sich für heute abend entschuldige.

»Erheb dich«, forderte Merin ap Owen Sim auf. Dann wandte er sich an Badan, einen seiner Männer. »Begib dich zu Lady Isleens Gemächern im Turm, und bring sie in die

Halle. Wenn ihre Zofe behauptet, sie sei krank, dann bestehe darauf, sie in meinem Namen persönlich zu sehen. Wenn sie nicht dasein sollte, bring mir Arwydd. Aber tu ihr nichts«, warnte er ihn.

Badan nickte und eilte davon. Sim erhob sich und rieb sich die Knie. Der Stein war hart gewesen, und er war nicht gerade sehr sanft auf die Knie gezwungen worden. Er stand schweigend da und wartete ab.

»Deine Lady ist wohlauf«, sagte Merin ap Owen. Dann schwieg er.

Nach ein paar Minuten kehrte Badan in die Halle zurück. Hinter sich zerrte er die widerstrebende Arwydd her. Das Mädchen weinte und wirkte sehr verängstigt.

»Wo ist deine Herrin?« fragte Merin ap Owen sie mit kalter Stimme. »Sprich, Mädchen!«

»Ich ... ich weiß es nicht!« schluchzte Arwydd.

»Sie hat mir erklärt, die Lady schlafe, aber als ich mich persönlich davon überzeugen wollte, war ihr Gemach leer«, erklärte Badan.

»Wo ist deine Herrin?« fragte Merin ap Owen ein zweites Mal.

Arwydd schluchzte herzzerreißend. »Ich schwöre bei der Jungfrau Maria, Mylord, daß ich es nicht weiß.«

»Du weißt genug, um uns Lügen aufzutischen,« bemerkte der Herr von Gwynfr. »Irgend etwas mußt du wissen, auch wenn du nicht genau weißt, wo sich deine Herrin aufhält.«

»Heute morgen ist meine Herrin schon sehr früh gegangen«, berichtete Arwydd. »Aber sie verriet mir nicht, wohin sie gehen und wann sie wieder zurückkehren wollte. Es war nicht ihre Art, mir so etwas mitzuteilen. Gewöhnlich ging sie einfach, aber heute trug sie mir auf, daß ich sagen solle, sie sei krank und schlafe, wenn jemand nach ihr fragen sollte. Das ist alles, was ich weiß, ich schwöre es.«

»Aber als es dunkel wurde, bist du nicht zu mir gekommen, um mir zu melden, daß sie nicht zurückgekehrt ist«, bemerkte Merin ap Owen vorwurfsvoll.

»Sehr oft kehrte sie erst nach Einbruch der Dunkelheit zurück, Mylord«, erwiderte Arwydd. »Wenn ich zu Euch gegangen wäre und sie wäre inzwischen zurückgekehrt, hätte sie mich grün und blau geschlagen. Ich war ja nur ihre Zofe, die sich um ihre Haare und ihre Kleider kümmerte. Ich habe alles getan, was sie von mir verlangte. Doch sie richtete immer nur dann das Wort an mich, wenn sie mir etwas befehlen oder sich über etwas beklagen wollte. Sie war keine einfache Herrin, aber es war immer noch besser, ihr zu dienen, als im Bordell meines Onkels arbeiten zu müssen.«

»Wenn ich herausfinde, daß du mich anlügst, Arwydd«, sagte der Herr von Gwynfr leise zu ihr, »werde ich dich meinen Männern überlassen, damit sie sich mit dir vergnügen.«

Arwydd warf sich vor der hohen Tafel nieder. »Mylord, ich schwöre Euch, ich weiß nicht mehr, als ich Euch gesagt habe. Ich bitte Euch, liefert mich nicht Euren Männern aus!« flehte sie.

»Mylord«, ergriff Sim das Wort, »ich glaube, das Mädchen sagt die Wahrheit. Die Lady hat sie absichtlich zurückgelassen und nicht eingeweiht, damit sie ihre Pläne nicht verraten kann. Hätte sie Arwydd mitgenommen, hättet Ihr Lady Isleens Verrat noch schneller entdeckt. Jetzt hat sie sich längst mit dem Gold aus dem Staub gemacht.«

»Und meinen Kurier ermordet«, sagte Merin ap Owen verbittert. »Isleen hat von jeher Gift bevorzugt, und die Leiche meines Mannes wies keinerlei Gewaltanwendung auf, nur seine Lippen waren blau, und um den Mund hatte er etwas Schaum. Sein Pferd war nicht mehr zu finden, offensichtlich hat meine verräterische Buhle es mitgenommen. Sie hat alles gut geplant, doch ich werde sie finden und werde keine Gnade walten lassen! Steh auf, Mädchen«, herrschte er Arwydd an. »Kehr in die Gemächer deiner Herrin zurück, während ich überlege, was ich tun werde.«

Arwydd richtete sich auf und stürmte aus der Halle, als ob der Leibhaftige hinter ihr her wäre.

»Mylord«, begann Sim. »Was ist mit meiner Lady? Ich ha-

be das Lösegeld, das Ihr gefordert habt, in gutem Glauben ausgehändigt. Es ist nicht meine Schuld oder die irgendeines anderen Bewohners von Ashlin, wenn es verlorengegangen ist.«
Merin ap Owen musterte den jungen Engländer. »Ich brauche die kommende Nacht, um über alles nachzudenken. Du kannst mit deinem Pferd im Stall schlafen, Sim von Ashlin. Komm eine Stunde nach Sonnenaufgang in die Halle, und ich teile dir meinen Entschluß mit. Du könntest ja heute nacht sowieso nicht nach Ashlin zurückkehren. Hast du schon etwas gegessen? Nein? Dann geh in die Küche, und man wird dir dort etwas zubereiten. Meine Männer werden dich jetzt in Ruhe lassen, denn du bist genauso getäuscht worden wie ich.«
Sim war sehr erleichtert. Er verneigte sich und verließ schnell die Halle. Als Merin ap Owen ihm hinterherblickte, konnte er nur mühsam das Lachen unterdrücken. Der Junge hatte Mut gezeigt, aber sein hastiger Rückzug verriet deutlich, welche Angst er im Grunde gehabt hatte. Und doch war er beherzt nach Gwynfr gekommen und hatte um die Freilassung seiner Herrin gebeten.
»Was werdet Ihr jetzt tun, Mylord?« fragte Badan, und Merin ap Owen sah, wie ihn seine Männer erwartungsvoll anblickten.
»Ich weiß es noch nicht«, erwiderte er.
»Aber Ihr werdet doch nach der Hexe suchen?« beharrte Badan.
»Ja, das werde ich«, antwortete ihm Merin ap Owen, »aber über den Rest muß ich noch nachdenken. Haltet euch bereit, morgen mit mir loszureiten.« Dann erhob er sich und verließ die Halle.

Elf saß neben dem Kamin und nähte ein Obergewand von Merin ap Owen. Sie blickte hoch, und ihr reizendes Gesicht wirkte ernst. »Was ist geschehen? Hätte ich nicht heute freigelassen werden sollen, Mylord? Aber es ist bereits Nacht, und ich bin immer noch hier auf Gwynfr.«
»Das Gold wurde meinem Kurier gestohlen, anschließend

wurde er ermordet«, berichtete er ihr. »Nun muß ich überlegen, was ich tun werde.«
Ihr Gesicht wurde noch bleicher als sonst. »Wie ist das passiert, Mylord?« fragte sie, legte ihr Nähzeug zur Seite, erhob sich und stellte sich vor ihn.
Er berichtete ihr alles so, wie Sim es ihm übermittelt hatte, auch Arwydds Aussage und seine eigene Meinung dazu. Zu seiner Überraschung brach Elf plötzlich in Tränen aus. Sie schluchzte so mitleiderregend, daß ihm das Herz weh tat. Tröstend legte er die Arme um sie. Erstaunt blickte sie zu ihm hoch, und plötzlich war es um Merin ap Owens Fassung geschehen, und er küßte sie leidenschaftlich.
Verblüfft wußte Elf einen Moment lang nicht, wie sie reagieren sollte. Außer ihrem geliebten Ranulf war sie noch nie von jemandem so aufwühlend geküßt worden. Instinktiv wurden ihre Lippen weich. Aber plötzlich kam sie zur Besinnung, als sie spürte, wie sich seine erregte Männlichkeit ihr entgegendrängte. Einen kurzen Augenblick ließ sie sich treiben und gestattete sich, schwach zu sein, doch dann riß sie sich zusammen und hämmerte mit ihren kleinen Fäusten gegen seine breite Brust.
»Mylord!« sagte sie vorwurfsvoll und entzog ihm ihren Mund. »Bitte, das ist nicht richtig, und Ihr wißt es!« Sie trat einen Schritt zurück, als wollte sie Abstand zwischen sich und seiner wilden Leidenschaft schaffen.
»Wie lange wißt Ihr schon, daß ich Euch begehre?« fragte er.
»Seit dem Weihnachtsmorgen, als Ihr mir das Wolfsfell umgelegt habt«, erwiderte sie.
»Ich liebe Euch, Eleanore«, sagte er leise.
»Ich weiß, Mylord«, murmelte sie mit Tränen in den Augen.
»Aber Ihr liebt mich nicht«, seufzte er traurig. »Ihr liebt Euren Ranulf. Liebt er Euch so, wie ich Euch liebe? Vollkommen und vorbehaltlos? Ach, ich hätte nie gedacht, daß die Liebe solchen Schmerz bereiten kann.«
»Ja, er liebt mich und ich ihn«, bekannte Elf aufrichtig. »Und da ist noch etwas, was Ihr nicht wißt, Mylord. Wir haben einen Sohn, der mich außer meinem Gemahl und

unseren Leuten dringend braucht. Da Ranulf Euch gegenüber ehrlich war und das Lösegeld bezahlt hat, könnt Ihr mich doch morgen heimkehren lassen. Ungeachtet Eures Rufs, ungeachtet der Gerüchte um Euch, ungeachtet dessen, was Ihr getan habt, kann ich Euch nur nach dem beurteilen, wie Ihr mich behandelt habt, nämlich fair und respektvoll. Wenn ich wieder bei meinem Gemahl, meinem Sohn und auf unserem Gut bin, werde ich Merin ap Owen so in Erinnerung behalten.«
»Ich könnte Euch hier auf der Stelle nehmen, gnadenlos«, rief er verzweifelt.
»Nach Eurem Kuß, Mylord, befürchte ich, daß ich mich von Eurer Leidenschaft würde hinreißen lassen. Aber bei Tagesanbruch würden mich so schreckliche Schuldgefühle plagen, daß ich meines Lebens nie wieder froh werden würde. Es heißt, Frauen seien schwach, aber sie haben auch Ehrgefühl. Wenn Ihr mich entehren würdet, würde es Euch genauso treffen. Ich bitte Euch, es nicht zu tun, Mylord. Erlaubt nicht, daß Eure wilde Gier die Freundschaft zerstört, die zwischen uns gewachsen ist. Ich habe nie jemanden wie Euch gekannt und werde wohl auch nie mehr so jemanden kennenlernen.« Ihr Blick war bittend, aber stolz zugleich.
Er konnte sich diese kleine zartgliedrige Frau unterwerfen, denn sie konnte sich gegen seine Kraft nicht wehren, kaum eine Frau konnte das. Aber er liebte sie, und ein Mann zerstörte nicht einfach eine so unschuldige und reizende Frau. Jener Merin ap Owen, den Isleen de Warenne kannte, wäre zu so etwas fähig und könnte rücksichtslos sein, aber der Merin ap Owen, den Eleanore de Montfort kannte, würde nicht so unehrenhaft handeln. Er ergriff ihre beiden Hände und küßte sie.
»Anscheinend ist meine Liebe zu Euch stärker als meine Begierde. Morgen früh lasse ich Euch frei, damit Ihr zu Eurem glücklichen Gemahl zurückkehren könnt. Und ich gebe Euch ein Versprechen: Solange es mich gibt, werden die Waliser Ashlin in Ruhe lassen.« Dann ließ er ihre Hände los. »Geht jetzt zu Bett, meine Liebe. Ihr dürft Euch sicher

fühlen. Nur Ihr kennt den Mann, der ich hätte sein können. Wenn Ihr morgen fort seid, begebe ich mich auf die Jagd nach einer Füchsin. Ich werde sie erlegen, das verspreche ich Euch. Sie wird Euch nie wieder Kummer bereiten.«
»Bitte, tötet sie nicht meinetwegen, Mylord«, bat Elf.
Er lächelte. »Ihr Tod wird Euer Gewissen nicht belasten, meine Liebe, sondern meines, auf dem noch viele andere Morde lasten, aber Euer Gott wird mich bestimmt nicht bestrafen, wenn ich die Welt von des Teufels eigener Tochter befreie. Dafür müßte ich eigentlich belohnt werden.«

19. Kapitel

»Gebt mir Arwydd mit«, sagte Elf am nächsten Morgen zu Merin ap Owen, als sie sich reisefertig machte. »Ihr wißt, was mit ihr geschehen wird, wenn sie auf Gwynfr bleibt oder ins Bordell ihres Onkels zurückgeschickt wird.«
»Ihr wollt sie mitnehmen, trotz allem, was sie getan hat?« fragte er überrascht.
»Sie hat es nur getan, um zu überleben«, erwiderte Elf. »Im Grunde ihres Herzens ist sie ein gutes Mädchen. Ich muß immer daran denken, daß sie meinen Sohn vor Isleen beschützte, indem sie ihr nichts von seiner Existenz verriet.«
»Wenn sie mit Euch gehen will, könnt Ihr sie haben«, erwiderte der Herr von Gwynfr. »Ich schicke sie zu Euch. Dann kommt bitte in die Halle, damit ich Euch dem treuen Sim von Ashlin übergeben kann. Ich möchte, daß er Euch heimbringt, bevor Euer Gemahl wutentbrannt hier auftaucht, mich angreift und unnötig Blut vergossen wird. Ich bin überzeugt davon, daß sich Ranulf de Glandeville ganz in der Nähe befindet. Ich wäre es auch, wenn ich Euch zur Gemahlin hätte«, sagte er lächelnd und schickte sich an, sich zurückzuziehen.
»Mylord«, rief sie ihm nach. Er blieb stehen und wandte sich nach ihr um. Elf stellte sich auf die Zehenspitzen und küßte ihn auf seine vernarbte Wange. »Ich wollte dies nicht in der Halle tun, um Euch nicht zu verwirren oder meinen Ruf zu gefährden«, erklärte sie ihm. »Ich danke Euch, Mylord, und ich glaube, daß trotz Eures schlechten Rufs viel Gutes in Euch steckt. Bemüht Euch um Eurer unsterblichen Seele willen um dieses Gute. Ich werde für Euch beten, Merin ap Owen«, versprach sie.
»Dann habe ich ja noch Aussichten, dem ewigen Höllen-

feuer zu entrinnen«, erwiderte er leise, führte ihre Hand an die Lippen und hielt einen Moment lang ihren Blick gefangen. »Wir wären ein großartiges Paar geworden, Mylady«, murmelte er und zog sich endgültig zurück.
Sie spürte, wie sich ihre Wangen röteten und von Tränen benetzt wurden. Voller Ungeduld wischte sie sie weg. Sie liebte ihn nicht, aber das Wissen, daß er sie liebte, war fast unerträglich. Oh, Ranulf, dachte sie wehmütig. Erst wenn ich deine starken Arme um mich fühle, weiß ich, daß alles gut wird.
»Mylady.«
Elf blickte hoch und sah, daß Arwydd unschlüssig in der Tür stand. Sie bedeutete dem Mädchen mit einer Geste, einzutreten. Dann sagte sie: »Trotz der bösen Herrin, der du so treu gedient hast, halte ich dich für ein gutes Mädchen. Du bist frei, Arwydd, und kannst deine eigene Entscheidung treffen. Wenn du aber mit mir kommen willst, biete ich dir einen Platz auf Ashlin an. Anfangs wird es nicht leicht für dich sein, denn du hast die Leute auf Ashlin hereingelegt. Sie werden dich daran erinnern, denn sie haben ein gutes Gedächtnis, vor allem meine alte Ida. Aber wenn du mir versprichst, mir treu ergeben zu sein, werde ich mich bei ihnen für dich einsetzen. Mit der Zeit werden sie dir vergeben, denn sie haben ein gutes Herz.«
Arwydd fiel auf die Knie und küßte Elfs Saum. »Oh, Lady, Eure Freundlichkeit hat mich gerettet! Gerne komme ich mit Euch und werde alles geduldig ertragen, denn ich habe den Leuten auf Ashlin wirklich übel mitgespielt. Ich werde sie auf Knien um Vergebung bitten und schwöre bei der Heiligen Jungfrau Maria, daß ich Euch treu und ergeben dienen werde, solange ich lebe.«
Elf zog das Mädchen hoch. »Dann ist alles abgemacht«, sagte sie ruhig. »Komm, wir müssen in die Halle hinunter. Der Herr von Gwynfr läßt mich frei, und ich kann es kaum erwarten, unsere Heimreise anzutreten.«
Also gingen sie in die Halle hinunter, wo gerade das Frühstück eingenommen wurde. Elf nahm an der hohen Tafel Platz und tat sich gütlich an hart gekochten Eiern, Käse,

Butter und Brot und stillte ihren Durst mit verdünntem Wein. An einem der unteren Tische saß Sim. Lächelnd nickte sie ihm zu. Dann erhob sich Merin ap Owen und sprach.
»Wie ihr alle bezeugen könnt, bin ich ein anständiger Mann. Der Herr von Ashlin hat das für die Rückkehr seiner Gemahlin geforderte Lösegeld bezahlt. Die Tatsache, daß es gestohlen wurde, kann ihm nicht angelastet werden, und es wäre unehrenhaft von mir, Lady Eleanore weiter festzuhalten. Deshalb übergebe ich sie der Obhut ihres Bediensteten Sim von Ashlin. Sie werden Gwynfr in Frieden verlassen. Und wenn sie sich auf den Weg gemacht haben, werden wir losreiten, um die niederträchtige Füchsin zu suchen, die mein Gold gestohlen hat. Macht euch also bereit. Ich weiß nicht, wie lange wir unterwegs sein werden, da ich nicht einmal weiß, in welcher Richtung die Hexe geflohen ist, aber wir werden sie fangen, Jungs. Und dann...« Er lachte unheilvoll.
Dieses Lachen jagte Elf einen kalten Schauer über den Rücken. Der Merin ap Owen, den sie kennengelernt hatte, war wieder verschwunden, zurückgekehrt war der Mann, den alle fürchteten. Sie erhob sich und ging wortlos auf Sim zu, der auf sie wartete. »Komm, wir reiten heim«, sagte sie, und er nickte schweigend.
Ohne sich nochmals umzublicken, verließen sie die Halle und traten in den Hof, wo Arwydd mit den Pferden auf sie wartete.
»Kommt sie etwa mit uns?« fragte Sim fassungslos.
»Sie ist ein gutes Mädchen, Sim«, erwiderte Elf entschlossen, »und ich will sie nicht hier zurücklassen. Du wirst sehen, sie wird mir treu dienen.«
Sim hielt seine Herrin für verrückt, wollte aber ihre Entscheidung nicht in Frage stellen, denn es stand ihm nicht zu. Im übrigen war er davon überzeugt, daß der Herr von Ashlin die hinterlistige Hexe keinen Augenblick im Haus dulden würde. Der junge Mann half den beiden Frauen in den Sattel und schwang sich dann ebenfalls aufs Pferd. Langsam ritten sie den Hügel hinunter, schlugen den Weg

zu dem schmalen Pfad ein, der sie zur Grenze und dann weiter nach England führen würde.
Der Tag war ungewöhnlich schön, der Himmel über ihnen blau, der Frühling lag in der Luft. Seit Tagen schien heute zum erstenmal wieder die Sonne. Elf sah darin ein gutes Omen, auch wenn dies vielleicht nicht für Isleen de Warenne galt, die verfolgt wurde. Welchen Weg sie wohl eingeschlagen hatte? fragte Elf sich, aber es spielte ja keine Rolle. Wenn Merin ap Owen sie nicht erwischte und tötete, würde sie sich wegen ihrer Verruchtheit dem Schöpfer gegenüber verantworten müssen. Damit verdrängte sie Isleen aus ihren Gedanken.
»Merin ap Owen meinte, mein Gemahl sei in der Nähe, Sim. Glaubst du das auch?« fragte Elf ihren Leibeigenen.
»Ja, Mylady, er ist bestimmt nicht weit. Ich wundere mich, daß wir noch nicht auf ihn gestoßen sind«, erwiderte er. »Ich hatte angenommen, er würde im Morgengrauen vor der Burg auf uns warten, aber vermutlich hat er, als er mich gestern nicht mehr an der Grenze antraf, meine Absicht erraten und wartet jetzt irgendwo in der Umgebung auf meine Rückkehr.«
Eine Zeitlang ritten sie schweigend. Plötzlich entdeckten sie auf einem Hügel eine Gruppe von Reitern, die auf sie zukamen. Elf kniff die Augen zusammen, um besser sehen zu können. Dann stieß sie einen Freudenschrei aus, gab ihrem Pferd die Sporen und galoppierte auf die Männer zu. Auch Sim erkannte seine Kameraden und lächelte. Sein Herr ritt voran, trieb sein Pferd an, bis die beiden Gruppen aufeinandertrafen und ihre Pferde zum Stehen brachten.
Ranulf de Glandeville stieg eilends ab, half seiner Frau vom Sattel und umarmte sie innig. »Ich liebe dich«, flüsterte er ihr ins Ohr. »Ich liebe dich!« Dann küßte er sie wie ein Ertrinkender.
Schließlich löste sich Elf atemlos aus seiner Umarmung, blickte zu ihm hoch und strahlte. »Warum hast du mir das nicht schon früher gesagt?« fragte sie ihn. »Ich sehnte mich so danach, diese Worte aus deinem Mund zu hören, denn

ich liebe dich über alles, so daß ich dachte, daran sterben zu müssen!«
»Du liebst mich?« fragte er und blickte überrascht drein.
»Ja, ich liebe dich, du dummer Kerl! Wie könnte ich einen Mann, der mich so sanft und behutsam behandelt hat, nicht lieben?«
»Warum hast du es dann nie gesagt?«
»Weil ich dachte, daß ein so weltgewandter Mann wie du solche Worte verachten würde und Angst hatte, du könntest dich verpflichtet fühlen und mich als romantische Närrin verspotten. Ich hatte deine Achtung und dein Vertrauen gewonnen und wollte dies nicht durch Worte der Liebe aufs Spiel setzen«, erklärte ihm Elf. »Aber warum hast du gezögert, diese Worte erst heute auszusprechen?«
»Weil ich mir nicht vorstellen konnte, daß du einen Mann liebst, der dich aus deinem Klosterleben herausgerissen hat, in dem du deine Berufung gesehen hattest«, gab er zu. »Aber weißt du, Eleanore, ich glaube, ich liebte dich von dem Augenblick an, als ich dich in der Halle von Ashlin erblickte. Du warst so freundlich und zuvorkommend und wolltest unbedingt das Leben deines Bruders retten. Ich hätte nie gedacht, daß ich einmal ein richtiges Heim haben würde, eine liebe Frau und Kinder. Der König machte mir dies kostbare Geschenk, indem er mich mit dir vermählte. Doch ich fürchtete, wenn ich dir offenbarte, was ich für dich empfand, würdest du mir nicht glauben. Ich hatte Angst, du würdest mich verachten, mich für einen Dummkopf halten, der einfach versuchte, dich zu umgarnen, damit er dich leichter auf sein Lager ziehen kann. Ich fürchtete, ich würde deine Freundschaft verlieren, Petite.«
Behutsam strich Ranulf über ihre Wange und wischte eine Träne weg. »Weine nicht, Petite. Wir sind wieder zusammen. Ich werde nie mehr zulassen, daß du in Gefahr gerätst. Du wirst jetzt nach Ashlin weiterreiten und ich nach Gwynfr, um die Burg zu zerstören. Nie mehr soll Merin ap Owen seine Raubzüge durchs Land unternehmen.«
»Nein«, gebot Elf ihm energisch Einhalt.
»Habe ich Grund zur Eifersucht?«

»Komm, wir gehen ein paar Schritte, und ich werde dir alles erklären«, bat ihn Elf. »Ich weiß nicht, sollte ich mich durch deine Eifersucht geschmeichelt oder beleidigt fühlen, weil du glaubst, ich könnte dir untreu sein. Komm.« Sie nahm seine Hand, und sie gingen über die Felder. Elf erzählte ihrem Gatten, daß Isleen die eigentliche Anstifterin für den Entführungsplan gewesen war. »Du solltest keinen Fehler machen. Merin ap Owen wird seinem Ruf gerecht, aber er hat mich höflich und respektvoll behandelt, ja sogar freundlich. Er schützte mich auch vor Isleens Versuchen, mir etwas anzutun. Auf seine Weise ist er ein anständiger Mann. Gestern hat sich Isleen, verkleidet als Merin ap Owens Kurier, das Lösegeld von Sim aushändigen lassen und ist verschwunden. Deshalb wurde ich dir nicht übergeben. Sim ist übrigens sehr mutig, Ranulf. Bei Sonnenuntergang ist er nach Gwynfr geritten, und so wurde Isleens Betrug aufgedeckt. Doch heute morgen ließ mich Merin ap Owen frei, damit ich zu dir zurückkehren kann. Er ist nicht durch und durch schlecht, und er hat mir das Versprechen gegeben, daß Ashlin nicht mehr überfallen werden wird.«

»Glaubst du ihm?«

»Ja, das tue ich«, erwiderte Elf, ohne zu zögern. »Du mußt dich auf mich verlassen, Ranulf. Ich war vier Monate lang Merin ap Owens Gefangene. Es gibt eine Seite seines Wesens, die er vor den anderen verbirgt, vielleicht mit Ausnahme seines langjährigen Bediensteten Gwyll, der sich um mich kümmerte. Auch Merin hat eine gute Seite, Ranulf. All die Monate schlief ich in einem Alkoven seines Schlafgemachs, weil er fürchtete, Isleen könne mir etwas antun. Und niemand außer Gwyll darf seine Gemächer betreten. Ich war dort sicher. Kein einziges Mal hat er versucht, sich mir auf ungebührliche Weise zu nähern. Ich war bei ihm so geborgen wie im Kloster St. Frideswide's.«

Ranulf wußte, seine Frau würde ihn nicht belügen, denn Lügen paßten nicht zu ihrem Wesen. »Womit hast du dich tagsüber beschäftigt?« fragte er neugierig.

»Gwyll und ich haben einen alten Webstuhl und einen

Stickrahmen gefunden und neben dem Kamin aufgestellt. Somit hatte ich eine Beschäftigung. Bevor der Winter kam, sammelte ich Wurzeln und Pflanzen, um Salben, Lotionen und Arzneien für die Burg herzustellen, denn die Leute hier besaßen überhaupt nichts. Und ich habe Gwyll gezeigt, wie er sie anwenden muß«, schloß Elf ihren Bericht.
Ranulf lachte unwillkürlich. Dieses Verhalten war so typisch für das sanfte Wesen seiner Frau und ihr weiches Herz. »Ich nehme an, du hast auch die Kleider des Walisers ausgebessert«, sagte er leicht spöttisch.
»Ja, das stimmt«, gab sie zu. Dann kicherte sie. »Auf Gwynfr gibt es keine Frauen, Liebster, und Isleen war keineswegs geneigt, die Gewänder des armen Mannes zu flikken. Ich konnte doch nicht dulden, daß mein Entführer schäbig herumlief.«
Ranulf brüllte vor Lachen. »Petite, ich muß dich einfach mit Leib und Seele lieben, denn du bist einmalig.«
»Ranulf, Lord Merin verfolgt Isleen. Es wird ihm wohl nicht leichtfallen, sie aufzuspüren, weil er nicht weiß, in welche Richtung sie geflohen ist. Gwynfr ist sowieso eine halbe Ruine, also laß sie ihm, damit er wenigstens ein Dach über dem Kopf hat, wenn er je wieder nach Hause zurückkehren sollte. Wir wollen jetzt ohne Zögern zu unserem Sohn nach Hause reiten, denn ich denke, es wird höchste Zeit, daß er einen Bruder bekommt«, sagte sie und lächelte schelmisch zu ihm hoch.
Ranulf nickte zustimmend. Wie konnte er ihre Bitte abschlagen? Nein, er brachte es nicht fertig. Merin ap Owen hatte sie beinahe an den Bettelstab gebracht, aber seine Frau war heil und gesund zurückgekehrt, und das allein war wichtig.
Sie gingen zu ihren Pferden und den anderen zurück. In diesem Augenblick entdeckte der Herr von Ashlin Arwydd, Isleens Zofe. »Wer ist sie?« fragte er.
»Sie heißt Arwydd«, erwiderte Elf.
»Das Mädchen, das uns hereingelegt hat?« fragte er mit finsterem Blick.
»Ja, genau die«, antwortete Elf gelassen. »Sie wird meine

neue Dienerin, und damit genug. Arwydd hat einen schweren Fehler begangen. Sie wurde gezwungen, einer gottlosen Herrin zu dienen, und bedauert, was vorgefallen ist. Im übrigen hat sie uns einen großen Dienst erwiesen. Arwydd wußte ja von der Existenz unseres Sohnes und half mir, bevor wir nach Gwynfr gelangten, meine Milchdrüsen zum Stillstand zu bringen. Sie erwähnte weder ihrer Herrin noch dem Burgherrn gegenüber etwas von unserem Kind. Was, glaubst du, hätte Isleen getan, wenn sie gewußt hätte, daß wir ein Baby haben? Alle Teufel zusammen hätten sie nicht davon abhalten können, nach Ashlin zu reiten und unseren Sohn zu entführen. Arwydd hat diese Tragödie verhindert, indem sie schwieg. Sie verdient eine zweite Chance, und ich will dafür sorgen, daß sie sie bekommt. Sie ist keine Leibeigene, und sie hat ein gutes Herz, Ranulf. Sie hat Isleen treu gedient und wurde dafür im Stich gelassen. Ich bürge dafür, daß sie uns ergeben sein wird.«
»Anscheinend kann ich dir nichts abschlagen, meine liebe Frau«, erwiderte er.
Elf stellte sich auf die Zehenspitzen und küßte ihn leicht auf den Mund. »Ich danke dir«, sagte sie, als er ihr in den Sattel half. Dann schwang sich auch Ranulf aufs Pferd.
»Verfolgen wir den Waliser, Mylord?« fragte ihn Sim.
»Nein«, erwiderte Ranulf und erklärte seinen Männern den Grund für seine Entscheidung. »Ap Owen ist hinter Isleen de Warenne her. Ich denke, er ist bestraft genug, wenn er sie findet, und genauso, wenn sie ihm entwischt«, schloß er seine Rede. »Laßt uns heimkehren!«
Am späten Nachmittag hatten sie die Grenze hinter sich gelassen und befanden sich wieder in England. Der Tag war klar und die umliegende Landschaft bis auf sie menschenleer. In den folgenden drei Tagen waren sie unterwegs nach Ashlin. Nachts schliefen sie im Freien, denn hier gab es weit und breit kein Kloster, nicht einmal den einfachsten Gasthof, wo sie hätten absteigen können. Über Nacht wurden die Pferde in einer Einfriedung aus Gestrüpp angebunden, und es wurde ein großes Feuer ange-

zündet, um eventuelle Banditen abzuhalten. Aber da sie eine größere Gruppe waren, war die Gefahr eines Überfalls nicht sehr groß. Sie ernährten sich von dem, was sie sammelten, und dem Brot, das sie dabeihatten.
Schließlich erreichten sie am Nachmittag des vierten Tages eine Anhöhe und erblickten auf einem Hügel das Herrenhaus von Ashlin. Elfs Herz schlug schneller. Sie war glücklich, denn manchmal in dunkler Nacht hatte sie gegrübelt, ob sie je wieder nach Hause kommen würde. Ranulf beobachtete sie von der Seite, nahm ihre Hand und drückte sie liebevoll. Ihre Augen trafen sich, und sie lächelte.
»Simon wird mich nicht erkennen«, sagte sie.
»Du wirst ihn nicht erkennen«, entgegnete er. »Als ich damals in die Normandie aufbrach, war er noch nicht einmal ganze zwei Monate alt, und als ich an Weihnachten zurückkehrte, war er sieben Monate. Ich war erstaunt, denn er kam mir ganz fremd vor. Dir wird es wohl genauso gehen, Petite. Er kann jetzt schon stehen, krabbelt kräftig auf dem Boden herum und brabbelt vor sich hin. Seine Amme behauptet, sie verstehe, was er sagt, dabei verstehe ich als einziges ›Pa‹, was er immer sagt, wenn er mich sieht.« Er kicherte. »Er ist schon ein Mordskerl. Mach dir nichts daraus, wenn er anfangs fremdelt, das ist nicht anders zu erwarten. Schließlich hat er dich mehrere Monate nicht gesehen. Aber bald wirst du ihm wieder vertraut sein, und er wird vermutlich vergessen haben, daß er einst von dir getrennt war.« Er führte ihre Hand an die Lippen und küßte sie. »Heute nacht, Petite, wollen wir uns der schweren Aufgabe widmen, einen Bruder für Simon zu zeugen. Ashlin muß mehrere Söhne haben.« Er ließ ihre Hand los und lächelte sie an.
»Ich brauche eine Tochter«, erwiderte sie keß.
»Wir werden unser Bestes tun, um auch das zu bewerkstelligen«, versicherte Ranulf ihr mit breitem Grinsen.
Elf lachte, und sie ritten vom Hügel, mit ihren Männern im Gefolge, auf Ashlin zu. Ihre Leibeigenen pflügten die Felder, aber als sie die Herrin von Ashlin erkannten, eilten sie auf sie zu, um sie willkommen zu heißen. Arwydd aller-

dings erntete nur finstere Blicke. Die Leute wußten genau, welche Rolle sie bei der Entführung gespielt hatte, denn die alte Ida, die von allen geachtet wurde, hatte ihrem Unmut freien Lauf gelassen. Arwydd fröstelte, als sie die grimmigen Blicke bemerkte, mit denen sie bedacht wurde. Unwillkürlich drängte sie ihr Pferd näher an Sims heran.
»Erwarte von mir keinen Schutz«, knurrte er unwillig. »Ich stehe auf ihrer Seite. Wäre ich der Herr von Ashlin, hätte ich dich zum Teufel gejagt.«
»Du weißt ja gar nichts über mich«, fuhr ihn Arwydd an.
»Du warst dein ganzes Leben lang geborgen auf Ashlin, das Böse und die Schlechtigkeit sind dir fremd. Ich werde unsere Lady nie mehr hintergehen, was ich sowieso höchst ungern getan habe, aber ich hatte Angst vor den Folgen, wenn ich Lady Isleen und Lord Merin nicht gehorcht hätte. Aber nun bin ich von den beiden befreit. Ich werde mich bemühen, das Vertrauen der Leute auf Ashlin zu gewinnen, auch wenn ich dafür mein ganzes Leben brauchen sollte.« Dann straffte das Mädchen den Rücken, setzte sich im Sattel auf und blickte nach vorn.
»Bei einigen wird es gewiß ewig dauern«, sagte Sim. »Die Lady wird nämlich von uns allen geliebt.«
»Ich weiß«, erwiderte Arwydd.
»Ich werde dich auf jeden Fall im Auge behalten«, meinte Sim, »um mich zu vergewissern, daß du uns nicht mehr hinters Licht führst.«
»Wenn du mich zu intensiv beobachtest«, meinte Arwydd und wich seinem Blick aus, »wird deine Frau eifersüchtig werden.«
»Ich habe keine Frau«, erwiderte Sim kurz angebunden.
»Weil wohl kein Mädchen einen so rauhen Kerl wie dich haben will«, bemerkte Arwydd. »O heilige Muttergottes, beschütze mich! Dort ist die alte Ida, und sie ist die einzige, vor der ich wirklich Angst habe.«
Sim kicherte. »Da tust du gut daran, Mädchen, denn sie wird nicht zögern, dir ein Messer in die Rippen zu stoßen, wenn sie die Gelegenheit dazu hat. Auch wenn sie alt ist, ist sie so wild wie ein kampferprobter Krieger.«

»Mylady, Mylady!« rief die alte Ida, als Elf von ihrer Stute gehoben wurde. Sie drückte die junge Frau an ihre Brust und weinte. »Gott sei gepriesen, die Jungfrau Maria und alle Heiligen, daß Ihr unversehrt zu uns heimgekehrt seid.«
Elf tröstete ihre weinende Amme, so gut sie konnte. »Ich war nie wirklich in Gefahr, Ida, versichere dir, ich bin gut behandelt worden. Aber jetzt will ich schnell zu meinem Sohn.«
Im selben Augenblick, als die alte Frau Elf losließ, stieß sie einen Schrei aus, sprang zurück, als ob sie der Blitz getroffen hätte, und deutete mit einem knochigen Finger auf Arwydd. »Was tut die denn hier?« zischte Ida und ging auf die totenbleiche Arwydd los. »Was will diese verräterische walisische Hexe hier? Bist du zurückgekommen, um dieses Mal die ganze Familie zu vernichten? Man gebe mir ein Messer, und ich werde sie auf der Stelle töten, bevor sie uns weiteren Schaden zufügen kann!«
Elf trat zwischen Arwydd und ihre empörte Amme und erklärte ihr alles.
»Ihr habt ein zu gutes Herz, Lady«, sagte Ida grimmig. »Ich traue der Waliserin nicht; sie wird uns nur Probleme machen.«
»Es wird keine Probleme geben«, erwiderte Elf streng. »Dieses Mädchen hat Ashlins Erben beschützt. Und dafür bin ich ihr für immer dankbar. Sie steht unter meinem Schutz. Jeder, der ihr mit Worten oder Taten etwas antut, muß sich mir gegenüber verantworten. Und vergeßt nicht, ich bin hier die Herrin!«
Arwydd kniete plötzlich vor Ida nieder, blickte mit Tränen in den Augen zu der alten Frau hoch und flehte: »Bitte, Ida, vergib mir das Unrecht, das ich den Leuten auf Ashlin zugefügt habe.«
»Schlaue Göre«, murmelte die alte Frau, die über Arwydd thronte. »Du mußt dir meine Vergebung erst verdienen, Mädchen, aber ich werde bei den anderen nicht gegen dich hetzen. Das wenigstens hast du mit deiner Bitte erreicht.«
Arwydd rappelte sich auf und eilte Elf hinterher. Als diese ihr Haus betrat, kam Alyce auf sie zu, ihren kleinen Zög-

ling auf dem Arm. Elf spürte, wie ihr die Tränen die Wangen hinunterliefen, als sie ihren Sohn in die Arme nahm. Er hatte ihre rotgoldenen Haare, aber die warmen haselnußbraunen Augen von Ranulf de Glandeville. Elf küßte das Kind leidenschaftlich, bis es protestierte, in ihren Armen strampelte und die Arme nach Alyce ausstreckte.
Elf lachte. »Oh, Simon, du mußt deiner Mama vergeben, aber ich habe dich so sehr vermißt, *bébé*. Man sagte mir aber, du würdest dich an diese Trennung nicht erinnern und bald wieder an deine Mama gewöhnt sein.« Sie hauchte ihm einen Kuß auf sein flaumiges Haar und reichte ihn wieder seiner Amme. »Ich danke dir«, sagte Elf zu der jungen Leibeigenen, die sich so liebevoll um ihren Sohn gekümmert hatte.
»Maris hat ihn gestillt, tut es immer noch«, erklärte Alyce, die wegen des Lobs ihrer Herrin errötete.
»Sag ihr, sie muß es weitermachen, weil meine Milchdrüsen nicht mehr arbeiten«, erwiderte Elf.
»Mylady, willkommen zu Hause!«
»Cedric!« Elf streckte dem Majordomus die Hände hin und lächelte.
Er ergriff ihre Hände und drückte sie an sein Herz. Dann trat er zurück, so daß John, der Bailiff, und Fulk vortreten konnten. Sie begrüßten ihre Herrin mit großer Freude. Elf dankte ihnen, daß sie sich in ihrer Abwesenheit um Ashlin gekümmert hatten.
»Sim war sehr mutig und hat sich in dieser heiklen Lage klug verhalten. Du kannst stolz auf ihn sein, Fulk. Aber ich verspreche dir, daß ich das nächste Mal auf deinen Rat hören werde.«
Fulks graue Augen verrieten seine Rührung. »Ich danke Euch, Mylady«, erwiderte er und war dankbar, daß sie ihn nicht für ihre Gefangenschaft verantwortlich machte.
»Nach dem Essen nehme ich ein Bad«, verkündete Elf, als sie an der hohen Tafel Platz nahmen.
Das Mahl wurde serviert, und Elf genoß die Speisen, vor allem das gebratene Fleisch und das Gemüse, das es auf Gwynfr nur selten gegeben hatte. Zum Nachtisch wurde

ein süßer Pudding aus gekochtem Weizen, Milch, Zucker, Zimt, getrockneten Äpfeln und Trauben serviert. Elf genoß das Mahl in vollen Zügen und seufzte behaglich.
»Anscheinend hat die Küche des Walisers nicht ganz deinem Geschmack entsprochen«, stellte ihr Gemahl fest. »Möchtest du noch den Rest meines Puddings?«
Wortlos tauschten sie die Schüsseln, und genüßlich verzehrte sie den Rest seines Desserts. »Ich war richtig ausgehungert nach Süßem.«
»Ich auch«, erwiderte er, und in seinen haselnußbraunen Augen blitzte es schalkhaft. Elf kicherte vergnügt. Welch wunderbarer Laut, fand er. »Nimm dein Bad, Petite.«
»Laß uns zusammen baden, Ranulf, mein Lieber«, forderte sie ihn auf und lächelte ihn verheißungsvoll an. »Wir sind beide mehrere Tage und Nächte unterwegs gewesen.« Elf erhob sich von der hohen Tafel und begab sich zu der Tür, die zum Söller führte. Dann wandte sie sich noch einmal nach ihm um, warf ihm einen verführerischen Blick zu und ging hinaus.
Ein prickelndes Gefühl, das Ranulf in den letzten Monaten fremd gewesen war, durchlief ihn von Kopf bis Fuß. Seine Männlichkeit vibrierte vor Vorfreude, so daß er eine Erektion bekam. Langsam leerte er seinen Becher und versuchte, sich unter Kontrolle zu bekommen. Seit Monaten hatte er auf diese Nacht gewartet, nun wollte er sie nicht durch zu große Hast verderben. Willa und Arwydd kamen kichernd aus dem Söller. Sie waren einst Freundinnen gewesen, und da Elf Arwydd verziehen hatte, sah Willa keinen Grund, ihr zu grollen. Die beiden Mädchen machten da weiter, wo sie aufgehört hatten.
»Mylady bittet Euch, zu ihr zu kommen, Mylord«, sagte Arwydd.
»Und wir sollen erst morgen früh wieder auftauchen«, fügte Willa hinzu.
Ranulf grinste sie verschwörerisch an, was ein erneutes fröhliches Gekichere der beiden Mädchen auslöste. Er stand auf, durchquerte die Halle zum Söller und verschloß die Türe hinter sich. Als er sich umwandte, stockte ihm der

Atem. Elf erwartete ihn so nackt, wie Gott sie geschaffen hatte. Er schloß die Augen, als er spürte, wie abermals Verlangen in ihm aufwallte.

»Mein Gemahl«, flüsterte sie leise, »darf ich dir beim Entkleiden helfen, damit wir unser Bad genießen können. Die Temperatur des Wassers ist ideal, und es duftet nach Blumen.« Dann zog sie ihn zu einem Schemel. »Bitte, nimm Platz, damit ich deine Stiefel ausziehen kann.«

Er folgte ihrer Aufforderung, wußte nicht, sollte er über ihre Keckheit entrüstet sein oder nicht. Was war mit seiner unschuldigen Elf geschehen? War es möglich, daß Merin ap Owen – doch schnell verdrängte er seinen Argwohn. Er wußte genau, daß seine Frau ihm während ihrer Gefangenschaft treu geblieben war. Andernfalls hätte sie sich entweder selbst umgebracht oder es ihm gebeichtet und ihn um Vergebung gebeten. Im übrigen, weshalb war er besorgt, weil sie plötzlich so herrlich schamlos war? Trug dies nicht zu seinem Vergnügen bei? Mit den Augen streichelte er ihr rundes kleines Hinterteil, als sie sich vorbeugte, um ihm die Stiefel auszuziehen. Dann zog sie seine Strümpfe aus.

»Bitte, steh auf«, befahl sie ihm, kniete nieder und streifte seine Beinkleider herunter. Dann ließ sie ihre Hände unter seine Obergewänder und sein Unterhemd gleiten, um seine bloße Haut zu streicheln und seine Hinterbacken mit ihren Fingern zu bearbeiten. Sie rollte seine Beinkleider herunter und strich dabei sanft über seine Waden. »Fuß«, befahl sie und berührte seinen linken Fuß, damit er ihn hob. Dann den rechten Fuß. Anschließend faltete sie die Beinkleider zusammen und legte sie auf den Schemel.

Dann richtete Elf sich wieder auf und lächelte zu ihm hoch, zog ihm das Obergewand und die beiden Untergewänder aus. Ranulf trug jetzt nur noch sein Unterhemd. Seine erregte Männlichkeit war unübersehbar. Elf befeuchtete mit der Zunge aufreizend ihre Lippen und löste langsam die Bänder seines Unterhemds, strich sanft über seine breite Brust und schob das Kleidungsstück über seine Schulter, so daß es zu Boden glitt. »Nun sind wir ebenbürtig«, sagte

sie lächelnd, senkte den Kopf, fuhr mit ihrer feuchten Zunge über seine erhitzte Haut, umkreiste seine Brustwarzen, bis er dachte, er müsse explodieren vor brennendem Verlangen nach ihr.
Ranulf zog sie hoch, schlang seine Arme um sie und hauchte ihr einen Kuß auf die Lippen. »Was ist nur aus der kleinen unschuldigen Novizin geworden, die ich geheiratet habe?« fragte er sie. Bevor sie ihm antworten konnte, küßte er sie leidenschaftlich, und ihre Körper preßten sich aneinander.
Elf war ganz benommen von dem Vergnügen, das ihr seine Lippen bereiteten. Es war schon so lange her, viel zu lange, dachte sie verschwommen. Ihre Brüste schmiegten sich an seine Brust, und sie genoß die Hitze seines Körpers, spürte seine pralle Männlichkeit und seine muskulösen Schenkel. Ihre Lippen wurden weich und öffneten sich bereitwillig, um seinen Kuß zu empfangen. Seine Zunge spielte mit ihrer, was ihr wohlige Schauer verursachte. Schließlich entzog sie ihm ihren Mund und sagte: »Wenn wir jetzt nicht bald baden, wird das Wasser kalt, aber ich glaube, unser Verlangen nicht, mein Liebster.«
Seine haselnußbraunen Augen waren voller Leidenschaft, aber er ließ sie los und stieg die Stufen zur Eichenwanne hoch, die neben den Kamin gestellt worden war. Dann hob er sie zu sich hoch. Elf griff nach dem Schwamm, und füllte ihn mit flüssiger Seife und begann dann, ihn zu waschen, bearbeitete mit dem Schwamm seinen Rücken und seine Brust, ließ ihn über die Schultern, den Hals und die Arme entlang wandern. Anschließend nahm sie ein kleines weiches Tuch und reinigte damit sein Gesicht und seine Ohren. Zuletzt tauchte sie den Schwamm unter Wasser und bearbeitete die Körperteile, die sie nicht sehen konnte. Ranulf biß die Zähne zusammen, so köstlich und aufreizend empfand er ihre Dienste. Schließlich tauchte er auf ihre Anweisung hin unter, um die Seife abzuspülen. Und dann war er an der Reihe.
Er nahm ihr den Schwamm aus der Hand und füllte die Seife auf, rieb ihren Rücken und ihre Schultern und spülte die

Seife mit der Hand ab. Dann legte er den Schwamm auf den Wannenrand, schlang den Arm um sie und zog sie an sich. Er küßte sie sanft auf den Nacken, knabberte leicht an den winzigen Locken, die sich aus ihren hochgesteckten Haaren gelöst hatten.

»Köstlich«, murmelte er an ihrem Hals. Doch plötzlich stieß sie einen kleinen spitzen Schrei aus, weil er sie leicht gezwickt hatte.

»Du Hexe«, sagte er und griff wieder nach dem Schwamm. Dann umkreiste er zuerst die weiche Rundung ihrer Brust, fuhr die Kuhle zwischen den Brüsten entlang und wandte sich dann der anderen Brust zu. Er sah, welche Wirkung dies bei ihr hervorrief, denn ihre kleinen Rosetten richteten sich steil auf. Seine Hand tauchte ins Wasser und umfaßte ihren Venushügel.

Elf seufzte wohlig. Sie wollte, daß dies nie aufhörte. Dann plötzlich drückte er sie gegen die Wannenwand und öffnete ihre Beine. Sie spürte, wie seine Männlichkeit ihre Liebeshöhle suchte. Bald hatte er sein Ziel erreicht und drang in sie ein. »Oh, Ranulf!« murmelte sie.

»Ich habe es nicht länger ausgehalten«, flüsterte er ihr ins Ohr. »Paß dich meinem Rhythmus an, Petite. Ich verspreche dir, nachher geht es weiter!« Und so bewegte er sich langsam hin und her, und Elf reagierte auf seine Bewegungen. Sie war ganz benommen von dem köstlichen Gefühl, ihn endlich wieder in sich zu spüren. Er umklammerte ihre Hüften und drang immer tiefer in ihre feuchte, glühende Scheide ein. Elf spürte, wie ihr Mann sie mit seiner Lust mitriß, immer fordernder wurde. Sie wimmerte, denn sie begehrte ihn so sehr, daß sie dachte, sie müsse explodieren. Und dann wurden sie gemeinsam zum Gipfel hochgetragen, wo sich ihre Leidenschaft entlud und sie die höchste Glückseligkeit empfanden, die zwischen Mann und Frau möglich ist.

Danach schmiegte sich Ranulf an sie, streichelte ihre Brüste, liebkoste ihre Rosetten, so daß sie abermals erregt wurde. Dann drehte er sie zu sich und küßte sie hungrig. »Das ist erst der Anfang, Petite«, flüsterte er ihr ins Ohr. Seine

Hände umfaßten ihre Hinterbacken, und sie spürte, daß sein Verlangen nach ihr unstillbar war.

»Ich hätte nicht gedacht, daß ein Mann so unersättlich sein kann«, sagte sie, legte die Arme um seinen Hals und preßte sich an ihn. Als sie miteinander verschmolzen waren, hatte auch sie gespürt, daß sie noch mehr wollte. Ihre Brustwarzen, die bereits wieder hart waren, verrieten ihr ebenfalls, daß sie noch nicht ganz befriedigt war.

»Es ist jetzt fast ein Jahr her, seit ich dich zuletzt in den Armen gehalten habe«, erklärte er, »und ich bin dir immer treu geblieben, Petite. An König Eleonores Liebeshof gab es viele schöne Frauen, die gerne das Lager mit mir geteilt hätten, aber ich habe immer nur an dich gedacht, Petite, meine einzige Liebe.« Sie spürte, daß er aufrichtig war. Zum erstenmal entdeckte sie feine Linien um seine Augen. »Mein Auftrag für den König ist gescheitert, Eleanore. Heinrich Plantagenet ist uns nicht zu Dank verpflichtet und wird uns deshalb auch nicht die Erlaubnis erteilen, auf Ashlin eine Burg zu errichten. Wir werden nicht mehr sein als bisher: ein kleines Landgut, das dank Merin ap Owen jetzt noch schlechter dran ist als vorher.«

»Wir werden uns wieder hocharbeiten, Liebster. Waren da nicht ein paar Schafe mit ihren Lämmern in der Einfriedung bei den Ställen?« fragte sie ihn.

»Ja«, bestätigte er grinsend. »Aber wir werden später darüber reden, Liebste, denn im Augenblick ist meine Lust übergroß. Ich möchte dich zu unserem Bett führen und mich in deinem hübschen Körper vergraben, Weib.« Damit stieg Ranulf aus der Wanne und half ihr.

Sie trockneten sich gegenseitig ab, ließen dann die feuchten Tücher auf dem Steinboden des Söllers liegen und begaben sich zu ihrem Schlafgemach. Doch bevor er sie ins Bett zog, kniete Elf nieder und nahm sein Glied in den Mund, wie sie es schon einmal vor ihrer Trennung getan hatte. Ihre Zunge reizte die rote Eichel, neckte sie und spielte mit ihr, bis er ihr Einhalt gebot. Ranulf hob Elf hoch und legte sie so aufs Bett, daß ihre Beine herunterbaumelten, ohne den Boden zu berühren.

»Ich will dir das gleiche Vergnügen bereiten wie du mir«, erklärte er ihr, teilte behutsam ihre Schamlippen und vergrub seinen Kopf zwischen ihren Beinen.

Elf stöhnte vor Vergnügen, als sie seine Zungenspitze an dieser intimen Stelle spürte. Er ließ seine Zunge langsam in ihre Liebeshöhle gleiten und drang so weit wie möglich vor, kostete ihre Liebessäfte. Als sie ihr kleines Juwel umkreiste, das unter seiner Liebkosung anschwoll, schrie sie auf, da dieses köstliche Gefühl fast unerträglich war. »Oh, ja, weiter, es ist so wunderbar«, stöhnte sie.

Als er bemerkte, wie sehr sie sein Zungenspiel genoß, bettete er sie aufs Bett und legte sich lächelnd zu ihr. »Ich wollte dich schon längst derart verwöhnen«, sagte er und küßte ihre Lippen, so daß sie den Geschmack ihrer eigenen Liebessäfte kosten konnte. Mit einer Hand umfaßte er ihren Venushügel. »Du bist so warm und lebendig, mein Liebes. Ich glaube nicht, daß ich je genug von dir bekommen kann.« Dann senkte er den Kopf und saugte gierig an einer ihrer Rosetten.

Elf stieß einen spitzen Schrei aus, als sie abermals von einer Welle der Lust erfaßt wurde. Er würde sie noch umbringen mit seinen Zärtlichkeiten. War es möglich, vor Liebe zu sterben? Ranulf streichelte ihre Brust, und Elf stöhnte: »Ich will dich in mir fühlen, Ranulf, ich sterbe vor Verlangen nach dir.«

Gern folgte er ihrer Aufforderung, öffnete ihre Beine und drang langsam in sie ein. Sie war die ideale Geliebte, dachte er bei sich, als er seine große Lanze in sie hineinstieß. Langsam und genußvoll bewegte er sich in ihr und spürte, wie ihr Körper willig auf ihn reagierte.

Elf schlang die Beine um seinen Oberkörper und zog ihn so nah wie möglich an sich. Sie spürte, wie sich sein Glied in ihr bewegte, und instinktiv spannte sie ihre Muskeln an, um ihn noch intensiver zu spüren. Als er stöhnte, wußte sie, daß sie ihm Lust bereitet hatte. Sie wiederholte dies viele Male, bis er sie bat aufzuhören. Dann ließ sie sich fallen, eingehüllt in seine Liebe, Stärke und Wärme. Ganz langsam erklomm sie einen Gipfel fast überirdischer Lust.

Atemlos klammerte sie sich an ihn, und als die Sterne hinter ihren geschlossenen Augen explodierten, schrie sie seinen Namen. Dann wurde sie von einem Gefühl unendlicher Seligkeit und Wärme eingehüllt und hörte, wie er ebenfalls ihren Namen rief, und wurde von dichtem Nebel eingehüllt.

Beim Erwachen stellte Elf fest, daß sie an seiner Brust ruhte und er die Arme um sie geschlungen hatte. Sie lächelte glücklich. Sie war sich ziemlich sicher, daß sie in dieser leidenschaftlichen Nacht wieder ein Kind gezeugt hatten. Sie wollte dieses Kind und die anderen, die nach Gottes Willen noch folgen würden. Es machte ihr nichts aus, daß Ashlin keine Burg haben würde; sie war mit dem zufrieden, was Gott ihr geschenkt hatte. Sie hatte einen Gemahl, den sie liebte, und der sie liebte, und einen gesunden Sohn namens Simon Hubert. Außerdem Ashlin mit seinem guten Weideland und seinen Äckern, ihre treuen Leibeigenen und Freien und das Versprechen von Merin ap Owen, daß er sie in Frieden lassen würde. Sie war sogar dankbar für König Heinrich Plantagenet, den sie nicht kannte, der aber in England für Ordnung gesorgt hatte. Und dann gab es noch die Nonnen, ihre wahre Familie. Sie mußte sie bald besuchen und ihnen versichern, daß sie alles gut überstanden hatte.

»Woran denkst du?« fragte sie Ranulf unvermittelt und schreckte sie aus ihren Gedanken hoch.

Sie löste sich von seiner Brust und sah zu ihm hoch. »Ich denke gerade daran, wieviel Glück wir haben«, entgegnete sie. »Und ich denke daran, wie sehr ich dich liebe, mein Ranulf.«

Als sie sah, welche Wirkung ihre schlichten Worte auf ihren Gemahl ausübten, der sie freudestrahlend anlächelte, wurde ihr warm ums Herz.

Er drehte sie so herum, daß sie einander in die Augen blicken konnten, führte ihre Hand an die Lippen, küßte jeden Finger einzeln und lächelte sie dabei an. »Anfangs ist es mir schwergefallen, diese Worte auszusprechen, Petite, aber jetzt nicht mehr. Ich habe dich gestern geliebt, ich liebe

dich heute, und ich werde dich morgen lieben und allezeit, Eleanore.«
Sie blickte in seine haselnußbraunen Augen, die ihr seine zärtlichen Gefühle verrieten, und fragte sich, wie sie auch nur einen Moment an seinen Gefühlen hatte zweifeln können. »Und ich versichere dir, Liebster«, sagte sie, »daß ich dich gestern geliebt habe, heute und morgen liebe ... *für immer!*«

Epilog

London 1159

Das Haus auf der Trollops Lane, außerhalb von Aldersgate, war eines der prächtigsten, die je in London oder in der Nähe von London erbaut worden waren. Es bestand nicht aus Holz wie die meisten der Häuser und Geschäfte in London, sondern aus Stein und besaß zudem ein Schieferdach, das kein Feuer fangen konnte. Hinter dem Haus befand sich zudem ein hübscher Garten. Es hieß sogar, Lady Strumpet, denn das war der Name der Hausbesitzerin, nenne auch die umliegenden Felder ihr eigen.
Der Eingang wurde von zwei dunkelhäutigen Mohren, angeblich Eunuchen, bewacht. Sie waren bekleidet mit leuchtend roten bauschigen Seidenbeinkleidern und Westen aus Goldstoff, die mit Stickereien und Juwelen verziert waren. Um die Hüften hatten sie breite Goldschärpen geschlungen, an denen furchteinflößende Krummsäbel befestigt waren. Die orientalische Innenausstattung des Hauses war teuer, elegant und luxuriös, war einmalig in England. Die Dienerinnen waren alle ungewöhnlich hübsch, und die Huren besaßen verlockende Rundungen, waren sehr willig und natürlich sehr schön. Schöne Frauen sind bei weitem teurer als gewöhnliche Mädchen. Das Haus in der Trollops Lane war das eleganteste Bordell der Welt, zumindest hieß es so. Die Gentlemen, die hier vorsprachen, bekamen jede Art erotischer Dienstleistung geboten, sie brauchten nur danach zu fragen.
Das Haus besaß vier Stockwerke. Im vierten hatten die Bediensteten ihre behaglichen Räume. Im dritten und zweiten Stock lagen die elegant ausgestatteten Räume, in denen

die Huren ihre Kunden verwöhnten. Der erste Stock diente zur Begrüßung und Unterhaltung. Zudem gab es einen tiefen Steinkeller, wo köstliche Weine gelagert waren und wo es Räume für Kunden gab, die etwas Ausgefallenes bevorzugten, Gefallen an Schmerz, Exotik und Bizarrem fanden. Aber das Haus war so stabil gebaut, daß die Geräusche, die diese unter Zwang erzeugte Lust hervorrief, nie nach oben drangen.
Die Unterhaltungen in diesem Haus waren immer einmalig und gewagt. Lady Strumpet besaß eine lebhafte Phantasie. Jeden Monat wurde ein Abend veranstaltet, an dem die Kunden sich an einer Jungfrau gütlich tun konnten. Das Mädchen wurde in die Halle geführt und auf die hohe Tafel gelegt. Anfangs war sie voll bekleidet. Manchmal trug sie die Gewänder einer Hofdame, dann wieder die einer Kaufmanns- oder Bauerntochter, manchmal erschien sie auch in der Verkleidung einer Nonne oder einer Zigeunerin. Die Kunden zahlten gern für jedes Kleidungsstück, das dem Mädchen abgenommen wurde, bis sie ganz nackt war. Dann wurde um ihre Jungfräulichkeit gefeilscht. Der Gewinner durfte sie die ganze Nacht behalten, aber erst nachdem das unschuldige Mädchen öffentlich von ihrem Kunden auf der hohen Tafel entjungfert worden war. So sah jeder, daß Lady Strumpet ihr Wort gehalten hatte, als sie dem Mann eine Jungfrau versprochen hatte. Dem Mädchen wurde immer ein leichtes Betäubungsmittel verabreicht, damit sie willig mitmachte. Dennoch wehrten sich einige und schrien, was das Vergnügen noch erhöhte.
Es ging sogar das Gerücht, daß König Heinrich, dessen Fleischeslust wohlbekannt war, bei seinen Besuchen in London das Haus an der Trollops Lane beehrte. Die Königin, die sehr schön war und angeblich genauso leidenschaftlich wie ihr Gemahl, war damit beschäftigt, Erben für ihre ausgedehnten Ländereien auf die Welt zu bringen. Eleonore von Aquitanien war einst mit ihrem Erstgeborenen, Prinz Wilhelm, und hochschwanger mit ihrem zweiten Kind nach England gekommen. Der kleine Prinz war inzwischen gestorben, aber die Königin hatte dem Thron

drei weitere Prinzen geschenkt: Heinrich, Richard und Gottfried sowie Prinzessin Mathilde. Wenn sie je von dem Haus in der Trollops Lane erfahren hatte, ließ sie sich nichts anmerken, da sie sich der Liebe ihres Gemahls so sicher war, daß sie sich darüber keine Sorgen zu machen brauchte.

Es waren nur noch zwei Stunden bis Tagesanbruch. Im Haus herrschte jetzt große Stille, denn die Kunden waren entweder ihres Wegs gegangen, nachdem sie ihren Spaß gehabt hatten, oder verbrachten die Nacht im Haus. Lady Strumpet saß in ihren verriegelten Gemächern und zählte die vielen Münzen, die sie heute nacht eingenommen hatte. Sie trug ein durchsichtiges Hausgewand, denn der Abend war warm und ihre Figur immer noch tadellos. Es machte ihr Spaß, ihre Gäste in einem solch aufreizenden Aufzug zu empfangen. Viele von ihnen begehrten sie, doch sie wählte ihre Liebhaber selbst aus, behielt sie aber nie lange, damit sie sich ihrer Zuneigung nicht allzu sicher waren. Sie wollte nicht, daß je wieder ein Mann Gewalt über sie hätte.

»Du bist so schön wie immer, meine hübsche Hexe«, hörte sie eine vertraute, aber höchst unerwünschte Stimme, die die Stille durchbrach.

Isleen wandte sich langsam um und zeigte sich überrascht. »Wer seid Ihr?« sagte sie und tat so, als hätte sie den Mann noch nie zuvor gesehen.

Merin ap Owen lachte. »Treib keine Spielchen mit mir, meine hübsche Hexe. Ich bin hier, um mein Geld abzuholen, das du offensichtlich sehr klug angelegt hast, meine Liebe. Ich glaube, es waren zwei Beutel Gold. Dafür bekomme ich jetzt drei, denn du kannst ja wohl nicht von mir erwarten, daß ich dir dafür, daß du das Geld von mir geborgst hast, keine Zinsen berechne.« Merin ap Owen war ganz in Schwarz gekleidet.

»Ich verstehe nicht, was Ihr meint?« erwiderte Isleen leichthin und tat immer noch so, als wisse sie nicht, weshalb er gekommen war.

Seine behandschuhte Hand schoß vor und packte sie am Hals. »Ich werde das Gold bekommen, das du mir gestoh-

len hast, meine hübsche Hexe!« Er schloß leicht die Finger um ihren Hals, damit sie wohl Schmerz empfand, aber nicht ernsthaft in Gefahr geriet. »Seit fünf Jahren bin ich hinter dir her, Isleen. Du bist eine höchst listige Füchsin, die schwer zu erlegen ist, aber nun ist das Spiel aus. Gib mir mein Gold!« Er lockerte seinen Griff, so daß sie wieder reden konnte.
Isleen de Warenne alias Lady Strumpet rieb sich ihren malträtierten Hals, und in ihren Augen sprühten zornige Funken, als sie ihn anblickte. Sie war allein, denn ihre Leibwächter schliefen im vierten Stock. Ihre Gemächer waren wie alle im Haus schalldicht. »Als ich Euch verlassen habe, Mylord«, sagte sie schneidend, »hinterließ ich Euch etwas, das besser ist als Gold, etwas, nach dem Ihr unendliches Verlangen hattet, aber zu feige wart, um es Euch zu nehmen. Ich habe Euch Eleanore de Montfort überlassen. Hat sie geweint und geschrien, als Ihr sie vergewaltigt habt? Hattet Ihr Spaß mit ihr? Oder habt Ihr festgestellt, daß sie Eure Wünsche nicht befriedigen konnte, bevor Ihr sie getötet habt?« sagte Isleen und lächelte teuflisch.
Er betrachtete sie voller Abscheu. Sie war gealtert, war nicht mehr die junge Schönheit, die sie als seine Buhle gewesen war. »Ich habe Lady Eleanore nicht vergewaltigt«, berichtete er ihr lächelnd. »Hast du mich für so dumm gehalten, daß ich deine Rachepläne nicht durchschaut hätte? Ich habe sie ihrem Gemahl so unbeschadet zurückgegeben, wie sie an dem Tag war, als ich sie gewaltsam entführte. Es war nicht ihre Schuld, daß du meinen Kurier ermordet und dich für ihn ausgegeben hast. Es war auch nicht ihre Schuld, daß du das Lösegeld gestohlen hast, das ihr Gemahl für ihre Befreiung übersandt hatte. Gib mir jetzt mein Gold, dann mache ich mich wieder auf den Weg, und wir werden uns nie mehr mehr wiedersehen.«
»Ich gebe Euch gar nichts!« fuhr sie ihn an. »Ich bin eine mächtige Frau, Mylord Merin! Die bedeutendsten Herren des Landes kommen in mein Haus, um Zerstreuung zu suchen. Der König höchstpersönlich hat mein Bett beehrt! Wenn Ihr versucht, mir wegzunehmen, was mir gehört,

werde ich ihn um Hilfe bitten, und er wird sie mir gewähren. Er sagte, er habe noch nie eine Frau wie mich getroffen«, fuhr sie voller Stolz fort und blickte ihn herausfordernd an. »Ihr seid nichts anderes als Abschaum, ein Bandit!«

»Ja, Isleen, ich bin ein Bandit, aber du bist eine Diebin, und es gibt viele, die dies bezeugen können. Der König ist ein gerechter Mann. Wenn er deine Geschichte hört, wirft er dich in den Kerker. Als Sim von Ashlin in jener Nacht nach Gwynfr kam, um sich zu erkundigen, weshalb Lady Eleanore nicht freigelassen wurde, konnten wir uns zusammenreimen, was passiert war. Unter diesen Umständen konnte ich die Lady nicht mehr länger festhalten. Seit damals habe ich nach dir gesucht. Meine Männer sind vor zwei Jahren nach Gwynfr zurückgekehrt, weil sie davon überzeugt waren, du seist tot oder hättest dich in der Normandie versteckt. Aber ich wußte es besser und setzte meine Verfolgung fort. Jetzt habe ich dich endlich gefunden und fordere, was mir gehört. Gib mir das Gold freiwillig, oder ich nehme es mir gewaltsam.«

»Du verliebter walisischer Dummkopf!« zischte Isleen, die nur eines verstanden hatte: Merin ap Owen hatte Eleanore de Montfort nicht angerührt. Dabei war Isleen davon überzeugt gewesen, daß ihre Feindin schon lange tot war. »Ihr habt Eleanore de Montfort mit einem Heiligenschein versehen, und weshalb? Sie ist genauso wie alle Frauen, Mylord, und alle Frauen sind im Grunde genommen Huren. Sogar Eure hochverehrte Lady Eleanore!«

Da schlug er sie mit der Handfläche. Der Schlag war so heftig, daß er hörte, wie ihr Halsgelenk knackte, während ihre blauen Augen ihn fassungslos anstarrten, als sie zu Boden fiel. In diesem Augenblick erkannte er, daß sie tot war.

Merin ap Owen beugte sich über sie und prüfte ihren Puls, aber er fand keinen. Isleen de Warenne lebte nicht mehr. Mit einem resignierten Schulterzucken stieg er über ihre Leiche und begab sich zum Kamin, über dem sich ihr Geheimversteck befand. Langsam rückte er den schweren grauen Stein zur Seite. Merin ap Owen hatte Isleen mehrere Abende durchs Fenster beobachtet, hatte gesehen, wie sie jeden Abend ihr Geheimversteck öffnete und die unredlich erworbenen Gewinne des Tages darin unterbrachte.

Er griff hinein und zog ein halbes Dutzend Beutel voller Münzen heraus. Vermutlich hatte sie den Großteil ihrer Gelder bei einem Goldschmied hinterlegt. Dies hier waren wohl die Einnahmen der letzten Nächte. Außerdem gab es ein paar hübsche Schmuckstücke, die er einpackte, denn Isleen konnte sie ja nicht mehr gebrauchen. Merin ap Owen rückte den Stein wieder sorgfältig an seinen Platz, griff nach den Beuteln mit Geld, blies die Kerzen aus löschte die Lampen in den Räumen. Dann ging er zum Fenster, durch das er ins Haus gelangt war, öffnete die Läden und stieg hinaus. Er wandte sich noch ein letztes Mal nach Isleens Leiche um. »Leb wohl, meine hübsche Hexe«, flüsterte er. Merin tauchte in der Dunkelheit unter, höchst zufrieden mit sich.

Er hatte sein Versprechen gegenüber Eleanore de Montfort gehalten. Sie würde nie mehr von Isleen belästigt werden. Seine hübsche Hexe war jetzt in der Hölle und wartete auf ihn, aber vielleicht würde er ihr gar nicht nachfolgen. Hatte ihm nicht Lady Eleanore gesagt, daß auch er vor der Hölle gerettet werden könnte, wenn er seine Sünden und seine Gottlosigkeit bereute? Hatte sie nicht gesagt, sie glaube, er habe eine gute Seite? Nachdem er fünf Jahre unterwegs gewesen war, hatte er erkannt, daß es nicht gut war, allein zu sein und ein Leben in Sünde zu führen. Er wußte nicht, ob er es je schaffen würde, ein guter Mensch zu sein, aber nachdem er seine Aufgabe nun erfüllt hatte, wollte er es wenigstens versuchen. Bei seinem Pferd angelangt, verstaute er seine Beute in den Satteltaschen und schlug den Weg zur Watling Street ein. In den folgenden Tagen machte er sechsmal halt, um einen Beutel Gold auf den Altar einer Kirche zu legen, die er willkürlich ausgesucht hatte. Den Schmuck machte er der letzten Kirche zum Geschenk.

Dann ritt er nach Nordwesten, bis er nach Shrewsbury gelangte, verkaufte sein Pferd und das Sattelzeug. Mit dem Verlaufserlös wollte er ein letztes Geschenk machen. Er durchquerte die Stadt und steuerte sein Ziel an. Dort angekommen, klopfte er an die Pforte, die ihm von einem Mönch in brauner Kutte geöffnet wurde.

»Ich möchte gern den Rest meines Lebens Gott weihen, werter Bruder«, sagte Merin ap Owen, »aber ich weiß nicht, ob Gott einen so großen Sünder wie mich überhaupt haben will. Ich habe geraubt, gemordet und vergewaltigt. Ich bin der erbärmlichste Sünder aller Sünder und der Strafe für meine Verruchtheit entgangen. Aber fortan will ich mein Leben der Buße weihen, sofern mich das Kloster aufnimmt. Ich heiße Merin ap Owen.«

»Gott freut sich über jeden reumütigen Sünder, Merin ap Owen. Kommt herein!« forderte ihn der Mönch auf. »Wir haben hier bereits einige Sünder wie Euch. Ihr seid nicht der einzige, der unseren Herrn beleidigt hat. Doch ich bin sicher, Gott hat auf Euch gewartet!« Freundlich lächelnd öffnete ihm der Mönch die Pforte.

Unwillkürlich kam ihm der Gedanke, daß Lady Eleanore überrascht sein würde – aber wäre sie es wirklich? *Bemüht Euch um Eurer unsterblichen Seele willen um das Gute in Euch,* hatte sie ihm geraten. Nun, er würde es zumindest versuchen. Lächelnd folgte er dem braungewandeten Mönch ins Innere des Klosters und in ein neues und besseres Leben.